KB068345

L.A. Confidential

JAMES ELLROY

L. A. CONFIDENTIAL

L.A. 컨피덴셜

제임스 엘로이 장편소설

나중길 옮김

"우리 시대 가장 위대한 미국 작가 제임스 엘로이." / 로스앤젤레스 타임스

"이 장르의 그 누구도 제임스 엘로이의 누아르처럼 폭넓은 깊이를 보여주지 못한다." / 디트로이트 뉴스

"엘로이는 마치 악마가 조종하듯 글을 쓴다. 그의 악랄하고 날카로운 글쓰기는 예술의 경지다." / 선데이 타임스

"제임스 엘로이의 재능은 한계가 없다. 그는 광범위한 대중성과 기이한 팬들을 함께 아우를 수 있는 작가다." / 샌프란스시코 크로니클

"엘로이는 머지않아 대실 해밋과 레이먼드 챈들러 급에 오를 것이다. 그리고 《L.A. 컨피덴셜》은 그를 최고의 경지에 올려놓는 책이 될 것이다." / 샌디에이고 유니온 트리뷴

"《L.A. 컨피덴셜》은 잔혹한 동시에 가장 현실적인 작품이다." / 뉴욕 타임스

"폭력과 죄, 끊임없는 자기혐오의 예술적인 광란을 보여주는 작품. 엘로이의 소설은 이 장르 최고의 수준이다." / 뉴욕 뉴스데이

"항상 사회의 어두운 초상을 그려온 거장 엘로이가 더욱 날카로운 펜을 집어 들었다. 그는 가장 단단하고 날카로운 도구로 언어의 가장 기본적인 것만 남겼다." / 어소시에이티드 프레스

"전후 로스앤젤레스를 보여주는 이 엄청난 역사 소설은 범죄 소설을 점진적으로 진화시켰다." / L.A. 위클리

"제임스 엘로이는 플롯을 완벽히 조종하고, 군더더기 없는 글을 쓰며, 누아르 스타일을 재정립한 거장이다." / 시카고 트리뷴

C o n t e n t s

대가로 모든 것을 요구하지만 아무런 의미도 없는 영광…

_스티브 에릭슨

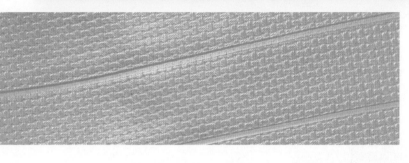

샌버두 산기슭의 어느 버려진 모텔. 버즈 믹스가 들어온다. 그는 9만 4천 달러의 현금, 8킬로그램이 넘는 양질의 헤로인, 10구경 펌프식 엽총, 38구경 특수 권총, 45구경 자동엽총 그리고 국경에서 멕시코 출신 불량소년에게 구입한 잭나이프를 갖고 있다. 잭나이프를 사가지고 막 돌아섰을 때, 국경선에 걸쳐 세워진 차 한 대가 그의 눈에 들어왔다. 미키 코헨의 부하들이 마크가 없는 L.A. 경찰국 차량 안에 타고 있었는데, 그 옆에는 티화나(멕시코와 미국 국경에 접한 도시―옮긴이) 경찰들이 버즈의 물건을 빼앗고 그의 몸을 샌 이시드로 강에 던져버리려고 서 있었다.

그는 일주일 동안 도망을 다니고 있다. 오직 살아남기 위해서 그는 5만 6천 달러나 썼다. 자동차와 은신 비용으로 하룻밤에 4~5천 달러나 들어 갔다. 그것은 여관 주인들에게 내는 위험수당 같은 것이었다. 여관 주인들은 '미키 C'라고 불리는 미키 코헨이 버즈를 뒤쫓고 있다는 사실을 알고 있었다. 버즈가 미키의 마약거래 모임을 급습해 돈과 마약을 강탈하고 그의 여자마저 손댄 것이다. L.A. 경찰도 자신들의 동료를 죽인 혐의로 버즈를 수배해놓고 있었다. 버즈를 죽이라는 코헨의 지시 때문에 공공연한 마약 거래가 거의 이루어지지 않았다. 보복이 두려워 어느 누구도 그것을 운반할 수 없었다. 엥글클링의 아들들에게 그것을 맡겨 놓는 게 그나마 버즈의 최선책이었다. 엥글클링이라면 그것을 냉동 포장한 다음 나중에 팔아서 버즈의 몫을 챙겨줄 것이었다. 엥글클링은 미키와도 일했지만, 총격을 받을 가능성을 무시할 만큼 바보스럽지는 않았다. 그의 아들 형제는 1만 5천 달러를 받고 버즈를 엘 세라노 모텔로 보내 그의 탈출을 준비하고 있었다. 오늘 저녁, 날이 어두컴컴해지면 두 명의 밀입국 전문가가 버즈를 콩밭 평원으로 실어다줄 것이고 거기에서 버즈는 마약운반용 비행기를 타고 과테말라 시로 갈 것이다. 일이 제대로만 진행되면 버즈는 9킬로그램의 최고급 헤로인을 미국 본토로 옮겨 놓을 것이다. 그가 엥글클링의 아들들을 믿을 수 있고 그 아들들이 밀입국 전문가들을 믿을 수 있다면 말이다.

버즈는 소나무 숲에다 차를 박아 놓고 가방을 끄집어낸 다음 주변을 살폈다.

모텔은 말굽 모양의 건물로 10여 개의 방이 있었다. 건물 뒤에는 산이 막혀 있어서 뒤쪽에서의 접근은 불가능했다.

자갈이 깔린 마당에는 나뭇가지, 종이 부스러기, 빈 술병 등이 뒤덮여 있었다. 걸음을 걸을 때마다 저벅거리는 소리가 났고 차량 타이어에 나뭇가지와 유리가 으스러졌다.

그가 들어왔던 길이 유일한 접근로였다. 저격수가 있다면 사격 장소를 잡기 위해 울창한 숲을 지나야 했을 것이다.

어쩌면 10여 개의 방 가운데 어느 하나에 미리 들어가 기다리고 있을 지도 몰랐다.

버즈는 10구경 엽총을 움켜쥐고 방문을 걷어차기 시작했다. 하나, 둘,

셋, 넷… 거미줄과 놀란 생쥐들, 파이프가 막혀 악취를 풍기는 화장실과 썩은 음식들 그리고 스페인어 잡지들이 그의 눈에 들어왔다. 밀입국 전문가들은 중남미 밀입국자들을 컨 카운티에 있는 노예 농장으로 보내기 전에 임시로 수용하려고 그 모텔을 이용했을 것이다. 다섯, 여섯, 일곱, 역시 그의 판단이 옳았다! 멕시코계 가족들이 매트리스 위에서 몸을 웅크리고 있었다. 그들은 총을 든 백인을 보고 잔뜩 겁에 질려 있었다. "자, 거기 가만히, 가만히 있어." 그들을 진정시키기 위해서 버즈가 말했다.

나머지 방들은 모두 비어 있었다. 버즈는 자신의 손가방을 마당이 내다보이는 12호실 안에 던져놓았다. 박스 스프링 위의 매트리스에서 솜이 삐져나와 있었지만 미국에서 마지막 쪽잠을 자는 곳으로 그리 나쁘지는 않을 것 같았다.

벽에는 반나체 여성들의 달력이 걸려 있었다. 버즈는 달력으로 다가가 4월을 펼치고는 자신의 생일을 찾아보았다. 목요일이었다. 달력의 모델은 못생긴 이를 드러내며 웃고 있었는데 그리 나빠 보이지는 않았다. 모델을 보자 갑자기 오드리가 생각났다. 전직 스트립 댄서이자 미키의 정부였던 오드리 때문에 버즈는 경찰 한 명을 죽였다. 미키와 드래그나의 헤로인 거래를 습격한 것도 오드리가 원인이었다. 버즈는 12월로 달력을 휘리릭 넘기고는 자신이 올해를 무사히 넘길 가능성을 점쳐 보았다. 두려움이 밀려왔다. 가슴이 벌렁거리고 이마의 핏줄이 팔딱팔딱 뛰며 땀이 삐져나왔다.

상태는 더욱 심각해져 도무지 정신을 차릴 수가 없었다. 버즈는 가지고 있는 무기들을 창턱에 펼쳐놓은 다음 38구경 총알과 자동엽총의 탄창으로 주머니를 가득 채웠다. 그러고는 잭나이프를 허리띠 속에 찔러넣고 뒤쪽 유리창을 매트리스로 가리고 신선한 공기가 들어오도록 앞쪽 유리창을 조금 깨트렸다. 산들바람이 불어와 땀을 식혀주었다. 그는 멕시코 꼬마들이 야구공을 던지며 노는 모습을 내다보았다.

그는 한참 동안 그 방에 처박혀 있었다. 밖에는 밀입국자들이 모여들고 있었다. 그들은 해를 손가락으로 가리키고 있었는데 마치 시간을 가늠하는 것 같았다. 트럭이 오기에는 아직 이른 시각이었다. 하루 세 끼 식사와 허름한 잠자리를 얻기 위해 그들은 앞으로 고된 노동을 하게 될 것이었다. 땅거미가 지고 있었다. 콩 농장으로 가게 될 사람들이 술렁거리기 시작했다. 버즈는 백인 두 사람을 보았다. 하나는 뚱뚱하고 다른 하나는 마른 편이었다. 그들이 환영한다는 뜻으로 밀입국자들을 향해 손을 흔들며 마당으로 들어서자 밀입국자들도 손을 흔들어주었다. 경찰이나 미키의 부하들로 보이지는 않았다. 버즈는 10구경짜리 엽총을 등 뒤로 숨기고 밖으로 나갔다.

백인 두 명이 활짝 웃으며 해칠 의도가 전혀 없다는 식으로 손을 흔들었다. 버즈는 도로 쪽을 힐끗 살펴보았다. 녹색 승용차 한 대가 길에 비스듬하게 세워져 있었다. 차량은 옅은 청색의 뭔가를 가리고 있었는데 너무 빛이 나는 걸로 봐서 전나무 사이로 언뜻언뜻 보이는 하늘은 아닌 것 같았다. 그는 금속성 페인트에서 반사되는 빛을 보고 드디어 감을 잡을 수 있었다. 베이커스필드, 시간을 내서 돈을 벌려는 일당이었다. 그리고 잠시 후면 그를 향해 일제히 사격을 퍼부을 담청색의 쿠페 자동차가 서 있었다.

버즈는 상대를 해칠 의도가 전혀 없다는 의미로 미소를 지어 보이며 한편으로는 손가락을 방아쇠에 걸었다. 비쩍 마른 녀석에게 먼저 한 방을 먹일 속셈이었다. 할리우드 서에서 일하는 맬 런스포드라는 녀석이었다. 스크리브너 드라이브인 식당의 여종업원들에게 추파를 던지며 가슴을 내밀어 우수사격 메달을 자랑하는 놈이었다. 앞장서서 걸어오던 뚱뚱한 녀석이 말했다.

"비행기를 대기시켜 놓았소."

버즈는 엽총을 홱 돌리며 방아쇠를 당겼다. 뚱뚱한 녀석이 알이 굵은 총알을 한 방 맞고 벌러덩 나자빠지며 뒤에 오던 런스포드를 덮쳤다. 순식간에 벌어진 일에 깜짝 놀란 밀입국자들이 사방으로 흩어졌다. 버즈는 방으로 달려 들어갔다. 뒤쪽 유리창이 깨지며 매트리스를 홱 넘어뜨리는 소리가 들렸다. 손쉬운 목표물이었다. 상대는 두 놈이었고 그의 엽총에는 세 발이 들어 있었다.

순식간에 두 녀석을 날려버리자 벽을 따라 조금씩 접근해오던 다른 세 녀석은 유리 파편과 핏방울로 범벅이 되었다. 버즈는 창밖으로 몸을 날려 땅바닥에 떨어지며 서로 바짝 붙어 있는 세 쌍의 다리를 향해 총알을 퍼부었다. 그러는 동안 다른 손으로는 이미 숨이 끊어진 녀석의 허리춤을 더듬어 연발 권총을 잽싸게 낚아챘다.

마당에서 비명 소리와 자갈 위를 내달리는 발소리가 들려왔다. 버즈는 엽총을 떨어뜨리고 벽 쪽으로 비틀거리며 다가가 머리에 정통으로 총알을 맞은 시신들 위로 쓰러졌다. 피 맛이 입 안에 가득했다.

놈들이 방 안으로 들어서며 쿵쿵거리는 발소리가 들려왔다. 손을 뻗으면 잡을 수 있는 거리에 엽총 두 자루가 떨어져 있었다.

"놈을 잡았다!"

버즈가 소리치자 방에서 환호성을 지르는 소리가 들리더니 놈들이 창밖으로 팔과 다리를 내미는 게 그의 눈에 들어왔다. 버즈는 가까운 거리에 있는 엽총을 붙잡아 함정에 빠진 목표물들을 향해 자동으로 갈겼다. 총알에 맞아 벽의 석회 조각들이 사방으로 튀어 오르고 마른 나무판자에 불이 붙었다.

버즈가 시신들을 타넘어 방으로 들어갔을 때 문은 열려 있었고 그의 총기들은 여전히 창턱에 펼쳐져 있었다. 그 순간 쿵 하는 이상한 느낌의 소리가 들렸다. 매트리스 뒤로 쓰러진 한 놈이 바닥에 납작 엎드린 채 그에게 총을 겨누고 있었다.

버즈는 잽싸게 몸을 바닥으로 날리며 놈을 발로 걷어차려고 했지만 발길질은 아쉽게 빗나가고 말았다. 그 순간을 놓치지 않고 놈은 가까운 거리에서 총을 한 발 발사했다. 버즈는 잭나이프를 움켜쥐고 다시 몸을 날려 놈의 목과 얼굴을 향해 사정없이 칼을 휘둘렀다. 놈은 비명을 지르며 닥치는 대로 총을 갈겨댔다. 목표물을 훨씬 빗나간 총알들이 여기저기로 마구 튀었다. 결국 버즈는 놈의 목을 잘라버리고 엉금엉금 기어가 발끝으로 간신히 문을 닫았다. 그런 다음 그는 자신의 총기들을 붙잡고 숨을 돌렸다.

다시금 총알이 빗발치기 시작하며 시신들과 전나무들 그리고 그의 유일한 탈출구인 현관문을 들볶아댔다. 버즈는 얼마나 많은 놈들이 남았을지 궁금했다.

여전히 총알이 쏟아졌다.

마당에서 가해진 집중 사격으로 벽이 뭉텅뭉텅 떨어져나갔다. 버즈는 다리에 한 발을 맞았다. 또 한 발은 그의 등을 스치고 지나갔다. 그는 바닥으로 쓰러졌다. 그때까지 총소리는 끊이지 않았다. 결국 문짝이 떨어져 나가고 그는 쏟아지는 총알을 혼자서 감당해야 했다.

그러다가 어느 순간 총성이 뚝 멈추었다.

버즈는 총기를 앞섶에 숨긴 채 시신처럼 대자로 뻗어 있었다. 피를 말리는 몇 초가 지나갔다. 네 놈이 엽총을 들고 방으로 들어왔다. 속삭이는 소리가 들렸다.

"결국 뻗었군."

"그래도 모르니까 조심하자고."

"주제도 모르는 병신 새끼."

방에 들어온 네 놈 중에 맬 런스포드는 없는 것 같았다.

녀석들은 버즈의 옆구리를 걷어차며 거친 숨소리를 내며 히죽히죽 웃었다. 어떤 녀석이 한 발을 그의 몸 아래로 집어넣고 흔들어대며 말했다.

"살만 피둥피둥 쪘군. 더러운 새끼."

그 순간을 버즈가 놓칠 리 없었다. 버즈가 발을 홱 낚아채자 녀석은 뒤로 벌러덩 나자빠졌다. 버즈는 총을 갈겨댔다. 아주 가까운 거리여서 총알들은 목표물을 하나도 빗나가지 않았다. 순식간에 넷이 바닥으로 쓰러졌다. 버즈의 눈에 거꾸로 선 마당 풍경이 들어왔다. 맬 런스포드가 미친 듯이 줄행랑을 치고 있었다. 그때 그의 뒤에서 어떤 소리가 들렸다.

"이봐, 친구."

더들리 스미스가 소방대원들이 입는 두꺼운 외투를 입고 불길 속에서 모습을 드러냈다. 버즈는 매트리스 옆에 놓여 있는 자신의 가방을 바라보았다. 그 안에는 9만 4천 달러의 현금과 마약이 들어 있었다.

"더들리, 잘 준비해왔군요." 버즈가 말했다.

"보이 스카우트처럼 완벽히 준비했지. 근데 고별사는 준비됐나?"

더들리가 꼼꼼히 준비한 것을 망쳐놓았으니 그 대가를 치러야 했다.

버즈는 총을 치켜들었지만 더들리가 한발 앞섰다. 버즈는 숨이 끊어지는 순간, 엘 세라노 모텔이 알라모 요새와 흡사하다는 생각을 했다.

제 1 부
유 혈 의 성 탄 절

1

버드 화이트는 표시가 없는 경찰차에서 시청 앞 성탄 트리의 수백 개의 알전구가 '1951'이란 숫자를 만들며 깜박이는 모습을 지켜보았다. 뒷좌석에는 서에서 쓸 파티용 술이 잔뜩 쌓여 있었다. 그는 파커의 지시를 무시하고 온종일 상점들을 뒤지며 돌아다녔다. 기혼자들에게는 24일과 성탄절 당일에 휴가가 주어졌기 때문에 이틀 동안의 모든 업무는 총각들의 몫이었다. 센트럴 서의 형사반은 부랑자들을 잡아들이기 위해 파견되었다.

서장은 부랑자들이 보우런 시장이 마련한 불우 아동을 위한 가든파티에 몰려가 과자를 모두 쓸어갈까 봐 미리 겁을 주고 싶어 했다. 작년 성탄절에는 어떤 정신 나간 흑인 하나가 자신의 거시기를 꺼내 들고 고아들을 위해 만든 레모네이드 그릇에 오줌을 갈기며 시장 부인한테 "붙어, 이년아." 하고 소리치는 일까지 벌어졌다. 윌리엄 파커는 시장 부인을 센트럴 리시빙 병원으로 옮기고 안정을 취하게 하느라 L.A. 경찰국장이 되어 처음 맞은 성탄절 시즌을 그렇게 허무하게 보내야 했다. 그리고 1년이 지난 지금, 그는 그 대가를 톡톡히 치르고 있었다.

뒷좌석에 술이 잔뜩 쌓여 있었기 때문에 그는 젤리 과자처럼 등이 휘어질 지경이었다. 당직 부관인 에드 엑슬리는 워낙 융통성이 없는 사람이라 100여 명의 경찰이 소집실에서 술을 마시고 떠드는 꼴을 가만히 두고 보지는 않을 것이다. 스톰파나토는 20분이나 늦고 있다.

버드는 무전기를 켰다. 잡음이 가라앉고 소리가 제대로 들리기 시작했다. 차이나타운의 주류 판매점 한 곳이 털렸다는 소식이었다. 조수석 문이 열리고 스톰파나토가 미끄러지듯 차에 올라탔다.

버드는 계기반 조명등을 켰다. 스톰파나토가 말했다.

"성탄절 열기가 대단하네요. 스텐슬랜드는 어디에 있죠? 두 분을 위해 정보를 좀 가져왔는데."

버드는 그를 아래위로 훑어보았다. 미키 코헨의 경호원인 그는 근 한 달 동안 일이 없었다. 미키가 탈세 혐의로 3년에서 7년형을 선고받아 맥닐 섬의 감방에 들어가 있기 때문이다. 스톰파나토는 다시 집에서 빈둥거리는 신세가 되었다.

"스텐슬랜드라니? 스텐슬랜드 경사님이라고 불러. 지금 불량배를 잡아들이고 있어. 그래봐야 보수는 똑같지만 말이야."

"안됐네요. 전 딕의 스타일이 맘에 들어요. 경관님도 아시죠?"

스톰파나토는 귀여운 구석이 많은 녀석이다. 이탈리아계의 미남형으로 올백으로 넘긴 머리는 파마를 한 것처럼 꼬불꼬불하다.

"무슨 정보인지 털어놔 봐."

"사람을 다루는 매너는 스텐슬랜드 경사님이 경관님보다 나아요."

"뭐? 정보가 있기는 있는 거야? 설마 나하고 잡담이나 하자는 것은 아니겠지?"

"라나 터너에 대한 정보가 있어요. 경관님은 마누라 때리는 놈들을 증오하잖아요. 전 경관님이 여자들한테 무척 자상하다고 들었어요. 여자를 볼 때도 외모는 그다지 안 따지신다고 누가 그러더군요."

버드는 녀석의 손가락 마디를 비틀었다.

"너희는 먹고 살기 위해 사람들에게 해코지를 하지. 미키가 아무리 자선단체에 기부를 해도 마약 밀매인과 뚜쟁이 신분에서 벗어날 수는 없어. 설사 내가 마누라를 때리는 놈들을 증오한다고 해서 내가 너희 같은 놈은 될 수 없다는 거지. 알았어? 이 자식아."

스톰파나토가 어색하게 웃었다. 버드는 창밖을 내다보았다. 구세군 산타클로스가 냄비에 들어 있는 동전을 손바닥 위에 털어내며 길 건너편의 주류 판매점을 힐끔거렸다. 스톰파나토가 말했다.

"경관님은 정보를 원하고 제게는 돈이 필요해요. 미키와 데이비 골드먼은 형을 살고 있죠. 모 자헬카는 그들이 없는 동안 일을 돌보고 있어요. 모는 뭔가에 몰두하던 것 같은데 저한테는 일을 주지 않아요. 잭 웨일런도 저를 쓰지 않고요. 제기랄, 미키한테서는 한 푼도 못 받았고요."

"그래? 난 미키가 잭 드래그나와 거래를 위해 준비했다가 도둑맞은 물건을 되찾았다고 들었는데."

스톰파나토는 고개를 가로저었다.

"잘못 들으셨네요. 미키가 그 도둑놈을 잡은 건 사실이지만 물건을 찾지는 못했어요. 그놈이 15만 달러나 되는 미키의 돈을 날린 거라고요. 화이트 경관님, 그러니까 전 지금 돈이 절실히 필요해요. 밀고자용 보상금이 아직 있다면 최상의 정보를 드리죠."

"자니, 이제 좀 착하게 살아. 나나 스텐슬랜드처럼 성실한 사람이 되란 말이야."

스톰파나토는 낮게 낄낄거렸다.

"열쇠 도둑은 20달러, 마누라를 때린 가게 절도범은 30달러, 조금 전에는 길 건너편에 있는 올바하 백화점을 터는 놈도 봤다고요."

버드는 20달러짜리 하나와 10달러짜리 하나를 내놓았다. 스톰파나토는 그것들을 얼른 움켜쥐었다.

"랠피 키너드라는 녀석입니다. 금발머리에 뚱뚱하고 마흔 살 정도 됩니다. 가죽점퍼에 회색 플란넬 바지를 입고 있어요. 걸핏하면 마누라를 때리고 포커에서 잃은 돈을 만회하려고 마누라한테 몸 파는 일까지 시키고 있죠."

버드는 정보를 받아 적었다.

"메리 크리스마스, 웬들."

스톰파나토가 말했다.

버드가 그의 넥타이를 잡아서 홱 밀어붙이자 그는 계기판에 머리를 쾅 하고 부딪혔다.

"그래, 해피 뉴 이어다, 이 자식아."

올바하 백화점은 사람들로 붐볐다. 쇼핑객들이 카운터와 의류 진열대 근처에 벌떼 같이 몰려 있었다. 버드는 사람들을 팔꿈치로 밀어 헤치고 나아가서 3층으로 올라갔다. 절도범들의 주요 활동무대는 보석과 주류 판매대였다.

카운터 위에는 온갖 시계들이 놓여 있었다. 금전등록기 앞에는 무려 30여 명이나 줄을 서 있었다. 버드는 가정주부와 아이들에게 이리저리 치이며 금발의 남자들을 찾아 주변을 샅샅이 살펴보고 있었다. 그러다가 어느 한순간, 가죽 재킷을 입은 금발의 사내가 남자화장실로 숨어들어가는 것을 목격했다.

버드는 사람들을 헤치고 화장실로 뒤따라 들어갔다. 나이가 지긋한 두 남자가 소변기 앞에 붙어 서서 오줌을 누고 있었고 좌변기 칸에는 회색 플란넬 바지가 화장실 바닥에 붙어 있었다. 버드는 쪼그리고 앉아서 안을 들여다봤다. 역시 그의 판단이 옳았다! 녀석이 보석류를 두 손으로 만지작거리고 있었다. 오줌을 누던 남자들이 지퍼를 올리고 밖으로 나갔다. 버드는 좌변기 칸을 똑똑 두드렸다.

"이봐."

문이 왈칵 열리더니 느닷없이 주먹이 날아왔다. 불의의 일격을 당한 버드는 세면대에 부딪치며 바닥으로 쓰러졌다. 키너드가 커프스단추가 붙은 셔츠의 소매로 얼굴을 가리며 쏜살같이 달아났다. 버드는 냉큼 일어나 그를 뒤쫓았다.

문을 빠져나가는데 쇼핑객들이 버드의 앞을 가로막고 있었다. 키너드는 사람들을 요리조리 피하며 쪽문으로 빠져나갔다. 버드는 화재 비상구를 이용해 그를 뒤쫓았다. 건물 뒤편은 텅 비어 있었다. 주차된 차도 없었고 키너드의 모습도 보이지 않았다. 버드는 순찰차로 달려가 무전기를 켜고 말했다.

"4A31, 상황실 응답하라."

무전기에서 잡음이 들리더니 이윽고 응답이 흘러나왔다.

"알았다. 말하라, 4A31."

"가장 최근 주소를 알려주기 바란다. 백인 남자, 이름은 랠프, 성은 키너드, 아마 K-I-N-N-A-R-D일 것이다. 급하다."

무전기에서 알았다는 응답과 함께 귀에 거슬리는 잡음이 흘러나왔다.

"4A31, 요청에 응답하겠다."

"알았다. 4A31."

"키너드의 기록을 찾았다. 랠프 토머스 키너드, 백인 남자, 생년월일은…."

"제기랄, 그냥 주소만 가르쳐달란 말이야."

상황실 담당자는 휘파람을 불며 딴청을 부렸다.

"산타클로스의 선물이다, 자식아. 주소는 에버그린 1486번지인데 아무쪼록…."

버드는 얼른 무전기를 끊어버리고 시티 테라스를 향해 동쪽으로 달렸다. 그는 시속 64킬로미터로 속도를 올리고 경적을 울렸다. 불과 5분 만에 에버그린이 그의 시야에 들어왔다. 1200번지와 1300번지 구역을 쏜살같이 지나가자 1400번지 구역의 조립식 건물들이 보였다.

버드는 1486번지의 커브 길을 따라서 차를 세웠다. 집의 지붕에는 네온으로 만든 산타클로스 썰매가 장식되어 있었다. 집에는 불이 밝혀져 있었고 전쟁 전 형태의 포드 한 대가 진입로에 주차되어 있었다. 판유리 창문으로 안이 훤히 들여다보였다.

랠프 키너드가 목욕 가운을 입은 어떤 여자에게 윽박지르고 있었다.

서른다섯쯤으로 보이는 여자는 얻어맞았는지 벌써 얼굴이 퉁퉁 부어 있었다. 여자는 키너드를 피해 뒷걸음질을 치고 있었다. 여자의 몸에서 가운이 흘러내리며 가슴에 시퍼렇게 멍이 든 자국이 드러났다. 늑골에도 여기저기 긁히고 찢어진 자국이 있었다.

버드는 수갑을 가지러 차로 돌아갔다. 무전기의 불빛이 깜박이고 있었다. "4A31, 응답한다."

그는 무전기에 대고 말했다.

"4A31, 순찰대원 두 명이 리버사이드 1990번지의 술집 밖에서 공격을 받았다. 용의자는 여섯 명으로 추정되고 자동차 번호판으로 신원을 확인했다. 다른 순찰대도 이미 경계 상태에 들어갔다."

버드는 귀가 윙윙거리는 것을 느꼈다.

"일이 더럽게 됐군."

"링컨 하이츠 53번가 5314번지로 출동해서 디나르도, D-I-N-A-R-D-O, 산체스를 체포하기 바란다. 멕시코 출신의 21세 남자다."

"알았다. 우선 순찰차 한 대를 에버그린 1486번지로 보내주기 바란다. 백인 남자 하나를 체포해야겠다. 순찰차가 도착할 즈음에 난 여기에 없겠지만 나중에 사건 경위서는 내가 직접 작성하겠다."

"홀렌벡 경찰서에서?"

버드는 그렇다고 대답하고는 무전을 끊었다. 그는 수갑을 들고 놈의 집으로 돌아가 실외 배전반의 전기를 차단해버렸다. 그러자 불이 모두 나가고 산타의 썰매만 여전히 빛을 발하고 있었다. 버드는 콘센트의 코드를 홱 잡아당겼다. 그러자 산타 썰매 장식이 땅바닥으로 떨어지며 루돌프 사슴이 박살이 났다.

키너드가 도망가려고 달려 나오다가 루돌프에 걸려 넘어졌다. 버드는 녀석의 손목에 수갑을 채우고 나서 그의 얼굴을 몇 번이나 땅바닥에 짓이겼다. 키너드는 날카롭게 울부짖으며 입에 들어간 자갈들을 뱉어냈다. 버드는 마누라를 때리는 놈들에게 항상 늘어놓는 설교를 시작했다.

"너 같은 놈은 들어가면 1년 반 뒤에 나올 거다. 난 네가 언제 나올지 알게 되겠지. 난 누가 네놈의 보호관찰관인지 알아내서 그 사람과 친하게 지낼 거야. 그리고 너를 수시로 방문해서 잘 있느냐고 인사나 해주지. 두 번 다시 저 여자에게 손을 대는 일이 있으면 아동 강간범 교도소로 보내버리겠어. 그곳에서 아동 강간범들을 어떻게 다루는지 알고 있지? 응?"

불이 다시 들어왔다. 키너드의 아내가 퓨즈 상자를 만지작거리고 있었다. "친정으로 가도 돼요?" 여자가 물었다.

버드는 키너드의 주머니를 모두 뒤졌다. 열쇠와 현금 다발이 나왔다.

"차를 가지고 가서 몸이나 좀 추스르도록 해요."

버드가 열쇠를 건네며 말했다.

키너드가 부러진 이빨들을 뱉어냈다. 그의 아내는 열쇠를 건네받고 현금 뭉치에서 10달러쯤을 빼냈다.

"성탄 잘 보내요."

버드의 말에 여자는 손을 들어 키스를 날려 보내고 나서 차를 뒤로 뺐다. 그 바람에 불빛을 깜박이던 루돌프가 바퀴에 짓뭉개지고 말았다.

53번가—코드 2, 사이렌은 울리지 않았다. 흑백 순찰차 한 대가 그를 막 추월했다. 제복 경관 두 명과 스텐슬랜드가 차에서 내려 서둘러 갔다.

버드는 경적을 울렸다. 스텐슬랜드가 다가왔다.

"저기 누가 있는 거야?"

스텐슬랜드는 건물을 손으로 가리키며 말했다.

"무선으로 말하고 있는 친구가 한 명 있는데, 아마 더 있나봐. 멕시코계 네 명에다 우리 경관을 습격한 백인 두 명이 있는 거 같아. 브라우넬과 헬레노프스키. 브라우넬은 뇌를 다친 것 같고 헬레노프스키는 한쪽 눈이 실명이 된 것 같아."

"확실한 건 하나도 없고 전부 그럴 것 같다는 얘기군."

스텐슬랜드의 입에서 진한 냄새가 풍겼다. 구강청결제 리스테린 아니면 진이었다.

"자꾸 얼버무리고 싶어?"

버드는 차에서 내렸다.

"아니야, 얼버무리긴. 몇 명이나 잡아넣은 거야?"

"한 놈도 없어. 우리가 여기 처음 온 거야."

"그럼 제복들한테 자리를 지키고 있으라고 해."

스텐슬랜드는 고개를 가로저었다.

"그들은 뇌를 다친 브라우넬과 친구야. 그래서 놈들을 잡고 싶어 하지."

"아니야, 이건 우리 거야. 우리가 놈들을 잡은 다음에 보고서를 쓰고 교체하는 사람이 올 때까지 파티를 하자고. 난 술을 세 상자나 가져왔어.

조니 워커 블랙, 짐빔 그리고 커티."

"엑슬리가 당직 부관이야. 원칙주의자로 융통성이라고는 하나도 없는 친구잖아. 그런 친구가 근무 중의 음주 행위를 봐줄 리가 있을까?"

"알아. 하지만 당직 사령은 프릴링이야. 자네 못지않은 술꾼이잖아. 그러니까 엑슬리에 대해서는 걱정하지 않아도 돼. 파티 전에 보고서를 하나 써야 되는데 그것부터 먼저 해치우도록 하지."

스텐슬랜드는 껄껄 웃었다.

"여자를 때린 놈을 또 잡았나? 그게 뭐지? 캘리포니아 형법 623조 1항인가? 그래서 난 술꾼이고 넌 선량한 경관이라 이거지."

"그래, 그렇지만 자네가 나보다 계급이 높잖아. 자, 그만 끝내지."

스텐슬랜드는 눈을 찡긋했다. 버드는 총을 빼들고 건물 측면을 따라 현관 쪽으로 살금살금 다가갔다. 집에는 커튼이 쳐져 있었고 불빛은 보이지 않았다. 라디오에서 광고 소리가 흘러나오고 있었다. 펠릭스 쉐보레 차량의 광고였다. 스텐슬랜드가 문을 발로 걷어차고 안으로 뛰어 들어갔다.

뒤이어 멕시코 남자와 여자의 비명 소리가 터져 나오고 한바탕 소란이 벌어졌다. 스텐슬랜드는 상대의 머리를 겨냥했지만 버드가 가로막았다. 복도로 나가서 버드는 가구를 넘어뜨리며 돌진했고 스텐슬랜드가 그 뒤를 따랐다. 멕시코 친구들은 부엌에서 더 이상 달아날 곳을 찾지 못해 안절부절못하고 있었다.

두 사람은 결국 돌아서서 손을 올렸다. 멕시코계 불량배와 예쁘장하게 생긴 여자. 여자는 임신 6개월 정도 된 것 같았다.

버드는 남자를 벽 쪽으로 돌아서게 하고 능숙한 손길로 몸을 수색했다. 디나르도 산체스라는 신분증과 잔돈 몇 푼이 나왔다. 그동안 여자는 엉엉 울고 있었다. 밖에서 요란한 사이렌 소리가 들려왔다. 버드는 산체스의 몸을 돌리고 불알을 걷어찼다.

"이건 내 동료 몫이야. 이 정도로 끝내는 걸 다행인 줄 알아."

스텐슬랜드가 여자를 붙잡았다.

"아가씨는 어디로든 빨리 가. 이 친구가 입국허가증을 검사하기 전에."

'입국허가증'이란 말에 여자는 소스라치게 놀랐다. 스텐슬랜드는 여자를 문 쪽으로 떠밀었다. 산체스가 신음 소리를 내뱉었다. 버드는 진입로에 제복 경관들이 몰려드는 것을 보았다.

"저 친구들한테 이 녀석을 넘기지."

스텐슬랜드는 한숨을 돌리고 나서 말했다.

"이 녀석은 브라우넬의 친구들한테 넘기자고."

신참으로 보이는 경관 둘이 들어왔다. 버드는 용의자를 내보냈다.

"수갑을 채워 처넣으시오. 경관 폭행 및 체포 거부 혐의요."

신참들이 산체스를 끌고 나갔다.

"또 여자는 살려줬군. 다음엔 뭔가? 아이들과 개한테도 그렇게 신경 써줄 텐가?"

스텐슬랜드가 말했다.

키너드의 아내는 성탄절을 앞두고 온몸에 멍이 시퍼렇게 들었다.

"그럴 수도 있겠지. 이제 가서 술이나 옮기자고. 점잖게 굴면 자네 몫으로 하나 챙겨주지."

2

프레스톤 엑슬리는 휘장을 거두었다. 손님들이 환호성을 올렸다. 어
느 시 의원은 박수를 치다가 한 상류층 부인의 옷에다 에그노그(맥주나
포도주에 달걀과 우유를 섞은 술-옮긴이)를 흘리기까지 했다. 에드 엑슬리
는 그것을 보고 경찰조직의 전통적인 성탄절 전야의 모습과는 거리가
있다고 생각했다.

그는 시계를 들여다보았다. 8시 46분이었다. 그는 늦어도 12시까지
는 서에 돌아가야만 했다. 프레스톤 엑슬리는 모형을 손으로 가리켰다.

방의 거의 절반을 차지한 모형은 지점토로 만든 산과 로켓선 그리고
서부 개척시대의 마을이 빼곡하게 들어차 있는 놀이공원이었다. 정문에
는 무치 마우스, 스쿠터 스쿼럴, 대니 덕 등 레이먼드 디털링이 만든 캐
릭터들이 서 있다. 이들은 〈드림-어-드림 아워〉와 무수한 만화에 등장
하는 캐릭터들이다.

"여러분, 드림-어-드림랜드를 소개합니다. 엑슬리 건설회사가 이것
을 캘리포니아 주 포모나에 지을 겁니다. 개장일은 1953년 4월이 될 겁

니다. 이것은 역사상 가장 멋지고 세련된 놀이공원이 될 것이며 이곳에서는 모든 연령의 아이들이 현대 애니메이션의 대부인 레이먼드 디털링의 철학이라고 할 수 있는 즐거움과 선의를 만끽할 수 있을 겁니다. 드림-어-드림랜드는 여러분이 좋아하는 디털링의 캐릭터들을 모두 전시할 것이며 아이들뿐 아니라 마음이 젊은 사람들에게도 편안한 안식처가 될 겁니다."

에드는 마흔다섯에 경찰직을 그만두고 이제 쉰일곱이 되는 자기 아버지를 빤히 바라보았다.

그의 아버지가 핸콕 공원의 저택에 사람들을 불러 모았다. 그의 손짓 한 번에 수많은 정치인이 자신들의 소중한 성탄절 전야를 포기하고 그곳에 모여들었다. 손님들은 계속 탄성을 질렀다.

프레스톤은 눈으로 뒤덮인 산꼭대기를 가리켰다.

"신사숙녀 여러분, 이것은 폴의 세계입니다. 시에라네바다 산맥에 있는 어떤 산을 정밀하게 축소한 겁니다. 폴의 세계에는 긴장감이 넘치는 썰매타기와 스키어용 산막이 있습니다. 산막에서는 무치, 스쿠터 그리고 대니가 등장하는 애니메이션 작품이 상영될 겁니다. 그런데 폴의 세계에서 폴은 도대체 누구일까요? 다름 아닌 레이먼드 디털링의 아들입니다. 그는 아직 10대 시절이던 1936년, 산에서 캠핑을 하다가 눈사태로 비극적인 죽음을 맞이했습니다. 여기 있는 이것과 아주 비슷한 산에서 숨을 거두었죠. 신사숙녀 여러분, 순진무구한 영혼의 비극적인 죽음을 기리기 위해서 폴의 세계에서는 이용객들이 지불하는 금액의 일정 부분, 즉 1달러당 5센트를 아동 소아마비 재단에 기부하기로 했습니다."

우레와 같은 박수가 터져 나왔다. 프레스톤은 커다란 뻐드렁니로 치즈를 야금야금 뜯어먹으며 티미 밸번을 향해 고개를 끄덕였다. 티미는 〈드림-어-드림 아워〉에서 무치 마우스 역을 맡아 열연을 펼친 배우다.

밸번이 옆에 서 있는 사람을 팔꿈치로 쿡 찌르자 그 사람도 되받아쳤다.

아트 드 스페인이 에드와 시선을 맞추었다. 밸번은 무치 마우스의 연기를 시작했다. 에드는 스페인을 복도로 데려갔다.

"이거 정말 놀랍군요, 아트."

"디털링은 이것을 드림 아워에서 발표한다는데 아버님이 말씀 안 하시던가?"

"예. 전 아버지가 디털링을 아는 줄도 몰랐어요. 애서턴 사건 당시에 서로 만났을까요? 위 윌리 웨너홈이 디털링의 아역 스타들 가운데 하나가 아니었던가요?"

스페인은 미소를 지었다.

"난 그때 자네 아버지 밑에서 일했지. 그 두 사람이 교차한 적은 없었을 거야. 프레스톤은 그냥 사람을 많이 알고 있을 뿐이지. 그건 그렇고, 쥐 사나이와 그의 친구를 봤는가?"

에드는 고개를 끄덕였다.

"뭐하는 사람인데요?"

방에서 웃음소리가 터져 나왔다. 스페인은 에드를 서재로 데려갔다.

"빌리 디털링으로 레이의 아들이야. 〈명예의 배지〉란 프로그램의 카메라맨이지. 매주 수백만 시청자들에게 우리 L.A. 경찰국이 얼마나 훌륭한지 보여주는 프로 말이야. 어쩌면 티미가 거시기를 빨아주기 전에 치즈를 뿌려주는지도 몰라."

에드는 깔깔거리며 웃었다.

"비아냥거리는 표현에 일가견이 있으시군요."

스페인은 의자에 널브러지듯이 주저앉았다.

"에디, 전직 경관으로서 현직 경관한테 한마디 하지. 자네가 일가견 운운하니까 마치 대학교수처럼 들려. 그리고 자네의 이름은 '에디'가 아니라 '에드먼드'야."

에드는 안경을 똑바로 썼다.

"마치 삼촌한테서 충고를 듣는 것 같군요. 순찰부서에서 열심히 일해라, 파커도 그렇게 해서 경찰국장이 되지 않았냐는 식으로요. 제 풍채가 지휘관답지 않기 때문에 그렇게 해야만 출세할 수 있다고 말하고 싶으신 겁니까?"

"자네는 유머 감각이 전혀 없군. 그리고 그놈의 안경 좀 벗을 수 없겠나? 안경을 벗어던지고 차라리 눈을 가늘게 뜨고 보는 편이 낫겠네. 태드 그린 빼놓고는 안경 쓴 형사를 본 적이 없어."

"아직도 경찰직에 미련을 갖고 계시군요. 지금 경찰국 신참으로라도 들어올 수 있다면 그깟 엑슬리 건설과 5만 달러의 연봉을 당장 포기하실 것 같네요."

스페인은 시가에 불을 붙였다.

"자네 아버님과 함께라면 그렇게 할 수도 있겠지."

"정말입니까?"

"그럼 정말이지. 프레스톤이 경감이었을 때 난 경위였어. 지금도 그의 회사에서 넘버 투가 아닌가. 그분과 함께 있는 것만으로도 감사할 따름이지."

"아저씨가 목재에 대해 잘 몰랐다면 엑슬리 건설은 존재하지도 않았을 겁니다."

"그렇게 생각해주니 고맙군. 그나저나 안경은 벗어던지게."

에드는 액자에 담긴 사진을 집어 들었다. 제복을 입은 그의 형 토머스가 죽기 전에 찍은 사진이었다.

"아저씨가 만약 신참이라면 전 상사에게 불복종한다는 이유로 가만두지 않았을 겁니다."

"자네라면 능히 그럴 거야. 경위 진급 시험에서는 몇 등을 했나?"

"스물세 명 중에 1등입니다. 최연소 진급대상자에다 최단기간 경사 근무자죠. 경찰국에서도 가장 짧게 있었고요."

"대단하군. 그래, 자네는 형사반에서 일하고 싶은 거지?"

"예."

에드는 사진을 내려놓았다.

"그렇다면 우선 공석이 생길 때까지 최소 1년은 걸릴 거라고 생각해야 될 거야. 공석이 생긴다고 해도 순찰 담당일 가능성이 크지. 형사반으로 가려면 몇 년 동안이나 윗사람한테 온갖 아부를 떨어야 해. 올해 자네나이가 스물아홉인가?"

"예."

"그럼 서른이나 서른한 살에 경위가 되겠군. 상급자가 너무 젊으면 부하들의 반감을 사지. 농담이 아니야. 자네는 다른 친구들하고 달라. 자네는 완력을 자랑하는 타입이 아냐. 형사반에는 안 맞는 타입이지. 그리고 파커 국장은 순찰경관도 꼭대기까지 올라갈 수 있다는 선례를 만들었어. 그걸 한번 생각해보게."

"전 갖가지 사건을 해결하고 싶습니다. 전 배경도 좋고 수훈십자훈장까지 받았어요. 그 정도면 충분히 형사반 일을 할 수 있지 않겠습니까?"

스페인은 야회복에 묻은 재를 떨어냈다.

"우리 한번 터놓고 얘기해볼까?"

다정한 말투였다.

"그러시죠."

"그래, 자네는 우수해. 그리고 시간이 지나면 상당히 유능하다는 평가를 받게 될 거야. 난 자네의 무시무시한 투지에 대해 조금도 의심하지 않아. 하지만 자네 아버님은 잔인하면서도 호감이 가는 분이었어. 그런데 자네는 그다지⋯."

에드는 두 주먹을 불끈 쥐었다.

"그래서요? 돈을 위해 경찰직을 그만둔 아저씨가 절대로 경찰직을 버리지 않을 저한테 무슨 충고를 해주겠다는 거죠?"

스페인은 몸을 움찔했다.

"때로는 아부도 필요해. 우선 누구한테 아부를 해야 할지 정확히 파악해야겠지. 윌리엄 파커의 기분을 맞춰 주며 적당한 시기에 적당한 장소에 있을 수 있도록 기도하게."

"아저씨와 제 아버지처럼 말입니까?"

"바로 그거야."

에드는 옷걸이에 걸려 있는 자신의 제복을 바라보았다. 제복은 칼날처럼 다림질이 되어 있었고 경사 계급장이 달려 있었다.

"에디, 머지않아 제복에 금줄이 붙겠군. 모자에도 말이야. 자네를 생각해서 하는 소리야. 자네 일에 신경 쓰지 않는다면 나도 이러지 않아."

"알고 있습니다."

"자네는 뭐라고 해도 전쟁영웅이 아닌가?"

에드는 화제를 바꾸었다.

"오늘은 성탄절인데 토머스 생각을 하시는군요."

"그에게 뭔가 얘기를 해줬어야 했어. 당시 그는 권총집의 단추도 풀어놓지 않았어."

"소매치기가 총을 갖고 있을 줄 누가 알았겠어요? 형으로서는 어쩔 수 없었죠."

스페인은 시가를 껐다.

"토머스는 타고난 경찰이었어. 난 항상 그의 죽음이 여러 문제를 시사해주고 있다고 생각하네. 그래서 나는 노파심에서 자네한테 시시콜콜한 것까지 얘기해주는 거야."

"죽은 지 벌써 12년이나 됐잖아요. 이제 전 형을 잊으려고 합니다."

"자네가 한 말은 잊어버리도록 하겠네."

"아니, 제가 형사반으로 가게 되면 제가 한 말을 기억하십시오. 그리고 아버지가 형과 어머니에게 건배를 제안해도 감상적인 눈물을 보이거나 하지 마십시오. 아버지는 며칠 동안 아무 일도 못할 정도로 엉망이 될 테니까."

스페인은 불쾌한 얼굴로 자리에서 일어섰다. 프레스톤 엑슬리가 잔과 술병을 들고 들어왔다.

"메리 크리스마스. 아버지, 축하드립니다."

에드가 말했다. 프레스톤은 술을 따랐다.

"고맙구나. 이번 놀이공원 공사는 아로요 세코 고속도로 건설을 웃도는 큰 사업이다. 앞으로 난 절대 치즈를 안 먹을 거다. 자, 건배하지. 아들 토머스와 처 마거릿에게 편안함이 깃들도록, 또 여기에 모인 우리 세 사람을 위해."

그들은 단숨에 잔을 비웠다. 스페인은 다시 잔을 채워주었다. 에드는 아버지가 가장 즐겨하는 건배의 말을 했다.

"절대적 정의를 요구하는 범죄의 해결을 위해."

그들은 다시금 잔을 비웠다.

"전 아버지가 레이먼드 디털링을 아시는지 전혀 몰랐습니다."

에드의 말에 프레스톤은 미소를 지었다.

"업무상 그를 알고 지낸 지는 벌써 몇 년 되었단다. 레이먼드의 요청으로 아트와 나는 이 건설 계약을 비밀로 해왔어. 그는 자신의 텔레비전 프로에서 그것을 발표하고 싶어 하지."

"애서턴 사건 때 그를 만났나요?"

"아니다. 그때 나는 건설 사업을 하고 있지도 않았지. 아서(아트는 Arthur를 짧게 부른 이름 – 옮긴이), 자네도 건배할 게 있나?"

스페인은 잔에 술을 조금씩 따랐다.

"이제 곧 경위가 될 조카가 부디 형사반에 들어가기를 바라며."

그들은 껄껄 웃었다.

"에드먼드, 조안 모로우가 너의 애정생활에 대해 묻더구나. 아마도 네가 마음에 든 모양이야."

프레스톤이 말했다.

"사교계에 진출한 여자가 경찰관의 아내가 될 수 있을까요?"

"그렇긴 하지만 그 여자가 간부급 경찰과 결혼하는 걸 충분히 상상할 수 있을 것 같군."

"형사반장과 말인가요?"

"아니, 순찰부 지휘관이라면 더 어울릴 것 같다는 생각을 했어."

"아버지, 형은 형사반장이 될 수도 있었는데 죽었어요. 그렇다고 저에게 올 기회까지 부정하지는 마세요. 아버지의 낡은 꿈을 제가 실현시켜 줄 거라고 기대하지 말란 말입니다."

프레스톤은 아들을 빤히 쳐다보았다.

"무슨 말인지 알겠다. 네 말대로 나는 원래 그것을 꿈꿨지. 하지만 아무리 생각해봐도 너는 인간의 약점을 보는 정확한 눈을 갖지 못한 것 같구나. 그래 가지고는 우수한 형사가 될 수 없어."

그의 형은 냉철한 두뇌를 가졌지만 예쁜 여자만 보면 사족을 못 쓰곤 했다.

"그럼 형한테는 그런 눈이 있었다는 말인가요?"

"그렇지."

"아버지, 저라면 그 소매치기가 주머니로 손을 가져가는 순간, 총을 갈겨버렸을 거예요."

스페인이 중간에 끼어들며 말했다.

"지금 무슨 소릴 하는 건가?"

프레스톤이 그를 잠잠하게 만들었다.

"좋아. 에드먼드, 손님들한테 돌아가기 전에 몇 가지만 물어보겠다. 첫째, 너는 유죄가 확실한 용의자를 기소하기 위해 확증적인 증거를 심을 수 있겠니?"

"그건 우선…."

"할 수 있는지 없는지 그것만 말해."

"전… 할 수 없습니다."

"그럼 너는 사법제도의 결함을 이용해 풀려날 수도 있는 악질 무장 강도를 등 뒤에서 쏠 수 있겠니?"

"저는…."

"할 수 있는지 없는지만 말하라니까."

"못합니다."

"그럼 유죄가 명백한 용의자를 가차 없이 구타해서 자백을 끌어낼 수 있겠니?"

"할 수 없습니다."

"검찰 측 가설을 보강하기 위해 범죄 현장의 증거를 조작할 수 있겠니?"

"못합니다."

프레스톤은 한숨을 내쉬었다.

"그럼 딴생각 말고 그런 선택들을 하지 않아도 되는 부서에 죽어라고 처박혀 있는 게 좋아. 신이 준 명석한 두뇌를 사용하란 말이야."

에드는 자신의 제복을 쳐다보았다.

"전 형사가 되어 그런 두뇌를 사용하고 싶습니다."

프레스톤은 미소를 지었다.

"형사가 되든 안 되든 간에 너한테는 토머스에게 부족한 집념과 끈기가 있어. 그 덕분에 넌 두각을 나타낼 거다."

전화벨이 울렸다. 스페인이 수화기를 집어 들었다. 에드는 위장한 일본군 참호를 생각했다. 그러자 아버지의 눈을 똑바로 쳐다볼 수가 없었다. 스페인이 말했다.

"서에서 프릴링 경위가 전화를 했군. 유치장이 거의 다 찼고 초저녁에 경관 두 명이 공격을 당했대. 용의자 둘은 잡아들였지만 나머지 넷은 아직 못 잡은 모양이야. 자네가 빨리 복귀하길 바라더군."

에드는 자기 아버지를 향해 돌아섰다. 프레스톤은 복도에서 무치 마우스 모자를 쓴 보우런 시장과 농담을 나누고 있었다.

3

 그의 코르크 메모판에는 다음과 같은 신문기사들이 오려 붙여져 있었다. '마약단속반, 총격전에서 부상', '마리화나 기습 단속에서 배우 로버트 미첨 체포.' 책상 위에는 액자에 넣은 〈허시-허시〉의 기사가 보인다. '마약 소탕 전문 경찰관의 등장에 불안에 떠는 중독자들.' 〈명예의 배지〉 관련 기사에는 사진이 있었다. 잭 빈센즈 경사가 그 프로의 스타인 브렛 체이스와 포즈를 취한 사진이었다. 기사는 편집자의 개인파일에 들어 있는 추악한 사실, 즉 브렛 체이스가 소아 성도착증 환자로 세 번이나 조사를 받았지만 기소는 면한 사실에 대해서는 조금도 언급하지 않았다.

 잭 빈센즈는 마약반을 둘러보았다. 아무도 없고 어둡기만 했다. 불이 켜져 있는 곳은 그의 자리뿐이었다. 자정이 되려면 아직 10분 남았다. 그는 정보과를 위해 범죄보고서를 깨끗이 타이핑해놓겠다고 더들리 스미스에게 약속했었다. 그는 프릴링 경위에게 서에서 열릴 파티를 위해 술을 한 상자 가져가겠다는 약속도 했다. 〈허시-허시〉지의 시드 허진스는 럼을 갖다 주겠다고 했지만 아직 전화가 없다. 잭이 1분에 100단어를 칠 수 있기 때문에 더들리를 대신해서 보고서 타이프를 쳐주는데 내일이면 그 대가를 받게 된다. 퍼시픽 다이닝 카에서 더들리와 엘리스 로우를 만나 함께 점심을 먹기 때문이다. 지방검사실과 연줄이 닿는 것이다. 잭은 담배에 불을 붙이고 보고서를 읽었다.

보고서의 양은 상당했다. 11페이지나 되는 구어체 보고서는 누가 보더라도 더들리가 작성한 것처럼 보였다.

제목은 '미키 코헨이 투옥 중인 가운데 L.A. 범죄조직의 활동'이었다. 잭은 약간의 수정을 가하며 타이프를 쳤다.

코헨은 맥닐 섬 연방교도소에 수감되었고 소득세 탈세 혐의로 3년에서 7년에 이르는 형을 선고받았다. 그의 회계사 데이비 골드먼도 3년에서 7년형으로 수감되었다. 그는 연방세 사기로 여섯 가지 혐의를 받고 있었다. 스미스는 코헨의 앞잡이 모리스 자헬카와 행동대원 웨일런 사이에 한바탕 충돌이 있을 거라고 예상했다. 마피아 거두 잭 드래그나가 추방된 이후 두 사람은 고리대금업, 마권 영업, 매춘 그리고 경마장 갈취 등을 통제할 인물로 부상하고 있기 때문이다. 스미스는 경찰이 감시하기에는 자헬카가 그다지 쓸모 있는 인물이 아니라고 했고 코헨의 양팔 스톰파나토와 티틀봄은 이제 합법적인 사업에 몰두하고 있는 듯 보인다고 했다. 코헨이 한때 고용했던 살인청부업자 리 박스는 이제 종교 관련 사업을 하고 있었다. 들리는 소문에 따르면 그는 신비로운 경험을 유발하는 특허 의약품을 팔고 있다고 한다.

잭은 계속해서 타이프를 쳤다. 아무래도 더들리가 잘못 짚고 있는 것 같았다. 스톰파나토와 티틀봄은 타고난 악당들인데 절대로 정상적인 영업을 하고 있을 리가 없었다. 잭은 새로운 종이를 끼워 넣었다.

새로운 제목은 '1950년 2월, 코헨과 드래그나 사이의 휴전 협정'이었다. 11킬로그램의 헤로인과 도난당한 15만 달러. 잭은 다음과 같은 소문들을 들었다. 전직 경관 버즈 믹스가 거두 회담을 덮쳐 돈과 약을 훔쳐 도망갔다가 샌버나디노 근처에서 코헨의 부하들과 악덕 L.A. 경찰에 의해 살해당했다. 믹스는 미키의 돈을 훔치고 그의 여자까지 건드렸다. 돈과 물건은 오랫동안 발견되지 않았다. 더들리는 믹스가 돈과 헤로인을 아무도 모르는 곳에 숨기고 나서 정체불명의 사람 혹은 사람들에 의해 살해되었다고 보았다. 아마도 코헨의 부하에게 피살되었을 것이다. 잭은 미소를 지었다. 만약 L.A. 경찰국이 믹스의 살인에 개입되었다면 더들리는 절대로 경찰국과 그 사건을 관련짓지 않을 것이다. 심지어 내부 보고서에도 그런 사실은 일절 언급하지 않을 것이다.

다음은 스미스의 사건 개요다. 미키 코헨이 감방에 들어가고 나서 조직의 활동은 소강상태에 접어들었다. 경찰국은 코헨의 비즈니스 구멍을 메우려는 새 얼굴들의 등장에 경계를 늦추어서는 안 된다. 치안국의 협력을 얻어 매춘은 카운티 경계선 너머에서 행해지도록 해야 한다. 잭은 마지막 페이지에 서명을 했다.

'D.L. 스미스 경위.'

전화벨이 울렸다.

"마약단속반 빈센즈입니다."

"잭, 나야. 자네, 배 안 고파?"

잭은 허진스가 불러일으키는 갑작스러운 발작 증세를 간신히 억누르며 말했다. "시드, 늦었군. 파티는 이미 시작됐어."

"난 술보다 더 좋은 걸 가지고 있지. 현금 말이야."

"말해봐."

"내일 도시 전역에 개봉하는 영화 〈희망의 수확〉에 출연하는 태미 레이놀즈가 세상을 깜짝 놀라게 만들 거야. 내가 아는 어떤 친구가 그 여자한테 마리화나를 팔았어. 확실한 중죄감이지. 그 여자는 지금 할리우드 힐스의 마라빌라 2254번지에서 약에 취해 있을 거야. 자네가 체포하면 다음 호 잡지에 자네는 크게 실릴 거야. 마침 성탄절이니까 내 원고를 〈미러〉지의 모티 벤디시한테 흘려주지. 그럼 자네는 일간지에도 등장하는 거야. 게다가 현금 50달러와 럼까지. 난 정말 산타클로스 아닌가?"

"사진은?"

"당연히 실리지. 청색 제복을 입게. 그게 자네 눈 색깔과 잘 어울리니까."

"100달러야, 시드. 순찰경관 두 명한테 20달러씩 줘야 하고 할리우드 서의 당직사령한테도 10달러는 줘야 해. 그리고 자네가 모두 준비해두게."

"잭! 성탄절이잖아!"

"아니야. 마리화나 소지에 크리스마스가 무슨 소리야?"

"제기랄. 30분 뒤에 보세."

"25분 뒤에."

"그리로 가지. 찰거머리 같은 사람."

잭은 전화를 끊고 달력에 가위표를 했다. 또 하루가 그렇게 끝났다. 술을 마시지 않은 지 4년 하고도 두 달이 흘렀다.

그의 무대가 기다리고 있었다. 마라빌라는 차단되었고 허진스의 패커드 차량 옆에는 청색 제복을 입은 경관 두 명이 서 있었다. 그들이 타고 온 순찰차는 인도에 세워져 있었다. 거리는 어둡고 고요했다. 시드는 아크등을 이미 설치해두고 있었다. 그들은 그로만즈 차이니즈 극장을 포함해 할리우드 거리를 조망할 수 있는 위치에 있었다. 그곳이라면 멋진 사진이 나올 것 같았다. 잭은 차를 세우고 그쪽으로 건너갔다.

시드는 현금을 가지고 그를 맞았다. "여자는 지금 어둠 속에 앉아서 성탄 트리를 쳐다보고 있어. 문은 쉽게 깨부술 수 있을 거야."

잭은 38구경 권총을 뽑아들었다. "사람들에게 내 트렁크에 술을 싣도록 해. 그로만즈 극장이 배경으로 나오는 게 좋을까?"

"그렇지. 좋은 생각이야. 잭, 자네는 서부 최고의 형사야!"

잭은 그를 찬찬히 살펴보았다. 서른다섯에서 쉰까지 볼 수 있는 그는 허수아비처럼 깡말랐고 속에는 엄청난 부패를 안고 있었다. 그는 1947년 10월 24일 사건에 대해 알고 있을 수도 있고 모를 수도 있었다. 알고 있다면 그와의 관계는 아마 평생 동안 지속될 것이다. "내가 여자를 밖으로 끌고 나올 때 스포트라이트를 너무 세게 쏘지 말도록 카메라맨한테 일러둬."

"벌써 일러뒀네."

"좋아. 그럼 이제 20부터 거꾸로 세도록 해."

허진스는 숫자를 세기 시작했다. 잭은 계단을 올라가서 문을 걷어찼다. 아크등이 찰칵 소리를 내며 켜지는 순간 거실이 환하게 드러났다. 성탄 트리가 한쪽에 서 있었고 젊은 남녀 한 쌍이 속옷 차림으로 부둥켜안고 있었다.

"경찰이다!" 잭이 소리쳤다. 사랑을 나누던 두 사람은 순간적으로 얼어붙었다. 소파 위의 마리화나가 든 두툼한 가방에 불빛이 비추어졌다.

여자는 놀라서 비명을 질러댔고 남자는 벗어놓은 바지 쪽으로 황급히 손을 뻗으려고 했다. 잭은 얼른 달려가서 남자의 가슴을 발로 짓눌렀다. "손 이리 내, 얌전히."

남자는 두 손목을 겹쳐서 앞으로 순순히 내밀었다. 잭은 한 손으로 수갑을 채웠다. 경찰이 달려 들어와 증거품을 수집했다. 잭은 남자의 이름을 머리에 떠올렸다. 록 록웰, RKO사의 비장의 스타. 여자는 달아나려 했으나 잭의 손에 붙잡혔다. 그는 두 용의자의 목덜미를 붙잡고 밖으로 나와 계단을 내려갔다.

허진스가 소리쳤다. "조명이 있을 때 그로만즈를 찍어!"

잭은 속옷만 간신히 걸친 채 거의 반라 상태가 되어 있는 두 사람의 몸을 수색했다. 플래시가 연달아 터졌다. "컷! 좋았어!" 시드가 소리쳤다.

나머지는 제복 경관들의 몫이었다. 록웰과 여자애는 울먹이며 순찰차로 끌려갔다. 주변 집들의 유리창이 환하게 밝아지며 사람들이 문을 열고 밖을 내다보았다. 잭은 다시 집 안으로 들어갔다.

실내에는 마리화나의 연기가 자욱했다. 4년이 지난 지금까지도 냄새는 여전히 좋았다. 허진스는 서랍을 열어보고 딜도(남근 대용품 – 옮긴이)와 대못이 박힌 개목걸이 따위를 발견했다. 잭은 전화를 찾은 다음 누구한테 물건을 구입했는지 알아내려고 주소록을 뒤졌지만 아무런 정보도 얻을 수 없었다. 바닥으로 명함이 한 장 떨어졌을 뿐이다. 명함에는 '플뢰르 드 리(Fleur de Lis : 프랑스어로 '백합' – 옮긴이), 하루 24시간 영업, 당신이 원하는 것은 무엇이든 있습니다.'라고 적혀 있었다.

시드가 무어라고 구시렁거리기 시작했다. 잭은 명함을 본래 자리에 끼워 놓았다. "어떤 식으로 적을 건지 말해봐."

시드는 헛기침을 하고 나서 말했다. "천사의 도시에 성탄절 아침이 찾아왔다. 선량한 시민들이 곤히 잠들어 있는 시간에 중독자들은 지옥에서 자라는 풀인 마리화나를 찾아 배회하고 있다. 지옥에 한쪽 발을 들여놓은 영화배우 태미 레이놀즈와 록 록웰은 석면 장갑도 끼지 않고 불장난을 하고 있다. 그들은 어떤 사람이 그 불을 끄려고 달려오고 있다는 사실도 모른 채 할리우드에 있는 태미의 화려한 집에서 마리화나를 피운다. 불의를 보면 못 참는 우리의 유능한 형사 잭 빈센즈가 등장한다. 마리화나와 마약 상용자들에게는 재앙이나 다름없는 우리의 정의로운 빈센즈. 그는 어느 곳이든 달려갈 준비가 되어 있다. 익명의 제보자로부터 정보를 듣고 행동을 개시하는 빈센즈 경사… 어때? 맘에 드나?"

"음, 그럴듯하군."

"아니야, 다음과 같이 쓰면 판매부수가 90만 부 이상으로 올라갈 거야. 자네의 전처들이 자네의 사회악 제거 운동을 견디다 못해 두 번 이혼했다는 것 그리고 자네 이름 빈센즈는 인디애나 주에 있는 어떤 고아원에서 따온 거라는 사실을 말일세."

마약반에서 잭의 별명은 쓰레기통이었다. 찰리 파커가 마약을 하는 것을 적발하고 그를 클럽 잠보앙가 바깥에 있는 쓰레기통에 처박고 나서 붙은 별명이었다. "〈명예의 배지〉에 대해서도 언급해야지. 밀러 스탠턴이 내 친구라는 사실, 내가 브렛 체이스에게 경찰관 역에 대해서 가르쳐줬다는 사실 말이야. 불세출의 기술자문이라는 사실도 언급해야 돼."

허진스는 깔깔 웃었다. "브렛은 아직도 어린애들을 좋아하나?"

"검둥이들한테 춤을 잘 추느냐고 묻는 거나 다름없지."

"제퍼슨 거리 남쪽에 있는 흑인들은 그렇지. 아무튼 얘기 고맙네, 잭."

"고맙긴."

"정말이야. 자네를 만나면 항상 기분이 좋다니까."

바퀴벌레 같은 놈, 너는 항상 고결한 척하는 윌리엄 파커한테 언제든 나에 대해 밀고할 수 있다는 것을 아니까 나한테 윙크하는 거잖아. 1948년으로 거슬러 올라간 어떤 일로 나를 언제든 한 방에 보낼 수 있다는 거지.

허진스가 윙크를 했다.

잭은 과연 그가 모든 것을 기록해두었는지 궁금했다.

4

파티가 무르익자 소집실은 사람들로 북적거렸다. 스카치, 버번 그리고 쓰레기통 잭이 가져온 럼 한 상자 등 술과 음료가 무료로 제공되었다. 스텐슬랜드의 버번위스키와 에그노그는 음료수 냉각기 안에 있었다. 축음기에서는 산타와 루돌프가 서로 빨고 핥으며 성교를 한다는 외설스러운 크리스마스 캐럴이 흘러나오고 있었다. 방은 발 디딜 틈이 없을 정도로 만원이었다. 야간 근무를 하는 경찰들과 센트럴 서의 형사들이 대부분이었는데 그들은 부랑자들을 쫓아다닌 터라 한창 목이 말라 있었다.

버드는 사람들을 지켜보았다. 프레드 튜렌타인은 지명수배자 포스터에 다트를 던졌다. 마이크 크루그먼과 월트 듀크시어러는 한 번에 25센트씩 걸고 검둥이 전과자들의 이름을 알아맞히는 내기를 하고 있었다. 잭 빈센즈는 탄산수를 마시고 있었고 프릴링 경위는 자기 책상에 널브러져 있었다. 에드 엑슬리는 시끄럽게 떠드는 사람들을 진정시키려고 애쓰다가 결국 포기하고 유치장으로 가서 연행된 사람들을 기록하고 보고서를 작성하고 있었다.

거의 모든 사람이 취했거나 아니면 취하기 직전이었다.

그들은 헬레노프스키와 브라우넬, 경찰을 공격했다가 구금당한 녀석들 그리고 아직 붙잡히지 않은 두 녀석에 대해 얘기하고 있었다.

버드는 창가에 서 있었다. 잘 알아들을 수 없는 소문들이 그의 귀에 들려왔다. 브라우넬은 입술이 코까지 찢어졌다는 둥, 한 녀석이 헬레노프스키의 왼쪽 귀를 물어뜯었다는 둥, 스텐슬랜드가 산탄총을 집어 들고 남미 녀석들을 소탕하러 나갔다는 둥 같은 얘기들이었다. 그는 마지막 얘기만 믿었다. 그는 스텐슬랜드가 이타카 펌프액션 산탄총을 들고 주차장으로 가는 것을 보았다. 소음은 점점 더 심해졌다.

버드는 주차장으로 나가서 순찰차에 몸을 기댔다.

보슬비가 내리기 시작했다. 유치장 문 쪽에서 한바탕 소란이 벌어졌다. 스텐슬랜드가 두 녀석을 안으로 밀어 넣고 있었다. 비명 소리가 들려왔다. 버드는 스텐슬랜드가 혼자서 녀석들을 집어넣는 것에 20달러를 걸었다. 자기 손을 빌리지 않고 끝내면 금액은 1대 1이고 손을 빌려줘야 한다면 2대 1이다. 소집실에서는 프랭크 도허티가 감상적인 고음으로 '실버벨'을 부르고 있었다.

버드는 노래가 들리지 않는 곳으로 물러났다. 그 노래를 들으면 어머니가 생각났기 때문이다. 담배에 불을 붙이고 나서 그는 자기도 모르게 어머니 생각에 젖어들었다.

버드는 그날의 살인 장면을 목격했다. 당시 열여섯 살에 불과했던 그로서는 살인을 막을 도리가 없었다.

아버지가 집에 돌아왔다. 그는 엄마한테 한 번만 더 손을 대면 가만두지 않겠다는 아들의 경고를 곧이곧대로 믿었을 게 틀림없었다. 그는 손목과 발목에 수갑과 족쇄가 채워진 채 잠들어 있었다. 잠에서 깨어났을 때 그는 미쳐 날뛰는 아버지가 타이어를 끼우고 뺄 때 사용하는 지렛대를 가지고 어머니를 흠씬 두들겨 패는 장면을 목격했다. 그는 목이 찢어져라 소리를 질러댔다. 그는 손발이 묶인 상태로 어머니의 시신과 함께 방에서 일주일을 보냈다. 그동안 물 한 방울도 먹지 못해 제정신이 아니었다. 그는 어머니의 시신이 서서히 썩어가는 모습을 곁에서 지켜봐야 했다.

그는 무단결석 학생들을 지도하던 교사에 의해 발견되었다. L.A. 보안관은 그의 아버지를 찾아냈다. 재판에서 변호인이 한정책임능력을 들고 나와 아버지는 2급 살인 선고를 받았다. 종신형을 받았지만 결국에는 12년만 살고 가석방되었다. 그의 아들, 즉 L.A. 경찰국의 웬들 화이트 경관은 자기 손으로 아버지를 죽이기로 마음먹었다.

하지만 아버지는 종적을 감추었다.

가석방 규정을 위반하고 어디론가 사라져버린 것이다. 자주 드나들던 곳들을 샅샅이 뒤져봤지만 아무 소득도 없었다. 버드는 포기하지 않았다. 여자들의 비명 소리가 들리는 곳이라면 정신이 번쩍 들어 허급지급 달려갔다. 하지만 막상 달려가 보면 대수롭지 않은 소음이요 사건이었다. 한번은 문을 박차고 들어가 보니 손에 화상을 입은 여자가 있었다. 손을 덴 여자가 고통으로 소리를 내지른 것이었다. 또 한번은 여자의 비명 소리를 듣고 달려 들어가 보니 부부가 사랑을 나누고 있었다.

아버지는 어디로 숨었는지 머리카락 한 올 보이지 않았다.

그는 형사가 되어 스텐슬랜드와 파트너가 되었다. 스텐슬랜드는 그의 얘기를 다 듣고 나서 울분을 풀 수 있는 방법을 가르쳐주었다. 아버지는 결국 못 찾아낼지도 모르지만 아내에게 폭력을 휘두르는 남편들을 혼내주면 지긋지긋한 악몽에서 벗어날 수 있을지도 모른다고 조언도 해주었다.

그러다가 버드는 처음으로 기회를 잡았다. 오랫동안 남편에게 구타를 당한 어떤 여자가 참다못해 신고를 했다. 남편은 이미 세 번이나 체포된 전력이 있는 상습범이었다. 버드는 남편을 붙잡아 경찰서로 데려오는 도중에 한 가지 제안을 했다. 수갑을 풀어줄 테니 자기와 싸움을 한판 벌여 자기를 누르면 풀어주겠다고 하자 남편은 그의 제안에 흔쾌히 동의했다. 버드는 그의 코뼈와 턱뼈를 부서뜨리고 드롭킥으로 비장을 망가뜨렸다. 스텐슬랜드의 조언이 옳았다. 그런 일이 있고부터 버드는 더 이상 악몽에 시달리지 않았다.

버드는 L.A. 경찰국에서 가장 성격이 거친 형사라는 명성을 점점 얻게 되었고 그러한 평판을 지켜나갔다. 그는 계속 그런 일을 해나갔다. 용의자들이 무죄로 풀려나거나 복역 중에 가석방으로 풀려나면 그는 그들의 집에 협박 전화를 걸었다. 피해자들이 답례로 자신들의 몸을 제공해도 그는 절대로 받지 않고 여자가 필요할 때는 다른 곳에서 조달했다. 그는 재판과 가석방 날짜의 목록을 작성해두고 모범수로 있는 자들한테 엽서를 보내기도 했다. 권력 남용이라고 항의가 들어오기도 했지만 그는 아랑곳하지 않았다. 스텐슬랜드는 그를 어엿한 형사로 만들어주었다. 이제는 버드가 자신의 스승을 보살펴주는 역할을 했다. 근무 중에 술에 취하지 않도록 했고 지나치게 흥분을 했을 때는 감정을 자제하도록 해주었다. 그러는 동안 버드는 자기통제를 배우게 되었다. 스텐슬랜드는 온갖 나쁜 습관에 젖어 있었다. 그는 술집에 가서 시간을 때우며 마약 거래가 행해져도 모른 체했다.

실내에서 흘러나오던 음악이 갑자기 이상해졌다. 그것은 음악이라고 할 수도 없었다. 버드는 날카로운 외침을 들었다. 유치장에서 비명 소리가 터져 나왔다.

소음은 두 배, 세 배로 커졌다. 버드는 소집실에 있던 경찰들이 유치장으로 우르르 달려가는 것을 보았다. 그 모습을 보자 정신이 번쩍 들었다.

술에 취한 스텐슬랜드가 미쳐 날뛰고 있었다. 그는 경관을 공격한 녀석들을 무자비하게 두들겨 패고 있었다. 버드는 단숨에 문까지 달려갔다.

비좁은 통로는 사람들로 가득 들어차 있었고 감방들의 문은 열려 있었다. 엑슬리는 모두 제자리로 돌아가라고 고래고래 고함을 지르며 사람들을 비집고 들어가려고 했지만 여의치 않았다. 버드는 수감자 목록을 살펴보았다. '산체스 디나르도, 카르비할 후안, 가르시아 이지키엘, 차스코 레이에스, 라이스 데니스, 발류페이크 클린턴'의 이름 뒤에 체크표시가 되어 있었다. 모두 경관을 폭행했던 녀석들이었다.

부랑자 감방에 들어 있는 녀석들은 소리를 질러 분위기를 돋우었다.

스텐슬랜드는 손가락 관절에 끼우는 놋쇠 조각을 마구 휘두르며 4호실 감방을 두들겼다.

윌리스 트리스타노는 엑슬리를 벽으로 밀어붙였다. 크럼리는 그가 가지고 있던 열쇠꾸러미를 낚아챘다.

이제 경관들은 감방 안으로 몰려 들어가고 있었다. 피투성이가 된 엘머 렌츠가 히죽히죽 웃고 있었다. 빈센즈는 당직사령실 옆에 있었고 프릴링 경위는 자기 책상에서 코를 골고 있었다.

버드는 다짜고짜 안으로 파고 들어갔다. 사람들의 팔꿈치에 이리저리 걸렸지만 그들은 그가 누구인지 알아보고 길을 터주었다. 스텐슬랜드는 3호실로 미끄러져 들어갔다. 버드도 감방 안으로 몸을 밀어 넣었다. 스텐슬랜드는 바짝 마른 멕시코 청년을 사정없이 두들겨 패고 있었다. 청년은 무릎을 꿇은 채 이를 악물고 있었다. 버드는 뒤에서 스텐슬랜드를 꽉 붙들었다.

멕시코 청년은 입 안에 고인 피를 뱉어냈다. "이봐, 화이트 씨. 난 당신을 알고 있어. 깡패나 다름없더군. 당신은 내 친구가 자기 아내를 때렸다고 마구 두들겨 팼어. 그 여자는 화냥년이었는데도 말이야. 멍청이. 도대체 당신의 머릿속엔 뭐가 들어 있는 거야?"

버드는 스텐슬랜드를 놓아주었다. 멕시코 청년은 가운뎃손가락을 치켜들었다. 버드는 발길질을 해서 청년을 바닥에 쓰러뜨린 다음 멱살을 붙잡아 다시 일으켜 세웠다. 그러자 여기저기서 환호성이 터져 나오고 욕설이 쏟아져 나왔다. 버드는 불량배의 머리를 천장에다 메다꽂았다. 제복을 입은 경관 하나가 감방 안으로 달려 들어왔다. 에드 엑슬리였다. 그는 부잣집 아드님 같은 목소리로 소리쳤다.

"그만둬, 경관. 이건 명령이야."

멕시코 청년은 기회다 싶었는지 허공에 대롱대롱 매달린 상태로 버드의 불알을 걷어찼다. 불의의 일격을 받고 버드는 비틀거리며 뒤로 주춤주춤 물러서다가 쇠창살에 몸을 기댔다. 불량배는 비틀거리며 감방 문을 나가려다가 빈센즈와 딱 마주쳤다. 쓰레기통은 화가 머리끝까지 나 있었다. 그의 유니폼 상의에는 피가 묻어 있었다. 그는 불량배에게 연타를 먹여 그 자리에서 고꾸라지게 했다. 엑슬리는 감방에 있다가 황급히 달려 나갔다.

고함 소리와 날카로운 비명 소리가 천 개의 사이렌 소리보다 더 크게 울려 퍼졌다.

스텐슬랜드는 진이 담긴 병을 꺼냈다. 버드는 그곳에 있는 모든 사람이 흑인 지역으로 갈 준비가 되어 있다는 것을 알아차렸다. 버드는 그곳을 살금살금 빠져나왔다. 엑슬리가 술을 창고 속에 던져 넣고 있었다.

분노한 경관들이 버드를 환호하며 시끄럽게 소리를 지르는 동안에도 엑슬리는 술을 창고 속에 쏟아붓고 있었다. 그는 술을 한 방울도 입에 대지 않은 목격자였다. 버드는 통로를 따라 달려가서 그를 창고에 가둬버렸다.

5

가로세로 2.4미터의 정사각형 창고에는 창문도, 전화도, 인터콤도 없었다. 선반에는 각종 서류양식, 자루걸레, 빗자루 등이 가득했고 구멍이 막힌 싱크대는 보드카와 럼으로 가득 채워져 있었다. 게다가 문은 강철로 되어 있었다. 지독한 술 냄새는 절로 구역질이 나게 했다. 온풍구를 통해 외침소리와 쿵쿵거리는 소리가 들려왔다.

에드는 문을 세게 두들겨봤지만 밖에서는 아무런 반응도 없었다. 온풍구에 대고 고함을 질러보기도 했지만 반응이 없기는 마찬가지였다. 뜨거운 공기가 그의 얼굴을 덮쳤다. 그는 창고에 꼼짝없이 갇힌 것은 물론이고 열쇠마저 빼앗겼다는 사실을 깨달았다. 형사반 친구들은 누가 그런 짓을 했는지 에드가 실토하지 않을 거라고 생각한 모양이다. 에드는 아버지라면 그런 상황에서 어떻게 했을지 생각해보았다.

시간이 흘러갔다. 유치장의 소음은 멈추고 이어지기를 반복했다. 에드는 문을 두들겨보았다. 부질없는 짓이었다. 창고 안은 더워졌고 술 냄새가 공기를 탁하게 했다. 에드는 과달카날(솔로몬 제도 동남부에 있는 화산섬-옮긴이)을 떠올렸다. 일본군을 피해 시신 밑에 숨어 있던 기억이 떠올랐다. 그의 제복은 땀으로 흠뻑 젖어 있었다. 자물쇠를 향해 총을 쏘면 반동으로 튀어나와 자신이 맞을 가능성이 컸다.

그 소란은 반드시 큰 문제가 될 것이다. 내사과에서 조사에 나설 것이고 민사소송이 제기되고 대배심이 열릴 것이다. 경찰의 가혹 행위에 대한 고소도 잇따를 것이다. 그렇게 되면 그의 경력도 하수처럼 쓸려 내려갈 것이다. 에드먼드 엑슬리 경사는 질서를 유지 못한 책임을 지고 십자가에 매달리는 것이다. 그대로 당할 수는 없었다. 에드는 최대한 머리를 써서 반격을 가해보기로 마음먹었다.

그는 서류의 뒷면에 메모를 했다. 보고서 1에는 사실관계를 적었다.

어떤 소문, 즉 존 헬레노프스키가 한쪽 눈을 실명했다는 소문 때문에 문제가 발생했다. 리처드 스텐슬랜드 경사는 용의자로 라이스 데니스와 발류페이크 클린턴을 잡아들였다. 그는 얘기를 퍼뜨렸고 그것이 경찰관들의 분노에 불을 질렀다. 당직사령 프릴링 경위는 근무규정 4319조를 위반해 근무 중 술을 마시고 잠에 곯아떨어져 있었다. 당직부관 엑슬리 경사는 열쇠를 분실한 사실을 깨달았다. 경찰서 내의 성탄파티에 참석한 경관들은 유치장으로 몰려갔다. 그들은 경찰관에게 폭행을 가한 여섯 명의 혐의자가 있는 감방을 열쇠로 열었다. 엑슬리 경사는 감방 문을 다시 잠그려고 했지만 구타는 이미 시작되었고 윌리스 트리스타노 경사가 엑슬리 경사를 붙잡고 있는 동안 월터 크럼리 경사는 그의 허리띠에 부착된 보조키를 훔쳤다.

엑슬리 경사는 보조키를 되찾기 위해 어떠한 폭력도 사용하지 않았다.

좀 더 상세한 내용은 다음과 같다. 스텐슬랜드는 이성을 잃고 완전히 정신이 나가 있었고 경찰관들은 무력한 수감자들을 무자비하게 구타했다. 버드 화이트는 한 수감자의 멱살을 움켜잡고 번쩍 치켜들었다.

엑슬리 경사가 화이트 경관에게 당장 중단하라고 명령을 내렸지만 그는 명령을 무시했다. 수감자가 그의 손아귀에서 벗어나 더 이상 대결할 의도를 내비치지 않자 엑슬리 경사는 안정을 되찾았다.

에드는 몸을 움츠리며 51년 12월 25일, 센트럴 서 유치장에서 벌어진 폭행사건에 대해 상세하게 써나갔다. 아마도 대배심은 기소를 결정할 것이고 내부감사위원회도 구성될 것이다. 그렇게 되면 파커 국장의 위신은 땅에 떨어지고 말 것이다. 새로운 종이를 사용하자 수감자들이 증인이 될 수 있다는 생각이 떠올랐다. 사실 대부분의 경찰관은 술에 잔뜩 취해 있었다. 그들은 신뢰할 수 없는 증인들이다. 그는 술을 마시지 않았고 상황을 통제하려고 나름대로 노력했었다. 그는 어떻게든 곤경에서 벗어나야 했고 경찰국도 체면을 구기지 않을 수 있는 방안이 필요했다. 고위 간부들은 나쁜 여론을 미리 막으려고 애쓴 사람에게 무척 고마워할 것이다. 그런 것을 예견하고 미리 준비하는 사람에게 고마워하지 않는다면 그게 더 이상한 것이다. 그는 보고서 2를 적어나가기 시작했다.

보고서 2는 보고서 1을 약간 변형한 것으로 이번 소동을 소수의 경관들의 책임으로 돌리는 것이다. 스텐슬랜드, 자니 브라우넬, 버드 화이트 그리고 이미 연금 수혜를 받았거나 곧 받게 될 선임 경관들, 이를테면 크룩먼, 터커, 하이니케, 허프, 디스브로 그리고 도허티가 바로 그들이다. 만약 기소의 위험성이 높아지면 이들을 지방검사실에 던져주면 된다. 주관적인 관점은 부랑자 감방에 들어 있는 사람들의 증언에 맞추어 조정하면 된다. 습격자들이 감방을 벗어나려 했을 뿐 아니라 다른 수감자들까지 풀어주려 했다고 하면 된다. 사실관계를 약간 비튼다고 하더라도 다른 목격자들이 그것을 부인하기는 사실상 어렵다. 에드는 작성한 보고서에 서명을 하고 통풍구에 귀를 기울여보다가 보고서 3을 적어나갔다.

여러 목소리가 스텐슬랜드에게 눈을 뜨고 총을 들라고 재촉했다. 화이트는 감방을 떠나며 무슨 부질없는 짓이냐고 주절거렸다. 크룩먼과 터커는 욕설을 내뱉고 있었다. 기어들어가는 목소리들이 이에 대답했다. 화이트나 자니 브라우넬의 목소리는 더 이상 들리지 않았다. 렌츠, 허프, 도허티가 통로를 배회하고 있었다. 흐느끼는 소리와 살려달라는 스페인어가 계속해서 들렸다.

오전 6시 14분.

에드는 보고서 3을 모두 썼다. 흐느끼는 소리도 살려달라는 말도 없다. 경찰 폭행범들이 다른 수감자들을 선동한 것이다. 그는 자기 아버지가 이런 범죄들을 어떻게 평가할 것인지 궁금했다. 동료 경관들이 공격을 받았고 이번에는 그 공격자들이 흠씬 두드려 맞았다. 어느 쪽에 정의가 필요한 것인가?

통풍구에서 들리는 소리가 점점 작아졌다. 에드는 잠을 자두려고 했지만 잠을 이룰 수가 없었다. 누가 문에 열쇠를 꽂는 소리가 들렸다.

프릴링 경위였다. 그는 창백한 얼굴에 벌벌 떨고 있었다. 에드는 그를 옆으로 밀치고 통로를 걸어갔다.

여섯 개의 감방이 모두 활짝 열려 있었다. 벽에는 피가 덕지덕지 묻어 있었다. 후안 카르비할은 침대에 앉아 있었다. 그의 셔츠는 검붉은 피로 범벅이 되어 있었다. 클린턴 발류페이크는 변기의 물로 얼굴에 묻은 피를 씻어내고 있었다. 레이에스 차스코는 심한 타박상을 입은 것 같았다. 데니스 라이스는 자신의 손가락을 매만지고 있었다. 퍼렇게 부풀어 오른 것으로 보아 부러진 것 같았다. 디나르도 산체스와 이지키엘 가르시아는 부랑자 감방 옆에 몸을 동그랗게 말고 누워 있었다.

에드는 구급차를 불렀다. 차체에 쓰인 '카운티 제너럴, 교도소 병동'이란 단어를 보자 그는 욕지기가 치밀었다.

6

더들리 스미스가 말했다. "자네, 그다지 먹지 않는군. 어젯밤에 동료들과 소란을 피워 식욕이 없는 건가?"

잭은 그의 접시에 담긴 티본스테이크, 구운 감자, 아스파라거스 등을 바라보았다. "전 지방검사실에서 계산을 할 때는 항상 푸짐하게 주문합니다. 로우는 어디 있죠? 그가 사주는 게 어떤 건지 보고 싶네요."

스미스는 껄껄 웃었다. 잭은 자신의 옷매무새에 눈길을 주었다. 헐렁한 편이라 뭔가를 감추기에는 좋아 보였다. 무대에 오른 아일랜드인 같지만 45구경 자동엽총과 브래스 너클(격투용으로 손가락 관절에 끼우는 놋쇠 조각-옮긴이)과 곤봉을 숨길 수 있다. "로우는 무슨 생각을 하는 거죠?"

더들리는 손목시계를 들여다봤다. "그렇지, 30분이 넘도록 예의바르게 행동했으면 우리 구세주의 생일날 비즈니스를 하는 데 서곡으로는 충분한 것 같아. 이봐, 엘리스가 원하는 건 이 멋진 도시에서 지방검사가 되는 것 그리고 그다음에는 캘리포니아의 주지사가 되는 거야. 그는 지난 8년 동안 검사보로 일했고 48년에 출마를 했다가 낙선하고 말았지.

53년 3월에 있을 중간선거에서는 승리를 할 수 있다고 생각하고 있어. 범죄자들에게 엄격한 사람이고 우리 경찰국에는 더할 나위 없는 친구야. 비록 유대인 혈통이지만 난 그 사람이 좋아. 앞으로 훌륭한 검사가 될 거라고 믿고 있네. 그래서 하는 말인데 이번에 당선이 되도록 도와주고 그 사람의 귀한 친구가 되어주게."

잭은 자기가 흠씬 두들겨 팬 멕시코 친구가 머리에 떠올랐다. 모든 일이 남김없이 들통 날지도 모른다. "머잖아 그의 도움이 필요할지도 모르겠군요."

"그 사람이라면 기꺼이 도와줄 거야."

"그럼 제가 그 사람의 똘마니가 되는 건가요?"

"'똘마니'란 표현은 듣기 거북하군. 우정을 서로 나눈다는 표현이 더 적절할 것 같네. 특히 자네가 가진 대단한 커넥션을 생각한다면 말이야. 하지만 로우 씨의 요청에서 근본이 되는 것은 돈이야. 그 부분은 처음부터 밝혀놔야 나중에 혼란을 겪지 않을 거야."

잭은 자신의 접시를 옆으로 밀어두었다. "로우는 내가 〈명예의 배지〉에 나오는 친구들을 부추기길 바라는 거죠. 선거 캠페인에 참여하라고 말이죠."

"맞아. 그리고 그 망할 놈의 〈허시-허시〉 스캔들 망을 자기 등에서 제거해주기를 바라고 있지. 이 세계에서는 상부상조가 공공연한 암호이기 때문에 그 사람도 가만히 있지 않고 그만한 대가를 제공해줄 거야."

"어떤 대가 말이죠?"

스미스는 담배에 불을 붙였다. "그 프로그램의 제작자 맥스 펠츠는 여러 해 동안 세금 문제로 골치를 썩고 있지. 로우는 그가 다시는 감사를 받지 않도록 해줄 거야. 자네가 경찰관 연기를 지도해주었던 브렛 체이스는 변태적인 남색꾼이지만 로우는 그 사람을 기소하지 않을 거야. 로우는 지방검사실의 사건 파일을 그 프로그램의 스토리 담당자에게 빌려줄 거야. 그렇게 되면 자네는 그에 대한 보상을 받을 거야. 지방검사실의 밥 갤로데 경사는 언젠가 법과대학원에 가서 공부를 할 텐데 나중에 사법시험에 합격하면 지방검사실에 검사로 돌아올 거야. 그렇게 되면 자네는 그의 예전 직책을 승계할 수도 있겠지. 물론 경위라는 직위와 함께 말이야. 구미가 당기는 제안 아닌가?"

잭은 더들리의 담뱃갑에서 담배 한 개비를 빼냈다. "제가 마약단속반을 떠나지 않을 거라는 사실과 그 제안에 제가 예스라고 대답할 거라는 사실 알고 계시죠? 제 예상으로는 로우가 이 자리에 나타나 고맙다고 하며 후식을 함께 들지 못한다고 말하겠죠. 그러니 예스라고 할 수밖에요."

더들리가 윙크를 하자 엘리스 로우가 부스로 미끄러져 들어왔다. "아, 이거 너무 늦어서 미안합니다."

"설명하신 대로 하겠습니다." 잭이 말했다.

"스미스 경위가 자네한테 상황을 설명해줬나 보지?"

"굳이 자세한 설명을 필요로 하지 않는 친구들도 있죠." 더들리가 말했다.

로우는 우수 졸업생 클럽의 목걸이를 만지작거렸다. "그럼 정말 고맙지. 어떤 식으로든 자네한테 도움을 주고 싶은데 도움이 필요하면 주저하지 말고 연락하게."

"그러죠. 후식은요?"

"더 있고 싶지만 받아야 할 증언이 있어서 말이야. 나중에 식사 한 번 하지."

"그렇게 하시죠."

로우는 20달러짜리 지폐 한 장을 식탁에 내려놓았다. "다시 한 번 고맙네. 경위, 나중에 얘기하지. 그럼 두 사람 모두 메리 크리스마스."

잭은 고개를 끄덕였다. 로우가 자리를 뜨자 더들리가 말했다. "할 얘기가 좀 더 있네."

"일이 더 있다는 건가요?"

"그런 셈이지. 웰턴 모로우의 성탄절 파티에서 경비 일을 해주겠나?"

그것은 그의 연중행사로 보수는 현금으로 받는다. "예, 오늘 밤이죠. 로우가 초청받기를 원하나요?"

"그건 아니야. 자네는 모로우 씨에게 큰 은혜를 베푼 적이 있지. 그렇지?"

1947년 10월의 일이다. 하기야 엄청난 은혜를 베푼 것은 맞다. "예, 그런 적이 있죠."

"아직도 모로우 집안하고 친하게 지내지?"

"일종의 피고용인으로서 그렇다고 할 수 있죠. 왜 그러시죠?"

더들리는 껄껄 웃었다. "이봐, 엘리스 로우는 아내를 원해. 이왕이면 사회적 지위가 높은 가문의 비유대인 여성과 말일세. 그 양반은 조안 모로우를 여러 행사에서 보고 나서 그 여자한테 푹 빠지게 됐지. 자네가 큐피드 역할을 해주면 어떨까? 조안이 어떤 생각을 갖고 있는지 슬쩍 떠봐주지 않겠나?"

"저한테 미래의 L.A. 검사에게 데이트를 주선해달라는 건가요?"

"그런 셈이지. 자네 생각은 어떤가? 모로우 양이 받아들여줄 거라고 생각하나?"

"시도해볼 가치는 있죠. 신분상승 욕구가 강한 여자라서 결혼을 잘해야 한다는 생각을 늘 갖고 있죠. 유대인과의 결혼에 대해 어떻게 생각하는지는 잘 모르겠습니다만."

"그렇지. 그게 문제야. 하지만 수고는 해줄 수 있겠지?"

"그러죠."

"말만 꺼내 봐. 그 뒤로는 둘이 알아서 하겠지. 그건 그렇고… 어젯밤

서에서 그렇게 지독했나?"

이제 그는 본론으로 들어가고 있었다. "정말 지독했죠."

"이번 일이 조용히 지나갈 거라고 생각하나?"

"모르겠습니다. 브라우넬과 헬레노프스키는 어떻습니까? 부상이 얼마나 심하죠?"

"가벼운 타박상 정도야. 내 생각에 보복을 한 것은 너무 심했어. 자네도 보복에 동참했나?"

"누가 때리기에 반격을 했죠. 그러다가 밖으로 나왔습니다. 로우는 기소하는 걸 두려워하고 있나요?"

"기소를 했다가 친구들을 잃을까 봐 두려워하지."

"오늘 친구를 한 사람 얻었으니 게임에 앞서고 있다고 전해주십시오."

잭은 집으로 돌아와 소파 위에서 잠이 들었다. 그는 오후까지 자다가 현관에 〈미러〉지가 떨어지는 소리를 듣고 깨어났다. 잡지의 4페이지에는 다음과 같은 제목이 있었다. '〈희망의 수확〉 공연자들에게 경악의 성탄절.'

사진은 없었지만 모티 벤디시가 빅 브이의 빛나는 업적에 대해 썼다. '그의 많은 정보 제공자들 가운데 하나'에 따르면 잭 빈센즈는 이들을 배회하게 하고 이들의 주머니에 자신의 돈을 찔러준다고 한다. 빅 브이가 자신의 봉급을 가지고 마약 소탕에 진력한다는 것은 이제 잘 알려진 사실이다. 잭은 기사를 오려낸 다음 헬레노프스키, 브라우넬 그리고 경관 습격자들에 대한 기사가 없는지 살펴보았다.

아무것도 없었다.

예견 가능한 일이다. 경관 두 명이 약간의 타박상을 입은 것은 대수롭지 않은 일이고 불량배들은 악덕 변호사를 만날 시간을 갖지 못했을 것이다. 잭은 장부를 꺼냈다.

각 페이지는 날짜, 자기앞수표 번호 그리고 액수라는 세 개의 난으로 나뉘어 있었다. 액수들은 100달러에서 2천 달러까지 다양했다. 수표 수취인은 아이오와 주 시더 래피즈에 사는 도널드와 마샤 스코긴스였다. 세 번째 난의 맨 아래쪽에는 지금까지의 합계액 3만 2천350달러가 적혀 있었다. 잭은 통장을 꺼내 잔액을 확인하고 이번에 500달러를 보내야겠다고 마음먹었다. 성탄절용으로 500달러는 주어야 했다. 물론 충분하지는 않겠지만 우리의 잭 아저씨는 뻗어버릴 때까지 돈을 보낼 것이다.

성탄절 때마다 그는 장부를 조사했다. 그것은 모로우 가에서 일하며 시작된 것인데 그는 그들을 성탄절 때에 만났다. 그는 고아였고 스스로 스코긴스가의 아이들을 고아로 만들어버렸다. 성탄절은 고아들에게는 정말 견디기 힘든 시간이다. 그는 억지로 옛날 일을 떠올려보았다.

1947년 9월의 하순이었다.

당시 국장이던 워턴이 그를 불러들였다. 웰턴 모로우의 딸 카렌이 고등학교의 나쁜 아이들과 어울려 마약을 한다는 것이다. 아이들은 그것을 색소폰 연주자, 레스 와이스코프한테서 얻었다는 것이다. 모로우는 돈이 썩어날 정도로 부유한 변호사로 L.A. 경찰국 기금모금에 상당한 돈을 기부하고 있었다. 그는 와이스코프가 따끔하게 혼이 나길 원했다. 그것도 비밀리에.

잭은 와이스코프를 알고 있었다. 콩크 머리(약품으로 곱슬머리를 반듯하게 편 머리-옮긴이)를 하고 나이 어린 여자를 좋아하는 그는 딜라우디드(진통제-옮긴이)를 팔았다. 워턴은 그 일을 제대로 마치면 경사로 승진시켜주겠다고 약속했다.

잭은 와이스코프를 발견했다. 아니나 다를까 그는 열다섯 살짜리 빨간 머리 계집애와 한 침대에 들어가 있었다. 여자애는 깜짝 놀라 황급히 달아났다. 잭은 권총으로 와이스코프를 한 대 후려치고 침대를 뒤져 진정제와 벤제드린(중추신경 자극제—옮긴이)으로 가득 찬 트렁크를 발견했다. 잭은 물건을 압수했다. 그것을 미키 코헨에게 팔아버릴 생각이었다. 웰턴 모로우는 그에게 경비원 일을 부탁했고 그는 수락했다. 카렌 모로우는 지체 없이 기숙학교로 보내졌다. 경사 자리도 돌아왔다. 미키 코헨은 잭이 가진 약에 그다지 흥미를 보이지 않았다. 그는 헤로인에만 관심이 있었다. 잭은 트렁크를 계속 가지고 있다가 철야 잠복근무를 할 때 정신을 또렷하게 유지하기 위해 조금씩 복용하곤 했다. 그의 두 번째 아내, 린다는 그의 정보원 중 한 놈과 눈이 맞아 도망을 가버렸다. 놈은 부업으로 마리화나를 팔던 트롬본 연주자였다. 잭은 트렁크에 들어 있는 약에 진짜로 빠져들기 시작해 진정제와 벤제드린을 스카치에 섞어서 마셨다. 그리고 〈다운 비트〉 인기투표 순위에 오르는 재즈 연주자 중 절반을 마약 혐의로 잡아들였다. 그래서 그는 재즈계의 공적 1호가 되었다. 일은 1947년 10월 24일에 벌어졌다.

그는 자신의 비좁고 갑갑한 차 안에서 말리부 랑데부 주차장을 감시하고 있었다. 그의 시선은 패커드 세단을 타고 있는 두 명의 헤로인 밀매꾼에게 줄곧 고정되어 있었다. 시간은 자정이 가까워지고 있었다. 그동안 그는 스카치를 마셨고 오는 길에 대마초가 든 담배를 피웠지만 복용한 벤제드린은 술기운으로 가시지 않았다.

심야 마약 밀매에 대한 정보가 있었다. 밀매꾼들이 키가 2미터도 넘는 비쩍 마른 흑인을 만난다는 정보였다.

흑인은 12시 15분에 나타나 패커드 차량으로 다가가더니 무슨 꾸러미를 건네받았다. 잭은 차에서 황급히 내리다가 뭔가에 발이 걸려 앞으로 고꾸라졌다. 흑인은 눈치를 채고 쏜살같이 도망치기 시작했다. 밀매꾼들이 총을 꺼내 들고 차에서 튀어나왔다. 잭은 비틀거리며 자리에서 일어나 총을 뽑았다. 달아나던 흑인이 휙 돌아서며 총을 발사했다. 그는 두 사람의 형체가 가까이 접근하는 것을 보았다. 흑인을 엄호하려는 사람이라 생각한 그는 그들을 향해 총을 발사했다. 형체들은 한순간 모습을 감추었다. 다음 순간, 밀매꾼들은 그와 흑인을 향해 총을 발사했다. 흑인은 46년형 스투드베이커에 코를 처박았다.

잭은 시멘트를 씹으며 기도를 드렸다. 총 한 발이 그의 어깨에 박혔고 다른 한 발은 그의 두 다리를 스치고 지나갔다. 그는 차 밑으로 기어들어 갔다. 타이어에 펑크가 나며 고막을 찢을 듯한 소리가 터져 나왔다. 사람들의 비명 소리도 들려왔다. 구급차 한 대가 나타났다. 레즈비언인 보안관 조수가 그를 환자 수송용 침대에 태웠다.

사이렌 소리와 병원 침대 그리고 그의 마약 복용에 대해 의사와 레즈비언이 수군거리던 일이 기억났다. 혈액검사로 마약 복용 사실은 드러나고 말았다. 약의 힘으로 그는 몇 시간이나 자다가 깨어나 자기 무릎 위에 놓인 신문을 보았다. 거기에는 '말리부 총격전으로 세 명 사망. 용감한 경관은 간신히 목숨 건져'라는 제목의 기사가 실려 있었다.

밀매꾼들은 완벽하게 도주했고 죽은 사람들은 그들의 소행으로 간주되었다.

검둥이도 현장에서 죽어버렸다.

그 흐릿한 형체들은 검둥이의 지원자들이 아니었다. 그들은 아이오와 주 시더 래피즈에서 온 관광객 해럴드 스코긴스 부부로 17세인 도널드와 16세인 마샤의 부모였다. 의사들은 그를 우습다는 듯이 보았다. 레즈비언은 도트 로스스타인으로 카이키 티틀봄의 사촌이며 전설적인 인물, 더들리 스미스의 지인으로 밝혀졌다.

통상적인 검시를 했다면 스코긴스 부부의 몸에서 나온 탄환이 잭 빈센즈 경사의 총에서 나온 것임을 알 수 있었을 것이다.

아이들이 그를 구해주었다.

그는 병원에서 일주일 동안 땀을 흘렸다. 태드 그린과 워턴 국장이 문병을 왔고 마약단속반의 경관들도 왔다가 갔다. 더들리 스미스는 후원을 아끼지 않겠다고 약속했다. 그는 더들리가 얼마나 진실을 알고 있는지 궁금했다. 〈허시-허시〉의 수석 기자, 허진스는 한 가지 제안을 가지고 그를 찾아왔다. 잭이 마약을 하는 유명 인사를 체포하면 〈허시-허시〉는 특종을 얻을 수 있고 대가로 돈을 제공하겠다는 것이다. 제안을 받아들인 그는 허진스가 사건의 진상을 얼마나 알고 있는지 궁금했다.

아이들은 검시를 요구하지 않았다. 그 가족은 제7일 안식일 재림파 신도들로 시신을 부검하는 일은 그들에게 신성 모독 행위나 다름없었다. 카운티 검시관은 총을 쏜 사람이 누구인지 너무나 잘 알고 있었기 때문에 그는 부부의 시신을 아이오와로 돌려보내 화장을 하도록 했다.

잭 빈센즈 경사는 신문에서 치켜세워준 덕분에 사태를 무사히 극복할 수 있었다.

몸의 상처도 치유되었다.

그는 술을 끊었다.

그리고 마약도 끊고 트렁크는 내다버렸다. 그는 금욕한 날을 달력에 일일이 표시했고 허진스와의 거래를 충실히 수행하여 지역명사로서의 명성을 쌓아나갔다. 그는 더들리 스미스의 부탁도 들어주었다. 스코긴스 부부는 그의 꿈에 자주 나타나 그를 괴롭혔다. 그는 술과 마약을 하면 그 정신의 불꽃을 꺼뜨려주긴 하겠지만 그 과정에서 자신이 죽어버릴 거라는 사실을 알고 있었다. 시드는 그에게 〈명예의 배지〉 프로그램의 기술자문 역을 맡게 해주었고 그 뒤에는 몇몇 라디오 일도 알아봐주었다. 돈이 굴러들어오기 시작했다. 옷과 여자를 사기 위해 돈을 쓰는 일은 그가 생각했던 만큼의 자극을 주지는 못했다. 술과 마약은 뿌리치기 힘든 유혹이었다. 마약 중독자들을 겁주는 일은 비록 충분하지는 않았지만 약간의 위안은 되었다. 그는 죽은 부부의 아이들에게 빚을 갚기로 마음먹었다.

그가 보낸 첫 번째 수표는 200달러짜리였다. 그는 '익명의 친구로부터'라고 적은 쪽지를 동봉했다. 스코긴스 가문의 비극을 생각하면 송구스러운 표현이었다. 그는 일주일 뒤에 은행으로 전화를 걸어 수표가 현금화되었다는 사실을 확인했다. 그 뒤로 그는 자신의 불로소득에 대해 계속 대가를 지불했다. 허진스가 1947년 10월 24일의 일을 활자화하지 않는 한 그는 안전했다.

잭은 파티용 옷가지들을 꺼내 놓았다. 화려한 상의는 런던 숍의 것으로 밥 미첨 체포에 대해 시드가 준 돈으로 구입한 것이다. 장식용 술이 달린 간편화와 회색 플란넬 옷은 재즈 연주자들과 공산주의자의 음모에 대한 〈허시-허시〉의 폭로 기사의 대가로 구입한 것이다. 그는 팔에 주사자국이 있는 베이스 연주자를 압박해서 공산당과의 연계에 대해 자백을 받아냈다. 그는 옷을 입고 럭키 타이거 향수를 뿌리고 나서 비벌리힐스로 차를 몰고 갔다.

뒷마당에서는 성대한 파티가 열리고 있었다. 1천200여 평에 이르는 지역이 천막들로 뒤덮여 있었다. 대학생들이 차를 여러 대 주차해놓았고 뷔페 음식은 최상품 소갈비, 훈제 햄, 칠면조 등으로 꾸며져 있었다. 웨이터들은 전채요리를 나르고 있었다. 야외에 설치된 거대한 성탄 트리가 보슬비를 맞고 있었고 손님들은 종이 접시에 담긴 음식을 먹고 있었다. 가스 횃불이 잔디밭을 환하게 밝히고 있었다. 잭은 제시간에 도착해서 사람들 속으로 들어갔다.

웰턴 모로우가 그를 사람들에게 데려갔다. 상급법원 판사들이 한자리에 모여 있었다. 잭은 얘기를 술술 풀어놓았다. 찰리 파커가 피부색이 황갈색인 흑인 창녀를 이용해 자신을 매수하려고 했던 얘기, 샤피로 사건을 처리한 얘기, 미키 코헨의 부하가 자기한테 질산 아밀(혈관 확장제나 최음제로 쓰임 ─옮긴이)을 팔려고 했는데 사실 그의 고객들은 게이 바의 복장 도착자 스트리퍼들이라는 얘기 등등. 이어서 빅 브이의 무용담이 펼쳐졌다. 잭 빈센즈가 리타 헤이워스 닮은 사람 콘테스트에 참가한 일단의 건장한 사람들을 어떻게 혼자 힘으로 체포했는지 얘기해주자 박수갈채가 쏟아졌다. 잭은 박수에 답례를 하느라 고개를 숙였다. 조안 모로우가 성탄 트리 옆에서 따분해하는 표정으로 혼자 서 있었다.

그는 그쪽으로 건너갔다. "휴일 즐겁게 보내세요, 잭." 조안이 말했다.

조안은 예쁘고 멋진 몸매에 서른 한두 살 정도로 보였다. 직업은 없고 남편도 없는 여자. 조안은 뿌루퉁한 표정을 자주 짓는다. "안녕, 조안."

"예. 오늘 신문에서 당신에 대한 기사를 읽었어요. 당신이 체포한 그 사람들에 대한 기사요."

"별것 아닙니다."

조안은 소리 내어 웃었다. "무척 겸손하시네요. 그 사람들은 어떻게 될까요? 록 어쩌고 하는 친구와 그 여자애 말이에요."

"여자애는 한 90일 정도 받을 거고 록웰은 모범수 교도소에서 1년 정도 받을 겁니다. 그 사람들은 당신 아버지를 고용해야 풀려나올 수 있을 겁니다."

"그 사람들이 어떻게 되든 조금도 신경 쓰지 않는군요."

"그 사람들이 죄를 순순히 인정해서 내가 법정에 출두하지 않았으면 좋겠어요. 그리고 징역을 살면서 교훈을 얻었으면 좋겠습니다."

"저도 대학 다닐 때 마리화나를 피운 적이 한 번 있어요. 배가 고파 쿠키를 한 상자나 먹고 그만 탈이 났죠. 그때 당신이라면 저를 체포하지 않왔겠죠?"

"물론이죠. 당신은 정말 괜찮은 사람이니까."

"요즘 너무 따분해서 다시 한 번 해보고 싶다는 생각이 들어요. 정말 이에요."

용건을 꺼낼 좋은 기회였다. "혹시 애정생활에 문제가 있나요?"

"그런 거 아니에요. 저기, 에드먼드 엑슬리란 경관 혹시 아세요? 키가 크고 귀엽게 생긴 안경을 쓰고 있어요. 프레스톤 엑슬리의 아들이죠."

그 망할 놈의 전쟁영웅 자식. "누군지는 알지만 잘은 알지 못해요."

"그 사람 귀엽지 않아요? 어젯밤에 그 사람 아버지 집에서 봤거든요."

"부잣집 도련님 출신 경찰관들은 사실 웃기는 종족이죠. 전 당신한테 흥미를 느끼는 괜찮은 남자를 알고 있어요."

"그게 누군데요?"

"엘리스 로우라는 사람입니다. 현재 지방검사보로 일하고 있죠."

조안은 얼굴을 찌푸리며 웃었다. "로터리 클럽에서 연설하는 걸 한 번 들은 적이 있어요. 유대인 아닌가요?"

"맞아요. 그래도 밝은 면을 보세요. 공화당원으로 장래가 촉망되는 사람입니다."

"점잖은 사람이에요?"

"그럼요. 부드러운 사람이죠."

조안이 나무를 가볍게 흔들자 가짜 눈송이가 바닥으로 떨어졌다. "그럼 그분한테 전화하라고 해주세요. 당분간 일정이 너무 빡빡하지만 어쨌든 기다리라고 하세요."

"고마워요, 조안."

"천만에요. 어머, 아빠가 손짓을 하는 것 같네요. 그럼 이따가 봐요."

조안은 경쾌한 발걸음으로 가버렸다. 잭은 다음에 할 연기를 준비했다. 미첨 건에 대해 좀 더 부드럽게 설명하는 건 어떨까? 그때 어디선가 부드러운 목소리가 들려왔다. "빈센즈 씨, 안녕하세요."

잭은 몸을 돌렸다. 녹색 칵테일 드레스를 입은 카렌 모로우가 서 있었다. 카렌의 어깨에는 빗방울이 맺혀 있었다. 마지막으로 보았을 때, 카렌은 키만 컸지 너무 어수룩해서 마약 밀매꾼을 혼내준 경관에게 고맙다는 말도 제대로 하지 못하던 아이였다. 4년이 지난 지금도 키는 여전히 컸다. 하지만 몸의 다른 부위는 소녀에서 여인으로 변해하고 있었다. "카렌, 하마터면 몰라볼 뻔했어요."

카렌은 미소를 지었다. "더 예뻐진 것 같아요. 그런 말 많이 들었겠지만."

"당신한테는 처음 들어요."

잭은 껄껄 웃었다. "대학 생활은 어때요?"

"장편소설이 될 만큼 얘기가 길어요. 이렇게 떨면서 할 수 있는 얘기가 아니에요. 부모님께 실내에서 파티를 하자고 했는데도 말이에요. 영국에서 살아도 추위에 익숙해지지는 않더군요. 해주고 싶은 얘기가 있어요. 이웃집 고양이들에게 밥을 줘야 하는데 도와주실래요?"

"전 지금 근무 중입니다."

"언니랑 얘기하는 게 근무인가요?"

"아는 사람이 조안한테 푹 빠져 있거든요."

"누군지 모르지만 불쌍한 사람이네요. 아니, 조안이 불쌍해요. 제기랄, 생각대로 잘 안 되네요."

"제기랄, 그럼 고양이 밥이나 주러 갑시다."

카렌은 미소를 지으며 앞장을 섰다. 하이힐을 신고 잔디밭을 걷느라 카렌은 비틀거렸다. 천둥번개가 치더니 비가 쏟아졌다. 카렌은 신발을 벗어던지고 맨발로 달리기 시작했다. 잭은 카렌을 뒤따라 옆집 현관까지 달렸다. 온몸이 비에 흠뻑 젖었다. 웃음이 터져 나오려고 했다.

카렌이 문을 열었다. 현관의 홀에는 전등이 켜져 있었다. 잭은 와들와들 떨고 있는 카렌을 바라보았다. 카렌의 몸에는 소름이 돋아 있었다. 카렌은 머리의 빗방울을 털어냈다. "고양이들은 위층에 있어요."

잭은 상의를 벗었다. "아니, 그보다 해주고 싶다는 얘기부터 들어봅시다."

"무슨 얘긴지 알 텐데요. 많은 사람이 당신한테 고마움을 표시했죠."

"당신은 그런 적이 없죠."

카렌은 몸을 떨었다. "미안해요. 이런 식이 될지는 몰랐는데."

잭은 자신의 코트로 카렌의 어깨를 감싸주었다. "영국에서도 L.A. 신문을 볼 수 있죠?"

"예."

"그럼 나에 대해서도 읽었겠군요?"

"물론이죠. 당신은…."

"카렌, 신문들은 때때로 과장을 하죠. 진실을 부풀리기도 한다고요."

"제가 읽은 것들이 모두 거짓말이란 건가요?"

"꼭 그렇다는 얘기는 아니고. 거짓말은 아니에요."

카렌은 고개를 돌렸다. "좋아요. 난 그것들이 진실이란 걸 알았어요. 그럼 말할게요. 떨리니까 쳐다보지 마세요. 첫째, 당신은 저의 약물 복용을 중지시켜주었어요. 둘째, 당신은 아빠를 설득해서 저를 외국으로 보내게 했어요. 전 그곳에서 좋은 교육을 받고 좋은 사람들도 만났죠. 셋째, 당신은 저한테 약을 팔던 그 나쁜 사람을 체포했어요."

잭은 카렌을 건드렸다. 카렌은 몸을 움찔하며 그를 피했다. "안 돼요. 끝까지 들으세요. 네 번째, 이 말을 할 생각은 없었는데 레스 와이스코프는 자기와 잠자리를 갖는 여자애들에게 약을 공짜로 줬어요. 아빠는 용돈 주는 일에 무척 인색했기 때문에 저도 얼마 버티지 않아 그 사람과 잠자리를 가졌을 거예요. 아무튼 결론은 당신 덕분에 전 그 빌어먹을 처녀성을 지킬 수 있었어요."

잭은 껄껄 웃었다. "그럼 내가 당신의 은인이란 소린가?"

"그래요. 전 이제 스물두 살이고 대부분의 여학생들처럼 남자한테 빠지거나 하지는 않아요."

"좋아요. 그럼 언제 같이 저녁 식사라도 해야겠군."

카렌은 몸을 돌렸다. 마스카라가 엉망이 되어 있었다. 입술을 깨물어 립스틱은 대부분 벗겨나가고 없었다. "좋아요. 엄마 아빠가 알면 심장발작을 일으키겠지만 저녁 초대에는 응할게요."

"몇 년 만에 처음 해보는 바보 같은 짓이군." 잭이 말했다.

7

정말 역겨운 한 달이었다.

버드는 1952년 1월을 달력에서 떼어내며 중범죄 체포 건수를 세어 보았다. 1월 1일에서 11일까지는 한 건도 없었다. 영화 촬영장에서 군중을 통제하는 일을 했었다. 파커는 스타들의 사인을 받으려고 몰려드는 사람들을 쫓아버리기 위해서는 근육질의 경관이 필요하다고 생각했었다. 1월 14일에는 경찰 습격자들이 폭행 혐의에서 벗어났다. 헬레노프스키와 브라우넬은 완패하고 말았다. 멕시코 청년들의 변호사는 그들이 모든 일을 선동한 것처럼 보이도록 만드는 데 성공했다. 민사소송까지 제기될 상황이었다. 그 날짜에는 '변호사를 고용할 것인가?'라고 적혀 있었다.

1월 16일과 19일 그리고 22일에는 아내를 두들겨 팬 남편들이 가서 방으로 풀려나 희희낙락하며 집으로 돌아갔다. 1월 23에서 25일까지는 강도를 잡기 위해 잠복근무를 했고 자니 스톰프의 정보를 듣고 스텐슬랜드와 함께 행동했다. 자니는 모든 일을 빠삭하게 알고 있는 것처럼 보였다. 그는 공갈업에 종사하고 있다는 소문이 있었다. 갱단의 활동이 소강상태에 접어들자 스톰프는 돈을 벌기 위해 안간힘을 쓰는 것 같다. 모자헬카는 미키 코헨의 이익금을 돌보며 지나친 행동은 자제하려는 것 같다. 총 일곱 건의 체포는 그의 업무 할당량으로 봐서 괜찮은 편이지만 신문들은 서에서의 소동에 대해 '유혈의 성탄절'이라 부르며 떠들어대고 있었다. 지방검사실이 파커와 접촉했고 내사과는 성탄전야에 파티를 벌인 사람들을 심문할 거라는 소문과 카운티 대배심에서 사건의 추이를 지켜보고 있다는 소문이 돌았다. 그 밖에도 '딕에게 말할 것', '변호사?', '언제 변호사를?' 등의 글자가 끼적거려 있었다.

그달의 마지막 주에는 희극적인 사건들로 다소 긴장을 풀 수 있었다. 딕은 비번이어서 투엔티나인 팜스의 헬스클럽에서 몸 안의 술기운을 빼내기 위해 비지땀을 흘리고 있었는데 형사반의 상사는 그가 네브래스카에서 자기 아버지의 장례식에 참석하고 있다고 생각했다. 동료들은 있지도 않은 장례식에 꽃을 보내려고 돈까지 거뒀다. 29일에는 중범죄자 체포가 두 건 있었다. 스톰프의 정보로 알아낸 두 명의 가석방 규정 위반자들이었다. 하지만 그는 그들을 두들겨 패고 붙잡아 카운티에서 시 관할로 데려와야 했다. 그래야만 나중에 보안관이 우선권을 주장할 수 없기 때문이다. 31일에는 치크 네이들을 상대해야 했다. 그는 문글로우 라운지에서 전기제품을 훔친 술집 주인이다. 그것은 사전에 아무런 준비 없이 진행되었다. 치크는 장물인 라디오를 많이 숨겨 놓고 있었다. 트럭을 훔친 놈들이 샌디에이고에 숨어 있다는 정보를 얻기는 했지만 L.A. 경찰국으로서는 어떻게 할 수 없는 일이었다. 그래서 그는 대신 치크를 털었다. 그리고 장물을 회수해서 결국 그달에 열 건을 채웠다. 적어도 두 자리 숫자는 유지한 것이다.

그야말로 역겨운 한 달을 보내고 2월로 접어들었다.

다시 제복을 입고 엿새 동안 교통정리를 했다. 형사과 직원들은 1년에 일주일은 순찰 업무를 해야 한다는 게 파커의 아이디어였다. 알파벳 순서대로 차례가 정해지는데 그는 성이 W로 시작하기 때문에 맨 뒤에 속했다. 늦게 일어나는 새는 벌레를 놓치는 법이다. 엿새 내내 비가 내렸다.

일은 많고 여자는 씨가 말랐다.

버드는 주소록을 뒤졌다. 실버 스타의 로렌, 짐바 룸의 제인, 오빗 라운지의 낸시, 늦게 물이 오른 여자들이었다. 그들은 30대 후반으로 외모가 뛰어났고 굶주려 있었다. 나이가 어리면서 자기들을 자상하게 대해주는 남자에게 감사할 줄 아는 여자들이다. 로렌은 몸집이 상당했다. 매트리스 스프링이 체구에 눌려 바닥에 닿을 정도였다. 제인은 분위기를 잡기 위해 항상 오페라 음반을 틀었는데 음반에서 흘러나오는 소리는 마치 고양이들이 그 짓을 할 때 내는 소리 같았다. 낸시는 술고래로 여기저기 술집을 기웃거린다. 그 여자는 삶에 지치고 비뚤어진 구석이 있어서 무슨 일이든 쉽게 포기해버리는 타입이다.

"화이트, 여기 좀 봐."

버드가 고개를 들었다. 엘머 렌츠가 〈헤럴드〉의 1면을 펼쳐보였다. 거기에는 '경찰 폭행 피해자들, 제소 예상'이라는 제목이 붙어 있었고 그 아래에는 '대배심 증언 청취 준비 완료', '파커 국장은 L.A 경찰국의 전폭적 협력 약속'이라는 부제가 달려 있었다.

"이거 골치 아프겠는데." 렌츠가 말했다.

"제기랄, 나도 알고 있어." 버드가 말했다.

8

프레스톤 엑슬리는 보고서를 모두 읽었다. "에드먼드, 세 보고서 모두 훌륭하게 작성했군. 하지만 파커에게 곧장 달려갔어야지. 이렇게 사람들이 다 알게 된 마당에 이런 보고서를 내는 건 문제의 소지가 있어. 밀고자가 될 준비가 되어 있니?"

에드는 안경을 고쳐 썼다. "예."

"경찰국 사람들에게 경멸을 받을 각오가 되어 있어?"

"예. 그리고 파커 국장이 표시할 감사에 대해서도 얼마든지 받아들일 용의가 있습니다."

프레스톤은 페이지를 훌훌 넘겼다. "재미있군. 대부분의 책임을 이미 연금수혜가 확실한 경관들에게 넘긴 건 잘한 일이야. 그런데 이 화이트란 경관은 상당히 무서운 친구 같구나."

에드는 소름이 돋았다. "그렇습니다. 내일 내사과에서 저를 심문할 텐데 그 친구가 멕시코 애들을 어떻게 다루었는지 말할 생각을 하니 벌써 오금이 다 저리네요."

"보복이 두려워?"

"꼭 그런 건 아닙니다."

"에드먼드, 두려움을 무시하지 마. 억지로 강한 척하는 건 약점이야. 화이트와 그의 친구, 스텐슬랜드의 행동은 내규를 무시한 비열한 짓이었어. 그 둘은 확실히 불한당 같은 놈들이었어. 심문에 응할 준비는 되어 있니?"

"예."

"내사과 사람들이 거칠게 대할 거야."

"압니다, 아버지."

"질서를 지켜내지 못한 것과 다른 경관들에게 열쇠를 빼앗긴 사실을 두고 너를 심하게 대할 거야."

에드는 얼굴이 붉어졌다. "혼란스러운 상황이었는데 제가 그들과 싸웠다면 혼란은 더 심해졌을 겁니다."

"목소리 높이지 말고 자신의 행위를 정당화하려고 하지 마. 나한테도 그렇고 내사과 사람들한테도 그래선 안 돼. 자신을 정당화하려고 애쓰면 오히려 너는…."

에드가 끼어들었다. "아버지, 저를 나약해 보인다고 말하지 마세요. 형과 비교하지도 말고 제가 이 상황을 처리할 수 없을 거라고 속단하지도 마세요."

프레스톤은 수화기를 들었다. "네가 혼자서 처리할 수 있다는 건 알아. 하지만 그전에 빌 파커한테서 감사의 말을 들을 수 있겠니?"

"아버지는 인젠가 도머스가 자연적 후계자이고 진 기회주의적 후계자라고 말씀하신 적이 있어요. 그건 인정하시죠?"

프레스톤은 미소를 지으며 다이얼을 돌렸다. "빌? 반갑네. 프레스톤 엑슬리일세… 웅, 고맙네… 그런 일이라면 자네의 개인 전화로 통화하지 않지… 아니야, 빌. 우리 아들 에드먼드에 대한 일이야. 우리 아들이 센트럴 서에서 성탄전야에 근무를 하고 있었는데 자네한테 귀한 정보를 제공할 모양이야… 그래, 오늘 밤? 괜찮지. 그쪽으로 갈 걸세… 그렇네. 그리고 헬렌에게 안부 전해주게… 잘 있게, 빌."

에드는 가슴이 쿵쾅거리는 걸 느꼈다. "오늘 밤 8시에 퍼시픽 다이닝 카로 가서 파커 국장을 만나도록 해라. 네가 편하게 얘기할 수 있도록 국장이 방을 예약해놓을 거야."

"어떤 자술서를 보여줘야 할까요?"

프레스톤은 서류들을 돌려주었다. "이런 기회는 자주 오지 않아. 난 애스턴 케이스를 확실히 활용했고 너는 과달카날에서 그런 걸 맛보았을 거야. 우리 가족의 스크랩북을 읽어보고 전례들을 다시 생각해봐라."

"그러죠. 그런데 어느 자술서로 할까요?"

"네가 생각해보고 결정해. 다이닝 카에서 저녁 식사 즐겁게 하고. 저녁 식사 초대는 좋은 징조다. 빌은 식사 중에 까다롭게 구는 친구를 좋아하지 않지."

에드는 아파트로 돌아와 스크랩북을 읽기 시작했다. 스크랩북에는 신문이나 잡지의 기사들이 연도순으로 정리되어 있었다. 기사화되지 않은 것들은 기억에 의존하는 수밖에 없었다.

1934년 애서턴 케이스.

멕시코계, 흑인, 동양인 아이들—남자 셋, 여자 둘—의 토막시신이 발견되었다. 시신이 담긴 트렁크는 L.A. 지역 빗물 배수관에서 발견되었다.

팔다리가 떨어져 나갔고 내부 장기도 제거되어 있었다. 언론은 살인범을 '프랑켄슈타인 박사'라고 지칭했고 프레스톤 엑슬리 경감이 수사팀을 지휘했다.

그는 프랑켄슈타인이란 별명이 적절하다고 생각했다. 테니스 라켓줄이 다섯 군데 범죄현장 모두에서 발견되었고 세 번째 희생자는 겨드랑이에 짜깁기바늘 구멍들까지 있었다. 엑슬리는 극악무도한 범인이 칼과 바늘로 아이들 몸의 각 부분을 이어 붙이려 한다고 결론을 내렸다. 그는 정신이상자, 변태 그리고 정신병원에서 가석방된 자들을 모두 조사했다. 그는 이 살인마가 얼굴을 어떻게 해결할지 궁금했다. 그리고 일주일 뒤에 알게 되었다.

레이먼드 디털링에 소속되어 있는 아역 스타, 위 윌리 웨너홈이 스튜디오 부설 학교에서 유괴되었다. 이튿날 아이의 시신은 글렌데일 기차선로 위에서 발견되었다. 목이 잘린 채로.

며칠 뒤 글렌헤이븐 주립 정신병원 직원들이 L.A. 경찰국에 전화를 했다. 뱀파이어에 병적 집착을 보인 아동학대범, 로렌 애서턴이 두 달 전에 가석방되어 로스앤젤레스로 갔는데 아직 보호관찰관에게 보고를 하지 않았다는 것이다.

엑슬리는 빈민굴을 뒤져 애서턴을 찾아냈다.

그는 혈액은행에서 병을 닦는 일을 하고 있었다. 감시 결과 그는 피를 훔친 다음 그것을 싸구려 와인과 섞어서 마신다는 것을 알 수 있었다. 엑슬리의 부하들은 애서턴을 시내극장에서 체포했다. 그는 공포영화를 보며 자위행위를 하고 있었다. 엑슬리는 그의 호텔 방을 급습해서 열쇠 꾸러미를 발견했다. 버려진 창고의 열쇠들이었다. 그는 그곳으로 가보고 지옥을 발견했다.

드라이아이스 속에는 살인마가 만든 작품이 박혀 있었다. 그 작품은 다름 아니라 흑인 남자아이의 두 팔, 멕시코 소년의 두 다리, 여자 성기를 억지로 붙인 중국 남자아이의 몸통 그리고 웨너홈의 머리를 이어 붙인 아이였다. 살인마는 새의 날개를 잘라 아이의 등에 붙여 놓았다. 주변에는 공포영화의 릴들, 줄을 잘라낸 테니스 라켓, 합성 어린이를 만들어내기 위한 설계도 등 갖가지 물건이 널려 있었다. 절단의 각 단계에서 아이들의 모습을 찍은 사진들도 있었고 벽장과 암실에는 현상 중인 네거티브 필름들로 가득 차 있었다.

지옥이 따로 없었다.

애서턴은 범행 사실을 순순히 시인했다.

그는 재판을 받고 유죄선고가 되어 샌퀜틴에서 교수형에 처해졌다. 프레스톤 엑슬리는 애서턴의 처형 사진들을 보관해놨다. 그는 절대적 정의를 요하는 범죄들의 잔인성에 대해 알 수 있도록 그 사진들을 경찰관 아들들에게 보여주었다.

에드는 페이지를 넘겼다.

어머니의 부고 기사와 토머스의 사망 기사가 보였다. 아버지의 공적들이 실린 기사를 제외하면 엑슬리 집안이 신문에 등장할 때는 누가 죽었을 경우뿐이었다. 그도 〈이그재미너〉에 크게 실린 적이 있다. 유명 인사의 아들 중에 2차 세계대전에 참전한 사람들이 어떤 활약을 했는지에 대한 기사였다. '유혈의 성탄절'처럼 거기에도 여러 얘기가 있었다.

〈이그재미너〉에 실린 기사 덕분에 그는 무공십자훈장을 받았다. 에드 엑슬리 상병은 일본군과의 백병전에서 몰살당한 소대의 유일한 생존자로서 혼자서 일본군 보병들이 가득 찬 세 개의 참호를 공격해 스물아홉 명의 적군을 죽였다.

만약 어떤 장교가 그곳에 있어서 그의 영웅적인 행동을 목격했다면 그는 최고의 영예인 의회 명예훈장을 받았을 것이다. 또 다른 얘기는 다음과 같다.

에드 엑슬리는 일본군의 총검 공격이 임박하자 척후병으로 나가 안전한 곳을 배회하다가 돌아왔다. 이미 그의 소대는 몰살당했고 일본군 순찰대가 다가오고 있었다. 그는 피터스 병장과 와스니키 일병의 시신 밑에 숨었는데 일본군들이 확인 사격을 할 때 그들의 몸이 뒤틀리는 것을 느꼈다. 극심한 공포를 느낀 그는 와스니키의 팔을 꽉 물고 있었는데 나중에 보니 와스니키의 손목시계 줄이 떨어져 나가버렸다. 그는 시신 더미 밑에서 흐느끼며 얼른 어둠이 내리기를 기다렸다. 시신들 틈으로 흘러 들어오는 공기 덕분에 그를 목숨을 건질 수 있었다. 나중에 그는 공포에 질려 대대본부를 향해 미친 듯이 달려가다가 또 다른 살육 현장을 목격하고 멈춰 섰다.

일본의 작은 신사가 위장용 그물에 감추어져 있었다. 누르스름하고 푸르죽죽한 일본군 시신들이 깔판 위에 눕혀져 있었다. 시신들은 모두 아랫배에서 흉곽까지 찢겨져 있었다. 굳어버린 피가 들러붙은 정교한 칼들이 한쪽에 반듯하게 쌓여 있었다. 군인들이 집단 자살을 한 것이다. 생포가 되거나 말라리아로 죽기에는 너무 자부심이 강한 군인들이었다.

신사 뒤에는 세 개의 참호가 파여 있고 가까운 곳에 병기고가 있었다. 억수 같은 비를 맞아서 엽총과 권총 모두 녹이 슬어 있었다. 화염방사기 하나가 위장용 천에 싸여 있었는데 아직도 사용이 가능한 것이었다.

그는 그것을 집어 들고 생각했다.

과달카날에서 살아 돌아갈 수는 없을 것이다. 새로운 소대로 배속될 것이고 척후 업무에 지나치게 시간이 많이 걸렸다는 말은 통하지 않을 것이다. 그렇다고 본부 배속을 요청할 수도 없었다. 만약 그렇게 했다가는 아버지가 겁쟁이 같은 짓이라고 여길 것이다. 사람들의 경멸을 받으며 살아야 할 수밖에 없을 것이다. 부상을 입은 L.A. 경찰국 동료들은 훈장을 받을 것이다.

'훈장'이란 말은 '개선 행진'이란 말을 떠올리게 했고 다시 범죄 현장의 복원이란 말을 떠올리게 했다. 그는 자신을 구원할 기회를 보았다.

그는 일본군이 쓰던 기관총을 발견했다. 그는 할복자살한 일본군들을 참호에 밀어 넣고 쓸모없는 무기들을 그들의 손에 쥐어준 다음 저쪽 공터에서 달려오는 적들과 대면하는 것처럼 위치를 잡아주었다. 그는 기관총도 참호에 넣어 마치 공터를 겨냥하는 것처럼 했다. 탄환 공급 벨트에는 세 줄을 남겨 놓았다. 그는 화염방사기를 들고 일본 군인들과 신사를 거의 알아볼 수 없을 정도로 태워버렸다. 그러고 나서 그는 대대본부에서도 충분히 통할 얘기를 만들어냈다.

정찰 부대가 그의 얘기를 확인해주었다. 에드 엑슬리가 일본군의 무기를 사용해 스물아홉 명의 쪽발이들을 감자튀김처럼 만들어버렸다는 것이다.

무공십자훈장은 미국 정부가 수여하는 두 번째로 명예로운 메달이다. 본국에서의 개선 행진, 영웅의 귀환 그리고 L.A. 경찰국으로의 영광스러운 복귀가 이루어졌다.

프레스톤 엑슬리는 아들에게 대단히 신중한 경의를 표했다.

"우리 가족의 스크랩북을 읽어보고 전례들을 곰곰이 생각해봐라."

에드는 책을 내려놓았다. '유혈의 성탄절'을 어떻게 처리해야 할지 아직 몰랐지만 아버지의 의중은 확실히 알 것 같았다.

'기회를 쉽게 놓쳐버리면 나중에 그 대가를 반드시 치러야 한다.'

아버지, 전 화염방사기를 집어 든 뒤로 그 진리를 마음에 새기고 있었습니다.

9

"대배심까지 가더라도 동요하지는 말게. 지방검사와 내가 거기까지 가지 않도록 노력해보지."

잭은 헌금 액수가 얼마인지 머릿속으로 계산했다. 로우가 챙긴 기부금은 1만 6천 달러였다. 밀러 스탠턴이 〈명예의 배지〉 출연진으로부터 돈을 모으는 데 수고를 했다. 브렛 체이스에게는 직접 얘기를 했다. 〈허시-허시〉가 그의 호모 행각에 대해 폭로 기사를 쓸지도 모른다고 짤막하게 위협했다. 맥스 펠츠는 로우가 세금감사를 면하도록 해준다는 얘기를 듣고 거액을 기부했다. 그리고 큐피드 역으로서의 호의로 오늘 밤 로우는 뿌루퉁한 표정의 조안 모로우를 만나게 된다. "엘리스 씨, 전 증언을 하고 싶지 않습니다. 내일 내사과 녀석들을 만나게 됩니다. 그리고 이 사건은 대배심으로 넘어갈 겁니다. 그러니 힘 좀 써주시죠."

로우는 성적 우수 졸업생 클럽의 목걸이를 만지작거렸다. "잭, 자네는 수감자 하나가 공격을 해서 부득이 대응한 거야. 그러니 결백한 거지. 게다가 자네는 어느 정도 유명한 인물이고 원고 변호사한테서 받은 공술서에 따르면 폭행 피해자 가운데 네 명이 자네가 그곳에 있었다고 말했네. 그러니까 자네는 증언을 해야 돼. 그렇지만 동요는 하지 말게."

"전 로우 씨가 모두 처리해줄 줄 알았습니다. 하지만 제게 동료 경관들을 고자질하라고 한다면 전 기억나지 않는다고 할 수밖에요. 알겠어요?"

로우는 책상 너머로 몸을 기울였다. "우리가 논쟁을 벌여선 안 돼. 우린 지금 아주 잘하고 있잖아. 정작 걱정을 해야 할 사람은 자네가 아니라 웬들 화이트 경관과 리처드 스텐슬랜드 경사지. 그리고 듣자 하니 자네가 새로운 아가씨를 사귄다고 하던데."

"조안 모로우가 그러던가요?"

"응. 솔직히 말하자면 조안과 그 부모는 자네들의 만남을 인정하지 않네. 자네는 그 아가씨보다 열다섯 살이나 위지. 과거도 파란만장했고."

캐디와 스키 교사, 부자들의 시중을 드는 일에 뛰어난 고아원 출신. "조안이 자세한 얘기를 하던가요?"

"그냥 카렌이 자네에게 푹 빠졌다는 것 그리고 자네에 대한 신문기사를 믿는다는 정도였네. 난 조안에게 기사가 모두 맞다고 얘기해줬지. 카렌은 조안에게 지금까지 자네가 신사적으로 행동한다고 말했네. 나로서는 믿기 어려운 말이지만."

"오늘 밤은 이 정도에서 끝내죠. 우리의 더블데이트 이후에는 〈명예의 배지〉 관계자들의 파티가 있는데 당신은 조안과 어디 다른 곳에서 지내다 오면 되겠죠."

로우는 조끼 체인을 비틀며 말했다. "잭, 조안이 그렇게 상대하기 까다로운 여자인가, 아니면 정말 그렇게 많은 남자들이 따라다니나?"

"인기 있는 아가씨죠. 하지만 영화배우들이 따라다닌다는 얘기는 그냥 흘려들으세요."

"영화배우라고?"

"그냥 한 얘기일 거예요. 귀여운 공갈이죠."

"잭, 오늘 밤 와줘서 고맙네. 자네와 카렌이 있다면 나도 쉽게 말문을 열 수 있을 것 같네."

"그래요. 하던 대로 하시면 돼요."

돈 더 비치코머 레스토랑. 여자들은 원형 부스에 앉아 기다리고 있었다. 잭이 인사를 시켰다. "엘리스 로우, 카렌 모로우와 조안 모로우입니다. 카렌, 두 사람이 그럴듯한 커플 같지 않아요?"

카렌은 인사만 짧게 건넸을 뿐, 손을 내밀지는 않았다. 카렌과 여섯 번을 만났지만 아직 평범한 작별의 키스 이상은 한 적이 없다. 로우는 조안의 옆자리에 앉았다. 조안은 그를 체크하는 듯했다. 조안은 마치 그에게 유대인의 냄새가 나는지 확인하는 것 같았다.

"엘리스 씨와 저는 이미 좋은 전화 친구죠. 그렇죠, 엘리스 씨?"

"예, 그렇죠." 로우는 법정용 목소리로 말했다.

조안은 자신의 잔을 비웠다. "두 사람은 서로 어떻게 아는 사이죠? 경찰들은 지방검사실과 긴밀한 관계를 갖고 있나요?"

잭은 억지로 웃음을 참았다. 그는 '제가 이 유대인 친구의 똘마니입죠.'라고 속으로 대꾸했다. "우리는 함께 사건을 해결하고 있습니다. 말하자면 제가 증거를 가져다주면 엘리스가 나쁜 녀석들을 기소하는 거죠."

웨이터가 다가왔다. 조안은 아일랜더 펀치를 주문했고 잭은 커피를 달라고 했다. 로우는 '비프 이터 마티니'를 주문했다. 카렌은 자신의 잔 위에 손을 올리고 말했다. "그럼 이번 유혈의 성탄절 사건으로 경찰과 로우 씨 사무실 사이의 관계가 경직되겠네요. 그렇죠?"

로우가 잽싸게 대답했다. "그렇지는 않습니다. L.A. 경찰국 경관들은 비행을 저지른 자들이 엄중히 처리되기를 바라고 있습니다. 그렇지, 잭?"

"그럼요. 이런 일들은 경찰관 모두에게 불명예거든요."

마실 게 도착했다. 조안은 세 모금에 잔을 싹 비워버렸다.

"당신도 거기 있었죠, 잭? 아빠는 당신이 서에서 여는 파티에 항상 간다고 하던데요. 특히 당신의 두 번째 아내가 떠난 후로."

"조안!" 카렌이 만류했다.

"예, 거기 있었습니다." 잭이 말했다.

"당신은 정의를 위해 뭘 했나요?"

"그런 곳에서의 정의는 제게 의미가 없죠."

"그건 신문에 기사화되지 않는다는 뜻인가요?"

"조안, 그만해. 취했어."

로우는 넥타이를 매만졌다. 카렌은 재떨이를 만지작거렸다. 조안은 잔에 남은 것을 홀짝거렸다. "금주자들은 항상 남을 비판하길 좋아하죠. 당신의 첫 번째 아내가 떠난 뒤로 파티에 참석하기 시작했어요. 그렇죠?"

카렌이 재떨이를 움켜쥐었다. "그만 좀 해!"

조안은 깔깔거리며 웃었다. "영웅적인 경찰관을 원한다면 엑슬리라는 경찰관을 내가 알고 있어. 그 사람은 적어도 조국을 위해 자기 목숨을 걸었어. 잭은 부드럽긴 하지만 넌 그가 어떤 사람인지 알기나 하니?"

카렌이 재떨이를 집어던졌다. 재떨이는 벽에 부딪쳤다가 엘리스의 무릎에 떨어졌다. 그는 머리를 메뉴판에 처박았다. 조안이 사나운 얼굴을 하고 있었다. 잭은 카렌을 데리고 레스토랑을 나왔다.

버라이어티 인터내셔널 영화사에 도착할 때까지 카렌은 쉬지 않고 조안을 욕하고 있었다. 잭은 〈명예의 배지〉 세트 옆에 차를 세웠다. 컨트리 음악과 웨스턴 음악이 안에서 새어 나왔다. 카렌은 한숨을 쉬었다. "부모님도 이것에 익숙해질 거예요."

잭은 자동차의 실내등을 켰다. 카렌은 짙은 갈색 머리에 웨이브를 넣었고 주근깨가 있는 얼굴에는 어리광이 남아 있었다. "무엇에 익숙해진다고?"

"저기… 우리가 자주 보는 것 말이에요."

"그건 아주 천천히 진행되고 있잖아."

"제 책임도 일부 있어요. 당신은 재미있는 얘기를 하다가 갑자기 멈춰요. 전 당신이 무슨 생각을 하는지 계속 궁금하죠. 그리고 당신이 해주지 않은 얘기가 정말 많을 거라고 생각해요. 제가 아직 어리다고 생각하는 거 같고 그럼 나도 몸을 빼게 돼요."

잭은 문을 열었다. "내 속내를 안다는 건 그다지 어리지 않다는 얘기지. 당신 얘기 좀 해줘. 난 이따금 내 얘기가 지겹거든."

"약속할래요? 파티가 끝난 뒤에 내 얘기를 들어주겠다고?"

"물론. 그런데 당신 언니와 엘리스 로우에 대해 어떻게 생각해?"

카렌은 눈을 껌벅이지 않았다. "언니는 그와 결혼할 거예요. 부모님은 그가 야심만만하고 공화당원이기 때문에 유대인이란 사실을 너그럽게 봐줄 거예요. 그는 사람들이 있는 자리에서는 조안의 추태를 참아주다가 단둘이 있게 되면 혼을 내겠죠. 두 사람의 애들은 하나같이 망나니가 될 테고요."

잭은 껄껄 웃었다. "춤이나 추지. 스타를 만나더라도 놀라지 마. 사람들이 시골뜨기로 생각할지 모르니까."

그들은 팔짱을 끼고 들어갔다. 카렌은 호기심이 가득한 눈빛을 하고 있었다. 잭은 모인 사람들을 재빨리 관찰했다.

스페이드 쿨리와 그의 악단이 연주대에 올라 있었다. 스페이드는 베이스 연주자인 버트 아서 '듀스' 퍼킨스와 함께 마이크 옆에 있었는데 '듀스'란 별명은 그가 복역 시에 얻은 두 개의 상처 때문이다. 그는 개를 상대로 수간을 한 혐의로 전과기록을 남겼다. 스페이드는 아편을 피우고 듀스는 헤로인을 복용했다. 그들은 조만간 〈허시-허시〉에 기사로 등장할 것이다. 맥스 펠츠는 촬영팀을 즐겁게 해주고 있었다. 브렛 체이스는 그의 옆에서 팀장 빌리 디털링과 얘기를 나누고 있었다. 빌리의 눈길은 그의 호모 파트너인 티미 밸번, 즉 드림-어-드림 아워에서 무치 마우스 역을 맡은 배우에게 가 있다. 뒷벽에는 여러 탁자가 붙여져 있고 탁자 위에는 술병과 콜드 컷(얇게 저민 각종 냉동고기와 치즈의 모둠요리 – 옮긴이)이 잔뜩 놓여 있다. 그곳에 카이키 티틀봄이 있었는데 아마도 펠츠가 파티 음식을 조달하라고 부른 모양이다. 스톰파나토는 카이키와 함께 있었는데 주변에는 미키 코헨의 부하였던 친구들이 모여 있었다. 〈명예의 배지〉의 전 출연진과 제작진 그리고 관계자들이 모여서 먹고 마시고 춤추고 있었다.

잭은 카렌을 플로어로 데리고 나갔다. 빠른 곡의 메들리에서는 빙글빙글 돌다가 스페이드가 발라드로 옮기자 상대를 끌어안았다. 카렌은 계속 눈을 감고 있었다. 잭은 눈을 뜨고 있었다. 그것이 감상적인 음악을 음미하기에는 더 나았기 때문이다. 그때 누가 그의 어깨를 두드렸다.

밀러 스탠턴이 끼어들었다. 눈을 뜬 카렌은 숨이 막히는 듯한 표정을 지었다. 텔레비전의 스타가 자신과 춤을 추고 싶어 하니 그럴 만도 했다. 잭은 고개를 숙였다. "이쪽은 카렌 모로우 양 그리고 이쪽은 밀러 스탠턴 씨."

카렌은 자신의 말이 음악 소리에 묻히지 않도록 큰 소리로 말했다. "안녕하세요! 당신이 만든 레이먼드 디털링 영화를 모두 다 봤어요. 정말 대단한 분이세요."

스탠턴은 스퀘어 댄스(남녀 네 쌍이 마주서서 추는 춤 – 옮긴이) 스타일로 카렌의 손을 들어올렸다. "그땐 저도 팔팔했죠. 잭, 가서 맥스를 만나 봐.

자네한테 할 얘기가 있는 모양이야."

잭은 세트 뒤쪽으로 걸어갔다. 그곳에서는 음악 소리가 누그러져 제법 조용했다. 맥스 펠츠는 그에게 봉투 두 개를 건넸다. "하나는 자네의 계절 보너스이고 다른 하나는 로우 씨를 위한 자금이야. 스페이드 쿨리가 주는 거야."

로우의 가방은 빵빵했다. "쿨리가 원하는 게 뭐죠?"

"아마도 자기 습관에 손대지 말아달라는 거겠지."

잭은 담배에 불을 붙였다. "스페이드에는 관심 없습니다."

"거물이 아니란 뜻인가?"

"좀 점잖아지세요, 맥스."

펠츠는 몸을 가까이 기울였다. "잭, 자네야말로 좀 점잖아지게. 자네는 이 업계에서 나쁜 평판을 듣고 있어. 사람들은 자네가 완고하기 그지없어 게임을 하려고 하지 않는다고 말하지. 자네는 로우 씨를 위해 브렛을 엿 먹였어. 뭐 괜찮은 일이라고 생각하네. 어차피 그 호모 녀석은 혼이 나게 되어 있으니까. 하지만 자네에게 먹이를 주는 손을 물어뜯어선 곤란하지. 이 업계의 반수가 가끔 마리화나를 하네. 그걸 모두 잡아넣을 순 없잖아. 그보다 흑인 놈들한테 신경 쓰게. 재즈를 하는 놈들은 좋은 기사거리가 될 테니까 말이야."

잭은 세트를 둘러보았다. 브렛 체이스는 빌리 디털링, 티미 밸번과 유쾌하게 담소를 나누고 있었다. 아마도 남는 게 많은 대화일 것이다. 카이키 티틀봄과 자니 스톰프도 수다를 떨고 있었는데 듀스 퍼킨스와 리 박스가 합류했다. "정말이네, 잭. 게임을 하란 말이야." 펠츠가 말했다.

잭은 다루기 힘든 자들을 가리켰다. "맥스, 게임은 내 삶이나 다름없지요. 저기에 있는 친구들 보이죠?"

"물론이지. 그게 무슨…."

"맥스, 우리 경찰국에서 범죄자 집단이라고 부르는 놈들입니다. 퍼킨스는 개들이랑 그 짓을 하는 범죄단 보스의 운전사이고 티틀봄은 현재 가석방 중입니다. 콧수염을 기른 키 큰 친구는 리 박스란 놈인데 미키 코헨을 위해 적어도 10여 명의 인간을 지상에서 사라지게 한 놈입니다. 저기 멀끔하게 생긴 놈은 스톰파나토란 녀석입니다. 아직 서른이 됐을까 말까 한 놈이 벌써 전과기록은 당신의 팔 길이만큼은 되죠. 전 L.A. 경찰국으로부터 저놈들이 의심스러울 때 잡아넣을 수 있는 권한을 부여받았습니다. 제가 만약 그렇게 하지 않으면 직무유기가 됩니다. 바로 제가 게임을 하고 있기 때문이죠."

펠츠는 시가를 흔들었다. "알겠네. 그럼 계속 게임을 하도록. 하지만 거친 친구들한테는 아주 약하게 하게. 저것 보게. 밀러가 자네 아가씨한테 짓궂게 굴고 있군. 어이구, 자넨 젊은 아가씨를 좋아하나보지."

맥스와 어느 여고생에 대한 소문이 있었다. "당신만큼 젊은 여자는 아니죠."

"그래, 가봐. 이 망할 친구야. 자네 아가씨가 자네를 찾고 있잖아."

카렌은 벽에 붙은 포스터 옆에 서 있었다. 브렛 체이스가 밴스 빈센트 경위로 등장한 포스터였다. 잭이 그쪽으로 건너가자 카렌의 눈빛이 밝아졌다. "이거 정말 굉장하네요. 이 사람들이 모두 누구인지 말해주세요."

음악이 엄청나게 커졌다. 쿨리는 요들을 부르기 시작했고 퍼킨스도 베이스를 두들겼다. 잭은 카렌과 춤을 추며 무대를 가로질러 아크등이 많이 붙어 있는 구석으로 건너갔다. 그곳은 조용했고 모인 사람들을 한눈에 볼 수 있는 완벽한 장소였다.

잭은 배우들을 가리켰다. "브렛 체이스는 이미 알 테죠. 그는 호모라서 춤을 안 춥니다. 시가를 들고 있는 늙은 사람이 맥스 펠츠입니다. 제작자인데 시리즈의 대부분을 연출하죠. 밀러와는 춤을 추었으니 아실 테고. 티셔츠 차림의 두 사람은 오기 루거와 행크 크래프트인데 조수로 일하죠. 클립보드를 들고 있는 여자는 페니 풀와이더로 그만두고 싶어도 그렇게 못합니다. 왜냐하면 대본 감독이니까. 이 프로의 세트가 왜 이렇게 현대적인지 아세요? 연주대 건너편의 금발머리 남자가 데이비드 머텐스인데 세트 디자이너죠. 어떤 때는 술에 취한 것처럼 보이기도 하는데 사실은 그렇지 않아요. 아주 보기 드문 간질 환자라 약을 먹고 있죠. 사고를 당해 머리를 다쳤는데 그때부터 증세가 나타나기 시작했다는 얘기를 들었어요. 목에 흉터가 있는데 아마 사고의 흔적이겠죠. 옆에 있는 사람은 필립 솅클인데 조감독이고 그 옆은 제리 마살라스로 머텐스를 돌보는 간호사입니다. 제프리 경감 역의 테리 리거트는 저 키 큰 빨간 머리와 춤추고 있군요. 냉수기 옆에 있는 사람들은 빌리 디털링, 척 맥스웰, 딕 하웰로 카메라를 맡은 사람들이죠. 나머지 사람들은 조연급 이하 출연자들이에요."

카렌은 그를 똑바로 쳐다보았다. "이게 당신이 일하는 환경이군요. 당신은 이런 걸 좋아하죠. 저 사람들도 좋아하고요."

"난 저들이 좋아요. 밀러는 좋은 친구입니다."

"잭, 저를 속이진 못해요."

"카렌, 여기는 할리우드예요. 할리우드의 90퍼센트는 헛소리란 말입니다."

"분위기 깨는 사람 같으니. 한창 기분이 좋아지는데 찬물을 끼얹는군요."

카렌은 그를 째려보았다.

잭은 비틀거렸다. 카렌은 키스를 하려고 몸을 기댔다. 그들은 상대방의 혀를 탐하고 맛보고 나서 동시에 뒤로 물러났다.

카렌의 손은 아직 그를 더듬고 있었다. "이웃집은 아직 휴가에서 안

돌아왔어요. 우리 고양이 밥 주러 가요."

"음… 그러지."

"가기 전에 브랜디 좀 갖다 줄래요?"

잭은 음식이 놓인 식탁으로 걸어갔다. "아주 멋진 물건인데, 빈센즈. 나하고 취향이 같은 것 같아." 퍼킨스가 말했다.

분홍색 가두리 장식이 달린 검정색 카우보이 셔츠를 입은 마른 백인은 부츠를 신어 키가 거의 2미터는 되어 보였고 손도 엄청나게 컸다.

"퍼킨스, 자네 물건은 소화전 냄새가 나지?"

"스페이드는 자네가 그런 식으로 얘기하는 걸 안 좋아할걸. 더구나 받은 봉투를 주머니에 그렇게 넣은 채로 말이야."

리 박스와 티틀봄이 그들을 지켜보고 있었다. "더 이상 말하지 마, 퍼킨스."

듀스는 이쑤시개를 질근질근 씹었다. "저 여자는 자네가 검둥이를 겁줘서 돈을 번다는 걸 알고 있나?"

잭은 벽을 가리켰다. "소매를 걷고 다리 벌려."

퍼킨스는 이쑤시개를 뱉었다. "자네 미친 거 아냐?"

자니 스톰프, 박스 그리고 티틀봄은 그들의 얘기를 들을 수 있는 거리에 있었다. 잭이 말했다. "벽에 기대, 이 자식아."

퍼킨스는 탁자에 기대며 손바닥으로 벽을 짚었다. 잭은 그의 소매를 걷어 올렸다. 최근에 생긴 주사자국이 보였다. 주머니도 뒤졌다. 피하 주사기가 나왔다. 사람들이 주위로 몰려들기 시작했다. 잭은 거기에 맞추어 행동했다. "주사자국과 이 물건이 있으면 주립 교도소에서 3년은 썩어야 해. 주사기와 물건 판 놈을 불고 꺼져."

듀스는 땀을 흘렸다. "친구들이 보는 앞에서 불고 꺼지란 말이야." 잭이 말했다.

퍼킨스는 입술을 핥았다. "바니 스틴슨, 퀸 오브 에인절 병원에서 잡역부로 일해."

잭은 아래에서부터 그의 두 다리를 걷어찼다.

퍼킨스는 음식이 놓인 식탁 위의 고기에 얼굴을 처박았다. 탁자가 바닥에 쿵 소리를 내며 박살이 났다.

실내에는 커다란 숨소리가 들렸다.

잭이 밖으로 걸어 나가려고 하자 사람들이 갈라지며 길을 터주었다.

카렌은 차 옆에서 떨고 있었다. "꼭 그래야만 했나요?"

그의 셔츠는 땀으로 흠뻑 젖어 있었다. "응, 그럴 수밖에 없었어."

"보지 않았더라면 좋았을걸 그랬어요."

"나도 마찬가지야."

"이런 일을 신문으로 읽는 것하고 실제로 보는 것하고는 다른 것 같아요. 당신은…."

잭은 카렌을 두 팔로 안았다. "당신을 이런 일에서 떨어져 있도록 할게."

"하지만 얘기는 해주실 거죠?"

"아니… 그래, 해주지."

"오늘 밤 시계를 되돌릴 수 있었으면 좋겠어요."

"나도 같은 생각이야. 식사 좀 하고 싶지 않아?"

"아니에요. 아직 고양이 보고 싶어요?"

고양이는 모두 세 마리였다. 그들이 사랑을 나누는 동안, 녀석들은 침대를 되찾으려고 안간힘을 썼다. 카렌은 회색 고양이를 페이브먼트, 얼룩 고양이를 타이거, 깡마른 고양이를 엘리스 로우라고 불렀다. 잭은 고양이를 침대 위에서 내쫓는 것을 포기했다. 그놈들은 카렌을 낄낄거리며 웃게 했는데 카렌의 웃음소리에 그는 당분간 퍼킨스를 잊을 수 있었다. 그들은 사랑을 나누고 대화를 하고 고양이와 장난을 쳤다. 카렌은 담배를 피워보려고 하다가 미친 듯이 기침을 해야 했다. 카렌은 얘기를 해달라고 보챘다. 잭은 웬들 화이트의 얘기를 빌려와 거기에다 자신의 경험담을 적당히 섞어 얘기를 들려줬다. 완력 쓰는 것을 최대한 줄이고 아이들을 마약의 유혹에서 구해내는 빅 브이를 포함해서 착한 아이를 구해내는 마음씨 좋은 아저씨들을 많이 등장시켰다. 처음에는 거짓말을 하려니 쉽지 않았다. 하지만 카렌의 따뜻한 몸이 얘기를 점점 더 쉽게 만들어주었다. 새벽이 다 되어 카렌은 잠이 들었다. 그는 줄곧 정신이 말짱했다. 고양이들은 여전히 그에게 귀찮게 굴었다. 그는 카렌이 깨어나 계속 얘기를 할 수 있었으면 좋겠다는 생각을 했다. 그는 걱정이 생겼다. 오늘 들려준 거짓얘기를 모두 기억하지 못하면 카렌은 그가 거짓말쟁이인 걸 알게 될 테고 그들의 관계도 끝날지 모르는 것이다. 카렌의 몸은 자면 잘수록 더 따뜻해졌다. 잭은 카렌에게 바짝 다가갔다. 그는 자신의 얘기를 다시 짜 맞추다가 잠이 들었다.

10

길이 12미터의 복도 양쪽에는 벤치가 늘어서 있다. 벤치들은 낡았고 먼지투성이였다. 창고에서 막 꺼내온 물건들 같았다. 사복이나 제복을 입은 사람들은 대부분 '유혈의 성탄절' 기사가 실린 신문을 읽고 있었다. 버드는 신문 1면에 난 자신과 스텐스를 생각했다. 그들은 멕시코 친구들과 그들의 변호사들로부터 기소를 당했다. 그는 오전 4시에 출두하라는 전화를 받았다. 내사과의 전형적인 위협 설득 전술이었다. 복도 건너편에 있는 딕은 알코올 중독 치료 시설에서 교도소로 옮겨질 것이다. 각각 여섯 번이나 내사과의 조사를 받았다. 두 사람 모두 상대를 고자질하지는 않았다. 통상적인 성탄절 동창회 같은 것이었다. 에드 엑슬리만 빼고 옛날 친구들이 모두 모인 것이다.

시간이 흘렀고 사람들의 왕래도 빈번해졌다. 많은 사람이 심문실을 드나들었다. 엘머 렌츠가 폭탄을 던졌다. 라디오에서 대배심 구성이 요청된다고 했다는 것이다. 1951년 12월 25일에 센트럴 서에 있었던 모든 경관은 내일 출두해야 하고 재소자들이 그중에서 폭력을 행사한 사람들을 가려낼 것이다. 파커 국장의 집무실 문이 열렸다. 테드 그린이 밖으로 나왔다. "화이트 경관, 들어오게."

버드는 걸어갔다. 그린이 안으로 들어가라는 손짓을 했다. 방은 작았다. 파커의 책상과 그것을 향해 의자들이 놓여 있었다. 벽에는 아무런 장식도 없었고 회색빛 거울만 있었다. 아마도 양면 거울일 것이다. 국장은 책상 뒤에 제복을 입고 앉아 있었다. 그의 어깨에는 금색 별 네 개가 붙어 있었다. 더들리 스미스는 가운데 의자에 그리고 그린은 파커와 가까운 의자에 앉아 있었다. 버드는 세 사람 모두가 볼 수 있는 자리에 앉았다. 법정으로 치면 그곳이 증인석이었다.

파커가 말했다. "경관, 자네는 그린 부국장과 스미스 경위를 잘 알고 있을 거야. 경위는 우리가 겪고 있는 이 위기를 해결하는 데 나의 고문 역할을 해주고 있지."

그린은 담배에 불을 붙였다. "자네가 우리에게 협조할 마지막 기회를 주겠네. 내사과에서 여러 번 조사를 받았지만 자네는 계속해서 협조를 거부했네. 정상적인 경우라면 자네는 정직 처분을 받았을 거야. 하지만 우리는 자네가 우수한 경관이라는 것을 알고 있지. 파커 국장과 난 파티에서 자네가 보인 행동은 그렇게 비난을 받을 정도는 아니라고 확신하네. 자네는 자극을 받았던 거야. 자네는 고소당한 다른 경관들만큼 야비한 행동은 하지 않았어."

버드는 말을 하려고 했다. 스미스는 그의 말을 끊었다. "이보게, 이 점에 대해선 난 파커 국장을 대변해서 말하는 걸세. 그러므로 생략 없이 있는 대로 말하겠네. 우리 경관들을 공격한 여섯 명의 쓰레기를 현장에서 사살하지 못한 게 참 유감이네. 그들에 대한 폭력은 사실 그렇게 센 편이 아니었어. 하지만 두말할 필요도 없이 충동을 억제하지 못하는 경찰관은 경찰관으로서 자격이 없네. 외부 사람들에 의한 소란은 우리 L.A. 경찰국을 웃음거리로 만들었어. 이건 용인할 수 없네. 누군가의 목이 달아나야만 해. 경찰국의 손상된 이미지를 상쇄해줄 경찰관 증인이 필요하네. 파커 국장의 지휘하에 개선된 이미지가 더럽혀져선 안 되지. 우리는 이미 주요 증인 한 사람을 확보했네. 그리고 검사보인 엘리스 로우는 경찰국 소속 경관들을 기소하고 싶은 생각은 없다고 말하고 있네. 아무리 대배심이 공판으로 가도록 하더라도 말일세. 이보게, 자네가 증언해주겠나? 검사를 위해서가 아니라 경찰국을 위해서 말이야."

버드는 거울을 체크했다. 확실히 양면 거울이었다. 지방검사실 녀석들이 대화 내용을 받아 적고 있을 것이다. "아뇨, 전 증언을 하지 않겠습니다."

파커는 서류를 훑어보았다. "경관, 자네는 어떤 사람의 멱살을 붙잡아 머리통을 박살내려고 했군. 이건 상당히 심한 행동 같아 보여. 물론 폭언이나 욕설을 듣고 그런 행동을 했다고 하더라도 이건 다른 잔학 행위에 비해 단연 두드러지네. 자네한테 불리하게 작용할 거야. 하지만 자네는 서 내의 감방을 나오며 '정말 창피한 일이야' 하고 탄식했는데 이건 자네에게 유리하게 인정되겠지. 그래서 말인데 자네가 증인을 자청해서 물리력 과시로 야기된 자네의 약점을 상쇄해버리면 어떨까?"

이제야 사정을 알 것 같았다. 엑슬리 녀석이 배후에 있었던 것이다. 그날 창고에 갇혀 있으면서 내가 말하는 걸 녀석은 들었다. "국장님, 전 증언할 생각이 없습니다."

파커의 얼굴이 시뻘게졌다. 스미스가 말했다. "이봐, 우리 터놓고 얘기하지. 난 동료들을 배신할 수 없다는 자네의 행동은 존경하네. 자네의 증인 거부 행동은 동료에 대한 의리 때문이겠지. 여기에 계신 국장님은 자네와 거래할 권한을 내게 주셨네. 자네가 스텐슬랜드의 행동에 대해 증언하고 대배심이 그를 기소해 설사 유죄 판결이 내려진다 하더라도 스텐슬랜드는 복역하지 않을 거야. 우리는 이에 대해 엘리스 로우의 언질을 받아 놓았네. 스텐슬랜드는 단지 경찰국으로부터 연금 혜택 없이 파면될 것이지만 그 경우에도 연금은 사실 지급될 거야. 미망인과 고아 기금에서 유용한 돈으로 말이야. 자, 그럼 증언할 텐가?"

버드는 거울을 빤히 바라보았다. "그래도 전 증언하지 않겠습니다."

태드 그린이 문을 가리켰다. "그럼 내일 9시에 43 대배심 법정에 출두하게. 범인 확인을 위한 절차에 따라야 할 거고 증언을 요구받을 각오도 하게. 만약 증언을 거부하면 소환장을 받게 될 거고 정직 처분을 받을 거야. 그만 나가주게, 화이트."

더들리 스미스는 옅은 미소를 지었다. 버드는 거울을 향해 가운뎃손가락을 치켜세워 보였다.

11

양면 거울이 또렷하지 않아 표정들은 흐릿하게 보였다. 태드 그린의 표정은 읽기가 힘들었다. 파커는 단순해서 혈색이 추하게 바뀌었다. 아일랜드 사투리에다 고급 어휘를 구사하는 더들리 스미스는 매우 치밀해서 감을 잡기가 어려웠다. 버드 화이트는 너무나 쉬운 편이었다. 국장의 말을 인용하자면 '정말 창피한 일'이었다. 거대한 말풍선이 떠올랐다. '에드 엑슬리는 밀고자다.' 가운뎃손가락을 치켜세운 것은 별 의미 없는 행동이었다.

에드는 스피커를 두들겨 보았다. 지지직거리는 소리가 났다. 대기실은 더웠다. 하지만 센트럴 서의 창고처럼 숨이 막힐 정도는 아니었다. 그는 지난 보름 동안 있었던 일을 떠올려보았다.

그는 파커에게 세 가지 자술서를 모두 제시했고 경찰국의 주요 증인으로 증언하기로 동의했다. 파커는 상황에 대한 그의 평가를 뛰어난 것으로 보았는데 이를 모범이 될 만한 경관의 징표로 여겼다. 그는 세 자술서 가운데 가장 해가 적은 것을 엘리스 로우와 그가 좋아하는 검사실 수사관에게 주었다. 젊은 수사관은 법과대학 졸업생인 밥 갤로데였다. 죄에 대한 문책은 보다 많은 부분이 주로 리처드 스텐슬랜드 경사와 웬들 화이트 경관에게 돌아갔고 그 밖에 이미 연금 취득이 확실해진 다른 세 사람에게도 일부 돌아갔다. 그의 모범적인 증언에 대한 국장의 보답은 형사반으로 인사이동이었다. 그것은 엄청난 승격이다. 경위 시험을 잘 치르면 그는 1년 안에 경위 형사 엑슬리가 될 수 있다.

그린은 사무실을 떠났다. 엘리스 로우와 갤로데가 걸어 들어왔다. 로우와 파커는 서로 협의를 했다. 갤로데가 문을 열었다. "빈센즈 경사, 들어오세요." 스피커에서 지지직거리는 소리가 났다.

'쓰레기통' 잭은 어두운 바탕에 흰 줄이 그려진 양복으로 빼입고 있었다. 별다른 예의를 차리지 않고 그는 시계를 들여다보고 가운데 의자에 앉았다. 쓰레기와 엘리스 로우의 시선이 스치고 지나갔다. 파커는 새로운 먹잇감을 쳐다보았다. 그의 표정은 경멸 그 자체로 해독하기가 쉬웠다. 갤로데는 문 옆에 서서 담배를 피우고 있었다.

로우가 말했다. "경사, 곧바로 본론으로 들어가겠네. 자네는 내사과에 매우 협조적이었는데 그 점은 자네한테 유리해. 하지만 아홉 명의 증인은 자네가 후안 카르비할을 때렸다고 말하고 있고 술에 취한 네 명의 수감자는 자네가 럼 한 상자를 들고 들어오는 것을 보았다고 했네. 알다시피 자네의 오명은 상당하네. 주정뱅이들도 스캔들 기사는 읽으니까."

더들리 스미스가 이어받았다. "이보게, 우린 자네의 오명이 필요해. 우리는 대배심에게 자네가 공격을 당한 다음에야 반격을 가했다고 말해줄 중요한 증인을 확보하고 있어. 그리고 아마도 그게 진실일 것이므로 수감자의 추가 증언은 자네의 혐의를 풀어줄 거야. 하지만 자네는 술을 가져와 사람들을 취하게 했다는 것만큼은 인정해야 해. 경찰국 내 위반행위를 인정하면 자네는 심사위원회에서 별 어려움이 없을 거야. 로우 씨가 형사기소의 무효를 보증해줄 거야."

쓰레기통은 줄곧 가만히 있었다. 에드는 이렇게 생각했다. 버드 화이트가 대부분의 술을 가져왔는데 그는 감히 그 사실을 밝히지 못하고 있다. 파커는 말했다. "경찰국에 대규모 인사이동이 있을 것이네. 제대로 증언하면 간단한 심사위원회 절차로 끝나고 정직 혹은 강등 당하는 일도 없을 것이네. 자네에게 손목을 살짝 때리는 정도의 일밖에 없을 것을 보증하네. 1년 정도 풍기사범단속반으로 전근을 가도록 하게."

빈센즈가 로우에게 말했다. "엘리스, 이것에 관해 당신과 거래할 게 전혀 없나요? 당신은 마약단속반에서 일하는 게 나에게 어떤 의미가 있는지 아시잖아요."

로우는 움찔했다. 파커가 말했다. "아무것도 없네. 여기서 덧붙일 말이 있네. 자네는 내일 증언대에 서야 하고 크룩먼 경관, 터커 경사 그리고 프랫 경관에 대해 부정적인 증언을 해줘야 하네. 이 세 사람은 모두 이미 연금을 받도록 되어 있는 사람들이야. 우리의 주요 증언자는 완곡하게 증언할 것이지만 자네는 다른 사람들에 대한 질문에 대해서는 모른다고 할 수 있네. 솔직히 말해서 우리는 우리 중 몇몇 사람을 포기해 여론의 공세를 어느 정도는 충족시켜줘야 해."

더들리 스미스가 말했다. "자네가 어떻게 경찰국에서 숨을 쉴 수 있는지 의심스럽군. 앞으로 숨 쉬지 말게."

쓰레기통 잭이 말했다. "전 숨을 쉴 겁니다."

사람들이 빙그레 웃었다. 갤로데가 말했다. "경사, 난 당신의 증언을 맡을 겁니다. 로우 씨와 다이닝 카에서 점심을 먹죠." 빈센즈는 자리에서 일어섰다. 로우는 그를 문까지 데려다 주었다.

스피커로 속삭이는 소리가 새어나왔다. "…그리고 난 쿨리에게 자네가 다시는 그런 일을 하지 않을 거라고 말했지."

"좋습니다, 보스." 파커는 거울을 향해 고개를 끄덕였다.

에드가 걸어 들어와 곧장 관심이 쏠린 자리에 앉았다. 스미스가 말했다. "자네는 정말 시간을 정확히 지키는군."

파커가 미소를 지었다. "에드, 이번 상황에 대한 자네의 평가가 아주 예리했기 때문에 나는 자네를 주목하고 있네. 증언하기 전에 할 말 있나?"

"국장님, 대배심원들이 부여한 어떤 벌로 로우 씨의 소송 후 수속 과정에서 무효화되거나 정지될 것을 전제해도 좋은 건가요?"

로우는 얼굴을 찡그렸다. 에드는 정곡을 찔렀다. 그의 아버지가 그가 그럴 거라 말했던 것처럼. "국장님, 정말 좋은 건가요?"

로우는 아랫사람을 대하는 태도로 말했다. "법과대학원을 다닌 적이 있나, 경사?"

"아뇨. 그런 적은 없습니다."

"그렇다면 존경받는 자네 아버님이 자네에게 좋은 충고를 해주신 모양이군."

한결같은 억양으로 에드는 말했다. "아닙니다. 그러신 적 없습니다."

스미스가 말했다. "자네가 옳다고 가정하세. 모든 성실한 경찰관들이라면 당연히 원할 것을 위해 우리가 힘을 모으고 있다고 가정하세. 즉 우리의 동료가 공적으로 재판받는 것을 막는 것 말일세. 만약 그렇다고 가정하면 자네는 무슨 말을 하고 싶은가?"

그는 미리 연습한 대로 또박또박 말했다. "시민들은 형식적 벌칙 선언, 정지 전략 그리고 기소의 무효화 이상의 것을 요구할 겁니다. 경찰국 내 심사위원회, 정직, 대규모 인사이동으로는 충분치 않습니다. 당신은 화이트 경관에게 수뇌부가 바뀌어야 한다고 했습니다. 나도 거기에 동의합니다. 그리고 국장님의 위신과 경찰국의 체면을 위해서는 공소 제기 및 실형선고가 필요하다고 봅니다."

"난 자네가 방금 그 얘기를 하며 보인 여유에 충격을 받았네."

에드가 파커에게 말했다. "국장님, 당신은 경찰국을 호럴과 워턴에게 서 되찾아왔습니다. 당신은 명성이 대단하며 우리 경찰국의 위신도 상당히 향상되었습니다. 이 상태가 지속되도록 해야 합니다."

로우가 말했다. "말해보게, 엑슬리. 정확하게 우리가 무엇을 해야 한다고 생각하나?"

에드는 파커에게 시선을 고정한 채 말했다. "근속 연수가 20년 이내인 사람들에 대한 기소를 취소하십시오. 대규모 인사이동을 대대적으로 홍보하고 많은 사람에게 심사위원회 회부와 정직 명령을 내려야 합니다. 자니 브라우넬을 기소하되 그로 하여금 배심원 없는 재판을 청구하도록 해서 판사가 그에게 집행유예를 내리도록 하십시오. 사실 그의 동생이 애초에 공격당한 경관들 가운데 한 명이었습니다. 그리고 딕 스텐슬랜드와 버드 화이트도 기소해서 형을 받도록 해야 합니다. 그들을 경찰국에서 떨어져 나가도록 해야 합니다. 스텐슬랜드는 주정꾼 경찰이고 화이트는 사람을 죽일 뻔했을 뿐 아니라 술도 빈센즈보다 훨씬 많이 가져왔습니다. 상어들에게 잡아먹히도록 그들을 내팽개쳐야 합니다. 당신 자신과 경찰국을 보호해야 합니다."

침묵이 흘렀다. 스미스가 침묵을 깼다. "여러분, 나는 우리의 젊은 경관이 준 충고가 성급하고 위선적이라 생각합니다. 스텐슬랜드는 다소 문제가 있을지 모르지만 웬들 화이트는 우리에게 아주 귀중한 경관입니다."

"아닙니다. 그는 살인 충동을 품은 불한당입니다."

스미스가 무슨 말을 하려고 하자 파커는 손을 들어 그를 제지했다. "난 에드의 충고가 고려해볼 만한 가치가 있다고 생각합니다. 내일 자네가 대배심원들 앞에서 그들을 혼내주게. 단정한 복장을 하고 가서 혼내주란 말이야."

에드가 말했다. "알겠습니다, 국장님." 그는 너무 기쁜 나머지 모인 사람들 앞에서 소리라도 지르고 싶었지만 간신히 참았다.

12

 스포트라이트 그리고 신장측정선. 잭은 180센티미터, 프랭크 도허티 와 딕 스텐스 그리고 존 브라우넬은 키가 작은 축에 속하지만 월버트 허 프와 버드 화이트는 180센티미터가 넘는다. 거울 건너편에는 센트럴 서 에 수감되었던 자들이 지방검사실 근무자들과 함께 이들을 바라보고 있다.

 스피커에서 지시가 내려진다. "왼쪽 옆모습." 여섯 명이 돌아선다.

 "오른쪽 옆모습."

 "벽을 향해 서."

 "거울을 바라봐."

 "모두 쉬어."

 잠시 침묵이 흐르고 나서, "열네 명이 도허티, 스텐슬랜드, 빈센즈, 화 이트 그리고 브라우넬을 확인. 네 명이 허프를 확인. 이런 제기랄, 스피 커가 켜져 있잖아!"

 스텐스는 넋을 잃은 표정이었다. 프랭크 도허티가 말했다. "엿 먹어라, 개자식들." 화이트는 표정 없이 가만히 있었다. 마치 이미 교도소에서 스텐스를 검둥이들로부터 보호하고 있는 것처럼. 스피커에서 지시가 내려왔다. "빈센즈 경사는 114호실로 가고, 화이트 경관은 그린 국장실에 보고할 것. 나머지 사람들은 해산."

114호실. 대배심원 증언실이다.

잭은 커튼 밑으로 해서 먼저 114호실로 들어갔다. 아주 혼잡한 방이었다. '유혈의 성탄절' 사건의 원고들 그리고 에드 엑슬리는 새것 같아 보이는 옷을 입고 있었는데 소매의 실밥이 느슨해져 있었다. 원고측의 수감자들이 야유를 보냈다. 잭은 엑슬리를 살짝 껴안았다.

"자네가 주요 증인인가?"

"응."

"자네였다는 걸 알았어야 했는데 말이야. 파커가 자네에게 뭘 던져 주나?"

"나한테 뭘 던져주냐고?"

"그래, 엑슬리. 자네에게 던져준다고. 거래, 대가 말일세. 자네는 내가 공짜로 증언하는 줄 아나?"

엑슬리는 자신의 안경을 매만졌다. "난 의무를 다할 뿐이야."

잭이 소리 내어 웃었다. "자네도 속셈이 있겠지. 이 대졸자 친구야. 자네는 분명히 얻는 게 있어. 그래서 자네는 고자질했다는 이유로 자네를 미워할 머저리 같은 경관들하고 어울려 속 썩을 일이 없게 되는 거겠지. 파커가 형사반행을 약속했다면 조심하게. 형사반 소속 중 몇몇은 이번 일로 피해를 볼 텐데 자네는 그들의 친구들과 일을 해야 한단 말일세."

엑슬리는 움찔했다. 잭이 웃었다. "좋은 대가군, 정말이야."

"자네는 대가를 챙기는 데 전문가지. 난 아니야."

"자네가 조만간 내 상급자가 되겠지. 그러니 내가 잘 모셔야겠군. 자네는 엘리스 로우의 새 여자 친구가 자네를 좋아한다는 걸 알고 있나?"

서기가 불렀다. "에드먼드 엑슬리는 입장하세요."

잭이 윙크를 했다. "가보게. 상의의 풀린 실밥이나 처리해. 그러지 않으면 촌뜨기처럼 보일 테니까."

엑슬리는 풀린 실밥을 만지작거리며 홀을 가로질러 갔다.

잭은 카렌에 대해 생각하며 시간을 죽였다. 파티 이후 열흘이 지났다. 생활은 무료하기가 짝이 없었다. 그는 스페이드 쿨리에게 사과를 해야 했다. 웰턴 모로우는 그와 카렌에게 잔뜩 화가 나 있었다. 하지만 미지근한 조안과 엘리스 로우 건이 그의 손실을 거의 보전해주었다. 호텔에서 자는 일은 보통 골치 아픈 일이 아니었다. 카렌은 집에서 지냈고 그의 집은 너무 지저분했다. 그는 앰배서더 호텔에 숙박료를 내느라 스코긴스 아이들에게 보내는 돈을 미루지 않을 수 없었다. 카렌은 비밀스러운 로맨스를 좋아했다. 그도 카렌의 그런 면이 마음에 들었다. 하지만 허진스에게서는 전화가 없었고 로스앤젤레스는 헤로인이 말라버린 도시였다. 마약단속반에서는 즐길 일이 없는 것이다. 풍기사범단속반에서의 1년이 마치 가스실처럼 생각되었다.

그는 자신이 마치 결전을 앞둔 싸움꾼 같다고 생각했다. 성탄절 사건의 피의자들이 계속 쳐다보았다. 그에게 두들겨 맞은 친구는 코에 붕대를 하고 있었다. 잔머리를 잘 굴리는 어떤 유대인 변호사가 그에게 그렇게 하도록 시켰을 것이다. 대배심원의 방은 문이 약간 열려 있었다. 잭은 걸어가서 안을 들여다보았다.

여섯 명의 배심원이 증인석을 마주한 탁자에 앉아 있었다. 엘리스 로우가 질문을 던지고 있었다. 에드 엑슬리는 박스석에 앉아 있었다. 에드는 안경을 가지고 장난치지는 않았다. 그는 괜히 헛기침을 하지도 않았다. 그의 목소리는 평소보다 한 옥타브나 낮았다. 그리고 그 상태를 유지하고 있었다. 다소 여윈 편이라 경찰 타입으로 보이지는 않지만 그에게는 여전히 권위가 있어 보였다. 답변의 타이밍은 완벽했다. 로우는 외부의 참고인들을 불러들였다. 엑슬리는 그들이 온다는 것을 알고 있었다. 그런데도 놀란 척을 했다. 누가 그를 코치해주었는지는 모르겠지만 정말 기막히게 훈련시킨 것 같았다.

잭은 세부사항까지는 이해할 수 있었다. 즉, 엑슬리가 망나니들로 가득 찬 감방의 약골이 아니라 전쟁 영웅이란 점을 말이다. 로우는 그것을 교묘한 언변으로 포장했다. 엑슬리의 답변도 정곡을 찔렀다. 그는 많은 사람을 상대해야 했고 열쇠를 빼앗겼으며 창고에 감금당했다. 그건 어쩔 수 없는 일이었다. 그는 자신을 잘 아는 사람이었고 싸구려 영웅심이 얼마나 무의미한지도 잘 알고 있었다.

엑슬리는 브라우넬, 허프, 도허티의 범법 사실에 대해 계속 지껄여댔다. 그는 스텐슬랜드야말로 최악 중의 최악이라 말했고 버드 화이트를 밀고하면서도 눈 하나 깜짝하지 않았다. 잭은 그가 화이트를 언급할 때 미소를 지었다. 모든 게 우리 쪽으로 유리하게끔 되어 가기 때문이었다. 크룩먼, 프랫, 터커, 등 연금을 받기로 되어 있는 사람들은 그의 증언을 위해 이 자리에 올려졌다. 스텐슬랜드와 화이트는 기소를 향해 끌려간다. 정말 기가 막힌 연기였다.

로우는 최종 변론을 요구했다. 엑슬리는 순순히 응했다. 정의 실현 운운하는 유치한 얘기가 나왔다. 로우는 증인석에서 내려와도 좋다고 말했다. 배심원들은 졸도할 지경처럼 보였다. 엑슬리는 박스석에서 절룩거리며 내려왔다. 두 다리를 꿈짝 않고 있었기 때문이다.

잭은 밖에서 그를 만났다. "훌륭했어. 파커가 아주 마음에 들어 했을 거야."

엑슬리는 두 다리를 쭉 폈다. "그가 회의록을 읽을까?"

"그는 10분 내에 읽을 거야. 그리고 버드 화이트는 죽을 때까지 자네를 박살내려고 할 거야. 그는 나와 함께 있다가 태드 그린의 방으로 불려 갔어. 아마 정직을 당할 거야. 자네는 그가 거래를 잘해서 경찰국에 계속 남기를 기도해야 할 거야. 그가 일반 시민이 되면 자네는 정말 골치 아플 테니까 말이야."

"그래서 자네는 로우한테 그가 대부분의 술을 가져왔다는 말을 못했나?"

서기가 불렀다. "존 빈센즈, 5분 내에 입장하세요."

잭은 신경을 한 곳에 모았다. "세 늙은이가 다음 주에 오리건에서 낚시나 하도록 일러바쳐야겠군. 나도 자네만큼이나 깨끗해. 그리고 영리하지."

"우리는 올바른 일을 하고 있는 거야. 다만 자네는 그런 자신을 증오하고 있지. 그건 영리한 게 아니야."

잭은 홀 아래쪽에 있는 엘리스 로우와 카렌을 보았다. 로우가 올라왔다. "조안에게 자네가 오늘 증언한다고 했더니 조안이 카렌에게 말한 모양이야. 미안해. 조안에게 비밀로 했는데 말이야. 잭, 정말 미안해. 카렌에게는 실내에 입장해서 참관할 수 없다고 말해두었네. 카렌은 내 방에서 스피커를 통해 증언을 들어야 할 거야. 미안하네."

"이봐요, 유대인 친구. 당신은 증인을 확보하는 법을 제대로 알고 있군요."

13

버드는 하이볼(소다수를 탄 위스키 - 옮긴이)을 마셨다.

주크박스의 소음이 그를 쿵쿵 두들겨댔다. 그는 바에서 가장 나쁜 자리에 앉아 있었다. 공중전화 바로 앞의 소파 자리에 말이다. 미식축구를 하다 다친 오래된 상처가 욱신거리는 같았다. 엑슬리에 대한 그의 분노처럼. 배지도 총도 없이, 이제 그에게는 기소 절차만 남아 있었다. 40대로 보이는 빨간 머리의 여자는 그가 여태껏 보았던 여자들 중에서 가장 멋진 여자 같았다. 그는 술잔을 들고 자리를 옮겨 갔다.

그 여자는 그를 향해 미소를 지어 보였다. 빨간 머리는 아무래도 가짜 같아 보였지만 제법 친절해 보이는 얼굴을 하고 있었다. 버드도 미소를 지었다. "당신이 마시는 것은 구식 술 아닌가요?"

"그래요. 제 이름은 안젤라예요."

"버드라고 합니다."

"세상에 버드 같은 이름을 가지고 태어나는 사람도 있나요?"

"웬들이란 이름을 써야 한다면 할 수 없이 다른 이름을 찾아볼 수밖에 없지요."

안젤라는 소리 내어 웃었다. "무슨 일을 하세요, 버드?"

"현재는 새로운 일자리를 찾고 있다고 할 수 있죠."

"아, 그래요? 그럼 무슨 일을 하셨는데요?"

정직 당했어! 이 멍청한 아줌마야!

"상사와 제대로 관계를 유지할 수 없었죠. 당신은…."

"노조 문제나 뭐 그런 건가요? 전 전국교사연맹에 소속되어 있었고 전남편은 팀스터 사의 가게 점원이었죠. 그건 당신이 말하는…."

버드는 자기 어깨에 누가 손을 얹는 것을 느꼈다. "이봐, 친구. 잠시 얘기를 나눌 수 있겠나?"

더들리 스미스였다. 내사과가 미행을 하고 있었다.

"이번 일에 대한 겁니까, 경위님?"

"물론이지. 자네의 새 친구에게는 작별 인사를 하고 저 뒤쪽 탁자로 오게. 바텐더에게 얘기를 나눌 수 있도록 음악을 낮추어 달라고 얘기해 뒀네."

시끄러운 곡에서 부드러운 곡으로 바뀌었다. 스미스는 뒤로 걸어갔다. 어떤 선원이 안젤라에게 관심을 보였다. 버드는 천천히 라운지 쪽으로 건너갔다.

안락한 분위기였다. 스미스, 두 개의 의자 그리고 탁자 하나. 약간 불룩한 뭔가를 신문지가 덮고 있었다. 버드는 자리에 앉았다. "내사과에서 저를 미행하고 있나요?"

"그렇다네. 자네 외에도 여러 기소자를 대상으로 말일세. 이건 자네 동료 엑슬리의 아이디어야. 이 친구는 파커 국장의 신임을 받고 있는데 국장에게 자네와 스텐슬랜드가 성급한 짓을 저지를지도 모른다고 말한 모양이야. 엑슬리는 자네와 많은 좋은 친구들을 나쁜 놈으로 만들어버렸네. 나도 회의록을 읽었네. 그의 증언은 배신행위나 다름없을 뿐 아니라 모든 성실한 경관들에 대한 모욕이었어."

스텐스는 이미 함정에 빠진 꼴이 되었다. "그 서류에 우리가 기소된 것으로 되어 있던가요?"

"성급한 생각은 하지 말게. 내가 국장에게 잘 얘기해서 자네 미행은 취소시켰네. 그래서 자네는 지금 친구와 함께 있는 걸세."

"경위님, 원하는 게 뭐죠?"

스미스가 말했다. "더들리라고 부르게."

"더들리, 뭘 원하는 거죠?"

허허허. 아름다운 테너 목소리였다. "이봐, 자네는 인상적인 친구야. 난 자네의 증언에 대한 거부 그리고 동료에 대한 충성심을 높이 평가하네. 경찰로서의 자네를 높이 본단 말일세. 특히 필요한 경우에는 서슴지 않고 폭력에 호소하는 모습을 말이야. 특히 자네가 여자를 두들겨 패는 녀석들은 용서하지 않는다는 것에 아주 깊은 인상을 받았네. 자네는 그런 친구들을 증오하는 거지?"

과장된 말을 듣자 그는 머리가 어지러웠다. "그래요, 전 그런 놈들을 아주 싫어하죠."

"자네의 배경을 살펴보니 충분히 그럴 만한 이유가 있었더군. 그 밖에 자네가 특별히 싫어하는 게 또 있나?"

주먹을 너무 꽉 쥐어서 그는 손이 얼얼할 지경이었다. "엑슬리입니다. 그 망할 자식 말입니다. 쓰레기통 잭도 마찬가지라고 볼 수 있습니다. 딕 스텐스는 이 두 친구가 고자질하는 바람에 손발을 꼼짝 못하게 된 거죠."

스미스는 머리를 가로저었다. "빈센즈는 아니야. 그는 경찰국을 위한 허수아비일세. 그리고 우리는 지방검사실에 사체를 던져주어야 하니까 그가 필요한 것뿐이야. 그는 단지 근속 20년 이상인 사람들에 대해서만 밀고했고 자네가 들여온 술에 대해서도 대신 뒤집어썼네. 자네는 잭을 증오할 이유가 없어."

버드는 탁자에 몸을 기댔다. "더들리, 원하는 게 뭡니까?"

"난 자네가 기소를 피하고 업무에 복귀하길 바라네. 그러기 위해 나는 방책을 가지고 있지."

버드는 신문을 바라보았다. "어떻게요?"

"나를 위해 일해주게."

"뭘 하라는 거죠?"

"아니, 내가 먼저 질문하지. 자네는 범죄를 봉쇄할 필요성, 즉 그것을 국경 저 너머의 어둠 속에 남겨둬야 할 필요성을 인정하나?"

"물론이죠."

"그러면 일종의 조직 범죄적인 면이 존재하도록 허용되어야 하고 아무도 해치지 않는, 이를테면 수용 가능한 악덕이 계속되어야 한다고 생각하나?"

"물론 인정합니다. 약간의 공작이죠. 어느 정도는 그런 식으로 되어야 합니다. 이게 도대체 무엇과…."

스미스는 신문을 치웠다. 배지와 38구경 권총이 번득였다. 버드는 머리가 뜨끔해졌다. "그래요, 전 당신이 뭔가 속셈이 있을 거라고 생각했어요. 그런과 거래를 한 건가요?"

"응. 거래를 했지. 파커하고 말일세. 파커의 귀에서 엑슬리가 아직 오염시키지 않은 부분에다 대고 얘기했지. 그는 대배심이 자네에 대해 고소장을 발부하지 않으면 자네는 증언 거부로 처벌받지 않을 거라고 했네. 이제 피해자들이 경찰에 전화하기 전에 자네 것들을 챙기게."

정신이 번쩍 든 버드는 자기 앞에 놓인 물건들을 집었다. "저한테 고소장이 안 나온다고요?"

허허허. 비웃는 듯한 웃음이었다. "국장은 내게 대담한 계획을 맡긴다는 것을 알고 있었지. 나로서는 자네가 별 네 개짜리 〈헤럴드〉를 읽지 않은 게 다행이야."

버드가 말했다. "어떻게?"

"아직 아니야."

"딕은 어떻게 되죠?"

"그는 끝났어. 그렇다고 항의는 하지 말게. 어차피 피할 수 없는 일이니까. 그에게는 고소장이 발부될 거고 기소되어 형을 받겠지. 그는 파커의 명령에 의한 경찰국의 희생양이야. 딕을 넘겨주도록 그를 설득한 사람이 엑슬리야. 범죄 사실과 교도소행 말이야."

방은 펄펄 끓는 것처럼 더웠다. 버드는 넥타이를 느슨하게 풀고 눈을 감았다.

"이봐, 난 딕이 감방에서 좋은 대우를 받도록 할 거야. 그곳에서 일하는 여자 관리자를 내가 알고 있는데 아마 잘 대해줄 걸세. 그리고 감방에서 나오면 그에게 엑슬리에 대한 보복을 보증해주지."

버드는 눈을 떴다. 스미스는 〈헤럴드〉를 쫙 펼쳐 놓았다. '제목 : 유혈의 성탄절 사건으로 기소된 경찰들', 아래 기사에는 동그라미가 쳐져 있었다. 리처드 스텐슬랜드 경사는 네 가지 죄목으로 고소되고 노장 경관들인 렌츠, 브라우넬, 허프도 각각 두 개씩의 죄목으로 고소되었다. 밑줄이 쳐져 있는 부분 : 웬들 화이트 경관(33)은 지방검사실 내의 몇몇 소식통에 따르면 1급 폭행이 틀림없다고 했음에도 불구하고 실제로는 고소장이 발부되지 않았다. 대배심의 담당자는 네 명의 경찰 폭행 피해자들이 자신들의 이전 증언을 철회했다고 밝혔다. 이들은 화이트 경관이 후안 카르비할(19)의 목을 조르려고 했다고 증언했었다. 이들의 증언 철회는 화이트가 카르비할에게 중대한 위해를 가하려 했다고 증언한 로스

111

앤젤레스 경찰국 에드먼드 엑슬리 경사의 증언과 정면으로 상충하는 것이었다. 엑슬리 경사의 증언은 그럼에도 일곱 명의 다른 경관들의 기소라는 결과를 야기했기 때문에 결격 사유가 없는 것으로 간주되었다. 어쨌든 대배심원들은 이 철회의 신뢰성에 의문을 표시했지만 이것이 지방검사실의 화이트 경관에 대한 고소장 발부를 거부하는 데에는 충분하다고 판단했다. 지방검사보 엘리스 로우는 "뭔가 의심스러운 일이 발생했지만 아직 그것이 뭔지는 모른다. 네 명의 증언 철회가 말하자면 증인 한 명의 증언을 대체한 꼴이 되어버렸다. 전쟁 영웅, 엑슬리 경사는 뛰어난 증언을 했다."고 말했다.

기사의 글자들이 흔들렸다. 버드가 말했다. "왜죠? 왜 제게 그런 일을 했죠? 어떻게 한 겁니까?"

스미스는 신문을 구겼다. "파커가 내게 새로 지시한 업무를 수행하는 데에 난 자네의 도움이 필요해. 봉쇄 대책을 마련하는 것인데 강력계의 부속 업무지. 우리는 그것을 '감시특무'라고 부를 거야. 이 일의 적임자는 극히 드물지만 자네는 이 일에 아주 적격이야. 힘과 사격을 필요로 하는 일이고 심문을 해야 하는 경우는 그다지 없을 거야. 내 말 알아듣겠나?"

"예. 확실히 알 것 같습니다."

"파커가 인사이동을 발표할 때 자네는 센트럴 서에서 나오게 될 거야. 나를 위해 일할 생각이 있나?"

"안 한다면 미친놈이죠. 왜죠, 더들리?"

"왜라니?"

"나를 돕기 위해 당신은 엘리스 로우를 밀친 건데요. 경찰국의 모두가 알다시피 당신과 그는 밀접한 관계 아닌가요? 그런데 왜?"

"자네 스타일이 마음에 들어서 그래. 이러면 대답으로 충분한가?"

"그럴 것 같군요. 그럼 이제 '어떻게'라고 물어볼까요?"

"어떻게라니?"

"그 녀석들에게 어떻게 철회하게 했죠?"

스미스는 브래스 너클을 내려놓았다. 흠이 많은 그 조각에는 피가 말라붙어 있었다.

캘 린 더

1 9 5 2

발췌 : 〈L.A. 미러 뉴스〉, 3월 19일

경찰 폭행 스캔들 : 최악의 피고인이 법정에 서기 전에
경찰은 자신들을 징벌하려 함

로스앤젤레스 경찰국장 윌리엄 파커는 경찰의 잔혹 행위와 민사소송이 뒤얽힌 이른바 '유혈의 성탄절' 사건에 대해서 '성역 없는 수사를 통해' 정의를 실현시킬 거라고 약속했다.

일곱 명의 경찰관이 지난해 성탄절 아침 센트럴 서 구치소에서의 자신들의 행동으로 인해 폭행 혐의를 받고 있다. 경찰관들은 다음과 같다.

경사 워드 터커, 2급 폭행 혐의.

경관 마이클 크룩먼, 2급 폭행 및 구타.

경관 헨리 프랫, 2급 폭행.

경사 엘머 렌츠, 1급 폭행 및 구타.

경사 윌버트 허프, 1급 폭행 및 구타.

경관 존 브라우넬, 1급 폭행 및 가중 폭행.

경사 리처드 스텐슬랜드, 1급 폭행 및 가중 폭행, 1급 구타, 상해.

파커는 기소된 경찰관들에게 가해질 형량이나 폭행 희생자들인 디나르도 산체스, 후안 카르비할, 데니스 라이스, 이지키엘 가르시아, 클린턴 라이스 그리고 레이에스 차스코 등이 경관들과 로스앤젤레스 경찰국을 상대로 제기한 소송의 숫자에 대해서는 언급하지 않았다. 그는 다음의 경관들이 경찰국 내 심사위원회에 회부될 것이며 만약 그들의 혐의 사실이 풀리지 않으면 경찰국 내에서 엄격한 징벌을 받을 거라고 밝혔다.

경사 월터 크럼리, 경사 월터 듀크시어러, 경사 프랜시스 도허티, 경관 찰스 하인즈, 경관 조세프 헤르난데스, 경사 윌리스 트리스타노, 경관 프레드릭 튜렌타인, 경위 제임스 프릴링, 경관 웬들 화이트, 경관 존 하이니케, 경사 존 빈센즈.

파커는 대배심 앞에서의 증언을 자청한 센트럴 서 근무자인 경사 에드먼드 엑슬리를 칭찬하며 기자회견을 끝마쳤다. "엑슬리가 한 일은 엄청난 용기를 필요로 하는 겁니다. 전 그에게 최고의 상찬을 보내는 바입니다." 하고 그는 말했다.

발췌 : 〈L.A. 이그재미너〉, 4월 11일

'유혈의 성탄절' 5인의 기소 종결 : 파커는 심사위원회 결과 발표

오늘 지방검사실은 지난해에 있었던 '유혈의 성탄절' 스캔들에 관련된 다섯 명의 피고인들이 법정에 서지는 않을 거라고 발표했다. 경관 마이클 크룩먼, 경관 헨리 프랫, 경사 워드 터커는 기소 결과, 로스앤젤레스 경찰국에서 해직당하게 되었으며 그들에 대한 기소는 증언의 사실상 소멸을 근거로 종결되었다. 이들에 대한 기소를 맡았던 지방검사보 엘리스 로우는 다음과 같이 설명했다. "지난 성탄절에 센트럴 서 구치소에 수감되었던 많은 증인들은 현재 위치 파악이 불가능하다."

이와 관련하여 로스앤젤레스 경찰국장 윌리엄 파커는 경찰 인력의 '대규모 문책' 결과를 발표했다. 다음의 기소 및 미기소 경관들은 지난 성탄절 당시의 행동과 관련하여 여러 경찰국 내 사항 위반을 이유로 유죄가 확정되었다.

경사 월터 크럼리, 6개월 무급 정직, 홀렌벡 서로 전근.

경사 월터 듀크시어러, 6개월 무급 정직, 뉴튼 스트리트 서로 전근.

경사 프랜시스 도허티, 4개월 무급 정직, 윌셔 서로 전근.

경관 찰스 하인즈, 6개월 무급 정직, 사우스사이드 부랑자 담당과로 전근.

경관 조세프 헤르난데스, 4개월 무급 정직, 77번가 서로 전근.

경사 윌버트 허프, 9개월 무급 정직, 윌셔 서로 전근.

경사 윌리스 트리스타노, 3개월 무급 정직, 뉴튼 스트리트 서로 전근.

경관 프레드릭 튜렌타인, 3개월 무급 정직, 이스트밸리 서로 전근.

경위 제임스 프릴링, 6개월 무급 정직, 로스앤젤레스 경찰국 부설 경찰학교 교육국으로 전근.

경관 존 하이니케, 4개월 무급 정직, 베니스 서로 전근.

경사 엘머 렌츠, 9개월 무급 정직, 할리우드 서로 전근.

경관 웬들 화이트, 정직 기간 없음, 강력계 부설 감시특무반으로 전근.

경사 존 빈센즈, 정직 기간 없음. 풍기사범단속반으로 전근.

발췌 : 〈L.A. 타임스〉, 5월 3일

경찰 스캔들의 피고인들 집행유예 판결

'유혈의 성탄절' 스캔들과 관련된 경관들 중에 처음으로 공판을 받게 된 38세의 존 브라우넬 경관은 오늘 범죄 사실을 인정하고 아서 피츠휴 판사에게 자신의 죄목인 1급 폭행 및 가중 폭행을 근거로 판결을 내려줄 것을 요청했다.

브라우넬은 지난 성탄절 이브에 여섯 명의 젊은이들로부터 바에서 폭행을 당한 두 경관 중 하나인 프랭크 브라우넬의 형이다. 피츠휴 판사는 브라우넬 경관이 동생의 부상으로 심리적 부담 아래 있었다는 사실 그리고 그가 로스앤젤레스 경찰국에서 연금 혜택 없이 해직되었다는 사실을 고려해 카운티 보호관찰국의 보고서를 낭독했는데 이 보고서는 형의 유예와 수감 면제를 권고했다. 이어서 판사는 브라우넬에게 카운티 교도소에서의 1년의 집행유예를 선고했고 카운티의 보호관찰 책임자 랜들 밀티어에게 보고할 것을 명했다.

발췌 : 〈L.A. 이그재미너〉, 5월 29일
스텐슬랜드 형 확정-로스앤젤레스 경찰관 교도소행

… 여덟 명의 남성과 네 명의 여성으로 구성된 배심원단은 네 개의 죄목, 즉 1급 폭행, 가중 폭행, 1급 구타와 상해에 대해 유죄를 확정했다. 죄목들은 이 전 직 경찰관이 지난해 '유혈의 성탄절' 스캔들과 관련해 센트럴 서 구치소에 수감 중인 죄수들을 부당 대우한 것에 기인한다. 신랄한 증언을 통해 로스앤젤레스 경찰국 경사 에드 엑슬리는 스텐슬랜드의 '무장하지 않은 사람들에 가한 잔학한 행위'를 묘사했다. 스텐슬랜드의 변호사 제이콥 켈러먼은 그가 사건이 벌어진 오전 시간 내내 창고에 감금되어 있었다는 사실을 지적하며 엑슬리 증언의 신빙 성을 공격했다. 결국 배심원들은 엑슬리 경사를 신뢰했고 켈러먼은 성탄절 사건 의 피고인 존 브라우넬이 집행유예를 받은 사실을 들어 판사 아서 피츠휴에게 선처를 호소했다. 하지만 판사는 이에 응하지 않았다. 그는 L.A. 경찰국에서 이 미 해고당한 스텐슬랜드에게 카운티 교도소에서의 1년형을 선고하고 보안관 직 원에게 그를 웨이사이드 아너 랜초로 데려갈 것을 명했다. 끌려가며 스텐슬랜드 는 엑슬리 경사에 대해 저주를 퍼부었는데 이에 대해 경사는 코멘트를 거부했다.

특집 기사 : 〈캐벌케이드 위크엔드〉 매거진, 〈L.A. 미러〉, 7월 3일
사우스랜드를 위해 일하는 엑슬리 가문의 두 세대

프레스톤 엑슬리와 그의 아들 에드먼드에 대해 우리가 제일 먼저 놀라게 되는

것은 그들이 경찰처럼 말하지 않는다는 것이다. 프레스톤이 L.A. 경찰국에서 14년을 일했고 에드가 태평양 전쟁에 참전해 무공십자훈장을 받기 직전인 1943년부터 줄곧 L.A. 경찰국에서 근무하고 있음에도 말이다. 사실 엑슬리 가문이 미국으로 건너오기 전에 이 집안은 여러 사람의 런던 경시청 형사들을 배출했다. 그러므로 경찰 일에 대한 적성은 이 집안의 내력이라 할 수 있는데 이보다 더 두드러진 것은 향상을 위한 강렬한 욕구이다.

하나 : 프레스톤 엑슬리는 대낮에 위험한 다운타운 지역 순찰을 하며 밤에는 남가주 대학에서 공부해 공학사 학위를 취득했다.

둘 : 고인이 된 프레스톤의 장남 토머스 엑슬리는 로스앤젤레스 경찰국 부설 아카데미에서 역사상 최고의 성적을 거두었다. 이 아카데미의 행정 빌딩에는 아직도 그를 기념하는 명판이 걸려 있다. 토머스는 졸업한 지 얼마 안 되어 근무 중에 비극적으로 살해당했다. 추가 사항 : 이 아카데미 사상 두 번째로 높은 평점을 받은 사람은 다른 아닌 에드 엑슬리였다. 그는 이미 UCLA를 열아홉의 나이에, 그러니까 1941년에 수석으로 졸업했다. 이 가문의 이러한 배경은 다음의 근거가 된다. 엑슬리 집안사람들은 전형적인 경찰관들이 아니므로 경찰처럼 말하지 않는 것이다.

두 사람 모두 최근에 뉴스에 자주 언급되고 있다. 58세의 프레스톤은 세계적인 만화가, 영화감독, TV 쇼 호스트인 레이먼드 디털링과 합작해 대규모 놀이공원 드림-어-드림랜드를 짓기로 했다. 6개월 전에 시작된 공사는 내년 4월 말에 끝나서 개장될 예정이다. 엑슬리 1세는 1936년 로스앤젤레스 경찰국을 떠난 뒤 경찰국에서 그의 충복이던 경위 아서 드 스페인과 함께 건설업을 시작했다. 핸콕 공원에 있는 자신의 널찍한 맨션에서 프레스톤 엑슬리는 〈미러〉 기자인 딕 세인트 저메인과 얘기를 나누었다.

"전 공학사 학위를 가지고 있었고 아트는 건축자재에 대해 잘 알고 있었죠." 라고 그는 말했다. "우리는 보험금 받은 것에다가 우리의 독립적 사업 태도를 높이 평가한 투자자들의 돈을 합쳐 사업을 시작했죠. 엑슬리 건설회사를 차려 처음에는 저렴한 가옥을 지었고 나중에는 고급 주택, 그 이후에는 사무실 건물, 결국에는 아로요 세코 고속도로까지 지었죠. 내가 당초에 예상했던 것을 훨씬 뛰어넘는 성공이었습니다. 이제 수백만 사람들이 그동안 꿈꾸어 왔던 드림-어-드림랜드가 24만 4천여 평의 대지 위에 건설됩니다. 이건 정말 뛰어넘기 힘든 일이죠."

엑슬리는 미소를 지었다. "레이 디털링은 야심가입니다."라고 그는 말했다. "드림-어-드림랜드는 디털링이 영화와 애니메이션을 통해 사람들에게 다양한 세계에서 살 수 있는 기회를 줄 겁니다. 그가 '폴의 세계'라 이름붙인 산은 그 완벽한 예가 될 겁니다. 레이의 아들, 폴 디털링은 1930년대 중반에 산사태로 비극적인 죽음을 맞이했습니다. 이제 그 소년에 대한 우호적인 증언으로 봉사할 산이 생기게 될 것인데, 이 산은 사람들에게 기쁨을 안겨줄 것이며 수익금의 일부는 아동자선단체에 기부될 겁니다. 이것 또한 뛰어넘기 힘든 일이죠."

그럼 그는 이것을 뛰어넘으려 할 것인가?

엑슬리는 다시 미소를 지었다. "다음 주에 전 로스앤젤레스 카운티 감독자위원회 및 주 입법위원회를 상대로 설명회를 하게 됩니다."라고 그는 말했다. "주제는 사우스 캘리포니아의 고속 대중교통의 비용 및 고속도로로 사우스랜드를 연결하는 최선의 방법입니다. 솔직히 말해서 전 이 일을 하고 싶고 카운티에 매력적인 조건을 제시할 준비가 되어 있습니다."

그다음에는?

엑슬리는 미소를 짓고 나서 한숨을 쉬었다. "그다음에는 저를 들볶는 그 많은 정치에 관심 있는 친구들이죠."라고 그는 말했다. "그들은 내가 시장, 주지사, 혹은 상원의원 등에 가장 어울린다고 생각합니다. 내가 그들에게 플레처 바우런, 리처드 닉슨 그리고 얼 워런이 모두 내 친구들이라고 계속 밝혔는데도 말입니다."

그럼 그는 정치 쪽을 미리 배제하는 것인가?

"난 아무것도 배제하지 않습니다." 하고 프레스톤 엑슬리는 말했다. "미리 한 계를 짓는 일은 제 천성에 맞지 않죠."

그리고 우리 기자가 발견한 대로 로스앤젤레스 경찰국의 할리우드 서에서 경 사로 근무하는 그의 아들 에드먼드도 같은 생각을 하고 있다. 최근에 '유혈의 성 탄절'이라는 경찰 스캔들과 관련해 증언함으로써 뉴스에 등장했던 에드 엑슬리 는 파란 하늘을 전도에 놓고 있다. 물론 그는 경찰 일을 그의 유일한 경력으로 생각하고 있다. 그의 집안 소유인 레이크 애로우헤드 캐빈에서 우리 기자에게 얘기하며 엑슬리 2세는 다음과 같이 말했다. "전 도전적인 사건을 맡게 되는 유 능하고 인정받는 형사 이상의 어떤 것도 고려하고 있지 않습니다. 저의 아버지 는 로렌 애서턴 사건을 맡은 적이 있는데요." — 이것은 아역 스타 웨너홈을 포 함해 여섯 명이 희생된 1934년의 아동 연쇄살인사건을 가리킨다. — "저도 그 정 도의 중요한 사건을 맡을 위치에 올라서고 싶습니다. 적절한 시기에 적절한 위 치에 있는 게 중요하겠지요. 그리고 전 문제를 해결하고 혼란스러운 상황에서 질서를 세우고자 하는 강한 욕구를 가지고 있습니다. 이런 욕구는 좋은 형사로 서 당연히 가져야 될 동기라고 믿습니다."

확실히 엑슬리는 1943년 가을, 적절한 시기에 적절한 장소에 있었다. 그는 자 신의 소대가 총검 공격으로 거의 전멸하다시피 했을 때, 유일하게 살아남아 참 호 세 곳에 있던 일본군 보병들을 섬멸하였다. 대규모의 경찰 잔학행위에 대해 용기 있게 증언했을 때에도 그는 적절한 시기에 적절한 장소에 있었다.

엑슬리는 이 두 사건에 대해 다음과 같이 말한다.

"그건 이미 지난 일이고요. 지금 전 저 자신의 미래를 생각하고 있습니다. 전 할리우드 서에서 일하며 훌륭한 경험을 쌓고 있으며 저녁에는 아버지와 아트 드 스페인과 함께 모의 심문을 하며 심문기술을 다듬고 있습니다. 저의 아버지 는 세상을 원하시지만 내가 원하는 것은 경찰국에서 제게 줄 수 있는 것이면 족 합니다."

프레스톤에게는 또 하나의 아들인 토머스가 있었고 아내인 마거릿(결혼 전의 성은 티베츠)이 있었지만 마거릿은 6년 전에 암으로 죽었다. 그들은 개인 생활에서 상실감을 느끼고 있을까?

프레스톤은 말했다. "물론이죠. 매일 그들을 생각합니다. 어느 누구도 그 두 사람을 대체할 수는 없으니까요."

이 주제에 대해 에드먼드는 좀 더 성찰적인 자세를 보였다. "토머스는 토머스입니다."라고 그는 말했다. "그가 죽었을 때, 전 열일곱이었는데 저로서는 형을 잘 알고 있었던 것 같지 않습니다. 어머니의 경우는 다르죠. 어머니에 대해선 잘 알고 있었는데 친절하고 용감하고 강한 분이었습니다. 그리고 어머니에겐 어딘가 슬픈 구석이 있었죠. 전 어머니를 그리워하고 있습니다. 저와 결혼할 여성은 좀 더 활달하긴 하겠지만 아마 어머니와 비슷할 겁니다."

이번 주 프로필에서는 두 세대에 속하는 인물을 다루었다. 제자리를 잘 찾아 우리 남부를 위해 일하는 두 사람 말이다.

제목 : 〈L.A. 타임스〉, 7월 9일
로우 지방검사 입후보 선언

제목 : 〈L.A. 헤럴드 익스프레스〉 사교란, 9월 12일
로우/모로우 결혼 연회에 할리우드 인사와 법조인들 쇄도

발췌 : 〈L.A. 타임스〉, 11월 7일
맥퍼슨과 로우, 지방검사 선거에서 수위 다툼 : 봄 선거에서 격전 예상

L.A. 지방검사 자리의 네 번째 연임을 노리는 윌리엄 맥퍼슨은 내년 3월의

총선거에서 지방검사보인 엘리스 로우의 도전을 받을 것으로 보인다. 두 사람은 출마 의사를 밝힌 나머지 6인을 압도적인 차이로 앞서고 있다.

56세의 맥퍼슨은 총 투표 중 38퍼센트를 얻었고 41세인 로우는 36퍼센트를 얻었다. 이들과 가장 근접한 사람은 시 공원 담당관을 역임한 도널드 채프먼으로 14퍼센트를 얻었다. 차이가 너무 벌어져 승산이 희박해 보이는 나머지 다섯 후보는 모두 합쳐 12퍼센트밖에 얻지 못했다.

맥퍼슨은 예정된 기자회견에서 선거전은 막후 공작이 치열한 한판이 될 거라 예견하며 자신은 우선 현직 공무원이며 부수적으로 정치적 후보임을 강조했다. 부인인 조안과 함께 집에 있는 로우도 이러한 감정을 공유했는데 그는 유권자들과 특히 경찰 관계자들의 지지에 감사를 표했다.

캘 린 더

1 9 5 3

로스앤젤레스 경찰국 직무적성 연간보고서
대외비, 1953년 1월 3일자, 경위 더들리 스미스 작성
인사 및 행정 부서에 사본 배부

1953년 1월 2일

직무적성 연간보고서

근무기간 : 1952년 4월 4일~1952년 12월 31일

성명 : 화이트, 웬들 A., 배지 번호 916

계급 : 경관(형사. 공무원 4등급)

부서 : 형사반(강력계 부설 감시특무반)

지휘감독관 : 경위 더들리 스미스, 배지 번호 410

관련자 여러분께,

이 비망록은 화이트 경관에 대한 직무적성 보고서이며 동시에 감시특무반이

처음 9개월 동안 어떤 일을 해왔는가에 대한 상황설명서로도 사용될 수 있을

겁니다. 이 부서에서 일하는 열여섯 명 가운데 나는 화이트를 가장 뛰어난 경관

이라고 생각합니다. 지금까지 그는 주의 깊고 철저하며 장시간 일해도 전혀 불

만을 드러내지 않았습니다. 그는 완벽한 출근 기록을 보여주었고 1일 18시간 근

무로 2주 연속 일을 하는 경우가 자주 있었습니다. 화이트는 지난해의 불운한

성탄절 사건으로 전근되었고 부국장 그린은 자신에 대한 네 건의 소송을 들어

그의 전근에 우려를 표했습니다(즉, 화이트의 폭력적인 성향과 폭력적일 수 있는 근무

의 성격이 결합하면 재난을 빚을지도 모른다는 생각 말입니다). 이것은 우려할 일이 아니라는 게 입증되었으며 난 주저하지 않고 화이트 경관에게 모든 적성 관련 범주에서 A를 줄 겁니다. 그는 놀랄 만한 용맹성을 종종 보여주었습니다. 그러한 사례로서 난 화이트가 근무 수행 이상의 일을 해내고 있음을 제시하기 위해 다음의 예를 들겠습니다.

1. 1952년 5월 8일. 오래전에 축구를 하다가 다친 적이 있는 화이트 경관은 주류 판매점에서 잠복근무하는 동안 도망치는 무장 피의자를 800미터나 뒤쫓았습니다. 피의자는 뒤쫓는 화이트 경관에게 총을 여러 차례 쏘았습니다만 화이트는 무고한 시민을 해칠 우려 때문에 반격을 가하지 않았습니다. 피의자는 어떤 여성을 인질로 삼은 다음 그 여성의 머리에 총을 겨누었습니다. 지원 나온 경관들도 어떻게 할 수 없는 상황에 빠졌습니다. 화이트는 동료 경관들에게 피의자를 진정시키도록 부탁한 다음 옆길로 갔습니다. 피의자는 인질을 풀어주기를 거부했고 화이트는 가까운 거리에서 그를 쏘아 죽였습니다. 여성은 아무 부상도 입지 않았습니다.

2. 여러 사례가 있습니다. 감시특무반의 주요 임무 중 하나는 가석방으로 풀려나 L.A.로 돌아오는 범죄자들에게 이 도시에서 폭력 범죄를 저지르는 게 얼마나 어리석은 일인지 이해시키는 일입니다. 이 일은 상당한 신체적 위압감을 필요로 하는데 화이트 경관은 많은 중증 범죄자들을 온순한 가석방자로 만드는 데 능력을 발휘했습니다. 그는 근무 외 시간의 상당 부분을 폭력 기록이 많은 가석방자들에 대한 미행으로 보냈는데 그는 두 번 수형한 기록을 가지고 있는 강간범이자 무장 강도 존 '빅 도그' 카세즈를 체포하는 데 기여했습니다. 52년 7월 20일, 화이트는 칵테일 라운지에서 카세즈를 감시하며 그가 미성년인 여성에게 돈으로 매춘을 유도하는 것을 엿들었습니다. 카세즈는 체포에 저항했지만 화이트 경관은 그를 힘으로 제압했습니다. 나중에 화이트와 다른 두 명의 감시특무

반 경관(경사 마이클 브루닝, 경관 R. J. 칼리슬)은 카세즈에게 가석방 이후 활동에 대해 광범위하게 심문했습니다. 카세즈는 세 명의 여성을 강간·살해했다고 자백했습니다(살인 체포 기록 168-A, 52년 7월 22일자 참조). 카세즈는 재판에 회부되어 형을 선고받은 다음 샌퀜틴 교도소에서 처형되었습니다.

3. 52년 10월 18일. 화이트 경관은 가석방자인 퍼시 해스킨스를 감시하다가 그가 역시 범죄자로 유명한 로버트 맥키와 칼 카터 고프와 만나는 것을 목격했습니다. 세 사람 모두 무장강도 전과가 있는 사람들로 화이트는 뭔가 중대 범죄가 모의되고 있다고 판단하고 이에 따라 행동했습니다. 그는 세 사람이 남베렌도가 1683번지의 시장으로 가는 것을 미행했습니다. 세 사람은 가게를 털었는데 화이트는 그들을 밖에서 체포하려 했습니다. 그들은 무기를 버리려 하지 않았습니다. 화이트는 고프를 사살했고 맥키에게 심각한 부상을 입혔습니다. 해스킨스는 항복했습니다. 맥키는 나중에 부상으로 죽었고 해스킨스는 이들과의 무장강도 사실을 인정하고 무기징역을 선고받았습니다.

결국 화이트 경관은 영광의 순간을 맛보았고 감시특무반의 첫해를 성공으로 이끄는 데 큰 기여를 했습니다. 53년 3월 15일자로 전 강력계 업무로 돌아갑니다. 전 화이트 경관을 강력계 형사로 데려가고 싶습니다. 제가 보기에 그는 유능한 사건 처리자의 소질이 다분합니다.

더들리 L. 스미스, 배지 번호 410
경위
강력계

로스앤젤레스 경찰국 직무적성 연간보고서

대외비, 1953년 1월 6일자, 경감 러셀 밀러드 작성

인사 및 행정 부서에 사본 배부

1953년 1월 6일

직무적성 연간보고서

근무기간 : 1952년 4월 13일~1952년 12월 31일

성명 : 빈센즈, 존, 배지 번호 2302

계급 : 경사(공무원 5등급)

부서 : 형사반(풍기사범단속반)

지휘감독관 : 경감 러셀 밀러드, 배지 번호 5009

관계자 여러분에게,

전체적으로 D 플러스의 평점을 빈센즈 경사에게 주고자 하며 다음과 같이 코멘트를 붙이는 바입니다.

A. 빈센즈 경사는 술을 마시지 않으므로 주류 관련 위법 행위 작전에서 뛰어난 능력을 보여주었습니다.

B. 빈센즈는 마약단속반 관련된 일에 있어서는 자신의 한계를 넘어서는 경향이 있어 풍기사범단속반에서 범인을 체포할 때 현장에서 마약이 발견되면 마약소지죄를 억지로 만들어내는 편입니다.

C. 빈센즈는 경찰국 내의 스승격인 경위 더들리 스미스에게 도움을 주려다가 자신의 풍기사범단속반 업무를 소홀히 하지 않을까 하는 제 우려를 불식시켰습니다. 이것은 그의 훌륭한 점입니다.

D. 빈센즈는 성탄절 폭행사건에 대한 증언으로 원망을 사고 있지는 않습니다. 왜냐하면 이 사건으로 자신이 애착을 갖고 있는 마약단속반 업무에서 쫓겨

났고 그가 지목한 경관들 중 아무도 교도소에 간 사람이 없기 때문입니다.

E. 빈센즈는 계속 내게 마약단속반으로 보내줄 것을 요청하고 있습니다. 전 그가 이 부서에서 큰 사건을 해결하지 않는 한 그의 전근 명령서에 서명하지 않을 방침입니다. 이는 이 부서의 오래된 내규입니다. 빈센즈는 지방검사보인 엘리스 로우를 통해 자신이 전근할 수 있도록 제게 압력을 가했습니다만 전 거부했습니다. 로우가 지방검사가 된다 하더라도 전 계속 거부할 겁니다.

F. 빈센즈가 부서 간에 유통되는 정보를 스캔들 잡지 〈허시-허시〉에 흘리고 있다는 루머가 있습니다. 전 그에게 경고했습니다. 우리 부서의 일을 절대 흘리지 마라. 만약 흘리면 제가 가만두지 않겠다고 말입니다.

G. 결론적으로 빈센즈는 풍기사범단속반 경관으로 그다지 적합한 인물이 아닙니다. 출근율은 좋은 편이며 보고서도 훌륭한 편입니다(제 생각으로는 다소 부풀린 감은 있습니다). 그는 너무 알려져서 마권 부정 관련 업무를 수행하기는 어렵고 매춘 단속이나 맡을 수 있을 정도입니다. TV 프로그램의 일을 해주고 있음에도 자신의 업무를 게을리하지 않는 것은 평가해줄 만합니다. 풍기사범단속반은 앞으로 몇 달 동안 포르노 업자 단속에 나설 것인데 빈센즈는 자신의 능력을 보여줄 (그리고 전근에 필요한 사건 해결 실적을 얻을) 기회가 있을 겁니다. 다시 한번 전체적으로 D 플러스임을 말씀드립니다.

러셀 밀러드, 배지 번호 5009
총괄 지휘관
풍기사범단속반

로스앤젤레스 경찰국 직무적성 연간보고서
대외비, 1953년 1월 11일자, 경위 아놀드 레딘 작성
지휘관, 할리우드 경찰서 형사반, 인사 및 행정 부서에 사본 배부

1953년 1월 11일

직무적성 연간보고서

근무기간 : 1952년 3월 1일~1952년 12월 31일

성명 : 엑슬리, 에드먼드 J., 배지 번호 1104

계급 : 형사 경사(공무원 5등급)

부서 : 형사반(할리우드 경찰서)

지휘 감독관 : 경위 아놀드 레딘, 배지 번호 556

관계자 여러분

엑슬리 경사에 대해

위 사람은 형사로서 확실한 재능을 가지고 있습니다. 그는 철저하고 지적이며 개인 생활이 거의 없는 것처럼 보일 정도로 아주 오랜 시간 일을 합니다. 그는 이제 30세에 지나지 않으며 형사로서 복무한 9개월 동안 뛰어난 검거율을 보여주었는데 그가 담당한 사건에서(대부분은 재산 관련 범죄) 95퍼센트의 기소율을 기록하고 있습니다. 그는 보고서를 작성하는 데에 있어서도 철저하며 간결합니다.

엑슬리는 파트너와 일할 때보다는 혼자 일할 때 월등히 뛰어나므로 전 그가 심문을 혼자 진행하도록 허락했습니다. 그는 대적할 자가 없을 정도로 훌륭한 심문자로 놀랄 만한 수많은 자백들을 받아냈습니다(물리적 힘을 사용하지 않고). 모든 게 흠잡을 데 없이 훌륭하므로 엑슬리에 대한 저의 전체적인 평점은 확실한 A입니다.

하지만 그는 성탄절 사건 관련 인사이동에서 정보원 노릇을 했다는 이유로 동료 경관들로부터 미움을 사고 있으며 그로 인해 형사반 배속을 받았다는 사실로 경멸받고 있습니다(엑슬리가 정보 제공의 대가로 형사반에 오게 되었다는 것은 공공연한 사실인 것 같습니다). 또한 엑슬리는 피의자들에게 물리력을 사용하는 걸 싫어하는데 많은 사람이 그를 겁쟁이로 여깁니다.

엑슬리는 경위 시험을 아주 우수한 성적으로 통과했고 곧 승진의 기회를 얻을 것으로 보입니다. 그는 형사반 경위가 되기에는 너무 젊고 경험도 적기 때문에 그러한 승진은 상당한 불만을 사게 될 겁니다. 전 그가 심한 미움을 받는 지휘관이 될 거라고 봅니다.

경위 아놀드 레딘

배지 번호 556

발췌 : 〈L.A 데일리 뉴스〉, 2월 9일자

공식 발표 : 건설왕 엑슬리, 사우스랜드에 고속도로 연결

오늘 3카운티 고속도로 위원회는 한때 샌프란시스코 신문배달 소년이었고 L.A. 경찰로 근무했던 프레스톤 엑슬리가 고속도로 시스템을 건설할 거라고 발표했다. 이 고속도로는 할리우드와 다운타운 L.A. 그리고 산 페드로를 연결할 것이고 포모나에서 샌버나디노와 사우스 베이를 거쳐 산 페르난도 밸리까지 이어질 것이다. "자세한 것은 나중에 발표할 겁니다." 하고 엑슬리는 본지 기자와의 통화에서 말했다. "내일 텔레비전으로 기자회견을 할 텐데 주 입법처와 3카운티 위원회의 대표들이 그 자리에 참석할 겁니다."

1953년 2월호, 〈허시-허시〉
로스앤젤레스 지방검사 선거전에서 잠시 짬을 내다
– 흑인 소녀와의 즐거운 한때

기자 : 시드 허진스

로스앤젤레스 시의 지방검사인 빌 맥퍼슨은 길고 홀쭉한 것, 맵고 새침 떼는 것 그리고 검고 멀건 것을 좋아한다. 할렘의 슈거 힐에서 L.A.의 흑인 동네에 이르기까지 10대 딸 세 명을 두고 있는 이 57세의 기혼자는 녹색의 후보자 응원 자금을 뿌리고 다니는 것을 좋아하는 사람으로 알려져 있다. 그가 가는 흑인 동네의 술집에는 술이 강렬한 독기를 내뿜고 재즈는 잔뜩 폼을 내며 대마초 연기는 떠 있고 흑백 간의 로맨스는 울부짖는 테너 색소폰에 맞추어 흐느적거린다.

자네 이걸 좋아하나, 재즈 연주가 양반? 재선 캠페인에 접어든 맥퍼슨은 강력한 도전자인 범죄 소탕의 대가 엘리스 로우를 맞아 긴장을 푸는 시간이 필요할 것이다. 그는 조녀선 클럽의 수영장으로 갈 것인가? 아니다. 그럼 그는 가족을 마이크 라이먼이나 퍼시픽 다이닝 카로 데려갈 것인가? 그것도 아니다. 그는 어디로 가는 걸까? 그는 흑인 동네의 스트러터즈 볼로 간다.

제퍼슨 가의 남쪽은 전부 흔들어대는 동네이다. 이곳과는 완전히 다른 세계이다. 머리를 폼 나게 웨이브를 만든 다음 자주색 샤크스킨(상어가죽 양복천 – 옮긴이) 옷으로 빼입고 흑인들의 판타지에 빠져드는 것이다. 지방검사 빌 맥퍼슨은 매주 목요일 밤에 이것을 하는 것이다.

하지만 사실대로 말하자. 그의 오랜 반려자 마리온 맥퍼슨은 그가 목요일 밤이면 올림픽 오디토리엄에서 멕시코 밴텀급 선수들의 격투를 보며 시간을 보낸다고 믿는다. 마리온은 잘못 알고 있는 것이다. 나쁜 빌리는 목요일에 피투성이를 원하는 게 아니라 진한 사랑을 원한다.

사실 1. – 빌 맥퍼슨은 로스앤젤레스 남부에서 가장 야한 흑인 클럽인 미니

로버츠 클럽의 단골이다. 물론 은밀히 드나드는 것이겠지만 우리는 그가 두 명의 흑인 여자들이 접대하는 35달러짜리 우유 목욕을 즐긴다는 얘기를 들었다.

사실 2. – 맥퍼슨은 토미 터커의 플레이 룸에서 찰리 '버드' 파커의 연주를 듣는 장면이 목격되었다. 그날 밤 그의 데이트 상대는 리넷 브라운이라는 18세의 아가씨로 마리화나 소지로 체포당한 경험이 두 번이나 있는 매력적인 흑인 여성이었다. 리넷은 본지 기자에게 "빌은 흑인 아가씨를 좋아하죠. 그는 '한번 흑인을 맛보면 두 번 다시 원래대로 돌아갈 수 없지.'라고 말했어요. 그는 재즈를 좋아하고 오랜 시간 파티를 즐기죠. 그가 정말로 결혼했나요? 정말로 지방검사인가요?"라고 말했다.

물론이죠, 귀여운 아가씨. 하지만 얼마나 오래 갈지 우리도 궁금하다. 지금부터 선거일까지는 수많은 목요일이 있는데 과연 '불량한 재즈광' 빌리가 그때까지 자신의 어두운 욕망을 통제할 수 있을까?

독자 여러분, 이 지면에서 이 얘기를 처음 들었다는 것을 기억하십시오. 오프 더 레코드 그리고 쉿쉿(허시 허시).

발췌 : 〈L.A. 헤럴드 익스프레스〉, 3월 1일
'유혈의 성탄절' 기소 경관 석방 예정

오는 4월 2일, 리처드 앨릭스 스텐슬랜드는 웨이사이드 아너 랜초에서 자유의 몸으로 풀려난다. 1951년 유혈의 성탄절 경찰 폭행 스캔들에 관련되어 네 가지 폭행 혐의로 기소되었던 그는 불확실한 미래를 가진 전직 경관으로 교도소를 떠나게 된다.

스텐슬랜드의 파트너였던 웬들 화이트 경관은 본지에 다음과 같이 말했다. "그 성탄절 사건은 운의 문제였습니다. 저도 거기에 있었기 때문에 제가 문제를 일으킨 장본인이 될 수도 있었죠. 비록 딕이 그렇게 되고 말았지만 말입니다. 그는 저를 훌륭한 경찰관으로 만든 사람입니다. 전 그에게 신세를 지고 있기 때문에 그에게 일어난 일에 분노하지 않을 수 없습니다. 전 지금도 딕의 친구이고 그는 지금도 경찰국에 많은 친구들이 있습니다."

그리고 일반 시민 중에도 그의 친구가 나타나고 있다. 스텐슬랜드는 본지 기자에게 풀려나는 즉시 서부 로스앤젤레스에 있는 간이식당 에이브 노셔리의 주인, 아브라함 티틀봄을 위해 일할 거라고 말했다. 자기를 교도소에 보낸 사람들에 대해 아직 앙심을 품고 있느냐는 질문에 그는 "단 한 사람 있습니다. 하지만 전 법을 준수하는 사람이므로 별다른 일은 없을 겁니다."라고 말했다.

발췌 : 〈L.A. 데일리 뉴스〉, 3월 6일

스캔들이 지방검사를 향한 접전을 한쪽으로 기울게 하다

이제 결판의 순간이 다가온 것이다. 현직 지방검사 윌리엄 맥퍼슨 대 지방검사보 엘리스 로우의 대결에서 승자는 앞으로 4년간 사우스랜드에서 대범죄 투쟁의 우두머리 자리를 차지할 것이다. 두 사람 모두 다음 쟁점들에 대해 격전을 벌였다. 시의 법 관련 예산을 어떻게 하면 가장 적절하게 사용할 것인가 그리고 어떻게 하면 가장 효과적으로 범죄에 대처할 것인가. 예상했던 대로 두 사람 모두 범죄 퇴치에 모든 수단을 동원할 거라고 공언했다. 로스앤젤레스의 법집행 인사들은 맥퍼슨이 범죄에 대해 관대할 뿐 아니라 너무 리버럴하다고 생각해 대체로 로우를 지지하고 있다. 노조들은 현직 검사를 지지했다. 맥퍼슨은 자신의 현재 기록이 유리하게 작용하고 있고 자신의 점잖은 이미지를 잘 활용하는 반면, 로우는 젊고 불같은 이미지를 동원하고 있지만 제대로 먹혀들지는 않은 것 같다. 그는 지나치게 꾸민 듯하고 표에 굶주린 것처럼 보였다. 적어도 〈허시–

허시〉2월호가 가판대에 등장하기 전까지 선거전은 점잖은 편이었다.

대부분의 사람은 〈허시-허시〉나 다른 유사한 스캔들 잡지들을 그다지 신빙성이 없다고 여기지만 지금이 선거철이란 점을 감안하면 가볍게 볼 일은 아니었다. 잡지에 실린 기사는 결혼한 지 26년이나 되는 지방검사 맥퍼슨이 젊은 흑인 여자들과 놀아났다고 주장했다. 지방검사는 기사를 무시했지만 어쨌든 기사에는 사우스 센트럴에 있는 클럽에서 그가 흑인 여자애와 함께 찍은 사진이 실려 있었다. 맥퍼슨 부인은 기사를 무시하지 않고 이혼소송을 제기했다. 엘리스 로우는 선거전에서 기사를 언급하지 않았고 맥퍼슨은 여론조사에서 밀리기 시작했다. 그리고 선거 3일 전에 보안관실 근무자들이 라일락 뷰 모텔 9호실에서 불법 밀회가 벌어지고 있다는 전화 제보를 받고 급습했다. 밀회자들은 다름 아닌 지방검사 맥퍼슨과 14세의 흑인 창녀로 밝혀졌다. 이들은 맥퍼슨을 미성년자 강간 혐의로 체포하고 이미 두 번의 호객 행위로 체포된 적이 있는 이 여자애, 마블 윌킨스를 취조했다.

마블 윌킨스는 맥퍼슨이 자신을 사우스 웨스턴 애버뉴에서 차에 태운 다음 한 시간에 20달러를 주겠다고 제의했고 라일락 뷰 모텔로 데려갔다고 말했다. 맥퍼슨은 기억이 나지 않는다고 말했다. 그는 퍼시픽 다이닝 카 식당에서 지지자들과 저녁을 먹으며 몇 잔의 마티니를 마셨고 자신의 차에 올라탄 사실을 기억했다. 그 후의 일은 전혀 기억나지 않는다고 말했다. 그 이후의 경과는 이미 잘 알려진 일이다. 기자들과 사진기자들이 라일락 뷰 모텔에 들이닥쳤고 맥퍼슨은 1면 기사가 되었으며 화요일에 엘리스 로우는 압도적인 표차로 로스앤젤레스 지방검사에 당선되었다.

여기에는 뭔가 의심스러운 구석이 있는 듯 보인다. 저질 스캔들 저널리즘이 선거전의 예봉을 만들어내는 일이 있어서는 안 된다고 우리는 믿는다. 물론 그렇다고 우리 〈데일리 뉴스〉(맥퍼슨 지지 노선을 견지한)가 아무리 지저분한 사실이라도 그것을 기사화할 권리가 있다는 걸 부정하지 않는다. 우리는 마블 윌킨스를 찾아내려고 했지만 어떻게 된 일인지 이 여자애는 풀려나자마자 지구상에서 사라져버린 것처럼 행방이 묘연하다. 굳이 손가락질을 하지 않은 채로 우리 〈데일리 뉴스〉는 지방검사 당선자 로우에게 이 문제에 대해 대배심 수준의 수사를 벌일 것을 요구한다. 이것은 그가 새로운 직책을 맡아 일을 하기 전에 자신에게 드리워진 구름을 걷어내기 위해서라도 꼭 필요한 일이다.

제 2 부
밤부엉이 살인사건

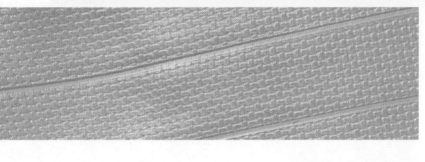

14

형사실에는 에드 혼자 있었다. 아래층에서는 퇴직자 송별 파티가 벌어지고 있었는데 그는 초대받지 못했다. 주간 범죄보고서를 읽고 요약해서 게시판에 붙여야 했다. 어느 누구도 그 일을 하지 않았다. 모두 그가 제일 그 일을 잘한다고 알고 있었다. 신문들은 드림-어-드림랜드의 개막을 떠들썩하게 선전하고 있었다. 다른 경찰들은 그를 구역질나는 존재로 여기고 있었다. 스페이스 쿨리는 파티를 독차지하고 있었고 변태인 퍼킨스는 홀을 배회하고 있었다. 자정이 되었는데도 졸린 기색이 없었다. 에드는 읽고 타이프를 쳤다.

1953년 4월 9일 : 복장도착자인 가게털이꾼이 할리우드 대로에서 네 개의 점포를 털었고 두 명의 점원을 유도 기술로 꼼짝 못하게 했다. 4월 10일 : 그로만스 차이니즈 극장의 안내원이 백인 두 명의 칼에 찔려 살해되었다. 피살자는 그들에게 담뱃불을 꺼 달라고 말했을 뿐이다. 용의자들은 도주 중이다. 레딘 경위는 에드가 살인사건을 맡기에는 너무 경험이 없다고 말했다. 결국 에드는 그 일을 맡지 못했다. 4월 11일 : 범죄 사실서 꾸러미—지난 2주 동안 일단의 흑인 청년들이 그리피스 공원 언덕에서 허공으로 엽총을 쏘아대는 장면이 여러 차례 목격되었다. 신원은 알 수 없는 상태이고 이들은 1948~50년형으로 보이는 자주색 머큐리 쿠페를 타고 다닌다. 4월 11일~4월 13일 : 다섯 건의 주간 절도, 할리우드 대로 북쪽의 개인주택들은 보석을 도둑맞았다. 사건은 아직 아무에게도 배정되지 않았다. 에드는 노트를 만들었다. 이 일을 잡아채자. 목표 지점이 흐려지기 전에 다가서자. 오늘은 열네 번째다. 그는 기회를 잡을지도 모른다.

에드는 일을 끝마쳤다. 텅 빈 형사실은 그를 행복하게 했다. 그를 미워하는 사람은 아무도 없고 책상과 서류 캐비닛이 들어서 있는 널찍한 공간이 모두 그의 독차지인 것이다. 벽에는 문서들이 붙어 있었다. 누군가를 체포하고 자백을 받아낼 때 채울 빈 공간들이었다. 자백은 암호가 될 수 있는 것이어서 사실은 범죄 사실의 확인 이상의 아무것도 아닐 수 있다. 하지만 용의자를 제대로 쥐어짜기만 한다면—그를 좋아할 수도 미워할 수도 있다는 것을 잘 조절해서 보여준다면—그는 사실을 털어놓을 것이고 그 사실들은 사건의 버팀돌 역할이 되는 진실을 만들어내고 수사관은 다음 사건의 용의자를 다룰 때 어떻게 해야 할지에 대해 보다 많은 통찰을 얻게 될 것이다. 아트 드 스페인과 그의 아버지는 스파크 지점을 어떻게 발견하는지 가르쳐주었다. 그들은 옛날의 범죄 속기록을 여러 상자나 가지고 있었다. 그들에게 자백한 미성년자 강간범, 강탈범, 기타 여러 범죄자 등등. 아트는 그들에게 펀치를 먹이기도 했다. 실제 구타보다는 위협을 더 자주 사용했다. 프레스톤 엑슬리는 때리는 경우가 거의 없었다. 그는 그것을 범죄자가 경찰을 물리치고 결국에는 무질서를 만들어내는 거라 여겼다. 그들은 그에게 용의자들의 생략이 심한 답변을 읽어주고 질문을 추측해보라고 했다. 그들은 그에게 범죄적 경험에 공통되는 핵심사항을 제시했다. 문제를 해결할 때 특히 주목해야 할 점들이었다. 그들은 사람들에게 여러 수준의 취약점이 있다는 것, 그중 어떤 것은 다른 사람들도 충분히 이해할 수 있는 것으로 용납이 되는 반면, 어떤 것은 굉장히 수치스러운 것이어서 대단히 탁월한 자백자가 아니라면 절대 드러내선 안 되는 것도 있다는 것을 보여주었다. 그들은 약점을 이리저리 끄집어내는 능력을 거의 본능처럼 갈고 닦도록 했다. 그로 인해 그는 정말로 예리해져서 어떤 때는 거울 속의 자신의 모습을 들여다보기가 겁이 날 정도였다.

이 모임은 밤늦게까지 계속되었다. 두 명의 홀아비와 여자 친구가 없는 한 청년의 모임. 아트는 연쇄 살인에 대해 열정적으로 달려드는 편이다. 그는 에드의 아버지로 하여금 로렌 애서턴 사건에 대해 재고하도록 했다.—공포의 발견, 목격자 증언 등. 프레스톤은 마지못해 심리학적 이론을 토대로 이에 응했다. 그는 자신에게 영예를 안겨 준 사건이 그의 마음속에 예전의 모습 그대로 남아 있기를 원했다. 아트의 옛날 사건들도 다시 검토되었다. 그리고 에드는 세 사람의 뛰어난 두뇌 협동작업의 결과물을 수확했다.—자백을 잘 받아내고 95퍼센트의 기소율을 기록한 것 말이다. 하지만 아직까지 범죄 지식의 근본을 깨우치려는 그의 욕구가 도전받은 적은 없었다. 충족되지 않은 것은 말할 것도 없다.

에드는 졸음이 몰려오는 것을 느끼며 주차장으로 내려갔다. "꽥, 꽥." 그의 뒤에서 소리가 났다. 누군가의 손이 그를 돌려세웠다.

아이들이 쓰는 대니 덕 가면을 쓴 어떤 사내였다. 사내는 그의 안경을 떨어뜨리고 아랫배를 공격했다. 그는 바닥에 쓰러졌다. 사내가 늑골을 향해 발길질을 해대자 에드는 몸을 공처럼 웅크릴 수밖에 없었다.

에드는 몸을 잔뜩 웅크리며 상대의 발길질에 얼굴을 가격당했다. 카메라의 플래시가 터졌다. 두 사람이 멀어져 갔다. 한 사람은 꽥꽥거리고 다른 한 사람은 깔깔 웃었다. 그들이 누구인지 쉽게 알아차릴 수 있었다. 딕 스텐슬랜드의 나귀 울음 같은 웃음소리 그리고 미식축구에서 입은 부상으로 절룩거리는 버드 화이트였다. 에드는 입에 고인 피를 내뱉으며 보복하겠다고 다짐했다.

15

　러스 밀러드는 풍기단속 4반을 모아 놓고 포르노물을 주제로 설명을
했다.

　"우선 도색사진집에 대해 말하지. 최근에 마약, 마권 사기, 매춘 등 여
러 범죄 현장에서 이러한 책들이 발견되었네. 이런 종류의 책은 주로 멕
시코에서 만들어졌기 때문에 그동안은 우리 관할이 아니었네. 그리고
대개 조직범죄와 관련된 경우가 많았네. 왜냐하면 대조직만이 이런 책
을 제작하고 배포할 돈과 커넥션을 갖고 있기 때문이지. 하지만 잭 드래
그나는 추방당했고 미키 코헨은 감방에 있네. 하긴 그는 이런 짓을 하기
에는 다소 청교도적인 구석이 있지. 그리고 모 자헬카는 현재 스스로도
헤매고 있네. 섹스 사진은 잭 웨일런의 스타일이 아니지. 그는 라스베이
거스 카지노에서 도박장 영업권에 신경을 쓰는 친구니까. 그리고 이번
에 나온 물건은 로스앤젤레스 지역의 인쇄소에서 만들어졌다고 하기엔
지나치게 고급일세. 뉴튼 스트리트 서 풍기사범단속반에서 이걸 적발했
는데 놈들은 자신들도 누가 만들었는지 모른다는 거야. 놈들은 이런 책

의 제작 설비를 갖추고 있지도 않았네. 하지만 사진의 배경을 보면 촬영 현장이 로스앤젤레스임을 알 수 있네. 창밖 배경에는 할리우드 힐스로 보이는 곳이 있는가 하면 가구를 보면 로스앤젤레스의 전형적인 싸구려 아파트처럼 보이기도 하네. 우리가 할 일은 이 저질 책자의 출처를 찾아내고 제작자, 출연자 그리고 배포자를 체포하는 거야."

잭은 신음 소리를 냈다. 이거야말로 1953년의 에로 잡지 대사건이 되겠구나. 다른 사람들은 마치 아내와의 밤일에 에너지를 얻으려는 듯 사진집을 서로 보려고 소란을 빚었다. 밀러드는 강심제를 삼켰다. "뉴튼 스트리트 서의 형사들이 관련 체포자들을 심문했지만 어느 누구도 이걸 소유하고 있었다는 자는 없었어. 인쇄소에 있는 사람들도 어디서 만들어졌는지 모르더군. 형사반을 비롯해 우리 서의 풍기사범단속반 사람들에게도 보여줬지만 출연자 중 아무도 확인되지 않았어. 그래서 말인데 자네들이 직접 보게."

헨더슨과 키프카가 손을 뻗었다. 스타시스는 당장에라도 침을 질질 흘릴 듯했다. 밀러드는 사진책을 넘겨주었다. "빈센즈, 자네가 일하고 싶은 부서는 어딘가?"

"예, 경감님, 마약단속반입니다."

"그래? 또 다른 곳은?"

"2반에서 매춘부들과 일할 수도 있겠죠."

"큰 사건을 해결하게, 경사. 그럼 나도 자네 전근을 기꺼이 승인하지."

우와, 야아, 히히…. 머리를 좌우로 흔드는 사람도 셋이나 있었다. 잭은 책을 낚아챘다.

일곱 권의 사진책은 어느 것이나 고급 광택지로 만든 것인데 표지는 평범한 검은색 종이로 되어 있었다. 각각 16페이지씩으로 사진은 컬러와 흑백이 섞여 있었다. 두 책은 반으로 찢겨 있었다. 노골적인 사진들 :

남자와 여자, 남자와 남자, 여자와 여자. 삽입 장면의 클로즈업 : 남녀, 게이 커플, 딜도를 사용하는 여자. 유명한 할리우드 글자가 창밖으로 보이는 사진. 접이식 침대 위에서의 삽입, 싸구려 아파트 방, 물결무늬가 새겨진 회벽, 로스앤젤레스의 독신자 아파트에서 볼 수 있는 핫플레이트. 도색사진집에서 흔히 볼 수 있는 포즈들이었다. 하지만 출연자들은 흔히 보는 눈빛이 간 마약중독자들이 아니라 잘생기고 건강한 젊은이들이었다. 벗거나 아니면 옷을 걸친 차림인데 의상은 엘리자베스 왕조풍이거나 일본의 기모노였다. 잭은 뜯어진 잡지를 붙였다. 바비 인지가—그는 이 남창을 마리화나 소지로 체포한 적이 있다—코르셋 차림의 어떤 남자를 빨아주고 있었다.

밀러드가 말했다. "아는 사람이 있나, 빈센즈?"

좋은 생각이 떠올랐다. "없습니다, 경감님. 이 찢어진 책들은 어디서 가져온 거죠?"

"비벌리힐스의 어떤 아파트 뒤쪽의 쓰레기통에서 발견되었네. 관리인은 로레타 다우니라는 노파인데 그걸 발견하고서 비벌리힐스 경찰서에 신고를 했네. 그리고 그들이 우리한테 연락했지."

"건물 주소를 갖고 계십니까?"

밀러드는 서류를 뒤적였다. "찰리빌 9849번지. 왜?"

"제가 맡는 게 어떨까 하는 생각이 들었습니다. 비벌리힐스에 아는 사람이 많거든요."

"하긴 사람들이 자네를 '쓰레기통'이라고 부르지. 그래, 좋아. 비벌리힐스 일은 자네가 맡게. 헨더슨, 키프카 그리고 자네는 보고서를 조사해서 비슷한 용의로 체포된 적이 있는 자들을 찾아내고 어디서 그들이 이것을 구했는지 알아내게. 내가 보고서 사본을 곧 갖다 주겠네. 그들에겐 불기만 하면 아무 피해가 없을 거라고 해둬. 스타시스, 자네는 이 쓰레기를 의상 공급 회사에 가져가서 재고 중에 여기에 나오는 의상과 같은 게 있는지 알아보고 만약 있으면 누가 빌려갔는지 알아봐. 이런 식으로 해보세. 우리가 전과자들의 사진을 확인하면 그것만으로 일주일을 까먹을 거야. 모두 해산. 빨리 움직여, 빈센즈. 그리고 샛길로 가지 마. 여기는 풍기사범단속반이지 마약단속반이 아니야."

잭은 부지런히 뛰었다. 기록정보과에 가서 바비 인지의 파일을 찾아내자 그의 묘안은 점점 명료해졌다. 먼저 비벌리힐스에 가서 노파를 만나 뭔가 알아내보자. 이미 알고 있는 것을 보강해줄 단서를 찾을 수 있을 것이다. 바비 인지는 음란물을 배포한 혐의로 중죄에 처해질 것이다. 그럼 바비는 그의 공연자들과 사진을 찍은 사람들을 불 것이다. 그렇게 되면 그는 전근에 필요한 큰 사건 해결의 요건을 충족하게 되는 것이다.

선선한 바람이 부는 날씨였다. 잭은 올림픽 대로를 따라 서쪽으로 달렸다. 그는 카 라디오를 틀었다. 엘리스 로우를 게스트로 한 뉴스 프로였다. 그는 지방검사실 예산을 삭감하게 되었다고 우울하게 말했다. 잭은 다이얼을 돌렸다. 빌 맥퍼슨을 어떻게 생각할 것인가 하는 장광설이 흘러나왔다. 그는 즐거운 브로드웨이 노래가 나오는 방송에 다이얼을 맞추고 나서 계속 빌에 대해 생각했다.

〈허시-허시〉 기사는 그의 아이디어였다. 맥퍼슨은 흑인 저능아 계집애들을 좋아했고 허진스는 흑인 작부들에 대해 쓰는 걸 좋아했다. 이걸 알고 있는 엘리스 로우는 이를 인정하고 자신에게 유리하게 할 수 있을 거라 생각했다. 맥퍼슨의 부인은 이혼을 신청했다. 로우는 만족했다. 여론조사에서 리드를 하게 된 것이다. 더들리 스미스는 그 이상을 원했다. 그래서 함정을 만들어낸 것이다.

그것은 너무나 간단한 함정이었다.

도트 로스스타인은 소년원에 수감되어 있는 어떤 흑인 여자애를 알고 있었다. 그 여자애가 소년원에 있을 때 그는 가끔 그 여자애를 데리고 나가 뜨거운 관계를 맺었다. 그때도 도트는 흑인 여자애를 보석으로 풀려나오게 했다. 더들리와 그의 오른팔 마이크 브루닝은 라일락 뷰 모텔에 방을 얻었다. 이곳은 선셋 스트립에서 가장 유명한 러브호텔로 아무리 시 지방검사라 해도 바지만 내리면 체포당할 수 있는 카운티 관할이었다. 맥퍼슨은 다이닝 카 식당의 야회에 참석했다. 더들리는 14세 흑인으로 악녀의 분위기를 풍기는 마블 윌킨스에게 밖에서 대기하도록 했다. 브루닝은 웨스트 할리우드 보안관 사무실과 언론에 전화를 걸었다. 빅 브이는 맥퍼슨이 마실 마티니에 수성클로랄(최면제 - 옮긴이) 몇 방울을 떨어뜨렸다. 지방검사는 들뜬 기분으로 식당을 나와 캐딜락을 몰고 1천600미터 정도 달리다 윌셔와 앨버라도 사이의 길가에 주차한 뒤 정신을 잃었다. 브루닝은 미끼인 칵테일 가운 차림의 마블을 데리고 뒤에서 접근했다. 그는 맥퍼슨의 캐딜락 운전대를 잡은 뒤 빌과 여자애를 밀회장소로 데려 갔다. 그 이후의 일은 정치적인 문제이다.

엘리스 로우는 이 사실을 몰랐다. 그는 자신이 단지 운이 좋았다고 생각했다. 도트는 비용을 모두 부담해 마블을 티후아나로 보냈다. 여자 교도소의 예산에서 얼마를 빼돌렸던 것이다. 맥퍼슨은 아내와 일자리를 잃었다. 그의 강간 혐의는 기각되었다. 피해자 마블이 어디에 있는지 알 수 없었기 때문이다. 빅 브이의 머릿속에서 뭔가가 터졌다.

잭이 이런 일에 가담할 수밖에 없었던 것은 그가 신세진 게 있었기 때문이다. 이유 : 도트 로스스타인은 47년 10월에 구급차에 탔다. 도트는 알고 있고 아마 더들리도 알고 있었을 것이다. 그들이 알고 있다면 게임은 다른 사람들이 알 수 없도록 진행되어야 한다. 카렌도 알 수 없어야 한다.

그는 지난 1년 동안 도트의 영웅이었다. 어쨌든 그가 연기하는 역할은 점점 진짜처럼 되어 갔다. 그는 스코긴스 가의 아이들에게 돈을 보내는 것을 중단해 결국 자신의 부채를 4만 달러로 갚은 꼴이 되었다. 그는 카렌과 데이트하는 데 현금이 필요했다. 도트와 함께 있는 것은 그를 말리부 랑데부로부터 멀어지게 했다. 조안 모로우는 여전히 심술을 부렸다. 웰턴과 그의 부인은 마지못해 그를 받아들였다. 카렌은 그를 너무 사랑해서 거의 고통스러울 지경이었다. 풍기사범단속반에서 일하는 것도 고통스러웠다. 일은 지루하기가 이를 데 없어 그는 기회 있을 때마다 마약에 손을 댔다. 허진스는 그다지 전화를 걸지 않았다. 그가 이미 마약단속반 형사가 아니었기 때문이다. 맥퍼슨 사건 이후 그는 안도하고 있었다. 과연 이런 일을 다시 할 수 있을지 그로서도 알 수 없었다.

카렌은 자신의 거짓말이 이어지도록 했다. 그래야만 그의 영웅 연기가 진실이 되는 것이기 때문이다. 신탁 재산, 아빠가 사준 해변가의 집 그리고 대학원. 명백한 호사가 취미 : 그는 38세, 카렌은 23세였다. 때가 되면 카렌도 그것이 어떤 것인지 알게 될 것이었다. 카렌은 그와 결혼을 하기 원했지만 그는 저항했다. 엘리스 로우와 인척이 되는 것은 죽을 때까지 그의 조수 역할을 해야 한다는 걸 의미했기 때문이다. 그는 자신의 영웅 연기가 왜 성공했는지 알고 있었다. 카렌만이 그가 감동을 주길 원하는 관객이었기 때문이다. 그는 카렌이 무엇을 받아들이고 무엇을 받아들일 수 없는지 잘 알고 있었다. 카렌의 사랑은 그의 연기의 틀을 정해 주었다. 그가 해야 하는 것은 자연스럽게 행동하고 약간의 비밀을 숨겨 놓는 것뿐이었다.

교통체증이 심해졌다. 잭은 도헤니 북쪽으로 향한 다음 찰리빌 대로에서 서쪽으로 방향을 틀었다. 9849번지는 튜더 왕조풍의 2층 건물로 윌셔에서 한 블록 떨어져 있었다. 잭은 이중 주차를 하고 나서 우편함을 뒤졌다.

여섯 개의 통이 있었다. 로레타 다우니와 그 밖의 다섯 이름들이었다. 세 쌍의 부부와 남자 그리고 여자. 잭은 이름을 적은 다음 윌셔 가로 나가서 공중전화를 찾았다. 정보기록과와 교통국 경찰 정보망에 전화를 걸고 나서 잠시 기다렸다. 세입자 중에서 범죄기록이 있는 사람은 아무도 없었다. 단 한 사람만이 교통 위반 기록이 있었는데 우편함에 미스로 되어 있는 크리스틴 버저론이고 부주의한 운전으로 네 번 행정처분을 받았고 면허증이 취소되지는 않았다. 잭은 계원으로부터 추가 정보를 얻었다. 37세인 크리스틴은 직업이 배우 겸 드라이브인의 웨이트리스로서 52년 7월 현재 할리우드의 스탠스 드라이브인에서 일하고 있었다.

본능 : 드라이브인의 웨이트리스가 비벌리힐스에 산다는 건 믿어지지 않는다. 크리스틴 버저론은 집세를 내기 위해 남자들에게 뭔가 해주고 있는 게 아닐까. 잭은 9849번지로 돌아가 관리인이라고 적혀 있는 문을 두드렸다.

늙은 여자가 문을 열었다. "무슨 일이죠, 젊은 양반?"

잭은 배지를 보여주었다. "로스앤젤레스 경찰입니다. 부인께서 발견하셨다는 그 책에 대해 여쭈려고 찾아왔습니다."

여자는 코카콜라 병 같은 안경을 통해 눈살을 찌푸렸다. "죽은 우리 남편은 스스로 정의를 실현하고야 마는 성격이었어요. 해롤드 다우니는 더러운 것을 보면 참지 못했지요."

"부인이 책들을 발견한 게 맞나요?"

"그렇지 않아요. 우리 집 청소부가 발견했죠. 그녀가 그것들을 찢어서 쓰레기통에 던져버렸는데 내가 거기서 다시 찾아냈죠. 난 비벌리힐스 경찰에 신고하고 나서 율라에게 물어보았어요."

"율라는 어디에서 발견했다고 하던가요?"

"그게… 내가 얘기를 해줘야 할지….."

낭패였다. "크리스틴 버저론에 대해 말씀해주십시오."

헛기침을 하고 나서 여자가 말했다. "그 여자 그리고 그 아들! 난 누가 더 나쁜지 모르겠어요."

"그 여자는 까다로운 세입자인가요, 부인?"

"그 여자는 항상 남자들을 즐겁게 해주죠. 몸에 착 달라붙는 웨이트리스 복장으로 바닥에서 롤러스케이트를 탔어요. 그 여자에게 학교라곤 가지 않는 아들이 하나 있어요. 열일곱 살인데 건달들과 어울리는 말썽쟁이예요."

잭은 바비 인지의 사진을 꺼내보였다. 늙은 여자는 사진을 안경 가까이 가져갔다. "맞아요, 이 사람은 대릴의 못된 친구들 가운데 하나예요. 난 이 사람이 이 근처를 배회하는 것을 여러 번 봤어요. 누구죠?"

"율라는 그 지저분한 책들을 버저론의 아파트에서 발견했나요?"

"글쎄요….."

"크리스틴 버저론과 그의 아들은 지금 집에 있나요?"

"아뇨, 몇 시간 전에 외출하는 소리를 들었어요. 난 시력은 나쁘지만 귀는 아직 멀쩡해요."

"제가 그 사람들의 아파트에 들어가 이런 책들을 찾게 해주시면 부인께서는 보상금을 받으실 겁니다."

"흠…"

"열쇠는 갖고 계신가요?"

"관리인이니까 당연히 열쇠는 있죠. 좋아요, 물건에 손을 대지 않는다면 살펴볼 수 있게 해드리죠. 그리고 내 보상금에 원천징수는 하지 말아주세요."

잭은 사진을 도로 집어넣었다. "원하시는 대로 해드리겠습니다."

여자는 계단을 통해 2층으로 올라갔다. 잭은 여자를 뒤따라갔다. 여자는 세 번째 문을 열었다. "5분 안에 마쳐줘요. 그리고 가구는 조심해서 다뤄요. 우리 시동생이 이 건물 주인이에요."

잭은 아파트 안으로 들어갔다. 깔끔한 거실의 바닥은 군데군데 긁혀 있었다. 롤러스케이트 자국으로 보였다. 가구는 고급이었지만 낡았다. 관리가 부실했다는 것을 알 수 있었다. 벽에는 아무것도 없었고 텔레비전조차 보이지 않았다. 소파 옆의 탁자에는 두 개의 액자사진이 놓여 있었다. 홍보 사진처럼 공을 들인 사진이었다.

잭은 사진을 자세히 들여다보았다. 다우니 부인이 다가왔다. 둘 다 백랍 프레임으로 만들어진 것으로 잘생긴 두 사람이 담겨 있었다.

얼굴이 예쁜 여자는 머리가 연한 색으로 눈빛은 값싼 티를 내고 있었다. 여자를 빼닮은 아이는 금발머리로 크고 멍청해 보이는 눈을 가지고 있었다. "크리스틴과 그의 아들인가요?"

"예, 매력적인 모자지간이죠. 그건 인정해야죠. 당신이 말한 보상금은 얼마나 되죠?"

잭은 여자의 질문을 무시하고 침실로 들어가서 서랍, 옷장 그리고 매트리스 아래를 살펴보았다. 사진집, 마약, 의심스런 것은 전혀 없었다. 냄새를 맡아볼 만한 것은 평상복밖에 없었다.

"5분이 다 됐어요. 내가 보상금을 받을 거라는 확인증을 써주세요."

잭은 미소를 지으며 돌아섰다. "우편으로 보내드리죠. 주소록을 살펴봐야 하니까 1분 정도만 시간을 더 주세요."

"안 돼요, 안 돼. 그들이 언제 돌아올지 모른단 말이에요. 얼른 나가주세요."

"딱 1분이면 됩니다."

"안 된다니까요. 빨리 나가요!"

잭은 할 수 없이 현관문을 향해 걸어갔다. 여자가 말했다. "당신을 보니 인기 있는 텔레비전 프로의 경찰관이 떠오르네요."

"내가 그 친구한테 모든 것을 가르쳐줬죠."

그는 빠르게 계산이 서는 것 같았다.

바비 인지는 사진책 판매자들을 불 것이다. 그와 대릴 버저론에게는 아마도 도덕적 책임이 지워질 것이다. 그 아이는 미성년자이지만 바비는 호모 알선으로 악명을 떨친 친구이다. 이걸 잘 포장해야지. 자백, 혐의자 소재 파악, 밀러드에게 보낼 보고서를 산처럼 만들 것이다. 빅 브이가 도색잡지 제작망을 적발해 마약단속반에 영웅처럼 개선할 것이다.

할리우드 가는 길에서 옆으로 빠져 스탠스 드라이브인으로 들어갔다. 크리스틴 버저론은 롤러스케이트를 타고 음식을 나르고 있었다. 입을 비쭉거리고 도발적인 태도로 보아 작부 타입이라는 것, 남자의 그것을 입에 물고 포즈를 취할 만한 타입이라는 것을 알 수 있었다.

잭은 주차를 하고 나서 바비 인지의 기록을 읽었다. 영장이 두 번 발부되었다는 걸 알 수 있었다. 한 번은 교통 위반이고 또 한 번은 보호관찰 불출두로 인한 것이었다. 마지막 주소는 라벤더 굴치의 중심부인 웨스트 할리우드 노스 하멜 1424번지였다. 자주 드나드는 곳은 리오스 하이드어웨이, 갑옷의 기사 그리고 B.J.의 럼퍼스 룸 등 세 개의 호모 바로 모두 산타모니카 대로 근처에 있었다. 잭은 하멜 드라이브로 차를 몰며 수갑을 꺼내 열었다.

선셋 스트립에서 약간 벗어난 곳에 방갈로식 모텔이 하나 있었다. 카운티 관할 구역으로 우편함에는 '인지-6호실'이라고 쓰여 있었다. 잭은 방을 찾아 노크를 해보았지만 대답이 없었다. "이봐, 바비." 하고 가성으로 불러보았지만 여전히 반응이 없었다. 문은 잠겨 있고 커튼도 내려져 있었다. 공간 전체가 쥐 죽은 듯이 고요했다. 잭은 차로 돌아가 남쪽으로 차를 몰았다.

호모들이 드나드는 거리. 인지가 들락거렸을 술집들이 두 블록에 걸쳐 있었다. 리오스 하이드어웨이는 오후 4시에 문을 열었다. 갑옷의 기사는 비어 있었다. 그곳에서 일하는 사람은 귀찮다는 듯이 "바비 누구라고요?" 하고 쌀쌀맞게 그를 대했다. 정말로 바비를 모르는 것 같았다. 잭은 B.J.의 럼퍼스 룸으로 들어갔다.

벽, 천장, 작은 밴드 스탠드 옆의 부스 등에 모조 가죽이 붙어 있는 게 그의 눈에 들어왔다. 바에는 게이가 여럿 있었다. 바텐더는 그가 경찰이란 것을 곧바로 알아챘다. 잭은 카운터로 가서 그에게 사진을 내밀었다.

바텐더는 사진을 꼼꼼히 들여다보았다. "바비 뭐라는 친구인데, 단골이죠."

"얼마나 자주 오죠?"

"아마 일주일에 몇 번 정도일 겁니다."

"낮에? 아니면 저녁에?"

"둘 다죠."

"가장 최근에 들른 게 언제죠?"

"어제요. 사실 어제 이맘때였습니다. 당신은….."

"저쪽 자리에 앉아 기다리죠. 나타나면 내가 있다는 내색은 하지 마세요. 알겠지요?"

"예. 하지만 당신 때문에 댄스 플로어에 사람이 아무도 없잖습니까?"

"그 부분만큼 세금을 감면해주죠."

바텐더는 낄낄 웃었다. 잭은 밴드 스탠드 근처의 자리로 가서 앉았다. 정문, 후문, 바 등 내부 전체가 훤히 보이는 자리였다. 어둠이 그를 가려주고 있었다. 그는 주의 깊게 관찰하고 있었다.

게이들이 서로 눈이 맞아 짝을 짓는 의식이 이어지고 있었다.

그들은 눈이 맞으면 마주 앉아 담소를 나누다가 문밖으로 나갔다. 바 위에는 거울이 걸려 있었는데 이들은 서로를 체크해보고 시선을 마주 친 다음에 거의 실신하기도 한다. 두 시간이 지나고 담배를 반 갑이나 태 웠지만 바비 인지는 나타나지 않았다.

그의 배에서 꼬르륵 소리가 났다. 목도 엄청나게 말랐다. 바 뒤에 있는 병들이 그를 향해 미소를 짓는 듯했다. 지루해서 견딜 수가 없었다. 그는 4시가 되면 리오스 하이드어웨이로 가봐야겠다고 생각했다.

3시 53분에 드디어 바비 인지가 들어왔다.

그는 카운티 쪽의 등받이가 없는 의자에 앉았다. 바텐더가 그에게 술 잔을 가져다주었다. 잭은 그쪽으로 걸어갔다.

바텐더는 겁을 집어먹은 기색이 역력했다. 그는 시선을 한곳에 두지 못하고 손을 덜덜 떨었다. 인지가 뒤를 돌아보았다. 잭이 말했다. "경찰 이다. 머리 위로 손을 올려."

인지는 자기 앞에 놓인 술잔을 집어 던졌다. 잭은 스카치 세례를 받았 다. 눈에 스카치가 들어갔다. 그는 눈을 깜빡거리며 몸을 뒤척이다가 바 닥에 쓰러졌다. 술 냄새를 없애려고 기침을 하고 다시 일어섰지만 여전 히 앞이 흐릿하게 보였다. 바비 인지는 이미 사라져버렸다.

그는 밖으로 뛰어나갔다. 인도에는 바비의 모습이 보이지 않고 세단 의 타이어가 길바닥을 긁는 소리가 났다. 그의 차는 두 블록 떨어진 곳에 있었다.

술을 뒤집어쓴 그는 무력해졌다.

잭은 도로를 건너 주유소로 갔다. 그는 남자 화장실에 들어가 블레이 저를 쓰레기통에 버렸다. 그는 얼굴을 씻고 셔츠에 비누칠을 하고 토악 질을 해서 술기운을 없애려 했다. 별 소용이 없었다. 세면대의 비눗물을 삼킨 다음 내뱉었다.

정신이 돌아왔다. 심장 박동은 정상으로 돌아왔고 다리도 후들거림을 멈추었다. 그는 총집을 꺼내 종이 타월로 감싼 다음 차로 돌아갔다. 그는 공중전화를 발견하고 본능적으로 전화를 걸었다.

허진스가 응답했다. "허시-허시입니다. 어떤 얘기이든지 오프 더 레코드에다 비밀을 지켜드립니다."

"시드, 빈센즈야."

"재키, 자네 마약단속반으로 돌아왔나. 난 기삿거리가 필요해."

"아냐. 풍기사범단속반에서 하는 일이 있어."

"좋은 일이야? 유명 인사와 관련된 건가?"

"좋은 기삿거리인지는 모르겠지만 좋은 거라면 확실히 넘겨주지."

"숨을 헐떡거리는군, 잭. 어디서 여자랑 그 짓을 하는 건가?"

잭은 기침을 했다. 비누 거품이 나왔다. "시드, 난 도색물을 추적하고 있어. 사진집이지. 성교 장면을 그대로 찍은 거야. 출연자들은 일반 마약중독자들이 아니고 비싼 의상을 입고 있지. 꽤 잘 만들어진 물건인데 혹시 자네가 뭔가 알고 있지 않을까 해서."

"아니야. 난 들은 바 없어."

너무 빨리 대답이 나왔다. 그다운 재치 있는 답변이 아니었다. "바비 인지라는 남창이나 크리스틴 버저론이란 여자에 대해 아는 바가 없나? 그 여자는 드라이브인에서 웨이트리스로 일하는데 아마 다른 쪽에서 이 물건들을 팔고 있는 것 같아."

"들어본 적 없는 이름이야, 재키."

"제기랄. 시드, 조직과 관계없이 포르노를 파는 자들은 어떤가. 거기에 대해 아는 게 있나?"

"내가 전혀 모르는 비밀스러운 일이란 것 외에는 아는 바가 없어. 그리고 비밀 얘기가 나와서 하는 말인데 모든 사람이 자기만의 비밀을 가지고 있지. 물론 자네도 그렇겠지. 나중에 얘기하세. 좋은 소식 있거든 전화하고."

통화는 끊어졌다.

모든 사람이 자기만의 비밀을 가지고 있지. 물론 자네도 그렇겠지.

시드는 아무래도 그답지 않았다. 마지막 말도 경고라고 하기엔 사뭇 이상했다.

그는 정말 알고 있는 걸까?

잭은 비누 냄새를 없애려고 차창을 내린 채 스탠스 드라이브인 옆을 지나쳤다. 크리스틴 버저론의 모습은 보이지 않았다. 찰리빌 9849번지로 돌아와 크리스틴의 아파트 문을 두들겨보았다. 대답은 없었지만 문에 약간 틈이 벌어져 있는 듯했다. 그가 문을 밀자 문이 열렸다.

거실 바닥에는 옷가지들이 떨어져 있었다. 사진이 들어 있던 액자가 보이지 않았다.

침실로 들어가며 그는 차에 총을 두고 왔기 때문에 겁이 났다.

캐비닛과 서랍은 비어 있었다. 침대도 벗겨져 있었다. 욕실에 들어가보았다.

치약과 코텍스가 샤워기 밑에 흩어져 있었다. 깨진 유리 선반의 잔해가 세면대에 남아 있었다.

도주―15분 만에 해치운 게 틀림없었다.

잭은 웨스트 할리우드로 급히 돌아왔다. 바비 인지의 방문도 쉽게 열렸다. 잭은 총을 앞세우고 들어갔다.

도주 제2호―이건 앞의 것보다 더 뛰어났다.

거실은 깨끗했고, 욕실은 청결했으며, 침실의 옷장 서랍은 텅 비어 있었다. 냉장고에는 정어리 통조림이 하나 들어 있었다. 부엌의 쓰레기통은 싹 비어 있었고 그 옆에는 종이 백이 놓여 있었다.

잭은 가택 수색을 시작했다. 거실, 침실, 욕실, 부엌 선반을 뒤져보고 카펫을 말았으며 변기도 샅샅이 뒤졌다. 그는 어떤 생각이 문득 떠올라 하던 일을 멈추었다. 거리 쪽으로 놓여 있던 쓰레기통이 생각났다.

거기에 있든지 아니면 이미 사라졌든지 둘 중 하나일 것이다.

인지와 마주친 지 벌써 한 시간 20분이 지났다. 녀석은 자기 소굴로 곧바로 돌아오지는 않았을 것이다. 아마도 큰길에서 뒷길로 들어와 골목에 차를 세우고 잽싸게 짐을 챙겼을 것이다. 경찰이 자신을 뒤쫓는 이유는 옛날의 영장 문제 때문이거나 아니면 도색물 때문이라고 짐작했을 것이다. 그는 위험하긴 하지만 포르노를 가지고 있다는 이유만으로 체포되는 일은 없다는 걸 알 것이다. 하지만 그것을 차에 싣고 움직이지는 않을 것이다. 수색을 당하면 문제가 될 가능성이 너무 크기 때문이다. 쓰레기통이든 홈통이든 통의 윗부분에 있건 발견하기만 하면 빅 '쓰레기통' 잭에게는 더할 나위 없는, 살아 있는 신분증명서가 되는 것이다.

잭은 인도로 나와 쓰레기통을 뒤졌다. 거리에서 놀던 아이들이 그를 보고 낄낄 웃었다. 1, 2, 3, 4, 5… 남은 것은 구석에 있는 두 개였다. 마지막 통에는 뚜껑이 없었다. 그리고 광택이 있는 검은 종이가 밖으로 삐져나와 있었다.

잭은 곧장 그쪽으로 다가갔다.

맨 위에 세 권의 포르노 사진집이 있었다. 잭은 그것을 집어 들고 차로 돌아가 내용을 확인했다. 아이들이 창가에 모여들어 그가 보는 것을 보려고 애썼다. 전의 것과 마찬가지로 할리우드를 배경으로 한 것으로 바비 인지가 소년 혹은 여자애들과 그 짓을 하고 있는 사진들 그리고 누군지 알 수 없는 남녀들의 성교 사진이었다. 세 번째 책 중간 부분부터 사진은 한 무리의 남녀들이 서로 뒤엉킨 것들이 주를 이루었다.

난교, 남녀 인간들의 사슬 만들기, 퀼트를 깐 바닥 위에 남녀들이 한데 뒤엉켜 있었다. 절단된 사지들, 팔과 다리에 피 같은 게 흥건히 흘러나와 있었다. 잭은 자신의 눈을 의심하고 다시 보았다. 절단된 사지는 가짜로 빨간 잉크를 사용해 마치 피가 흘러나온 것처럼 보였다.

　잭은 신원을 확인하려고 애썼다. 너무 완벽하게 외설적이었기 때문에 주의를 집중하기가 어려웠다. 잉크, 즉 피에 젖은 누드들을 보며 그는 마지막 페이지에 가서야 아는 사람들을 발견할 수 있었다. 크리스틴 버저론과 그의 아들이 딱딱한 바닥에서 롤러스케이트를 신고 선 채로 섹스를 하고 있었다.

16

    사진 한 장이 우편함에 들어 있었다. 에드 엑슬리 경사는 피를 흘린 채 잔뜩 겁에 질려 있었다. 뒷면에는 아무것도 쓰여 있지 않았다. 하긴 그럴 필요도 없었다. 스텐슬랜드와 화이트가 네거티브를 가지고 있다. 그들을 두 번 다시 배반할 수는 없을 거라는 보증인 것이다.

    에드는 오전 6시에 혼자 형사실에 있었다. 턱의 꿰맨 상처가 고통스러웠다. 흔들리는 이빨 때문에 뭔가를 먹는다는 게 거의 불가능했다. 그 일이 있고 30여 시간이 지났지만 아직도 손은 떨리고 있었다.

    보복.

    그는 아버지에게 말하지 않았다. 파커에게 가거나 내사과에 찾아가는 짓도 하지 않았다. 버드 화이트에 대한 복수는 위험한 면이 있다. 그는 더들리 스미스의 비장의 무기이다. 스미스는 그를 강력계로 데려와 오른팔로 키우려고 한다. 스텐슬랜드는 쉬운 편이다. 가석방으로 풀려나 미키 코헨의 똘마니였던 티틀봄 밑에서 일하고 있다. 술주정꾼인 그는 경찰로 돌아가고 싶어 한다.

보복─이미 진행 중이다.

보안관 사무실 사람 두 명을 미리 매수해두었다. 그의 어머니의 신탁 재산 중 일부를 남겨둔 게 있었다. 둘은 딕 스텐스를 미행 중인데 만약 그가 아주 사소한 가석방 위반 행위만 해도 바로 처넣을 수 있다.

보복.

에드는 서류를 만들었다. 그의 배에서 꼬르륵 소리가 났다. 음식을 먹지 못한 데다 총집의 무게로 바지가 축 내려가는 것 같았다. 스피커에서 큰 목소리가 흘러나왔다.

"연락사항! 체로키가 1824번지 밤부엉이 커피숍! 집단살인! 순찰 경관들을 만날 것! 코드 3!"

에드는 자리에서 벌떡 일어섰다. 그 통보에 응할 수 있는 사람은 에드밖에 없었다. 그것은 그의 사건이었다.

에드는 차를 세우고 사이렌도 멈추었다. 한 순찰경관이 달려왔다. "많은 사람이 죽었어요. 여자도 있는 것 같아요. 커피를 한 잔 마시려고 들렀는데 이상한 표찰이 붙어 있었어요. '병으로 휴점'이라고 되어 있더라고요. 밤부엉이는 절대 문을 닫는 법이 없거든요. 실내가 컴컴해서 뭔가 이상하다 싶어 들어갔죠. 엑슬리, 이건 당신한테 맞는 일은 아니에요. 본서 사람들이…"

에드는 그를 밀치고 문으로 다가섰다. 열린 문에는 테이프가 붙어 있었다. 표찰은 '병으로 휴점'이라고 되어 있었다. 에드는 그걸 기억하며 안으로 들어갔다.

실내는 기다란 장방형으로 되어 있었다. 오른쪽에는 줄지어 탁자가 놓여 있었는데 탁자마다 네 개씩 의자가 놓여 있었다. 옆의 벽지에는 그림이 그려져 있었다. 거리 표지판 위에 앉은 올빼미가 윙크를 하는 그림이었다. 바닥은 체크무늬의 리놀륨이었다. 왼쪽에는 카운터가 있고 등받이가 없는 10여 개의 의자가 놓여 있었다. 그 뒤쪽은 점원들이 움직이는 공간이었고 그 뒤에는 조리실이 있었다. 벽에는 프라이팬과 주걱이 걸려 있었고 접시들을 쌓아두는 선반도 보였다. 앞쪽 왼편에는 계산대가 있었다.

계산대는 열린 채 텅 비어 있었고 동전 몇 개만이 그 옆에 떨어져 있었다. 세 개의 탁자가 마구 어질러져 있었는데 음식이 여기저기 떨어져 있고 접시도 마구 던져진 상태였다. 바닥에는 냅킨 통과 깨진 그릇들이 뒹굴고 있었다. 누군가를 끌고 간 자국이 조리실까지 이어져 있었다. 뒤집힌 의자 옆에 하이힐 굽이 떨어져 있었다.

에드는 조리실로 들어갔다. 반쯤 프라이한 음식들, 깨진 접시들, 프라이팬 등이 바닥에 흩어져 있었다. 요리사 카운터 아래에는 벽 금고가 있었는데 열린 채로 동전만 몇 개 남아 있었다. 사람을 지그재그 모양으로 끌고 간 자국은 같은 모양의 다른 자국과 이어져 있었다. 검은 핏자국은 음식물 보관창고에까지 이어져 있었다.

문이 약간 열려 있었고 전기 코드가 소켓에서 빠져 있었다. 식품 보관에 필요한 냉기는 전혀 흐르지 않았다. 에드는 문을 열었다.

시신들이 보였다. 바닥에는 피가 흥건했다. 뇌, 피 그리고 산탄 자국이 벽에 남아 있었다. 배수구 주변에 피가 60센티미터 정도 쌓여 있었다. 수십 개의 엽총 탄피가 피에 둥둥 떠다니고 있었다.

지난 2주 동안 48~50년식 자주색 머큐리 쿠페를 몰고 다니는 흑인 청년들이 그리피스 공원에서 엽총을 공중에 쏘아대는 장면이 여러 차례 목격되었다.

에드는 숨이 막히고 구역질이 났지만 시신을 세어보려고 애썼다.

식별이 가능한 얼굴은 하나도 없었다. 다섯 명이 계산대와 금고의 돈

그리고 그들이 지닌 돈 때문에 살해를 당한 것 같았다.

"이런, 맙소사."

아직 젖비린내가 나는 신참 경관 같아 보였다. 에드가 물었다.

"밖에 몇 사람이나 있지?"

"모르겠는데요. 많이 있습니다."

"겁먹지 마. 사람들을 모아 수사를 시작해. 오늘 밤 이 근처에 특히 눈에 띄는 차가 있었는지 알아내야 해."

"형사반에서 오신 분이 뵙고 싶다는데요."

에드는 밖으로 나갔다. 날이 밝아오고 있었다. 창창한 햇빛이 모여 있는 사람들 위로 쏟아졌다. 순찰경관들은 기자들의 접근을 저지했고 구경꾼들이 잔뜩 몰려들었다. 경적이 마구 울렸다. 경찰 오토바이는 주변 정리를 하려고 애썼다. 시신 운반차는 군중 때문에 쉽게 나갈 수가 없었다. 에드는 자신을 만나려는 사람을 찾으려고 했다. 기자들이 큰 소리로 그에게 질문을 던졌다.

그는 인도로 밀려나 순찰차 옆에 서게 되었다. 플래시가 퍽퍽 터졌다. 그는 상처를 보여주지 않으려고 몸을 돌렸다. 억센 손이 그를 붙잡았다.

"그만 집으로 가게. 여기는 내가 지휘하지."

17

형사반 전원이 모이는 것은 유례가 없는 일이었다. 다운타운을 중심으로 수사를 하는 형사들이 모두 기다리고 있었다. 형사반장의 브리핑 룸은 사람들로 발 디딜 틈조차 없었다. 태드 그린과 더들리 스미스가 마이크 옆에 서 있었다. 형사들은 그들을 마주 보고 서서 바로 뛰어나갈 태세를 갖추고 있었다. 버드는 엑슬리를 찾았다. 그의 상처가 지금 어느 정도 아물었는지 알고 싶었다. 엑슬리는 보이지 않았다. 그가 밤부엉이 사건의 통보를 처음으로 받았다는 건 그냥 루머였을까?

스미스가 마이크를 잡았다. "여러분은 우리가 왜 여기에 있는지 잘 알 거야. '밤부엉이 대량 살인'이라는 과장된 제목은 차치하고라도 이건 정말 신속한 해결을 필요로 하는 극악무도한 범죄야. 언론과 여론이 그걸 요구할 거고 이미 우리가 확실한 단서를 확보하고 있기 때문에 그들의 요구를 충족할 수 있을 거야. 식품 보관창고에 여섯 명이 죽어 있었어. 남자 셋, 여자 셋. 밤부엉이의 주인과 얘기를 나눠봤는데 죽은 사람 중세 명은 패티 체시마드와 도나 데루카 그리고 길버트 에스코바인 것 같

아. 앞의 두 여자는 각각 웨이트리스와 카운터 일을 하는 백인 여성이고 뒤의 남자는 요리사로 멕시코인이야. 나머지 세 희생자는 틀림없이 손님으로 보여. 계산대와 금고는 비어 있고 희생자의 호주머니와 손가방도 비어 있는 걸 보면 범죄의 동기는 돈이 틀림없어. 감식반에서 수사를 하고 있네. 아직까지 찾아낸 것은 계산대와 식품 보관창고 문에서 채취한 가죽 장갑 흔적 정도야. 희생자들의 정확한 사망 시각은 아직 모르지만 손님의 수가 적었다는 것 그리고 다른 단서는 살해 시각이 오전 3시라는 거야. 창고에서는 모두 45개의 12게이지 레밍턴 엽총의 탄피가 발견되었어. 요컨대 다섯 발 들어가는 이 엽총을 세 사람이 적어도 두 번 이상 탄을 집어넣었다는 걸 의미하지. 자네들한테 이들이 40발 이상을 마구 쏘았다는 걸 굳이 말할 필요는 없을 거야. 우리가 여기서 상대해야 하는 것은 진짜 짐승 같은 놈들이야."

버드는 주위를 둘러보았다. 아직도 엑슬리는 보이지 않고 많은 사람이 노트에 뭔가를 적고 있었다. 잭 빈센즈는 구석에 있었는데 노트를 가지고 있지 않았다. 태드 그린이 마이크를 이어받았다.

"밖으로 이어지는 핏자국은 발견하지 못했네. 발자국을 발견해서 범인의 윤곽을 그려보려고 했지만 아무것도 발견하지 못했지. 감식반의 레이 핑커는 수사가 다 끝나려면 48시간이 걸릴 거라고 하네. 검시관은 손님이었던 사람들의 신원 확인이 사체의 상태가 워낙 나빠 매우 어려울 거라 하네. 하지만 우린 아주 중요한 단서를 하나 가지고 있어.

할리우드 서는 현재까지 이 사건과 관련이 있어 보이는 범죄 통보 네 건을 받아놓았어. 그러니 잘 들어두게. 지난 2주 동안 차에 탄 흑인 청년들이 그리피스 공원에서 공중에 대고 엽총을 쏘아대는 장면이 여러 차례 목격되었어. 모두 세 명으로 엽총은 펌프식이었지. 이들은 아직 체포되지 않았지만 목격자들은 놈들이 48~50년식의 자주색 머큐리 쿠페를 타고 있었다고 말하고 있어. 한 시간 전에 스미스 경위의 부하가 목격자를 발견했네. 새벽 3시경에 밤부엉이 건너편에 자주색 쿠페가 주차되어 있는 것을 목격한 신문판매원이 있어."

방 안이 술렁거리며 큰 소란이 일어난 듯했다. 그린은 조용히 하라는 몸짓을 했다. "더 좋은 소식이 있으니 잘 들어둬. 48~50년식 자주색 머큐리 쿠페가 범죄에 사용된 적은 한 번도 없었어. 그러니까 그 차가 도난 차량일 가능성은 희박하지. 우리는 주 교통국을 통해 우리 주에 등록된 48~50년식 머큐리 쿠페의 목록을 확보했어. 자주색은 48~50년식 머큐리 쿠페의 오리지널 칼라로 특히 흑인들이 좋아하지. 캘리포니아 전체에 1천600여 대가 흑인에게 등록되어 있는데 사우스 캘리포니아만 보면 이 차를 가지고 있는 백인은 극히 적어. L.A. 카운티에는 열다섯 명의 흑인이 이 차를 가지고 있는데 여기 모인 자네들 숫자만 해도 벌써 100명 가까이 되네. 우리는 이미 목록 작성을 마쳤어. 집과 직장 주소가 다 들어 있지. 현재 할리우드 서는 전과자 기록을 확인하고 있네. 자네들 두 명이 한 조로 50개 조를 만들어 각 조당 세 명씩 확인해주기 바라네. 할리우드 서에는 특별 전화회선을 설치했으니까 과거의 주소나 용의자의 지인에 대한 정보가 필요하면 그리로 전화를 해보도록 하게. 혐의가 짙은 용의자가 있거든 본부로 직접 데려오고. 여기에 이미 심문실을 만들었고 심문 담당자도 정해졌어. 스미스 경위가 곧 자네들에게 업무를 배당할 거야. 파커 국장도 언제든 자네들의 얘기를 들을 준비가 되어 있지. 질문 있나?"

한 사내가 소리 높여 말했다. "심문 담당자가 누구죠?"

그린이 말했다. "할리우드 서의 엑슬리 경사야."

야유와 불만이 여기저기에서 터져 나왔다. 파커가 올라와 마이크 앞에 섰다. "그만. 당장 나가서 놈들을 잡아와. 무슨 수단을 써도 좋아."

버드는 미소를 지었다. 국장의 진짜 메시지는 검둥이 자식들을 몽땅 쓸어버리라는 것이었다.

18

조지 (미들 네임 불명) 옐버턴, 흑인 남성, 사우스 비치 9781 : 레너드 티모시 비드웰, 흑인 남성, 사우스 뒤켄느 10062 : 데일 윌리엄 프리치포드, 흑인 남성, 사우스 노르만디 8211.

잭의 임시 파트너 : 칼 덴톤 경사, 사기반, 전직 텍사스 주립 교도소 간수.

덴톤의 차가 흑인 동네로 향한다. 무선 라디오에서 소음이 섞여 나온다. 아마도 밤부엉이 사건에 대한 여러 얘기인 것 같다. 덴톤은 이런저런 얘기를 했다. 레너드 비드웰은 왕년의 웰터급 권투 선수로 그가 키드 가빌런과 10라운드까지 간 것을 본 적이 있다고 했다. 그는 정말로 터프한 친구였다는 거다. 잭은 그의 마약단속반으로의 귀환 티켓에 대해 생각했다. 바비 인지, 크리스틴 버저론은 사라졌고 다른 반으로부터도 도색물에 대한 정보는 들어오지 않았다. 그 난교 사진은 어떻게 보면 꽤 아름다운 것이기도 했다. 그의 중요한 단서들이 몇 백 달러를 손에 넣기 위해 여섯 명을 죽인 미친놈들에 의해 엉망진창이 된 것이다. 그는 아직도 얼굴에 쏟아진 술 냄새와 허진스가 했던 말을 생생하게 기억할 수 있었다.
"우리 모두는 비밀을 가지고 있어."

먼저 정보원들의 얘기를 들어보는 게 순서다. 그의 정보원과 덴톤의
정보원 말이다. 구두닦이 가게, 당구장, 미용실, 교회 등. 정보원에게 약
간 찔러주거나 도움을 호소해 얘기를 듣는다. 흑인 동네의 셔플—자주
색 차량과 엽총의 비밥, 형체가 점점 불명확해진다. 캘리포니아 와인과
헤어 토닉으로 무장한 잡스러운 인간들. 네 시간을 소비했지만 아무 이
름도 떠오르지 않았다. 그들은 다시 목록의 이름으로 돌아간다.

사우스 비치 9781—타르지를 붙인 허름한 집으로 잔디에는 자주색
머큐리 쿠페가 있었다. 차에는 바퀴가 없고 녹슨 차축은 잡초 더미에 가
라앉아 있었다. 덴톤은 차를 세웠다. "아마도 저게 놈들의 알리바이인지
도 모르지. 밤부엉이에서 사고를 친 다음 차를 망쳐 놓고는 우리에게 어
디로도 갈 수 없다는 식으로 생각하게 만들려는 짓일지도 모른다고."

잭은 밖을 가리켰다. "브레이크 라이닝 주변에 잡초가 붙어 있어. 이
런 차로 어젯밤에 할리우드까지 나갔다고는 생각할 수 없지."

"그렇게 생각하나?"

"응."

"확실해?"

"응, 물론이지."

덴톤은 사우스 뒤켄느까지 가서 차를 세웠다. 또 하나의 타르지 오두
막이었다. 자주색 머큐리 쿠페가 진입로에 세워져 있었다. 후드에는 '퍼
플 페이건스(자주색 이교도들—옮긴이)'이라는 문자가 들어간 장식판이
붙어 있었다. 현관에는 볼트로 고정시킨 헤비 백과 스피드 백이 달려 있
었다. 잭이 말했다. "자네가 좋아하는 웰터급 선수가 여기 있군."

덴톤은 미소를 지었다. 잭은 걸어가서 초인종을 눌렀다. 안에서 개 짖

는 소리가 들렸다. 진짜 괴물의 포효처럼 들렸다. 덴톤은 문 옆에 붙어서서 문 쪽으로 총을 겨누었다.

흑인 사내가 문을 열었다. 커다란 마스티프 개를 제지하며 서 있는 그는 근육질의 사내였다. 개가 으르렁거렸다. 사내가 말했다. "내가 이혼수당을 안 내서 온 거요? 그게 경찰까지 찾아와야 할 일이오?"

"레너드 티모시 비드웰 씨?"

"그렇소."

"진입로에 있는 저 차가 당신 거요?"

"그렇소. 리포(월부금을 못 내는 차를 되파는 것―옮긴이) 일을 하는 경찰들이라면 잘못 찾아온 거요. 왜냐하면 차량 값은 자니 색스턴과의 시합에서 받은 돈으로 이미 지불했거든."

잭은 개를 가리켰다. "개를 안에 가두고 문을 닫고 나오시오. 그리고 손을 벽에 올려놔요."

비드웰은 아주 느릿하게 행동했다. 잭은 그의 몸을 뒤진 다음 앞으로 돌아서게 했다. 덴톤이 걸어왔다. "이봐, 친구. 자네 12게이지 펌프식 엽총을 좋아하나?"

비드웰은 고개를 가로저었다. "뭐라고요?" 잭은 화제를 바꾸었다. "새벽 3시쯤 어디에 있었지?"

"집에 있었죠."

"혼자서? 여자랑 자고 있었다면 운이 좋은 거지. 운이 좋았다고 말해봐. 내 동료가 열 받기 전에."

"이번 주일만 아이들과 함께 있을 수 있었소. 그래서 애들과 함께 있었단 말이오."

"애들이 여기 있나?"

"자고 있어요."

덴톤은 권총으로 그의 늑골을 쿡 쑤셨다. "어젯밤 무슨 일이 있었는지 알지? 황당한 일이 발생했어. 자네, 엽총 가지고 있지?"

"내게 엽총 따위가 무슨 필요가 있겠어요?"

덴톤은 권총을 더 세게 쑤셔댔다. "이런 식이면 곤란해. 험한 꼴 당하기 전에 어젯밤에 자동차를 누구한테 빌려줬는지 말해."

"이봐요, 난 아무한테도 차를 빌려준 적 없어요."

"그럼 12게이지 엽총을 누구한테 빌려줬는지 말해. 빨리 불란 말이야."

"엽총 따위는 없다고 하지 않았소."

잭이 끼어들었다. "'퍼플 페이건스'에 대해 말해보시오. 자주색 차량을 좋아하는 사람들의 모임인가?"

"그냥 우리 클럽의 이름이에요. 난 자주색 차량을 가지고 있고 몇몇 회원들도 그런 차를 가지고 있어요. 그런데 대체 무슨 일이죠?"

잭은 교통국 서류를 꺼냈다. 머큐리 쿠페 소유자들이 타이프로 쳐져 있었다. "레너드, 오늘 아침 신문 읽었나?"

"아뇨, 당신들은…."

"쳇, 라디오나 텔레비전도 보지 않고?"

"둘 다 없어요. 무슨 일로…."

"쉬, 레너드. 우리는 엽총을 갈기는 걸 좋아하고 당신의 머큐리 같은 차량을 타고 다니는 세 흑인 친구를 찾고 있어. 난 당신이 사람들을 해치지 않을 거라는 걸 잘 알지. 당신이 가빌런과 싸우는 걸 본 적 있는데 당신 스타일이 마음에 들더군. 우리는 질이 나쁜 친구들을 찾고 있어. 당신과 같은 차를 가지고 있고 어쩌면 당신과 같은 클럽에 소속되어 있을지도 모르지."

비드웰은 어깨를 으쓱했다. "내가 왜 도와야 하죠?"

"그렇지 않으면 내 동료가 마구 날뛰도록 내버려두는 수밖에."

"흠. 당신들은 나를 밀고자로 만들 속셈이었군."

"그렇게 생각할 필요까지야. 당신은 아무 말도 하지 말고 그냥 이 목록을 보고 가리키면 돼. 자, 읽어봐."

비드웰은 고개를 가로저었다. "놈들이 워낙 나쁜 놈들이라 내가 얘기해주는 거요. 슈가 레이 코츠라는 녀석은 49년식 쿠페를 몰고 다니는데 아주 멋진 차예요. 그는 두 명의 친구, 러로이와 타이론과 어울리죠. 슈가는 엽총을 가지고 노는 걸 좋아해서 난 그가 개를 쏘기도 한다는 얘길 들은 적이 있어요. 그가 우리 클럽에 들어오려 했지만 워낙 저질이라는 얘기가 있어서 우리가 거절했죠."

잭은 목록을 체크했다. '레이먼드 (미들 네임 불명) 코츠, 사우스 센트럴 9611번지 114호실'이라고 되어 있었다. 쾌재를 불렀다. 덴톤도 자기 목록을 꺼냈다. "여기서 2분이면 갈 수 있어. 당장 출발하지."

신문에 헤드라인으로 뽑히는 게 보이는 것 같았다. "알았어."

테베르 호텔 : 1층에 세탁장이 있는 L자형의 승강기 없는 건물이었다. 덴톤은 건물로 들어갔다. 잭은 계단을 찾아냈다. 방은 2층에만 있는데 입구가 열려 있었다.

계단을 올라 들어갔다. 복도는 짧고 문들은 허술해 보였다. 잭은 권총을 꺼냈다. 덴톤은 총을 두 개나 꺼냈다. 38구경과 발목에 붙일 수 있는 자동권총이었다. 그들은 방 번호를 셌다. 114호가 드디어 보였다. 덴톤이 뒤로 물러서자 잭도 뒤로 물러섰다. 그들은 동시에 문을 걷어찼다. 단 한 번 걷어찼는데 문은 활짝 열렸다. 침대에서 흑인 소년이 뛰어내렸다.

소년은 양손을 치켜들었다. 덴톤은 미소를 지으며 그를 겨냥했다. 잭은 그를 막았다. 두 개의 탄환이 천장에 박혔다. 잭이 달려들었다. 소년은 도망가려고 했다. 잭은 그를 붙잡아 총을 머리에 대고 가격했다. 더 이상 저항은 없었다. 덴톤은 녀석의 손을 등 뒤로 돌린 다음 수갑을 채웠다. 잭은 브래스 너클 주먹을 쥐었다. "러로이, 타이론은 어디 있지?"

소년은 이빨을 내밀었다. '1-2-1'이라는 말이 피와 섞여 나왔다. 덴톤은 그의 머리를 움켜잡고 일으켜 세우려고 했다. 잭이 말했다. "죽이진 마."

덴톤은 그의 얼굴에 침을 뱉었다. 외침소리가 복도에서 들려왔다. 잭은 복도로 뛰쳐나가 L자의 각을 돌아 미끄러지듯이 121호 앞에 섰다.

문은 닫혀 있었다. 복도 어디에선가 소음이 들려왔다. 자세히 들리지는 않았다. 잭은 문을 걷어찼다. 나무가 쪼개지며 문이 열렸다. 안에는 두 명의 흑인이 있었다. 한 사람은 침대 위에서 자고 있었고 다른 한 사람은 매트리스 위에서 코를 골고 있었다.

잭이 들어갔다. 사이렌 소리가 아주 가까이에서 들려왔다. 매트리스 위의 친구가 몸을 움직였다. 잭은 그를 두들겨 패서 잠잠하게 만든 다음 다른 친구도 몸을 움직이기 전에 흠씬 패주었다. 사이렌 소리가 귀에 거슬릴 정도로 높아졌다가 희미해졌다. 잭은 화장대 위에서 상자를 하나 발견했다.

엽총 탄환이었다. 레밍턴 12게이지의 더블 오트 벅. 50개들이 상자인데 대부분 이미 사용되었다.

19

에드는 잭 빈센즈의 보고서를 대충 훑어보았다. 태드 그린은 전화벨이 울리는 데도 받지 않고 그를 바라보고 있었다.

분명하고 간결했다. 쓰레기통은 좋은 보고서를 쓰는 요령을 제대로 알고 있다. 세 명의 흑인 남성이 구류되어 있다. 레이먼드 슈가 레이 코츠, 러로이 폰테인, 타이론 존스. 체포에 저항하다 부상으로 치료를 받고 있다. 이들은 다른 흑인이 불어서 잡힌 것인데 그에 따르면 코츠는 엽총을 좋아하고 가끔 개를 쏘아죽인다고 한다. 코츠는 교통국 자료에도 올라 있다. 정보 제공자는 테베르 호텔에 사는 다른 두 명인 타이론과 러로이와 함께 다닌다는 것이다. 세 명은 속옷 차림으로 체포되었다. 빈센즈는 총성 때문에 들어온 신고를 받고 달려온 순찰경관들에게 이들을 넘긴 다음 이들의 방에서 증거가 될 만한 것을 찾아보았다. 그는 레밍턴 12게이지 더블 오트 탄환 50개들이 상자 하나를 발견했는데 이 중 40여 개가 이미 없어진 것을 깨달았다. 하지만 엽총, 가죽장갑, 피 묻은 옷가지, 다량의 현금 혹은 동전 그리고 다른 무기류는 전혀 발견되지 않았다.

방에서 발견된 옷들은 때 묻은 티셔츠, 복서 쇼츠 그리고 세탁소에서 셀로판지로 덮인 세탁 옷 등이었다. 빈센즈는 호텔 뒤의 소각장을 조사했다. 뭔가 한창 불타고 있었는데 매니저는 오늘 아침 7시경에 슈가 레이가 옷가지를 무더기로 버리는 것을 목격했다고 말했다. 빈센즈는 존스와 폰테인이 취해 있었거나 아니면 마약의 영향 아래 있었던 것으로 보인다고 말했다. 그들은 총성이 났고 코츠가 체포에 저항하느라 상당한 소란이 있었는데도 계속 자고 있었다는 것이다. 빈센즈는 나중에 도착한 순찰경관들에게 코츠의 차를 조사해보라고 말했다. 차는 주차장에도 없고 주변의 세 블록 안에는 없다는 것이다. 서 전체에 수색 지시가 떨어졌다. 빈센즈는 용의자 세 명의 손과 발에서 향수 냄새가 난다고 했다. 파라핀 테스트를 해도 제대로 알아내기 어려울 것이다.

에드는 보고서를 그린의 책상 위에 놓았다. "녀석이 그들을 죽이지 않았다는 게 의외군요."

전화벨이 울렸다. 그린은 내버려두었다. "그래봐야 그가 엘리스 로우의 처제와 동거 중이라는 기사만 나오겠지. 그리고 놈들이 파라핀 테스트를 피하기 위해 손과 발에 향수를 뿌렸다면 우리는 잭에게 감사하는 수밖에 없겠지. 그가 〈명예의 배지〉라는 프로에서 그런 걸 가르쳐줬으니까 말이야. 에드, 자네 생각으로는 기소로 끌고 갈 수 있겠나?"

들뜬 기분 탓에 에드는 속에서 뭔가가 치솟아 오르는 것 같았다. "예, 할 수 있을 겁니다."

"자네와 더들리 스미스가 함께 일하는 걸 국장은 원해. 하지만 내가 얘기해서 빠지도록 했지. 그는 훌륭한 사람이긴 하지만 용의자가 흑인이면 앞뒤를 가리지 못한단 말이야."

"전 이게 얼마나 중요한 일인지 잘 압니다."

그린은 담배에 불을 붙였다. "에드, 난 자백을 받아 내길 원해. 밤부엉이에서 회수한 탄피 가운데 열다섯 개에는 격침이 때린 부분에 자국이 있어. 그러니 우리가 총을 찾아내면 사실상 사건은 해결되는 거야. 총은 어디에 있고 차는 어디에 있는지 알아야 해. 그리고 기소 인정 여부 절차 전에 그들로부터 자백을 받아 내야 해. 그들이 판사 앞에 서기까지 71시간밖에 없어. 그때까지 모두 해결되기 바라네. 아주 깨끗하게 말이야."

특효약. "녀석들의 전과기록은요?"

그린이 말했다. "훔친 차를 타고 다니거나 가택 침입으로 세 번 잡힌 적이 있어. 코츠와 폰테인은 훔쳐보기로 걸린 적도 있고. 녀석들은 이제 소년이라고 하기도 어렵네. 코츠는 스물둘, 나머지 두 놈도 스무 살이거든. 이건 확실히 가스실행이야."

"그리피스 공원의 선에서 추적해보면 어떨까요? 탄피를 비교한다든지 아니면 목격자를 데려온다든지."

"탄피 샘플을 발견할 수만 있다면 멋진 보조 증거가 되겠지. 특히 놈들이 자백하지 않는다면 말이야. 그리피스 공원 관리인들이 놈들의 신원을 확인하러 곧 올 예정이야. 아니 레딘은 자네만큼 뛰어난 심문자를 본 적이 없다고 하더군. 하지만 자네도 이런 일은…."

에드는 자리에서 일어섰다. "제가 자백을 받아내도록 하겠습니다."

"그래, 자네가 그래준다면 언젠가는 내 자리에 오를 수 있을 거야."

에드는 미소를 지었다. 흔들거리는 이빨이 아팠다. 그린이 말했다. "얼굴이 왜 그 모양인가?"

"좀도둑을 뒤쫓다가 넘어졌습니다. 지금까지 용의자들과 얘기를 나눈 사람은 누구죠?"

"그들을 치료한 의사뿐이야. 더들리는 버드 화이트가 처음으로 심문하길 원했지만…."

"저도 그렇게…."

"내 말을 막지 말게. 나도 자네하고 같은 생각이야. 난 자의에서 나온 자백을 원해. 그러니 화이트는 빠질 수밖에 없지. 자네가 처음으로 세 명 모두에 대해 심문하게 될 거야. 양면 거울로 관찰할 테니까 머트와 제프의 도움이 필요하면 넥타이를 만지게. 우리 가운데 몇 사람이 밖에서 스피커로 심문을 들을 것이고 녹음기를 작동시킬 거야. 세 명은 각자 다른 방에 있는데 약간 장난을 쳐도 괜찮네."

에드가 말했다. "확실히 불도록 만들겠습니다."

그의 무대 : 강력계 밖의 복도. 세 개의 작은 방이 만들어져 있다. 양면 거울이 붙어 있고 스피커가 연결되어 있다. 스피커 전환스위치도 있어 어느 방에서든 심문 내용을 들을 수 있다. 방은 가로세로 180센티미터의 정사각형으로 용접해 붙인 탁자와 볼트로 고정시킨 의자가 있을 뿐이다. 1, 2, 3호실에 각각 슈가 레이 코츠, 러로이 폰테인, 타이론 존스가 들어가 있다. 바깥에는 이들의 전과기록이 테이프로 붙여져 있다. 에드는 날짜, 장소, 관련자 등을 암기했다. 1호실 앞에서 그는 무대에 오르기 전의 불안감을 진정시키듯 심호흡을 했다.

슈가 레이 코츠는 의자에 수갑이 채워진 상태로 카운티 구치소의 헐렁한 옷을 입고 있었다. 그는 키가 크고 피부색이 상당히 밝았다. 백인과의 혼혈에 가까워 보였다. 한쪽 눈은 퉁퉁 부어서 거의 감길 정도였다. 입술은 부르트고 찢겨져 있었다. 코뼈도 주저앉아 있었다. 콧구멍은 둘 다 꿰맨 흔적이 있었다. 에드가 말했다. "우리 둘 다 어디서 두들겨 맞은 것 같군."

코츠는 곁눈질로 그를 쳐다보았다. 기분 나쁜 눈빛이었다. 에드는 그의 수갑을 풀어주고 담배와 성냥을 탁자 위로 던졌다. 코츠는 손목을 매만졌다. 에드는 미소를 지었다. "슈가 레이는 슈가 레이 로빈슨에서 따온 이름인가?"

대답이 없었다.

에드는 맞은편 의자에 앉았다. "사람들은 레이 로빈슨이 1초에 네 번의 콤비 블로를 터뜨릴 수 있다고 하는데. 나로선 도저히 믿을 수 없는 얘기지."

코츠는 양팔을 치켜들었다가 풀썩 떨어뜨렸다. 에드는 담뱃갑을 열었다. "나도 아네. 혈액 순환에 문제가 있었을 거야. 자네는 스물두 살이지, 레이?"

"알아서 판단해요." 귀에 거슬리는 목소리였다. 에드는 그의 목을 살폈다. 상처와 손가락 자국이 있었다. "경관 중의 누가 목을 조르기라도 했나?"

여전히 대답이 없었다. 에드가 말했다. "빈센즈 경사인가? 멋진 옷을 입은 형사 말이야."

침묵이 이어졌다.

"그는 아니란 말이지? 그럼 덴톤이었나? 텍사스 사투리를 쓰는 뚱뚱한 형사 말이야. 텔레비전에 나오는 스페이드 쿨리 목소리를 내는 친구 말이야."

코츠의 부풀어 오르지 않은 눈이 깜박거렸다. 에드가 말했다. "그래, 자넨 운이 없군. 덴톤이란 친구는 아주 형편없는 놈이니까. 내 얼굴 보이지? 덴톤하고 2라운드 정도 뛰었지."

미끼를 물지 않는다.

"망할 놈의 덴톤 말이야. 슈가 레이, 자네 그리고 난 마치 막 결전을 치른 로빈슨과 라모타처럼 보이네."

그래도 미끼를 물지 않았다.

"그래, 스물두 살이란 말이지."

"그런 건 왜 물어요?"

에드는 어깨를 으쓱했다. "그냥 확인하려는 거야. 러로이와 타이론은 스무 살이기 때문에 극형을 피할 수 있지. 레이, 이런 범죄를 저지르려고 마음먹었으면 몇 년 전에 했어야지. 그랬으면 종신형을 선고받아 미성년자 감옥에 수감되어 있다가 성인이 되면 폴섬 교도소로 옮길 텐데. 그러다가 겁쟁이가 돼서 모범수로 인정받을 수도 있었을 텐데."

'겁쟁이'란 말이 놈을 자극했다. 코츠의 손이 떨렸다. 그는 담배에 불을 붙여 한 모금 들이마신 다음 기침을 했다. "난 겁쟁이 따위와는 절대 거래 안 해요."

에드는 미소를 지었다. "나도 알아. 꼬맹이 친구."

"난 꼬맹이가 아니에요, 제기랄. 당신이야말로 겁쟁이면서."

에드는 소리 내어 웃었다. "어떻게 대응해야 할지 잘 알고 있군. 내가 인정하지. 자넨 소년원에서 경험을 쌓아서 알겠지만 난 경찰관 중에서 가장 좋은 사람이야. 그 망할 타이론 자식, 하마터면 믿을 뻔했잖아. 덴톤이 내 몸의 나사를 일부 작동하지 못하게 만든 것 같네. 그런 바보 같은 대사에 넘어갈 뻔했으니 말이야."

"무슨 얘기 하는 거예요? 무슨 대사죠?"

"아무것도 아냐. 주제를 바꾸지. 엽총으로 뭘 했나?"

코츠는 목을 쓰다듬었다. 손이 떨리고 있었다. "무슨 엽총이요?"

에드는 몸을 앞으로 바짝 기울였다. "자네와 자네 친구들이 그리피스 공원에서 쏘던 그 엽총 말이야."

"엽총에 대해선 몰라요."

"모른다고? 러로이와 타이론 방에 엽총 탄환이 있었어."

"그건 걔들 일이죠."

에드는 고개를 가로저었다. "그 타이론이란 친구 말이야. 영 짜증나게 하더군. 자네 카시타스 소년원에서 그 친구랑 같이 있었지?"

녀석이 어깨를 으쓱거린다. "그래서 어쨌단 말이죠?"

"아무것도 아니야. 생각이 나서 말해본 거야."

"왜 저한테 타이론에 대해 얘기하는 거죠? 타이론의 일은 그 친구의 일이란 말이에요."

에드는 탁자 밑으로 손을 뻗쳐 3호실의 오디오 스위치를 찾았다. "슈가, 타이론은 자네가 카시타스에서 겁쟁이가 되었다고 하더군. 제대로 수감 생활을 하기 어려워 덩치 큰 백인 소년이 자넬 돌봐 줬다던데. 그 친구는 자네가 아무한테나 몸을 잘 줘서 사람들이 자네를 '슈가'라고 부르는 거라고 하던데."

코츠는 탁자를 쾅 내리쳤다. 에드는 스위치를 눌렀다. "그래, 말해봐, 슈가."

"걔들을 돌봐준 건 나란 말이에요. 타이론이야말로 겁쟁이였지. 우리 동의 보스는 나였다고요. 바보 같은 타이론 자식! 캔디바 하나에도 몸을 파는 주제에. 타이론은 그 짓을 좋아했어요."

스위치를 원래대로 해놓았다. "레이, 주제를 바꿀게. 자네와 자네 친구들이 왜 체포되었다고 생각하나?"

코츠는 담뱃갑을 만지작거렸다. "오해가 있었겠죠. 우리가 시 경계 내에서 총을 쐈다고 누가 잘못 안 거 아니에요. 타이론은 뭐라던가요?"

"타이론은 많은 얘기를 했어. 하지만 중요한 얘기로 바로 들어가세. 새벽 3시에 어디에 있었지?"

코츠는 담배 두 개를 엮어 피워댔다. "방에서 자고 있었어요."

"약을 했나? 타이론과 러로이는 확실히 했던 것 같더군. 경찰이 체포할 동안에도 정신을 차리지 못했다니까. 굉장한 동료들이더군. 타이론은 자네를 겁쟁이라고 말하지. 그런데 자네가 미치광이 같은 백인 형사들한테 두들겨 맞으며 체포될 때 그와 러로이는 세상모르고 뻗어 있었다는 거 아냐. 자네 흑인들은 상당히 강한 단결력을 갖고 있다고 난 생각했어. 자네, 마약을 한 거야? 자네는 자네가 저지른 일에 겁이 났던 거야. 그래서 마약에 손을 댔고…."

"말도 안 되는 소리예요. 제기랄! 타이론과 러로이는 약을 했지만 난 손도 안 댔다고요."

에드는 2번과 3번 스위치를 눌렀다. "자네는 러로이와 타이론을 카시타스에서 보호해줬어, 그렇지?"

코츠는 기침을 하며 담배연기를 강하게 내뿜었다. "알고 있는 걸 묻지 말아요. 거기서 타이론은 몸을 팔았고 러로이는 너무 겁에 질려 술을 마구 퍼마시는 그런 놈이에요. 멍청한 남부 검둥이들은 개새끼들이나 다름없죠."

스위치를 원래대로 해놓았다. "자네는 개를 쏘길 좋아한다며?"

녀석이 어깨를 으쓱했다. "개들은 살 이유가 없죠."

"그래? 자넨 사람들에 대해서도 그렇게 생각하나?"

"무슨 말을 하는 거예요?"

스위치를 껐다. "그럼 러로이와 타이론에 대해서는 그렇게 생각하지?"

"제기랄, 러로이와 타이론은 너무 멍청해서 살 가치조차 없는 놈들이죠."

스위치를 켰다. "자네가 그리피스 공원에서 쏜 엽총은 어디에 있나?"

"그건… 난 엽총 따윈 갖고 있지 않다니까요."

"자네가 타던 49년식 머큐리 쿠페는 어디 있나?"

"안전한 장소에 두었어요."

"이봐, 레이. 그런 새 차나 다름없는 걸 쓰지 않는단 말이야? 어디 있어? 그런 차라면 내가 확실히 열쇠를 채워서 보관해주지."

"안전한 곳에 있다고 했잖아요!"

에드는 양손바닥으로 탁자를 쾅 내리쳤다. "팔았나? 아니면 어디에 버렸어? 무단으로 차 소유주를 바꾸는 건 중죄가 될 수 있다는 거 몰라? 자네는…."

"난 중죄를 범하지 않았어요."

"조용히 해! 차는 어디에 있지?"

"말 못해요."

"엽총은?"

"난… 난 몰라요."

"차가 어디에 있냐니까?"

"말 못 한다고요."

에드는 드럼을 치듯 탁자를 두들겼다. "이봐, 차 트렁크에 엽총과 가죽 장갑이 들어 있어서 그래? 지갑과 가방이 들어 있고 거기다가 시트에 피가 잔뜩 묻어서 그런 거 아냐? 잘 들어, 이 명청한 친구야, 난 자네 친구들처럼 자네를 가스실로 보내지 않으려고 애쓰고 있단 말이야… 걔들은 미성년자지만 자네는 그렇지 않아. 그리고 누군가는 이 사건으로 극형을 받을 수밖에…."

"도대체 무슨 말을 하는지 모르겠군요."

에드는 한숨을 쉬었다. "주제를 바꾸지."

코츠는 새 담배에 불을 붙였다. "난 당신의 주제가 마음에 안 들어요."

"왜 아침 7시에 옷을 불태웠나?"

코츠는 몸을 떨었다. "예?"

"가르쳐주지. 자네, 러로이 그리고 타이론은 오늘 아침 체포되었어. 자네들 가운데 어느 누구도 어젯밤의 옷을 입고 있지 않았어. 자네가 아침 7시에 한 무더기의 옷을 불태우는 장면이 목격됐어. 게다가 자네는 어젯밤에 타고 다닌 차를 어딘가에 숨기고 있지. 이건 그다지 모양이 좋아 보이지 않아. 하지만 자네가 내게 지방검사에 보고할 거리를 제공해주면 내 모양을 좋게 해줄 테고 그럼 나도 '슈가 레이는 그의 겁쟁이 동료들과 달리 망나니가 아니다.' 하고 말할 수 있겠지. 그러니 내게 뭔가 달란 말이야."

"도대체 뭘 말이에요? 난 전혀 모르는 일을 지금 당신이 뒤집어씌우고 있잖아요."

에드는 2호, 3호실의 스위치를 켰다. "어쨌든, 자네는 러로이와 타이론에 대해 나쁜 얘기를 했고 그들이 마약중독자라는 걸 암시했어. 그럼 이걸 물어보지. 그들은 어디서 약을 구했지?"

코츠는 바닥을 내려다보았다. 에드가 말했다. "지방검사는 마약 파는 놈들을 증오하지. 자네는 잭 빈센즈, 즉 빅 브이를 만났겠지?"

"머리가 돈 미치광이."

에드가 소리 내어 웃었다. "그래, 잭은 약간 미치광이처럼 보이는 구석이 있지. 개인적으로 난 자기 삶을 마약으로 망치고 싶다면 그래도 좋다고 생각해. 여긴 자유국가잖아. 하지만 잭은 새 지방검사랑 아주 친한 사이거든. 그래서 둘 다 마약 판매상들을 박살내려 하지. 레이, 내게 지방검사한테 바칠 걸 하나만 줘. 딱 하나만."

코츠는 손가락을 구부리며 가까이 다가오라는 신호를 했다. 에드는 스위치를 켜고 몸을 앞으로 기울였다. 슈가 레이가 속삭였다. "롤런드 나바레트, 벙커 힐에 살아요. 가석방에서 도주한 자들에게 숨을 곳을 제공해주고 세코바르 비탈을 팔곤 하죠. 이건 지방검사 때문에 해주는 얘기는 아니고 타이론 녀석이 큰소리를 친다고 하니까 하는 얘기예요."

스위치를 껐다. "좋아, 레이. 롤런드 나바레트가 러로이와 타이론에게 약을 판다는 말이지. 그래, 이제 진도가 나가기 시작하는군. 그래 자네는 너무 겁을 먹었어. 이건 확실히 가스실행이지만 자넨 그것이 어떤 것인지 내게 묻지도 않는군. 자네는 목에 '난 유죄요'라는 커다란 사인을 달고 다니는 거야."

코츠는 자신의 주먹 관절을 눌러 소리를 냈다. 멀쩡한 눈이 두리번거리며 반짝였다. 에드는 오디오를 껐다. "레이, 주제를 바꾸지."

"차라리 야구 얘기나 하죠, 제기랄."

"아니, 여자 얘기를 하지. 자네 어젯밤 여자와 그 짓을 했나? 아니면 파라핀 테스트를 방해하려고 일부러 향수를 뿌린 건가?"

녀석이 불안한지 몸을 떤다.

에드가 말했다. "3시에 어디에 있었느냐니까?"

녀석은 대답 없이 몸을 더욱 떨었다.

"신경이 쓰이나보지. 향수나 여자가 말이야. 하긴 자네 같은 쓰레기들도 좋아하는 여자가 있어야겠지. 어머니는 있나? 누나들은?"

"우리 엄마 얘기는 하지 마요."

"자네를 잘 모르지만 난 자네가 멋진 여자를 보호하려 든다는 것 정도는 알지. 그 여자는 자네의 알리바이였어. 그 여자와 어딘가에 있었던 거야. 하지만 타이론과 러로이도 같은 향수를 뿌리고 있었단 말이야. 그렇다고 나로선 한 여자를 돌려 먹었다고 생각하지는 않아. 아마도 자네는 소년원에서 파라핀 테스트에 대해 배운 적이 있을 테고, 세 명의 무고한 여성을 죽인 것에 대해 죄책감을 느낄 양심은 있을 거라고 봐."

"난 아무도 죽이지 않았어요!"

에드는 〈헤럴드〉 조간을 꺼냈다. "패티 체시마드, 도나 데루카 그리고 신원을 알 수 없는 한 사람. 내가 숨을 가라앉힐 동안 이걸 읽어보게. 내가 돌아오면 자네는 여기에 대해 말할 기회를 갖게 될 거야. 그다음에 자네 목숨을 살려낼 방도를 강구해보세."

코츠는 몸을 와들와들 떨었다. 몸을 움찔거리더니 옷이 땀으로 흠뻑 젖었다. 에드는 그의 얼굴을 향해 신문을 던지고 밖으로 나갔다.

태드 그린이 복도에 있었다. 더들리 스미스와 버드 화이트는 심문 내용을 청취 가능한 곳에 있었다. 그린은 말했다. "공원 관리인이 확인해 줬어. 저놈들이 바로 그리피스 공원의 그놈들이야. 그리고 자네 정말 훌륭해."

에드는 자신의 땀 냄새를 맡았다. "코츠는 살해된 여자들 때문에 겁을 먹고 있어요. 그게 느껴지더군요."

"그건 나도 느낄 수 있더군. 이런 페이스로 계속해."

"차나 총은 발견되었나요?"

"아직. 77번가 서의 친구들이 지금 이들의 친척과 지인들을 들쑤시고 있어. 곧 찾을 수 있을 거야."

"다음은 존스를 심문하겠습니다. 부탁 좀 들어주시겠습니까?"

"말해보게."

"폰테인을 함정에 빠뜨려주십시오. 수갑을 풀어준 다음 아침신문을 읽도록 해주세요."

그린은 3호실을 가리켰다. "이 녀석은 곧 불걸세. 코흘리개 자식들이 말이야."

타이론 존스는 울고 있었다. 의자 옆에는 그가 지린 오줌이 흘러나와 있었다. 에드는 고개를 돌렸다. "실장님, 스미스 반장이 여기 스피커로 신문을 읽게 하십시오. 천천히 알아듣기 쉬워요. 특히 밤부엉이에서 발견된 차량에 대해 자세히요. 이 친구가 쉽게 굴복하도록 해야겠어요."

그린이 말했다. "알았네." 에드는 타이론 존스를 살폈다. 검은 피부에 무기력하고 마마 자국이 있었다. 그는 의자에 수갑이 채워진 채 울고 있었다.

복도 쪽에서 휘파람 소리가 들려왔다. 더들리 스미스는 마이크에다 대고 말을 하기 시작했다. 소리 없이 입술이 움직였다. 에드는 존스를 뚫 이지듯 바라보았다.

소년은 몸을 비틀며 어깨를 들썩거렸다. 마치 아카데미 시상식에서 보여주는 영화 같았다. 그는 전기의자의 오작동으로 프라이가 되기 전 에 몸을 뒤트는 사형수처럼 보였다. 복도에서 다시 소음이 들렸다. 존스 는 고개를 숙이고 다리를 쩍 벌리고 턱을 축 늘어뜨리고 있었다.

에드가 들어갔다. "타이론, 레이 코츠가 자네를 팔았어. 그는 밤부엉 이가 자네 아이디어라고 하더군. 그리피스 공원 근처를 배회할 때 자네 가 떠올린 아이디어라며. 타이론, 다 불어. 내 생각엔 이건 레이의 아이 디어 같은데. 그가 자네에게 일을 시킨 거야. 총과 차가 어디에 있는지 말해. 그럼 우리가 자네 목숨을 구할 수 있을 거야."

아무 응답이 없었다.

"타이론, 이건 가스실행이 확실한 사건이야. 불지 않으면 자네는 6개 월 안에 죽을 거야."

여전히 반응이 없었다. 존스는 계속 고개를 숙이고 있었다.

"자네가 할 일은 총이 어디에 있는지 그리고 슈가가 어디에 차를 버렸 는지 말하는 거야."

역시 묵묵부답이었다.

"이건 1분이면 끝날 일이야. 불기만 하면 자네가 보호받을 수 있는 구 치소로 보내주지. 슈가도 자네를 어떻게 할 수 없을 거고 러로이도 마찬 가지야. 지방검사는 자네를 주립 교도소로 보낼 거야. 자네는 가스실에 가지 않아도 돼."

무반응이었다.

"여섯 명이나 죽었으니 누군가는 대가를 치러야겠지. 그게 자네일 수도 있고 레이일 수도 있어."

대답이 없었다.

"타이론, 그는 자네가 게이라고 하더군. 그는 자네가 겁쟁이에다 호모라는 거야. 자네가 제멋대로…."

"난 아무도 죽이지 않았어요!"

아주 강한 목소리였다. 에드는 하마터면 뒤로 물러설 뻔했다. "우린 증인도 있고 증거도 있어. 코츠는 곧 자백할 거야. 그는 자네가 모든 것을 계획했다고 하던데. 자신을 구해야 하지 않겠나. 총하고 차에 대해 말해. 어디에 있는지 말하란 말이야."

"아무도 안 죽였다니까요!"

"레이 코츠가 자네에 대해 뭐라고 했는지 알아?"

존스는 고개를 들었다. "그 녀석은 거짓말을 하고 있어요."

"나도 그가 거짓말을 했다고 생각해. 내가 보기에 자넨 게이가 아니야. 여자를 싫어하는 걸 보면 오히려 그가 게이인 것 같아. 그는 그 여자들을 죽이는 걸 즐겼을 거야. 자네는 거기에 대해 그다지 기분이…."

"우린 여자를 죽인 적이 없어요!"

"그럼 새벽 3시에 어디에 있었지?"

대답이 없었다.

"슈가 레이는 왜 자신의 차를 숨겼지?"

대답이 없었다.

"왜 자네들은 그리피스 공원에서 쏘았던 그 총을 숨겼나? 우리는 이미 자네들을 보았다는 목격자를 확보했어."

대답이 없었다. 존스는 머리를 한 바퀴 돌렸다. 그의 눈은 감겼지만 눈물이 흘러내리고 있었다.

"왜 레이는 자네들이 간밤에 입었던 옷을 태운 거지?"

존스는 이제 동물처럼 소리 내어 울기 시작했다.

"옷에 피가 묻어 있었던 거야, 그렇지? 너희는 여섯 명의 무고한 시민을 죽이고 피투성이가 된 거야. 레이가 청소를 했고 엉망이 된 것들을 가지런히 했지. 그가 총도 숨겼고. 말하자면 그가 너희의 두목인 셈이지. 그가 항상 명령을 내려왔어. 왜냐하면 너는 카시타스에서부터 엉덩이를 팔아 왔으니까. 불어, 이 자식아!"

"우리는 아무도 안 죽였어요! 난 호모가 아니란 말이에요!"

에드는 탁자 주위를 빙빙 돌았다. 그는 빠르게 걸으며 천천히 말했다. "내 생각을 말해주지. 내가 보기에는 슈가 레이가 두목이고 러로이는 그냥 숫자만 채우는 놈이야. 그리고 넌 슈가가 귀여워하는 뚱보지. 너희 모두는 밖에서 야영을 했어. 그리고 너와 슈가는 훔쳐보기로 잡힌 적이 있어. 슈가는 계집애들을 훔쳐보는 걸 좋아하고 넌 사내애들을 훔쳐보는 걸 좋아하지. 너희는 둘 다 백인들을 훔쳐보는 걸 좋아해. 왜냐하면 그건 너희한테 금단의 열매 같은 거니까. 넌 12게이지 펌프식 엽총을 가지고 있고 멋진 49년식 머큐리가 있었고 롤런드 나바레트한테 산 세코바르비탈을 가지고 있었어. 너희는 백인들로 가득 찬 할리우드에 왔어. 슈가는 너를 호모라고 놀렸고 너는 주위에 계집이 없어서 어쩔 수 없었다고 말했어. 그래서 슈가는 너에게 그걸 증명해보라고 했고 너희는 훔쳐보기를 시작한 거야. 너는 점점 화가 났지. 그리고 약기운까지 겹쳤단 말이지. 밤은 깊었는데 볼 만한 것은 없지. 그리고 잘 빠진 백인들은 모두 벌써 커튼을 내려버렸어. 너희는 차를 몰고 밤부엉이 근처를 지나다가 안에 백인들이 있는 것을 본 거야. 그런데 너무 눈이 부셔서 너희는 배가 아파진 거야. 불쌍한 뚱보 타이론은 그가 호모가 아니란 걸 증명해야만 했지. 그는 다른 사람들을 데리고 밤부엉이로 들어갔어. 여섯 사람이 있었는데 세 사람은 여자야. 너희는 그들을 창고까지 끌고 갔어. 계산대도 열었고 요리사에게 금고도 열게 한 거야. 너희는 쌓인 지폐와 지갑들을 챙기고 손에 향수를 뿌렸어. 슈가는 말했어. '계집애들을 만져봐, 이 겁쟁이야. 네가 호모가 아니란 걸 증명해보라고.' 너는 도저히 할 수 없었어. 그래서 총을 쏘기 시작했고 다른 녀석들도 따라 했지. 넌 속이 후련해졌어. 왜냐하면 마침내 넌 뚱보 흑인 호모 이상이 된 거….”

“아니야, 아니야, 아니라고.”

“아니긴 뭐가 아냐. 총은 어디에 있어? 빨리 자백하고 증거를 내놔. 그렇지 않으면 너는 가스실로 직행하는 거야.”

“아니야, 난 아무도 안 죽였어.”

에드는 탁자를 내리쳤다. “왜 차를 버린 거지?”

존스는 머리를 격렬하게 흔들었다. 땀이 여기저기 떨어졌다.

“옷은 왜 불태웠지?”

대답이 없었다.

“향수는 어디서 난 거야?”

여전히 대답이 없었다.

“슈가와 러로이가 먼저 여자를 강간했나?”

“아니에요.”

“그럼 너희 세 명 모두가 했단 말이야?”

“우린 아무도 안 죽였어요! 우린 그곳에 가지도 않았다니까요!”

“그럼 어디에 있었어?”

대답이 없었다.

“간밤에 어디 있었냐니까?”

존스는 흐느끼기 시작했다. 에드는 그의 어깨를 붙잡았다. “불지 않으면 어떤 일이 일어날지 알잖아. 그러니 인정해.”

“아무도 안 죽였어요. 우리 중 누구도. 거기에는 있지도 않았는걸요.”

"자네가 했잖아."

"아니에요!"

"너희의 짓이란 걸 알고 있어, 그러니 말해."

"우린 안 했어요."

"조용히 해. 말해봐. 부드럽고 조용하게."

존스는 웅얼거리기 시작했다. 에드는 그의 의자 옆에 쪼그려 앉은 자세로 그의 말을 들었다.

아주 작은 목소리였다. "오, 하느님. 그냥 총각 딱지를 떼어버리려고 한 것밖에 없습니다." 그는 그렇게 들었다. "여자에게 상처를 주려고 했던 건 아니었어요. 하지도 않은 일로 벌을 받는 건 옳지 않아요… 어쩌면 그 여자는 아직 살아 있을지도 몰라요. 그럼 우리도 죽지 않겠죠. 전 죽을 수 없어요. 전 호모가 아닙니다." 갑자기 그의 머리에서 경고음이 들려오는 듯했다. 전기의자, 그 위에 붙어진 사인 : 이들의 짓은 아니다.

존스는 몽상에 빠진 듯했다. 예수님, 예수님, 성스러운 아버지여. 에드는 2호실로 들어갔다.

땀과 담배연기 냄새가 났다. 피부가 검고 덩치가 큰 러로이 폰테인은 머리가 가지런히 정리되어 있었다. 그는 다리를 탁자 위에 올려놓고 있었다. 에드가 말했다. "자네가 친구들보다는 똑똑하기를 바라네. 그 여자를 죽였다고 하더라도 여섯 사람을 죽인 것만큼 나쁘지는 않아."

폰테인은 코를 비틀었다. 그는 얼굴의 거의 절반을 붕대로 감고 있었다. "이 황당한 신문기사는 대체 뭐죠?"

에드는 불안했지만 문을 닫았다. "러로이, 검시관이 추정한 살해 시각에 자네가 그 여자와 함께 있었기를 바라는 게 나을 거야."

대답이 없었다.

"그 여자는 창녀였나?"

대답이 없었다.

"자네가 죽였나?"

역시 대답이 없었다.

"너희는 타이론이 총각 딱지를 떼게 해주고 싶었지. 하지만 일이 엉망이 되어버린 거야. 그렇지?"

대답이 없었다.

"만약 그 여자가 죽었고 그리고 흑인이라면 자네는 사법 거래를 요청할 수 있어. 만약 백인이라 하더라도 자네에게 기회는 있지. 명심해. 우린 자네들을 밤부엉이 사건의 용의자로 체포했고 계속 그쪽으로 몰고 갈 수도 있어. 자네가 그 시간에 다른 곳에서 나쁜 짓을 하고 있었다는 걸 내게 증명하지 못하는 한 우리는 신문의 그 사건으로 자네들을 몰아갈 거야."

대답이 없었다. 폰테인은 성냥갑으로 손톱을 문질렀다.

새빨간 거짓말이었다. "자네가 여자를 유괴했는데 여자가 아직 살아 있다면 그건 린드버그 법에 저촉되지 않을 수도 있어. 그럼 극형을 받지는 않겠지."

대답이 없었다.

"총하고 차는 어디에 있나?"

대답이 없었다.

"그 여자는 아직 살아 있나?"

폰테인은 미소를 지었다. 에드는 등골이 오싹했다. "만약 살아 있다면 여자는 자네들의 알리바이가 되지. 농담이 아니야. 상황이 나빠질 수도 있어. 유괴, 강간, 폭행. 하지만 자네들이 밤부엉이와 관련이 없다는 걸 보여주면 우리는 시간을 절약하게 되고 지방검사도 좋아할 거야. 빨리 말해. 좋은 쪽으로 선택하란 말이야."

반응이 없었다.

"선택은 둘 중 하나야. 내 생각에 자네들은 총을 들이밀고 어떤 여자를 유괴했어. 차에서 폭행을 가해 피를 흘리게 했겠지. 그래서 차를 숨겼을 테고. 여자가 자네들의 옷에 피를 흘렸을 테니까 옷을 태우지 않을 수 없었겠지. 그리고 자네들은 그 여자의 향수를 온몸에 뒤집어쓰게 된 거야. 자네들이 밤부엉이 사건을 일으키지 않았다면 나로선 자네들이 왜 엽총을 숨겼는지 이해할 수 없어. 아마도 여자가 자네들 총을 확인하지 않을까 싶어 그랬나? 여자가 살아 있다면 그야말로 자네들에게 유일한 구원의 기회야."

폰테인이 말했다. "살아 있을 거예요."

에드가 자리에 앉았다. "살아 있을 거라고?"

"예, 그럴 거예요."

"그 여자는 누구지? 어디에 있어?"

대답이 없었다.

"흑인인가?"

"멕시칸이에요."

"이름은?"

"몰라요. 대학생 타입의 계집애예요."

"어디서 잡았나?"

"모르겠어요… 이스트사이드 근처일 거예요."

"어디서 폭행했지?"

"몰라요… 던커크 어딘가의 낡은 건물에서요."

"차와 엽총은?"

"몰라요. 슈가가 처리했어요."

"여자를 죽이지 않았다면 왜 코츠는 엽총을 숨겼지?"

대답이 없었다.

"왜 그랬을까?"

무대답.

"말해봐."

대답이 없었다.

에드는 탁자를 내리쳤다. "말하라니까, 빌어먹을!"

폰테인도 그보다 더 세게 탁자를 내리쳤다. "슈가가 총으로 그 여자를 위협했어요. 그는 그게 증거가 될까 봐 겁이 난 거죠."

에드는 눈을 감았다. "여자는 지금 어디에 있나?"

잠잠.

"그냥 건물에 내버려두었나?"

대답이 없었다.

"그 여자를 다른 곳으로 데려갔나?"

대답이 없었다.

세 명 중 어느 누구도 돈을 가지고 있지 않았다. 돈도 증거가 될 수 있다고 생각한 것이다. 슈가가 옷을 태울 때 숨긴 게 분명하다. "그 여자를 팔지 않았나? 던커크의 그곳에 친구들을 불러들여서 말이야."

"우린… 우린 여자를 차에 태우고 돌아다녔어요."

"어디로? 친구들 집으로?"

"예."

"할리우드까지 왔겠지?"

"우린 아무도 쏘지 않았어요."

"증명해봐, 러로이. 새벽 3시에 어디에 있었느냔 말이야."

"말하기 싫단 말이에요."

에드는 탁자를 내리쳤다. "그럼 너희는 밤부엉이 건으로 죽을 수밖에 없어!"

"우리가 한 짓이 아니라니까요."

"누구한테 여자를 팔았지?"

대답이 없었다.

"그 여자는 지금 어디에 있나?"

무응답.

"보복이 두려운가? 자넨 여자를 어딘가에 버리고 온 거야. 그렇지? 어디에 버렸나? 그리고 누가 그 여자와 함께 있지? 그 여자는 자네들이 가스실에서 벗어날 수 있는 유일한 희망이란 말이야."

"말할 수 없어요. 슈가가 날 죽이려 들 거예요."

"러로이, 여자는 어디에 있나?"

침묵.

"주립 교도소로 빼줄 테니 걱정 마. 그럼 자네는 슈가나 타이론보다 일찍 나올 수 있어."

무반응.

"아무도 건드릴 수 없게 독방으로 보내주지."

여전히 반응이 없었다.

"자넨 내게 말해야 해. 자네가 의지할 사람은 나뿐이야."

조용.

"러로이, 자넨 여자를 버린 곳에 있는 놈이 겁나는가 보군?"

대답이 없었다.

"아무려면 그놈이 가스실보다 무섭겠나. 여자가 어디 있는지 말해줘."

그때 문이 쾅 소리를 내며 열렸다. 버드 화이트가 들어와 폰테인을 벽으로 밀쳤다. 에드는 온몸이 얼어붙는 것 같았다.

화이트는 38구경 권총을 꺼내 실린더를 벗긴 다음 탄을 하나씩 하나씩 바닥에 떨어뜨렸다. 폰테인은 온몸을 와들와들 떨고 있었다. 에드도 얼어붙었다. 화이트는 실린더를 잠근 다음 총구를 폰테인의 입에 처넣었다. "여섯 개 중 하나다. 여자는 어디에 있지?"

폰테인은 금속 덩어리를 씹고 있는 셈이다. 화이트는 방아쇠를 두 번 당겼다. 철커덕 했지만 약실은 비어 있었다. 폰테인은 벽을 타고 주르륵 미끄러졌다. 화이트는 총을 뺀 다음 그의 머리카락을 붙잡아 일으켜 세웠다. "여자가 어디에 있냐니까?"

에드는 여전히 꼼짝 않고 있었다. 화이트는 다시 방아쇠를 당겼다. 또 한 번 찰칵 하는 작은 소리가 났다. 폰테인은 눈알이 튀어나올 것 같았다. "시, 실베스터 피, 피치 109 그리고 아발론, 모퉁이에 있는 회색 집이에요, 제발 저를 해치지…."

화이트는 부리나케 뛰쳐나갔다.

폰테인은 기절을 하고 말았다.

복도에서 시끄러운 소리가 들려왔다. 에드는 자리에서 일어서려고 했지만 다리가 말을 듣지 않았다.

20

차 네 대가 행렬을 이루고 있었다. 두 대는 흰색과 검은색을 반반씩 섞은 보통의 순찰차이고 다른 두 대는 경찰 표식이 없는 차였다. 사이렌 소리가 800미터 밖에서도 들릴 정도였다. 차들은 해안선을 따라 모퉁이에 있는 회색 건물을 향해 다가간다.

더들리 스미스가 선두의 차를 운전하고 있었다. 버드는 총에 탄환을 넣으며 옆자리에 앉아 있었다. 네 대의 차량은 건물의 측면에 붙었다. 순찰차는 골목으로 들어갔고 마이크 브루닝과 딕 칼리슬은 거리 쪽으로 주차했다. 라이플이 회색 건물의 문을 향해 맞추어져 있었다. 버드가 말했다. "보스, 제가 처리하겠습니다."

더들리가 윙크를 했다. "잘 해보게."

버드는 뒷길로 갔다. 골목을 지나 아치형의 펜스를 뛰어넘었다. 뒷문 현관에는 스크린 도어, 방범용 고리 그리고 유리 구멍이 있었다. 그는 펜 나이프를 꺼내 고리를 벗겨 내고 살금살금 걸어 들어갔다.

어두워서 모든 게 흐릿하게 보였다. 세탁기와 블라인드가 쳐진 문이 보였다. 틈새로 빛이 흘러들어오고 있었다.

버드는 문을 열려고 시도했다. 문은 잠겨 있지 않았다. 문은 아주 간단히 열렸다. 복도는 양 옆에 있는 두 개의 방에서 빛이 흘러나오고 있었다. 카펫이 깔려 있는 데다 음악까지 들려서 그의 발소리는 거의 들리지 않았다. 그는 첫 번째 방으로 살금살금 다가가서 문을 밀고 들어갔다.

벌거벗은 여자가 매트리스 위에 다리를 벌린 채 누워 있었다. 여자는 넥타이로 꽁꽁 묶여 있었는데 입에도 넥타이가 물려 있었다. 버드는 소리를 내며 옆방으로 밀고 들어갔다.

뚱뚱한 흑백 혼혈아가 탁자에 앉아 벌거벗은 채 켈로그 라이스 크리스피를 먹고 있었다. 사내는 스푼을 내려놓고 양손을 치켜들었다. "한번만 봐주세요. 말썽부리지 않겠습니다."

버드는 그의 얼굴에다 총을 쏘고 나서 총을 하나 더 꺼냈다. 상대가 공격한 것처럼 보이기 위해 그의 등 쪽에다 총을 쏘았다. 사내는 바닥에 대자로 뻗어버렸다. 총을 맞은 부위에서 피가 흐르고 있었다. 그는 라이스 크리스피를 시신 위로 집어던지고 전화로 구급차를 불렀다.

21

잭은 그들의 싸움을 뒤로한 채 카렌이 잠든 모습을 지켜보았다.

그들은 신문에 실린 사진 때문에 다투기 시작했다. 빅 브이와 칼 덴톤이 세 명의 흑인 깡패들을 체포한 사진이었다. 로스앤젤레스 '세기의 범죄'의 용의자들이 잡힌 것이다. 덴톤은 폰테인의 머리를 잡고 있고 빅 브이는 다른 두 명의 목을 쥐고 있었다. 카렌은 사진에 나온 용의자들이 앨라배마에서 강간 혐의를 뒤집어쓴 스코츠보로 흑인 소년들을 떠올리게 한다고 말했다. 잭은 자기는 그들의 목숨을 구한다는 생각으로 체포했다고 했다. 하지만 이제 그들이 멕시코 처녀를 윤간한 게 확실해졌으므로 차라리 덴톤이 그들을 죽이도록 내버려둘 걸 그랬다는 생각이 들었다고 말했다. 논쟁은 여기서부터 악화되기 시작했다.

카렌은 그에게서 떨어져 몸을 웅크린 채 자고 있었다. 마치 그가 때리지 않을까 걱정이 되는 듯 이불을 말아 놓은 자세였다. 잭은 옷을 입으며 카렌을 쳐다보았다. 지난 이틀 동안은 피곤하기만 했다.

그는 밤부엉이 사건에서 빠져나와 풍기사범단속반으로 돌아왔다. 에드 엑슬리의 심문은 잠정적이나마 흑인 불량배들로부터 살인 혐의는 벗겨주었다. 아직 그들이 폭행한 여성에 대한 심문이 남아 있지만. 버드 화이트가 러시안 룰렛을 하는 바람에 이들은 입을 다물어버렸다. 그들이 여자를 남겨 놓고 밤부엉이까지 가서 살인을 저지르고 흑인 동네로 돌아와 윤간을 했는지를 알 방법이 아직은 없었다. 어쩌면 코츠나 폰테인은 존스에게 여자를 감시하도록 하고 다른 놈들과 집단살인을 저질렀는지도 모른다. 엽총도 발견되지 않았다. 코츠의 자주색 쿠페도 여전히 찾지 못했다. 그들이 머물고 있는 호텔에서도 식당에서 강탈한 금품이 발견되지 않았다. 소각로의 잔해는 너무 많이 타서 혈액 분석이 불가능했다. 이들의 손에 향수가 묻어 있기 때문에 가장 최신의 파라핀 테스트로도 반응이 나오지 않았다. 형사반에는 빨리 사건을 해결하라는 강한 압력이 밀려들고 있었다.

검시관은 손님 희생자 가운데 신원을 확인하려고 했다. 치과 기록과 신체적 특징을 토대로 실종인 기록, 통보 기록과 대조해서 확인하려고 했으나 별 성과를 거두지 못했다. 요리사, 웨이트리스, 계산원, 세 사람만 확실히 알고 있다. 나머지 세 사람은 누군지 전혀 알지 못한 상태다. 검시 결과는 여성에 대한 성폭력의 흔적이 없는 것으로 나왔다. 아마도 코츠, 존스, 폰테인은 역시 범인이 아닐지 모른다. 사건의 담당자는 더들리 스미스다. 그는 부하들을 풀어 무장 강도, 정신병원 탈주자 그리고 총기 관련 범죄를 저지른 적이 있는 모든 사람을 조사하도록 했다. 밤부엉이 건너편에서 자주색 머큐리를 봤다고 말한 신문가판대 주인은 재심문에서 그 차가 포드나 쉐보레였을 수도 있다고 말했다. 포드와 쉐보레의 등록 차를 다시 점검했다. 흑인 불량배를 목격했다던 공원 관리인도 이제는 확실하게 말할 수는 없다고 한 발 물러섰다. 에드 엑슬리는 그린과 파커에게 자주색 차량은 이들에게 혐의를 돌리려고 누군가가 밤부엉이 앞에 세워 놓았을 수도 있다고 했다. 더들리는 그런 이론을 무시했지만 그 자신도 밤부엉이 근처에 차가 있었던 것은 그냥 우연일 수도 있다고 했다. 모든 게 확실해 보이던 사건이 이제는 한 무더기의 가능성 이상이 아닌 게 돼버렸다.

매스컴에서도 대대적으로 사건을 보도했다. 허진스도 전화를 했다. 포르노 사진집에 대해서는 전혀 모른다고 하고 "우리 모두는 비밀을 가지고 있네."라고 했던 그가 말이다. 잭의 용의자 체포 영웅담에 대해 50달러를 쳐 주겠다고 했다. 그러고 나서 금방 끊었다.

밤부엉이 사건으로 잭에게는 포르노 사진집 수사에서 하루 공백이 생겼다. 그는 형사반의 게시판을 확인했다. 단서는 전혀 없었다. 다른 친구들도 별 진전이 없었다. 그는 가짜 보고서를 작성했다. 크리스틴 버저론과 바비 인지에 대해선 일절 언급하지 않았다. 그가 발견한 다른 사진집에 대해서도 말하지 않았다. 그가 꾼 착잡한 꿈에 대해서도 마찬가지다. 그의 연인 카렌이 난교 파티를 벌이고 있는 장면 말이다.

잭은 카렌의 목에다 키스했다. 카렌이 혹시 깨어나 웃어주지 않을까 기대하며.

그런 운은 따라주지 않았다.

발로 뛰며 조사하는 수밖에 없었다.

찰리빌 드라이브에서 질문을 던져보았지만 운은 따라주지 않았다. 크리스틴 버저론이 사는 건물의 세입자들은 누구도 크리스틴과 그 아들이 이사 가는 것을 몰랐다고 말했다. 또 어느 누구도 크리스틴이 즐겁게 해준 남자들에 대해 아는 바가 없었다.

바로 옆 아파트 건물에서도 마찬가지였다. 잭은 비벌리힐스 고등학교에 전화를 걸었지만 대릴 버저론이 습관적인 땡땡이꾼이라서 일주일째 학교에 나오지 않았다는 것을 알았다. 부교장은 그가 다른 애들과 어울리지 못하는 편이라 말썽을 피우지는 않았다고 말했다. 말썽을 피울 정도로 학교에 자주 나오지 않았기 때문이다. 잭은 대릴이 너무 피곤해 말썽을 피울 수 없었을 거라고 말하지는 않았다. 롤러스케이트를 탄 채 자기 엄마와 그 짓을 하는 것은 확실히 엄청난 일일 것이다.

그가 다음으로 전화를 건 곳은 스탠스 드라이브인이었다. 매니저는 이틀 전에 크리스틴이 어떤 전화를 받더니 2초 만에 그곳을 떠났다고 말했다. "아니요, 전 모르는 사람의 전화였어요. 예, 그러죠. 만약에 크리스틴이 나타나면 바로 빈센즈 경사님께 연락드리죠. 아니요, 크리스틴은 손님들과 필요 이상으로 친해지지는 않았어요. 일하는데 누가 찾아온 적도 거의 없었고요."

그는 웨스트 할리우드로 갔다.

바비 인지의 동네에서 세입자들, 이웃 사람들과 얘기를 나눴다. 바비는 집세를 제때에 냈으며 사람을 그다지 사귀지 않았고 아무도 그가 이사 가는 것을 보지 못했다. 옆집에 사는 호모는 그가 사람들을 만나는 편이긴 하지만 특별히 친한 사람이 있는 것 같지는 않았다고 했다. '에로 사진', '크리스틴 버저론', '보통 아이들과는 다른 대릴', 이런 것들이 그를 무표정한 인간으로 만들어버린 것이다.

웨스트 할리우드는 죽은 듯이 고요했다. B. J.의 럼퍼스 룸에서 도망친 뒤로 바비가 호모들이 드나드는 바에 모습을 보일 것 같지는 않았다. 잭은 햄버거를 먹으며 인지의 전과기록을 점검했다. 가깝게 지내는 사람이 누구인지는 기록되어 있지 않았다. 그가 버린 쓰레기도 조사했지만 사진들의 모순된 점들이 자꾸 생각나 조사에 집중하기가 어려웠다.

매력적인 모델들을 출연시켰음에도 배경은 아주 천박하다. 호모들의 행위는 구역질나는 것이지만 그들의 의상은 놀라울 정도로 눈길을 끌었다. 연출된 난교 장면 — 잉크의 피, 퀼트 위에 뒤엉킨 사지들은 너무나 노골적이라 여체에서 눈을 돌리게 만든다. 성기의 대향연은 오히려 그 냥 평범한 여자의 누드를 보고 싶은 생각이 들게 한다. 그 물건은 분명히 돈을 목적으로 만들어진 것이다. 하지만 제작 과정에서 예술가가 개입했을 가능성은 있다.

브레인스토밍.

잭은 10센트 가게로 가서 가위, 스카치테이프 그리고 스케치북을 샀다. 그리고 차 속에서 작업을 시작했다. 사진집에서 잘라낸 얼굴들을 남녀 구분해서 스케치북에 붙였다. 같은 얼굴을 연달아 붙이면 얼굴을 알아보기가 쉽다. 그런 다음 다운타운에서 형사반으로 향했다. 사진을 백인의 수배사진과 대조했다.

네 시간 동안 사진을 대조했지만 같은 얼굴은 나타나지 않았다. 할리우드 서에 가서 풍기사범단속반의 수배 사진과 대조했지만 역시 성과는 없었다. 웨스트 할리우드 보안관 사무실의 지소에서도 같은 일을 했지만 소득이 없었다. 바비 인지를 제외하면 포르노 사진집의 미녀들은 모두 처녀였다. 즉 아무런 전과기록이 없었던 것이다.

오후 4시 30분. 잭은 별다른 묘안이 없다고 생각했다. 다른 생각이 떠올랐다. 교통국을 통해 바비 인지를 체크해보자. 크리스틴 버저론도 다시 철저히 조사해보자. 완전한 서류 조사. 기록정보과에도 인지의 기록을 다시 조사해보자. 어쩌면 그의 최신 정보가 있을지도 모른다.

잭은 공중전화로 달려가 전화를 했다. 교통국에서 바비 인지는 아무런 문제도 없었다. 소환된 적도, 법정에 출두한 적도 없다. 버저론의 기록은 있었다. 교통 위반 날짜, 버저론의 보석 보증인의 이름. 정보기록과에 있는 인지의 새 기록은 단 한 가지였다. 1년 전의 보석 기록. 버저론과 인지 사이에 한 이름이 교차했다.

매춘으로 잡힌 인지의 보석금의 원천은 웨스트 할리우드, 노스 헤븐 허스트 1649에 사는 샤론 코스텐자라는 여자다. 바로 이 여자가 버저론의 부주의 운전에 대해 보석금을 지불했다고 되어 있었다.

잭은 기록정보과에 다시 전화해 샤론 코스텐자의 주소를 불러주었다. 캘리포니아의 범죄 기록은 없었다. 그는 사무원에게 48개 주의 기록을 조사해달라고 했다. 정확히 10분이 걸렸다. "안됐군요. 그 이름으로는 아무것도 안 나와요."

이번에는 교통국에 전화를 해보았다. 놀라운 사실을 발견했다. 샤론 코스텐자란 이름으로 캘리포니아 운전면허증을 발급받은 사람이 아직까지 없다는 것이었다. 잭은 노스 헤븐허스트로 차를 몰았다. 1649라는 번지는 아예 없었다.

잭의 머리 회전이 갑자기 빨라졌다. 남창인 바비 인지는 매춘으로 걸렸다. 매춘을 하는 놈들은 대개 가짜 이름을 쓴다. 이놈들이 포르노 사진에 포즈를 취한 것이다. 노스 헤븐허스트는 예전에 매춘지대로 유명한 곳이었다.

그는 문들을 두드리기 시작했다.

10여 곳에서 탐문 수사를 벌였다. 근처에 매춘을 하는 곳이 어딘지 알아내기 위해서였다. 헤븐허스트에 1611번지와 1564번지, 두 군데가 있다는 것을 알게 되었다.

오후 6시 10분.

1611은 이미 문이 열려 있었다. 주인은 샤론 코스텐자, 바비 인지 그리고 버저론 모자를 전혀 모른다고 말했다. 사진집에서 오려낸 얼굴 사진을 들이밀어도 여전히 모른다고 답했다. 그곳에서 일하는 아가씨들도 마찬가지 대답을 했다. 1564의 마담은 협조적인 태도를 보였다. 하지만 이름도 얼굴도 그들에겐 금시초문이라는 것이다.

햄버거를 또 사먹으며 웨스트 할리우드 보안관 사무실의 지소에 돌아왔다. 가짜 이름 파일을 모두 뒤졌지만 역시 성과는 없었다.

7시 20분, 이제 더 이상 체크할 이름도 없었다. 잭은 노스 하멜로 가서 바비 인지의 문이 보이는 전망 좋은 곳에 차를 세웠다.

안마당 쪽에 눈을 두었다. 지나다니는 사람도 차량도 그다지 없었다. 몇 시간이 더 지나야 선셋 스트립은 북적거릴 것이다. 그는 담배를 피우며 기다렸다. 머릿속으로는 포르노 사진집을 생각했다.

8시 46분에 랙톱 차량 한 대가 천천히 커브 쪽으로 다가오는 게 보였다. 20분 후에도 같은 차량이 똑같은 방식으로 지나갔다. 잭은 번호판을 보려고 했지만 너무 어두워서 불가능했다. 어떤 직감이 들었다. 차는 창에 불이 들어오기를 기다린다는. 만약 바비의 방에 불이 들어오기를 기다린다면 더 이상 기다릴 필요가 없는 것이다.

그는 안마당으로 들어갔다. 운 좋게 목격자는 없었다. 수갑의 톱니를 문틈으로 밀어 넣었다. 톱니가 싸구려 목재를 갉아댔다. 벽의 스위치를 더듬어 찾은 다음 불을 켰다.

거실은 전과 다름없이 잘 정돈되어 있었다. 그가 어질러 놓은 것들은 그대로 남아 있었다. 잭은 문 옆에 앉아서 기다렸다.

지겨운 시간이 흘렀다. 15분, 30분 그리고 한 시간. 앞쪽 유리창을 누가 두드렸다.

잭은 총을 꺼내들고 문을 겨냥했다. 그는 호모 같은 말투로 말했다. "문 열렸어요."

귀여운 소년이 들어왔다. 잭이 말했다. "제기랄."

무치 마우스로 알려져 있는 티미 밸번이었다. 디털링이 좋아하는 아이였다.

"티미, 여기서 대체 뭐하는 거야?"

밸번은 전혀 겁먹지 않은 태도로 고개를 수그리고 한쪽 엉덩이를 치켜 올렸다. "바비는 친구예요. 그는 마약을 사용하지 않아요. 그것 때문에 왔는지 모르겠지만, 여기는 당신의 관할에서 벗어난 곳 아닌가요?"

잭은 문을 닫았다. "크리스틴 버저론, 대릴 버저론, 샤론 코스텐자. 이 사람들도 네 친구냐?"

"처음 들어보는 이름인데. 도대체 뭐하는 거죠?"

"너야말로 뭘 하는 거지? 넌 이 문을 두드리는 데 무려 두 시간 가까이 걸렸어. 바비가 어디 있는지부터 말해."

"나도 몰라요. 알면 이곳에…."

"넌 바비와 함께 손님을 받니? 그와 함께 장사를 하는 거야?"

"그는 그냥 친구라니까요."

"빌리가 너와 바비에 대해 알고 있어?"

"말 같지도 않은 소리 마요. 바비는 친구라니까. 빌리는 우리가 친구 사이란 걸 모르지만, 어쨌든 우린 그냥 친구예요."

잭이 수첩을 꺼냈다. "그럼 너희는 같이 아는 친구가 꽤 많겠군."

"아니에요, 그거 치워요. 난 바비의 친구를 하나도 몰라요."

"좋아, 그럼 그를 어디서 만났지?"

"바에서."

"바의 이름은?"

"리오스 하이드어웨이."

"빌리는 네가 등 뒤에서 손님을 받고 있다는 것 알아?"

"그런 말 좀 하지 마요. 난 당신이 함부로 해도 되는 범죄자가 아니란 말이에요. 당신을 가택침입죄로 신고할 수도 있어요."

이쯤에서 체인지업 투구를 던질 필요가 있었다. "음탕한 얘기, 외설 사진첩, 남녀와 호모들의 성행위. 네가 좋아하는 것들이지?"

그는 한쪽 눈을 깜박였다. 완전히 겁먹은 것은 아니었다. "너는 그런 것들이 있어야만 흥분하는 거야? 너와 빌리는 침대에서 일을 치르기 위해 그런 것들이 필요한 모양이지?"

기죽는 모습이 전혀 보이지 않았다. "당신, 정말 저질이네요. 당신답지 않아요. 어쨌든 점잖게 얘기해요. 내가 빌리한테 어떤 존재인지, 빌리가 당신을 유명하게 해준 그 쇼에서 어떤 존재인지, 또 빌리가 어떤 사람들과 잘 아는지 생각해보세요."

잭은 아주 느리게 움직였다. 포르노 사진집과 얼굴 사진을 의자 위에 놓고 잘 보이도록 하기 위해 램프를 당겼다. "이 사진들을 봐. 아는 사람이 있으면 말해. 그것만 해주면 돼."

밸번은 눈알을 굴리며 사진을 바라보았다. 얼굴 사진을 먼저 보았다. 기묘한 것을 보는 듯 호기심어린 표정이었다. 다음에는 의상 차림의 사진을 보았다. 태연하고 게이다운 세련된 태도였다. 잭은 그의 눈을 보기 위해 가까이 다가섰다.

마지막으로 난교 사진을 보았다. 티미는 잉크로 된 피를 자세히 보고 있었다. 그의 목 핏줄이 발그레해지는 것 같았다.

밸번은 어깨를 으쓱했다. "미안해요, 아는 사람이 없네요."

내심을 알 수 없었다. 그는 노련한 배우였다. "아무도 모른단 말이야?"

"예, 모르겠어요."

"하지만 바비는 알아봤을 것 아냐?"

"물론이죠. 그는 아는 사람이니까."

"하지만 다른 사람은 모르겠다고?"

"예, 정말이라니까요."

"낯익은 사람은? 자네 같은 타입이 자주 가는 바에서 본 사람들 말이야."

"제 타입? 잭, 당신은 그렇게 오랫동안 연예계 주변을 기웃거렸으면서 아직도 그렇게밖에 말할 줄 몰라요?"

"티미, 넌 생각을 숨기고 있어. 아마도 무치마우스를 너무 오래 연기해서 그런지도 몰라."

"도대체 어떤 생각을 찾는데요? 난 배우예요. 그러니 큐를 줘봐요."

"생각이 아니라 반응이야. 15년 동안 경찰인 나도 깜짝 놀랄 괴상한 물건에 넌 눈도 깜짝하지 않았어. 성기와 입으로 한데 뒤섞인 10여 명의 몸에서 시뻘건 피가 뿜어져 나오는 걸 보고서도 말이야. 너한테는 지극히 평범한 것들인가?"

그는 우아하게 어깨를 으쓱거린다. "난 매우 할리우드적이죠. 난 애들을 즐겁게 해주려고 쥐 의상을 입죠. 이 도시의 어떤 것도 나를 놀라게 만들지 못해요."

"그 말을 믿어야 할지 모르겠군."

"진실을 말하는 거예요. 난 사진에 나오는 사람들을 전혀 모르고 이런 책들도 처음 봤어요."

"자네 같은 사람은 사람들을 많이 아는 사람들을 알지. 넌 바비 인지를 알아. 그리고 그는 이 사진에 등장하고 있어. 난 너의 비밀 주소록을 보고 싶어."

티미가 말했다. "그건 안 돼요."

잭이 말했다. "순순히 응해. 그렇지 않으면 〈허시-허시〉에 너와 빌리 디털링이 각별한 사이라고 전해줄 거야. 〈명예의 배지〉, 드림-어-드림랜드 그리고 호모들. 그럴듯한 삼각관계 같지 않아?"

티미가 미소를 지었다. "그럼 맥스 펠츠가 당신을 버릴걸요. 그는 당신이 점잖기를 바라고 있어요. 그러니 점잖게 구세요."

"그 주소록 가지고 있나?"

"아뇨. 빌리의 아버지가 누구인지 생각해봐요. 그리고 은퇴 후에 이 업계에서 벌 수 있는 돈도 생각하고요."

이제 화가 나서 얼굴이 시뻘게졌다. "지갑을 넘겨. 그렇지 않으면 내가 널 벽으로 밀치게 될지도 몰라."

밸번은 어깨를 으쓱하며 지갑을 꺼냈다. 잭은 이름과 전화번호가 적힌 명함들을 지갑에서 뽑아냈다.

"나중에 돌려주셔야 해요."

잭은 가벼워진 지갑을 그에게 돌려주었다. "물론이지."

"언젠가 큰 코 다칠 거예요. 그거 알아요?"

"이미 알지 그리고 이런저런 거래로 돈도 제법 벌어놓았어. 나를 맥스에게 팔려고 결심하게 되면 그 점을 생각해봐."

밸번은 우아한 발걸음으로 방을 나갔다.

명함마다 이름과 전화번호가 적혀 있었는데 그중 하나는 낯익어 보였다. '플뢰르 드 리. 24시간 영업, 원하는 것은 무엇이든 충족시켜드립니다. HO-01239.' 뒤에는 아무것도 적혀 있지 않았다. 잭이 아무리 생각해내려 해도 머리에 떠오르는 게 없었다.

그의 새로운 계획은 전화를 걸어 바비 인지 행세를 하며 포르노 책에 대해 툭 던져보고 미끼를 덥석 무는지 알아보는 것이었다. 방에 머물며 누가 전화하는지, 누가 나타나는지 보는 거다. 어쩌면 승산이 없는 계획인지도 모른다.

잭은 '테드─DU 6831'에 전화를 했다. 통화중 신호가 들려왔다. '조프─CR 9640'에 전화를 걸어서는 혀 짧은 소리로 "안녕, 나 바비 인지야."라고 말해봤지만 걸려들지 않았다. '빙─AX6005'는 전화를 받지 않았다. 다시 테드로 돌아갔다. "바비 누구죠? 죄송하지만 제가 모르는 사람인 거 같은데요." 그 밖에 '짐', '내트', '오토' 등은 모두 응답이 없었다.

그는 여전히 이 기이한 명함의 정체를 알아내지 못했다. 최후의 수단을 써보기로 하고 퍼시픽 코스트 벨에 전화를 걸었다.

벨이 두 번 울렸다. "미스 서덜랜드입니다."

"로스앤젤레스 경찰국의 빈센즈 경사입니다. 어떤 전화번호의 이름과 주소를 알고 싶은데요."

"번호별 전화번호부가 없나요, 경사님?"

"지금 공중전화를 쓰고 있어서 그렇습니다. 제가 확인하고 싶은 번호는 할리우드 01239입니다."

"잠깐 기다리세요."

잭은 전화를 들고 있었다. 잠시 후 여직원이 돌아왔다. "그런 번호는 등록된 게 없네요. 우리 벨 사는 얼마 전부터 다섯 자리 번호를 부여하는데 아직 그런 번호를 내준 적이 없어요. 솔직히 말해서 그런 번호가 등장하지 않을지도 모르죠. 왜냐하면 바꾸는 데 시간이 많이 걸리거든요."

"확실한가요?"

"예, 확실합니다."

잭은 전화를 끊었다. 첫 번째로 떠오른 생각은 비밀전화선이었다. 마권업자들은 간혹 그런 선을 가지고 있다. 퍼시픽 코스트 벨의 직원 가운데 몇 사람이 돈을 받고 선을 끌어다준다. 무료 전화서비스라고 할 수 있는데 경찰로서는 통화 기록을 조회할 수가 없다. 특히 수신전화는 전혀 정체를 알 수 없다.

그는 반사적으로 교통국의 경찰 전용에 전화했다.

"예, 전화하신 분은 누구시죠?"

"로스앤젤레스 경찰국의 빈센즈 경사입니다. 티모시 밸번 V-A-L-B-U-R-N이란 사람의 주소를 알고 싶은데요. 백인 남자이고 20대 중반에서 후반입니다. 아마 윌셔 지구에 살고 있을 겁니다."

"알겠습니다. 기다리세요."

잭은 전화를 들고 있었다. 사무원은 결과를 알려주었다. "정말 월셔네요. 사우스 루선 432번지입니다. 그런데 이 밸번이란 사람 혹시 디털링 쇼에 쥐로 나오는 사람 아닌가요?"

"맞아요."

"아… 저기… 무엇 때문에 그를 추적하는 거죠?"

"불법 치즈 소지 혐의입니다."

셰(chez : 불어로 집, 가게라는 뜻) 마우스는 부자다운 취향을 살린 저택으로 투광기, 장식정원을 갖춘 옛날 프랑스 양식이다. 무치는 디털링 군단의 스타인 것이다. 진입로에는 두 대의 차가 세워져 있었다. 랙톱의 하멜, 빌리 디털링의 패커드 캐리비언이었다. 〈명예의 배지〉 스튜디오에 있는 소도구였다.

잭은 집 전체를 자세히 살펴보았다. 호모들은 결속이 강해서 웬만해서는 꼬리를 잡히지 않는다고 한다. 그래서 포르노 사진집 수사도 여기에서 막다른 길에 봉착한 것인가 싶었다. '원하는 것은 무엇이든 충족시켜드립니다.'라는 명함부터 옆길로 샌 것 같다. 그는 티미와 빌리를 먹이 삼아 이들을 동요시키고 그들 관계의 구체적인 것을 드러낼 수도 있을 것이다. 바비 인지를 알고 있는 사람들을 알고 있는 사람들은 누가 사진집을 만들었는지 알 것이다. 그는 라디오를 낮게 틀어놓았다. 러브 송을 몇 곡 들었더니 마음이 평정을 되찾는 것 같았다.

그는 물건의 출처를 정말 알고 싶었다. 어떻게 추한 게 동시에 아름다울 수 있는지 궁금했고 또 한편으로는 그 자신 수사에 너무 깊숙이 빠져 있었기 때문이다.

그는 몸을 움직이고 싶어 미칠 지경이었다. 찢어지는 듯한 소리가 그를 차 밖으로 나오게 했다.

조명등 옆을 지나 진입로를 따라 올라갔다. 창문은 닫혀 있지만 커튼은 내려져 있지 않았다. 잭은 안을 들여다보았다.

무치 마우스 의상들이 여기저기 널려 있고 티미와 빌리는 보이지 않았다. 그는 마지막 창문에서 결국 그들을 발견했다. 골치 아픈 일로 커플이 타투고 있었다.

창문에 귀를 대어보았지만 웅얼거리는 소리밖에 들을 수 없었다. 차문이 쾅 닫히는 소리가 들리면서 초인종이 땡땡 울렸다. 그는 다시 안을 들여다보았다. 빌리가 집의 정문을 향해 걸어가고 있었다.

잭은 계속 지켜보았다. 티미는 엉덩이에 양손을 올려놓은 채 걷고 있었다. 빌리가 어떤 근육질의 사내를 데리고 돌아왔다. 근육질의 사내는 뭔가 좋은 것을 넘겨주는 것 같았다. 알약이 담긴 병, 마리화나가 담긴 반투명의 얇은 종이로 된 가방이었다. 잭은 거리를 향해 달려갔다.

뷰익 세단이 길가에 세워져 있었다. 앞과 뒤 번호판에는 진흙이 묻어 있었다. 차문은 모두 잠겨 있었다. 차창을 깨든지 빈손으로 돌아가든지 둘 중에 하나를 선택해야 했다.

잭은 운전석의 창문을 발로 걷어찼다. 유리가 앞좌석에 떨어지고 거기에 그의 전리품인 갈색 종이가방이 있었다.

그는 그걸 잡아챈 다음 자기 차로 달려갔다.

밸번의 문이 열렸다.

잭은 타이어를 갈아버릴 듯이 급히 차의 시동을 걸로 나왔다. 5번 가에서 동쪽으로 달려 웨스턴대로의 밝고 넓은 주차장으로 들어갔다. 그는 종이가방을 찢어서 열었다.

압생트(쑥 따위로 빚은 독주—옮긴이)—레이블에는 190도로 되어 있는데 점착성이 강한 녹색 액체였다.

해시시(인도 대마로 만든 마약-옮긴이).

흑백 사진 : 오페라 마스크를 쓴 여자들이 말의 그것을 빨고 있었다.

'원하는 것은 무엇이든 충족시켜드립니다.'

22

파커 국장이 말했다. "에드, 저번에는 정말 훌륭했네. 웬들 경관이 심
문실에 침입한 것은 결코 용납될 수 없는 짓이지만 결과적으로는 불만
을 제기하기 어렵게 됐어. 난 자네처럼 머리 좋은 친구가 필요해. 그리고
버드처럼 직선적인 사내도 필요하지. 자네 둘이 이번 밤부엉이 사건을
맡기 바라네."

"국장님, 저로선 화이트랑 같이 일하는 게 사실상 불가능하다고 생각
합니다."

"꼭 같이 일하는 건 아니야. 더들리 스미스가 수사팀을 지휘할 텐데
화이트는 그에게 직접 보고할 거고. 다른 두 사람인 마이크 브루닝과 딕
칼리슬은 화이트와 같이 일할 거야. 어떻게 일할지는 더들리가 정하겠
지. 할리우드 서의 형사반도 이 일에 참여해서 레딘 경위에게 보고할 거
야. 그는 더들리에게 보고할 테고. 우린 서간 연락망도 확실히 해놓았고
형사반의 모든 사람이 정보 제공자로부터 정보를 수집하고 있어. 태드
그린의 말로는 러스 밀러드가 풍기사범단속반을 일시적으로 나와 더들

리와 협력하고 싶다더군. 그것도 가능성은 있겠지. 그렇게 되면 모두 스물네 명의 전일 근무 경관을 가동할 수 있는 거지."

"전 무슨 일을 하죠?"

파커는 이젤 위에 올려놓은 도표를 가리켰다. "첫째, 우리는 엽총도 코츠의 차량도 찾지 못했어. 그리고 그 불량배들이 폭행한 처녀가 범행 시각에 대해 증언하지 않는 한 우리는 여전히 이들을 주요 용의자로 볼 수밖에 없어. 화이트가 심하게 겁을 준 이후로 놈들은 전혀 말을 하지 않아. 현재로선 유괴와 강간 혐의로 고발하는 수밖에. 내 생각엔….."

"국장님, 다시 한 번 심문해보겠습니다."

"말을 막지 말게. 두 번째, 아직 우리는 희생자 세 명의 신원을 확보하지 못했어. 레이먼 의사가 초과근무까지 하며 노력하고 있지만 집안 식구를 걱정하는 실종자 가족들로부터 하루에 거의 400통의 전화가 걸려오는 판이야. 강도 살인으로 녀석들을 기소할 가능성은 높지 않지만 만약 그렇게 되면 자네가 주로 일을 맡아야 할 거야. 오늘부터 자네는 감식반, 지방검사실 그리고 경찰서 간 연락망을 연결하는 일을 해줘. 매일 모든 현장 보고서를 읽고 평가한 후 중요한 것들은 내게 개인적으로 보고해. 매일 요약서를 작성해서 나와 그린 국장에게 보내줘."

에드는 웃지 않으려고 애썼다. 턱의 꿰맨 자국이 도움이 되었다. "국장님, 일을 시작하기 전에 제 생각을 말씀드리겠습니다."

파커는 의자에 몸을 기댔다. "말해보게."

에드는 요점을 체크했다. "첫째, 그리피스 공원에서 탄피를 채취해 비교한다는 건 어떻게 됐나요? 둘째, 그 처녀의 증언이 놈들의 혐의를 벗겨준다면 밤부엉이 건너편에 있었다는 차는 뭘 하고 있었던 거죠? 셋째, 어떻게 해야 차와 엽총을 발견할 수 있을까요? 넷째, 용의자들은 그 처녀를 던커크에 있는 건물로 데려갔다고 했습니다. 우리는 거기서 어떤 증거를 찾을 수 있을까요?”

“좋은 지적이야. 첫째 문제에 대해 말하자면 탄피를 수집해 비교한다는 건 현실적으로 불가능해. 장총의 경우, 탄피는 그 검둥이들이 타고 있는 차 속에 사출되었을 가능성이 커. 그리고 보고서에 기록된 장소는 대단히 애매해. 그리피스 공원은 완전히 언덕인 데다 지난 2주간 비로 진흙덩이가 됐어. 게다가 공원 관리인은 우리가 구류 중인 세 명에 대해 이랬다저랬다 하는 식의 증언을 하고 있어. 두 번째 문제에 대해서 보세. 밤부엉이 근처에서 차를 보았다는 신문가판대 주인은 지금은 그 차가 포드나 쉐보레일 수도 있다고 하고 있어. 그래서 우리의 등록 차량 체크는 거의 악몽이 되어버렸어. 누군가 그 차를 누가 볼 거라 예상해 미리 세워 놓았다면 그건 난센스라고 생각해. 거기에 그런 일이 일어날지 어떻게 알 수 있었겠나. 세 번째를 보지. 77번가 서의 경관들이 차와 엽총을 찾기 위해 그놈들과 친한 사람들을 모두 조사하고 있어. 남쪽 동네를 완전히 쑥대밭으로 만들고 있지. 그리고 네 번째, 던커크에 있는 건물에는 매트리스가 있는데 그 위에는 피와 정액이 잔뜩 묻어 있었어.”

에드가 말했다. “결국 그 처녀의 증언이 모든 걸 쥐고 있군요.”

파커는 보고서를 하나 들었다. “이네즈 소토, 21세. 대학생. 지금 퀸 오브 에인절 병원에 있네. 오늘 아침 진정제 주사에서 깨어났다더군.”

“누가 이네즈와 얘기를 해봤나요?”

“버드 화이트가 이네즈를 병원에 데려갔지. 지난 36시간 동안 아무도 이네즈와 얘기하지 않았어. 자네가 이 일을 하는 걸 사람들이 그다지 부러워할 것 같진 않아.”

“저 혼자 해도 되겠습니까?”

“그건 안 돼. 엘리스 로우가 놈들을 린드버그 법으로 기소하고 싶어해. 유괴 및 강간 혐의로 말이야. 그는 놈들을 이 건이나 밤부엉이 건으로 가스실로 보내고 싶어 해. 그래서 지방검사실의 수사관과 여경관이 동석하길 원하지. 자네는 한 시간 뒤에 퀸 오브 에인절 병원에서 밥 갤로데와 보안관 사무실의 여경을 만나게. 이번 수사의 방향이 소토 양이 자네에게 하는 얘기에 달렸다는 건 말할 필요도 없겠지."

에드는 자리에서 일어섰다. 파커가 말했다. "비공개로 하고 말이야. 자네는 이 흑인 놈들이 살인을 했다고 생각하나?"

"저로선 확신이 없습니다."

"자네는 일시적이나마 놈들의 혐의를 벗겨주었어. 그 때문에 내가 자네에게 화가 났다고 생각하나?"

"국장님, 우린 둘 다 절대적인 정의를 원합니다. 그리고 국장님은 저를 너무 총애하시는 것 같습니다."

파커는 미소를 머금었다. "에드먼드, 요전에 화이트가 한 짓에 대해 너무 괘념치 말게. 자넨 그런 친구 열 명보다 더 가치가 있어. 그는 근무 중 세 명을 죽였어. 하지만 자네가 전쟁 중에 한 것과 비교하면 아무것도 아니지. 그걸 항상 염두에 두게."

여자애가 입원한 병실 밖에서 에드는 갤로데를 만났다. 복도에는 소독약 냄새가 배어 있었다. 그에게는 친숙한 곳이었다. 그의 어머니가 한 층 아래에서 죽었기 때문이다. "안녕하시오, 경사."

"밥이라고 부르세요. 엘리스가 안부 전하라고 하더군요. 그는 용의자들이 두들겨 맞아 죽지 않을까 걱정하고 있어요. 그렇게 되면 기소를 시킬 수 없으니까요."

에드가 소리 내어 웃었다. "놈들은 밤부엉이 건으로는 기소되지 않을 수도 있어요."

"나도 괜찮고 엘리스도 마찬가지일 거요. 린드버그 법에다 강간 혐의면 충분히 사형이 가능하니까요. 로우는 녀석들을 땅에 매장하길 원해요. 나도 그걸 바라죠. 당신도 이 아가씨랑 얘기를 나누면 그러길 바랄 거예요. 그래서 여기서 어려운 문제가 생기는군요. 밤부엉이 사건은 그들이 저지른 것일까요?"

에드는 고개를 가로저었다. "그들의 반응을 근거로 판단하건대 난 그렇지 않은 쪽으로 기울고 있습니다. 하지만 폰테인은 그들이 이 아가씨를 차에 태우고 돌아다녔다고 했습니다. '그 여자를 팔았다'는 말에 특히 예민하게 반응하더군요. 아마도 슈가와 그가 도중에 알게 된 불량배들, 즉 그들이 여자를 판 상대방 두 명과 합세해 일을 저질렀을지도 모르죠. 체포될 당시 이 세 놈에게는 한 푼도 없었어요. 그리고 밤부엉이 사건이든 윤간이든 간에 어딘가에 돈을 숨겼을 겁니다. 피 묻은 채로 말이죠. 코츠가 태운 피 묻은 옷처럼 말입니다."

갤로데는 휘파람을 불었다. "그럼 우리가 아가씨한테서 얻어내야 할 것은 범행시각과 다른 강간범들의 신원이겠군요."

"그렇죠. 그리고 용의자들은 입을 굳게 다물고 있고 버드 화이트는 우리에게 도움을 줄 수 있는 목격자 한 명을 죽여버렸어요."

"그 화이트란 친구는 자주 발끈하는 친구인가 보던데, 그렇죠? 그렇게 혐오스러운 표정 짓지 말아요. 그를 싫어한다는 것은 당신이 제정신이라는 증거니까. 자, 들어가 보죠. 아가씨의 얘기를 들어봅시다."

그들은 방으로 들어갔다. 보안관실의 여경관이 침대 옆에 서 있었다. 여경관은 키가 크고 뚱뚱한 편으로 짧은 머리를 뒤로 넘기고 있었다. 갤로데가 말했다. "이쪽은 에드 엑슬리, 이쪽은 도트 로스스타인." 여경은 고개를 끄덕이고 옆으로 비켜섰다.

이네즈 소토는 눈두덩이 검게 부풀었고 얼굴은 찢기고 멍이 들어 있었다. 이마 위에까지 검은 머리가 뽑힌 곳에 꿰맨 자국이 남아 있었다.

양팔과 시트 아래에 튜브가 꽂혀 있었다. 손에는 상처가 있고 손톱도 쪼개져 있었다. 놈들에게 저항을 한 흔적이었다. 에드는 자기 어머니를 보는 듯했다. 머리가 벗어지고, 호흡 보조기를 써야 했던 폐로 인해 몸무게가 27킬로그램까지 줄었던 어머니.

갤로데가 말했다. "소토 양, 이분은 엑슬리 경사입니다."

에드는 침대의 가로장에 몸을 기댔다. "회복할 시간을 충분히 드려야 하는데 미안하군요. 되도록 빨리 끝내겠습니다."

이네즈 소토는 그를 빤히 바라보았다. 멍든 눈에 핏발이 서 있었다. 갈라진 음성으로 이네즈가 말했다. "난 더 이상 사진을 보고 싶지 않아요."

갤로데가 말했다. "소토 양은 코츠, 폰테인, 존스의 얼굴 사진을 확인해주었습니다. 다른 강간범의 신원을 확인하기 위해 사진을 더 봐야 할지도 모른다고 일러두었습니다."

에드는 고개를 가로저었다. "지금은 그런 것 필요 없습니다. 소토 양, 지금 필요한 건 이틀 전에 일어났던 일을 순서대로 기억해내는 겁니다. 천천히 해도 좋습니다. 현재로선 세밀한 부분까지 필요한 건 아닙니다. 좀 더 회복됐을 때 언제든 다시 할 수 있는 일입니다. 시간은 충분히 있으니 천천히 하죠. 세 사람이 당신을 납치할 때부터 얘기해주세요."

이네즈는 베개 위로 상체를 일으켰다. "그들은 인간도 아니에요!"

에드는 침대의 가로장을 거머쥐었다. "나도 압니다. 그들은 악행의 대가를 치를 겁니다. 하지만 그전에 우리는 그들이 다른 범죄에서 용의자인지 아닌지 확인해야 합니다."

"그들은 죽어야 돼요! 그런 짓까지 했으니 죽어 마땅해요!"

"그럴 순 없어요. 그렇게 하면 당신에게 고통을 안겨 준 다른 사람들은 자유로운 몸이 되어버리잖아요. 우리는 모든 일을 똑바로 처리해야 돼요."

이네즈는 거칠게 속삭였다. "당신이 말한 '똑바로'란 것은 여섯 명의 백인이 보일 하이츠 출신의 멕시코 여자보다 중요하다는 뜻이겠죠. 그 짐승들은 나를 때리고 옷을 벗긴 다음 내 입 안에서 일을 마쳤어요. 그들은 총을 들이댔어요. 우리 가족은 내가 열여섯 살 때 멍청한 건달과 결혼을 하지 않아서 화를 자초했다는 거예요. 전 당신에게 해줄 말이 없어요, 카브론(점잔빼는 사람-옮긴이)!"

갤로데가 말했다. "소토 양, 엑슬리 경사는 당신의 생명을 구했어요."

"그는 내 인생을 망쳤어요. 화이트 경관이 그러는데 이 사람은 그 네 그리토스(흑인들)의 살인 혐의를 벗겨줬다던데요. 화이트 경관이야말로 영웅이에요. 그 사람은 나를 폭행한 그 깡패를 죽여버렸죠."

이네즈는 흐느꼈다. 갤로데는 진술 확인을 마치자는 몸짓을 했다. 에드는 선물가게로 내려갔다. 그는 어머니의 임종을 지켜보던 때가 생각났다. 875호실에 꽃을 보내줄 것. 매일 예쁜 꽃봉오리를.

23

버드는 일찍 근무하러 나왔다가 책상에 놓여 있는 메모를 보았다.

53/4/19

버드

서류 업무가 자네의 강점이 아니라는 건 알지만 기록체크를 해주게(2회). (레이먼 의사가 손님이었던 희생자들의 신원을 확인했음) 자네에게 가르쳐 준 통상 절차대로 먼저 형사실의 게시판 11을 체크하게. 사건 전체의 최신 상황과 다른 수사관들의 업무 내용을 알 수 있을 거야. 그럼 자네는 쓸데없는 일을 할 필요는 없을 거야.

1. 수잔 낸시 레퍼츠, 백인 여성, 생년월일 1922년 1월 29일, 전과 없음. 샌버나디노 출신으로 최근 로스앤젤레스로 왔음. 불록스 윌셔에서 판매원으로 일함. (배경 체크는 엑슬리 경사가 담당)

2. 델버트 멜빈 캐스카트, 별명 듀크, 백인 남성, 생년월일 1914년 11월 14일,

두 건의 미성년자 강간으로 유죄, 샌퀜틴 교도소에서 3년 복역. 세 건의 매춘 알선으로 체포, 불기소. (신원 판명이 어려웠음. 세탁소의 마크와 교도소의 신체측정 기록을 신체의 특징과 대조해 간신히 알아냄) 고용 경력은 불명. 가장 최근 주소는 실버 레이크 지역, 벤돔 9819.

3. 말콤 로버트 런스포드, 별명 맬, 백인 남성, 생년월일 1912년 6월 2일, 최근 주소 불명. 노스 카후엥가 1680에 있는 마이티 맨 에이전시에서 경비원으로 일함. 전직 로스앤젤레스 경찰국 경관(순찰경관)으로 11년간 근무 중 대부분을 할리우드 서에 배속되어 있었음. 1950년 6월에 부적격으로 해고. 밤부엉이에 밤늦게 자주 왔다고 함. 런스포드의 파일을 조사해봤더니 한마디로 무능한 경관이었음(모든 지휘관으로부터 직무 적성에서 전부 D를 받음). 할리우드 서에서 그에 대한 자료를 다시 한 번 체크해보게(브루닝과 칼리슬이 자네 일을 도와줄 거야).

요약 : 난 아직도 그 흑인들이 진범이라고 생각해. 하지만 캐스카트의 범죄기록과 런스포드의 전직 경찰 경력은 여기서 통상적인 배경 체크 이상의 일을 해야 한다는 걸 의미하지. 자네는 이 일에 나의 부관 역할을 해주기 바라네. 강직한 강력계 형사인 자네에 대한 일종의 멋진 불의 세례라고 할 수 있지. 오늘 밤 9시 반에 퍼시픽 다이닝 카에서 만나지. 이 일과 관련된 사항에 대해 얘기 나누세.

D.S.

버드는 메인 게시판을 체크했다. 현장보고서, 검시 기록, 요약 등 밤부엉이 건과 관련된 자료가 잔뜩 붙어 있었다. 그는 게시판 11을 찾아 읽어보았다.

여섯 명의 기록정보과 직원이 전과기록과 차량 등록 기록을 조사하고 있다. 77번가 서는 엽총과 레이 코츠의 머큐리를 찾아 흑인 동네를 수색하고 있다. 브루닝과 칼리슬은 총기 관련 범죄 기록이 있는 자들을 조사하고 있다. 밤부엉이 주변 지역은 아홉 번이나 탐문 수사를 했지만 새로운 목격자가 나타나지 않았다. 검둥이들은 로스앤젤레스 경찰국 사람들, 지방검사실 수사관 그리고 엘리스 로우 본인에게도 아무 말 안하고 있다. 이네즈 소토는 범행 시각을 확인하는 수사에 협조를 거부했다. 에드 엑슬리는 진술 확인을 포기하고 이네즈를 더 신중히 다루어야 할 거라고 했다.

게시판 아래에는 말콤 런스포드의 로스앤젤레스 경찰국 근무 당시의 인사 기록 등 그에 대한 자료가 붙어 있었다. 나쁜 소식—런스포드는 무료급식권을 찾아다니는 거지로 한마디로 무능력자라는 사실. 한심스러운 체포 기록. 근무 이탈로 세 번이나 소환을 당했다는 것. 경찰국 내 정보요청서가 발부되었고 그를 알고 있는 경관 네 명이 응답했다. 수뢰/부정. 맬은 근무 중에 술을 마시는 경우가 많았고 창녀들을 위협해 서비스를 받았으며 비번 시에는 '경호 서비스'를 해준다는 명목으로 할리우드 가게 주인들을 위협했다. 집세를 못 내 아파트에서 쫓겨나자 가게들에서 자기도 했다. 결국 주민들의 고충이 자꾸 들어오자 서에서는 50년 6월에 그를 해고했다. 네 명의 경관은 모두 그가 우연히 밤부엉이에 갔을 거라고 말했다. 경관이었을 때, 그는 밤새 영업하는 커피숍에 자주 갔다는 것이다. 대개 공짜로 무엇을 얻어먹을 생각으로 말이다. 그래서 그날도 싸구려 와인에 취해 부랑자들이 몰리는 데 있다가 밤부엉이가 아늑하고 따뜻할 것 같아 새벽 3시쯤 거길 갔을 거라는 거다.

버드는 이네즈, 더들리 그리고 딕스텐스를 생각하며 차를 몰아 할리우드 서로 향했다. 굉장한 여자다. 이네즈는 들것에 실려 나오면서도 시신이 된 실베스터 피치를 손톱으로 긁으려 했다. "난 죽은 몸이나 마찬가지야! 저 짐승들도 죽어야 해!" 그는 이네즈를 구급차에 실은 다음 모르핀과 주사기를 꺼내, 보는 사람이 없을 때 주사를 놓았다. 이네즈에게 최악의 상황은 이미 끝났어야 하는데 그 최악은 아직 끝나지 않고 다가오고 있었다.

엑슬리가 이네즈를 심문할 것이다. 그는 이네즈에게 세부 사항을 기억나게 하면서 성 범죄자들의 사진을 들이밀 것이다. 엘리스 로우는 물샐 틈 없는 증거를 원한다. 그건 증인의 등장과 법정에서의 증언을 의미한다. 이네즈 소토는 역사상 가장 야심만만한 지방검사를 위해 처음으로 신문의 머리기사로 등장하게 되는 증인이 될 것이다. 그가 해줄 수 있는 일이라곤 병원에 찾아가 이네즈를 위문하고 충격을 완화시켜주는 정도뿐이다. 이 용감한 여인은 에드 엑슬리를 밀쳐낼 것이다. 어정쩡한 자세로 접근해서는 전혀 타이밍을 맞춰주지 않을 여자이기 때문이다.

이네즈에서 스텐스로.

멋진 복수였다. 대니 덕 마스크를 쓰고 엑슬리로 하여금 겁에 떨게 했다. 사진은 좋은 보험수단이 된다. 딕은 여전히 피를 보면 흥분한다. 그가 자신의 근육을 사용할 수 있다는 걸 알려주는 그 맛. 카이키 델리에서의 그의 일은 정말 짜증나는 것이었다. 그곳은 사기꾼들이 모이는 장소로 유명했다. 이들에게는 보호관찰 위반의 고발이 기다리고 있다. 스텐스는 차에서 자며 술과 도박에 빠져 있다. 교도소 생활은 그에게 몹쓸 짓들만 가르쳐주었다.

버드는 바인 스트리트에서 북쪽으로 향했다. 햇빛이 그의 모습을 앞 유리창에 비추었다. 그의 넥타이가 눈길을 끈다. 로스앤젤레스 경찰국 배지 모양을 딴 자수와 2's. 2's는 그가 죽인 사람 수를 가리킨다. 새로운 타이를 만들어야 된다. 실베스터 피치를 더해야 하므로. 이건 더들리의 아이디어였다. 감시특무반의 단결심을 고양시킨다는 것이다. 그럴듯한 아이템이다. 여자들은 이런 걸 보면 쉽게 들뜬다. 더들리는 킥의 명수다. 그는 이빨과 머리에 킥을 가한다.

그는 딕 스텐스보다는 더들리에게 더 신세를 지고 있다. 그는 '유혈의 성탄절'을 처리했고 그를 감시특무반을 거쳐 강력계로 가게 했다. 하지만 더들리로부터 신세를 진다는 건 그에게 모든 걸 맡겨야 한다는 걸 의미한다. 그는 워낙 영리한 사람이라 그로부터 무엇을 요구받는지도 모른 채 그리고 어떻게 이용당하는지도 모른 채 지나치기 십상이다. 그의 멋진 말에 현혹당하다 보면 말이다. 굳이 말하지 않아도 그걸 느끼게 된다. 마이크 브루닝과 딕 칼리슬이 그에게 자신들의 영혼까지 바쳤다고 해도 과언이 아닐 만큼 일하는 걸 보면 겁이 날 정도다. 더들리는 사람들을 구부리고 비틀고 원하는 형태로 만들어내지만 결코 본인은 멍청한 진흙덩이라고 생각하지 않는다. 하지만 더들리는 하나만큼은 확실히 알게 해준다. 즉, 버드가 자신에 대해 아는 것보다 그가 더 버드를 잘 알고 있다는 것을.

거리 쪽으로 차를 세울 공간이 없다. 모든 공간에 차들이 들어서 있었다. 버드는 세 블록 너머 차를 세운 다음 걸어서 형사실로 갔다. 엑슬리는 보이지 않고 모든 책상에 사람들이 앉아 있었다. 모두 전화를 들고 노트에 뭔가 끼적거리는 일로 바쁜 것 같았다. 거대한 게시판은 밤부엉이 사건에 대한 기록으로 가득 차 있었다. 그냥 쌓아 놓으면 15센티미터는 충분히 될 것 같았다. 두 여자가 책상에 앉아 있고 그들의 뒤로는 전화 교환대가 있었다. 그들의 발치에는 '기록정보과/교통국 문의'라는 문구가 있었다. 버드는 그쪽으로 다가가 전화기의 소음보다 크게 말했다.

"캐스카트를 체크하고 있는데 그에 대한 모든 정보, 즉 지인이나 일에 대한 것까지 전부 구해주세요. 이 친구는 미성년 강간으로 두 번 검거된 적이 있어요. 난 피해자들의 세부 사항과 현주소를 알고 싶어요. 그는 매춘 알선으로 세 번 걸렸는데 기소되지는 않았어요. 시와 카운티의 모든 풍기사범단속반에 연락해 그에 대한 파일이나 알아봐주세요. 만약 있으면 그가 데리고 있던 여자들의 이름을 알아주고요. 이름이 있거든 생년월일을 알아내서 그걸로 기록정보과, 교통국, 시/카운티 가석방위원회, 여성교도소 등에 체크해주세요. 자세한 사항이 있는지. 알았어요?"

아가씨들은 교환대를 두들겼다. 버드는 게시판을 보았다. '희생자 런스포드'라는 종이가 있었다. 최신 소식 : 할리우드 서의 경관이 마이티 맨 에이전시의 런스포드의 상사를 만났다. 사실 : 런스포드는 밤부엉이를 거의 매일 새벽마다 찾아갔다. 픽윅 서점 건물에서 오후 6시부터 새벽 2시까지 근무가 끝난 후에 말이다. 런스포드는 전형적인 주정꾼 경비원으로 총을 소지하는 게 금지되어 있었다. 그는 적도, 친구도, 여자도 없는 인간으로 마이티 맨의 동료들과도 잘 어울리지 못했다. 그는 할리우드 보울 뒤의 텐트에서 잤는데 이 텐트를 살펴본 결과 나온 것은 다음과 같다―침낭, 네 개의 마이티 맨 유니폼, 올드 먼터레이 와인 여섯 병.

아디오스, 불쌍한 친구―자네는 엉뚱한 때에 엉뚱한 장소에서 산 것 같군. 버드는 런스포드의 체포 기록을 확인했다. 11년 경찰 생활 동안 열아홉 건의 경미한 범죄를 해결한 것밖에 없었다. 그러니 그에 대한 보복을 모티브로 보긴 어려운 것 같았다. 한 명을 죽이기 위해 여섯 명을 죽였다는 건 아무래도 설명하기 어렵다. 여전히 엑슬리는 등장하지 않는다. 브루닝과 칼리슬도 마찬가지다. 버드는 더들리의 메모를 머리에 떠올렸다. 서에 있는 런스포드의 기록을 확인하라.

좋은 실마리 : 경찰관의 성에 따라 분류되어 있는 직무 질문카드를 조사해보자. 버드는 보관소로 달려가 L캐비닛을 열었다. '런스포드, 말콤 경관'이란 파일은 없었다. 그래서 A에서 Z까지 다 뒤졌지만 여전히 보이지 않았다. 직무 질문 카드가 전혀 없었다. 이상한 일이다. 주정꾼 말콤은 카드를 애초에 작성하지 않았는지도 모른다.

12시가 다 되어 간다. 점심시간이다. 샌드위치를 먹으며 딕과 얘기나 할까. 칼리슬과 브루닝이 느긋하게 커피를 마시며 나타났다. 버드는 비어 있는 전화기를 보고 정보원들에게 전화를 했다.

스네이크 터커는 아무것도 들은 바가 없다고 했다. 패츠 라이스와 자니 스톰프도 마찬가지였다. 제리 카첸바크는 소련 첩자인 로젠버그 부부의 소행이라고 했다. 그들이 교도소에서 살인 지령을 내렸다는 것이다. 아무래도 그는 다시 약에 손을 댄 모양이다. 기록정보과 여직원이 뛰어왔다.

여직원은 메모 용지를 버드에게 건넸다. "많은 것을 알아내진 못했어요. 캐스카트의 지인에 대해선 알 수 없었어요. 그의 전과기록을 빼면 말이죠. 그의 미성년자 강간 피해자들에 대해서도 자세한 걸 알기 어렵더군요. 단 그들이 열네 살짜리 금발 여자애들이고 전쟁 중에 록히드 공장에서 일했다는 정도만 알 수 있었어요. 내 생각으로는 여기에 잠시 살았던 애들 같아요. 보안관 사무실 풍기단속반은 캐스카트의 파일이 있는데 모두 아홉 명이 매춘 혐의에 올라 있더군요. 둘은 이미 매독으로 죽었고 셋은 미성년자라 보호관찰 조건하에 주에서 추방되었고요. 또 둘은 전혀 알 수가 없고 나머지 둘은 그 메모에 있어요. 도움이 되겠어요?"

버드는 브루닝과 칼리슬에게 오라는 손짓을 했다. "물론, 도움이 되지. 고마워요."

여직원은 자기 자리로 돌아갔다. 버드는 여직원이 준 메모를 보며 두 이름에 동그라미를 그렸다. 제인(별명은 페더) 로이코, 신시아(별명은 죄 많은 신디) 베나비드, 최근 주소와 자주 출몰하는 장소─포인세티아 애버뉴와 유카대로의 교차점, 칵테일 라운지.

더들리의 두 팔이 다가왔다. 버드가 말했다. "여기 두 이름이 있네. 한번 체크해주겠나?"

칼리슬이 말했다. "이런 뒷조사는 정말 짜증나. 어차피 애들은 검둥이들일 거 아냐."

브루닝은 메모지를 낚아챘다. "더들리가 하라면 해야지."

버드는 그들의 넥타이를 살폈다. 모두 다섯 명이 죽었다. 뚱뚱한 브루닝과 마른 칼리슬. 어쩐지 그들은 쌍둥이 같다는 생각이 들었다. "그래, 해주는 거지?"

에이브 티틀봄이 경영하는 에이브 노셔리, 주변에는 주차할 곳이 없다. 딕의 쉐보레는 뒤에 세워져 있는데 좌석 위에는 빈 술병이 있다. 가석방 위반 1호. 버드는 공간을 발견하고 걸어가 창문으로 안을 들여다보았다. 스텐스는 스위트 와인 마니셔위츠를 마시며 리 박스, 듀스 퍼킨스, 자니 스톰프 등의 사기꾼들과 얘기를 나누고 있었다. 경찰로 보이는 친구가 카운터에서 무엇을 먹고 있었다. 그는 한입 먹고 이들 범죄자 집단을 쳐다보고 다시 한입 먹고 또 쳐다보곤 했다. 마치 시계추처럼. 다시 할리우드 서로 돌아와버렸다. 딕이 아직 하수인으로 일하고 있는 게 화가 났다.

그를 기다리고 있는 것 : 브루닝이 두 명의 작부 타입 여자와 있었다. 크게 웃고 있어 심문실 밖에서도 들릴 정도였다. 버드는 유리창을 두들겼다. 브루닝이 걸어 나왔다.

버드가 말했다. "누구지?"

"블론드는 페더 로이코야. 엄청난 물건을 가진 코끼리 얘기 들어본 적 있어?"

"여자들한테 뭐라고 말했어?"

"캐스카트에 대한 통상적인 배경 조사라고 했지. 그들도 신문에서 읽은 터라 그리 놀라지 않더군. 버드, 범인은 그 검둥이들일 거야. 그놈들은 어차피 멕시코 깔치 때문에도 죽을 거 아냐. 더들리는 할 수 없이 이

고생을 하는 거 같아. 왜냐하면 파커가 뭔가 그럴듯한 걸 원하고 그래서 그 버릇없는 엑슬리 놈 얘기만 들으니까 말이야."

그의 가슴에 손가락을 찔렀다. "이네즈 소토는 깔치가 아냐. 그리고 그 검둥이들이 범인이 아닐 수도 있어. 그러니 자네와 칼리슬은 경찰 일을 좀 더 하란 말이야."

머리를 조아린다. 브루닝은 그의 셔츠를 여미며 사라졌다. 버드는 심문실로 들어갔다. 두 창녀는 깨끗한 인상을 주지 못했다. 탈색된 금발에 헤나 염료로 물들인 빨간 머리, 거기다 덕지덕지한 화장.

버드가 말했다. "그래, 오늘 아침 신문을 보았단 말이죠."

페더 로이코가 말했다. "예, 불쌍한 듀키."

"그다지 불쌍하게 여기는 것 같지 않은데요."

"듀키는 듀키죠. 그는 싸구려 인간이지만 사람을 때리지는 않았어요. 그는 칠리버거를 아주 좋아했는데 밤부엉이의 칠리버거가 맛있었거든요. 칠리버거 하나치고는 대가가 너무 컸죠, 편히 잠들어요, 듀키."

"그럼 당신들은 신문에 날 걸 모두 믿는 건가요?"

신디 베나비드는 고개를 끄덕였다. 페더가 말했다. "그럼요, 그게 사실 아닌가요? 경찰에서는 뭔가 다른 생각이 있나요?"

"그럴 수도 있다는 거죠. 듀크에게 적은 없었나요?"

"없었어요. 듀키는 그냥 듀키였어요."

"그는 얼마나 많은 아가씨를 데리고 있었나요?"

"우리 둘뿐이에요. 우리는 듀키 군단의 불쌍한 생존자들이죠."

"듀키가 한때 아가씨들을 아홉 명이나 거느리고 있었던 적도 있다는 얘기를 들었어요. 혹시 무슨 일이 있었나요? 포주들끼리 다툼이나 그런 거 말이에요."

"아저씨, 듀키는 몽상가였어요. 그는 개인적으로 어린 여자들을 좋아해서 그런 애들을 데리고 있곤 했죠. 어린애들은 쉽게 재미를 잃고 다른 데로 가버리거든요. 심하게 다루지 않으면 말이죠. 듀키는 다른 남자한테는 거칠어질 수 있었지만 여자들한테는 그렇게 하지 못했죠. 편히 잠들어요, 듀키."

"그럼 듀크는 달리 벌여 놓은 일이 있었던 것 아닙니까? 여자 둘 데리고 장사가 되겠어요."

페더는 매니큐어 액을 꺼냈다. "듀키는 뭔가 새로운 비즈니스 계획에 상당히 몰두해 있었죠. 그래요, 그는 항상 머릿속에 계획을 갖고 있었어요. 그는 몽상가였죠. 그리고 계획들은 그를 기분 좋게 했어요. 신디와 내가 갖다 주는 얼마 안 되는 돈에도 그다지 개의치 않았죠."

"자세한 얘기를 해주던가요?"

"아뇨."

신디는 립스틱을 꺼내 이미 칠해진 입술 위에 또 문질렀다. "신디, 그가 당신한테 해준 얘기는 없었나요?"

"없어요." 금속성의 목소리였다.

"그의 적들에 대해서도 아무 얘기 없었고요?"

"예."

"여자는요? 듀크가 최근에 사귄 사람은 있었나요?"

신디는 티슈를 뽑아 입술을 찍어냈다. "없었어요."

"페더, 당신은 이 말 믿어요?"

"듀키는 아무한테도 얘기하지 않았던 것 같아요. 이제 우리 가도 돼요? 제 말은…."

"좋아요. 거리로 나가면 택시 승차장이 있어요."

여자들은 재빨리 나갔다. 버드는 길을 안내해준 다음 자신의 차를 향해 뛰었다. 택시 승차장 건너편의 선셋 대로까지 가서 2분 정도 기다렸다. 신디와 페더가 걸어오고 있었다.

그들은 각자 다른 차를 타고 갔다. 신디는 윌콕스 거리에서 북쪽으로 향했다. 유카 스트리트 5814번지에 있는 집으로 가는 것 같았다. 버드는 지름길로 갔다. 택시가 때마침 도착했다. 신디는 녹색의 데소토 차로 걸어가더니 서쪽으로 향했다. 버드는 열까지 세고 나서 신디의 차를 뒤따라갔다.

신디는 하이랜드까지 갔다가 카후엥가 패스를 통해 밸리로 그리고 벤추라 대로에서 서쪽으로 향했다. 버드는 바짝 따라붙었다. 신디는 가운데 차선으로 빨리 달렸다. 도중에 급히 꺾어 어느 모텔로 들어갔다. 칙칙한 수영장을 둘러싸고 방들이 늘어서 있었다.

버드는 브레이크를 밟고 유턴을 한 다음 지켜보았다. 신디는 왼쪽에 있는 어떤 방으로 가더니 노크를 했다. 열다섯 살쯤의 금발머리 여자애가 문을 열어주고 신디를 들어오게 했다. 듀크의 미성년자 강간 대상이 될 만한 타입이었다.

눈으로 주변을 유심히 살폈다.

10분 뒤에 신디가 나왔다. ―줌― 할리우드 대로로 다시 유턴한 다음 사라졌다. 버드는 여자애의 방문을 두드렸다.

문이 열렸다. 여자애의 눈은 눈물에 젖어 있었다. 라디오에서는 '밤부엉이의 대량 살인', '사우스 캘리포니아 금세기 최악의 범죄'라는 등 하며 떠들어대고 있었다. 여자애가 그를 쳐다보았다.

"경찰인가요?"

버드는 고개를 끄덕였다. "아가씨, 몇 살이지?"

여자애의 눈은 초점을 잃고 흐려졌다.

"이름이 뭐야?"

"케이시 제인웨이예요. K로 시작하는 케이시."

버드는 문을 닫았다. "몇 살이지?"

"열네 살이요. 왜 남자들은 항상 그런 걸 물을까?"

프레리 지방의 억양이었다.

"어디에서 왔어?"

"노스다코타에서요. 아저씨가 거기로 돌려보내더라도 전 다시 도망칠 거예요."

"왜?"

"그런 걸 비스타비전(와이드 스크린 방식의 영화—옮긴이)으로 보여줘야 알아요? 듀크는 이런 식으로 남자들이 여자애들을 꾄다고 했어요."

"너무 심하게 말하지 마요, 아가씨. 난 아가씨 편이니까."

"웃기지 마세요."

버드는 방을 살폈다. 판다 곰, 영화 잡지, 화장대 위에는 여학생용의 작업복이 있었지만 매춘의 실마리나 마약의 도구 등은 전혀 없었다. "듀크는 아가씨한테 잘 대해줬나?"

"그는 남자들하고 그 짓을 하게 하진 않았어요. 질문의 요지가 그런 거라면 말이죠."

"그럼 아가씬 듀크하고만 잤단 말이지."

"아니에요. 우리 아빠도 내게 그 짓을 했고 어떤 남자는 내게 다른 남자와 자도록 했지만 듀크는 나를 그 사람한테 샀어요."

포주들의 음모였다. "그 남자 이름은?"

"몰라! 난 절대 말하지 않을 거야. 그리고 당신이 억지로 말하라고 해도 벌써 잊어버렸어."

"어떤 이름을 잊어먹은 거야?"

"말하기 싫다고 했잖아요."

"쉬, 그래 듀크는 너한테 잘 대해주었니?"

"어린애 취급하지 마세요. 듀크는 판다 곰 같아요. 그가 원한 건 나랑 한 침대에서 자면서 피노클(카드놀이의 일종 – 옮긴이)을 하는 것뿐이었어요. 그게 뭐 나쁜 일인가요."

"귀여운 애기는….'

"우리 아빠는 더 나빴어요. 아서 아저씨는 엄청 나빴고요!"

"조용히 해, 응?"

"나를 맘대로 할 수 있을 것 같아요?"

버드는 케이시의 손을 잡았다. "신디가 원한 건 뭐지?"

케이시는 뒤로 물러섰다. "신디는 듀크가 죽었다고 했어요. 라디오를 듣는 사람이면 모두 다 아는 얘긴데도 말이죠. 듀크가 자신에게 무슨 일이 생기면 나를 돌봐달라고 했다더군요. 그러면서 나한테 10달러를 줬어요. 신디는 또 경찰이 자기를 괴롭혔다고 그러더군요. 내가 10달러는 충분치 않다고 했더니 신디는 화를 내면서 소리를 막 질렀어요. 신디가 여기 왔다는 걸 어떻게 알죠?"

"신경 쓰지 마."

"여기 집세는 일주일에 9달러인데 전….'

"어려우면 내가 돈을 좀 줄 수도….'

"듀크는 저한테 그런 치사한 수법은 쓰지 않았어요."

"케이시, 좀 조용히 하고 내 질문 좀 들어. 그럼 우리는 듀크를 죽인 놈들을 잡을 수 있을지도 몰라. 알았어, 응?"

여자애가 한숨을 내쉬었다. "그래요, 알았으니까 물어보세요."

버드는 부드럽게 말했다. "듀크가 자기한테 무슨 일이 생기면 널 돌봐달라고 신디에게 말했단 말이지. 네 생각엔 그가 무슨 일이 생기리라고 짐작하고 있었던 것 같니?"

"모르겠어요. 어쩌면 그랬을지도 모르죠."

"왜 어쩌면이지?"

"듀크는 최근에 좀 신경질적인 데가 있었거든요."

"왜 그랬을까?"

"그건 저도 모르죠."

"물어보긴 했니?"

"그는 그냥 일 때문이라고 했어요."

페더가 캐스카트에 대해 한 말. '뭔가 새로운 비즈니스 계획에 상당히 몰두해 있었다.' "케이시, 듀크가 어떤 새로운 일을 시작했었니?"

"몰라요. 듀크는 여자애들에게 사업 얘기를 할 필요는 없다고 했어요. 난 그가 적어도 10달러 이상 남겼을 거라는 것 정도는 알아요."

버드는 케이시에게 형사반 명함을 주었다. "내 사무실 번호니까 전화해. 알았지?"

케이시는 침대에서 판다 곰을 집어 들었다. "듀크는 매사를 어지르고 깨끗하게 하고 다니지도 않았지만 전 그런 건 개의치 않았어요. 그는 귀엽게 웃었고요. 가슴에는 귀여운 흉터 자국이 있었어요. 그리고 저한테 소리를 지르거나 하지도 않았어요. 아빠하고 아서 아저씨는 매일 저한테 소리를 질렀어요. 하지만 듀크는 절대 그러지 않았어요. 참 멋지지 않나요?"

버드는 케이시의 손을 꼭 쥔 다음 그곳을 벗어났다. 거리로 나가는 도중에 그는 케이시의 흐느끼는 소리를 들었다.

차에 돌아와 캐스카트 문제에 대해 다시 천천히 생각해본다. 듀크의 '새 사업'과 포주 짓은 동기가 되기에는 약하다. 밤부엉이의 칠리버거가 그의 사망증명서의 잉크가 된 것은 99퍼센트 확실해 보인다. 포주이자 미성년자 강간범인 자와 거지나 다름없는 전직 경찰관이 희생자라는 것—좀 이상해 보이긴 하지만—은 새벽 3시의 할리우드 대로라면 대단한 일도 아닌 것 같다. 더들리를 위해 열심히 알아보긴 했지만, 어쩌면 신디는 자기가 가지고 있다는 돈보다 더 많이 갖고 있을지도 모른다. 신디를 쑤셔서 돈을 좀 빼앗고 포주들의 소문을 좀 막으면 캐스카트 쪽의 일은 마감할 수 있을 것이다. 그다음 더들리에게 다시 흑인 동네 쪽의 일로 가게 해달라고 할 수 있을 것이다. 단순한 일이다. 하지만 신디는 누가 어디에 있는지 알고 있고 케이시로 하여금 신디의 페이스에 말리게 했다. 갈 곳 없는 구세주. 그는 게시판에 빠진 게 뭔지 생각났다. 캐스카트의 아파트를 체크한 기록이 없었다. 듀크의 창부 장부가 거기에 있을지도 모른다. 그의 새 사업과 그가 케이시를 산 포주에 대한 정보를 얻을지도 모른다. 시간 때우기에도 안성맞춤이다.

버드는 카후엥가 쪽으로 건너갔다. 그는 빨간 세단이 뒤에서 따라오는 걸 보았다. 모텔에서 본 차가 아닐까 하는 생각이 들었다. 그는 속도를 내서 신디의 아파트를 통과했다. 녹색 데소토도, 빨간 세단도 없었다. 그는 백미러를 보며 실버레이크로 갔다. 뒤쫓는 차는 없었다. 아무래도 그의 착각이었던 것 같았다.

벤돔 9819에는 아무도 없었다. 회벽으로 된 작은 집 뒤에 있는 차고 아파트였다. 기자도 없고 사건 현장을 통제하는 로프도 없고 햇빛을 즐기는 동네 사람도 없었다. 버드는 손으로 문을 열었다.

전형적인 독신자용 아파트였다. 거실과 침실 겸용의 방, 욕실, 부엌이 있었다. 불을 켜고 재빨리 내부를 확인했다. 더들리가 가르쳐준 대로.

침대가 접혀 있고 벽에는 싸구려 해변 사진이 붙어 있었다. 옷걸이와 화장대. 욕실과 부엌에는 문이 없었다. 단정하고 깨끗한 편이다. 아파트 전체가 대단히 단정하게 정리되어 있었다. 듀크는 어지르고 깨끗하게 하고 다니지 않았다는 케이시의 말과는 딴판이었다.

세부적인 것들을 조사했다. 이번에도 역시 더들리 식이었다. 작은 탁자에는 전화기가 놓여 있었다. 서랍을 검사했다. 연필 몇 자루만 있을 뿐, 주소록과 창부 장부는 없었다. 전화번호부가 쌓여 있었다. L.A. 카운티, 리버사이드 카운티, 샌버나디노 카운티, 벤투라 카운티 등. 샌버나디노 것만이 유일하게 사용된 것 같았다. 접혀진 페이지가 있었다. 접힌 것을 펴니 '인쇄소' 항목이었다. 커넥션이 있나? 아마 없다고 해야 할 듯하다. 희생자 중 한 사람인 수잔 레퍼츠가 샌버나디노 출신이라는 것 외에는.

버드는 계속 눈알을 굴리며 구석구석을 살폈다. 욕실과 부엌은 거의 흠이 없을 정도로 깨끗했다. 옷걸이에는 잘 접힌 셔츠들이 걸려 있었다. 카펫도 대단히 깨끗했다. 구석이 약간 지저분한 것 외에는. 그만하면 알 것 같았다. 아파트는 이미 누군가가 조사를 마쳤던 것이다. 그것도 프로가.

그는 옷장으로 갔다. 재킷과 바지가 옷걸이에서 떨어져 있었다. 캐스카트는 제법 옷에 대한 취향이 있는 것 같았다. 누군가가 그의 옷을 입어보려다가 말았든가 듀크 자신이 옷을 정리해놓을 생각이 없었든가 둘 중 하나였다. 그리고 조사한 사람도 그곳을 정리해두지 않았다.

버드는 옷을 뒤져 주머니를 전부 조사했다. 실오라기, 잔돈 등이 나왔다. 특별한 것은 없었다. 이곳을 조사한 사람을 조사해볼 필요가 있지 않을까 하는 생각이 들었다. 그는 차로 돌아가서 증거 수집 세트를 가지고 왔다. 그는 지문 채취용 파우더를 뿌렸다. 옷걸이는 확실한 장소였다. 역시 예상은 틀리지 않았다. 지문 채취의 흔적이 있었다. 전문가가 지문을 채취했다고밖에 볼 수 없었다.

버드는 세트를 다 챙긴 다음 밖으로 나와 잠시 생각해보았다. 포주들 사이의 다툼, 그다지 가능성이 있는 얘기는 아니다. 캐스카트는 자기 수하에 고작 여자 둘밖에 없는 데다 열네 살짜리 계집애를 팔 생각도 하지 않았다. 그는 포주로서 낙제생인 셈이다. 그는 듀크의 아파트를 누군가가 조사한 것과 밤부엉이 사건을 연결시키려고 해보았다. 역시 기어가 물리지 않는다. 그 검둥이들이 범인일 확률이 훨씬 컸다. 사실 이 조사는 캐스카트의 '새 사업'과 연결시켜야 할 것 같았다. 페더 로이코가 말한 대로 말이다. 페더는 '죄 많은 신디'보다 솔직하게 말해준 것 같다. 신디를 다그치자. 게다가 신디는 케이시한테 줄 돈도 갖고 있지 않은가?

어둠이 내리고 있었다. 버드는 신디의 집으로 향하다가 집 앞에서 녹색 데소토를 보았다. 반쯤 열린 창문으로 신음 소리가 들려왔다. 그는 창문을 열고 안으로 들어갔다.

복도가 어두웠다. 소리는 안쪽으로 한 집 더 들어간 곳에서 났다. 버드는 걸어가서 안을 들여다보았다. 신디와 아가일(다이아몬드 모양의 격자무늬─옮긴이) 속옷을 입은 뚱뚱한 사내가 뒤엉켜 있었다. 침대가 곧 무너질 것 같았다. 뚱보의 바지가 문손잡이에 걸려 있었다. 버드는 바지에서 지갑을 빼 돈을 꺼낸 다음 휘파람을 불었다.

신디가 비명을 질렀다. 뚱보는 피스톤 운동을 계속했다. 버드가 소리쳤다. "이 개자식아, 내 여자하고 뭐하는 거야!"

일은 갑작스럽게 전개되었다.

뚱보는 자기 물건을 잡은 채로 잽싸게 도망쳤다. 신디는 시트 밑으로 몸을 숨겼다. 버드는 신디의 지갑에서 돈을 꺼냈다. 신디는 계속 비명을 질러댔다. 버드는 침대를 걷어찼다. "듀크의 적이 누구야? 말하면 잡아가지 않을 테니깐."

신디는 고개를 내밀었다. "전… 정말… 몰라요."

"그래, 그런다고 내가 넘어갈 줄 아나. 누군가가 듀크의 아파트로 들어갔다고 하자. 그럼 누가 의심스럽겠어?"

"정말… 모른다니까요."

"마지막 기회를 주지. 넌 서에서 뭔가 숨기고 있었어. 페더는 아는 대로 다 얘기한 것 같았어. 넌 제인웨이가 있는 모텔로 가서 그 애한테 10달러를 줬어. 또 숨기는 게 뭐지?"

"이봐요…."

"내놓으란 말이야."

"뭘 말이에요?"

"듀크의 새 사업과 그의 라이벌에 대해서 말이야. 그리고 누가 케이시에게 몸을 팔게 했는지 말이야."

"누가 케이시의 예전 포주였는지 전 몰라요."

"그럼 다른 것에 대해 말해."

신디는 얼굴을 닦았다. 립스틱과 화장이 엉망이 되어버렸다. "내가 아는 거라곤 이 남자가 칵테일 바의 여자들하고 얘기를 나누며 마치 듀크처럼 행동한다는 것밖에 없어요. 말도 듀크처럼 했다더군요. 그는 자신을 위해 일해줄 여자들을 찾고 있었다던데. 그는 저나 페더에게 말을 걸지 않았어요. 그냥 평범한 빵 같은 여자애들만 찾는 것 같았어요. 2주 전부터 그렇게 찾아다녔다고 하더군요."

이 사내가 아마도 듀크의 아파트를 뒤진 작자일 테다. 그는 캐스카트의 옷을 입어보기도 했다. "계속 얘기해봐."

"그게 들은 얘기의 전부예요."

"그 친구는 어떻게 생겼지?"

"몰라요."

"누가 그 친구에 대해 얘기해줬지?"

"그것도 기억이 안 나요. 왜냐하면 바에 모인 여자애들이 잡담을 나누다 나온 얘기니까요."

"그래, 알았어. 듀크의 새 사업, 거기에 대해 말해봐."

"이봐요, 아저씨. 어차피 그건 듀크의 황당한 꿈이라니까요."

"그럼 왜 아까 얘기를 해주지 않았지?"

"당신도 '죽은 사람에 대해 악담을 하지 말라'는 얘기 알죠?"

"응. 여자 교도소의 덩치 큰 레즈비언들이 어떤 인간들인지 알아?"

신디는 한숨을 쉬었다. "듀크의 꿈 이야기 제6천 번—포르노 책 제작 및 판매. 구역질나지 않아요? 듀키는 이런 걸 만들어서 팔아보겠다고 얘기했어요. 그게 제가 아는 전부예요. 그하고 딱 2초 정도 얘기했거든요. 난 자세히 묻지 않았어요. 전 그게 허황된 생각이라는 걸 금방 알았거든요. 이제 그만 나가주실래요."

형사반에서 떠도는 얘기는 풍기사범단속반에서 포르노 사건을 수사하고 있다는 것이다. "어떤 종류의 포르노지?"

"아저씨, 저도 잘 모른다고 했잖아요. 딱 2초 정도 얘기했다니까요."

"듀크가 남긴 돈을 케이시한테 돌려줄 거지?"

"물론이죠. 착한 사마리아인 아저씨. 10달러 줬다가 좀 있다 다시 10달러 줬다 하는 식으로요. 개한테 돈을 한꺼번에 줬다간 전부 영화 잡지 사는 데 써버릴 거예요."

"내가 다시 올 수도 있어."

"숨죽이고 기다릴게요."

버드는 우체국으로 가서 현금을 특송으로 부쳤다. 케이시 제인웨이, 오키드 뷰 모텔, 여러 장의 우표와 짤막한 편지와 함께. 400달러가 넘는 돈은 아이에게는 한 재산이나 다름없는 돈이다.

7시. 더들리를 만나기 전까지 시간을 죽여야 한다. 형사실에서 시간을 보내자. 풍기사범단속반, 형사실.

제4반이 포르노 수사를 하고 있었다. 키프카, 헨더슨, 빈센즈, 스타시스, 네 명이 수사를 하고 있지만 아무도 단서를 잡지 못했다. 주위에 아무도 없어 내일 아침에 체크를 해보는 수밖에 없었다. 별다른 게 있을 것 같지는 않다. 그는 강력계로 가서 에이브 노셔리에 전화했다.

스텐스가 받았다. "에이브입니다."

"딕, 나야."

"오, 나를 체크하는 거요, 경찰 양반?"

"딕, 왜 이래?"

"아니야, 농담이 아냐. 자넨 이제 더들리 사람이라며. 더들리는 내가 콘비프를 파는 사람들을 싫어하겠지, 응. 아니면 정보가 필요한데 자네라면 내가 얘기를 할 거라고 생각한 모양이지. 자네는 이제 자기 생각대로 움직이던 왕년의 자네가 아니야."

"술을 마셨나, 파트너?"

"난 이제 유대식 청결 음식만 먹어. 엑슬리한테도 얘기해줘. 그에게 대니 덕이 한 번 춤을 추고 싶다고. 그에게 나도 그의 아버지가 만든 드림-어-드림랜드에 대해 읽었다고 해줘. 내가 개막식 날 갈지도 모르니까 대니 덕과 춤출 준비를 하라고 말해."

"딕, 너무 심하다고 생각 안 해?"

"심하긴 뭘. 다시 한 번 춤을 춰서 대니 덕이 엑슬리의 안경을 깨고 그의 목을 물어뜯을 거라고…."

"딕, 제기랄."

"야, 이런 제기랄. 나도 신문을 읽었어. 밤부엉이 사건 팀이 누군지 다 안단 말이야. 자네, 더들리, 엑슬리, 그 밖에 더들리의 똘마니들. 자넨 날 이 모양으로 만든 놈하고 같은 팀이란 말이야. 너도 한통속이란 말이지. 그러니까…."

버드는 전화기를 창밖으로 집어 던졌다. 그는 이것저것 닥치는 대로 걷어차며 밖으로 나왔다. 그러다가 큰 그림이 머리에 떠올랐다.

그는 자기가 그 성탄절 사건으로 목이 잘리는 게 나았을 거라는 생각을 했다.

더들리가 그를 구해주었다.

현재로는 엑슬리가 밤부엉이 사건의 영웅이 된 것 외에 달라진 게 없었다. 그는 이네즈도 다시 지옥으로 보낼 생각을 가지고 있다.

캐스카트 조사에서 발견된 이상한 점은 어쩌면 상당히 큰 문제와 연결될 가능성이 있음을 보여준다. 그는 이 사건의 진상을 파헤쳐야 한다. 그럼 엑슬리를 비틀어버릴 수 있고 스텐스도 다시 살려낼 수 있을지 모른다. 그것은 결국 다음과 같은 것들을 의미한다.

풍기사범단속반에 포르노물에 대한 단서를 줘선 안 된다.

발견된 증거를 더들리에게 보고해선 안 된다.

자기 생각대로 움직이는 형사가 돼야 한다. 남의 말만 듣는 인형이 아니라.

그는 용기를 불어넣기 위해 주문을 걸었다.

자네는 왕년의 자네가 아니네.

자네는 왕년의 자네가 아니네.

자네는 왕년의 자네가 아니네.

그는 겁이 덜컥 났다.

그는 더들리에게 신세를 졌다.

그는 이 세상에서 자기보다 더 위험한 유일한 사람을 배신해야 하는 것이다.

24

레이 핑커는 에드와 함께 밤부엉이로 들어가 범죄를 재구성해봤다.

"뱅, 뱅, 이건 아마 이렇게 일어난 일임에 틀림없어요. 먼저 세 명이 들어와 무기를 보이며 위협합니다. 한 명이 계산대 여직원과 조리사와 웨이트리스를 붙잡습니다. 그 친구는 엽총 손잡이로 도나 데루카를 후려칩니다. 도나는 계산대 옆에 있었어요. 바닥에서 머리가죽이 발견되었거든요. 도나는 계산대의 돈과 지갑에 든 돈을 주었는데 그는 도나와 패티 체시마드를 끌고 창고로 갔어요. 부엌에서 길버트 에스코바르도 같이 붙잡고서 말이죠. 길버트는 저항했어요. 끌려간 자국과 바닥에 떨어진 냄비와 프라이팬을 보세요. 아마 머리를 한 방 두들겨 맞았겠죠. 저 분필 자국은 피가 흘러넘쳤던 곳이죠. 요리사 카운터 밑에 있는 금고가 드러났죠. 커피숍 사람 세 명 중에 하나가 그걸 열었겠죠. 여기저기 흩어져 있는 동전들을 보세요. 길버트는 다시 저항합니다. 다시 얻어맞았고요. 저기 1-A라고 적힌 원을 보세요. 저기서 세 개의 금이빨이 발견되었어요. 그걸 가져와 치과 기록과 대조해보니 길버트 에스코바르의 거라는 걸 알게 되었죠. 끌려간 자국은 저기서 시작되는데 길은 저항을 포기했고요. 용의자 1번은 세 사람을 창고에 집어넣었습니다."

다시 레스토랑 안으로 돌아왔다. 검시가 끝난 지 사흘이 지난 지금도 현장은 봉쇄되어 있었다. 구경꾼들이 창가에 몰려들었다. 핑커는 얘기를 계속했다. "그 사이에 총을 가진 용의자 2와 3은 4번에서 6번까지의 희생자를 모았습니다. 창고까지 이어지는 끌고 간 자국과 여기저기 떨어진 음식물, 그릇 등이 잘 말해주고 있죠. 리놀륨이 더러워져 잘 안 보일지도 모르지만 처음 두 개의 탁자 밑에는 피의 흔적이 있어요. 따로 앉아 있던 캐스카트와 런스포드가 총 손잡이로 얻어맞은 거죠. 혈액형으로 누구의 피인지 알 수 있습니다. 캐스카트는 탁자 2의 옆쪽에 쓰러졌고 런스포드는 탁자 1의 옆쪽에 쓰러졌습니다. 거기서…."

에드가 끼어들었다. "확인을 위해 그릇의 지문을 채취했습니까?"

핑커는 고개를 끄덕였다. "상당히 더럽혀지긴 했지만 런스포드의 탁자 밑에 있던 그릇에서 대조 가능한 지문이 두 개 채취되었습니다. 그래서 우리는 그의 신원을 알 수 있었죠. 그가 로스앤젤레스 경찰국에 들어갈 당시의 지문과 대조해서. 캐스카트와 수잔 레퍼츠는 손이 날아가버려 비교할 방법이 없었어요. 캐스카트의 경우는 부분적이긴 하지만 그의 치형(齒型)과 복역 중의 신체검사 기록과 비교해서 신원을 확인할 수 있었습니다. 레퍼츠는 완전한 치형을 바탕으로 신원을 확인했죠. 저 바닥에 떨어진 신발이 보입니까?"

"예."

"각도를 보면 아무래도 레퍼츠는 옆자리에 있는 캐스카트에게 가려고 했던 것 같습니다. 따로따로 앉아 있었고 전혀 모르는 사이인데도 완전히 넋이 나간 상태에서 그렇게 한 거겠죠. 레퍼츠가 비명을 지르기 시작하자 총을 가지고 있던 한 명이 저기서 냅킨을 꺼내 레퍼츠의 입에 밀어 넣었죠. 검시를 하며 레이먼 의사는 삼킨 것으로 보이는 거대한 섬유를 발견했거든요. 그의 생각으로는 총이 난사되자 레퍼츠는 놀라 질식했을 수도 있다는 거예요. 캐스카트와 레퍼츠는 창고로 끌려갔지만 런스포드는 걸어서 갔습니다. 아마도 런스포드는 단순한 강도라고 생각한 것 같아요. 창고에선 지갑과 가방을 모두 빼앗깁니다. 우리는 문 안에서 길버트 에스코바르의 면허증 조각이 피로 범벅이 된 바닥에 굴러다니는 것을 발견했습니다. 왁스를 바른 여섯 개의 작은 솜뭉치도 나왔죠. 녀석들은 자신들의 귀를 보호해야 한다는 정도는 알고 있었죠."

마지막 부분은 이해가 되지 않았다. 지금 잡혀 있는 흑인 용의자들은 지나치게 충동적인 친구들이다. "그렇다고 하더라도 모두 죽일 필요까지 있었을까요?"

핑커는 어깨를 으쓱했다. "어쨌든 그렇게 했습니다. 당신은 희생자 중 한두 사람이 살인자들을 알고 있었다고 생각합니까?"

"물론 가능성이 없다는 건 아닙니다."

"창고를 보실래요? 지금밖에 기회가 없을 거예요. 곧 가게를 다시 돌려주기로 주인한테 약속했거든요."

"그날 밤에 보았습니다."

"나도 사진을 봤어요. 하느님 맙소사, 도저히 인간으로서 할 짓이 아니더라고요. 레퍼츠의 배경 조사를 하시는 거죠?"

에드는 창밖을 바라보았다. 어여쁜 아가씨가 그에게 손을 흔들어주었다. 검은 머리의 라틴계로 보였다. 그 여자는 이네즈 소토와 닮았다. "그렇소."

"그래서요?"

"그래서 샌버나디노에서 하루를 꼬박 보냈는데 아무것도 얻은 게 없습니다. 레퍼츠는 거기에서 어머니와 살았더군요. 레퍼츠의 어머니는 반쯤 진정제 중독이어서 거의 말을 않더군요. 이웃사람들에게 물어보니 수잔 레퍼츠는 불면증 환자여서 밤새 라디오를 들었다더군요. 레퍼츠는 최근에 남자 친구도, 앙심을 품은 사람도 없었어요. 로스앤젤레스에 있는 레퍼츠의 아파트에서도 별다른 게 없었어요. 그냥 서른한 살의 세일 즈걸이 살 만한 곳이었죠. 샌버나디노의 지인들 가운데 레퍼츠가 엉덩이가 좀 가벼운 편이라고 말하는 사람도 있었고 또 어떤 사람은 레퍼츠가 한때 그리스 식당에서 밸리 댄서를 한 적도 있다더군요. 의심스러운 구석은 없었어요."

"그래서 그 흑인들한테 돌아가게 되는군요."

"예, 그렇게 되는 거죠."

"차량이나 무기에 관해서는 진전이 있습니까?"

"없어요. 77번가 서에서는 지갑과 손가방을 찾기 위해 쓰레기통과 하수구를 뒤지고 있습니다만. 수사에 걸리는 시간을 대폭 절약할 방법을 알아요."

펑커는 미소를 지었다. "그리피스 공원에서 탄피를 찾는다는 거죠?"

에드는 다시 창으로 고개를 돌렸다. 이네즈 타입의 아가씨는 벌써 사라져버렸다. "우리가 그 탄피를 발견하면 범인이 지금 우리가 구류 중인 그 흑인들인지 아니면 다른 3인조인지 확실해지죠."

"큰 기대를 하기는 어려운 것 아닌가요?"

"나도 알아요. 그렇지만 할 수 있는 데까지는 해봐야죠."

펑커는 손목시계를 들여다보았다. "벌써 10시 반이네요. 이 난사사건의 발생보고서를 찾아서 범행 현장을 보다 면밀히 재구성해야겠어요. 내일 새벽에 그럼 현장검증반 사람들하고 만나죠. 전망대 밑의 주차장 어때요?"

"거기서 보죠."

"스미스 경위의 허가를 받아야 하나요?"

"내가 부탁한 걸로 생각해요. 이것에 대해선 파커에게 직접 보고할 거니까요."

"그럼 새벽에 공원에서 봅시다. 낡은 옷을 입도록 해요. 진흙투성이가 될 테니까요."

에드는 앨버라도 거리에 있는 중국 음식점에서 식사를 했다. 그는 자기가 왜 이쪽 방향으로 왔는지 잘 알고 있었다. 퀸 오브 에인절 병원이 가깝고 이 시간이면 이네즈 소토가 벌써 깨어 있을 것이다. 그는 병원에 전화를 했다. 이네즈는 급속히 회복되고 있었지만 이네즈의 가족은 방문하지 않았다고 한다. 이네즈의 여동생이 전화해 엄마와 아빠는 이 악몽에 대해 이네즈 본인이 책임져야 한다고 말했다고 전한 모양이다. 도발적인 복장을 하고 속된 생활방식으로 살았기 때문이라는 것이다. 이네즈는 동물 인형을 가지고 싶어 울었다. 그는 선물가게에 들러 이네즈가 원하는 것을 사서 보냈다. 그의 양심을 편안하게 해줄 선물이었다. 그는 자신의 첫 번째 대형 살인사건에서 이네즈가 중요한 증인이 되어주길 원했다. 그리고 그를 좋아해주고 다시는 그가 싫어하는 말, 즉 '화이트 경관은 영웅이에요' 같은 말은 하지 않기를 바랐다.

그는 찻잔을 앞에 놓고 머뭇거렸다. 봉합과 치아 치료의 결과 그의 상처도 많이 아물어가고 있었다. 그의 어머니와 이네즈의 얼굴이 겹쳐졌다. 그는 보고서를 받았다. 딕 스텐스는 무장 강도들과 사귈 뿐 아니라 마권에 도박을 하며 현금으로 급료를 받아 사창가를 기웃거린다는 것이다. 증거가 다 갖추어지면 카운티의 보호관찰국에 전화해서 그를 체포하게 할 것이다.

하지만 이것도 '화이트 경관은 영웅이에요'라는 말 그리고 이네즈 소토가 그를 증오하는 내면의 불꽃을 가지고 있는 것에 비하면 아무것도 아니었다.

에드는 계산을 하고 퀸 오브 에인절 병원을 향해 차를 몰았다.

버드 화이트는 걸어 나가고 있었다.

그들은 승강기 옆에서 마주쳤다. 화이트가 먼저 말을 꺼냈다.

"자네 경력 관리는 잠시 멈추고 이네즈를 자도록 내버려둬."

"자네야말로 여기서 뭘 하는 거야?"

"악착같이 질문해서 대답을 이끌어내려고 온 건 아냐. 이네즈를 내버려둬. 나중에도 기회가 있을 거야."

"이건 그냥 병문안이야."

"이네즈는 자네를 꿰뚫어보고 있어, 엑슬리. 곰 인형으로 마음을 살수는 없어."

"자네는 사건이 해결되는 걸 원하지 않나? 아니면 주변에 자기 말고는 죽일 사람이 없어서 맥이 빠진 건가?"

"알랑방귀나 뀌는 밀고꾼치고는 상당히 그럴듯하게 얘기하는군."

"혹시 그 짓을 하고 싶어서 찾아온 거 아냐?"

"다른 상황이었다면 자네는 그 말로 벌써 죽었어."

"조만간 난 자네와 스텐슬랜드의 꼬리를 잡을 거야."

"그건 두 가지 방식으로 해야겠지. 전쟁영웅이라고? 응? 얼빠진 일본 놈들이 자네에게 죽여달라고 했던 모양이군."

에드가 움찔했다.

화이트는 눈을 찡긋했다.

떨림은 이네즈의 방에 도착할 때까지 멈추지 않았다. 에드는 노크를 하기 전에 살짝 안을 들여다보았다.

이네즈는 깨어서 잡지를 읽고 있었다. 동물 인형들이 바닥에 떨어져 있고 하나는 침대 위에 있었다. 이네즈는 다람쥐 인형을 발받침으로 쓰고 있었다. 이네즈는 그를 보자 "싫어요." 하고 말했다.

상처가 아물며 표정이 더욱 딱딱해진 것 같았다. "뭐가 싫단 말이지, 소토 양?"

"싫어요, 당신이 하자는 대로 할 수는 없어요."

"질문 몇 개도 안 된단 말이야?"

"안 돼요."

에드는 의자를 끌어당겼다. "내가 이렇게 늦게 찾아와도 그다지 놀라지 않는 것 같군."

"놀랄 일 있어요? 당신은 치밀한 사람인 걸 아는데요." 이네즈는 동물들을 가리켰다. "지방검사실에서 이것에 대해 비용을 지불하나요?"

"개인 돈으로 지불한 겁니다. 엘리스 로우가 방문했나요?"

"그랬어요. 그에게도 싫다고 얘기했죠. 세 명의 네그리토 푸토들이 나를 차에 싣고 다니다가 다른 푸토들로부터 돈을 받았고 나를 화이트 경관이 죽인 그 네그리토 푸토에게 맡기고는 사라졌다고 그에게 말해줬죠. 그 이상 자세한 것은 생각나지도 않고 생각하고 싶지도 않다고 말했어요. 그러니 알아서 하라고 했어요. 그게 전부라고요."

에드가 말했다. "소토 양, 난 그냥 위문을 하러 온 겁니다."

이네즈는 그의 얼굴에 대고 웃었다. "나머지 얘기도 듣고 싶어요? 로우가 떠나고 한 시간 뒤에 오빠인 후안이 전화를 해서는 내가 집에 갈 수 없다는 거예요. 집안 망신을 시켰기 때문에요. 그리고 푸토 엘리스 로우는 전화를 해서는 내가 협조하면 호텔에 머물게 해주겠다는 거예요. 그리고 선물가게 아가씨는 동물 인형들을 잔뜩 가져와서는 안경 쓴 마음씨 좋은 경찰관이 보낸 거라고 하더군요. 저도 대학을 나왔어요. 펜데호

(멍청이라는 뜻—옮긴이). 내가 이런 일들이 어떻게 관련되는지 모를 줄 아세요."

에드는 다람쥐 인형을 가리켰다. "이건 내던지지 않았군요."

"그건 특별해요."

"디털링의 캐릭터를 좋아해요?"

"그렇다면 어쩔 건데요?"

"그냥 물어본 거예요. 그리고 버드 화이트는 이 일련의 사건에서 어디쯤 놓여 있을까?"

이네즈는 베개에다 바람을 불었다. "그는 나를 위해 사람을 죽였어요."

"그 자신을 위해 죽인 거요."

"어쨌든 그 푸토가 죽는 건 마찬가지예요. 화이트 경관도 방금 전에 위문을 왔어요. 그는 당신과 로우 씨를 조심하라고 하더군요. 그는 내가 협조해야 한다고는 했지만 억지로 뭘 물어보려고 하지는 않았어요. 그는 당신을 미워해요, 치밀한 사람. 나도 그 정도는 알 수 있어요."

"이제 보니 참 똑똑하네요, 이네즈."

"당신은 '멕시칸치고는'이라고 덧붙이고 싶죠. 다 알아요."

"아뇨. 절대로. 당신은 그냥 똑똑해요. 그리고 당신은 외로움을 느끼고 있어요. 그렇지 않았으면 벌써 나한테 나가 달라고 했을 텐데."

이네즈는 보던 잡지를 집어던졌다. "그래서 어쨌단 말이에요!"

에드는 잡지를 집어 들었다. 접혀진 페이지에는 드림-어-드림랜드에 대한 기사가 실려 있었다. "난 당신이 완전히 회복될 때까지 시간을 달라고 상부에 권고할 거고 만약 이 사건이 법정으로 가게 되면 당신이 서면으로 증언할 수 있게 해주죠. 우리가 다른 소스에서 사건을 해결할 실마리를 얻으면 당신은 증언도 할 필요도 없게 돼요. 그리고 당신이 원치 않으면 두 번 다시 찾아오지 않을 게요."

이네즈는 그를 쳐다보았다. "어쨌든 전 아직도 갈 곳이 마땅치 않아요."

"드림-어-드림랜드 개장에 대한 기사를 읽었나요?"

"그래요."

"'프레스톤 엑슬리'라는 이름 봤어요?"

"그래요."

"그 사람이 우리 아버지예요."

"그래서요? 난 당신이 동물 인형을 사는 데 돈을 팍팍 쓰는 부잣집 아들이란 거 알아요. 그래서요? 제가 어디로 가면 좋아요?"

에드는 침대에 붙은 가로장을 붙잡았다. "레이크 애로우헤드에 작은 집을 가지고 있는데 머물고 싶으면 거기에 가 있어도 좋아요. 당신한테 어떻게 하지는 않을 테니까. 그리고 드림-어-드림랜드 개장일에 함께 가요."

이네즈는 머리를 매만졌다. "머리는 어떻게 하고요?"

"멋진 보닛(챙 없는 여자 모자—옮긴이)을 하나 사주죠."

이네즈는 다람쥐 인형을 부둥켜안고 흐느끼기 시작했다.

에드는 현장검증반 사람들을 새벽에 만났다. 꿈 때문에 잠을 설친 탓인지 몸이 무겁게 느껴졌다. 이네즈와 다른 여자들이 등장하는 꿈이었다. 레이 핑커는 손전등, 삽 그리고 금속탐지기를 가져왔다. 그는 홍보국에서 시민들의 협조를 구하는 공고를 내도록 했다. 그리피스 공원의 엽총 사격을 목격한 시민은 서에 와서 용의자의 신원을 확인해달라는 것이었다. 발생 현장 보고서를 통해 총탄이 날아간 곳은 정확하게 파악되었다. 모두 가파르고 진흙이 잔뜩 있는 비탈이었다. 사람들은 땅을 파고 쓸모없는 것을 제거한 다음, 금속탐지기를 사용했다. 틱 틱 틱… 동전, 깡통, 32구경 리볼버 등을 찾아냈다. 많은 시간이 흘렀다. 햇볕이 강하게 내리쬐기 시작했다. 에드는 뜨거운 햇빛 아래에서 먼지를 먹어가며 열심히 일했다. 그의 꿈이 다시 돌아왔다. 이네즈로 다시 돌아가는 원형의 꿈이었다.

말보로 스쿨의 댄스파티에서 만난 앤, 그들은 38년형 다지(크라이슬러의 승용차—옮긴이) 안에서 섹스를 했다. 그의 두 다리가 차문을 두들겨 댔다. UCLA 생물학 시간의 클래스메이트였던 페니와는 럼 펀치를 함께 마시고 정원에서 다급하게 섹스를 했었다. 귀국해 개선 행진을 할 무렵 함께 잤던 많은 애국심 왕성한 여인들, 센트럴 서의 통신실에 있는 나이 많은 여인과의 하룻밤. 그들의 얼굴은 이제 기억조차 하기 어려웠다. 그는 이네즈의 얼굴을 기억하려고 애썼다. 상처도 없고 병원복 차림도 아닌 이네즈. 그건 그에게 현기증을 안겼다. 그는 먼지 더미 속에서 에너지가 고갈되는 것 같았지만 기분은 좋았다. 더 많은 시간이 흘렀다. 그는 더 이상 여자도 그 어떤 것도 생각나지 않았다. 더 시간이 지나자 멀리서 외치는 소리가 들리는 것 같았고 누군가의 손이 그의 어깨에 닿았다.

레이 핑커가 두 개의 엽총 탄피와 밑에 격침의 흔적이 있는 탄피 사진을 들고 있었다. 둘은 완벽하게 일치했다. 격침 핀의 흔적까지 완전히 같았다.

25

플뢰르 드 리의 명함을 손에 넣은 지 이틀이 되었는데 어디까지 탐색해야 좋은지 알 길이 없었다.

이틀 뒤에 용의자가 등장했다. 라마 힌턴. 26세. 폭행죄로 체포된 적이 있고 흉기에 의한 상해사건으로 치노 교도소에서 2년을 복역하고 51년 5월에 가석방이 되었다. 현재 직업은 퍼시픽 코스트 벨의 전화기 가설원이었다. 보호관찰관은 그가 마권업자들한테 불법 전화선을 가설해주는 게 아닌지 의심하고 있었다. 사진은 일치했다. 힌턴은 티미 밸번의 집에 있던 그 근육질의 사내였다.

이틀이 지나도 여전히 교착 상태에 빠져 있었다. 사건을 해결하면 마약단속반으로 돌아가는 게 확실해지지만, 해결을 위해서는 밸번과 디털링을 주요 증인으로 삼아야 한다. 결속이 강한 이 호모들은 아마도 그의 할리우드에서의 실적을 단숨에 날려버릴 게 틀림없었다.

이틀 내내 서류만 들추며 보냈다. 돌아다니며 하는 수사는 이미 마쳤다. 관련 사건의 보고서를 조사하고 체포된 자들의 얘기를 들었다. 포르노 사진집을 샀다는 작자는 아무도 없었다. 하루를 그냥 날려버린 셈이다. 풍기사범단속반에서는 조금의 진전도 없었다. 스타시스, 헨더슨, 키프카는 아무것도 보고하지 않았고 밀러드는 밤부엉이 사건을 공동 지휘하려고 했다. 포르노는 이미 그의 머릿속에서 사라진 것 같았다.

그 후로 또 이틀이 지났다. 두 번째 날의 중간쯤 되었을 때 갑자기 생각이 떠올랐다. 비밀회선 번호, 근육질의 남자.

플뢰르 드 리의 번호는 전화번호부에 올라 있지 않았다. 기억해내려고 애를 써봤다. 그가 명함을 처음 봤을 때를 떠올리려고 했다.

드디어 번쩍 생각이 떠올랐다.

51년 성탄절 이브, '유혈의 성탄절' 사건 바로 직전. 허진스는 마리화나 흡연자 체포를 선물로 주었다. 두 사람을 체포했는데 그들의 집에서 그 명함을 본 적이 있었던 것이다. 완전히 잊어먹고 있었던 일이다.

무서운 시드 : "우리 모두는 비밀을 가지고 있다네, 잭."

그는 어쨌든 밀어붙여보기로 했다. 저항의 흐름이 오히려 그를 더 힘나게 하는 것 같았다. 그는 누가 이 도색물을 왜 만들었는지 알고 싶었다. 퍼시픽 코스트 벨에 전화를 해서 라마 힌턴의 오늘 전화 가설 스케줄을 물어보았다. 전진, 전진, 전진.

잭은 형사실을 둘러보았다. 모두들 밤부엉이, 밤부엉이, 밤부엉이, 하고 있었다. 하지만 빅 브이는 자위용 책을 쫓고 있는 것이다.

난교 사진.

현기증.

잭은 뛰쳐나갔다.

힌턴의 근무 경로는 가워에서 라 브레아, 프랭클린에서 할리우드 레저브와. 그의 오전 전화기 가설은 크레스턴 드라이브, 노스 이바였다. 잭은 자동차 지도에서 크레스턴을 찾았다. 할리우드 힐스 쪽에 있는 막힌 길이었다.

그는 거기로 가서 전화 회사 트럭을 발견했다. 차량은 프랑스 성을 흉내 낸 건물 옆에 주차되어 있었다. 라마 힌턴은 길 건너편의 전신주 위에 올라가 있었다. 밝은 햇빛 아래에서 보니 그는 거대한 괴물처럼 보였다.

잭은 차를 주차한 뒤 트럭을 살펴보았다. 뒷문이 활짝 열려 있었다. 장비들, 전화번호부, 스페이드 쿨리의 앨범이 보였다. 의심스러워 보이는 갈색 종이백 같은 것은 없었다. 힌턴은 그를 쳐다보았다. 잭은 배지를 먼저 꺼냈다.

힌턴이 전신주에서 내려왔다. 190센티미터쯤의 키에 금발머리, 굉장한 근육질의 친구였다. "가석방국에서 왔어요?"

"로스앤젤레스 경찰국이오."

"그럼 나하고 별 상관이 없을 텐데."

"가석방 위반으로 걸리고 싶지 않으면 협력하라는 얘기지."

"뭘 원하는…."

"보호관찰관은 자네가 하는 일을 그다지 달가워하지 않을 거야, 라마. 그는 자네가 뭔가 비밀스러운 일을 하고 있지 않나 의심한다고."

힌턴은 목, 팔 그리고 가슴의 근육을 수축시켰다. 잭이 말했다. "플뢰르 드 리 '무엇이든 원하시는 대로', 가석방 위반으로 걸리고 싶지 않으면 말해. 말하지 않으면 치노로 되돌아가는 수밖에."

상대는 마지막 저항을 했다. "당신은 내 차에 무단으로 침입했어요."

"자네도 약간의 머리는 있을 텐데. 내 정보원이 되는 건 어때?"

힌턴은 다리의 위치를 바꾸었다. 잭은 총을 꺼냈다. "플뢰르 드 리. 누가 운영하고 어떤 식으로 일하지? 그리고 무엇을 파느냐 말이야? 디털링과 밸번. 말해. 그럼 5분 안에 네 인생에서 완전히 사라져줄 테니까."

근육질은 한참 생각하는 것 같았다. 그의 티셔츠가 움찔거렸다. 잭은 도색잡지를 꺼내 난교 사진을 펼쳐보였다. "음란물 배포, 중독성 약물의 소유 및 판매. 난 널 치노에서 1970년대까지 살게 할 수 있을 정도의 증거를 가지고 있어. 이 책을 플뢰르 드 리를 위해 배달해준 건가?"

힌턴은 머리를 끄덕였다. "예."

"훌륭하군. 그래, 누가 이걸 만들었지?"

"몰라요. 정말 몰라요."

"출연한 사람들은?"

"그것도 몰라요. 전 그냥 배달만 했을 뿐이에요."

"빌리 디털링과 티미 밸번. 말해봐."

"그냥 손님일 뿐이에요. 호모들, 당신도 알 것 아니에요. 그들은 호모 파티를 좋아하죠."

"그래 잘하고 있어. 자, 여기서 결정적인 질문을 하지. 누가⋯."

"경관님, 제발⋯."

잭은 38구경의 격철을 내렸다. "치노로 가는 다음 열차를 타고 싶나?"

"아뇨."

"그럼 대답해."

힌턴은 돌아서서 전신주를 붙잡았다. "피어스 파쳇. 그 사람이 이 사업을 운영해요. 번듯한 사업가죠."

"인상착의, 전화번호, 주소는?"

"대략 쉰쯤 됐을 거예요. 브렌트우드에 사는 것 같아요. 전화번호는 몰라요. 우편으로 돈을 받거든요."

"아는 대로 말해봐."

"여자들을 영화스타처럼 꾸며서 손님들한테 팔아요. 그 사람은 부자예요. 저, 전 딱 한 번밖에 그 사람을 못 봤어요."

"누가 자네를 그곳에 소개해줬지?"

"체, 체스터란 친구예요. 머슬 비치에서 그를 만났죠."

"성은?"

"몰라요."

힌턴은 근육을 수축시켰다가 주먹을 꼭 쥐었다. 잭은 그가 덮치면 재빨리 피해야겠다고 생각했다. "그것 말고 파쳇이 취급하는 것은?"

"남자들 그리고 여자들."

"플뢰르 드 리를 통해 뭘 파느냔 말이야."

"손님이 원하는 건 뭐든지요."

"자네들 광고 문구 말고 진짜로 파는 게 뭐냔 말이야."

그는 겁이 났다기보다 화가 난 것 같았다. "남자들, 여자들, 술, 마약, 포르노 책, 신체 결박 용품!"

"진정해. 배달하는 사람은 자네 말고 누가 있지?"

"저하고 체스터요. 그는 매일 일해요. 전…."

"체스터는 어디 살지?"

"몰라요!"

"진정하라니까. 돈 많은 사람이 플뢰르 드 리를 많이 이용하지?"

"그, 그래요."

트럭 안에 있던 레코드가 생각났다. "스페이드 쿨리? 그 친구도 고객인가?"

"아뇨. 버트 퍼킨스의 파티에 자주 가기 때문에 공짜로 얻었죠."

"그럼 그를 알겠군. 몇몇 고객의 이름을 대보시지. 자, 어서."

힌턴은 전신주에 고개를 파묻고 있었다. 잭은 이 거구가 몸을 돌리면 38구경 여섯 발로도 충분하지 않을 거라고 생각했다. "오늘 밤에 일하나?"

"그, 그래요."

"주소를 말해."

"아뇨… 제발."

잭은 그의 몸을 뒤졌다. 지갑, 잔돈, 몸에 바르는 오일, 열쇠가 나왔다. 잭은 열쇠를 집어 들었다. 힌턴은 전신주에 머리를 짓이겼다. 전신주에 피가 묻었다.

"주소를 대면 내가 사라져주지."

쿵쿵하는 소리와 함께 거구의 이마에서 피가 흐르고 있었다. "체라모 야 5261 B."

잭은 주머니에 있던 것들을 떨어뜨렸다. "자네는 오늘 밤 나타나지 마. 가석방 보호관찰관에게 전화해서 나를 도와주겠다고 말해. 그리고 가석방 위반으로 체포해달라고 말해. 그가 어딘가에 자네를 구류해놓게 말이야. 자네는 이 건과 아무 관계없는 걸로 해둘 테니까. 파쳇이 걸리게 되면 그 물건을 만든 놈 가운데 하나가 밀고한 것처럼 해줄 테니 그렇게 알아. 하지만 이걸 알리기라도 하면 자네는 치노로 갈 수밖에 없어."

"아까는 그냥 사라지겠다고 했잖아요."

잭은 차로 달려가 시동을 걸었다. 힌턴은 맨손으로 전신주를 뽑아버 릴 것 같은 자세를 취하고 있었다.

피어스 파쳇, 50대, '번듯한' 사업가.

잭은 공중전화를 발견하고는 기록정보과와 교통국에 전화했다. 알아 낸 것은 피어스 모어하우스 파쳇, 생년월일 1902년 6월 30일, 미시간 주 그로스 포인트 출생, 전과 없음, 브렌트우드 그레트나 그린 1184번지. 1931년 이후로 세 번의 경미한 교통 위반이 있었다.

대단히 많은 것을 알아낸 건 아니다. 허진스에게 전화를 했는데 통화 중이었다. 〈미러〉의 모티 벤디시에게 전화를 했다.

"시청 담당, 벤디시입니다."

"모티, 잭 빈센즈입니다."

"빅 브이! 잭, 자네 언제 마약단속반으로 돌아가나? 재미있는 마약 얘기가 필요하단 말이야."

모티는 정말로 그런 게 필요한 것 같았다. "러스 밀러드를 위해 사건을 깨끗하게 해결해주면 갈 수 있지. 그런데 자네의 도움이 필요해."

"얘기하게. 귀를 쫑긋 세우고 있으니까."

"피어스 파쳇에 대해 뭔가 아는 게 있나?"

벤디시는 휘파람을 불었다. "무슨 일인데?"

"아직은 말할 수 없어. 하지만 사건의 돌파구가 보이면 그때는 자네의 특종이야."

"시드보다 나한테 먼저 얘기해주는 거지?"

"그렇게 하지. 자, 얘기해주게."

또다시 휘파람 소리가 들려왔다. "많은 게 알려지진 않았지만 재미있는 얘기인 건 사실이야. 파쳇은 미남으로 나이는 쉰 정도 되는데 38세밖에는 안 되어 보이지. 로스앤젤레스에서 생활한 지는 25년 정도 될 거야. 그는 유도인지 유술의 전문가이고 화학 관련 일을 했거나 아니면 대학에서 화학을 전공했어. 상당한 재력가로 사업가들에게 30퍼센트 이자율로 돈을 꿔주고 수익금 일부를 받아 여러 편의 영화에도 돈을 댔다더군. 재미있지? 이제 이걸 들어보게. 그는 만성 헤로인 환자로 테리 럭스의 병원에서 치료를 받았다는 소문이 있어. 어쨌든 그는 무대 뒤의 파워맨이라고 할 수 있을 거야."

테리 럭스라면 스타들을 상대로 성형수술을 해주는 사람이었다. 요양소 원장으로 알코올과 마약 중독의 치료, 인공 중절, 헤로인 해독 등을 해주고 있다. 경찰에선 그를 다르게 보고 있다. 그는 로스앤젤레스 정치인들을 무료로 치료해준다. "모티, 그게 전부야?"

"충분하지 않아? 이봐, 내가 모르는 것은 시드가 알고 있을지도 몰라. 그에게 전화해보게. 물론 기사는 나한테 주는 걸로 하고."

잭은 수화기를 내리고 다시 허진스에게 전화했다. 시드의 응답이 들려왔다. "허시-허시. 오프 더 레코드. 비밀은 보장합니다."

"빈센즈일세."

"재키! 이 시드를 위해 밤부엉이 사건의 특종감이라도 있나?"

"아니야. 하지만 귀는 세우고 다니고 있네."

"마약단속반의 비밀 정보 같은 거 없나? 난 전신 마약 중독자에 대한 기사 같은 걸 내고 싶은데 말이야. 재즈 뮤지션이나 영화배우에 대한 거. 아니면 이걸 빨갱이 놈들하고 연결시켜도 좋겠지. 그 로젠버그 스파이 사건으로 말이야. 사람들의 체온이 올라간 건 자네도 알겠지. 자네도 그런 거 좋아하지?"

"그럴듯하군. 시드, 자네 혹시 피어스 파쳇이란 사람에 대해 들어본 적 있나?"

침묵이 흘렀다. 불과 몇 초에 지나지 않았지만 그것은 굉장히 긴 침묵으로 느껴졌다. 시드답긴 했지만 너무나 그다웠다. "재키, 내가 아는 거라곤 그 사람이 굉장한 부자란 것뿐이야. 나한테는 일종의 '암흑지대'지. 그는 호모도 공산당도 아니야. 내가 표적으로 삼는 놈들과 교분이 있는 것도 아니고. 어디서 그 사람 얘기를 들었나?" 적당히 둘러댈까? 그는 금방 알아낼 것이다. "도색물 판매업자가 말하더군."

찍찍대는 소리와 숨을 삼키는 소리가 들려왔다. "잭, 포르노는 굶주림에서 오는 거야. 정상적인 방식으로는 사정할 수 없는 불쌍한 인간들을 위한 것이지. 그런 건 좀 내버려두고 마약단속반에 돌아가면 연락하게. 알았지?"

전화가 큰 소리를 내며 끊겼다. 철컥하고 문이 닫히는 것 같았다. 다시는 그쪽으로 돌아갈 수 없다는 생각이 들었다. 잭은 형사반으로 돌아가고 있었다. 그 문에는 말리부 랑데부라고 적혀 있는 것 같았다.

풍기사범단속반 사무실은 비어 있었다. 밀러드와 그린이 탈의실 옆에서 무슨 얘기를 하고 있었다. 잭은 게시판을 점검했다. 새로운 단서는 없었다. 그는 비품실로 갔다. 열쇠가 채워져 있지 않았다. 마음만 먹으면 뭐든 손쉽게 훔쳐갈 수 있을 것 같았다. 고위 간부들이 밤부엉이에 대해 나누는 얘기들이 들려왔다.

"러스, 난 자네가 이 일에 들어오길 원하는 것 알아. 하지만 파커는 더 들리를 원해."

"국장님, 그는 흑인들만 보면 흥분합니다. 아시잖아요."

"자네는 뭐가 필요한 경우에만 나를 '국장님'이라고 부르는군, 경감."

밀러드가 소리 내어 웃었다. "새드, 현장검증반 친구들이 그리피스 공원에서 탄피를 발견했다는데. 77번가 서에서는 지갑과 손가방을 발견했다던데 사실인가요?"

"그렇다네. 한 시간 전에 하수구에서 발견했어. 피범벅이 되어 있었지만 지문은 채취했어. 감식반에서는 피해자의 피라는 것을 확인했네. 이건 그 흑인 녀석들이야. 러스, 난 확신하네."

"전 우리가 구류하고 있는 놈들 같지는 않아요. 사우스사이드의 강간 현장에서 그 여자를 태우고 돌아다니다가 자기 친구들에게 여자를 넘기고 다시 할리우드까지 나와 밤부엉이를 습격했다고요? 게다가 녀석들 가운데 둘은 약으로 제정신이 아니었는데도 말입니다."

"확실히 골치 아픈 데가 있지. 그건 인정해. 우리는 먼저 다른 강간범들을 찾아내고 이네즈 소토가 말하게 해야 돼. 아직까지 이네즈는 거부하고 있어. 하지만 에드 엑슬리가 이네즈가 말하도록 애쓰고 있지. 엑슬리는 잘하고 있어."

"새드, 제 고집으로 밀어붙일 생각은 없어요. 하지만 전 경감이고 더들리는 경위이지 않습니까? 적어도 공동으로 지휘할 수 있게 해주십시오."

"난 자네 심장이 걱정이야."

"5년 전에 심장마비를 일으켰다고 불구자가 되는 건 아니죠."

그린이 미소를 지었다. "내가 파커에게 얘기해보지. 맙소사, 자네하고 더들리라니. 대단한 팀이겠군."

잭은 원하는 것들을 찾아냈다. 녹음기/전화 도청기 그리고 헤드폰. 그는 옆문으로 나왔다. 그를 본 사람은 아무도 없었다.

어둠, 체라모야 애버뉴 : 프랭클린에서 한 블록 떨어진 할리우드 대로. 5261번지―위에 두 세대와 밑에 두 세대, 4세대 튜더 양식의 아파트였다. 불은 켜져 있지 않았다. 아마도 주간 배달원인 체스터를 부르기에는 너무 늦은 시각인 것 같았다. 잭은 B 버저를 눌렀다. 반응이 없었다. 문에 귀를 기울였지만 아무 소리도 들리지 않았다. 그는 열쇠로 문을 열고 들어갔다.

횡재를 했다. 한눈에 힌턴이 시킨 대로 했다는 것을 알 수 있었다. 물건을 치운 흔적은 없었다. 변태들의 낙원은 바닥에서 천장까지 물건들로 가득 차 있었다.

질 좋은 마리화나. 벤제드린, 바르비탈, 세코바르비탈, 티오펜타르, 아모바르비탈 등의 알약. 로다늄, 코데인 혼합물 등의 괴상한 마약류. 그럴듯한 브랜드 이름―드림스코프, 할리우드 선라이즈, 화성의 문글로우. 압생트, 일 파인트, 일 쿼트, 반 갤런들이 병. 에테르, 호르몬 정제, 코카인 봉투, 헤로인. 영화 필름이 든 캔들. 도색물다운 제목들―미스터 거근,

항문 섹스, 집단 성교, 고교 강간범, 강간 클럽, 그걸 빠는 처녀, 뜨거운 흑인의 사랑, 오늘 밤 해주세요, 수지의 육체의 희열, 사랑에 빠진 남자들, 라커룸의 욕정, 그 사내를 뿅 가게 한다. 예수가 교황을 범하다, 오럴 섹스의 천국, 발기한 남자를 만나자, 음란한 로트바일러 개 렉스. 오래된 도색잡지—성교 장면, 그걸 빠는 여자들, 남자 대 남자, 항문 성교의 클로즈업. 도발적이긴 하지만 그가 찾는 것은 아니었다. 구석에 빈자리가 있었다. 혹시 그가 찾는 게 그곳에 있을지도 몰랐다. 혹시 라마가 치운 건 아닐까? 왜? 이것들만으로도 서기 2000년까지 교도소에 들어가 있는 것은 전혀 문제가 없다. 스냅샷—몰래 카메라로 찍은 듯한 사진. 실제의 영화배우들이 벗고 있었다. 루페 벨레스, 게리 쿠퍼, 자니 와이즈뮬러, 캐럴 랜디스, 클라크 게이블, 탤룰라 뱅크헤드 등이 오럴 섹스를 하고 있었고 시신 보관소의 탁자 위에서 시신들이 서로 상대방의 성기를 핥아주고 있었다.

잭은 욕실로 가서 오줌을 누었다. 거울이 그의 얼굴을 비춰주고 있었다. 늙고 기괴해 보였다. 그는 다시 일을 시작했다. 전화기에 도청 장치를 달고 낡은 도색잡지를 넘겼다.

싸구려였다. 아마 멕시코에서 만든 것 같았다. 마약 중독자임에 틀림없는 출연자들이 멕시코 스타일의 머리를 하고 있었다. 현기증이 일었다. 그는 마치 약을 먹은 것처럼 몸이 흔들리는 것 같았다. 선반 위에 있는 약들이 갑자기 탐이 났다. 그는 사진 속에 카렌을 집어넣었다. 그는 방을 조사하며 벽을 두들겼다. 혹시 비밀 장소가 있지는 않을까 하고. 지하로 구멍이 나 있었고 계단이 있었다.

전화벨이 울렸다.

잭은 도청기를 작동시키고 전화기를 들었다. "하이. 무엇이든 원하시는 대로."

그는 라마 힌턴 흉내를 냈다.

철컥 하고 전화를 끊는 소리가 들려왔다. 광고 슬로건을 쓰는 게 아니었는데, 하고 그는 생각했다. 30분이 지났을 때 전화벨이 다시 울렸다. "하이, 라마입니다." 그는 아무렇지도 않게 전화를 받았다.

잠시 뜸을 들이다가 다시 전화가 끊어졌다.

그는 담배를 연거푸 피웠다. 목이 아팠다. 전화벨이 또 울렸다.

그는 우물거리는 소리를 냈다. "예?"

"하이, 여긴 벨 에어의 세스예요. 뭘 좀 갖다 주실래요?"

"그러죠."

"압생트를 갖다 줘요. 빨리 가져다주면 팁을 잘 쳐서 드리죠."

"주소를 다시 말씀해주실래요?"

"어떻게 주소를 잊어먹을 수 있지? 로스코미어 941번지예요. 머뭇거리지 마세요."

잭은 전화를 끊었다. 다시 벨이 울렸다.

"예?"

"라마, 피어스에게 내가… 라마, 자네 맞나?"

허진스였다.

그는 라마 흉내를 내며 떨지 않을 수 없었다. "예. 누구시죠?"

전화가 찰칵 소리를 내며 끊어졌다.

잭은 재생 스위치를 눌렀다. 허진스의 목소리가 확실했다.

시드는 파쳇을 알고 라마도 알고 있었다. 시드는 플뢰르 드 리 영업을 알고 있었다.

전화벨이 울렸다. 잭은 무시했다. 도청기를 떼어내고 전화기와 그가 만졌던 그 밖의 것을 모두 닦아냈다. 문밖으로 나오자 밤공기가 그의 몸을 자극하는 듯했다.

그는 차의 엔진 소리를 들었다.

총알 한 발이 차의 앞 유리로 날아들었다. 두 번째 탄환은 문에 맞았다. 잭도 총을 꺼내서 쏘았다. 차는 전조등을 켜지 않은 채 방향을 틀었다. 서툰 솜씨였다. 총알 두 발이 나무와 숲에 맞았다. 세 방을 더 쏘았지만 맞춘 것은 아무것도 없었다. 차는 이리저리 방향을 바꾸다가 사라졌다. 근처에 있는 집들의 문이 열렸다. 목격자들이 될 수 있을 것이다.

잭은 자기 차에 올라탔다. 프랭클린 애버뉴에 나가 다른 차들 사이에 섞일 때까지 전조등도 켜지 않았다. 총을 쏜 차는 별다른 특징이 없었다. 그는 담배를 피우려고 속도를 늦추고는 차를 서쪽으로 틀어 벨 에어로 향했다.

로스코미어 로드는 계속 오르막길로 야자수가 앞에 있는 집들이 늘어서 있었다. 잭은 941번지를 찾은 다음 진입로에 차를 세웠다.

그는 거대한 스페인식 저택을 한 바퀴 돌았다. 차가 여러 대 세워져 있었다. 재규어, 패커드, 캐딜락 두 대 그리고 롤스로이스. 그는 차량들의 번호를 적어두었다.

다섯 대의 차량 어디에도 플뢰르 드 리의 종이가방은 없었다. 잭은 위로 올라가 집 안을 들여다보았다.

그는 거기서 본 여자들을 결코 잊을 수 없을 거라는 걸 알았다.

〈길다〉에 나온 리타 헤이워스를 빼닮은 여자. 에메랄드그린 색 가운을 입은 아바 가드너를 방불케 하는 여자. 베티 그레이블과 닮은 여자도 있었다. 턱시도 차림의 남자들이 여럿 있었다. 그는 여자들에게서 눈길을 뗄 수 없었다.

놀랄 만한 모조품이었다. 힌턴이 파쳇에 대해서 했던 말이 떠올랐다. "그는 여자들을 영화배우처럼 꾸며 손님들한테 팔죠." '꾸민다'는 표현이 적당한 것 같지 않았다. 이 여자들은 전문가에 의해 선택된 다음 꾸준히 좋은 품종이 되도록 사육되었다고 해야 할 것 같았다. 가히 경이적이라고 할 만했다.

베로니카 레이크가 불빛을 가로질러 왔다. 베로니카의 얼굴은 그다지 비슷한 편은 아니었다. 베로니카에게 여러 남자가 쫓아왔다.

잭은 유리창에 얼굴을 댔다. 음란한 현기증, 살아 움직이는 여자들. 시드가 전화를 끊어버린 사실을 떠올렸다. 그는 악몽에 시달리며 차를 몰고 집으로 돌아왔다. 통증에 가려움증까지 느껴졌다. 문에 〈허시-허시〉 카드가 붙어 있었다. '말리부 랑데부'라고 적혀 있었다.

그는 다음과 같은 신문의 제목이 보이는 것 같았다.

마약에 취한 마약 십자군이 무고한 시민을 총으로 쏘다!

인기 경관 살인죄로 기소!

빅 브이 가스실행 거의 확정적. 부잣집 여자 친구 그에게 절교 선언!

26

이네즈와 에드는 팔짱을 끼고 입장했다. 이네즈는 가장 좋은 드레스를 입고 베일로 상처를 가리고 있었다. 에드는 경찰 배지를 꺼내 기자들 사이를 통과했다. 안내원들이 손님들을 줄 세웠다. 드림-어-드림랜드가 개장을 한 것이다.

이네즈는 위압당하고 말았다. 빠른 숨결이 이네즈의 베일을 흔들었다. 에드는 위, 아래 그리고 주변을 둘러보았다. 모든 게 그의 아버지를 생각나게 했다.

그랜드 프롬나드('미국 번화가, 1920년'이라는 이름이 붙어 있는)에는 소다수 가게, 5센트짜리 극장, 춤추는 엑스트라들이 있다. 구역 순찰 중인 경관, 사과 돌리기 재주를 부리는 신문배달 소년, 찰스턴(1920년대에 미국에서 유행한 빠른 춤—옮긴이)을 추는 여배우들. 아마존 강에는 모터로 움직이는 악기들과 정글을 유람하는 보트가 있었다. 눈 덮인 산에는 쥐의 귀 모양 모자를 파는 상인들이 있었다. 무치 마우스 모노레일과 열대 섬도 보였다. 수천 평은 될 만한 거대한 마술의 땅이었다.

그들은 모노레일을 탔다. 첫 번째 차였고, 첫 번째 운행이었다. 그것은 빠른 속도로 오르락내리락했다. 이네즈는 안전벨트를 풀며 킬킬 웃었다. '폴의 세계'에서는 썰매도 탔다. 그리고 핫도그, 스노우콘, 무치 마우스 치즈볼 등으로 점심을 해결했다.

'사막의 풍경', '대니의 도깨비집'을 지나 우주여행 전시관으로 갔다. 이네즈가 더 피곤하게 했다. 한껏 흥분한 모양이었다. 에드는 하품을 했다. 간밤의 일 때문에 피곤했다.

지서로 날아온 심야 제보 전화는 체라모야에서 총격전이 벌어졌지만 범인은 아무도 잡히지 않았다는 내용이었다. 그는 현장으로 달려갔다. 아파트에서 아래층에 총을 쏜 것이다. 이상했다. 38구경과 45구경 탄환이 회수되었다. 거실은 모조리 선반으로 둘러싸여 있었고 가학피학성 변태성욕자의 도구 몇 개 말고는 아무것도 없었다. 전화도 없었다. 건물 주인은 추적할 수가 없었다. 관리인의 말에 따르면 건물 주인은 우편을 통해 수표로 급료를 지급했고, 관리인은 공짜 숙소에 100달러씩 받고 있었기 때문에 아무것도 물어보지 않았다. 그는 심지어 주인의 이름조차 모르고 있었다. 아파트의 상태를 보아서는 다급히 정리된 것 같았다. 하지만 무엇 하나 목격한 사람은 아무도 없었다. 보고서를 쓰는 데 네 시간이 걸렸다. 밤부엉이 사건에서 겨우 빼낸 네 시간이었다.

전시관은 따분했다. 문화에 찬물을 끼얹는 듯했다. 이네즈는 여자 화장실을 손으로 가리켰다. 에드는 밖으로 나왔다.

VIP 행렬이 그랜드 프롬나드로 이어졌다. 티미 밸번이 주요 인사들을 안내했다. 마치 헤럴드 신문 1면을 그대로 보는 것 같았다. 드림-어-드림랜드, 밤부엉이 사건 등 다른 것들은 눈에 띄지 않았다.

그는 코츠, 존스와 폰테인을 심문했지만 그들은 한마디도 하지 않았다. 그리피스 공원에서 총을 쐈던 자를 확인하기 위해 목격자들을 불렀으나 구류 중인 세 명을 알아보지 못했다. 그들은 하나같이 '확실하지 않다'고만 말했다. 차량 조회는 48년부터 50년까지의 포드와 쉐보레까지 확장했지만 화끈한 것은 없었다. 사건 수사의 주도권을 잡기 위한 암투가 벌어지고 있었다. 파커 국장은 더들리 스미스를 지원했고, 태드 그린은 러스 밀러드를 밀었다. 엽총들은 발견되지 않았고, 슈가 레이의 머큐리도 못 찾아냈다. 피해자들의 지갑과 손가방은 테베르 호텔에서 몇 블록 떨어진 하수구에서 발견되었다. 함께 나온 탄피는 그리피스 공원의 것과 일치했고 신문에는 보도되지 않았다. 엘리스 로우는 파커에게 그를 위협하도록 윽박지르고 있었다. "여태까지 상황 증거뿐이야. 자네 부하 엑슬리에게 그 멕시코 여자를 빨리 설득시키도록 하게. 소듐 펜토탈을 사용해서 심문하게. 린드버그 법을 적용할 만한 단서를 잡아내고 밤부엉이 사건의 해결 시한을 단호하게 못 박도록."

이네즈는 그의 옆자리에 앉았다. 그들은 아마존 강과 석고 모형의 산 등 경치를 바라보았다. 에드가 말했다. "괜찮아요? 돌아갈래요?"

"전 담배가 필요해요. 피워본 적은 없지만."

"그럼 피우지 마요, 이네즈."

"알았어요. 당신 캐빈으로 갈게요."

에드는 미소를 지었다. "언제 결심했어요?"

이네즈는 모자 밑의 베일을 걷어냈다. "화장실에서 신문을 봤어요. 엘리스 로우는 내가 이렇게 당한 것에 대해 흡족해하더군요. 그는 즐거운 것 같았고, 그래서 전 우리 사이에 거리를 두어야겠다고 생각했죠. 저기, 당신이 이 모자를 사줬는데도 고맙다는 말을 하지 못했네요."

"그럴 필요 없어요."

"아니에요, 전 친절하게 대해주는 백인들에게는 불친절하게 굴죠."

"편치 라인(절묘한 표현 — 옮긴이)이 나오는 걸 기다리나 본데 그런 건 없어요."

"바로 그거예요. 다시 확인하겠지만, 전 아무 말도 하지 않을 거고, 사진도 안 볼 거고, 증인도 되지 않을 거예요."

"이네즈, 당신을 당분간 쉬도록 해야 한다는 권고안을 올렸어요."

"그 '당분간'이라는 게 펀치 라인이고 당신이 제게 마음이 있다는 게 다른 펀치 라인이죠. 좋아요. 멕시코 남자들은 네그리토 푸토스에게 윤간당한 멕시코 여자를 원치 않아요. 뭐가 무서운지 알아요, 엑슬리?"

"에드라고 부르라고 했잖아요."

이네즈는 눈알을 굴렸다. "저한테는 에두아르도라는 무서운 오빠가 있기 때문에 엑슬리라고 부르는 거예요. 뭐가 무서운지 알아요? 이런 꿈 같은 장소에 있어서 기분이 좋은데도 무서운 건 그 일은 이 순간보다 몇 백 배 현실적이기 때문이에요. 무슨 말인지 알겠어요?"

"예. 하지만 지금은 날 믿어야 해요."

"당신을 믿을 수 없어요, 엑슬리. '지금은'요. 앞으로도 그럴지 모르겠지만."

"난 당신이 믿을 수 있는 유일한 사람이에요."

이네즈는 베일을 내렸다. "당신은 그들이 한 짓을 증오하지 않기 때문에 난 당신을 믿지 않아요. 혹시 그들을 미워할 마음이 생기더라도 동시에 당신 경력에 대해서도 고려해야겠죠. 화이트 경관은 그들을 증오했어요. 그는 날 괴롭힌 사람을 죽였어요. 그는 당신만큼 똑똑하지는 않아요. 어쩌면 그래서 난 그를 믿을 수 있는 것 같아요."

에드는 한 손을 뻗었다. 이네즈는 그의 손을 살짝 피했다. "난 그들이 죽기를 원했어요. 압솔루타멘테 메우르토(Absolutamente meurto : 완전한 죽음) 콤프렌데(Comprende : 알겠어요)?"

"이해해요. 당신은 친애하는 그 화이트 경관이 빌어먹을 깡패란 사실은 알고 있어요?"

"단지 당신이 그를 질투하는 것만 알겠어요. 어머나, 봐요. 맙소사."

레이 디털링과 에드의 아버지였다. 에드는 자리에서 일어섰다. 이네즈도 반짝이는 눈빛으로 일어섰다. 프레스톤이 말했다. "이쪽은 레이먼드 디털링 씨, 제 아들 에드먼드입니다. 에드먼드, 이 젊은 숙녀 분을 소개해주겠니?"

이네즈는 디털링을 향했다. "선생님, 이렇게 만나 뵙게 되어 반갑습니다. 전⋯ 아, 전 단지 열렬한 팬이에요."

디털링은 이네즈의 손을 잡았다. "고마워요, 아가씨. 성함이?"

"이네즈 소토예요. 뵌 적이⋯ 아, 전 그저 열렬한 팬이에요."

디털링은 슬픈 듯 미소 지었다. 이네즈의 이야기는 신문 1면에 있었다. 그는 에드를 향해 돌아섰다. "경사, 반가웠네."

둘은 악수를 나누었다. "영광입니다. 그리고 축하드립니다."

"고맙네. 그리고 그 축하는 자네 아버님과 함께 나누지. 프레스톤, 당신 아들은 여자를 보는 눈이 있는 것 같군요. 그렇죠?"

프레스톤이 껄껄 웃었다. "소토 양, 에드먼드가 이런 고상한 취향을 보이는 건 드문 일이오." 그는 에드에게 한 장의 종이를 슬며시 건넸다. "보안관 사무실 사람이 널 만났으면 하던데, 메시지를 받아왔다."

에드는 종이를 거머쥐었다. 이네즈는 베일 속에서 얼굴을 붉혔다. 디털링이 미소를 지었다. "소토 양, 드림-어-드림랜드에서 맘껏 즐기셨나요?"

"예, 그럼요. 물론이죠."

"그렇다니 나도 기쁩니다. 혹시 이곳에서 일하고 싶은지 궁금하군요. 언제라도 말만 하세요. 말만 하면 됩니다."

"감사합니다, 정말 감사합니다, 선생님." 이네즈는 휘청거렸다. 에드는 이네즈를 부축하며 메시지를 보았다. "스텐슬랜드가 3871 웨스트 게이지의 레인체크 룸에서 술을 마시고 있음. 중대한 가석방 위반임. 기다리겠음. - 키퍼."

두 사람은 인사를 하고 그 자리를 떴다. 이네즈는 두 사람에게 손을 흔들었다. 에드가 말했다. "바래다 드리죠. 하지만 그전에 잠깐 할 일이 있어요."

그들은 라디오를 들으며 L.A.로 돌아왔다. 이네즈는 좌석 앞부분을 박자에 맞춰 두드렸다. 에드는 멋진 말로 스텐슬랜드를 기죽이는 장면을 상상했다. 레인체크 룸까지는 한 시간가량 걸렸다. 에드는 아무 표시도 없는 보안관의 차량 뒤에 주차를 했다. "오래 걸리지 않을 거니까 당신은 여기 있어요, 알았어요?"

이네즈는 고개를 끄덕였다. 팻 키퍼가 바에서 나왔다. 에드는 차에서 나와 휘파람을 불었다.

키퍼가 다가왔다. 에드는 그를 이네즈에게서 떨어진 곳으로 데려갔다. "아직 거기 있소?"

"그래요, 몹시 취했죠. 보시다시피 난 포기했어요."

바 옆은 어두운 골목이었다. "보호관찰관은?"

"나한테 데려오라더군요. 여긴 카운티 관할 구역이에요. 그 사람 동료들도 가버려서 지금 혼자 있어요."

에드는 골목을 가리켰다. "수갑을 채워서 데리고 나오시오."

키퍼는 다시 들어갔다. 에드는 샛문에서 기다렸다. 고함 소리와 무거운 물건이 떨어지는 소리가 났다. 딕 스텐스가 힘으로 밀고 나왔다. 그는 고약한 냄새를 풍겼고 흐트러진 모습이었다. 에드는 그를 두들겨 팼다. 위에서, 아래에서, 그의 양팔이 축 늘어질 때까지. 스텐스는 바닥에 먹은

것을 토했다. 에드는 그의 얼굴을 걷어찬 후 비틀거리며 걸어 나왔다. 이
네즈는 인도에 서 있다가 한마디 했다.

"화이트 경관이 깡패라고요?"

27

버드는 여자에게 커피를 따라주었다. 여자를 돌려보내고, 구치소에
있는 스텐스를 만나러 가야 했다.

캐롤린 아무개라는 여자, 오빗 라운지에서는 괜찮아 보였으나 아침
햇살에 보니 족히 열 살은 더 먹은 것 같았다. 그는 충동적으로 캐롤린을
선택했다. 만약 그가 여자를 찾지 못했다면 그는 엑슬리를 찾아 죽였을
것이다. 캐롤린은 침대에서 그다지 나쁘지 않았다. 하지만 그가 욕정을
느꼈을 때는 이네즈를 생각했고, 그건 그를 싸구려처럼 느끼게 했다. 이
네즈가 그에게 사랑을 느껴 같이 잠을 잘 확률은 6조분의 1이었다. 그는
이네즈에 대한 생각을 멈추었다. 지난밤은 별 볼 일 없는 얘기와 브랜디
뿐이었다.

캐롤린이 말했다. "그만 가야겠어요."

"전화할게요."

초인종이 울렸다.

버드는 캐롤린을 문으로 데려갔다. 유리 구멍을 들여다보았다. 더들

리 스미스와 웨스트밸리의 형사 조 디센조였다.

더들리는 미소를 지었다. 디센조는 고개를 끄덕였다. 캐롤린은 고개를 숙이고 나갔다. 마치 그들이 어떤 일이 있었는지 상상할지 아는 듯이. 버드는 앞쪽 방을 쳐다보았다. 접는 침대와 술병 하나, 큰 술잔 두 개가 보였다.

디센조는 침대를 가리켰다. "저게 그의 알리바이로군. 난 그가 아니라고 생각했는데."

버드는 문을 닫았다. "뭐라고요? 보스, 무슨 일입니까?"

더들리는 한숨을 쉬었다. "나쁜 소식을 전하게 되어 유감이야. 간밤에 케이시 제인웨이라는 어린 여자가 모텔 방에서 강간당하고 맞아 죽은 채로 발견되었어. 그 여자의 손가방에서 자네 명함이 발견됐어. 디센조 경사는 제보를 듣고 자네가 나의 피후견인이라는 걸 알고 있었기 때문에 나한테 연락했지. 나도 범행 현장에 갔고 제인웨이 양의 주소가 적힌 봉투를 발견했는데 필적이 자네가 급하게 쓴 거라는 걸 확인했네. 간단히 설명하자면, 버드, 디센조 경사는 이 사건 담당인데, 자네를 용의자에서 제외하길 원하고 있지."

한 방 맞은 것 같았다. 흐느끼던 어린 케이시. 버드는 곧장 거짓말을 했다. "전 어떤 창녀를 만나 캐스카트의 배경을 조사하던 중이었고 그 창녀는 캐스카트가 마지막으로 아끼던 여자애가 제인웨이라고 했습니다. 전 그 여자애와 얘기했지만 여자애는 보고서에 기록할 만큼 중요한 일은 아무것도 모르더군요. 그 여자애는 캐스카트가 자기 몫으로 남겨둔 돈을 그 창녀가 가지고 있는데 내놓지 않는다고 했습니다. 그래서 전 그 창녀를 협박해서 그 애에게 우편으로 보냈습니다."

디센조는 고개를 가로저었다. "당신은 정기적으로 창녀들을 협박하는 거요?"

더들리는 한숨을 쉬었다. "버드는 여성에 대해 감상적이라는 약점이 있지. 난 그의 설명이 일정한 한계 내에서는 이해할 만한 거라고 생각하오. 버드, 자네가 언급한 '창녀'는 누구지?"

"신시아 베나비드, '죄 많은 신디'라고도 하죠."

"버드, 자네가 제출한 보고서에는 신디에 대한 언급이 포함되지 않았더군. 신디가 실마리가 될 수 있는데 말이야."

거짓말들. 도색물, 캐스카트의 숙소 수색, 듀크에게 케이시를 판 포주 등에 대해서 모두 숨기고 있었다. "전 신디가 중요한 요소라고는 생각하지 않았습니다."

"신디는 밤부엉이 사건의 증인과 관계되어 있어. 자네 보고서를 아주 자세히 작성하라고 가르쳐주지 않았나?"

화가 치밀었다. 시체 안치소에 누워 있는 케이시. "그러셨죠."

"그리고 지난번 저녁 식사 이후 정확히 뭘 했지? 그 시점에 제인웨이 양과 베나비드 양에 대해 보고했어야 하는 것 아닌가?"

"전 아직 런스포드와 캐스카트의 지인들을 조사하는 중입니다."

"런스포드의 지인들은 이번 조사와 관계가 없어. 캐스카트에 대해 알아낸 게 있나?"

"없습니다."

더들리는 디센조에게 말했다. "버드가 당신 용의자가 아니라는 것에 만족하시오?"

디센조는 시가를 입에서 떼었다. "만족합니다. 그리고 살아 있는 사람들 중에서 가장 똑똑한 사람이 아니라는 점에서도 그렇죠. 화이트, 하나만 실마리를 줘보게. 누가 그 여자를 죽였다고 생각하나?"

"모르겠습니다."

"간단한 대답이군. 조, 이 친구와 얘기하게 잠시만 자리를 비켜줄 수 있겠소?"

디센조는 시가를 피우며 나갔다. 더들리는 문에 기대어 섰다. "자네는 미성년자에게 돈을 주려고 창녀들을 들쑤셔선 안 돼. 난 자네의 여자들에 대한 감상적인 애정을 이해하고, 그게 자네 경찰 인력의 필수적인 요소라는 것도 말일세. 하지만 그런 과도한 개입은 용납될 수 없어. 자네는 지금부터 캐스카트와 런스포드 조사에서 손 떼고 흑인 동네 조사로 돌아가게. 현재 파커 국장과 나는 구류 중인 세 명의 검둥이가 범인이라고 확신하고 있네. 아니면 적어도 다른 검둥이 깡패들에게 책임이 있겠지. 우린 아직 살인 무기와 코츠의 차량도 못 찾아냈어. 엘리스 로우는 대배심에 제출할 확실한 증거를 원해. 소토 양은 아직 입을 열지 않았는데, 펜토탈까지 쓰게 될까 봐 걱정이야. 자네 임무는 파일을 조사하고 흑인 성범죄 전력자들을 심문하는 거야. 우리는 더러운 세 놈이 소토 양을 능욕하게 한 놈들을 찾아야 돼. 당장 일에 착수하리라고 생각하는데, 해주겠지?"

거창한 말들—또 한 방 맞고 말았다. "물론입니다."

"좋아. 출퇴근 시간을 77번가 서에 기록하고, 더 자세한 보고서를 제출하게."

"알겠습니다."

스미스는 문을 열었다. "난 자네에 대해 가벼운 견책 처분으로 끝나게 해줬네. 알고 있었나?"

"예."

"좋아. 난 자네에게 관심이 많아, 버드. 파커 국장이 내게 팀을 만들 권한을 줘서 딕 칼리슬과 마이크 브루닝을 끌어들였지. 밤부엉이 사건을 끝내면, 자네도 우리 팀에 합류시키겠네."

"고맙습니다."

"좋아. 그리고… 버드? 딕 스텐슬랜드가 에드 엑슬리에게 체포된 것 알고 있을 텐데. 자네는 설마 보복하지 않겠지. 알겠나?"

붉은 세단, 그렇게 불러도 될 것 같았다.

캐스카트의 숙소는 수색당하고 지문이 채취되고 옷이 흩어져 있다.

'죄 많은 신디'—듀크의 도색물 판매라는 허황된 꿈.

듀크에 관해 페더는 말했다. "뭔가 새로운 사업을 준비하고 있었어요."

호객꾼 듀키는 B급 여자들을 모았다. 풍기사범단속반에서 확인—도 색물에 관해서는 아무것도 없었다. 쓰레기통 잭 브이. 보고서를 부풀리 는 게 특기인 남자. 그도 밤부엉이 사건에 참여하도록 요청받았다. 그는 일이란 굶주림에서 비롯된다고 말했다. 러스 밀러드의 최근 훈시 요 약—작은 규칙 위반은 무시하라. 물에 흘려보내라.

그도 더들리에게 거짓말을 했지만 태연했다. 그가 케이시를 소년재 판소에 보고했다면 케이시는 지금 어딘가에서 영화 잡지를 읽고 있을 것이다.

케이시를 듀크에게 판 포주는 말했다. "그 사람이 나를 남자들과 자게 했어요."

엑슬리 엑슬리 엑슬리 엑슬리 엑슬리 엑슬리 엑슬리….

'죄 많은 신디'의 전과기록. 자주 가는 네 곳의 매춘 바가 목록에 나와 있었다. 먼저 신디의 숙소—신디는 없었다. 할스 네스트, 문미스트 라운 지, 파이어플라이 룸, 루즈벨트의 시너바—신디는 없었다. 풍기사범단 속반 선임 경관의 얘기는 창녀들이 타이니 네일러즈 드라이브인에 모 인다는 것이다. 종업원인 것처럼 꾸며 몸을 판다는 것이다. 타이니즈에 는 신디의 데소토가 밖에 있었다. 문에는 음식 쟁반이 걸려 있었다.

버드는 신디 옆에 차를 세웠다. 신디는 그를 보고 쟁반을 쏟더니 창문을 올렸다. 쾅 하고 데소토가 후진을 했다. 버드는 달려가 보닛을 열고 배전기를 잡아당겼다. 차가 죽은 듯 멈췄다.

신디가 창문을 내렸다. "당신 내 돈을 훔치더니! 점심까지 망치고!"

버드는 신디의 무릎에 5센트를 떨어뜨렸다. "점심은 내가 사지."

"거물 선생! 돈도 잘 쓰시네요!"

"케이시 제인웨이가 강간당하고 맞아 죽었어. 케이시의 예전 포주와 단골들을 알려줘."

신디는 핸들에 머리를 기댔다. 경적이 울렸다. 신디는 표정이 창백해 졌으나 울지는 않았다. "드와이트 질레트. 흑인처럼 보이는 남자예요. 옛 날 단골은 몰라요."

"질레트는 붉은색 차를 모나?"

"몰라요."

"주소는?"

"이글 록에 산다는 얘기를 들었어요. 거긴 백인 거주지역이라, 백인처 럼 행세하는 거죠. 하지만 그 사람이 죽이진 않았을 거예요."

"어째서?"

"그 사람은 호모예요. 손에 굉장히 신경 쓰고, 여자는 건드리지 않아요."

"또 다른 건?"

"칼을 갖고 다니죠. 그 사람 여자들은 그를 '블루 블레이드'라고 부르 는데, 질레트란 이름 때문이에요."

"당신은 케이시가 그렇게 되었는데도 놀라지 않는 것 같군."

신디는 눈가에 손을 갖다 댔다. 말라 있었다. "그 애는 그렇게 되게 돼 있었어요. 듀키는 그 애를 부드럽게 대했고, 그래서 그 애는 남자들을 더 이상 미워하지 않게 되었죠. 그동안 그 애가 좀 배웠어야 하는데. 제기랄, 난그 애한테 좀 더 잘 해줘야 했어요."

"맞아. 그건 나도 마찬가지야."

이글 록, 기록정보과에서 체크를 해봤다. 드와이트 질레트, 일명 '블레이드', 일명 '블루 블레이드', 이글즈 에어리 주택 개발 단지 하이비스커스 3245번지. 여섯 차례 위증죄로 체포되었지만 유죄 판결은 없었다. 코카시안(백인) 남성으로 기록되어 있었다. 만약 흑인이라면 꽤 멋을 부리는 친구일 것이다. 버드는 단지와 거리를 살펴보았다. 단정한 회벽들, 하이비스커스는 1급 주택지였다. 스모그가 자욱한 L.A. 경치.

3245번지는 복숭아 색으로 칠해져 있었고 잔디밭에는 쇠로 된 홍학들이 있었으며 푸른색 세단이 진입로에 세워져 있었다. 버드는 걸어가서 초인종을 눌렀다. 딸랑거리는 소리가 들렸다.

피부색이 옅은 흑인이 문을 열었다. 그는 키가 작고 뚱뚱한 30대로 평상복 바지에 실크 셔츠를 입고 있었다. "라디오에서 들었소. 당신들이 올줄 알았지. 라디오에서는 한밤중이라더군. 난 알리바이가 있소. 한 블록 떨어진 곳에 사는 사람이 그걸 증명할 거요. 케이시는 귀여운 애였는데, 누가 그런 짓을 저질렀는지 모르겠군. 당신들은 보통 두 사람이 조를 이뤄 다니지 않소?"

"얘기는 다 끝난 겁니까?"

"아직. 내 알리바이는 내 변호사가 알고 있소. 그는 여기서 한 블록 떨어진 곳에 사는데 미국 시민자유연합의 고위직을 맡고 있지."

버드는 그를 어깨로 밀치고 휘파람을 불며 집 안으로 들어갔다.

호모의 천국에는 가발 무더기와 그리스 신상들이 있었다. 벽에 걸린 남성 누드화는 벨벳 플로킹(분말 모양의 털(flock)로 장식한 벽지 – 옮긴이)에 그려져 있었다. "귀엽군." 버드가 말했다.

질레트는 전화기를 가리켰다. "2초 안에 나가지 않으면 변호사를 부르겠소."

빨리 승부를 걸어야 했다. "듀크 캐스카트. 당신이 케이시를 그에게 팔았지?"

"케이시는 고집이 셌소. 듀크가 나한테 제안했지. 듀크는 끔찍한 밤부엉이 사건에서 죽었는데, 당신은 날 용의자로 보는 것 같진 않은데."

미끼를 물지 않았다. "듀크가 도색물을 준비했다는 얘기는 들었소. 당신도 들었소?"

"이제 도색물은 한물갔지, 들은 적 없소."

여전히 소득이 없었다. "듀크의 사업에 대해 아는 대로 말해주시오. 어떤 얘기를 들었소?"

질레트는 짝발을 짚고 서 있었다. "듀크에 대해 묻고 다니는 녀석 얘기를 들었소. 듀크처럼 되려고 하는 친구인가 본데 아마도 그의 사업을 박살내려고 한 모양이오. 그래 봐야 남은 애들도 거의 없지만 말이오. 그럼 이제, 변호사한테 전화하기 전에 나가주겠소?"

전화벨이 울렸다. 질레트는 부엌으로 가서 수화기를 들었다. 버드는 천천히 걸어갔다. 멋진 물건들이 눈에 들어왔다. 프리지데어(Frigidaire : 전기냉장고의 상표명 ─ 옮긴이), 화력을 최대로 높인 코일 버너 스토브 : 달걀들, 끓는 물, 스튜.

질레트는 키스하는 소리를 내며 전화를 끊었다. "아직까지 있었소?"

"좋은 집이군, 드와이트. 사업이 잘되나 봐."

"사업은 훌륭하지. 고맙소."

"좋소. 난 케이시의 옛 단골들에 대한 정보가 필요해요. 당신의 창녀 장부를 보여주시오."

질레트가 싱크대의 스위치를 켜자 모터가 돌았다. 그는 쓰레기 처리

구멍으로 찌꺼기를 밀어 넣었다. 버드는 스위치를 껐다. "창녀 장부."

"안 돼, 나인(nein : 독일어의 no), 니예트(nyet : 러시아어의 no), 절대로."

버드는 그의 복부에 훅을 날렸다. 질레트는 한 바퀴 돌더니 칼을 쥐고 휘둘렀다. 버드는 잽싸게 피하며 그의 고환을 걷어찼다. 질레트는 고통을 못 이겨 몸이 구부러졌다. 버드는 쓰레기 처리 스위치를 켰다. 모터가 돌았다. 버드는 호모의 손을 집어넣었다.

으악, 싱크대에 피와 뼈가 튀었다. 버드는 손가락이 떨어져나간 손을 꺼냈다. 비명 소리가 50배는 커졌다. 잘려 나간 부분이 버너코일과 아이스박스에 흩어졌다. "그 빌어먹을 창녀 장부를 내놓으란 말이야." 비명 소리가 방 안에 메아리쳤다.

질레트는 눈깔이 뒤집어졌다. "서랍… TV 옆… 구급차를."

버드는 그를 놓고, 거실로 달려갔다. 서랍들은 비어 있었다. 그는 부엌으로 돌아갔다. 질레트는 바닥에서 종이를 입에 처넣고 있었다.

목을 세게 짓눌렀다. 질레트는 반쯤 씹은 종이를 뱉어냈다. 버드는 종이뭉치를 들고 비틀거리며 걸어 나왔다. 살이 타는 냄새가 그의 숨통을 막았다. 그는 종이를 펴보았다. 이름과 전화번호들이었다. 글자가 번져 있었으나 두 이름은 읽을 수 있었다. 린 브래큰, 피어스 파쳇.

28

잭은 책상에 앉아 거짓말의 숫자를 세고 있었다.

업무 관련 — 막다른 길에 달했다는 보고서를 몇 차례 썼다. 동료들도 별 소득이 없어 운이 다했다는 내용으로. 밀러드는 도색물 수사에서 손을 떼고 싶어 했다. 거짓말이 아닌 것 — 그는 이름들을 추적하며 종일을 보냈다 — 벨 에어의 차량 번호를 토대로 이름을 찾아낸 것이다. 네 개의 이름을 찾아냈다. 영화배우를 닮은 여자들을 전문으로 하는 모델 에이전시에서는 아무런 소득이 없었다. 아무도 그의 미녀들만큼 아름답지 않았다. 옆에 이름을 써내려가고 표시한다. 허진스는 옛날 일을 추적하도록 만든다. 그는 그 여자들을 다시금 보고 싶었다. 카렌에게 거짓말을 하나 더 했다.

그들은 카렌의 해변 집에서 아침을 보냈다. 카렌은 섹스를 하고 싶어 했다. 그는 실없는 소리를 하며 카렌을 멀리 했다. 그는 마음이 산란했다. 그는 정의 실현이 더 중요하기 때문에 밤부엉이 사건에 참여할 것을 요청받았다고 말했다. 카렌은 그의 옷을 벗기려 했다. 그는 등을 삐끗했다고는 말했지만 관심이 없다는 말은 하지 않았다. 그는 카렌을 이용해 포르노 책에 나온 대로 카렌이 다른 여자들과 몸이 뒤엉키는 장면을 머리에 그려 보았다.

가장 큰 거짓말―그는 카렌에게 말하지 않았다. 그가 절대 되갚을 수 없는 일을 하고 말았다는 것, 자신을 가스실로 보낼 만한 일을 저질렀다는 것 그리고 그를 마약단속반으로 보내 줄 티켓은 이미 날아가고 말았다는 것 등.

카렌이 만약 47년 10월 24일 있었던 일을 알게 되면 그의 다른 거짓말들과 함께 그가 공들여 쌓은 멋진 사나이 빅 브이는 불길에 홀라당 타 버릴 것이다. 그는 겁이 나서 카렌에게 말하지 않았다. 카렌는 알아채지 못했다. 그는 겉으론 여전히 강했다.

다른 한쪽은 무너지지 않았다―눈먼 행운.

시드는 전화를 하지 않았고, 그의 월간 〈허시-허시〉는 예정대로 나왔다. 자신에 대한 언급은 없었고, 맥스 펠츠와 10대 여자애와의 정사에 대한 약간의 '암시'―겁나는 게 없었다. 그는 플뢰르 드 리 총격전 보고서를 점검했다. 똑똑한 친구 에드 엑슬리가 신고 전화를 받았다. 엑슬리는 당황했다. 아무도 집 주인을 몰랐고 선반들은 깨끗했다. 가학기피성 성교 도구 몇 개를 제외하고 나머지 더러운 물건들은 어딘가 구멍에 숨긴 것 같았다.

라마 힌턴이 달아날 기회를 주었다―무임승차―빅 브이는 그 사건에서 손을 떼고 새 임무를 맡았다.

허진스는 피어스 파쳇과 플뢰르 드 리를 알고 있었다. 허진스는 말리부 랑데부도 알고 있었다. 시드는 지저분한 파일 뭉치를 감추었다. 빅 브이의 임무는 그의 파일을 찾아내서 없애는 것이었다.

잭은 번호판 목록과 이름들을 교통국의 사진들과 대조했다.

세스 데이비드 크루글리악은 벨 에어 저택의 소유자로 뚱뚱하고 구변 좋은 영화 사업 관련 변호사이다. 피어스 모어하우스 파쳇은 플뢰르 드 리의 사장으로 미스터 매너로 통한다. 찰스 워커 챔플레인은 투자은행가로 면도한 머리, 염소수염을 기르고 있다. 린 마거릿 브래큰, 29세 / 베로니카 레이크, 전과 없음.

"잘 있었나?"

잭은 의자를 빙 돌렸다. "더들리, 안녕하십니까? 풍기사범단속반에는 무슨 일로 오셨습니까?"

"밤부엉이 사건을 맡고 있는 내 동료 러스 밀러드와의 잡담 내용을 가져왔지. 자네가 원하는 화제라고 들었네."

"제대로 들으셨습니다. 그렇게 해주시겠어요?"

"그게 누굽니까?"

"버드 화이트를 미행해주게. 그 사람은 개인적으로 운 나쁘게 살해된 어린 창녀 사건에 말려들었는데, 난 그를 안정시켜야 해. 자네는 뛰어난 미행 솜씨가 있으니 밤에 그를 감시해주겠나?"

버드, 이 나쁜 자식. 항상 길 잃은 여자들에겐 바보 같군. "그러죠, 그 친구 어디서 일합니까?"

"77번가 서라네. 그에게 체포된 흑인 성범죄 전과자들의 기록 조사를 맡겼지. 낮에 77번가 서에 있을 테니 자네도 그쪽으로 출근해도 돼."

"이제 보니 인명 구조원이시군요."

"상세한 사정에 관심 있나?"

"아닙니다."

29

메모 :

'발신 : 파커 국장 / 수신 : 그린 부국장, 밀러드 경감, 스미스 경위, 엑슬리 경사 / 회의 : 53년 4월 23일, 오후 4시, 국장 사무실 / 의제 : 증인 이네즈 소토 심문.'

그의 아버지의 쪽지 : '이네즈는 아름답고 레이 디털링도 반한 것 같았다. 하지만 이네즈는 중요한 증인이고 멕시코 사람이라서 이네즈에게 너무 빠지지 말라고 충고한다. 이네즈와 동거할 상황이 아니다. 동거는 경찰 내규 위반이며 멕시코 여자와 같이 있다는 건 네 경력을 위태롭게 할 수 있다.'

파커가 쏟아붓듯이 말했다. "에드, 밤부엉이 사건의 범인은 구속 중인 검둥이들이거나 다른 유색인 깡패들로 좁혀질 수 있지. 자네는 소토 양과 좀 더 친해져야 돼. 스미스 경위와 나는 시간대를 확인하고 세 구류자의 알리바이가 있는지, 또 이네즈를 폭행한 다른 사람들을 확인하기 위해서는 이네즈도 심문이 필요하다고 생각해. 펜토탈이 가장 확실한 결과를 얻을 수 있고 쉽게 할 수 있다고 생각하네. 소토 양이 협력하도록 자네가 설득해. 이네즈는 자네를 신뢰하기 때문에 아마 믿음을 얻을 수 있을 거야."

스텐슬랜드 체포 이후의 이네즈 : 전투신경증에 걸린 것 같아 애로우 헤드로 옮기기도 힘들었다. "국장님, 우리가 확보한 증거들은 모두 상황 증거입니다. 제가 소토 양을 설득하기 전에 보강 증거가 있어야 합니다. 전 코츠, 존스와 폰테인을 다시 심문했으면 합니다."

스미스가 소리 내어 웃었다. "그들은 자네에게 증언을 거부할 거야. 지금쯤 누군가 그들에게 입을 다물라고 충고했겠지. 엘리스 로우는 대배심에 내놓을 증거를 원해―밤부엉이 사건과 린드버그 법을 적용할―자넨 그걸 쉽게 할 수 있네. 애들 장난감으로는 소토 양이 붙지 않아. 이제 이네즈의 버릇을 고쳐줄 때야."

러스 밀러드 : "경위, 난 엑슬리 경사의 의견에 찬성이오. 우리가 남부 지역을 조사한다면 강간 목격자를 찾아내거나 코츠의 차량과 살인 무기를 발견할지도 모릅니다. 이네즈의 사건 당일 밤의 기억은 사건을 더 혼란시키고 우리에게 좋을 게 없을 거라는 게 내 추측이오. 만약 이네즈에게 기억을 되살리게 하면 이미 비참해진 이네즈의 삶을 더욱 황폐하게 할 거요. 대배심에서 이네즈에게 집적대는 엘리스 로우의 모습이 상상되지 않소? 그다지 보기 좋지는 않겠죠, 그렇죠?"

스미스가 밀러드를 똑바로 바라보며 껄껄 웃었다. "경감님, 정치적인 힘을 구사해 사건 지휘를 맡으려 하더니 이제는 소녀 같은 감수성을 들이미시는군요. 이 사건은 신속하고 대단한 결의가 필요한 잔인한 대량 살인이지 계집애들의 파티가 아닙니다. 그리고 엘리스 로우는 뛰어난 검사이며 인정 많은 사람입니다. 난 그가 소토 양을 배려할 거라고 확신합니다."

밀러드는 알약을 삼키고 물을 마셨다. "엘리스 로우는 신문 1면에 실리려고 애쓰는 광대이지 경찰이 아닙니다. 그가 이번 사건에 끼어들어 지휘를 해서는 안 됩니다."

"국장님, 전 그 발언을 선동적인 것으로 생각…."

파커가 한 손을 들었다. "여러분, 됐습니다. 새드, 경사와 얘기하는 동안 자네는 밀러드 경감, 스미스 경위와 복도로 나가 커피나 한 잔 하겠나?"

그린은 두 사람을 밖으로 안내했다. 파커가 말했다. "에드, 더들리가 옳아."

에드는 가만히 있었다. 파커는 신문 더미를 가리켰다. "보도진과 사람들은 정의를 요구하고 있어. 빨리 이 사건을 해결하지 못하면 아주 나쁘게 보일 거야."

"알겠습니다."

"그 여자한테 관심이 있나?"

"그렇습니다."

"조만간 그 여자가 협조해야만 한다는 걸 알고 있나?"

"국장님, 그 여자를 과소평가하면 안 됩니다. 속이 강철 같은 사람입니다."

파커는 미소를 지었다. "자네도 얼마나 강철 같은지 한번 보지. 그럼 자네도 당장 경위가 될 거야."

"어디를 지휘합니까?"

"레딘이 다음 달에 퇴직해. 난 자네를 할리우드 형사반에 배치할 생각이야."

에드는 흥분했다. "에드, 자네는 서른한 살이야. 자네 아버님도 서른 셋까지 경위가 못 됐지."

"전 해낼 겁니다."

30

성도착자 조사 : 클레오티스 존슨, 성범죄 전과자, 뉴 베델 감리교 감독교회 목사. 이네즈가 유괴된 날의 알리바이 있음. 그는 77번가 서의 주정뱅이 유치장에 있었음. 데이비스 월터 부시, 성범죄 전과자, 그의 알리바이를 증명할 사람이 여섯 명이나 됨. 그들은 뉴 베델 감리교 감독교회의 휴게실에서 밤새 주사위 노름을 하고 있었음. 플레밍 피터 헨리, 성범죄 전과자, 그날 밤 센트럴 리시빙 병원에 있었음. 여장 남자에게 성기를 물렸음. 응급실 수술팀은 그의 기관을 살리려고 애썼고, 상해죄와 함께 남색 행위로 기소됨.

성도착자 조사, 이글 록 병원에서 전화 : 질레트가 그곳에 있음. 비열한 녀석, 죽든 살든 상관없는 호모.

다른 성범죄 전과자 네 명에게도 알리바이가 있었다. 정의의 전당 교도소로 달려갔다. 스텐스는 레이즌잭으로 들떠 있었다. 교도관이 화장실에서 만든 칵테일을 그에게 전한 것이다. 에드 엑슬리, 대니 덕이 엘리스 로우와 붙어먹을 거라는 등의 고함 소리가 들려왔다.

집으로 돌아와 샤워한 후 교통국을 체크했다. 피어스 파쳇, 린 브래큰. 전화—웨스트밸리 내사과에서 일하는 친구에게. 결과가 좋았다. 질레트는 고소하지 않았고, 케이시를 죽인 용의자는 셋.

다시 샤워를 했다. 그는 자기한테서 그날의 냄새를 아직도 맡을 수 있었다.

버드는 브렌트우드로 차를 몰았다. 피어스 모어하우스 파쳇을 조사했지만 전과기록은 없었다. 포주의 장부에 이름이 있는 게 이상했다. 그레트나 그린 1184번지, 스페인식 대저택은 모조리 핑크색이고 타일로 덮여 있었다.

그는 차를 세우고 걸어갔다. 현관의 전등이 켜져 있었다. 의자에 앉아 있는 사내의 모습이 흐릿하게 보였다. 파쳇의 교통국 기록에 나온 것보다 훨씬 젊어 보였다. "경찰이오?"

그의 수갑이 벨트에 걸려 있었다. "예, 당신이 바로 피어스 파쳇?"

"그렇소. 경찰 자선 기부금을 받으러 왔소? 최근에 당신 동료들이 사무실로 왔었는데."

그는 마약 때문인지 동공이 수축되어 있었다. 어떤 종류의 약효가 지속 중인 것 같았다. 보디빌더 같은 근육이 꽉 끼는 셔츠를 통해 드러나 보였다. 목소리는 부드러웠다. 그는 언제나 어둠 속에 앉아 경찰의 전화를 기다리고 있는 것 같았다. "강력계 형사입니다."

"그래요? 누가 죽었기에? 왜 내가 당신을 도와줄 거라고 생각했소?"

"케이시 제인웨이라는 여자애요."

"절반밖에 대답을 안 해주는군. 성함이…?"

"화이트 경관입니다."

"화이트 씨, 다시 묻겠소. 왜 내가 당신을 도와줄 거라고 생각했소?"

버드는 의자를 끌어당겼다. "케이시 제인웨이를 알고 있습니까?"

"몰라요. 그 여자애가 내 얘기를 하던가요?"

"아뇨. 간밤에 어디에 있었죠?"

"여기서 파티를 열었지요. 난폭하게 굴지 마요. 손님의 명단을 드리죠. 어째서 당신은…."

버드는 말을 잘랐다 : "델버트 '듀크' 캐스카트."

파쳇은 한숨을 쉬었다. "그 사람도 모르겠소, 화이트 씨…."

"드와이트 질레트, 린 브래큰."

그가 환하게 미소를 지었다. "예, 그 사람들은 압니다."

"그래요? 계속하시오."

"하나 물어봅시다. 두 사람 중 하나가 내 이름을 말하던가요?"

"질레트한테서 창녀 장부를 빼앗았어요. 그는 당신과 브래큰의 이름이 있는 페이지를 씹어 삼키려고 했지요. 파쳇, 어째서 그 더러운 포주가 당신의 전화번호를 가지고 있는 거죠?"

파쳇은 앞으로 몸을 구부렸다. "당신은 제인웨이 살인을 둘러싼 주변의 범죄들에 대해 관심이 있는 거요?"

"아닙니다."

"그럼 이걸 보고서로 제출하지 않을 것 같군요."

이 더러운 놈은 자기 방식이 있군. "맞습니다."

"그럼 딱 한 번만 말할 테니 잘 들어요. 두 번 다시 말하지 않을 거요. 난 여자들을 불렀지. 린 브래큰이 그중 하나요. 난 몇 년 전 질레트한테서 린을 샀소. 질레트는 내가 경찰을 싫어하고 겁내는 걸 알기 때문에 내 이름을 없애려고 한 것일 거요. 그리고 그가 경찰을 보냈다는 것을 내가 알면 아마 벌레처럼 납작해질 거라는 것도 알았기 때문이겠죠. 난 여자들한테 잘 대해주고 있소. 나 자신이 딸을 키웠고, 어린 아이였던 딸을 잃은 적도 있기 때문에. 난 여자들을 고통스럽게 하는 걸 싫어하고, 솔직히 말하면 환락을 즐기는 데 많은 돈을 쓰는 게 나의 도락이오. 케이시 제인웨이는 처참하게 죽었소?"

케이시는 구타당해 죽었고 입과 직장 그리고 성기에서 정액이 검출되었다. "예, 아주 비참하게."

"그럼 살인자를 잡으시오. 잡기만 하면 내가 멋진 보상을 하지. 만약에 개인적으로 돈을 받는 게 당신의 신조에 어긋난다면 경찰 자선 기부금을 내도록 하지."

"고맙지만 그럴 필요까진 없소."

"당신의 규범에 어긋나는 거요?"

"난 그런 것 없어요. 린 브래큰에 대해 말해봐요. 거리에 있어요?"

"아니요. 전화를 합니다. 질레트는 저질 손님으로 린을 괴롭혔지. 난 내 소유의 여자들 가운데 몇을 뽑아 린과 교환했어요."

"그렇게 질레트한테서 린을 받은 겁니까?"

"그렇소."

"어째서?"

파쳇은 미소 지었다. "린은 여배우 베로니카 레이크를 빼닮았소. 그래서 난 내 작은 스튜디오를 채우기 위해 린이 필요했소."

"작은 스튜디오?"

파쳇은 고개를 가로저었다. "아니요. 난 당신의 탐문 스타일에 감탄했고 당신이 점잖은 태도를 유지하려는 걸 알지만 그건 알려 줄 수 없소. 난 협조했지만 당신이 고집을 부린다면 변호사와 함께 당신을 만날 거요. 자, 린 브래큰의 주소가 필요하니까? 린이 죽은 제인웨이 양에 대해 무엇을 알고 있는지 의심스럽지만 원한다면 린에게 전화해서 협조하라고 하겠소."

버드는 집을 가리켰다. "주소는 알고 있습니다. 이 주소는 여자들을 부르는 곳인가요?"

"난 금융가요. 화학 관련 학위를 가지고 있고 몇 년 동안 약사로 일하며 현명하게 돈을 투자했소. '기업가'라고도 할 수 있겠지. 그리고 화이트 씨, 범죄자들의 속어로 나를 흔들려고 애쓰지 마시오. 내가 정직하게 말한 것을 후회하지 않게 해주시오."

버드는 그를 쏘아보았다. 그가 정직하게 말했는지는 50퍼센트 확률이다. 경찰은 벌레나 다름없지만 가끔은 솔직히 얘기하는 게 좋을 수도 있다고 생각하는 것 같았다. "알겠소. 그럼 아무 말도 하지 않겠소."

"그렇게 하시오."

수첩을 꺼냈다. "당신은 질레트가 린 브래큰의 뚜쟁이였다고 했는데 맞습니까?"

"'뚜쟁이'라는 말은 싫지만 맞소."

"좋습니다. 당신의 다른 여자들은 거리에서 일합니까, 아니면 전화를 이용합니까?"

"아니요. 내가 데리고 있는 여자들은 모두 모델이거나 할리우드에서 배우가 되려다가 실패한 애들이오."

예기치 못한 변화. "신문을 잘 읽지 않습니까?"

"그렇소. 되도록 나쁜 소식을 피하려고 애쓰지요."

"그렇지만 밤부엉이 사건은 들었겠죠?"

"그렇소. 내가 동굴에 사는 건 아니니까."

"듀크 캐스카트라고 하는 사나이도 희생자 가운데 하나입니다. 그는 포주였는데 최근에 어떤 남자가 그의 여자들을 빼앗아 창녀 영업을 하려고 하는지 그에 대해 묻고 다녔다고 했어요. 질레트는 제인웨이를 거리에서 일하도록 했고 당신은 그를 알죠. 난 혹시 당신이 그 남자에 대해 알고 있지 않을까 생각했어요."

파쳇은 다리를 꼬고 등을 폈다. "그래서 당신은 '그 남자'가 제인웨이를 죽였을 거라고 생각하는 거요?"

"아니, 그렇진 않아요."

"아니면 당신은 그가 밤부엉이 사건의 배후라고 생각하는군요. 난 젊은 검둥이들이 범인이라고 생각하오. 어떤 사건을 수사하는 거죠, 화이트 씨?"

버드는 의자를 붙잡았다. 천이 찢어졌다. 파쳇은 양손을 들어 손바닥을 보였다. "당신 물음에 대한 답은 노요. 질레트는 내가 거래한 유일한 사람이오. 하급 매춘은 내 전문 분야가 아니오."

"B&E에 대해서는?"

"B&E?"

"가택 침입(Breaking and Entering). 누가 캐스카트의 아파트를 뒤졌고 벽의 지문이 모두 지워졌소."

파쳇은 어깨를 으쓱했다. "당신은 지금 산스크리트어로 말하는군요. 당신이 무슨 말을 하는지 난 통 모르겠소."

"그래요? 그럼 도색물에 관해서는? 당신은 질레트를 알고 질레트는 당신에게 린 브래큰을 팔았고 질레트는 제인웨이를 캐스카트에게 팔았소. 캐스카트는 도색물 사업을 시작하려던 중이었어요."

"도색물." 그가 동요했는지 눈꺼풀이 약간 움직였다.

버드가 말했다. "이제 알겠어요?"

파쳇은 술잔을 들고 얼음 조각을 돌렸다. "여전히 아니오. 그리고 당신의 질문은 갈수록 엉뚱해지는군. 당신의 접근은 아주 특이한데 내가 너그럽게 보아주지. 하지만 나를 성가시게 하는 걸 보면 당신의 동기가 굉장히 복잡하다는 생각이 드는군."

버드는 화가 나서 일어섰다. 이자를 어떻게 다루어야 할지 전혀 감이 오지 않았다. 파쳇이 말했다. "당신이 이 사건에 매달리는 이유는 개인적인 것이 아니오?"

"그렇소."

"만약 그게 제인웨이라는 애 때문이라면 내가 말한 게 그거요. 난 여자들에게 불법적인 일을 하게 하더라도 확실히 보상을 해주지. 그 여자들을 잘 대해주고 남자들도 여자들을 대할 때 정당한 대우를 해주도록 하지. 화이트 씨, 잘 가시오."

그는 차를 몰고 가며 생각했다. 파쳇은 어쩌면 그렇게 빨리 본심을 알아챘을까? 이쪽에서 중요한 것을 숨긴 게 오히려 그의 의구심을 깊게 한 건 아닐까? 더들리는 그가 엑슬리를 괴롭히려 하지 않나 의심하고 있었다. 린 브래큰은 로스 펠리즈에서 떨어진 노팅엄에 살고 있었다. 그는 집을 쉽게 찾아냈다. 현대식 삼중 아파트. 색색의 빛이 창문으로 지나쳤다. 그는 벨을 울리기 전에 바라보았다.

빨강, 노랑, 파랑—사람들이 빛 사이를 지나쳤다. 버드는 그만의 도색 쇼를 바라보고 있었다.

베로니카 레이크를 꼭 빼닮은 여자, 알몸으로 발끝으로 걸었다. 날씬하고 풍만한 가슴. 금발의 머리카락은 안쪽으로 말려 있었다. 한 사내가 그 여자의 안에서 움직였다. 그 여자는 몸을 경련하듯 비틀었다.

버드는 바라보았다. 거리의 소리가 사라져 갔다. 그는 그 남자를 지워버리고 여자를 자세히 보았다. 여자의 온몸과 그림자까지. 그는 한곳에만 시야를 좁힌 채 집으로 돌아왔다. 그 여자에게만.

이네즈 소토가 그의 집 앞에 있었다.

버드가 걸어가자 이네즈가 말했다. "엑슬리의 레이크 애로우헤드 캐빈에 있었어요. 그는 실마리가 없어서 제가 약을 먹고 기억을 되살려야 된다고 했어요. 전 거절했죠. 당신이 센트럴 전화번호부에 있는 유일한 웬들 화이트라는 것을 아시나요?"

버드는 이네즈의 모자를 바르게 해주고 그 밑으로 느슨해진 베일을 제대로 매어주었다. "여기까지 어떻게 왔소?"

"택시를 탔어요. 엑슬리에게 100달러를 빌렸죠. 최소한 그는 그런 면에서는 괜찮아요. 화이트 경관, 난 떠올리기도 싫어요."

"아가씨, 당신은 이미 했어요. 이리 와요."

"당신과 함께 있고 싶어요."

"접는 침대뿐이오."

"괜찮아요. 다시 첫 경험을 한다고 생각하면 되죠."

"좀 쉬었다가 대학생 남자애를 찾아요."

이네즈는 자리에서 일어섰다. "난 그를 신뢰하기 시작했어요."

버드는 문을 열었다. 그가 가장 먼저 본 것은 침대였다. 캐롤린이나 다른 여자들의 이름을 떼어내야 했다. 이네즈는 풍덩 침대로 뛰어들었다. 잠시 후에 이네즈는 잠이 들었다. 버드는 이네즈에게 담요를 덮어준 뒤 복도로 가서 코트를 베개 삼아 누웠다. 천천히 잠이 몰려왔다. 길고 이상한 하루를 되새겼다. 그는 린 브래큰을 보며 잠이 들었다. 새벽이 될 때쯤 옆에 이네즈가 있다는 것을 깨달았다.

그는 이네즈를 그냥 내버려두었다.

31

그는 자기가 꿈을 꾸고 있다는 것을 깨달았다. 그리고 그것을 멈출 수 없다는 것도. 그는 꿈의 내용이 계속 반복될 때마다 몸을 뒤척였다.

캐빈에 있던 이네즈. "비겁자", "기회주의자", "자신의 출세를 위해 나를 이용하다니."라고 중얼거렸다. 이네즈의 가출의 변 : "화이트 경관은 당신보다 열 배나 더 남자다워요. 지능은 당신의 절반 수준이고 거물 아버지도 없지만 말이에요." 그는 이네즈를 놓아주었다가 다시 뒤쫓아갔다. 소토 가족의 오두막이 있는 L.A.까지. 멕시코계 삼형제가 대응에 나섰다. 소토의 늙은 부친이 비문을 만들었다. "나에겐 더 이상 딸이 없다."

전화벨이 울렸다. 에드는 몸을 돌려 수화기를 집어 들었다. "엑슬리입니다."

"밥 갤로데야. 축하해줘."

에드는 꿈을 밀쳐냈다. "뭣 때문에?"

"사법시험에 합격해서 변호사도 되고 지방검사실의 수사관도 되었어. 감명받지 않았나?"

"축하해. 하지만 그걸 일러주려고 아침 8시에 전화한 건 아니겠지?"

"맞았어. 잘 들어. 어젯밤 제이크 켈러먼이라는 변호사가 엘리스 로우에게 전화를 했어. 두 목격자의 대리인인데 듀크 캐스카트가 미키 코헨과 연결되어 있다는 확실한 증거를 지닌 형제야. 밤부엉이 사건을 밝혀낼 수 있다고 말하고 있다더군. 그들에겐 벤제드린을 밀매한 사건으로 아직 집행되지 않은 영장이 있지만 엘리스는 그들에게 집행면제를 해주고, 게다가 밤부엉이 사건과 관련돼서 그들에게서 나올 만한 공모 혐의에 대해서도 면제해줄 가능성도 있어. 우리는 한 시간 뒤에 미리마 호텔에서 회의를 할 거야. 그 형제와 켈러먼, 자네, 나, 로우와 러스 밀러드 이렇게 말이야. 더들리는 참석하지 않을 거야. 태드 그린의 명령이지. 그는 이 일에는 밀러드가 더 적합한 사람이라고 생각하고 있어."

에드는 침대에서 훌쩍 뛰쳐나왔다. "그들 형제가 도대체 누구지?"

"피트와 백스 엥글클링. 들어본 적 있나?"

"아니. 그들을 심문하는 모임인가?"

갤로데는 웃음을 터뜨렸다. "그랬으면 자네가 얼마나 좋아하겠나. 아니, 그건 아니고 켈러먼이 준비한 진술서를 읽고, 우리는 그들로부터 사정을 듣고, 거기에서 무엇을 얻을 것인지 로우와 환담하는 거야. 간단히 사전 브리핑을 해줄게. 45분 뒤에 미리마 주차장으로 나오겠나?"

"알았어."

정확히 45분 뒤. 갤로데는 로비에서 그를 만났다. 악수도 없이 단도직입적으로 본론에 들어갔다. "어떻게 되고 있는지 듣고 싶지?"

"말해봐."

그들은 걸으며 얘기를 나눴다. "우리를 기다리고 있어. 속기사도 한 명 포함됐어. 그리고 서른여섯 살인 피트와 서른두 살인 백스 엥글클링이 있지. 샌버나디노의… 아마 거의 깡패라고 말할 수 있겠지. 두 사람 모두 40년대 초에 마리화나를 밀매해서 소년원 신세를 졌지. 그리고 벤제드린 밀매 관련 영장을 제외하면 지금까지 전과기록은 깨끗했어. 그들은 샌버나디노에 합법적인 인쇄 회사를 소유하고 있고. 말하자면 천재적인 해결사라고 할 수 있지. 그리고 그들의 선친은 정말 명물이었어. 알아 둬. 그는 화학 교수였는데 초기의 항정신병 약을 개발한 선구자적인 약제사였지. 감동적이지? 또 하나 잘 들어둬. 그는 50년 여름에 대학을 그만두고 옛날의 갱들을 위해 합성 마약을 개발했어. 그가 경호원이었을 때 미키 코헨이 그의 후견인이었어."

"재미없진 않겠는데. 자네는 코헨이 밤부엉이 사건과 관련되어 있다고 생각하나? 무엇보다도 그는 감옥에 있는데 말이야."

"엑슬리, 난 저 흑인 녀석들이 범인이라고 생각해. 갱스터들은 결코 무고한 시민을 죽이진 않아. 하지만 솔직히 말해서, 로우는 갱을 염두에 두는 쪽을 좋아하지. 이제 가지. 기다리고 있으니까."

스위트 룸 309호에 들어서니 조그만 거실에서 회의가 열리고 있었다. 긴 탁자에 로우와 밀러드가 세 명의 남자 건너편에 앉아 있었다. 중년의 변호사, 작업복 차림에 벗어지기 시작한 머리, 탐욕스런 눈, 흉한 이빨이 거의 쌍둥이 같은 형제. 침실 문 옆의 여자 속기사는 타자를 칠 만반의 준비를 갖춘 채 편하게 앉아 있었다.

갤로데가 의자들을 들고 왔다. 에드는 탁자를 둘러보며 고개를 까딱이고 밀러드의 옆자리에 앉았다. 변호사가 서류들을 살펴보았다. 형제는 담배에 불을 붙였다. 로우가 말했다. "공식적인 기록을 위해 지금 시간이 1953년 4월 24일 오전 8시 45분임을 확인합니다. 참석자는 본인, 즉 로스앤젤레스의 지방검사 엘리스 로우, 지방검사실의 밥 갤로데 경사, 로스앤젤레스 시경의 러스 밀러드 경감과 에드 엑슬리 경사. 제이컵 켈러먼은 피트와 백스 엥글클링을 대리합니다. 이들은 올해 4월 14일 밤부엉이 커피숍에서 일어난 대량 살인사건의 검사 측 증인이 될 가능성이 있는 사람들입니다. 켈러먼 씨가 의뢰인들로부터 받은 진술서를 읽을 것이고 이들이 속기록에 서명을 하겠습니다. 이 자발적인 성명에 대한 예의로서 지방검사실은 피트와 백스 엥글클링에게 1951년 6월 8일자로 발급된 중죄영장 16114호를 파기합니다. 이 성명으로 인해 앞서 언급한 대량 살인사건의 범인들이 잡힌다면 피트와 백스 엥글클링은 교사를 포함한 공모 및 중·경범죄에 대한 모든 고발을 면제받게 됩니다. 켈러먼 씨, 당신의 의뢰인들이 지금까지 얘기한 내용을 이해하고 있습니까?"

"네, 그렇습니다."

"그들은 진술서가 낭독된 다음 심문에 응해야 할지도 모른다는 사실을 알고 있습니까?"

"그렇습니다."

"그럼 진술서를 읽으시죠."

켈러먼은 이중 초점의 안경을 꺼내어 썼다. "난 피트와 백스터의 좀 더 요란한 구어적인 표현들을 삭제했고 그들의 언어와 어법을 정리했으니 이 점을 염두에 두시기 바랍니다."

로우는 조끼를 잡아당겼다. "우리도 그 정도는 식별할 수 있습니다. 계속하시죠."

켈러먼이 계속해서 읽어 내려갔다. "우리, 피트와 백스 엥글클링은 이 진술이 전적으로 진실임을 맹세합니다. 올해 3월 말, 밤부엉이 살인사건의 3주 전쯤에 우리는 샌버나디노에 있는 우리의 합법적인 사업체 스피디 킹 인쇄사를 향해 가고 있었습니다. 우리에게 다가온 남자는 바로 델버트 '듀크' 캐스카트인데 그는 우리가 소년원 시절에 알게 된 '미스터 XY'한테서 우리 이름을 전해 들었다고 했습니다. 미스터 XY는 캐스카트에게 우리가 독자적으로 고안한 고속 오프셋 인쇄 업무를 하는 인쇄사를 운영한다고 알려주었답니다. 그건 맞는 말이죠. 미스터 XY는 또 우리가 부정한 돈을 버는 일에도 늘 관심을 가지고 있다고 일러주었는데 이 또한 맞는 말이었습니다."

낄낄거리는 웃음소리가 들려왔다. 에드는 메모를 했다. '피해자 수잔 레퍼츠. 같은 샌버나디노 출신. 관련 있나?'

로우가 말했다. "계속해요, 켈러먼 씨. 우리 모두는 웃으면서도 생각할 수 있는 사람들이니까."

켈러먼이 말했다. "캐스카트는 노골적인 성행위에 몰두하는 사람들을 담은 사진들을 보여줬습니다. 그중 일부는 호모들의 성행위였습니다. 몇몇 사진들은 예술이라고는 당치도 않은 것들이었습니다. 즉 스냅사진의 일부는 화려한 의상을 입은 사람들이 붉은 잉크를 흘리고 있는 모습을 담고 있었습니다. 캐스카트는 우리가 고품질의 잡지형 책을 매우 빨리 제조할 수 있다고 들었다고 말했고 우리는 그건 맞는 말이라고 했습니다. 캐스카트는 또한 음란한 사진들을 사용한 잡지형 책들이 이미 몇 가지 만들어진 적이 있다고 설명하며 거기에 든 비용을 말해줬습니다. 우리는 그 가격의 8분의 1에도 그런 책들을 만들 수 있다고 확신했습니다."

에드는 밀러드에게 메모를 건넸다. "풍기사범단속반이 포르노물 수사를 하고 있지 않습니까?" 형제는 히죽히죽 웃었다. 로우와 갤로데는 귀엣말을 했다.

밀러드는 다시 메모를 돌려주었다. "맞아. 하지만 네 명의 수사팀에선 어떤 단서도 찾지 못했지. 책(진술서에 있는 '묘한 의상을 입은 사람들')을 조용히 쫓고 있지만 우린 포기할 거야. 또 지금까지 들어온 어떤 현장 보고서도 포르노물과 캐스카트를 연결시키는 게 없었어."

켈러먼은 물을 한 모금 들이켰다. "그러고 나서 캐스카트는 우리에게 선친인 프란츠 '닥터' 엥글클링이 메이어 해리스 '미키' 코헨과 친구 사이라고 들었다고 했습니다. 현재 맥닐 섬 교도소에 수감되어 있는 로스앤젤레스의 갱스터죠. 우리는 사실이라고 말했습니다. 그러자 캐스카트는 하나의 제안을 해왔습니다. 그는 포르노 책의 판매가 매우 은밀하게 이루어지지 않으면 안 될 거라고 했습니다. 왜냐하면 사진들을 찍고 제본 작업을 한 이상한 작자들이 뭔가 숨길 게 많은 것처럼 보일 것이기 때문이라는 겁니다. 그는 이 문제에 대해 더 상세히 말하지는 않았습니다. 그는 자신이 이 책들을 비싸게 살 수 있는 부유한 변태들의 네트워크에 통로가 뚫려 있다고 말했습니다. 그러면서 우리도 대량 판매가 가능한 정기 음란물을 제조할 수 있을 거라고 제안했습니다. 캐스카트는 변태들의 우편주소록, 모델로 쓸 수 있는 마약 중독자들과 창녀들에 접근할 수 있으며 만약 그들의 푹 빠진 단골손님들이 동의한다면 장난삼아 포즈를 취할 수도 있는 고급 창녀들도 동원할 수 있다고 주장했습니다. 캐스카트는 자신의 어떤 주장에 대해서도 역시 자세히 설명하지는 않았습니다. 구체적인 이름이나 장소를 언급하지도 않았습니다."

켈러먼은 페이지들을 손가락으로 가볍게 튕겼다. "캐스카트는 우리에게 자신이 뚜쟁이, 탤런트 스카우트와 중개인을 맡을 거라고 일러줬습니다. 우리는 책 제조업자고요. 우리는 또한 맥닐 섬의 미키 코헨을 방문해서 그로 하여금 사업을 시작할 기금을 지원해달라고 요청하기로 했습니다. 또한 그에게 판매 시스템 구축에 대해 충고해달라고 부탁하고요. 그 대가로 코헨에게는 상당히 후한 배당이 주어질 거라고요."

에드는 메모를 건넸다. "구체적인 이름들은 없군요. 너무 간단합니다." 밀러드는 속삭이듯 말했다. "그리고 밤부엉이는 미키의 스타일도 아냐." 백스 엥글클링이 킥킥 웃었다. 피트는 연필로 귀를 후볐다. 켈러 먼은 계속 읽어 내려갔다. "우리는 맥닐의 감방으로 미키 코헨을 방문했 습니다. 밤부엉이 살인사건이 일어나기 2주 전쯤이었습니다. 그는 도와 주길 거부했고 원래 그 아이디어가 캐스카트에게서 나온 거라고 우리 가 일러주자 매우 화를 냈습니다. 그는 캐스카트를 파렴치한 강간범이 라고 표현했습니다. 결론적으로 우리는 미키 코헨에 의해 고용된 총잡 이들이 밤부엉이 대량 살인을 자행했다고 믿습니다. 듀크 캐스카트에 대한 증오심에서 나온 행동으로 한 명을 잡기 위해 여섯 명을 죽인 거죠. 또 하나의 가능성은 코헨이 캐스카트의 제안을 교도소 마당에서 떠벌 려서 그것이 코헨의 라이벌인 잭 '집행자' 웨일런의 귀에 들어갔을 수 있 다는 겁니다. 그는 항상 새로운 파괴거리를 찾아다니던 차에 캐스카트 와 현장에 함께 있었던 다섯 명의 무고한 사람을 살해했을 거라는 거죠. 우리는 만약 이 살인들이 포르노물 음모의 결과라면 우리도 희생자가 될지도 모른다고 믿습니다. 우리는 이 증언이 진실이며 어떠한 신체적 또는 정신적인 강제 없이 작성되었음을 맹세합니다."

형제가 박수를 쳤다. 켈러먼이 말했다. "내 의뢰인들은 질문을 환영합 니다."

로우는 침실 쪽을 가리켰다. "동료들과 얘기를 나눈 뒤에 합시다."

그들은 침실로 들어갔다. 로우는 문을 닫았다. "결론들을 말해봐. 밥, 자네부터."

갤로데는 담배에 불을 붙였다. "미키 코헨은 많은 단점을 지니긴 했지 만 홧김에 사람을 죽이진 않아요. 그리고 잭 웨일런은 오로지 도박에만 관심이 있어요. 난 그들의 증언을 믿습니다. 하지만 캐스카트에 대해 우 리가 캐낸 모든 사실은, 그를 이렇게 큰일을 추진하기에는 역부족이었 던 애처로운 사내로 보이게 만드는군요. 전 그것이 잘 해봐야 사건과 접점이 닿을까 말까라고 말하겠어요. 전 여전히 흑인들이 그 일을 저질렀다고 봅니다."

"동의하네. 경감, 당신의 의견은?"

밀러드가 말했다. "가능한 시나리오가 하나 있어요. 커다란 전제 조건들이 따르긴 하지만. 어쩌면 코헨이 맥닐의 마당에서 그 일을 떠벌려서 말이 밖으로 나갔고 그걸 누가 주워들었을 수 있어요. 하지만 만일 이 거래가 포르노 책과 관련돼 있다면 엥글클링 형제는 지금쯤 살해됐거나 아니면 접근을 당했을 겁니다. 난 지난 2주 동안 풍기사범단속반에서 남성 전문 잡지 수사를 해왔지만 제 팀은 이에 대해 어떠한 정보도 들은 적이 없어 계속 벽에 부딪치기만 했습니다. 전 에드와 밥이 웨일런에게 얘기를 하고 나서 맥닐로 날아가 미키와 얘기를 해야 한다고 생각해요. 전 옆방의 저 저속한 인간들을 심문하고 우리 풍기사범단속반 사람들한테 얘기할 겁니다. 밤부엉이 사건에 대해 모든 사람이 올린 현장 보고서를 모두 읽었는데 포르노물에 대한 언급은 한 줄도 없었어요. 난 밥이 옳다고 생각해요. 그게 우리가 다루고 있는 접점입니다."

"동의해. 밥, 자네와 엑슬리는 코헨과 웨일런에게 얘기하게. 경감, 그 일을 하는 데 유능한 사람들과 함께 하고 있소."

밀러드는 미소를 지었다. "세 명의 유능한 사람과 쓰레기통 잭 빈센즈와 수사를 진행 중입니다. 엘리스, 기분 나쁘게 하려는 건 아닙니다. 전 잭이 당신 처제와 관계있다는 걸 알고 있습니다."

로우는 얼굴을 붉혔다. "엑슬리, 보탤 말이 있나?"

"밥과 경감님이 제가 지적하고자 하는 것들을 이미 했습니다. 하지만 그에 보태서 언급하고 싶은 게 두 가지 있습니다. 하나는 수장 레퍼츠가 샌버나디노 출신이라는 것. 두 번째는 만약 현재 수감되어 있는 검둥이들도 아니고 다른 흑인 갱들도 아니라면 밤부엉이 옆에 세워져 있던 자동차는 하나의 함정일 수 있고 우리는 커다란 음모를 다루고 있는 거라는 거죠."

"난 우리가 살인범들을 잡았다고 생각해. 그리고 그 점에 대해 소토양과 진전을 보고 있는가?"

"노력 중입니다."

"더 열심히 해. 노력 같은 건 학생들이나 하는 것이고 중요한 건 결과야. 신사 여러분, 노력을 부탁합니다."

에드는 자신의 아파트로 차를 몰았다. 맥닐로 뛰어가기 위해 옷을 갈아입기 위해서였다. 그는 문간에서 메모지를 발견했다.

엑슬리—

전 여전히 당신을 제가 이미 말한 그런 사람이라고 생각해요. 하지만 전 집으로 전화해서 여동생과 얘기를 했고 동생은 당신이 와서 누가 봐도 알 수 있게 제 안위를 걱정했다고 하더군요. 그래서 전 조금씩 마음이 녹고 있어요.

당신은 제게 잘 대해주었어요(당신이 저를 감싸주거나 다른 사람들을 폭행하지 않을 때). 아마도 나 자신이 기회주의자이고 내가 나아져서 디털링 씨의 제안을 받아들일 수 있을 때까지 당신을 보호막으로 이용하는 건지도 모르죠.

그래서 제가 온실 속에 살고 있으니 당신에게 돌을 던져서는 안 되겠지요. 이게 제가 당신에게 할 수 있는 최대한의 사과예요. 당신에게 협력하는 것은 계속 거절할 거예요. 무슨 말인지 알겠죠? 디털링 씨가 드림-어-드림랜드에 취업을 주선해주겠다고 한 건 진심인가요? 전 오늘 당신이 준 나머지 돈을 몽땅 가져가서 쇼핑을 할 거예요. 나 자신을 바쁘게 하는 게 그 일을 덜 생각하게 해주거든요.

오늘 밤에 들르도록 하죠. 불을 켜놓고 있으세요.

이네즈

에드는 옷을 갈아입고 문에다 여분의 열쇠를 테이프로 붙여 놓았다. 그는 불을 켜놓았다.

32

잭은 버드 화이트를 미행하려고 차 안에서 기다렸다. 손은 하도 두들겨 엉망이고 고급 양복도 작업복마냥 꼴이 형편없었다. 탐문 수사팀은 남부 지역 주차장들 문을 때려 부수고 위세 좋은 검둥이들은 수사팀을 방해하고 있었다. 지붕 위의 추격전. 결국 코츠의 머큐리는 아직 발견되지 않았다. 밀러드의 폭탄 발언은 계속되어 전화로 듣고 있다는 게 행운이었다. 그게 아니었으면 바지에 똥을 쌌을 것이다.

"빈센즈, 두 명의 목격자가 엘리스 로우와 접촉했어. 그들은 듀크 캐스카트가 우리가 쫓고 있는 그 음탕한 일을 추진하려는 음모 같은 것에 관계가 있다고 말했어. 내 추측은 그것이 밤부엉이와 관련되지 않은 것 같지만 자네는 뭐 새롭게 찾아낸 게 있나?"

"없습니다." 그는 팀의 다른 동료들이 뭔가를 잡아낸 게 있는지 물었다. 밀러드는 "아니."라고 대답했다.

그는 자신의 보고가 모두 엉터리라는 말은 하지 않았다. 그는 그 음란물과 밤부엉이가 여기에서 화성까지 거리의 두 배가 된다 해도 전혀 상관하지 않는다는 사실도 말하지 않았다. 그는 자신의 손에 허진스의 파일을 쥐게 되고 검둥이들이 가스를 마실 때까지는 편히 쉬지 못할 거란 말도 하지 않았다. 유죄건 아니건 간에.

유치장 뒷문 쪽으로 눈을 돌렸다. 흑인 용의자들의 비명의 블루스. 버드 화이트는 안에 있다. 고무호스를 사용한 심문. 그는 어젯밤 미행에 실패했고 더들리는 화가 났었다. 오늘 밤 그는 바짝 따라붙을 것이고 허진스를 덮쳐 '말리부 랑데부'를 없애버릴 것이다.

화이트가 걸어 나왔다. 불이 밝았다. 잭은 그의 셔츠에 묻은 핏자국을 보았다. 그는 시동을 걸고 기다렸다.

33

색깔이 있는 불빛은 없었다. 흰 불빛이 닫힌 커튼 뒤로 비쳤다. 버드는 초인종을 눌렀다.

문이 열렸다. 린 브래큰의 뒤로 불빛이 비쳤다. "뭐죠? 피어스가 말해준 그 경찰이신가요?"

"그렇습니다. 파쳇이 무슨 일인지 말하던가요?"

린은 문을 열어두고 있었다. "그는 당신이 자기에 대해 꽤 확신이 있다고 말했고 내가 표시 나지 않게 당신에게 협력해야 한다고 했어요."

"당신은 그가 지시하는 일이라면 무엇이든 다 합니까?"

"네, 그래요."

버드는 집 안으로 들어갔다. 린이 말했다. "이 그림들은 진짜예요. 그리고 난 창녀고요. 난 케이시 뭐더라 그 여자에 대해 들어본 적이 없어요. 그리고 질레트는 여자를 성적으로 학대할 사람이 절대 아니에요. 만약 그 사람이 여자를 죽여야 했다면 칼을 사용했을 거예요. 듀크 캐스카트란 남자에 대해서는 들어봤어요. 그는 본질적으로 낙오자이고 여자들에게 약했어요. 그게 신문에 낼 뉴스의 전부네요."

"끝났나요?"

"아뇨. 드와이트의 다른 여자들에 대한 정보는 없어요. 그리고 그 밤 부엉이 사건에 대해 제가 아는 건 신문에서 읽은 게 전부예요. 만족스러운가요?"

버드는 하마터면 웃을 뻔했다. "당신과 파챗이 정말 얘기를 하긴 했군요. 그가 어젯밤 전화하던가요?"

"아뇨, 오늘 아침에. 왜 그러시죠?"

"아무것도 아닙니다."

"화이트 경관이시죠?"

"버드입니다."

린은 소리 내어 웃었다. "당신은 피어스와 내가 일러준 것을 믿나요?"

"네, 대부분."

"그리고 당신은 왜 우리가 당신을 놀리는지도 알고 있고요."

"그런 식으로 얘기하면 나를 화나게 할지도 몰라요."

"네, 하지만 아시잖아요."

"나도 알아요. 파챗은 창녀들을 움직이고 있지만 그 밖의 사업도 하고 있겠죠. 당신은 내가 그것에 대해 당신에게 보고하길 원하지 않겠죠."

"맞아요. 우리의 동기는 이기적이죠. 그러니까 서로 협력하는 거죠."

"브래큰 양, 충고를 좀 할까요?"

"린이라고 부르세요."

"브래큰 양, 이게 내 충고요. 계속 협력하고 절대 나를 매수하거나 위협하려고 하지 마요. 그렇지 않으면 내가 당신과 파챗을 귀 위까지 찢어 버릴 테니까."

린은 미소를 지었다. 버드는 그 미소를 보았다. 범작에 출연한 베로니카 레이크가 떠올렸던 그 미소였다. 그 영화에서 앨런 라드는 전쟁에서 돌아와 아내가 죽었다는 것을 알게 된다. "버드, 술 한 잔 드릴까요?"

"좋아요, 그냥 스카치로."

린은 부엌으로 걸어가 잔 두 개를 들고 돌아왔다. "그 여자의 살인 건에 대해서는 진전이 있나요?"

버드는 자신의 등을 두드렸다. "세 명의 용의자가 있죠. 섹스와 관련된 사건이니 단골 변태들을 모두 조사할 겁니다. 그들은 한 2주 동안 수사하는 척하다가 포기할 겁니다."

"하지만 당신은 포기하지 않겠죠."

"그럴 수도, 그렇지 않을 수도 있겠죠."

"왜 그렇게 관심을 가지시는 거죠?"

"얘기하자면 길어요."

"개인적인 건가요?"

"예."

린은 술을 한 모금 마셨다. "그냥 물어봤어요. 밤부엉이 사건은 어떻죠?"

"그건 이들 검둥이들에게로 좁혀지고 있죠. 우리가 체포한 흑인 남자들 말입니다. 제기랄, 더럽게 난잡한 일이죠."

"성교를 지칭하는 단어를 자주 쓰시네요."

"당신은 그걸로 돈을 벌고 있잖소."

"셔츠에 피가 묻었어요. 그런 건 당신 직업에 필수적인 부분인가요?"

"그렇죠."

"일이 재미있으세요?"

"그들이 마땅히 당해야 할 사람들이라면."

"여자들을 학대하는 남자들을 말하는 거겠죠?"

"똑똑한 분이군."

"오늘 그들도 당할 만한 사람들이었나요?"

"아뇨."

"하지만 그래도 당신은 그렇게 했잖아요."

"예, 당신이 오늘 성교한 대여섯 명의 남자들처럼 말이죠."

린은 소리 내어 웃었다. "실제로는 두 명이었어요. 오프 더 레코든데 질레트도 흠씬 패줬나요?"

"오프 더 레코드, 그 자식 손을 싱크대의 쓰레기 가는 기계에 쑤셔 넣어버렸죠."

린은 무덤덤했다. 놀라는 기색도 없었다. "재미있었어요?"

"글쎄… 아뇨."

린은 기침을 했다. "내가 손님 대접을 제대로 못하고 있네요. 앉으실래요?"

버드는 소파에 앉았다. 린은 한 팔 정도 거리 건너편에 앉았다. "강력계 형사들은 달라요. 만난 지 1분 안에 저를 베로니카 레이크와 닮았다고 말하지 않은 사람은 5년 만에 당신이 처음이에요."

"당신은 베로니카 레이크보다 훨씬 나아요."

린은 담배에 불을 붙였다. "고마워요. 당신이 그렇게 말했다고 당신 애인에게는 말하지 않을게요."

"내게 애인이 있는지 없는지 어떻게 알죠?"

"엉망이 되어버린 당신 재킷에서 향수 냄새가 풍겨요."

"틀렸어요. 애인이 있는 놈과 부딪혔을 뿐입니다."

"당신이…."

"그래요. 난 여자랑 그 짓을 그다지 하지 않는 편이죠. 계속 협력해요, 브래큰 양. 피어스 파쳇과 그의 부정에 대해 얘기해봐요."

"오프 더…."

"예, 오프 더 레코드로."

런은 담배를 피우고 위스키를 한 모금 들이켰다. "글쎄요, 그가 내게 해준 일을 잠시 밀쳐두면 피어스는 르네상스 맨이라고 할 수 있죠. 그는 화학에 잠깐 손을 댔고 유도도 할 줄 알고 자기 몸을 잘 관리하죠. 그는 아름다운 여자들이 섬겨주는 걸 좋아해요. 결혼에 실패한 적이 있고 어릴 때 죽은 딸이 있어요. 그는 자기 여자들에게 매우 솔직하고 우리로 하여금 점잖고 부자인 남자들과만 데이트하게 하죠. 그것을 구세주 콤플렉스라 해요. 피어스는 아름다운 여자들을 사랑해요. 그는 그들을 조종하길 좋아하고 그들을 통해 돈을 버는 걸 좋아해요. 하지만 거기엔 진정한 애정이 깃들어 있어요. 내가 피어스를 처음 만났을 때 난 그에게 여동생이 술에 취한 운전자에게 치여 죽었다고 말했죠. 그는 실제로 울었어요. 피어스 파쳇은 냉혹한 사업가이고 그리고 맞아요, 창녀 사업을 해요. 하지만 그는 좋은 사람이에요."

솔직한 말이었다. "그 외에 하는 일은?"

"불법적인 건 없어요. 그는 사업 거래와 영화 거래를 함께 묶죠. 그는 자기 여자들에게 사업에 관해 충고하죠."

"음란물은?"

"세상에, 피어스는 아니에요. 그는 하는 걸 좋아하지 보는 걸 즐기진 않아요."

"아니면 팔거나."

"그래요, 팔죠."

지나치리만큼 순조로웠다. 마치 파쳇의 음탕한 사업이 깨끗이 날아가버리길 바라는 것처럼. "당신이 나를 감언이설로 속이고 있다는 생각이 들기 시작하는군. 여기에 변태 거래가 있어야 한단 말이야. 달콤한 포주인 건 알겠지만 당신은 이 사내를 제기랄, 무슨 예수처럼 만들고 있잖

아. 파쳇의 '작은 스튜디오'부터 시작하지."

린은 담배를 내밀었다. "내가 얘기하고 싶지 않다면 어쩌실 건데요?"

"그럼 내가 당신과 파쳇을 풍기사범단속반으로 넘겨버리면?"

린은 고개를 가로저었다. "피어스는 당신이 개인적인 복수를 진행하고 있다고 생각하고 있어요. 그러니까 그를 당신이 수사하는 사건의 용의자로서는 없애버리고 그의 거래에 대해선 입 다무는 게 당신의 이해와 맞아떨어진다는 거죠. 그는 당신이 상부에 보고하지 않을 거라고 생각해요. 당신이 그런다면 어리석은 일이니까."

"내 중간 이름이 스투피드요. 파쳇은 또 어떤 생각을 하고 있지?"

"그는 당신이 돈에 대해 언급하기를 기다려요."

"난 돈을 등쳐먹는 짓은 안 해."

"그럼 왜…."

"아마 빌어먹을 호기심이 발동한 거겠죠."

"그렇다고 해두죠. 테리 럭스 박사가 누군지 아세요?"

"말리부에서 갱생 시설을 경영하고 있죠. 뼛속까지 썩은 사람이지."

"두 가지 사실 다 맞아요. 성형외과 의사이기도 하죠."

"그가 파쳇의 성형수술을 했군요? 그 나이에 그처럼 젊어 보이는 사람은 없거든."

"난 거기에 대해선 몰라요. 테리 럭스가 실제로 하는 일은 피어스의 작은 스튜디오를 위해 여자들을 고치는 거예요. 아바와 케이트와 리타와 베티가 있었죠. 그걸 가드너, 헵번, 헤이워스, 그레이블이라고 읽으세요. 피어스는 영화배우들과 비슷한 외모를 가진 여자들을 찾아내고 테리는 똑같이 닮도록 성형수술을 하죠. 그들을 피어스의 애첩들이라고 해도 좋아요. 그들은 피어스와 선택된 손님들과 잠을 자요. 피어스가 영화와 사업거래를 묶는 일을 도와줄 남자들 말이에요. 변태라고요? 아마 그럴지도 모르죠. 하지만 피어스는 여자들 벌이의 일정 지분을 취하고 그것을 다시 그들을 위해 투자해요. 그는 여자들이 서른에 은퇴하도록 하죠. 예외가 없어요. 그는 자신의 여자들이 마약을 쓰도록 내버려두지 않고 그들을 폭행하지도 않아요. 난 그에게 빚진 게 많아요. 당신들 경찰의 머리로 그 모순들을 함께 묶을 수 있겠어요?"

버드는 "제기랄, 예수 그리스도군."이라고 말했다.

"아니에요, 화이트 씨. 피어스 모어하우스 파챗이에요."

"럭스가 당신을 베로니카 레이크처럼 만들었어요?"

린은 자신의 머리카락을 만졌다. "아뇨, 제가 거절했어요. 그 때문에 피어스가 날 마음에 들어 했어요. 난 실제로 갈색 머리예요. 머리를 빼곤 고친 데가 하나도 없어요."

"몇 살이죠?"

"다음 달에 서른여섯 살이 돼요. 난 옷가게를 차릴 거예요. 세월이 많은 것을 변화시킨다는 것을 알겠죠? 한 달 후에 저를 만났다면 전 창녀가 아니었을 거예요. 난 베로니카 레이크를 그다지 닮지 않은 갈색 머리 여자였겠죠."

"맙소사."

"아니에요, 린 마거릿 브래큰이죠."

너무나 빨랐다. 거의 무심결에 내뱉는 말처럼. "이봐요, 또 만나고 싶 군요."

"데이트 신청을 하는 건가요?"

"그래요. 하지만 파챗이 지불하는 만큼의 돈은 없어요."

"한 달만 기다려주면 돼요."

"그럴 순 없어요."

"그럼 더 이상 직업 얘기는 하지 마요. 누군가의 용의자가 되고 싶진 않으니까."

버드는 허공에다 마크를 했다. 파쳇은 케이시와 밤부엉이 사건에서 삭제했다. "좋아요."

34

미키 코헨의 감방.

갤로데가 껄껄 웃었다. 벨벳으로 덮인 침대, 벨벳으로 싸인 선반들, 벨벳 커버를 씌운 변기 의자. 벽의 통풍구를 통한 난방—워싱턴 주는 4월에도 여전히 추웠다. 에드는 피곤했다. 그들은 잭 '집행자' 웨일런에게 얘기를 했고 그를 용의선상에서 지웠으며 1천600킬로미터를 날아 이곳으로 왔다. 새벽 1시. 밤늦게까지 피노클 카드놀이에 바쁜 사이코 깡패 두목을 만나려고 두 경찰이 찾아온 것이다. 갤로데는 코헨의 애견 불도그를 톡톡 두드려주었다. 미키 코헨 주니어다. 벨벳 스웨터를 입었다. 에드는 그의 웨일런 노트를 점검했다.

장광설—그들은 그의 입을 막을 수가 없었다. 웨일런은 엥글클링의 이론을 웃어넘겼고 L.A.의 조직범죄 관련 내용에 빠져들었다.

미키 코헨이 감방에 들어간 뒤, 깡패들의 활동은 대체로 뜸했다. 내부인의 관점에서 보자면—미키의 권력이 깨졌고 스위스 은행의 돈이 어딘가로 빼돌려졌다. 재정비로 삼을 만한 현금이다. 코헨의 바로 아래 보스인 자헬카에게는 영지가 주어졌고 그는 즉시 그것을 엉뚱한 곳에 투자해 날려버려 자기 부하들에게 줄 돈이 없었다. 웨일런은 자신이 잘 나가고 있다고 말하며 코헨에 대한 자신의 가설을 제안했다.

그는 미키가 마권 영업, 고리대금업, 마약단속반 매춘을 분할 관리하고자 했다고 계산했다. 거래하는 사람들에 대해서는 소수를 상대로 까다롭게 골랐다. 그리고 자기가 가석방으로 나오면 모든 걸 통합 정리해서 자기한테 투자한 사람들의 돈을 움켜쥐고 재건할 것이다. 웨일런은 엉터리에 자신의 가설을 세웠다. 코헨의 전직 경호원 리 박스는 합법적인 영업으로 돌아간 듯했다. 스톰파나토와 티틀봄도 마찬가지였다. 올바른 길을 걸을 수 없는 두 사람의 비뚤어진 인생으로는 놀라운 일이다. 세 사람 모두 여전히 협잡을 하고 있다고 하자. 아마 코헨의 재산을 보호하고 있겠지. 파커 국장은 이 공백이 마피아의 침략을 가져올지 모른다고 염려해서 근교의 어깨들에 대항하는 새로운 전선을 배치하였다. 즉 더들리 스미스와 그의 부하 두 사람이 가르디나의 모텔에 지점을 세웠다. 그들은 갱들을 거의 반쯤 죽도록 두들겨 팼고 그들의 돈을 빼앗아 경찰의 자선기금에 내놓았으며 그들을 다시 버스, 기차 혹은 비행기에 실어 왔던 곳으로 돌려보냈다. 이런 것들은 대부분 은밀하게 이루어졌다.

웨일런은 결론을 내렸다.

누군가는 도박 서비스를 제공해야 했기 때문에 그가 운영할 수 있었던 것이다. 그렇지 않았다면 한 묶음의 미친 잔챙이들이 L.A.를 총격전으로 몰고 가 엉망진창으로 만들었을 것이다. 더들리의 단어에 따르면 '봉쇄 작전'이 그 모든 것을 설명했다. 경찰들은 그가 총격을 받았을 때만 총을 쏜다는 것을 알고 있었고 그는 게임의 법칙대로 논 것이다. 그 혹은 미키가 포르노 책 때문에 여섯 명을 죽였다는 것은 터무니없는 것이었다. 그래도 여전히 일이 너무 조용해서 엉뚱한 얘기들이 계속 뜸을 들이고 있었다.

미키 코헨 주니어가 낑낑거렸다. 에드는 고개를 들었다. 미키 코헨이 개 비스킷 한 상자를 손에 들고 걸어 들어왔다. 그가 말했다. "난 우리의 생활방식으로 봤을 때 죽어 마땅하다고 생각되지 않는 사람을 죽인 적은 결코 없어. 난 한 번도 자위행위를 위해 추잡한 책들을 판매한 적도 없고 단지 피트와 백스 엥글클링과 담소를 나누었을 뿐이야. 왜냐하면 난 그들의 돌아가신 아버지를 좋아하거든. 비록 그가 빌어먹을 독일 병정이라도 신의 가호를 받길. 난 무고한 구경꾼들은 죽이지 않아. 왜냐하면 죽이지 않는 게 계율이고 난 사업에 해를 끼칠 때를 제외하곤 십계명을 지키거든. 홉킨스 교도관이 왜 당신이 여기에 왔는가를 알려주었고 난 당신을 기다리게 했지. 왜냐하면 나를 그런 악랄하고 멍청이 같은 놈으로 만들다니 당신이야말로 멍청이일 테니까. 그런 일은 당연히 바보 같은 흑인들의 짓이야. 하지만 미키 주니어가 당신을 좋아하니 5분의 시간을 허용하지. 이쪽으로, 아빠한테 온!"

갤로데는 신음 소리를 냈다. 코헨은 바닥에 무릎을 꿇고 입에 비스킷을 물었다. 개가 그에게 달려가더니 비스킷을 물고 그에게 키스했다. 미키는 개의 코를 비볐다. 코헨 주니어는 비명을 지르더니 오줌을 누었다. 에드는 좁은 통로에 서 있는 어떤 남자를 보았다. 데이비 골드먼이었다. 미키의 수석 회계사로 자신의 세금 문제로 맥닐에 와 있었다.

골드먼은 옆걸음질을 쳐서 멀어져갔다. 갤로데가 말했다. "미키, 엥글클링 형제는 자기들이 캐스카트가 배후에 있다고 말했을 때 당신이 광분했다고 하더군."

코헨은 비스킷 부스러기를 내뱉었다. "'울분을 토하다'는 옛말을 알지?" 그가 물었다.

에드가 대답했다. "그렇소. 하지만 다른 이름들은? 엥글클링 형제가 캐스카트 외의 다른 이름을 언급한 적이 있소?"

"아니 그리고 캐스카트는 나 역시 한 번도 본 적이 없어. 난 그가 미성년자 강간 전과가 있다고 들어서 그걸로 그를 판단했어. '심판받지 않으려거든 남을 심판하지 말라'고 성경에 쓰여 있지. 난 기꺼이 심판받을 용의가 있어. 뭐랄까 '심판하쇼, 믹스터'라고나 할까?"

"그 형제에게 판매 시스템 구축에 대해 충고를 해준 적은?"

"없어! 신과 여기 내가 사랑하는 미키 주니어가 내 증인이야. 그런 일은 절대로 없었어!"

갤로데 : "믹, 중요한 질문인데 혹시 당신이 마당에서 그 일에 대해 떠들었나? 그 밖의 누구한테 거기에 대해 얘기했지?"

"아무한테도 말하지 않았어. 포르노 책은 죄악과 배고픔의 산물이지. 난 저 형제가 찾아왔을 때 데이비를 쫓아내기까지 했어. 데이비는 내 귀야. 난 그렇게까지 기밀의 미덕을 존중하지."

갤로데가 말했다. "에드, 난 당신이 교도관과 얘기하고 있을 때, 러스 밀러드한테 전화했어. 그는 자기가 풍기사범단속반 사람들과 포르노 일에 대해 체크 했는데 아무것도 걸리는 게 없다고 했어. 캐스카트도 안 나오고, 책에 관해서도 안 나온다고. 버드 화이트는 캐스카트의 배경을 체크했는데 아무것도 보고하지 않았대. 에드, 샌버나디노에서 온 수잔 레퍼츠의 일은 우연일 뿐이야. 캐스카트는 아무리 노력해도 음란물 거래를 성사시키지 못했을 거야. 이 모든 일이 앵글클링 형제가 자신들의 영장을 면제받으려는 술수이자 쇼라니까."

에드는 고개를 끄덕였다. 미키 코헨 시니어는 미키 코헨 주니어를 품에 안았다. "부자지간은 일고의 가치가 있어. 자식과 나 그리고 늙은 닥터 프란츠와 그의 이빨 빠진 백인 쓰레기들. 프란츠는 화학의 천재였는데 정신장애자들을 위해 만든 약은 굉장했지. 먼 옛날에 헤로인 한 무더기를 도둑맞았을 때 난 프란츠를 떠올렸어. 내가 시적 재능 대신 그와 같은 머리를 가졌다면 스스로 마약을 만들어 팔아먹을 텐데 하고 생각했지. 이봐, 돌아가. 더러운 책들은 당신의 살인사건을 결코 해결해주지 못해. 그건 검둥이들 짓이란 말이야. 빌어먹을 흑인들 말이야."

35

위스키, 진, 브랜디 술병들. 번쩍이는 네온사인들. 슐리츠, 파브스트 블루리본. 해군 사병들은 차가운 맥주를 들이켜고 행복한 서민들은 기분 좋게 취했다. 허진스의 집은 한 블록 건너에 있다. 술기운이 그에게 용기를 줄 것이다. 그는 버드 화이트를 미행하기 전에 그걸 깨달았다. 그리고 지금 그 이유는 천 배로 늘어났다.

바텐더가 외쳤다. "마지막 주문 받습니다." 잭은 클럽 소다를 단숨에 마셔버리고 잔을 목에 갖다 댔다. 그날은 그에게 다시금 충격을 주었다.

밀러드는 캐스카트가 음란물 사업을 추진하는 어떤 음모에 연루되어 있었다고 말한다.

버드 화이트는 배우를 닮은 창녀 중 하나인 린 브래큰을 방문한다.

그는 집 안에서 두 시간 동안 머문다. 그리고 그 창녀가 그를 배웅하러 나왔다. 그는 집까지 화이트를 미행하며 증거를 생각하기 시작한다. 즉 화이트는 브래큰을 알고 브래큰은 파쳇을 알며 파쳇은 허진스를 안다. 시드는 말리부 랑데부에 대해 알고 있고 더들리 스미스도 알고 있을 것이다. 더들리가 미행하는 이유는 화이트가 창녀 살인의 용의자로 떠올랐기 때문이다.

맥박이 뛰는 듯한 소리를 내는 맥주 사인들—네온 괴물들이다. 브래스 너클은 차 안에 있다. 시드는 그의 파일을 접어 파기할지도 모른다.

잭은 바깥으로 뛰쳐나갔다. 허진스의 집, 불은 꺼져 있고, 시드의 패커드 차량이 길가에 세워져 있다. 현관에서 브래스 너클로 문을 두들긴다.

30초. 아무 반응이 없다. 잭은 문을 밀어보았다. 꿈쩍도 않는다. 어깨로 문설주를 밀어보았다. 그러자 문이 왈칵 열렸다.

그 냄새라니.

슬로 모션—손수건을 꺼내고, 총을 꺼내고, 팔꿈치를 벽에 갖다대고 스위치를 찾는다. 그러면 지문이 묻지 않는다. 스위치를 내려 불을 켠다.

허진스가 난도질을 당한 채 바닥에 거꾸러져 있다. 검게 물든 양탄자와 피로 미끈거리는 바닥.

팔과 다리가 잘려 나가 그의 몸통으로부터 이상한 각도로 떨어져 있다. 가랑이에서부터 목까지 잘린 채 벌어져 있어 붉은 살 사이로 하얀 뼈가 드러나 보였다.

그의 뒤로 캐비닛들이 뒤집어져 있다. 양탄자의 피로 물들지 않은 부분에 서류철들이 버려져 있다.

잭은 비명이 터져 나오는 것을 막으려고 자기 팔을 깨물었다.

피를 밟은 흔적이 없는 걸로 봐서 범인은 뒷문으로 도망갔나 보다.

허진스는 발가벗겨져 피범벅이 되어 있었다. 사지가 몸통에서 떨어져 나와 잘려진 부분이 흉측하게 드러나 보였고 마치 그의 음란한 책들처럼 소용돌이치고 있다.

잭은 밖으로 뛰쳐나갔다.

집의 모퉁이를 돌아 진입로를 따라 달려갔다. 뒷문은 약간 열려 있어

빛이 흘러들어오고 있었다. 안에는 물로 미끄러워진 바닥, 핏자국도 없고, 피 묻은 발자취는 깨끗이 처리돼 있다. 그는 걸어 들어가 싱크대 밑에 있는 식품 봉지들을 발견했다. 그는 떨리는 걸음으로 거실로 나갔다. 먼지가 낀 파일 캐비닛에는 서류철들이 있었다. 하나, 둘, 셋, 넷, 다섯 가방이다. 차로 옮기려면 두 번이나 왔다 갔다 해야 한다.

새벽 2시 20분의 L.A. 거리는 고요했다. 기분 나쁜 정적이 감돈다.

50조에 이르는 인간들이 모두 동기를 지니고 있었다. 그가 빨간 잉크의 음란물을 보았는지는 아무도 모른다. 사지가 잘려나간 것은 단순한 사이코의 소행으로 기록될지 모른다.

그는 자신의 파일을 찾아야만 했다.

잭은 불에 물을 끼얹고 자신의 수갑으로 현관문을 톱 쓸듯이 썰어 사람들이 도둑의 소행이라고 생각하도록 했다. 그는 그곳을 벗어났다. 목적지도 없이 그냥 차를 몰았다.

오직 드라이브를 하는 것도 그를 지치게 했다. 그는 모텔촌을 발견하고 오스카 슬리피타임 로지라는 수상쩍은 여인숙 앞에 멈춰 섰다.

그는 일주일치 숙박비를 내고 가방들을 들고 들어가 샤워를 하고 썩은 내가 나는 자기 옷으로 갈아입었다. 그곳은 바퀴벌레 천국이었다. 온갖 벌레들이 있었고 침대 위쪽의 벽에는 기름때가 묻어 있었다. 그는 자기 몸에서 나는 냄새를 맡았다. 살인 현장에서 맡을 만한 냄새였다. 그는 문을 잠그고 더러운 것들을 검사했다.

과월호 〈허시-허시〉 잡지들, 오려놓은 것들, 좀도둑질한 경찰 서류들. 파일들은 할리우드에서 가장 거시기가 작은 몽고메리 클리프트, 나치 친위대원으로 나온 에롤 플린 등에 대한 것들이다. 최신 정보 : 플린과 트루먼 카포티라는 어떤 호모 작가. 공산주의자들, 공산주의 동조자들, 조안 크로포드로부터 전 지방검사 빌 맥퍼슨에 이르기까지 밝히기로 유명한 인사들. 마약 중독자들도 많다. 빌어먹을 찰리 파커, 애니타 오데이, 아트 페퍼, 톰 닐, 바바라 페이톤, 게일 러셀. 손대지 않은 〈허시-허시〉의 기사들 : '마피아가 바티칸과 연결되어 있다', '라벤더 리터지 : 록 허드슨이 진짜 로켓인가', '메뚜기들의 비상경계 : 할리우드의 티 백 아기들은 조심하라'. 완성된 파일은 허진스가 비밀로 간직하기에는 너무나 순하다. 공산주의자들, 동성애자들, 레즈비언들, 마약 중독자들, 순교자들, 색정광들, 요정들, 여성 혐오자들, 갱이 매수한 정치인들이다.

잭 빈센즈 경사에 대해서는 아무것도 없다.

〈명예의 배지〉에 대해서도 언급이 없다. 허진스의 커다란 고정물인데 그는 시드가 브렛 체이스에 대한 파일을 갖고 있다는 걸 알고 있다.

이상하다.

더 이상한 것은 〈허시-허시〉는 그에 대한 기사를 썼으면서도 그에 대한 자료가 전혀 없다는 것이다.

피어스 파쳇, 린 브래큰, 라마 힌턴, 플뢰르 드 리에 관해서는 아무것도 없다.

잭은 자신의 더러운 파일 더미의 양을 생각해보았다. 크다―살인자는 파일을 가져갔을 것이다. 만약 그가 파일들을 갖고 있다면 많지는 않다―그의 파일 더미는 캐비닛을 터지게 할 것처럼 많았다.

알리바이.

잭은 자신의 파일들을 옷장에 채워 넣었다. 그는 '방해하지 마시오' 문구를 문에 걸어두고 아파트로 돌아왔다.

새벽 5시 10분.

노커 아래 글 : '잭, 우리의 목요일 데이트 잊지 말 것', '잭, 내 사랑, 당신 지금 겨울잠을 자는 거예요? XXXX-K' 그는 걸어 들어와 수화기를

들고 888을 돌렸다.

"경찰 긴급 전화입니다."

남부의 느릿느릿한 억양이었다. "이봐요, 살인사건을 신고하고 싶습니다. 만약 제가 거짓말을 하는 거라면 내가 하늘을 날아다닌다고 하는 것과 같죠."

"정말입니까?"

"그럼요. 만약 제가…."

"선생님 주소가 어떻게 되시죠?"

"난 주거 부정이오. 하지만 이 집을 털려고 들어왔는데 시신을 발견했소."

"선생님…."

"사우스 알렉산드리아 421번지, 알았어요?"

"선생님, 어디…."

잭은 전화를 끊고 옷을 벗은 후 침대에 드러누웠다. 파란색 제복의 경관들이 도착하기까지 20분이 걸렸고 그들이 허진스의 신원을 파악하는데 10분이 걸렸다. 그들은 장황하게 현장 조사를 하고 큰 사건으로 포장해서 강력계를 부른다. 내근 경관은 대단한 일이라고 생각해서 당직 상사를 깨울 것이다. 태드 그린, 러스 밀러드, 더들리 스미스, 그들은 모두 빅 브이를 생각할 것이다. 그의 전화기는 한 시간 동안 불이 날 것이다.

잭은 보송보송한 새 시트를 땀으로 적시며 그대로 누워 있었다. 전화벨 소리가 울렸다. 6시 58분이었다.

잭은 하품을 하며 전화를 받았다. "여보세요?"

"빈센즈, 러스 밀러드야."

"네, 경감님. 지금 몇 시죠? 무슨 일…."

"그런 건 신경 쓰지 말고. 시드 허진스가 어디에 사는지 아나?"

"네. 챕먼 공원 어딘데. 무슨 일….''

"421 사우스 알렉산드리아로 지금 당장 와, 빈센즈."

면도와 샤워를 하고 젖지 않은 옷들로 갈아입고 현장까지 달려가는데 40분이 걸렸다. 허진스 집 잔디밭에는 경찰차들이 엄청나게 모여 있었다. 시신을 수습하는 사람들이 비닐봉지들을 들어 올리고 있었다. 그들은 피와 잘려져 나간 신체 부분들을 봉투에 담고 있었다.

잭은 잔디밭에 차를 세웠다. 한 보조원이 의료용 침대를 밀고 나왔다. 핏덩이들이 시트로 감싸여 있었다. 러스 밀러드는 문 옆에 서 있었다. 두 방문객인 돈 클레크너와 듀에인 피스크는 진입로 아래쪽에 있었다. 순찰경관들이 구경꾼들을 해산시키고 있었고 기자들이 인도를 꽉 메우고 있다. 잭은 밀러드에게 다가갔다. "허진스인가요?" 그는 프로답게 지나치게 충격을 받지는 않는다.

"응, 자네 동료. 좀 심하게 당했어. 어떤 도둑이 신고를 했대. 막 집을 털려다가 시신을 발견했다는군. 문설주에 지레 자국이 있어. 그래서 난 사실이라고 믿어. 뭘 먹고 왔다면 집 안을 들여다보지 말게."

잭은 현장을 지켜보았다. 마른 피, 흰색 테이프로 표시된 선들. 팔, 다리, 몸통―잘려 나간 지점들이 표시되어 있었다. 밀러드가 말했다. "누군가 그를 엄청나게 증오했군. 저쪽 서랍들 보이나? 살인범은 그의 파일들 때문에 죽인 것 같아. 난 클레크너에게 〈허시-허시〉 사에 전화하라고 했지. 그는 거기 사무실을 열게 해서 허진스가 최근 작업하던 기사 몇 개를 우리에게 가져다줄 걸세."

늙은 러스는 코멘트를 원했다. 잭은 가슴에 십자를 그었다. 고아원에서 나온 후 처음이다. 도대체 그런 게 어디에서 나왔는지는 모르겠지만.

"빈센즈, 자넨 그의 친구였잖아. 어떻게 생각해?"

"난 그를 인간쓰레기라고 생각해요. 모두들 그를 증오했죠. L.A. 시민 모두가 용의자입니다."

"진정하게, 진정해. 자네가 허진스에게 정보를 흘려줬다는 사실을 알고 있어. 자네 둘이 사업을 했다는 것도. 사건을 이삼 일 안에 해결하지 못하면 난 진술서를 요구할 걸세."

듀에인 피스크가 모티 벤디시에게 뭔가 요란하게 떠벌리고 있었다. 〈미러〉에 특종을 주기로 한 모양이었다. 잭이 말했다. "될 대로 되라지요. 제가 어떻게 할까요. 공식적인 수사의 진전을 방해하라고요?"

"자네 사명감 한번 대단하군. 자, 이제 허진스에 대해 얘기를 나누지. 여자와 남자 중에 그는 어느 쪽을 좋아했지?"

잭은 담배에 불을 붙였다. "그는 오물을 좋아했죠. 그는 저주받은 타락자라고요. 잘은 모르지만 아마 자기가 배설하는 것을 보며 페니스를 씹으라고 했을걸요."

〈허시-허시〉 한 권을 펼쳐들고 돈 클레크너가 다가왔다. '추파 던지기를 좋아하는 TV계의 거물들, 10대 여왕들이 그의 주위에 몰린다.'

"서장, 저기 저 신문가판대에서 이걸 샀습니다. 그리고 잡지사 사람이 〈명예의 배지〉는 허진스가 줄곧 생각하고 있던 거랍니다."

"좋았어. 돈, 자네는 자세한 조사를 시작하게. 빈센즈, 이리로 와보게."

잔디밭으로 건너가자 밀러드가 말했다. "이런 일이 자꾸 되풀이되는군."

"전 경찰인 동시에 할리우드 사람입니다. 전 많은 사람을 알고 있고 맥스 펠츠가 어린 여자를 좋아한다는 걸 알아요. 그래서 뭐 어쨌다는 거죠. 그는 예순 살 노인이지 살인범이 아니라고요."

"그건 오늘 오후에 결정할 문제야. 자넨 지금 밤부엉이 사건의 윤곽을 조사하고 있지? 코츠의 차량을 찾고 있나?"

"그렇습니다."

"그럼 다시 그 문제로 돌아가서 2시 정각에 형사반에 보고하게. 난 〈명예의 배지〉 핵심 인사들을 들어오라고 해서 친숙한 분위기에서 질문을 좀 해야겠어. 자네가 윤활유 역할을 해줘도 좋겠지."

빌리와 티미 밸번. '그가 알고 있는 사람들'이 좁혀졌다. "물론이죠. 참석할게요."

모티 벤디시가 뛰어왔다. "재키, 이젠 내가 당신의 모든 특종을 얻을 수 있게 되는 건가?"

차고 문을 부수고 들어가 조사 파일을 집어던지는 검둥이들—진짜 일은 모텔에 돌아와서다. 그 일이 닥쳤을 때 그는 흑인 동네를 향해 들어가고 있었다.

그는 동쪽의 지름길을 돌아 로열 플러시 옆에 주차했다. 몇 블록 위에 클로드 디닌의 뷰익이 세워져 있었다. 그는 아마도 남자 화장실에서 마약을 하고 있을 것이다.

잭은 걸어 들어왔다. 모든 게 얼어붙었다—빅 브이가 들어오면 기분이 나빠진다. 바텐더는 올드 포리스터를 따랐다. 잭은 그것을 단숨에 들이켰다. 그것은 5년간 지켜온 유대교 율법을 깨버린 행위였다. 술이 그의 몸을 후끈하게 했다. 그는 남자 화장실 문을 걷어차서 열었다.

예상대로 클로드 디닌이 마약을 주사하고 있었다.

잭은 그를 발로 차서 팔에서 주삿바늘을 뽑아냈다. 소지품 검사를 해도 저항이 없었다. 클로드는 완전히 구름 위에 떠 있는 듯 했다. 그렇지. 은박지에 벤제드린이 싸여 있었다. 그는 캡슐을 삼키고 마약을 변기에 쓸어내려 보내고 나서 말했다. "다시 오지."

그는 취한 상태로 모텔에 돌아왔다. 여러 각도에서 생각하는 게 가능했다. 파일 점검 그 두 번째.

새로운 것은 없었다. 한 가지 본능이 떠돌 뿐이었다. 허진스가 집에 그의 '비밀' 파일을 두지 않았다는 느낌 말이다. 만일 살인범이 어떤 특정한 파일 때문에 그를 죽였다면 그로부터 먼저 위치를 알아내려고 고문했을 것이다. 살인범은 많은 파일을 훔쳐가지는 않았다. 캐비닛에 들어 있던 것보다 많이 가져갔을 리는 없지 않은가. 시드의 빅 브이 파일은 여전히 행방이 묘연했다. 살인범이 그것을 찾았다면 보관하든지 아니면 던져버릴 것이다.

비약. 허진스/파쳇이 연결돼 있고, 포르노물/풍기사범단속반의 급습과의 관련성. 캐스카트와 밤부엉이의 관련성을 제쳐두면─밀러드/엑슬리는 그것을 엉터리라고 했다─웨일런과 미키 코헨은 캐스카트가 음란물 제조를 추진하지 못했다고 한다. 밀러드의 보고: 엥글클링 형제는 그 사진들을 누가 찍었는지 모르고 있다. 캐스카트는 그 음란물의 일부를 손에 넣었고 그 경솔한 계획에 열광적으로 달려들었다. 그 점을 제쳐두면 그에게 남은 것은: 바비 인지, 크리스틴과 대릴 버저론은 모두 죽었다. 플뢰르 드 리의 총격 용의자 라마 힌턴은 사라졌다. 그도 죽은 게 틀림없다. 플뢰르 드 리의 고객으로 그로부터 협박을 받았던 티미 밸번─〈명예의 배지〉의 카메라맨 빌리 디털링과 연결되어 있다. 밀러드의 심문 모임에서 그를 잡을 것. 그 문제에 대해선 냉정을 유지할 것. 티미가 빌리에게 협박에 대해 얘기했다고 가정해보자. 빌리는 그가 힌턴의 차를 덮쳤을 때 거기에 있었다. 냉정을 유지할 것. 동성애자들은 플뢰르 드 리와의 관련성을 인정하면 잃을 게 엄청 많다. 러스 밀러드는 그런 곳이 있는지도 모르겠지만.

브레인스토밍, 줄담배.

허진스의 몸이 절단된 것은 그가 바비 인지의 집 밖에서 찾아낸 포르노 책들의 잉크로 칠한 포즈들과 맞아떨어졌다. 어떤 경찰도 실제 책들을 본 사람은 없다. 밀러드는 경직된 몸체를 보고 잘려 나간 사진에 단순절단이라는 표식을 붙였다.

허진스는 그에게 플뢰르 드 리를 멀리하라고 경고했다. 린 브래큰은 파쳇의 창녀로 시드를 알고 있었을 것이다.

변수 : 더들리 스미스가 버드 화이트를 미행하라고 지시했다. 이유 : 화이트가 창녀 살인사건에 대해 휘젓고 다니고 있다. 브래큰은 창녀였고 파쳇은 창녀들을 거느리고 있었다. 하지만 더들리는 밤부엉이나 포르노물과의 관련성을 언급하지 않았다. 파쳇/브래큰/포르노 책/플뢰르 드 리 사이의 관련성을 그로선 이해할 수 없었을 것이다. 엥글클링 형제/캐스카트를 제쳐두면 포르노 책/파쳇/브래큰/플뢰르 드 리/허진스는 밤부엉이 사건의 믿기지 않을 만큼 방대한 보고서 속엔 들어가지 않는다.

허공을 나는 듯한 기분 : 벤제드린, 경찰 논리. 11시 20분—형사반에 가기 전에 죽일 시간이 남았다. 두 명의 강력한 용의자는 피어스 파쳇과 린 브래큰. 브래큰이 더 가깝다.

잭은 린의 아파트로 차를 몰고 가 린의 차 뒤쪽에 주차를 했다. 린에게 한 시간을 준다. 만약 린이 떠나면 미행한다.

벤제드린의 작용이 시작될 시간. 브래큰의 현관은 계속해서 닫혀 있다. 12시 33분. 한 소년이 현관에 신문을 던졌다. 만약 모티 벤디시가 그의 얘기를 재빨리 떠벌리고 저 아이가 〈미러〉를 던진 거라면….

문이 열렸다. 린 브래큰은 신문을 주워 들고 하품을 하며 다시 안으로 들어갔다. 신문배달 소년이 옆을 지나쳤는데 신문을 담은 가방이 고스

란히 보였다. 로스앤젤레스 〈미러 뉴스〉. 모티 — 제발 기사가 실렸기를.

브래큰은 문을 쾅 소리가 나게 닫고 자기 차를 향해 달려갔다. 브래큰은 시동을 걸고 로스 펠리즈의 서쪽으로 달렸다. 잭은 2초 후에 브래큰을 추격했다.

남서쪽으로, 로스 펠리즈에서 웨스턴으로, 다시 선셋으로. 선셋에선 직행 코스였다. 제한속도보다 16킬로미터를 초과했다. 이상한 점은 공포에 질린 채 파챗의 집으로 달려갈 뿐 브래큰은 전화를 사용하려고 하지 않았다는 것이다.

잭은 남쪽으로 돌아 지름길을 택해 1184번지 그레트나 그린에 이르자 급하게 브레이크를 밟았다. 거창한 앞마당이 있는 스페인식 대저택이었다. 린 브래큰은 아직 나타나지 않았다.

심장이 뛰었다. 그는 벤제드린을 먹었다는 사실을 잊어버렸다. 그는 주차를 하고 나서 집을 점검했다. 아무도 없었다. 현관으로 다가가자 집 옆에 있는 오리 한 마리와 창문 몇 개가 눈에 들어왔다.

창문은 모두 닫혀 있었다. 집 뒤에서는 정원사가 일을 하고 있었다. 그에게 들키지 않고는 집을 한 바퀴 돌 수가 없었다. 차문이 쾅 닫히는 소리가 들렸다. 잭은 앞쪽 창문으로 달려갔다. 창문은 닫혀 있었지만 커튼이 조금 열려 있어서 안을 들여다볼 수 있었다.

그때 초인종이 울렸다. 잭은 곁눈질로 안을 들여다보았다. 파챗이 현관으로 나가 문을 열었다. 린 브래큰은 가져온 신문을 그에게 들이밀었다. 두 사람의 초조한 표정이 그의 시선에 잡혔다. 말소리는 들리지 않지만 두 사람의 입술이 움직였다. 상당한 두려움을 느끼는 듯했다. 잭은 유리창에 귀를 가져다댔다. 하지만 들리는 거라곤 자신의 맥박 소리뿐이었다. 말소리는 필요 없었다. 그들은 시드가 죽었다는 사실을 모르고 있었다. 어쨌든 그들이 상당히 놀라는 걸로 봐서 그들이 시드를 죽이지 않은 것은 분명했다.

그들은 옆방으로 걸어 들어갔다. 커튼이 완전히 닫혀 있어서 안을 들여다볼 수도 말소리를 들을 수도 없었다. 잭은 자신의 차로 달려갔다.

그는 10분 늦게 형사반에 도착했다. 강력계 방은 〈명예의 배지〉 사람들로 가득 차 있었다. 브렛 체이스, 밀러 스탠턴, 세트계의 데이비드 머텐스, 그의 간호사 제리 마살라스. 기다란 좌석에 여러 명이 꽉 끼여 앉았다. 디털링, 카메라 팀 그리고 서류가방을 든 대여섯 명의 사내들은 서 있었다. 변호사들이 틀림없었다. 사람들은 긴장을 한 것 같았다. 듀에인 피스크와 돈 클레크너는 클립보드를 들고 왔다 갔다 했다. 맥스 펠츠도 없고 러스 밀러드도 없었다.

빌리가 그에게 차가운 눈길을 돌렸다. 나머지 사람들은 손을 흔들었다. 잭도 손을 흔들어 답했다. 클레크너가 그를 끌어당겼다. "엘리스 로우가 자네를 보고 싶어 해. 6번 부스야."

잭은 걸어 내려갔다. 로우는 뒷벽의 거울을 뚫어지게 쳐다보고 있었다. 거울 건너편에는 거짓말 탐지기가 놓여 있었다. 폴리그래프를 활용할 시간이다. 밀러드는 펠츠를 심문하고 레이 핑커는 기계를 작동시키고 있었다.

로우가 그를 쳐다봤다. "맥스가 거짓말 탐지기까지 겪지 않으면 좋겠는데. 자네가 어떻게 해주겠나?"

선거 기금의 협력자를 보호하는 것이었다. "엘리스, 전 밀러드에게 이런저런 말을 할 입장이 못 됩니다. 만약 맥스의 변호사가 그에게 하라고 충고한다면 그는 해야 될 거예요."

"더들리가 어떻게 해줄 수 있을까?"

"더들리도 이래라저래라 할 입장이 아니죠. 밀러드는 원칙대로 하는

331

타입이에요. 그리고 당신이 제게 묻기 전에 전 누가 시드를 죽였는지 모릅니다. 상관도 하지 않고요. 맥스에게 알리바이가 있나요?"

"응, 하지만 그가 그다지 내세우고 싶지 않은 알리바이지."

"그 여자 나이는요?"

"상당히 어려. 자네….."

"그래요. 러스가 그 사건으로 그를 고발할 거예요."

"세상에, 이 모든 게 인간쓰레기 같은 허진스를 위해서라니."

잭은 소리 내어 웃었다. "검사님이 당선된 건 그의 중상 기사 때문이잖아요."

"그래, 정치는 섹스 스캔들을 낳지. 그가 슬퍼할지는 모르겠어. 알다시피 우리에겐 아무것도 없지 않나. 난 밖에 있는 저 변호사들과 얘기했고 그들은 모두 자기네 의뢰인들이 유효한 알리바이를 갖고 있다고 내게 확인해줬네. 그들은 모두 성명서를 낭독할 거야. 나머지 〈명예의 배지〉 사람들은 알리바이가 성립될 테고 우리에게 남은 건 할리우드 사람들뿐이지."

돌파구. "엘리스, 충고를 원하세요?"

"응, 적당히 냉소적인 자네의 관점을 들려주게."

"그 문제는 그냥 흘러가게 내버려두세요. 밤부엉이 사건을 바짝 따라붙으세요. 그게 대중이 해결하길 원하는 사건이에요. 허진스는 쓰레기이고 수사도 쓰레기 쇼가 될 거고 우리는 범인을 결코 잡을 수 없을 겁니다. 내버려두시라고요."

문이 열렸다. 듀에인 피스크가 두 엄지손가락을 아래로 향했다. "운이 없네요, 로우 씨. 알리바이들이 다 있고, 게다가 모두 그럴듯한 알리바이 같군요. 검시관은 허진스의 사망 시각을 자정에서 새벽 1시까지로 추정했고 이 사람들은 명백히 그 시각에 다른 곳에 있었어요. 우리는 확증 진술을 받을 예정이지만 전 실패할 거라고 생각해요."

로우가 고개를 끄덕였다. 피스크가 걸어 나갔다. 잭이 말했다. "내버려두시라고요."

로우는 미소를 지었다. "자네의 알리바이는? 내 처제와 자고 있었나?"

"혼자 침대에 있었어요."

"놀랍지는 않은데. 카렌이 말하길 자네가 요즘 우울하고 뜸했다더군. 잭, 자네 뭔가 초조해 보여. 허진스와의 관계가 언론에 밝혀질까 봐 두려운가?"

"밀러드가 자술서를 원해요. 전 그가 원하는 대로 할 겁니다. 시드와 저를 비밀결사 동지로 보는 건가요?"

"물론이지. 더들리 스미스, 나 자신과 유명한 합창단 소년들과 함께 말이야. 잭, 허진스에 대해선 자네가 옳았어. 빌 파커에게 그 사실을 언급할게."

하품이 났다. 벤제드린의 효과가 떨어지고 있었다. "시시한 사건이에요. 그리고 그것을 고발하고 싶지 않지요."

"맞아, 희생자가 실제로 내 선거를 도와주었고 자네가 그에게 맥퍼슨 씨의 음탕한 욕망에 대해 애기를 흘렸다는 말을 남겼을 수도 있지. 잭…."

"예, 전 잠자코 있을게요. 그리고 만약 당신의 이름이 서류에 나오면 제가 없애버리죠."

"확실히 믿을 수 있는 친구군. 그리고 만약 내가…."

"예, 뭔가가 있어요. 수사에 대한 보고서들을 추적하라고요. 시드는 비밀스러운 서류의 일부를 보관하고 있었고 만약 당신의 이름이 어딘가에 있다면 바로 거기일 거예요. 그리고 만약 내가 어디에 있는지 감을 잡기만 한다면 성냥불을 갖고 거기로 가죠."

로우의 얼굴이 창백해졌다. "됐네. 내가 오후에 파커에게 얘기하지."

레이 핑커는 거울을 두들기고 나서 그래프를 유리에 가져다댔다. 두 줄의 바늘선이 보였다. 심한 요동은 없었다. 스피커에서 말이 흘러나왔다. "무죄, 하지만 알리바이에 확증이 없어. 이 친구가 언제 여자애와 함께 있는 것을 보았나?"

로우는 미소를 지었다. 러스 밀러드가 스피커를 통해 말한다. "빈센즈, 일하러 가게. 밤부엉이의 점검 말이야. 자네의 저급한 TV 쇼가 아직은 진행 중이잖아. 그리고 난 허진스와 자네의 거래에 대한 공식 진술서를 원하네. 내일 8시까지."

흑인 동네가 손짓을 했다.

남하해 77번가. 잭은 또 하나의 벤제드린을 꺼냈고 지도를 집어 들었다. 내근 경사가 다른 검둥이들이 점점 더 방자하고 거만해지고 있으며 일부 빨갱이 선동자들이 그들을 부추기고 있다고 말했다. 쓰레기 공격이 늘고 차고의 직원들이 형사 한 명과 순찰관 두 명으로 해서 세 명씩 팀을 짰다. 거리 양쪽에 팀들이 있었다. 116번가 윌스에서 사람들을 만날 것. 그들은 정오부터 한 사람이 부족한 상태였다.

벤제드린이 효과를 나타내기 시작했다. 잭은 다시 활력이 솟았다. 그는 116번가와 윌스 거리로 차를 몰았다. 콘크리트로 만든 조악한 주택들과 카드 보드로 만든 유리창들이 늘어서 있었다. 지저분한 골목들, 자전거를 타는 사람들, 과일을 포장하는 유색인종의 아이들. 그의 사람들은 저 앞에 있었다. 왼쪽에는 순찰관 두 명과 경관 두 명이 있었고, 오른쪽에는 사복형사가 있었다. 그들은 철제 가위와 총으로 무장을 하고 있었다. 잭은 주차를 하고 왼쪽 팀을 세 명으로 만들었다.

정말 쓰레기 같은 일이었다.

문을 노크하고 차고를 수색할 허락을 얻는다. 주민의 4분의 3이 꾀병을 부린다. 다시 차고로 가서 문을 열고 자물쇠를 부순다. 오른쪽 팀은 물어보지 않았다. 그들은 먼저 가위를 사용해 들어가고 적당하게 조절한 뒤 자전거를 타고 있는 아이들을 향해 무기로 위협했다. 왼쪽 아이들은 못되게 보이려고 노력했다. 한 아이가 그들의 머리 위로 토마토를 집어던졌다. 경관들이 아이의 머리 위로 총을 쏘아 비둘기 집과 야자수를 날려버렸다. 먼지가 쌓인 차고를 차례차례 살폈지만 49년형 머큐리 등록번호 DG114는 없었다.

폐가가 늘어선 거리에 땅거미가 지고 있었다. 유리창들은 박살이 나 있었고 잔디밭에는 잡초들이 무성했다. 잭은 야릇한 기분이 들기 시작했다. 치통과 가슴 통증이 밀려왔다. 그는 길 건너편에서 데모대가 고함을 지르는 것을 들었다. 오른쪽 팀이 총을 발사했다. 그는 동료들을 바라보았다. 그리고 그들 모두 달렸다.

쥐가 들끓는 차고에 성배가 놓여 있었다. 자주색 49년형 머큐리. 캘리포니아 차량 번호판 DG114─레이먼드 '슈가 레이' 코츠의 이름으로 등록되어 있는 차였다.

순찰관 두 명이 술병을 끄집어냈다.

자전거 탄 아이들 두어 명이 재잘거리며 페인트칠을 하고 있었고 흰 고양이 한 마리가 골목을 서성거리고 있었다.

왼편의 사내들이 레인 춤을 추기 시작했다.

잭은 옆 유리창을 통해 안을 들여다보았다. 의자들 사이에 펌프형 엽총 세 자루가 놓여 있었다. 구경이 큰 걸로 봐서 아마 12게이지 같다.

귀가 먹먹한 고함 소리가 들려왔다. 등을 때린다. 아이들은 고함을 지르며 지나가고 순찰관 하나가 그들이 자기의 술병을 들고 마시는 걸 내버려둔다. 잭은 침을 꿀꺽 삼키고 마지막 한 발로 가로등을 격파했다. 환

성과 항의의 비명이 들려왔다. 잭은 아이들에게 자기 총을 가지고 놀게
했다. 허진스가 그를 재촉했다. 그는 술을 흠뻑 들이켜 그를 쫓아냈다.

36

퍼시픽 다이닝 카의 개인 룸. 더들리 스미스, 엘리스 로우, 버드가 탁자에 앉아 있다. 버드의 손은 부르터 있었다. 사흘에 걸쳐 심문을 마쳤다. 성범죄자들의 얼굴이 그의 머릿속에서 흐려졌다.

더들리가 말했다. "버드, 한 시간 전에 문제의 차량과 엽총이 발견되었어. 지문은 없었지만 엽총의 격침이 밤부엉이에서 발견된 탄피 자국과 완벽하게 일치했어. 테베르 호텔 근처의 하수구에서 피해자들의 손가방과 지갑도 발견되었지. 이로써 우리는 사건 해결을 눈앞에 두게 되었네. 하지만 로우 씨와 난 완벽을 원해. 자백을 받고 싶은 거야."

버드는 접시를 옆으로 밀쳐놓았다. 다시 문제는 그 흑인들에게로 돌아간 것이다. 엑슬리에게 찬물을 끼얹어줄 수 있을지도 모른다. "그럼 또 그 도련님한테 흑인들을 심문하게 하실 생각입니까?"

로우는 고개를 가로저었다. "아니야, 엑슬리는 너무 부드러워. 자네와 더들리가 내일 아침 구치소 안에서 그들을 심문해주게. 레이 코츠는 중이염으로 병동에 들어가 있지만 내일 아침이면 다시 일반 감방으로 돌아오네. 자네와 더들리가 내일 해가 밝자마자 거기로 가줘. 7시쯤이면 되겠지."

"칼리슬과 브루닝은 어떻게 되는 건가요?"

더들리가 소리 내어 웃었다. "버드, 자네가 그들보다는 훨씬 더 사람들을 겁줄 수 있어. 이 사건은 '웬들 화이트' 사건이라고 이름 붙여도 될 정도로 자네한테 어울려. 최근에 내가 손댄 다른 사건도 아마 자네의 흥미를 끌 수 있을 거야."

로우가 말했다. "지금까지는 에드 엑슬리가 담당이지만 이젠 자네들도 영광을 나누어 가질 수 있어. 그 대신 자네에게 혜택을 주겠네."

"예?"

"그래. 스텐슬랜드는 여섯 개의 보호관찰 위반으로 기소되었지만 그중 네 개는 내가 취소시킬 수 있고 그를 관대한 판사 앞에 세우도록 하지. 그는 아마 90일 이상의 형은 받지 않을 거야."

버드는 자리에서 일어서며 말했다. "좋습니다, 로우 씨. 저녁 식사도 감사합니다."

더들리가 미소를 머금었다. "내일 아침 7시에 보세. 그런데 왜 그렇게 빨리 돌아가려고 하지? 기막힌 아가씨라도 만나나?"

"예. 베로니카 레이크를 만나려고요."

그 여자가 문을 열었다. 머리에서 발끝까지 베로니카였다. 베로니카는 반짝이는 별무늬가 박혀 있는 가운을 입고 있었는데 컬을 넣은 금발 머리가 한쪽 눈을 가리고 있었다. "미리 전화를 주셨으면 이런 요상한 차림으로 있지는 않았을 거예요."

베로니카는 다소 신경이 곤두선 것 같았다. 머리의 염색이 약간 빠지려 하고 있었다. 머리카락 밑 부분에 검은 머리가 보였다. "혹시 불쾌한 손님이라도 왔었나요?"

"피어스가 잘 모시고 싶어 하는 투자가였어요."

"기분이 좋은 척했나요?"

"완전히 자기 탐닉적인 사람이라 굳이 그럴 필요도 없었어요."

버드는 소리 내어 웃었다. "서른이 되어서도 스릴 넘치는 섹스를 하는 모양이군요."

린이 소리 내어 웃었다. 아직도 긴장이 완전히 풀리지 않아 마치 그것을 풀기 위해 그에게 손을 댈 것 같았다. "남자들이 앨런 라드처럼 되려고 하지만 않는다면 저도 린 마거릿이 될 수 있어요."

"기다려볼 가치가 있을까요?"

"당신이 잘 알겠죠. 당신은 아마도 피어스가 내게 잘 대접하라고 말하지 않았을까 생각하고 있죠."

그는 뭐라고 대답해야 좋을지 생각나지 않았다.

린이 그의 팔을 붙잡았다. "그렇게 생각해줘서 기뻐요. 당신이 마음에 들어요. 침실에서 기다리고 있으면 베로니카와 그 투자가를 내 몸에서 완전히 떼어낼 게요."

린은 벌거벗은 상태로 그에게 다가왔다. 갈색 머리는 아직 촉촉하게 젖어 있었다. 버드는 감정을 억지로 가라앉히고 시간을 들여 키스를 했다. 죽을 정도로 사랑해주고 싶은 고독한 여성을 만난 것처럼 말이다. 린은 그의 타이밍에 맞추지 않으면서 그를 애무해주었다. 린이 연기를 하는 건 아닌가 하는 생각이 버드의 머릿속을 떠나지 않았다. 그걸 알아보기 위해서 그는 성급해졌다.

린은 신음 소리를 내고 그의 손을 잡아 자신의 가슴에 가져간 다음 손가락으로 리듬 있게 만지게 했다. 버드는 린의 리드에 이끌렸는데 린이 민감하게 반응할 때마다 쾌감을 느꼈다. 리얼했다. 너무 리얼해서 자신을 잃어버릴 정도였다. 그는 "넣어주세요. 빨리요."처럼 들리는 말을 들었다. 그는 자신의 것을 손으로 격렬하게 문지른 다음 린의 몸속으로 들어갔다. 린이 가르쳐준 대로 손은 린의 가슴에 둔 채. 린의 몸속에서 그의 성기는 더욱 단단해지는 것 같았다. 린이 양 다리로 그를 힘껏 밀어 올렸을 때 그는 사정을 했고 린의 젖은 머리칼 위에 얼굴을 갖다 댔다. 두 사람은 마치 열쇠로 서로를 채우듯이 끌어안고 있었다.

둘은 휴식을 취하며 얘기를 나누었다. 린은 자신의 일기에 대해 말했다. 애리조나 주 비스비에서의 고교 시절부터 써온 천 페이지가 넘는 일기였다. 버드는 밤부엉이 사건 그리고 내일 아침의 심문 등에 대해 말했다. 그다지 즐거운 일은 아니라고. 린의 표정은 이렇게 말하는 것 같았다. "그럼 그냥 그만두세요." 그는 마땅히 대꾸할 말이 없어서 더들리에 대한 얘기, 자신에게 빠졌던 강간 피해자들 이야기, 자신이 싫어하는 사내가 곤경에 처하길 바라는 마음에서 밤부엉이 사건이 예상치 않은 방향으로 전개되길 바랐다는 이야기 등을 말했다. 린은 약간 놀라는 것 같았다. 버드는 린에게 케이시 살해사건은 잠시 접어두고 있다고 말했다. 그는 이런 사건만 보면 쉽게 미쳐버리기 때문이다. 그가 질레트에게 그랬던 것처럼. 린은 그의 가족에 대해 물었다. 그가 대답했다. "난 가족이 없소." 그는 현재 하고 있는 일을 대략적으로 설명해주었다. 캐스카트와 그의 조사당한 아파트, 그의 포르노 판매의 꿈, 샌버나디노 전화번호부, 엥글클링 형제의 거래 제의 등을 말하고 결국에는 구류 중인 흑인 불량배들이 용의자로 다시 부상했다는 것을 말했다. 버드는 린이 핵심을 제대로 파악했다는 걸 알고 있었다. 그는 자신이 그다지 똑똑하지 못하고 아직 정식 강력계 형사가 아니라는 것 때문에 좌절감을 느꼈다. 그들이 용의자들을 겁주기 위해 데려온 사람이 그인 것이다. 잠시 뒤에 얘기가 끊어졌다. 버드는 짧은 시간에 너무 많은 것을 내뱉어버린 자신에게 화가 났다. 린은 그것을 눈치챈 것 같았다. 린은 고개를 숙인 다음 입으로 그를 흥분시켰다. 버드는 아직도 젖어 있는 린의 머리카락을 매만지며 린이 연기를 하는 게 아니라는 사실에 희열을 느꼈다.

37

증거—테베르 호텔 근처에서 발견된 피해자들의 소지품, 코츠의 머큐리와 엽총. 감식반은 엽총에서 엽총 탄환의 흔적이 밤부엉이의 그것과 일치한다는 것을 확인했다. 이걸 보고도 1급 살인사건의 기소를 결정하지 않을 대배심은 지상에 없을 것이다. 이제 밤부엉이 사건은 드디어 해결 일보 직전에 이르렀다.

에드는 자기 집 부엌 식탁에 앉아서 보고서를 쓰고 있었다. 파커 국장을 위한 최종 요약이었다. 이네즈는 침대에 있었다. 에드는 이렇게 말할 용기는 없었다. "함께 자게 해줘요. 같이 사태를 지켜보며 서로 돕는 게 좋지 않겠어요?" 이네즈는 요즘 마음이 울적한 것 같다. 레이먼드 디털링에 대한 책을 읽으며 그에게 일을 부탁할 용기를 끌어내려 하고 있었다. 총이 발견되었다는 뉴스도 이네즈를 즐겁게 해주지 않았다. 그것이 이네즈가 증언할 필요가 없다는 것을 의미함에도 불구하고 말이다. 증거—이네즈의 외상은 이제 다 나았고 육체적인 고통은 없는 것 같았다. 하지만 이네즈는 여전히 상처가 남긴 아픔을 느끼고 있었다.

전화벨이 울렸다. 에드가 수화기를 들었다. 철컥 하는 소리가 들렸다. 이네즈가 침실에서 수화기를 드는 소리였다.

"여보세요?"

"러스 밀러드일세, 에드."

"경감님, 안녕하십니까?"

"경사 이상의 사람들은 모두 나를 러스라고 부르네."

"러스, 차량과 총이 발견되었다는 소식 들으셨나요? 밤부엉이도 이제 역사가 되겠군요."

"반드시 그런 것 같진 않아. 그래서 자네에게 전화한 거야. 보안관 사무실의 아는 수사관하고 얘기를 나눠보았는데 이 사람은 구치소 담당이거든. 자기가 들은 소문이 있다는 거야. 더들리 스미스가 버드 화이트를 데려가서 그 깡패 놈들을 심문한다는군. 내일 아침 일찍. 그래서 난 그들이 놈들을 심문하지 못하게 다른 감방으로 옮겨 놓았지."

"맙소사, 그런 일이 있었군요."

"정말이야. 에드, 내게 계획이 있네. 우리가 먼저 가서 이 새로운 증거를 들이밀고 합법적 자백을 끌어내는 거야. 자네가 나쁜 경관을 맡고 내가 좋은 경관을 맡으면 되겠지."

에드는 안경을 만지작거렸다. "시간은 몇 시쯤이 좋을까요?"

"7시 정도면 어떻겠나?"

"좋습니다."

"에드, 이것은 더들리를 적으로 만들 우려가 있네."

침실의 수화기가 내려지는 소리가 들렸다. "그래도 할 수 없죠. 러스, 내일 뵙겠습니다."

"잘 자게."

에드는 전화를 끊었다. 이네즈는 에드의 커다란 옷을 입고 문가에 서 있었다. "상당히 음험한 짓을 하는군요."

"당신도 남의 전화를 엿들어선 안 돼."

"혹시 여동생한테서 걸려온 전화가 아닌가 했어요. 엑슬리, 그런 짓을 하면 안 돼요."

"당신은 그들이 가스실로 가길 원했잖아. 그런데 뭐가 문제지? 당신은 증언을 하길 꺼려했어. 이제는 꼭 증언할 필요가 있는지도 불확실해졌지만."

"난 그들이 고통받길 원해요. 그들이 상처받기를요."

"아니, 그건 아니야. 이 사건은 절대적인 정의를 요구하는 사건이야."

이네즈는 소리 내어 웃었다. "절대적인 정의라는 것은 이 옷이 내게 맞지 않는 것처럼 당신에게도 맞지 않아요. 펜데호(멍청이)."

"원하는 것을 다 받았잖아, 이네즈. 이제는 자리에서 일어나 자신의 인생을 살아야 되지 않겠어."

"어떤 인생? 당신하고 사는 것 말인가요? 당신은 저랑 결혼하지 않을 것이고 당신은 저를 너무 신사답게 다뤄서 전 소리를 지르고 싶을 정도예요. 당신이 너무나 훌륭한 사람이라 전 이런 생각이 들죠. '맙소사, 내가 이렇게 멍청한가.' 그런데 이젠 그런 나조차 부정한다는 말이죠?"

에드는 보고서를 치켜들었다. "수많은 사람이 이 사건을 해결하느라 고생했어. 그놈들은 성탄절까지는 죽을 거야. 토도스(전부), 이네즈. 압솔루타멘테(확실히). 이 정도면 충분하지 않아?"

이네즈는 조금 전보다 더 큰 소리로 웃었다. "아니에요. 10초면 그들은 잠이 들 거예요. 그들은 여섯 시간 동안 나를 때리고 겁탈하고 몸 여기저기에 이상한 것을 집어넣었어요. 아니에요, 절대 충분하지 않아요."

에드는 자리에서 일어섰다. "그럼 버드 화이트가 이 사건을 망치는 꼴을 그냥 두고 보자는 것이군. 엘리스 로우가 아마 이걸 주선해줬을 거야,

이네즈. 그는 대배심에서 폼 잡는 것밖에 생각하질 않지. 이틀에 걸친 심리에서 아마도 절반은 그 혼자서 떠들 거야. 그는 이미 어려워진 문제를 더욱 어렵게 할 거야. 현실을 똑바로 보고 인정할 건 인정하라고."

"아니에요, 똑바로 봐야 할 사람은 바로 당신이에요. 네그리토들은 죽어야 하기 때문에 죽는 거예요. 전 이제 아무도 필요로 하지 않는 증인이기 때문에 화이트 형사가 내일 저를 위해 정의를 실현시켜줄 거예요."

에드는 주먹을 불끈 쥐었다. "화이트는 경찰관 망신을 시키는 흉포한 사내에다 계집애 꽁무니만 쫓아다니는 개자식이야."

"아니에요. 그는 본 것을 본 대로 이야기하는 사람이고 길을 건널 때 좌우를 여섯 번이나 신중하게 살피는 그런 사람이 아니에요."

"그는 개자식이란 말이야. 당신네 말로 미에르다야."

"그렇다면 그는 저의 미에르다예요. 엑슬리, 전 당신을 알아요. 당신은 정의 따위에는 신경도 쓰지 않는 사람이에요. 당신은 그저 당신 생각뿐이죠. 당신이 내일 그 일을 하는 이유는 오직 화이트 경관을 괴롭히려는 속셈이죠. 당신이 어떤 인간인지 그가 알고 있기 때문에 그가 미운 거예요. 당신은 제가 당신을 사랑해주길 바라는 것처럼 행동하지만 당신이 제게 주는 것은 돈과 사교 커넥션뿐이에요. 당신은 저를 위해서 아무런 위험도 짊어지지 않지만 화이트 경관은 자기 삶을 걸 뿐 아니라 결과에도 개의치 않아요. 내가 몸이 좋아지면 당신은 나를 범하고, 나와 함께 있는 것을 사람들에게 보여주지 않으려고 어딘가에 장소를 마련하겠죠. 생각만 해도 구역질이 나요. 화이트 경관은 적어도 그가 당신이 어떤 사람이라는 것을 알고 있다는 그 이유만으로도 전 그가 좋아요."

에드는 이네즈에게 다가갔다. "내가 어떤 인간이란 말이야?"

"흔히 보는 겁쟁이죠."

에드는 주먹을 올렸지만 이네즈가 몸을 움찔하자 그도 움찔했다. 이네즈는 옷을 벗었다. 에드는 이네즈를 지켜보다가 벽과 거기에 붙어 있는 군대 훈장으로 눈길을 돌렸다. 훈장은 그 순간 그의 표적이었다. 그는 훈장을 방 저쪽 편으로 집어 던졌다. 그래도 분이 풀리지 않았다. 그는 창을 주먹으로 후려치려고 몸을 뒤로 뺐다가 대신에 부드러운 커튼을 쳤다.

38

잭은 음란물을 보다가 잠을 깼다.

난교 사진 속의 카렌. 베로니카 레이크가 카렌과 사랑을 나누고 있다. 피. 검시 사진을 닮은 포르노 사진. 아름다운 여인이 피에 젖어 있다. 그의 눈에 들어온 첫 실물은 새벽빛이었다. 그다음으로 그의 눈에 들어온 것은 린 브래큰의 아파트 옆에 주차된 버드 화이트의 차였다.

입술이 갈라지고 머리끝부터 발끝까지 모든 뼈마디에 통증이 느껴졌다. 그는 마지막 벤제드린을 삼키고 잠들기 이전의 마지막 생각을 머리에 떠올렸다.

그 파일엔 중요한 게 없다. 그렇다면 허진스에 대한 실마리는 파쳇과 브래큰뿐이다. 파쳇에겐 하인이 있다. 브래큰은 혼자 산다. 화이트는 브래큰의 침대를 빠져나간 뒤에 브래큰을 심문할 생각이다.

잭은 미행 보고서에 무엇을 쓸지 생각했다. 더들리 스미스를 속여 넘기기 위한 거짓말. 문이 쿵, 소리를 내며 닫혔다. 그 소리가 마치 엽총 소리처럼 들렸다. 버드 화이트는 자기의 차로 걸어갔다. 잭은 운전석에 기대 몸을 숙였다. 차가 움직이고 몇 초 후에 다시 총성 같은 소리를 내며 문이 닫혔다. 재빨리 밖을 봤다. 갈색 머리의 린 브래큰이 밖으로 나오고 있었다.

브래큰은 자기 차에 올라타고 동쪽, 그러니까 로스 펠리즈 쪽으로 움직였다. 잭은 그 뒤를 따라가다가 오른쪽 차선으로 느릿느릿 달렸다. 이른 아침의 한산한 도로였다. 브래큰은 마음이 너무 산란해서 그의 미행을 알아차리지 못했다.

브래큰은 동쪽의 글렌데일로 진입해서 브랜드 애버뉴의 북쪽, 은행 앞 도로에 비스듬히 주차했다. 잭은 모퉁이 근처, 시계가 넓은 곳에 차를 세웠다. 모퉁이의 식료품 가게 옆엔 우유 상자가 쌓여 있었다.

잭은 자세를 낮추고 인도를 지켜보았다. 린이 한 남자와 이야기를 나누고 있었다. 예민하고 허약해 보이는 왜소한 사내였다. 남자는 은행 문을 열고는 린을 서둘러 데리고 들어갔다. 포드와 도지가 한 대씩 주차되어 있었지만 번호판은 보이지 않았다. 라마 힌턴이 상자 몇 개를 끌고 밖으로 나왔다.

파일, 파일, 파일. 다른 것일 리가 없었다.

린과 은행 남자가 상자들을 내와 도지와 린의 패커드로 향했다. 은행 남자는 은행 문을 잠그고 포드에 올라탄 뒤 남쪽으로 유턴했다. 힌턴과 브래큰이 뒤를 따랐다. 차량들이 북쪽을 향해 달렸다.

째깍, 째깍, 째깍, 초침 소리가 났다. 잭은 10초를 세고 나서 그들을 뒤쫓았다.

그는 차선을 이리저리 바꾸기도 하고 느릿느릿 달리기도 하고 멀찍이 뒤처지기도 하며 1천600미터를 달려 그들을 따라잡았다. 차는 글렌데일의 다운타운을 지나 북쪽 언덕으로 갔다. 교통량은 줄었다. 잭은 전망이 좋은 곳을 찾아냈다. 꾸불꾸불 휘어져 올라가는 길이 한눈에 들어오는 곳이었다. 그는 차를 세우고 관찰했다. 차량들은 계속 올라가더니 작은 길로 빠져나가 사라졌다.

잭은 캠핑 지역으로 직행했다. 나들이용 탁자와 바비큐용 구덩이들이 있는 곳이었다. 두 대의 차량은 소나무 뒤에 세워져 있었다. 상자들을 나르고 있는 브래큰과 힌턴이 보였다. 새끼손가락 하나로 가솔린 캔을 흔들어 보이고 있는 근육질의 남자.

잭은 차를 보이지 않는 곳에 세우고 소나무 숲 뒤에 몸을 숨겼다. 브래큰과 힌턴이 상자들을 쏟아냈다. 석탄이 들어 있는 커다란 구덩이 속으로 종이가 쏟아졌다. 그들이 등을 보이고 있을 때, 잭은 머리를 숙이고 빠르게 그곳에 접근했다.

그들은 다른 상자를 들고 돌아왔다. 브래큰은 라이터를 꺼내 들었고, 힌턴은 양팔 가득 파일을 들고 있었다. 잭은 몸을 세워 발길질을 하며 권총으로 힌턴을 내리쳤다. 발은 고환을, 총신은 좌우를 번갈아 가며 얼굴을 가격했다. 힌턴은 종이를 떨어뜨리며 쓰러졌다. 잭은 그의 양팔을 부러뜨렸다. 무릎으로는 어깨를 짓누르고 양쪽 손목을 비틀어버렸다.

힌턴은 충격으로 하얗게 질려버렸다.

브래큰은 가솔린 캔과 라이터를 쥐고 있었다.

잭은 구덩이 앞에 서서 38구경 총을 꺼내 들었다.

교착 상태였다.

린은 캔을 들고 뚜껑을 열어 가솔린을 뿌렸다. 칙, 라이터 불꽃이 올라왔다. 잭은 린의 얼굴을 향해 정조준했다.

교착 상태.

힌턴은 기어가려고 했다. 총을 든 잭의 손이 떨리기 시작했다. "허진스, 파쳇, 플뢰르 드 리. 나 아니면 버드 화이트가 당신들을 궁지에 몰아넣었겠지. 하지만 난 매수될 수 있소."

린은 라이터를 끄고 가솔린 캔을 내려놓았다. "라마는 어떻게 됐죠?"

힌턴은 흙을 긁어대며 피를 내뱉고 있다. 잭은 총을 내렸다. "죽지는 않을 거요. 이 친구도 나를 향해 총을 쏜 적이 있으니까 이제 서로 빚을 갚은 거요."

"그는 당신에게 총을 쏜 적이 없어요. 피어스가… 어쨌든 힌턴은 아니에요."

"누가 쏘았다고?"

"몰라요. 정말이에요. 그리고 피어스와 나는 누가 허진스를 죽였는지 몰라요. 그의 죽음 소식을 안 것도 어제 신문을 보고 나서예요."

구덩이의 석탄 위에 서류철이 쌓여 있었다. "허진스의 더러운 비밀 장부겠지요?"

"맞아요."

"하던 말 계속해보시오."

"싫어요. 당신의 요구액에 대해서나 얘기해보자고요. 라마가 피어스한테 당신 얘기를 했다더군요. 당신이 항상 스캔들에 휩싸여 있는 경찰이라는 것을 피어스도 파악하고 있어요. 그러니 당신 말대로, 당신은 돈을 원할 수 있겠죠. 자, 얼마면 되겠어요?"

"내가 원하는 건 저 파일들이오."

"그렇다면 당신은 뭘…."

"난 당신을 알고 있소. 파켓이 부리고 있는 다른 여자들도 알고 있고. 난 플뢰르 드 리와 파켓 놈이 하려는 사업에 대해서도 알지. 포르노 잡지 건을 포함해서 말이오."

무표정한 얼굴로 여자는 당황하는 기색이라곤 보이지 않았다. "당신들의 잡지에는 진짜처럼 보이는 잉크를 사용한 사진들이 있어요. 붉은색, 피처럼 보이는 잉크 말이오. 허진스의 사체 사진을 봤소. 사진처럼 몸이 잘려 있더군."

돌 같던 무표정이 깨졌다. "그래서 내게 피어스와 허진스에 대해 심문하려는 거군요."

"그래. 그리고 누가 잡지 속의 사진들을 촬영했는지도 말이오."

린은 고개를 가로저었다. "난 누가 그 잡지를 만들었는지 몰라요. 피어스도 모르고. 피어스가 돈 많은 멕시코 사람한테 그걸 대량으로 사들였을 뿐이에요."

"믿을 수가 없는데."

"상관없어요. 또 돈을 원하는 거예요."

"아니. 난 포르노 잡지를 만든 자가 허진스를 죽였다고 확신하오."

"그 사진을 보고 흥분한 사람이 죽였을지도 모르죠. 어느 쪽이라도 좋아요? 허진스는 분명히 당신의 약점을 잡고 있었어요. 그래서 이 모든 일이 일어난 것 아닌가요?"

"영리한 여자군요. 난 파쳇과 허진스가 틀림없이 골프를 치지 않았거나…."

린이 말을 끊었다. "피어스와 시드는 어떤 사업 계획을 함께 세우고 있었어요. 더 이상은 말할 수 없어요."

협박과 갈취, 분명 그것이다. "저 파일들은 그 계획을 위한 것이고?"

"말하지 않겠어요. 난 파일의 내용을 본 적이 없어요. 이것으로 휴전하는 게 어때요? 아무도 다치지 않게 말이에요."

"그럼 은행에서 무엇을 했는지 말하시오."

린은 힌턴이 기어가려고 애쓰는 모습을 지켜봤다. "피어스는 시드가 자신의 비밀 파일을 뱅크 오브 아메리카의 임대 금고에 보관하고 있다는 사실을 알고 있었어요. 그가 살해됐다는 기사를 읽고 나서 피어스는 그 파일이 경찰 손에 넘어가서는 안 된다고 생각했죠. 보시다시피, 시드의 파일은 피어스의 사업에 대한 서류예요. 경찰은 허가하지 않을 사업이겠지만. 피어스가 은행 지점장을 매수해서 파일을 손에 넣은 거예요. 그래서 여기까지 온 거고요."

잭의 코에 종이와 석탄 냄새가 풍겨 왔다. "당신과 버드 화이트의 관계는?"

린은 주먹을 쥐고 자신의 다리를 눌렀다. "그 사람은 이것과 아무 상관없어요."

"그래도 말해요."

"왜죠?"

"두 사람을 1953년의 떠들썩한 커플처럼 만들지는 않을 거니까."

린의 얼굴에 미소가 천천히 퍼졌다. 잭도 미소를 보냈다. 린이 말했다. "우린 거래할 수 있을 것 같군요. 휴전 협정으로 할까요?"

"좋아, 불가침 협정으로 합시다."

"그렇다면 이렇게 해석하자고요. 버드는 케이시 제인웨이라는 젊은 여자의 피살사건을 수사하며 피어스에게 접근했어요. 버드는 케이시를 알고 지냈던 한 남자한테서 피어스와 내 이름을 들었어요. 물론 우린 그 여자를 죽이지 않았죠. 게다가 피어스는 경찰이 주변에서 서성거리는 걸 원치 않았거든요. 그래서 나한테 버드에게 잘 대해주라고 그러더군요… 그런데 내가 버드를 좋아하기 시작한 거예요. 이건 버드한테 말하지 마세요. 부탁이에요." 린은 기품 있게 애원까지 했다.

"좋아요. 파쳇에게는 지방검사가 허진스 사건을 골칫거리로 생각하고 있다고 전해줘도 좋아요. 그 사건은 뒷전으로 밀릴 거예요. 그리고 저 파일에서 내가 원하는 걸 찾아내면 오늘 일은 없는 것으로 하는 겁니다."

린이 미소를 짓자 이번에도 그는 미소로 답했다. "힌턴을 돌봐주시오."

린은 힌턴에게 건너갔다. 잭은 파일을 끄집어내어 이름 꼬리표를 뒤졌다. 엄청나게 많은 T항, 적지 않은 V항이 보였다. '잭 빈센즈'라는 작은 표제어.

목격자들의 설명 : 그날 밤 바닷가에 있던 정직한 사람들. 그가 해럴드 스코긴스 부부를 사살하는 장면을 목격한 선량한 사람들. 돈을 바라고 자신들이 목격한 것을 시드에게 말한 선량한 사람들. '연루될까 봐' 두려워 당국에 알리지 않는 선량한 사람들. 시드가 검시관을 매수해 공표를 막은 혈액검사 결과 : 당시 빅 브이가 복용한 마리화나와 벤제드린과 알코올의 양. 약에 취한 상태로 앰뷸런스 안에서 진술한 내용 : 10여 차례 갈취했다는 고백. 결론 : 잭은 말리부 랑데부에서 무고한 두 시민을 살해했다.

"라마를 내 차에 도로 태웠어요. 병원으로 데려갈 거예요."

잭은 몸을 돌렸다. "너무나 멋지게 쓰여 있어서 사실처럼 안 보이는군요. 파쳇이 사본을 갖고 있겠죠?"

또다시 린이 미소 지었다. "맞아요. 허진스와 거래했던 거예요. 시드는 피어스 본인에 대한 파일을 제외하고는 모든 파일의 복사본을 피어스에게 주었어요. 파쳇은 그 사본을 보험증서로 갖고 싶어 했어요. 파쳇이 시드를 신뢰하지 않았던 게 확실해요. 여기 우리한테 허진스의 모든 파일이 있으니까 피어스의 파일도 있을 거예요."

"그렇군요. 그리고 당신이 내 파일의 사본을 가지고 있겠군."

"맞아요, 빈센즈 씨. 우리한테 있어요."

잭은 그 미소를 흉내 내려고 했다. "당신, 파쳇 그리고 그의 사업, 허진스에 관해 내가 알고 있는 모든 게 조서에 기록될 거요. 복수의 사본이 복수의 임대 금고에 보관될 테고. 내게 무슨 일이 생기면 그 모든 게 L.A. 경찰국, 지방검사실 그리고 〈L.A. 미러〉에 보내지죠."

"그러니까 휴전한 거예요. 성냥불을 붙여줄래요?"

잭은 린에게 머리를 숙였다. 린은 파일에 가솔린을 붓고 불을 붙였다. 소리를 내며 종이가 타들어갔다. 잭은 눈이 아파올 때까지 물끄러미 그 것을 바라보았다.

"집에 가서 좀 주무세요, 형사 양반. 몰골이 말이 아니네요."

그는 자기 집이 아니라 카렌에게로 향했다.

그는 약물 때문에 몽롱해진 머리로 운전대를 잡았다. 이제야 종결이 라는 느낌이 들기 시작했다. 악성 채무를 악한 방식으로 갚고 백지로 되 돌아간 느낌이었다. 그는 클로드 디닌을 쥐고 흔들었을 때처럼 어떤 생 각을 머리에 떠올렸다. 그 말은 하지 않았고 리허설도 하지 않았다. 그는 그 생각을 신선하게 유지하기 위해 라디오를 켰다.

엄숙한 목소리의 아나운서가 말했다.

"…로스앤젤레스 외곽에서는 지금 캘리포니아 역사상 가장 큰 규모 의 인간사냥이 벌어지고 있습니다. 다시 한 번 말씀드리겠습니다. 한 시 간 반 전, 동이 튼 직후에 밤부엉이 사건의 살인범인 레이먼드 코츠, 타 이론 존스, 러로이 폰테인이 로스앤젤레스 중심가에 있는 정의의 전당 교도소를 탈출했습니다. 이들 세 피의자는 재심문을 기다리기 위해 경 비가 느슨한 감방으로 이송된 상태였습니다. 이들은 서로의 침대 시트 를 연결한 후 그것을 이용해 2층 창밖으로 뛰어내렸습니다. 탈옥 직후 녹음된, 전 밤부엉이 수사 공동 지휘관 로스앤젤레스 경찰국의 러셀 밀 러드 경감의 코멘트를 들어보겠습니다."

"이번 사건의 책임은 전적으로 제게 있습니다. 세 피의자를 경비 체계 가 허술한 곳으로 이동시키라고 명령한 것이 본인이기 때문입니다. 전… 이들을 최대한 빨리 재구속하는 데에 모든 노력을 기울이도록 하 겠습니다. 전…."

잭은 라디오를 껐다. 종결 : 러셀 밀러드의 화려한 커리어. 호출 : 수사망 조성을 위해 형사반 전원이 침대에서 불러나올 것이다. 잭은 카렌의 집으로 가는 길 내내 하품을 했다. 모든 게 이중으로 보이는 눈을 비비며 그는 초인종을 눌렀다.

카렌이 문을 열었다. "잭, 어디에 있었어요?"

잭은 카렌의 곱슬곱슬한 머리카락을 잡으며 말했다. "나와 결혼해주겠소?"

카렌이 말했다. "그래요."

39

에드는 아버지의 엽총에 의지한 채 1번 도로와 올리브 애버뉴의 모퉁이에서 감시하고 있었다. 그것은 그의 머릿속에서 재생되는 장면이었다.

슈가 레이 코츠가 뭔가 말하고 있다. "롤런드 나바레트, 벙커 힐에 살면서 가석방 도피자를 위한 은신처를 운영한다."

속삭이듯 작은 목소리. 마이크는 그 소리를 잡아내지 못했다. 코츠가 자신이 한 말을 기억하고 있을지는 의문이다. 기록정보과, 나바레츠의 얼굴 사진, 주소 : 올리브 애버뉴의 중간쯤에 있는 하숙집. 정의의 전당 교도소에서 800미터 거리. 동이 텄다. 흑인 동네도 어둠 속에 가둬둘 수는 없었다. 네 명 모두 무장한 상태라면?

무섭다. 43년의 과달카날 섬에서처럼.

무법자―에드는 그 단서를 보고하지 않았다.

에드는 블록 가운데로 차를 몰았다. 미늘벽 판자의 빅토리아식 건물은 4층으로 페인트가 벗겨져 있다. 그는 뛰듯이 발걸음을 옮겨 우편함을 확인했다. R. 나바레트, 408호.

그는 코트로 총을 감싼 채 안으로 들어갔다. 복도는 길었다. 전면이 유리로 된 승강기와 계단이 나왔다. 그는 계단을 올라갔다. 발이 바닥에 닿는 감각이 없었다. 4층의 층계참에 이르렀을 때 아무도 보이지 않았다. 그는 408호로 다가가 총을 감싼 코트를 벗겨냈다. 이네즈의 비명이 그의 머리를 울렸다. 에드는 문을 발로 걷어차고 들어갔다.

네 사람이 샌드위치를 먹고 있었다. 존스와 나바레트는 탁자에, 폰테인은 바닥에 앉아 있었다. 슈가 코츠는 창가에서 이빨을 쑤시고 있었다.

무기는 보이지 않았다. 누구도 움직이지 않았다.

잠긴 목에서 갈라져 나오는 기묘한 목소리로 그는 소리쳤다. "너희는 체포됐다." 존스가 양손을 머리 위로 치켜들었다. 나바레토도 양손을 들었다. 폰테인은 머리 뒤로 돌린 양손을 서로 감았다. 슈가 레이가 말했다. "고양이에게 혀를 깨물린 모양이지, 이 겁쟁이야?"

에드는 방아쇠를 당겼다. 한 번, 두 번—사냥용 대형 산탄이 코츠의 다리를 잘라냈다. 반동—에드는 방문에 몸을 기댄 채로 조준을 했다. 폰테인과 나바레트가 비명을 지르며 자리에서 일어섰다. 에드는 방아쇠에 건 손가락을 오므렸다. 한 발의 산탄에 모두 나가떨어졌다. 반동. 방아쇠를 당긴 방향이 나빴다. 뒤쪽 벽이 반쯤 무너져 내렸다.

피가 흥건하게 뿌려졌다. 에드는 비틀거리며 눈을 닦았다. 존스가 승강기로 달려가는 게 보였다.

그는 녀석을 뒤쫓았다. 미끄러지고 넘어지면서도 그는 계속 추격했다. 존스는 버튼을 눌러대고 있었다. 그는 비명에 가까운 소리로 기도를 올렸다. 승강기의 유리에서 몇 센티미터 떨어진 곳에서 "예수님, 제발." 하며. 에드는 정조준을 하고 방아쇠를 두 번 당겼다. 유리와 산탄이 그의 머리를 날려버렸다.

다리에 힘이 다시 돌아왔다. 주위에서 주민들이 비명을 질러댔다.

에드는 아래층으로 달려 내려와 제복 경찰과 사복 경찰들 속으로 파고들었다. 그들은 그의 이름을 큰 소리로 외치며 등을 두드렸다. 어떤 목소리가 가까운 곳에서 들려왔다. "밀러드가 죽었어. 형사반에서 심장마비로."

40

장례식 날에는 비가 왔다. 묘지에서 의식은 거행되었다. 더들리 스미스의 조사와 목사의 마지막 기도가 있었다.

그 자리에는 형사반 전원이 참석했다. 그것은 태드 그린의 명령이었다. 파커는 기자들을 불러 모았다. 러셀 밀러드를 묻은 뒤에는 간단한 기념식이 있었다. 버드의 눈에 에드 엑슬리가 미망인을 위로하는 모습이 들어왔다. 그것은 사진에 담겨 그의 인간성을 보여주는 증거로 남을 것이다.

지난 일주일 동안 카메라와 신문의 헤드라인은 온통 에드를 위해 존재했다. 에드 엑슬리는 'L.A.의 가장 위대한 영웅'이 되었다. 2차 세계대전의 용사, 밤부엉이의 살인범들과 그 공범자를 묘지로 보낸 사나이. 엘리스 로우는 세 피의자가 탈출하기 전에 범행을 자백했다고 언론에 발표했다. 하지만 아무도 이 흑인들이 비무장 상태였다는 걸 언급하지 않았다. 에드 엑슬리는 이렇게 해서 빛나는 미래가 보장되었다.

목사의 긴 설교가 이어지고 있었다. 미망인은 울기 시작했다. 엑슬리는 팔로 미망인의 어깨를 감쌌다. 버드는 묘지에서 걸어 나왔다.

번개가 치고 다시 비가 내렸다. 버드는 교회 안으로 들어갔다. 파커의 연회를 위한 자리가 마련되어 있었다. 연단, 의자, 샌드위치가 놓인 탁자. 다시 번개가 쳤다. 버드는 창문을 통해 밖을 내다보았다. 관이 땅 밑으로 내려가고 있었다. 재에서 빌어먹을 재로 돌아간다. 스텐슬랜드는 6개월 형을 선고받았다. 소문에 따르면 엑슬리와 이네즈는 뜨거운 사이가 되었다. 흑인 넷을 죽여 한 여자를 얻은 셈이다.

조문객들이 걷기 시작했다. 엘리스 로우는 미끄러져 엉덩방아를 찧었다. 버드는 기분 좋은 일을 떠올렸다 : 린, 웨스트밸리 경찰서에서의 케이시 피살사건 수사. 생각하고 싶지 않은 것은 지워버려라.

모두 교회 안으로 들어왔다. 사람들은 레인코트와 우산을 던져 놓고 자리로 몰려갔다. 파커와 엑슬리는 연단 옆에 섰다. 버드는 뒤쪽의 자리에 몸을 걸쳤다.

기자들이 취재 수첩을 꺼냈다. 맨 앞자리는 로우, 미망인, 프레스톤 엑슬리가 앉아 있었다. 드림-어-드림랜드를 위해 좋은 선전이 될 것이다.

파커가 마이크에 대고 입을 열었다. "슬픈 일입니다. 애도를 표해야 하는 일이죠. 우리는 친절하고 선하며 헌신적이었던 경관을 잃은 슬픔을 감출 수 없습니다. 그의 죽음을 진심으로 애도합니다. 러셀 밀러드 경감을 잃은 것은 밀러드 부인과 그의 가족뿐만 아니라 여기에 있는 모든 사람의 손실입니다. 이건 정말 참기 어려운 슬픔이지만 우리는 참아낼 겁니다. 어떤 문학작품에서 읽었던 구절이 생각납니다. '만일 하느님이 없다면 내가 어떻게 대장(캡틴)이 될 수 있었겠는가'라는 구절입니다. 지금 우리의 슬픔과 상실감을 꿰뚫어보고 있는 분은 하느님일 겁니다. 하느님이 러셀 밀러드가 경감(캡틴)이 되도록, 바로 그분의 캡틴이 되도록 허락하신 겁니다."

파커는 작은 벨벳 케이스를 꺼냈다. "그리고 삶은 우리의 상실을 관류하며 지속됩니다. 한 위대한 경관을 상실했지만 우리는 우연히도 같은 시간에 또 하나의 위대한 경관의 등장을 목격했습니다. 수사관 에드먼드 엑슬리 경사. 그는 L.A. 경찰국 근무 10년 동안 눈부신 업적을 쌓아왔습니다. 그중 3년은 미합중국 육군에서 복무했습니다. 태평양 전선에서는 용맹을 떨친 그에게 무공십자훈장을 수여했습니다. 지난주, 그는 근무 중에 놀라운 용기를 입증해 보였습니다. 우리 경찰이 수여하는 최고의 훈장인 무훈 메달을 그에게 선사하는 것은 저의 영광이기도 합니다."

엑슬리가 앞으로 걸어 나왔다. 파커는 파란 새틴 리본에 달린 금메달을 꺼내 그의 목에 걸어주었다. 두 사람은 악수를 했다. 엑슬리의 눈에 눈물이 맺혔다. 플래시가 터지고 기자들은 부지런히 기사를 썼다. 박수갈채는 나오지 않았다. 파커는 마이크를 두드렸다.

"무훈 메달은 가장 높은 평가를 받은 사람에게 수여되는 겁니다. 하지만 일상의 실용적 가치는 없습니다. 정신적인 효과를 제쳐둔다면 이 훈장을 받는 사람에게, 특별히 좋거나 어려운 업무를 포상으로 주는 것 또한 아닙니다. 하지만 난 오늘, 이전에 거의 행사한 적이 없는 국장의 특권을 이용해 에드 엑슬리에게 업무로 포상을 하려 합니다. 난 그를 경감(캡틴)으로 2계급 특진시키고, 로스앤젤레스 경찰국의 무임소 지휘관에 임명해 우리 모두의 사랑을 받는 동료 러셀 밀러드의 자리를 잇게 할 생각입니다."

프레스톤 엑슬리가 자리에서 일어섰다. 일반인 참석자들도 일어섰다. 형사반 수사관들도 신호에 따라 일어섰다. 태드 그린이 그들에게 양 엄지손가락으로 일어서라는 신호를 보낸 것이다. 에드 엑슬리는 부동자세로 꼿꼿하게 서 있었다. 버드는 여전히 의자에 몸을 기대고 있었다. 그는 총을 꺼내어 입을 맞춘 뒤, 총구에서 연기를 불어내는 시늉을 했다.

41

결혼식은 잔디밭에서 성대하게 거행되었다. 장로교회의 결혼 예배가 있었다. 모로우가 지휘봉을 잡고 비용도 지불했다. 1953년 6월 19일, 빅 브이는 결혼했다.

밀러 스텐턴이 신랑의 들러리를 섰다. 조니 로우는 샴페인 펀치에 취해 신부의 시중을 들었다. 더들리 스미스는 피로연의 꽃이었다. 많은 이야기와 게일 지방의 노래로 좌중을 즐겁게 했다. 파커와 그린도 엘리스 로우의 요청으로 참석했다. 애송이 경감 에드 엑슬리도 그 자리에 참석했다. 모로우 가문과 친분을 나눠온 사람들이 초청 명부를 가득 채웠다. 모로우의 넓은 정원은 손님들로 미어터질 정도였다.

총각 시절의 종결을 선언하는 결혼 서약이 있었다. 잘 해결된 악성 채무—새로운 달력의 하루하루들, 14개 은행금고에 보관된 그의 보험증서. 하지만 서약은 무섭다. 그는 연단으로 뛰어올라갔다.

파커는 허진스 피살 사건을 묻어버렸다. 브래큰과 파쳇에겐 잭을 몰아세울 더 이상의 수가 없었다. 더들리는 잭의 화이트 미행을 취소시키고 그의 거짓보고서—린과 화이트가 밤에 술집을 돌아다니지 않는다는 등—를 받았다. 잭은 린의 집 주변에서 며칠 동안 잠복근무를 했다. 린은 버드와 잘 되어가는 것처럼 보였다. 버드는 항상 밥맛 떨어지는 녀석이었다.

사람의 일은 알 수 없는 법이다.

목사가 결혼선언을 했다. 그들도 그의 선언을 따라했다. 잭은 신부에게 키스를 했다. 하객들은 결혼식의 주인공들을 포옹하거나 등을 두들겨주었다. 결혼을 축하하러 온 그들은 두 사람을 떼어놓기 시작했다. 파커도 기분이 들떠 있었다. 에드 엑슬리는 사람들 사이를 오갔다. 그의 멕시코 애인은 보이지 않았다. 그의 요즘 별명은 '엽총 에드', '총잡이 에드', 'L.A.의 가장 위대한 영웅'이었다. 그는 결혼식을 올리고 있는 하급 경찰을 향해 미소를 지었다.

잭은 풀 하우스 위쪽에 있는 어떤 장소를 발견했다. 약간 지대가 높고 전망이 좋은 곳이었다. 눈에 확 들어오는 두 사람이 있었다. 카렌과 엑슬리였다. 엑슬리를 믿어본다. 그는 기회를 움켜쥐었고 경찰국의 주가를 올렸다. 그가 원치 않았던 결과였을 것이다. 오직 흥분 때문에 가능했던 일이다.

잭은 비밀을 세어보았다. 자기 자신의. 잡다한 것들이 뒤엉켜 있다 해도, 스캔들 거래상의 죽음과 밤부엉이 대량 살인을 유발한 게 포르노 사진들이었다는 것을 자기 외에는 아무도 모른다. 그는 버드 화이트와 에드 엑슬리를 머리에 떠올렸다. 그리고 결혼일의 기도를 올렸다. 밤부엉이 사건이 죽어 땅에 묻히길, 사랑에 빠진 비정한 사내들에게 안전한 길이 열리길.

캘린더

1 9 5 4

발췌 : 〈L.A. 헤럴드 익스프레스〉, 6월 16일

전직 경찰, 살인강도 혐의로 체포되다

전직 L.A. 형사이자 1951년 경찰 내부에서 일어난 '유혈의 성탄절' 사건의 피고인 40세의 리처드 앨릭스 스텐슬랜드가 오늘 새벽 무장 강도 등 여섯 가지 혐의와 1급 살인 등 2가지 혐의로 체포되었다.

데니스 '더 위즐(밀고자, 족제비)' 번스(43)와 레스터 존 미시악(37)도 스텐슬랜드의 아지트에서 함께 체포되었다. 이 두 사람은 네 건의 무장 강도 혐의와 두 건의 1급 살인 혐의로 체포되었다.

오늘 단행된 기습 체포는 로스앤젤레스 경찰국의 무임소 지휘관 에드먼드 J. 엑슬리가 지휘했는데 그는 최근 L.A. 경찰국 절도과 책임자로 취임하였다. 엑슬리 경감을 도와 범인을 체포한 경찰은 듀에인 피스크 경사와 도널드 클레크너 경사였다.

유혈의 성탄절 사건에 대한 증언으로 스텐슬랜드를 1952년에 감옥에 보내기도 했던 엑슬리는 기자들에게 다음과 같이 말했다. "목격자들은 세 사람의 사진을 보고 확인해주었습니다. 우리는 이들이 6월 9일 실버레이크 지역에서 일어난 권총 강도사건의 주모자라는 결정적인 증거를 확보하고 있습니다. 솔즈 주류 판매점 주인과 그의 아들이 강도가 일어나는 중에 피살되었고 목격자들은 스텐슬랜드와 번스를 그 자리에서 보았다고 합니다. 곧 용의자들에 대한 철저한 심문이 시작될 겁니다. 아직 풀리지 않은 다른 강도사건도 함께 해결될 것으로 기대합니다."

스텐슬랜드, 번스, 미시악은 체포되며 전혀 저항하지 않았다. 그들은 정의의 전당 교도소로 이송되었는데 그곳에서 스텐슬랜드는 엑슬리 경감에게 달려들 었으나 저지당했다.

제목 : 〈L.A 미러 뉴스〉, 6월 21일
스텐슬랜드, 강도사건의 주범임을 자백

제목 : 〈L.A 헤럴드 익스프레스〉, 9월 23일
주류 판매점 습격한 살인자들 유죄 판결, 전직 경찰관에 사형선고

발췌 : 〈L.A. 타임스〉, 11월 11일
전직 경찰 총잡이 스텐슬랜드, 살인죄로 처형

어제 오전 10시 3분, 전직 로스앤젤레스 경찰이었던 리처드 스텐슬랜드(41)가 지난 6월 9일 솔로몬 아브라모비츠와 데이비드 아브라모비츠를 살해한 혐의로 샌퀜틴 교도소의 가스실에서 처형되었다. 살인사건은 범인들이 주류 판매점을 습격하는 동안 일어났다. 스텐슬랜드는 유죄가 입증되어 9월 22일 사형을 언도 받았고 항소를 거부했다.

스텐슬랜드는 만취한 듯 보였으나 사형 집행은 별다른 탈 없이 진행되었다. 집행에는 기자들, 교도소 관계자들 이외에도 L.A. 경찰국 형사 둘이 입회했다. 스텐슬랜드의 체포를 담당했던 에드먼드 J. 엑슬리 경감과 사형당한 살인범의 동료였던 웬들 화이트 경관이다.

화이트 경관은 사형 집행 전날 사형수 감방으로 스텐슬랜드를 찾아가 그와 함께 밤을 보냈다. B.D. 터윌리거 교도소 부소장은 화이트 경관이 스텐슬랜드에게 술을 제공했고 그 자신 역시 만취한 상태에서 집행을 관전했다는 사실을 부인했다. 스텐슬랜드는 참석했던 교도소 목사에게 욕을 퍼부었고 그가 마지막으로 남긴 말은 엑슬리 경감을 향한 악담이었다.

캘 린 더

1 9 5 5

누가 시드 허진스를 죽였나?

'타락한 천사의 도시'의 정의는 우리에게 범죄적인 암갈색 분위기의 쇼 〈포기와 베스〉의 대사 한 구절을 연상시킨다. '남자처럼 그것은 때로 믿을 수 없는 것이다.' 예를 들면 이렇다. 사악한 지방검사 엘리스 로우의 선거자금에 기부한, 발이 넓은 사람이 살해당했다면 ― 킬러는 경계한다! ― 윌리엄 H. 파커 L.A. 경찰국장은 누가 그를 저승으로 가는 밤기차에 태웠는지 밝히는 데 모든 노력을 기울일 것이다. 그렇지만 당신이 이 잡지에 기고하는 십자군적인 저널리스트인데 당신의 거실 안에서 토막 나 개밥이 된다면 ― 킬러는 즐긴다! ― 파커 국장과 그의 도덕적이고 염세적이며 이기적인 몽골 인종의 부하들은 (뇌물 수뢰로 충분히 더러워진) 손을 놓은 채 수수방관하며 "정의는 가끔씩 믿을 수 없는 것이다!"라며 콧노래를 부를 것이다. 그리고 그동안 살인범은 딕시(남북전쟁 당시 미국 남부에서 애창된 노래)를 흥얼거릴 것이다.

시드 허진스가 챕먼 공원에 위치한 자택 거실에서 난자당한 채 발견된 지 벌써 2년이라는 시간이 흘렀다. 2년 전 L.A. 경찰은 악명 높은 밤부엉이 사건 수사로 ― 수뢰로 더러워진 ― 손이 모자랄 정도로 바빴었다. 그 사건은 지나치게 야심만만하고 독단적인 경찰 한 사람이 직접 법 집행에 나서 총잡이들을 사살함으로써 종결되었다. 시드 허진스 살인사건은 사건 해결에 전혀 실적을 가지고 있지 못한 두 무능한 형사에게 맡겨졌다. 물론 그들은 살인범이 단독범인지 공범이 있는지조차 파악하지 못한 채 검거는커녕 거의 매일을 이곳 〈허시-허시〉

사무실에서 실마리를 찾는답시고 과월호나 뒤지고 커피와 도넛만 축낸다. 그리고 우리가 유명인들의 비밀 사항을 많이 알고 있다는 이유로 〈허시-허시〉 사무실에 모여드는 예쁜 편집장 보조들에게 곁눈질이나 하며 시간을 때우고 있었다.

우리 〈허시-허시〉는 이 타락한 천사의 도시 내부에서 고동치는 맥박에 청진기를 갖다대고 시드 허진스의 죽음에 대해 우리 힘으로 조사해왔다. 하지만 사건 해결에는 도달하지 못했다. 그래서 L.A. 경찰국에 다음과 같은 질문을 하고자 한다.

시드의 방은 가택 수색을 당한 흔적이 있었다. 그렇다면 시드가 보관하고 있었다고 추측되는 초일급 비밀 사항인 '허시-허시' 파일은 어떻게 되었을까? 잡지에 내기에는 너무 끔찍하고 추악한 그 자료들은 모두 어디로 간 걸까?

당시 현직에 있던 상대 후보의 사소한 죄를 폭로했던 〈허시-허시〉 기사 덕분에 지방검사에 선출된 엘리스 로우는 왜 그 보답으로 우리의 가려운 등을 긁어주어 L.A. 경찰국이 시드의 살해자를 검거하도록 자신의 합법적 힘을 행사하지 않은 것일까?

마약에 손댄 자들을 골려주는 것으로 유명한 '빅 브이'—존 '잭' 빈센즈 경관은 시드의 절친한 친구였고 시드가 저명한 마약 중독자들을 과감하게 폭로하는 기사를 쓰는 데 많은 정보를 제공했었다. 그렇다면 왜 잭(엘리스 로우와 특별한 사이—우리는 그를 싸구려 장사꾼이라 말하지는 않겠지만 그렇게 생각할 자유는 있다)은 그가 사랑하던 친구 시드에 대한 우정으로 직접 그 살인사건의 조사에 나서지 않았을까?

지금으로서는 아무도 이 질문에 대답할 수 없을 것이다. 독자 여러분, 여러분이 그의 죽음에 대해 울어줄 때까지는… 다음 호의 새로운 소식들을 기대하시길. 그리고 독자 여러분, 이 지면에서 이 이야기를 처음 들었다는 것을 기억하십시오. 오프 더 레코드 그리고 쉿 쉿(허시 허시).

〈허시-허시〉, 1955년 12월호

진실 지켜보기 : 로우와 빈센즈의 결합을 주시하라!

독자 여러분, 이제까지 우리는 충분히 오랫동안 살금살금 걸어왔다. 지난 5월 호에서 우리는 〈허시-허시〉의 뛰어난 기자였던 시드 허진스의 엽기적 살인사건 2주년을 기념하는 특집을 선보였다. 우리는 그의 죽음이 의문으로 남아 있는 사실을 탄식하며 L.A. 경찰을 질타했다. 그리고 엘리스 로우 지방검사 그리고 그의 동서인 L.A. 경찰국 경사 잭 빈센즈가 그 사건에 대한 수사에 착수하도록 조심스럽게 자극했다. 그리고 관련된 몇 가지 질문을 했으나 아무런 답을 얻지 못했다. 정의가 실현되지 않은 채 일곱 달이 흘렀다. 그래서 여기에서 몇 가지 질문을 다시 하고자 한다.

그 엄청난 시드 허진스의 충격적 비밀 파일들은 어디에 있는 걸까? 너무 뜨거워서 〈허시-허시〉마저 화상을 입을 만한 그 파일은?

로우 검사는 용감한 시드가 〈명예의 배지〉 제작자 겸 연출가 맥스 펠츠의 10대 소녀 취향과 펠츠가 1953년 지방검사 선거운동에서 로우에게 선거자금(다섯 자리 수에 달하는!)을 기부했다는 사실을 폭로했기 때문에 허진스 살인사건 수사를 억압했던 걸까?

로우는 1957년 봄에 있을 재선 준비에 너무 바빠 정의를 구하는 우리의 절실한 탄원을 무시한 걸까? 잭 빈센즈 — 우리는 로우의 '똘마니 장사꾼'이라는 단어는 사용하지 않겠다 — 는 그의 동서인 엘리스를 위한 자금을 모으려고 할리우드의 마약 중독자들을 흔들어놓기 시작해서 그 때문에 시드의 죽음을 조사할 수 없는 걸까?

거물 빅 브이에 대해 한마디 더.

마약 축출의 선봉장 빈센즈는 술에 취한 상태에서 자기보다 훨씬 젊은 부자 마누라를 끌어안고 있는 걸까? 그 여자는 잭을 너무 사랑했기 때문에 마약단속반을 떠나라고 귀찮게 졸랐는데 이제 그가 L.A. 경찰국에서도 위험스러운 감시 특무반에서 일하기 때문에 신경을 곤두세우고 있다?

지금까지 말한 것은 이제 늦은 정의를 위해 차분히 생각을 환기시킬 수 있도록 준비한 재료에 불과했다. 친애하는 독자 여러분, 시드 허진스를 위한 정의를 캐내는 작업은 계속될 겁니다. 독자 여러분, 이 지면에서 이 이야기를 처음 들었다는 것을 다시금 기억하십시오. 오프 더 레코드 그리고 쉿 쉿(허시 허시).

캘린더

1956

〈허시-허시〉, 1956년 10월호

'범죄 감시' 특집

코헨의 가석방 코앞에 둔 가뭄의 암흑가 :
미키의 귀환으로 기근에서 풍작으로 변할까?

　독자 여러분, 여러분은 아마 눈치채지 못했을 겁니다. 왜냐하면 여러분은 인생의 어둡고 충격적인 부분을 알기 위해 〈허시-허시〉에 의존하는 선량한 시민이기 때문입니다. 본지는 지나치게 냉소적이라는 야유를 받아 왔으나 우리는 조직범죄건 아니건 간에 범죄의 무서움을 여러분에게 알리고자 성실하게 일하고 있습니다. 따라서 본지는 정기적으로 '범죄 감시'라는 특집을 제공하는 겁니다. 이달 특집호에서는 불온한 L.A. 갱의 활동과 그들의 근황을 알기 쉽게 철저히 해설할 겁니다. 우리가 초점을 맞춘 것은 현재 수감 중인 43세의 메이어 해리스 코헨입니다. 그는 '염세의 믹스터' 또는 '천하의 미키 C'라고도 알려져 있습니다.

　미키는 1951년 11월부터 맥닐 섬의 연방 교도소에서 휴가를 보내고 있습니다. 그리고 내년, 즉 1957년 말까지는 가석방되게 되어 있습니다. 미키의 평판은 여러분도 익히 알고 있을 겁니다. 그는 미합중국 정부로부터 탈세로 투옥되기까지 45년경부터 51년까지 거의 6년 동안 L.A. 암흑가를 주름잡아 온 멋쟁이 신사입니다. 그는 신문의 헤드라인을 장식하는 인물이고 솔직히 말하자면 거물 공갈꾼입니다. 그는 맥닐에 수감되어 만인이 인정하는 사치스러운 감방에서 발끝을 얼리고 있으나 그의 애완견 불도그 미키 코헨 2세가 그의 발을 녹여주고 있습니다. 그의 재정 고문이었던 데이비 골드먼도 탈세 혐의로 유죄 판결을 받아 통로

끝의 감방을 데워주고 있습니다. L.A. 암흑가의 활동은 미키가 퓨젯 만으로 가기 위해 파자마를 챙겨 떠난 후 이상하게도 조용하게 — 즐기고 있는지, 인내하고 있는지 — 있습니다. 그래서 익명의 정보원을 많이 지닌 본지가 최근 무슨 일이 일어나고 있는지 추측해보았습니다. 잘 들으시길, 독자 여러분. 오프 더 레코드입니다. 이제부터 〈허시-허시〉를 잘 읽어보시길.

51년 11월 : 안녕, 미키. 칫솔은 챙겼나? 때때로 소식 보내줘. 맥닐 섬행 급행열차에 올라타기 전에 미키는 조직의 이인자인 자헬카에게 이제부터는 그가 코헨 왕국의 명목상의 보스라고 말했다. 다시 말해 합법적으로 사업을 하고 있는 범죄자가 아닌 사업가들에게 장기 대부를 해준 것이다. 사업 규모는 매우 축소되고 외부인들이 차분하게 사업을 하게 되었다. 미키는 사악한 광대로 전락한 듯 보였으나 천만의 말씀. 코헨 부인의 아이 어깨 위에는 그대로 머리가 붙어 있었다.

여기까지 이해할 수 있었나요? 독자 여러분. 이해했다고요? 좋아요. 이제 좀 더 귀를 기울이시길.

현재 미키는 감방에서 아쉬울 것 하나 없이 한가하고 안락한 생활을 하며 세월이 흐르는 대로 몸을 맡기고 있습니다. 미키에게는 프랜차이즈 계약에 의한 이익이 들어와서 그 돈은 자동적으로 스위스 은행 계좌에 입금되고 있습니다. 더더욱 가석방이 되면 환불금까지 받게 되고 코헨 왕국도 반환됩니다. 그렇게 되면 미키는 사악한 제국을 재건할 겁니다. 그리고 이 땅에는 다시 행복한 나날이 돌아올 겁니다.

미키의 힘은 구석구석까지 퍼져 있기 때문에 현재 그가 시에스타 상태로 자고 있는 것처럼 보이지만 최근 수년 내에 그의 구역을 강탈하려고 시도한 갱은 한 사람도 없었습니다. 보스인 자신이 교도소에 있으니 경찰도 갱에 대한 감시를 하지 않는, 그러니까 잠자는 사자를 깨우는 허튼 수작을 하지 않을 거라고 생각한 미키의 계획은 강력계 도박장 영업으로 잘 알려진 잭 '디 인포서(집행자)'

웨일런도 알고 있었습니다. 그러니까 웨일런은 축소된 코헨 왕국을 무너뜨리려고 하지는 않았습니다. 그 대신 그는 보복에 대한 두려움 없이 라이벌의 도박 왕국을 깨끗이 그리고 천천히 잠식해 들어갔습니다.

한편 미키의 핵심 똘마니들은 어떻게 되었을까요? 우선 머저리 같은 자헬카는 이런저런 계산을 치밀하게 하며 프랜차이즈의 이익을 삼중 장부에 기재하고 있습니다. 데이비 골드먼은 보스와 함께 교도소에 들어가 맥닐 섬의 마당에서 미키 코헨 2세를 산책시키고 있습니다. 코헨의 경호원이었던 에이브 티틀봄은 러시아 코미디언의 이름을 딴 형편없는 샌드위치를 팔고 있는 식당을 경영하고 있습니다. 귓구멍에 송곳을 찔러 죽이곤 했던 리 박스는 특허 의약품을 팔고 있습니다. 미키처럼 사람들을 싫어하는 멋진 자니 스톰파나토(아카데미상의 트로피만큼이나 큼직한 물건을 달고 있어서 때로는 오스카라고도 불린다)도 오랫동안 라나 터너에게 빠져 있는데 코헨 밑으로 들어가기 전에 하던 갈취범 일을 다시 하는지도 모릅니다. 미키가 석방되어도 웨일런과 충돌하지만 않으면 L.A.는 조용하고 평화로운 거리가 될 겁니다. 이제 암흑가에도 평화가 완전히 돌아온 것일까요?

아마도 그런 일은 없을 겁니다.

사건 번호 1 : 1954년 8월, 코헨의 프랜차이즈 사업을 맡고 있다고 알려진 피셔 디스칸트가 컬버 시티의 모텔 밖에서 사살되었습니다. 용의자도 없고 체포된 사람도 없습니다. 근황 : 사건은 컬버 시티 경찰서의 파일 속에서 잠자고 있습니다.

사건 번호 2 : 1955년 5월, 코헨의 매춘 조직을 위임받은 것으로 알려진 두 사람, 네이선 장클로와 조지 팔레프스키가 리버사이드의 술집 토치 송 태번 앞에서 사살되었습니다. 용의자도 없고 체포된 자도 없습니다. 근황 : 리버사이드 카운티의 보안관에 따르면 증거 부족으로 수사는 중단되었습니다.

사건 번호 3 : 1956년 7월 "하얀 가루를 대량 판매하여 거물이 되는" 것이 꿈이라고 말했던 마약 밀매인 워커 테드 터로가 산 페드로의 자택에서 사살된 채 발견되었습니다. 짐작되다시피 단서가 없고 용의자도 없으며 체포된 자도 없습니다. L.A. 경찰국 항만지역 담당에 의한 근황 보고 : 공개수사를 강행했으나 지금으로서는 더 이상 숨죽인 채 정보를 기다리고 있을 필요가 없습니다.

그러니 생각해보시길. 갱단과 연결된 또는 자칭 갱단과 연결되었다고 말한 이 사나이들은 네 명 모두가 3인조 괴한으로부터 습격을 받아 사살되었습니다. 하지만 각각의 수사 관계자가 피해자들이 살해되어도 관계없는 사회의 쓰레기라고 생각하기 때문에 사건 수사는 거의 진척이 되지 않고 있습니다. 탄도 검사 보고에 따르면 '세 가지 사건에 동일한 총이 사용되었습니다'라고 말했으면 좋겠지만 실은 보고서에 그렇게 쓰여 있지 않았습니다. 세 사건 모두 30-30라이플 권총이 사용되었는데도 불구하고 말입니다. 그리고 우리 〈허시-허시〉는 살인범을 잡기 위한 합동 수사가 전혀 이루어지지 않았다는 것을 알고 있습니다. 사실을 말하자면 이들 범죄를 처음 연결시켜 생각한 것은 바로 우리 〈허시-허시〉입니다. 잭 웨일런과 그의 여러 동료는 범행 당시 확실한 알리바이가 있는 것을 우리는 알고 있고 미키 코헨과 데이비 골드먼은 교도소에서 심문받을 때 범인이 누구인지 짐작도 못했다는 것을 우리는 알고 있습니다. 재미있는 일이죠. 그렇지 않습니까, 독자 여러분? 이제까지 시에스타에 들어간 코헨의 왕국을 차지하려는 확실한 움직임은 전혀 감지할 수 없었지만 최근 미키의 충신 자헬카가 미친 듯이 겁먹고는 짐을 꾸려 플로리다로 떠났다는 소문을 우리는 들었습니다.

그리고 머지않아 미키가 가석방됩니다. 그다음에는 무슨 일이 일어날까요?

잊지 마시길, 독자여러분. 여러분은 이 지면에서 이 이야기를 처음 들었습니다. 오프 더 레코드 그리고 쉿 쉿(허시 허시).

캘린더

1957

로스앤젤레스 경찰국 극비보고서

내사과 작성, 1957년 2월 10일

조사 경관 : D.W. 피스크 경사, 배지 번호 6129, 내사과

부국장 태드 그린 형사반장의 요청에 의해 제출

대상 : 화이트, 웬들 A., 강력계

부국장님,

부국장님이 이 조사를 시작했을 때, 형사반에 9년 동안이나 복무하며 그 사이 두 번의 진급시험에 실패했던 화이트 경관이 최근 높은 점수로 경사 진급시험에 통과한 사실에 매우 놀랐다고 말씀하셨지요. 특히 더들리 스미스 경위가 최근 경감으로 승진한 사실에 비추어보면 말입니다. 전 화이트 경관에 대해 철저히 조사했습니다. 그리고 부국장님의 흥미를 끌 만한 몇 가지 모순점을 발견했습니다. 이미 화이트 경관의 체포 기록과 인사 서류는 보셨을 테니 전 아래 사항에만 집중해보겠습니다.

1. 미혼으로 가까운 가족이 없는 화이트는 지난 수년 동안 33세의 린 마거릿 브래큰이라는 여성과 간헐적으로 친밀한 관계를 가져왔습니다. 이 여자는 산타모니카에 있는 베로니카 드레스 숍의 주인으로 경찰 기록에 따르면 증거는 없지만 과거 매춘부였다는 소문이 있습니다.

2. 1952년 스미스 경위에 의해 강력계로 옮겨진 화이트는 당연하게도 이제는 경감이 된 스미스가 기대했던 만큼 유능한 사건 담당으로 변신하지 못했습니다.

그는 52년부터 53년까지 스미스 경감이 인솔하는 감시특무반에 소속되어 있었는데 이때 역시 두고두고 문제가 될 만한 일을 벌였습니다. 그는 직무 수행 중 두 사람을 죽였습니다. 1953년 4월 밤부엉이 사건에 관계되어 있다고 추정되는 용의자 실베스터 피치를 사살한 이후로 화이트는 정식 발령도 받지 않은 채 스미스 경감 밑에서 일하고 있습니다. 하지만 다소 놀라운 것은 그의 과잉 실력행사에 대한 문제 제기가 없었다는 사실입니다(취소는 됐지만 48~51년의 화이트에 대한 민원수리 기록을 참조해주십시오). 그 기간 동안과 53년 봄까지 화이트는 아내를 구타해 기소되었다가 가석방된 자들을 찾아가 욕설을 퍼붓거나 폭행했다는 사실은 이미 알려져 있습니다. 하지만 이러한 위법 행위는 최근 거의 4년 동안 재발하지 않았습니다. 화이트는 여전히 언제 폭발할지 예측할 수 없는 상태입니다(아시다시피 그는 전 동료 스텐슬랜드 경사가 사형을 언도받았다는 소식을 듣고 강력계의 유리창을 박살내 징계처분을 받았습니다). 그는 이따금 스미스 경감의 조직범죄반에서 일하기 싫어했기 때문에 그의 부서 리더인 스미스와 관계가 껄끄러웠던 것으로 알려져 있습니다. 흥미로운 사실은 이 부서의 임무가 본래 폭력적인 성격을 띠고 있는 데 대해 화이트는 "그런 쓰레기 같은 일을 소화할 만한 위장은 내게 없다."라고 말했다고 합니다.

3. 1956년 엑슬리가 강력계의 책임자로 부임했을 때 화이트는 그동안 모은 9개월분의 병가와 유급 휴가를 받았습니다(1951년 성탄절 만행 사건이 있은 후로 화이트와 엑슬리 경감 사이에는 잘 알려진 대로 적대감이 흐르고 있습니다). 현업에서 떠나 있는 동안 화이트는(그의 경찰 아카데미 성적을 보면 그는 평균적인 이해력과 평균 이하의 읽고 쓰는 능력을 가지고 있을 뿐이죠) USC에서 범죄학과 법의학 강좌를 수강했고 그가 직접 돈을 내고 버지니아 주 콴티코에서 FBI의 '범죄 수사 수법' 세미나에 등록, 과정을 이수했습니다. 이런 수업을 듣기 전 화이트는 경사 진급시험에 두 번 낙방했지만 세 번째 시험에서는 89점으로 무사히 통과했지요. 그는 1957년도 말에 경사로 승진할 겁니다.

4. 1954년 11월, R.A. 스텐슬랜드는 샌퀜틴에서 처형당했습니다. 화이트는 사형 집행 입회를 요청해서 허락받았습니다. 그리고 그는 집행 전날 사형수 감방에 있던 스텐슬랜드를 찾아가 함께 술을 마시며 밤을 지새웠습니다(교도소 부소장은 스텐슬랜드가 전직 경찰 지위였던 사실을 감안해 감옥 규칙 위반이 되는 이런 행위를 슬쩍 눈감아주었다고 합니다). 엑슬리 경감도 집행에 입회했는데 그와 화이트가 사형 집행 전후로 대화를 나누었는지는 알려지지 않았습니다.

5. 마지막으로 가장 흥미로운 사실을 이야기하겠습니다. 화이트는 학대받고 (결국) 살해당한 여성들과 관련된 문제들에 지속적으로 지나치게 깊이 개입하는 경향이 있습니다. 그리고 그런 경향은 점점 강해졌습니다. 다시 말해 그는 현재 미해결된 매춘부 살인사건 ─ 지난 몇 년 동안 캘리포니아와 여러 서부 지역에서 발생했던 ─ 몇 건이 무엇인가에 관련되어 있다고 믿고 있고 그 사건들에 지나친 관심을 보여 왔다는 겁니다. 희생자들의 이름과 사건 발생 일자, 사망 장소는 다음과 같습니다.

제인 밀드레드 햄셔, 51년 3월 8일, 샌디에이고.

케이시 (미들 네임 불명) 제인웨이, 53년 4월 19일, 로스앤젤레스.

샤론 수잔 폴윅, 53년 8월 29일, 베이커스필드, 캘리포니아.

샐리(미들 네임 불명) 드웨인, 55년 11월 2일, 니들즈, 애리조나.

크리시 버지니아 렌프로, 56년 7월 16일, 샌프란시스코.

화이트는 이 살인사건들이 동일인의 소행임이 확실한 유사성을 가지고 있다고 강력계 동료 경관들에게 말했습니다. 그리고 자신이 직접 경비를 대어 사건이 발생한 도시로 출장을 갔습니다. 화이트와 이야기했던 현지의 형사들은 그를 매우 성가신 존재로 여겼고 그에게 정보를 나누어주길 탐탁지 않아했습니다. 그리고 그가 앞의 사건들을 해결하는 데 어떤 진전을 보았는지는 알려지지 않았습니다. 웨스트밸리 서의 반장인 J.S. 디센조 경위는 화이트가 매춘부 살인에 대해 집착하기 시작한 것은 밤부엉이 사건이 발생했던 당시로 거슬러 올라갈 거라고 진술했습니다. 그때의 일로 화이트는 그가 알고 있던 젊은 창녀(케이시 제인웨이)가 살해된 것에 대해 개인적으로 관심을 가지게 된 시기와 겹칩니다.

6. 위의 사항들은 모두 놀라운 조사 결과입니다. 개인적으로 전 경사가 되기 위한 화이트의 집념어린 노력과 인내심 그리고 (괴팍하기는 하지만) 매춘부 살인 문제를 해결하려는 그의 집요한 수사를 존경합니다. 제 대화록 목록은 다른 서면으로 보내드리겠습니다.

D.W. 피크스 경사, 배지 번호 6129

로스앤젤레스 경찰국 극비보고서

내사과 작성, 1957년 3월 11일

조사경관 : 도널드 클레크너, 배지 번호 688, 내사과

경찰국장 윌리엄 H. 파커의 요청에 의해 제출

대상 : 존 빈센즈, 경사, 감시특무반

국장님,

국장님은 빈센즈 경사의 업무 수행 능력이 악화됨에 따라 오는 58년 5월 그의 L.A. 경찰국 근속 20주년을 맞기 전에 스트레스 연금을 주어 조기 은퇴를 권고할 수 있을지 검토하기 바란다고 말씀하셨습니다. 제 판단으로는 이 시기에 그 방법은 적절치 못한 것으로 사료됩니다. 빈센즈가 명백히 알코올 중독자라 하더라도, 또는 그가 알코올 중독 때문에 〈명예의 배지〉 업무에 지장을 준다든 지 또는 L.A. 경찰국의 평판을 다소 떨어뜨리게 된다 하더라도 말입니다. 또한 42세인 그가 감시특무반처럼 매우 위험한 임무를 맡기에는 너무 늙었다 하더라

도 말입니다. 그 자신도 인정한 업무 수행 능력의 악화에 관해 말하자면 빈센즈가 마약단속반에서 전성기를 누리던 대담하고 영특한 경찰이었을 때와 비교해 성적이 떨어졌다는 것에 불과할 뿐입니다.

제가 인터뷰한 바에 따르면 그는 근무시간에는 술을 마시지 않으며 그의 업무 수행 능력 악화의 원인은 '뭐든지 귀찮아하는 것'과 '반사 신경의 둔화' 정도로 요약될 수 있을 것 같습니다. 더욱이 빈센즈가 조기 은퇴 권유를 거절한다 해도 연금위원회는 그를 지원할 것으로 사료됩니다.

저는 국장님께서 빈센즈를 경찰의 수치로 생각하신다는 것을 알고 있습니다. 저 역시 국장님의 의견에 동의합니다. 하지만 지방검사 로우와 그의 관계를 고려해주셨으면 합니다. 당신의 새로운 참모인 스미스 경감도 말씀드리겠지만 경찰국은 사건들을 기소하기 위해 로우 검사를 필요로 합니다. 빈센즈는 로우를 위해 계속해서 자금을 모으고 그의 심부름을 하고 있습니다. 그리고 예상되는 바와 같이 로우가 다음 주 재선되면 그는 빈센즈를 경찰에서 몰아내려 하는 당신의 압력에 가장 유력한 저지자가 될 겁니다. 그래서 저의 제안 사항은 다음과 같습니다. 빈센즈를 58년 3월까지 감시특무반에 두었다가 3월에 새 지휘관이 와서 그의 자리를 교체하면 은퇴 시기가 돌아오는 58년 5월 15일까지 그에게 순찰과의 하위 업무를 맡기는 겁니다. 제복을 입는 임무로 돌아감으로써 굴욕감을 느낄 빈센즈는 아마 경찰에서 최대한 빠른 속도로 떨어져 나가는 데 순순히 응하게 될 겁니다.

도널드 J. 클레크너, 내사과

로우 압도적 표차로 재선,
다음번엔 주의회 의사당 입성?

발췌 : 〈L.A. 타임스〉, 7월 8일
미키 코헨, 교도소 운동장에서 공격받아 부상

맥닐 섬 연방 교도소 관계자는 어제 갱 단원 메이어 해리스 '미키' 코헨과 데이비드 '데이비' 골드먼이 대낮에 공공장소에서 공격을 받고 부상당했다고 발표했다. 오는 9월 가석방될 예정인 코헨과 골드먼은 교도소 운동장에서 소프트볼 경기를 보고 있었는데 갑자기 복면을 쓴 괴한 세 명이 나타나 파이프를 휘두르고 수제 나이프로 찔렀다. 골드먼은 어깨를 두 군데 찔리고 머리를 심하게 얻어맞았으나 코헨은 가벼운 상처만 입은 채 빠져나왔다. 교도소 의사들은 골드먼의 상태가 매우 심각하고 뇌 손상은 회복 불능의 위험이 있다고 말했다. 괴한들은 도망쳤고 현재 범인을 색출하기 위한 대대적인 수사가 벌어지고 있다. 맥닐 교도소장 R.J. 울프는 "우리는 이번 사건이 교도소 내부의 수감자에게 외부 인사가 청부한 소위 '살인 계약'이라고 믿는다. 이 사건을 바닥까지 철저히 파헤치도록 모든 노력을 기울이겠다."라고 말했다.

〈허시-허시〉, 1957년 10월호
미키 코헨, L.A.로 돌아오다
사악하고 오래된 그의 시대는 아직 건재한가?

그는 타락한 천사의 도시에 역사가 시작된 이후로 가장 화려한 갱이었다. 모캄보나 트로카데로에서의 그의 행동을 보면 바로 스트라디바리우스가 나무에서 바이올린을 만들어내는 것을 보는 것 같다. 데이비 골드먼이 지어낸 농담을 연발하고 보안관 사무실의 부하들에게 두툼한 봉투를 쥐어주고 오드리 앤더스나 다른 예쁜 여자애들이 가게 안에서 스퀘어 댄스를 추면 격렬하고 외설적인 동작을 해보이곤 했다. 다른 사람들의 눈은 그의 탁자를 향하고 부인들은 살며시 그의 수석 경호원 자니 스톰파나토를 쳐다보며 "저 사람 물건이 그렇게도 크다며?"라고 수군거리며 궁금해 했다. 아첨꾼, 멍청이, 터무니없이 아부가 심한 패거리들. 똑똑치 못한 친구들은 미키에게 다가가 농담 대접을 받거나 등을 두들겨 맞곤 했다. 미키는 수족이 불편한 아이들, 떠돌이, 구세군 그리고 전미 유대인 발전협회에는 친절하다. 미키는 또한 술집, 고리대금업, 도박, 매춘, 마약 사업을 벌이는 한편 1년에 평균 열두 명쯤 죽이고 있었다. 하지만 완벽한 사람이란 없는 법. 그렇지 않은가, 독자 여러분? 그의 욕실 바닥에 깎은 발톱이라도 남겨 놓는 날에는 난도질의 도시로 가는 야간열차에 태워진다.

하지만 들어보시길, 독자 여러분. 누군가 역시 미키를 살해하려 하고 있다. 그런 지독한 인물을? — 설마! 하지만 그것은 사실이다. 독자 여러분. 운명이란 돌고 도는 것이다. 하지만 아마도 미키는 속담에서 말하는 고양이보다도 많은 생명을 가지고 있어 주위에 있는 사람이 죽어가고 있어도 자신은 폭탄이나 탄환, 다이너마이트 등을 어떻게든 용케 피해왔다. 그래서 최근의 나이프와 쇠파이프 공격 사건을 포함해 맥닐 섬 교도소에서 6년간 살아남았다 — 그리고 드디어 그가 돌아온다. 사이 드보어, 조심하시길. 미키는 번쩍번쩍 빛나는 새 상어가죽 양복을 수십 벌이나 주문하러 올 것이다. 트로카데로나 모캄보의 담배 피는 아가씨들, 100달러짜리 지폐를 팁으로 받을 마음의 준비를 하고 있으시라. 미키와 그의 추종자들은 머지않아 선셋 대로로 온다. 그리고 부인들 — 이것은 절대 비밀 — 스톰파나토의 물건은 확실히 크긴 큰데 그는 라나 터너 이외에는 안중에도 없다. 소문에 따르면 그와 라나는 최근 탁자 밑에서 발을 서로 비벼대는 것 이상의 관계라고 하니까 말이다.

다시 이야기를 미키 코헨에게로 돌리자. 열성적인 〈허시-허시〉의 독자 여러분은 56년 10월의 '범죄 감시' 특집을 기억하고 있을 것이다. 그 기사에서 우리는 미키가 교도소에 들어가 있는 동안의 침묵에 대해 생각해보았다. 자, 이제까지 미해결된 살인사건이 몇 건 있었고 또한 미키에게 부상을 입히고 그의 오른팔 데이비 골드먼을 식물인간으로 만든 나이프와 파이프 습격 사건이 일어났다. 하지만 미키와 그의 부하를 저승으로 보내려 한 복면의 수인 습격자들은 아직 잡히지 않았다.

이것은 경고이다. 독자 여러분. 그는 거물이자 지방 유지이고 좋든 나쁘든 미키이다. 그는 죽이기 힘든 인물이다. 무고한 구경꾼이 그의 이름을 새긴 뜨거운 총알을 맞을망정 어쨌든 미키는 돌아온다. 그리고 그의 옛 동료들이 다시 모이고 있다. 선남선녀 여러분, 네온사인 번쩍이는 선셋 대로에서 클럽을 돌아다닐 때 메이어 해리스 코헨이 가까이 앉아 있을 수 있으니 반드시 방탄조끼를 입고 가시라.

발췌 : 〈L.A. 헤럴드 익스프레스〉, 11월 10일

미키 코헨, 폭탄 습격에서도 살아남다

가석방된 코헨의 집에서 오늘 새벽 폭탄이 터졌다. 코헨과 그의 아내 라본느는 부상을 입지 않았으나 코헨의 고급 맞춤 양복 수백 벌이 걸려 있는 의상실이 파괴되었다. 코헨의 옆에서 자다가 꼬리가 그슬린 애완견 불도그는 웨스트사이드 동물병원에서 치료를 받고 집으로 돌아왔다. 코헨은 현재 잠적해 있고 따라서 이 사건에 대한 그의 코멘트는 알려진 바가 없다.

극비 편지—L.A. 경찰국 내사과 후임 지휘자에 대한 외부 조사기관의 조사 보고서 추가 사항. 윌리엄 파커 국장의 요청에 의함.

57년 11월 29일

친애하는 빌,

우리가 같은 경사였었다니! 꼭 수백만 년 전의 일인 것 같군. 역시 자네가 말했던 게 옳았네. 난 과거의 업무로 돌아가는 기회를 맞아 즐겁게 다시 형사 일을 했지. 난 에드와 프레스톤 몰래 경관들의 이야기를 들으며 뒤가 켕기는 기분이 들기도 했지만 역시 자네가 옳았어. 우선 후임 내사과 책임자의 확인을 외부 대리인에게 맡겼던 자네의 정책이 옳았고 두 번째로 에드에 대한 평판을 동료 형사들에게서 캐내는 데 에드 엑슬리에게 호감을 가지고 있는 전직 경찰을 선택한 점에서 옳았어. 그렇지, 빌? 우리는 모두 에드를 좋아하고 있어. 그렇게 말하는 것은 나에게 기분 좋은 일이고 기초 조사 이외에 (지방검사 측이 그것을 하고 있지 않은가?) 보고할 거라고는 좋은 점밖에 없다는 것을 말하게 되어 매우 기쁘다네.

난 여러 형사반 사람 그리고 많은 제복 경관과 이야기를 나누었지. 대부분의 의견이 일치했어. 에드 엑슬리는 매우 존경받고 있다는 것이지. 몇몇 경관들은 밤부엉이 사건 용의자들을 에드가 사살했던 게 분별없는 짓이었다고 생각하지만 대부분은 매우 용감한 행동이었다고 생각해. 소수의 사람들만이 그것이 의도적으로 관객을 즐겁게 해주기 위한 스턴트 플레이였다고 말하더군. 어쨌든 사건으로는 그 행동이 강렬하게 사람들의 인상에 남아 유혈의 성탄절 문제에서 정보 제공자로 나서서 생긴 그에 대한 악감정까지 불식시킨 것 같아.

에드가 경관에서 경감으로 고속 승진한 것은 주위의 불만을 사기는 했지만 그가 무임소 지휘관으로서 훌륭한 자질을 가졌다는 걸 입증한 셈이지. 그 친구는 5년 동안 일곱 부서를 이동하면서 중요한 인간관계도 구축하고 수하의 부하들에게도 존경을 받게 되었어. 하지만 자네의 기본적 관심사는 이런 게 아닌가?

에드가 동료들로부터 고립되기 쉬운 성격이기 때문에 내사과를 관리해나가는 데 주위 사람들의 분노를 사지 않을까 하고 근심하는 것 같은데, 지금으로서는 그 생각은 기우일 거야. 또 에드가 1958년 초 내사과를 인수할 거라는 말이 있었는데 모두들 그가 임무를 정력적으로 수행할 거라고 생각하고 있지. 아마도 그의 유명한 완고함과 명민함은 많은 잠재해 있는 부패 경찰들을 좁고 바른 길로 몰아가게 할 것이네.

에드가 경정 승진시험에 통과해서 승진 목록의 맨 첫째 줄에 올라 있다는 사실 또한 알려졌지. 그렇게 되면 알력이 생길 수도 있어. 일반적으로는 몇 년 후 태드 그린이 은퇴하면 에드가 형사반 책임자에 오를 것으로 예견되고 있어. 내가 얘기해본 대부분의 직원은 더들리 스미스 경감이 나이도 많고 경력도 훨씬 많을 뿐 아니라 리더십이 뛰어나기 때문에 그 자리에 더 적임이라고 말하더군.

자네의 외부기관 보고서를 보충할 개인적 관찰 몇 가지를 적어보겠네.

(1) 에드는 이네즈 소토와 육체적으로 밀접한 관계를 갖고 있지만 내가 알기로 그가 여자와 동거한다고 해서 경찰국의 규칙을 위반한 적은 없네. 어쨌든 이네즈는 멋진 여자지. 이네즈는 프레스톤, 레이 디털링 그리고 나와도 좋은 친구 사이야. 드림-어-드림랜드에서 펼친 이네즈의 홍보 활동도 실로 놀라운 것이지. 그리고 이네즈가 멕시코인이란 게 무슨 상관인가?

(2) 내사과의 피스크 경사, 클레크너 경사와 에드에 관해 이야기를 했네. 이 두 사람은 절도과에서 에드와 함께 일했는데 엑슬리와 비슷한 성격의 정직한 젊은이들이지. 그리고 자신들의 영웅이 직속 지휘관으로 승진할 거라는 데 열광하고 있어.

(3) 에드 엑슬리를 어릴 적부터 알아온 사람으로 그리고 전직 경찰로서 이렇게 기록하겠네―그는 그의 아버지만큼 훌륭하다고. 자네가 사심 없이 본다면 그가 어떤 L.A. 경찰보다 더 많은 사건을 해결할 거라고 단언하리라 확신하네.

그는 또 자네가 시작한 이 애정 어린 작업을 이미 알아차렸으리라 확신해. 뛰어난 경찰들은 훌륭한 정보망을 가지고 있거든.

마지막으로 부탁이 하나 있네. 경찰에서의 내 추억을 가지고 책을 한 권 쓸 생각이야. 로렌 애서턴 사건에 대한 파일을 좀 빌려볼 수 있겠나? 프레스톤과 에드가 모르게 말이야. 이제 누추해진 시절 속에서 내가 예술가인 체하는 것으로 그들이 생각하게 하고 싶지 않거든. 이 작은 보고가 자네에게 도움이 되길 바라네. 헬렌에게 안부 전해주고, 다시 형사가 될 수 있는 기회를 줘서 고맙네.

아트 드 스페인

로스앤젤레스 경찰국 인사이동 게시

1. 웬들 A. 화이트 경관, 강력계에서 할리우드 서 형사반으로(경사로 승진), 58년 1월 2일 발령.
2. 잭 빈센즈 경사, 감시특무반에서 윌셔 지역 순찰반으로, 업무 대체가 이루어진 이후부터 유효. 하지만 58년 3월 15일 이전까지는 발령 완료.
3. 에드먼드 J. 엑슬리 경감. 고정 배치, 내사과 지휘관으로, 58년 1월 2일부로 발령.

제 3 부
내부 암투

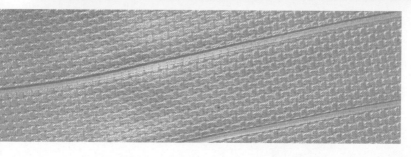

42

다이닝 카 식당에는 연말연시 분위기가 아직 남아 있었다. 장식으로 쓰였던 크레이프지는 축 늘어져 있고, '1958'이라고 쓰인 큰 휘장에는 장식물들이 떨어져 있다. 에드는 늘 애용하던 부스에 앉아 있었다. 로비가 한눈에 보이고 거울에 자신의 모습이 비치는 장소였다. 시간을 확인했다. 58년 1월 2일 오후 3시 24분. 갤로데의 도착이 늦어지고 있었다. 이 순간이 한없이 계속됐으면 하고 바라며 에드는 그를 기다렸다.

취임식은 한 시간 뒤로 다가왔다. 에드 엑슬리 경감이 이제 내사과의 지휘관으로 고정 배치되는 것이다. 갤로데는 에드에 대한 외부의 조사 결과를 가지고 오기로 했다. 지방검사가 확대경으로 에드의 사생활을 샅샅이 조사했다. 그리고 에드는 통과했다. 그의 사생활은 정말 깨끗했고 밤부엉이 사건의 용의자들을 없애버린 것은 유혈의 성탄절의 밀고자라는 오명을 제거해주었다. 이미 그 정도는 오래전부터 알고 있었다.

에드는 커피를 홀짝이며 거울로 눈을 돌렸다. 거울에 비친 자신의 모습. 겨우 한 달 만에 서른여섯에서 마흔다섯으로 뛰어넘은 듯 보였다. 금발은 회색이 되었고 이마에는 주름이 잡혔다. 이네즈는 그의 눈이 전보다 가늘어지고 차가워졌다고 말했었다. 얼굴 표정이 날카로워졌다고도 했다. '날카롭다'는 것은 '무르다'보다는 훨씬 좋다고 그는 이네즈에게 말했다. 새파란 애송이 경감에게는 누군가의 도움이 필요하다고 말하며 이네즈는 웃곤 했다. 벌써 몇 년 전, 둘이 함께 즐겁게 지낼 때의 일이었다.

에드는 하나의 대화를 생각해냈다. 54년 후반 이네즈는 신랄했다. "스텐슬랜드가 죽는 것을 보러 갔다니 당신은 악마야." 그렇게 말한 것은 밤부엉이 사건이 해결된 지 1년 반이 지난 후였고, 그 사건은 오늘로써 4년 9개월이 되었다. 또다시 거울을 본다. 그 시절이 다시 돌아왔으면―이네즈와 함께 있으면서 얻은 건 무엇이었을까?

에드가 밤부엉이 사건의 용의자들을 죽이자 버드 화이트는 밀려났다. 그리고 네 사람의 죽음이 한 사람의 죽음을 가려버렸다. 그 시절 이네즈는 수개월 동안 에드에게 완전히 빠져 있었다. 그는 자신이 이네즈의 가치 기준에 부합하다는 것을 증명해 보였다. 그는 이네즈에게 자기 집 근처에 있는 집을 사주었다. 이네즈는 부드러운 둘만의 섹스를 즐겼다. 이네즈는 레이 디털링으로부터 일거리를 제안받았다. 디털링은 이네즈에게 완전히 반해버렸고 이네즈의 신상 얘기에도 깊은 감동을 받았다. 강간당하고 가족으로부터 버림받은, 아름답고 가련한 여자의 이야기는 디털링 자신의 상실감과 꼭 맞아떨어졌다. 이혼을 한 번 하고 상처를 한 번 했으며 눈사태로 아들 폴을 잃었고 다른 아들 빌리는 게이라는 사실을 알게 된 남자의 기분. 레이와 이네즈는 부녀지간처럼 가까워졌을 뿐 아니라 깊은 우정을 지닌 친구가 되었다. 프레스톤 엑슬리와 아트 드 스페인도 디털링에 동조했다. 파란만장한 인생을 살아온 남자들과 그들의 마음을 편안하게 해주는 고마운 여자.

이네즈는 환상의 왕국에서 우정을 이끌어냈다. 왕국을 세운 세대와 다음 세대, 즉 빌리 디털링과 티미 밸번과의 우정을. 수다 떨기 좋아하는 그 작은 패거리의 멤버들은 할리우드의 가십을 화제 삼아 떠들거나 남자들의 약점을 놀려대며 시간을 보냈다. '남자들'이라는 말에도 그들은 폭소를 터뜨리곤 했다. 그들은 경찰관을 놀리고 에드 엑슬리가 사준 집에서 제스처 게임을 하며 놀았다.

모든 요구사항은 이네즈에게 돌아왔다.

용의자들을 사살한 후 에드는 악몽을 꾸었다. 그들은 무죄가 아니었을까? 어쩔 수 없는 분노로 방아쇠를 당겼다. 그래도 그 극적인 결과 때문에 경찰국의 평판은 매우 높아졌다. 그들이 '무장하지 않았고 위험한 상황이 아니었다'는 작은 사실은 한 번도 표면에 드러나지 않았고 그에게 부여된 명예를 짓밟은 적도 없었다. 그리고 이네즈의 말이 그의 공포심을 진정시켰다. "그 강간범들은 한밤중에 나를 피치의 집으로 끌고 들어가 그곳에 내버려두고 갔어요. 그러니까 밤부엉이를 습격할 시간이 생긴 거예요. 피치가 나에게 했던 끔찍한 행동들을 떠올리고 싶지 않았기 때문에 경찰에 결코 말하지 않았을 뿐이에요." 에드는 안심했다. 그들은 유죄였기 때문에 죽은 것이고 정의는 분노 속에서 이루어졌다.

이네즈.

시간은 흘렀고 영광은 색이 바랬다. 이네즈의 마음속 고통과 그의 영웅적 행위도 두 사람을 묶어둘 수는 없었다. 이네즈는 그가 결코 자기와는 결혼하지 않을 거라는 사실을 알고 있었다. 경찰 고위 간부와 멕시코인 아내―이런 류의 짝짓기는 출세에서 자살 행위나 마찬가지다. 그의 애정은 가느다란 실로 지탱되는 셈이었다. 이네즈와는 점점 소원해졌다. 사실상 한때의 애인이 되어 갔다. 이상한 계기로 맺어졌고 주위를 받쳐주는 유력한 추종자들이 있는 두 사람. 밤부엉이 사건은 이미 끝났다. 그리고 버드 화이트.

녹색의 사형 집행 입회실을 보는 화이트의 얼굴. 스텐슬랜드가 가스를 마시고 있을 때, 화이트의 얼굴에 떠올랐던 지글지글 끓는 증오의 표정. 그는 스텐슬랜드가 죽어가는 모습을 보며 동시에 에드 쪽을 보고 있었다. 말은 필요 없었다. 에드가 강력계를 인계받았을 때 화이트는 긴 휴가를 얻어서 함께 일할 기회가 없었다. 자신은 형 토머스를 앞질러 부친에 바싹 가까워졌다. 몇 개의 큰 사건을 해결한 자신의 근무성적표는 근사한 것이었다. 5월에는 경정이 되고 몇 년 뒤에는 형사 실장 자리를 놓고 더들리 스미스와 치열한 경쟁을 하게 될 것이다. 스미스는 언제나 에드와 거리를 두었고 경멸감이 깔려 있는 조심스러운 경의를 표해왔다. 경찰국 내에서는 더들리 스미스가 제일 두려운 존재다. 스미스는 그의 숙적이 오로지 한 가지—상상력이 부족한 악당 경찰에게 복수를 당하지 않을까 하는—만을 두려워하고 있다는 사실을 알고 있을까?

단상이 채워지고 있었다. 지방검사실의 직원들과 몇 명의 여자 손님들. 마지막으로 이네즈와 함께 왔을 때는 끔찍했다. 이네즈는 보란 듯이 남자들에게 교태를 부렸다. 에드는 지나가는 키 큰 여성에게 추파를 던졌지만 그 여자는 그를 외면했다.

"축하해, 경감. 자네는 보이스카우트처럼 깨끗하군."

갤로데가 의자에 앉았다. 그는 긴장하여 신경이 곤두선 것 같았다.

"그런데 어째서 그렇게 심각한 얼굴을 하고 있는 거야? 말해봐, 밥. 우리는 동료야."

"자넨 깨끗해. 하지만 최근 2주 동안 이네즈에 대한 감시가 풀려져 있었지. 그냥 형식적인 조사였어. 에드… 이런 제기랄, 이네즈가 버드 화이트와 잤다고."

취임식은 한 가지 오점을 남겼다.

파커는 짧게 연설을 했다. 경찰관도 민간인과 같이 유혹에 빠져들 때가 있다. 하지만 공산주의와 범죄, 리버럴리즘 그리고 일반적인 도덕의 파괴 등으로 인해 점점 타락해 가는 사회에 모범이 되도록 경찰관은 높은 강도로 속된 욕망을 절제해야만 한다. 그리고 도덕적으로 올곧은 모범적 태도는 경찰의 도덕성에 대한 보증인 역할을 하는 부서의 책임자에게 더욱 크게 요구된다. 그런 점에서 전쟁 영웅이자 밤부엉이 사건의 영웅 엑슬리 경감은 가장 적합한 인물이다.

에드 자신도 간단히 인사를 했다. 그는 도덕성에 대하여 더욱 그럴듯한 얘기를 했다. 듀에인 피스크와 돈 클레크너는 매우 흡족한 듯했다. 방심 상태에 있어도 그들의 마음속을 읽을 수 있었다. 그들은 내사과의 이인자 자리를 노리고 있었다. 더들리 스미스는 윙크를 보냈으나 그의 마음속을 읽는 것은 간단했다. "다음 형사반장에 오르는 것은 네가 아니라 나야." 중간에 식장을 빠져나올 때까지 시간은 영원이라고 생각될 정도로 길게 느껴졌다. 에드는 냉정을 잃어간다고 느끼며 이네즈의 집으로 향했다.

6시. 이네즈는 7시쯤 집으로 돌아온다. 에드는 들어와서 불이 꺼진 상태 그대로 기다렸다.

시간이 흘렀고 에드는 자신의 시계가 6시 50분을 가리키는 것을 보았다. 그때 문에 열쇠가 꽂히는 소리가 났다.

"엑슬리, 당신 거기서 뭐해요? 당신 차를 밖에서 봤어요."

"불 켜지 마. 당신 얼굴을 보고 싶지 않아." 열쇠가 움직이며 손가방이 바닥에 떨어졌다. "그리고 당신이 벽에 덕지덕지 붙여놓은 형편없는 드림랜드의 포스터들도 보고 싶지 않아."

"당신 돈으로 산 집이니 벽을 더럽히지 말란 말인가요?"

"맘대로 말해도 좋아. 난 그렇게 얘기하지는 않았어."

이네즈는 문에 몸을 기대고 섰다. "누가 고자질했어요?"

"그게 무슨 상관이야."

"그것 때문에 그 사람을 파멸시킬 작정이에요?"

"그 사람을? 아니야. 나 스스로를 더 바보로 만들지 않고서 그렇게 할 방법은 없어. 그리고 '그 사람'이라고 하지 말고 이름을 말하는 게 어때?"

대답이 없었다.

"그가 경사 진급시험 치는 걸 도와주었나? 그 친구는 자신의 능력으로는 통과할 머리가 없는 사람이야."

이번에도 대답이 없었다.

"내 뒤에서 얼마나 오랫동안, 얼마나 많이 그 짓을 했지?"

대답이 없었다.

"언제부터야? 이 화냥년아."

이네즈는 한숨을 쉬었다. "4년 정도 됐어요. 가끔씩, 서로 친구가 필요할 때."

"내가 필요 없을 때?"

"내가 강간 피해자로 취급되는 데 신물이 날 때요. 당신이 나를 얼마나 억압하는지 소름끼칠 때 말이에요."

에드가 말했다. "난 너를 보일 하이츠에서 꺼내 내 삶을 줬어."

이네즈가 말했다. "엑슬리, 당신이 무서워지기 시작했어요. 난 그저 연애하는 평범한 여자가 되고 싶었을 뿐이에요. 버드는 나를 그렇게 대했죠."

"그 자식 이름을 이 집에서 말하지 마."

"당신 집 말인가요?"

"난 네게 온전한 삶을 찾아줬어. 내가 없었다면 네 인생은 망가진 창이 되어 지금쯤 산산조각이 났을 거야."

"당신, 너무 추해지는군요."

"또 무슨 거짓말을 했지? 그 자식에 대한 얘기 말고 또 얼마나 많은 거짓말을 했냐고?"

"엑슬리, 그만해요."

"아니, 확실히 설명해봐."

대답이 없었다.

"얼마나 많은 놈들이지? 얼마나 많은 거짓말을 했냐고, 이 화냥년아?"

대답이 없었다.

"말해."

대답이 없었다.

"난 너에게 은혜를 베풀었는데 너는 나를 엿 먹인 거야. 말해."

대답이 없었다.

"내 아버지의 친구가 되도록 해준 것도 나야. 프레스톤 엑슬리와는 나 때문에 친구가 된 거야. 내 뒤에서 얼마나 많은 놈들과 했어? 너를 구해 준 뒤로 얼마나 많은 거짓말을 했냐고?"

이네즈가 작은 목소리로 말했다. "당신은 알고 싶어 하지 않아요."

"알고 싶어. 이 더러운 창녀야."

이네즈는 기대었던 문에서 몸을 뗐다. "기록할 만한 유일한 거짓말, 그것도 당신을 위해서 했던 거짓말을 말하지요. 내 사랑 버드도 그 사실은 몰라요. 그래서 난 그 얘기로 당신이 특별한 사람이라고 느낄 수 있기를 바라요."

에드는 자리에서 일어섰다. "거짓말 따위를 두려워하진 않아."

이네즈가 소리 높여 웃었다. "당신은 모든 것을 두려워해요."

대답이 없었다.

묘하게 침착해진 이네즈가 말했다.

"나를 상처 입힌 흑인들은 밤부엉이에서 사람들을 죽일 수 없었어요. 그날 밤 내내 나와 함께 있었기 때문이에요. 그들은 절대로 내 시야에서 벗어나지 않았어요. 당신이 나 대신 그 네 사람을 죽였기 때문에 난 당신의 기분을 상하게 하고 싶지 않아 거짓말을 했을 뿐이에요. 그리고 당신, 뭐가 가장 큰 거짓인지 알고 있어요? 당신이라는 인간과 당신이 그렇게도 소중히 여기는 절대적 정의예요."

에드는 머릿속에서 울리는 사나운 소리를 듣지 않기 위해 손으로 귀를 막고 밖으로 뛰쳐나갔다. 밖은 어둡고 추웠다. 그는 꽁꽁 묶여 죽어가는 스텐슬랜드를 보았다.

43

버드는 자신의 새 계급장을 확인해보았다. '경찰' 대신 '경사'라는 문자가 새겨져 있었다. 그는 책상 위에 다리를 올려놓은 채 "안녕."이라고 강력계 쪽을 향해 중얼거렸다.

그의 사무실은 5년간의 서류들이 뒤죽박죽으로 섞여 있어 난장판이었다. 더딜리는 할리우드 경찰서로의 이동이 일시적일 뿐이라고 말했다. 그의 경사 진급은 간부들에게 충격을 주었다. 테드 그린은 그가 사무실 유리창을 몇 개나 때려 부순 것을 잊지 않고 있다. 그 녹색의 방에서 본 스텐슬랜드—그 유리벽을 향해 좌우의 훅을 날렸다. 공평한 조치인지도 모른다. 어쨌든 그는 수사가 중단된 사건이나 미궁에 빠진 사건만을 따라다니느라 한 번도 업무 성적이 좋았던 적이 없으니까.

전근 블루스: 형사반을 떠나면 시신이 나왔다는 보고로 아침 일찍 억지로 일어날 일도 없다. 제인웨이 사건이나 그것과 관계있다고 알려진 일련의 창녀 피살사건을 쫓기에는 좋은 기회다.

가지고 갈 물품들:

'웬들 화이트 경사'라고 박힌 새 명판. 갈색 머리의 린의 사진—안녕 베로니카 레이크.

조직범죄반 시절의 사진 : 빅토리 모텔에서 더들리와 함께 찍은 것. 조직범죄반 시절의 비품—브래스 너클, 볼이 든 짧은 곤봉. 이것들은 놔 두고 가도 상관없다.

자물쇠 열쇠 등 :

FBI 세미나와 법의학 강좌 수료증. 스텐슬랜드의 유품 : 강도질로 빼 앗은 6천 달러의 현금, 간수가 그에게 전해준 딕의 유언장.

파트너에게,

내가 했던 일을 후회하고 있어. 경찰로 있을 때 상처 입힌 사람이나 성탄절 소동 때의 동료와 그 주류 판매점 주인과 아들에게는 진심으로 미안하다고 생 각하고 있어. 하지만 그 어느 것도 이제 와서 되돌릴 수는 없겠지. 그러니 내게 는 미안하다고 사과하는 일밖에 안 남았군. 새삼 얘기해봐야 소용이 없겠지만 이제 내게 내려지는 벌을 사나이답게 받아들이려고 해. 하지만 무엇이 잘못되었 다면 내가 아니라 네가 이런 꼴이 되었을 수도 있었겠지. 이것은 다만 운명의 장난일 뿐이야. 너도 같은 생각이겠지. 너나 나 같은 사람은 좀 더 사과하는 일 을 배워야 할 거야. 난 그 벌을 받았으나 엑슬리는 아직 벌을 받지 않은 채 지내 고 있지. 내 마지막 희망이 있다면 그건 네가 그에게 나름대로 빚을 갚는 거야. 하지만 나처럼 바보짓은 하지 말기를. 너는 네 머리와 숨겨 놓은 돈으로 스텐슬 랜드로부터 선물을 마련해서 그것을 어떻게든 놈의 똥구멍 속에 틀어박아줘. 부 탁해. 파트너, 네가 이것을 읽을 때쯤이면 내가 죽어 있을 거라는 게 믿어지지 않는다.

맨 아래 서랍에 이중으로 자물쇠를 걸어 잠가둔 것 :

제인웨이와 창녀 피살사건의 파일. 밤부엉이 사건에 대한 개인파일—경찰 아카데미에서 공부할 때 썼던 것과 똑같은, 어김없는 교과서.

자신이 진짜 형사라는 것을 증명하는 두 사건—에드 엑슬리를 향한 딕의 겨냥. 그는 파일을 꺼내 읽었다. 대학생이 된 것 같은 기분이었다.

제인웨이로부터의 단서.

린과의 사이가 시큰둥해지면 그는 기분을 내기 위한 일을 찾았다. 여자를 찾아다니는 것으로는 그 목적을 달성할 수 없었다. 이네즈와 가끔 밀회를 즐겼지만 기분은 좋아지지 않았다. 그리고 경사 진급시험에 두 번 실패하고 딕이 감춰둔 돈으로 학교에 다니며 때때로 조직범죄반을 도왔다. 열차, 비행기, 버스의 발착지에 가서 얼치기 갱들을 빅토리 모텔로 끌고 가 혼내주고 다시 열차나 비행기나 버스로 돌려보냈다. 더들리는 그것을 '봉쇄' 작전이라고 불렀다. 하지만 자신의 행동이 지나쳤다는 생각이 들어 거울 속에 비친 자신의 모습을 빤히 쳐다보고 있을 때가 많았다. 강력계에서는 해볼 만한 사건이 그에게 결코 배당되지 않았다. 태드 그린은 그런 일을 전부 빼돌려 다른 형사들에게 넘겼다. 학교 강좌에서는 법의학에 대하여 흥미로운 것을 배웠다. 범죄심리학이나 그 적용 방법들을. 그래서 이제까지 마음속에 묻어 두었던 묵은 사건(케이시 제인웨이 사건)에 자신이 배운 것을 적용해보기로 결심했다.

조 디센조의 사건보고서를 읽어보았다. 단서도 없고 용의자도 없었다. 흔히 발생하는 성범죄라고 처리되어 있었다. 검시보고서도 읽어보았다. 두들겨 맞은 케이시의 얼굴에 남은 자국으로 보아 범인이 양쪽 손가락에 반지를 끼고 있었다는 사실을 알게 되었다. 혈액형 B플러스인 사내의 정액이 입과 직장과 질 속에 남아 있었다. 즉 범인은 세 번 사정했으며, 긴 시간 동안 피살자를 능욕한 것이다. 버드는 세미나에서 배운 성범죄자의 특징을 생각해냈다. 이러한 성범죄자의 살인은 한 번으로 끝나지 않는다. 머지않아 또 사고를 칠 것이다.

버드는 서류를 뒤적이기 시작했다. 옛날에는 결코 가까이 하지 않던 일이다.

하지만 로스앤젤레스 경찰국에도 보안관 사무실의 파일에도 해결이든 미해결이든 간에 비슷한 수법의 범죄는 찾을 수 없었다. 그 작업에 8개월이 걸렸다. 다른 지역의 경찰에도 알아보았다. 스텐슬랜드가 남긴 돈을 밑천으로 오렌지카운티의 샌버나디노에서도 수확은 없었다. 그 일에 4개월이 걸렸고 그와 비슷한 시간이 샌디에이고 경찰에서도 걸렸다. 결국 피해자 한 사람을 찾아냈다. 제인 밀드레드 햄셔, 19세, 창녀. 사망일 51년 3월 8일. 같은 수법으로 세 번 강간당했다. 단서도 없고 용의자도 없고 수사는 중단되어 있었다.

그는 로스앤젤레스 경찰국과 샌디에이고 경찰국의 상습 범죄 파일을 읽었으나 아무런 소득도 없었다. 더들리가 제인웨이 사건에서 손을 떼라고 말한 게 생각났다. 더들리는 여자가 폭행당하는 것을 참지 못하는 버드를 비난했다. 하지만 그대로 밀고 나갔다. 그리고 인근 세 주에서의 텔레타이프로 또 하나의 사건을 발견했다. 샤론 수잔 폴윅, 20세, 창녀. 53년 8월 29일 사망, 캘리포니아 주 베이커스필드. 같은 수법이었으며 용의자도 없고 단서도 없었다. 더들리는 텔레타이프 송신에 대하여 언급한 적이 없었다. 그것이 있다는 것을 알고 있었다 하더라도.

버드는 샌디에이고와 베이커스필드로 떠났다. 파일을 읽고 사건을 수사한 현지 형사들에게 귀찮을 정도로 질문을 해댔다. 현지 형사들은 그 사건에 넌더리를 내고 있었기 때문에 그를 무시했다. 버드는 범죄 시간과 장소를 재구성하려고 시도했다. 사건이 일어난 날, 그 거리에 있던 외부인을 찾아내려고 했다. 열차나 버스, 비행기의 승객 명부를 조사했으나 중복된 이름은 찾아내지 못했다. 할 수 없이 범인의 수법에 대한 정보를 구하는 텔레타이프를 인근 세 개의 주에 보내 또 한 번 같은 수법이 사용된 살인사건이 일어나면 알려달라고 부탁했다. 하지만 그 요청에 대해 아무런 반응도 없었다. 몇 년 동안 일어났던 세 건의 살인사건 보고가 간간이 들어왔을 뿐이다. 샐리(미들 네임 불명) 드웨인, 17세, 창녀, 애리조나 주 니들즈, 55년 11월 2일 사망. 크리시 버지니아 렌프로, 21세, 창녀, 샌프란시스코, 56년 7월 14일 사망. 마리아 (미들 네임 불명) 왈도, 20세, 창녀, 2개월 전까지 시애틀 거주, 57년 11월 28일 사망. 이들 보고는 시간이 지난 후 들어왔기 때문에 역시 아무 소용이 없었다. 여러 각도로 수사를 하며 강의에서 배운 방법을 모두 써보았지만 아무것도 알아내지 못했다. 강간을 당하고 맞아 죽은 제인웨이와 5인의 창녀. 버드는 아직 이 사건들을 쫓고 있다.

할리우드 경찰서에 가져갈 116페이지에 달하는 파일—그만이 쫓고 있는 사건. 이미 세간에 잊힌 사건들이 그 안에 있었다.

그리고 그에게는 중요한 사건—몇 번이고 반복해서 검토한 파일. 바로 스텐슬랜드의 사건. 이건 에드 엑슬리의 관에 박을 못이다. 그 말만으로도 소름이 돋는다.

밤부엉이 사건.

제인웨이 사건을 떠올리다 보니 이 사건도 그 뒤를 이었다. 캐스카트와 포르노 사진집과의 관계. 증거를 숨긴 채, 엑슬리를 쓰러뜨리기 위해 몰래 조사한 사건. 하지만 그때는 타이밍이 나빴다. 그 사건을 쫓을 만한 두뇌가 없었다. 흑인들이 도망갔고 엑슬리가 그들을 사살했다. 밤부엉이 사건은 수사가 종결되었다. 사건의 모순들은 잊혀졌고 세월이 흘렀다. 그는 제인웨이 피살사건으로 되돌아가 단서를 찾아냈다. 그리고 케이시가 밤부엉이 사건을 생각나게 했다. 밤부엉이 사건. 밤부엉이 사건.

머리를 써보자.

53년 당시 드와이트 질레트와 신디 베나비드(케이시의 친구)에 따르면 캐스카트와 동일한 복장을 한 사내가 캐스카트의 '매춘사업'에 밀치고 들어가겠다는 얘기를 했다고 한다. 무슨 '매춘사업'일까? 듀크는 여자를 둘밖에 데리고 있지 않았지만 포르노 사진집을 취급하겠다고 얘기하곤 했다는 것이다. 처음에는 거짓말쟁이의 터무니없는 꿈 이야기처럼 들렸다. 하지만 엥글클링 형제가 나타나 캐스카트가 자기들에게 제안한 거래 얘기를 꺼냈을 때 신빙성이 생겼다. 엥글클링 형제는 포르노 사진집을 인쇄하고 캐스카트가 그것을 판매한다는 계획이었다. 그리고 그들은 자금 조달을 위해 미키 코헨을 찾아갔다.

사실만을 짜내보자.

그는 밤부엉이 사건이 일어난 후에 듀크의 집으로 들어갔었다. 누군가 그곳을 뒤져 놓았다. 지문은 없어지고 듀크의 옷을 뒤진 흔적이 있었다. 샌버나디노의 직업별 전화번호부가 펼쳐져 있었는데 인쇄소 페이지의 끝이 접혀 있었다. 피트와 백스 엥글클링 형제는 샌버나디노에서 인쇄소를 경영하고 있었다. 밤부엉이 사건의 피해자 수잔 낸시 레퍼츠는 원래 샌버나디노 출신이었다.

검시보고서에 초점을 맞춰보자. 검시한 의사는 두 가지 점에서 사체를 캐스카트라고 확인했다. 캐스카트가 교도소에 있을 때 받았던 치과 진료 기록과 의치 파편이 일치했고 시신이 입었던 스포츠 재킷에 'D.C.'라는 모노그램이 붙어 있었던 것이다. 의치의 파편은 캘리포니아 교도소에서 일반적으로 사용되는 것이었다. 주립 교도소에서 형기를 마친 일이 있는 전과자라면 그와 같은 플라스틱 의치를 처치받았을 가능성이 있었다.

그는 자기만 알고 있는 정보에 초점을 맞추어본다.

제인웨이는 듀크의 가슴에 '귀여운' 상처가 있다고 말했었다. 하지만 의사 레이먼의 검시보고서에는 상처에 대한 언급이 없었다. 캐스카트의 가슴에 있는 엽총 탄알 자국이 없어졌을 리는 없다. 더욱 결정적인 증거. 밤부엉이 사건의 피해자 신장은 175센티미터였는데 교도소에서 잰 캐스카트의 신장은 172센티미터였다.

결론.

밤부엉이에서 피살당한 사람은 캐스카트로 변장한 사나이였다.

그렇다면 초점은?

포르노 사진집이다.

신디 베나비드는 듀크가 포르노 사진집을 판매할 준비를 진행하고 있었다고 말했다. 풍기사범단속반은 당시 그 포르노 사진집 사건을 조사했는데 — 버드는 제4반의 보고서를 전부 읽었다 — 모든 보고서에 단서가 없다고 기록되어 있고 러스 밀러드가 죽자 수사는 종결되었다. 한편 엥글클링 형제에게 캐스카트가 포르노 사진집 판매 계획을 가지고 찾아왔던 일이나 교도소의 미키 코헨을 찾아갔던 사실, 그로부터 자금 제공을 거절당한 게 보고서에 올라 있었다. 그리고 코헨이 밤부엉이 대량 살인을 명령한 것으로 보인다는 생각을 적어놓았다. 멍청한 추리였다. 하지만 만일 처음부터 미키가 밤부엉이 사건을 계획한 거라면? 엑슬리는 자신과 갤로데가 그 가설을 검토해보았다고 보고했다. 하지만 그 시점에 흑인들이 탈주해버렸다. 덕분에 밤부엉이 사건은 그들의 범행이라고 믿게 된 것이다.

그렇게 되면.

그의 추리.

캐스카트와 엥글클링 형제의 계획을 코헨이 교도소의 동료 재소자들에게 얘기했다면, 또는 그의 심복 데이비 골드먼이 말했다면? 그리고 그 계획을 들은 죄수 하나가 가석방되어 듀크인 체하며 단물을 빨려 했다면? 그는 듀크를 죽이고 옷을 훔쳤는데 우연치 않게 밤부엉이에 있었다면? 여하간 듀크는 그곳에 자주 출입했다. 더욱 있을 법한 가능성—그곳에서 무엇인가 음모를 꾸미고 있었는데 계획이 결렬되자 살인자들은 일단 물러났다가 엽총을 가지고 돌아와 강도로 보이기 위해 캐스카트로 가장한 남자와 아무 죄도 없는 다섯 명을 총으로 날려버렸다?

지금까지의 추리는 허점투성이였다.

그는 맥닐 교도소의 가석방 기록을 조사했다. 코헨과 엥글클링 형제가 만난 후 밤부엉이 사건이 일어날 때까지의 시기에 석방되어 캐스카트로 변장할 수 있을 만한 사내는 흑인이든 라틴계든 백인이든 모두 너무 크거나 작았다. 하지만 코헨은 캐스카트의 포르노 사진집 계획을 다른 사람이 들을 수 있도록 얘기했을 가능성도 있고 얘기가 밖으로 새어나갔을 가능성도 있었다. 캐스카트로 변장한 사내의 정체가 발각되었을 가능성도 있다.

추리의 마무리. 자신이 형사에 걸맞은 두뇌를 가지고 있다는 것을 증명하는 추리.

예를 들어 밤부엉이 대량 살인이 포르노 사진집의 계획에서부터 시작되었다면 그 흑인들은 무죄이며 진범들은 레이 코츠의 차량 속에 일부러 엽총을 놔둔 게 된다. 결국 밤부엉이 밖에서 자주색 머큐리 쿠페가 목격된 것은 우연이었던 것이다. 하지만 범인들은 당시 그리피스 공원에서 세 명의 흑인이 엽총을 쏘는 장면을 누군가 목격했다는 것과 이로 인해 최초의 용의자로 떠올랐다는 것을 알 리 없었다. 그리고 어떤 일인지 모르지만 로스앤젤레스 경찰국보다 먼저 코츠의 차를 발견했다. 그리고 엽총을 거기에 놓고 지문을 닦아냈다. 그들이 먼저 차를 발견한 이유는 몇 가지로 추측해볼 수 있다.

1. 유치장에 들어가 있는 코츠가 어디에 차를 숨겼는지 변호사에게

얘기했을지도 모른다. 살인범들이나 그들의 부하가 변호사를 찾아가 교묘하게 정보를 알아냈을 수 있다. 아니면 코츠를 협박하여 얘기하게끔 했는지도 모른다.

2. 그 흑인들은 같은 유치장에 들어와 있던 누군가에게 차를 숨겨둔 장소를 실수로 얘기했는지도 모른다. 혹시 그 얘기를 들은 사람이 살인범의 명령에 따라 일부러 유치장에 들어간 사람인지도 모른다.

3. 제일 마음에 드는 추리—제일 단순하니까. 살인범들은 로스앤젤레스 경찰보다 머리가 좋아 직접 차고를 찾았고 버려진 집 뒤에 있는 차고를 먼저 찾아냈다. 경찰이 차례차례 샅샅이 뒤져가는 동안.

혹은 그 흑인들이 다른 수감자에게 말하고 그 얘기를 들은 수감자가 석방된 후 범인들과 접촉했을지도 모른다. 있을 수 없는 일 같지만 경찰 내부의 밀고자가 수사가 진행되는 방향을 그들에게 귀띔해주었는지도 모른다. 모든 것을 완벽하게 확인하는 것은 무리다. 정의의 전당 교도소는 기록 보관 장소를 확장하기 위해 1935~55년까지의 기록을 폐기했으니까.

아니면 그 흑인들이 진짜 범인이었는지도 모른다.

아니면 또 다른 흑인 패거리가 차를 몰고 돌아다니며 그리피스 공원에서 총을 난사하고 밤부엉이에서도 여섯 명을 죽인 것이다. 그들이 타고 있던 1948~50년형의 포드나 쉐보레나 머큐리는 그들이 자주색으로 다시 색칠해 교통국 서류에는 오르지 않았을 수도 있다.

자신은 머리가 나쁘다고 항상 생각하고 있던 사나이의 터무니없는 추리. 하지만 사건의 범인이 그 흑인 일당이라고 생각한 적은 한 번도 없었다. 이유는….

엥글클링 형제는 54년 중반에 인쇄소를 팔아치우고 지상에서 사라졌다. 2년 전 버드는 사람을 찾는 팸플릿을 배부했다. 아무 소식이 없었다. 시신을 찾는 팸플릿도 주 전체에 돌려 보았으니 역시 아무 성과도 얻지 못했다. 형제의 행적에 대해서는 냄새조차 맡을 수 없었다. 캐스카트와 비슷한 시신조차 나오지 않았다. 그리고 6개월 전 샌버나디노에서 단서를 쫓고 있을 때 마침내 이거다 할 만한 단서를 발견했다.

캐스카트와 외모적 특징이 똑같은 사내와 수잔 낸시 레퍼츠가 함께 있는 것을 보았다는 샌버나디노의 주민을 발견한 것이다. 밤부엉이 사건이 일어나기 2주일 전쯤의 일이라고 했다. 버드는 그에게 캐스카트의 얼굴 사진을 보여주었다. 그가 말했다. "비슷하긴 한데 시가를 물고 있진 않았어요." 밤부엉이 사건의 검시 보고에 따르면 수잔 낸시는 옆 탁자에 앉아 있는 남자 곁으로 가려 했다고 한다. 캐스카트, 아니 사실은 그로 변장한 사내의 얼굴을 그 여자는 아마 몰랐을 것이다. 그들이 서로 알고 있었다면 왜 처음부터 서로 다른 탁자에 앉아 있었겠는가? 뜻밖의 전개. 버드는 수잔 레퍼츠의 어머니한테서 얘기를 들으려고 했다. 딸의 남자 친구에 대해 알아보려 한 것이다. 하지만 그 어머니는 진술을 거부했다.

왜 그랬을까?

버드는 짐을 꾸렸다. 추억이 어린 물건들과 4킬로그램이 넘는 서류들이었다. 지금은 길이 막혀 있다. 창녀 살인에 대한 새로운 단서도 없었다. 미키 코헨을 찔러보기 전에는 밤부엉이 사건도 묻혀 있을 수밖에 없다. 그는 승강기 쪽으로 걸어갔다. 안녕, 강력계여.

에드 엑슬리가 이쪽을 쳐다보며 걸어왔다.

그는 이네즈와 나의 관계를 알고 있을 것이다.

44

잠복근무 : 52번가와 센트럴 애버뉴에 있는 행크 랜치 시장. 정문 위에는 '생활보조금 수표를 환금합니다'라고 쓰여 있었다. 1월 3일, 생활보조금 수표가 지급되는 날. 수표 환금원들이 인도에서 주사위 도박을 하고 있었다. 제5감시반에 정보가 입수됐다. 익명의 오토바이족 여자가 자신의 남자 친구와 그 친구들이 시장을 털 거라고 밀고했다. 그 여자는 남자 친구가 자기 동생에게 이상한 짓을 한 것에 화를 내고 있었다. 잭은 차 안에서 정문을 감시하고 있었고 존 페티비치 경관은 52번가에 주차한 채 마치 누군가를 죽일 것처럼 쏘아보고 있었다.

점심 식사는 포테이토칩과 보드카 스트레이트였다. 잭은 하품을 하고 기지개를 켠 다음 아라공 대 피멘틀 경기의 승산을 계산했다. 엘리스 로우로부터 부탁받은 것이다. 잭은 오늘 밤 정치 파티에서 그를 만나기로 되어 있었다. 보드카가 그의 위장을 달궜다. 오줌이 몹시 마려웠다.

경적이 울렸다. 신호 소리였다. 페티비치는 손가락으로 인도를 가리켰다. 백인 두 사람이 시장으로 들어왔다.

잭은 길을 건넜다. 페티비치도 따라갔다. 문밖에서 안을 들여다보았다. 강도들은 문을 등지고 계산대에서 총을 꺼낸 다음 돈뭉치를 꺼냈다.

가게에는 주인도 없고 손님도 없었다. 안쪽 통로를 통해 벽에 피와 골의 파편이 들러붙어 있었다. 무소음총이었다. 뒷문을 지키는 놈이 하나 있었다. 잭은 강도들의 등을 향해 발사했다.

페티비치가 소리쳤다. 뒷문에서 발소리가 났고 잭은 무차별 사격을 가하며 뒤를 쫓았다. 병들이 그의 머리 위에서 깨졌다. 무소음총이라 소리도 없었다. 통로 안쪽에는 포도주에 취한 주정꾼 둘이 죽어 있었고 문은 닫혀 있었다. 페티비치는 총을 쏘아 문을 날려버렸다. 한 사람이 재빠르게 도로를 건너갔다. 잭은 탄창이 빌 때까지 쏘았다. 사나이는 담장을 뛰어넘었다. 인도에서 누군가 소리쳤다. 주사위 도박을 하던 패거리들이 경찰을 응원했다. 잭은 다시 총알을 장전하고 담을 뛰어넘어 뒤뜰로 뛰어내렸다. 이빨을 드러낸 도베르만이 으르렁거리며 그에게 달려들었다. 잭은 정면에서 개를 쏘았다. 개가 피를 내뿜었다. 그때 다른 총소리가 나며 담장이 박살났다.

파란색 제복을 입은 경관 둘이 총을 쏘며 뒤뜰로 달려왔다. 잭은 총을 버렸다. 그들은 여기저기 마구 쏘며 담장의 피켓을 날려버렸다. 잭은 총을 들고 소리쳤다.

"경찰이다, 경찰! 경찰이라니까!"

그들은 천천히 다가와 잭의 몸을 수색했다. 새파랗게 어린 경찰들이었다. 키 큰 애송이가 그의 신분증을 보았다. "이봐요, 빈센즈. 당신도 한때는 잘 나갔었다면서요?"

잭은 그를 싸늘하게 노려보다가 무릎으로 그의 급소를 걷어찼다. 애송이가 그대로 나동그라졌다. 다른 친구가 얼빠진 표정으로 그를 지켜보았다. 잭은 한잔 마실 곳을 찾아갔다.

잭은 주크박스가 있는 싸구려 술집을 찾아가 연거푸 술을 시켰다. 두 잔을 마시자 오한이 풀렸고 두 잔을 더 마시자 떠벌리고 싶었다.

방금 내가 죽인 사내들을 위해 건배! 미안하군. 사실 난 무장하지 않은 시민들을 쏘는 데 더 소질이 있거든. 난 곧 은퇴해. 그래서 근속 20년을 맞기 전에 진짜 악당을 두 사람 정도 쏘아 죽이려고 한 거야.

집에 있는 아내를 위해 건배. 당신은 자신이 영웅과 결혼했다고 생각했겠지. 하지만 당신은 나이가 들면서 잘못 생각했다는 걸 깨달았어. 이제 당신은 법과대학원에 들어가 당신 아버지와 엘리스처럼 변호사가 되길 원하고 있어. 돈에 관해선 염려할 필요가 없지. 당신 아버지가 집도 사줬고 결혼 생활도 지탱해주며 학비도 대줄 테니까. 신문에서 당신 남편이 강도 두 명을 쏴 죽였다는 기사를 보면 당신은 그들이 내가 죽인 첫 번째 희생자들이라고 생각하겠지만 틀렸어. 47년에 마약 십자군 잭은 무고한 시민 두 사람을 죽였어. 우리 결혼에 새로운 활력을 불어넣기 위해 고백하고 싶은 큰 비밀이야.

잭은 석 잔을 더 털어 넣었다. 술기운이 몸에 퍼져나가자 언제나 떠오르는 것을 생각했다. 53년 그리고 포르노 사진집.

이제 겁낼 필요가 없다. 그 조서는 보험증서가 되었고 허진스 사건은 파묻혀 버렸다. 〈허시-허시〉가 그 문제를 다시금 환기시켰지만 결국 흐지부지 되어버렸다. 파쳇과 브래큰은 그 이후 한 번도 접근해오지 않았다. 그들은 시드의 빅 브이 파일 사본을 가지고 있었는데 흥정하려는 목적은 가지고 있지 않았다. 들리는 바에 따르면 린과 버드 화이트의 관계는 지속되고 있는 것 같다. 영리한 매춘부와 파쳇의 일은 이제 잊어버리자. 그 끔찍한 유혈의 봄에 대한 좋지 않았던 일은 잊어버리자. 하지만 문제는 그 포르노 사진집이었다.

잭은 그걸 대여금고 안에 보관해두었다. 그는 그것이 거기에 있다는 것을 알고 있었고 그 사실이 자신을 흥분시킨다는 것을 알고 있었다. 그리고 그런 것을 좋아하면 그의 결혼 생활은 점점 파국으로 치달을 거라는 것도 알고 있었다. 그는 결혼을 함으로써 그 봄의 사건들로부터 보호벽을 쌓는 데 성공했다. 덕분에 한동안 술에 빠지지 않아도 되었고 결혼 생활도 잘 풀려가는 듯했다. 자신이 과거에 무슨 짓을 했다 하더라도 무엇 하나 변한 게 없다. 카렌이 이제야 자신이 어떤 인간인지 알게 된 것 말고는.

카렌은 그가 우격다짐으로 퍼킨스를 밀어내는 현장을 목격했다. 그는 카렌의 부모 앞에서 '깜둥이' 같은 폭언을 내뱉었다. 카렌은 매스컴에서 전하는 남편의 수훈이 거짓이라는 것을 알아차렸다. 카렌은 그가 취해서 엉망이 되는 것도 보았다. 그는 아내의 친구들을 미워했다. 그의 친구 밀러 스탠턴은 잭이 〈명예의 배지〉 일을 하지 않게 되자 사라져버렸다. 그는 카렌에게 싫증이 났고 곧 포르노 사진집에 빠져들었다.

그는 다시 모델들의 신원을 확인해보려고 애썼지만 여전히 아무것도 알아내지 못했다. 그는 티후아나에 가서 다른 포르노 사진집을 몇 권 더 샀지만 아직도 무엇 하나 알 수 없었다. 크리스틴 버저론을 찾았으나 발견할 수 없었고 텔레타이프로 정보를 구했으나 헛수고였다. 진짜는 이미 손에 넣을 수가 없었다. 그래서 그는 가짜를 만들기로 결심했다.

그는 창녀들을 사고는 그들을 위협해 자기에게 협력하게 했다. 그는 자기 책에서 창녀들을 직업여성이 아닌 보통 여자들로 보이게 했다. 한번에 서너 명씩 서로 엉키게 하기도 하고 이불 위에 올려놓고 몸에 체인을 감기도 했다. 분장을 시킨 다음 자세를 가르치기도 했다. 기억을 더듬어 그 사진집을 흉내 내며 자신이 직접 사진을 찍기도 했다. 때때로 선혈이 낭자한 사진이 그의 머릿속에 떠올랐다. 그것을 생각하면 그는 두려워졌다. 시신을 토막 내버린 사건과 완전히 똑같아지니까.

어떤 살아 있는 여자도 그 사진만큼 그를 흥분시키지는 못했다. 공포 때문에 그는 정보를 향한 직코스인 플뢰르 드 리에도 갈 수 없었다. 그는 카렌의 공포를 이해하지 못했다. 왜 카렌은 그를 떠나지 않았을까?

마지막 한 잔. 끔찍한 생각이여 안녕.

잭은 잔을 비운 뒤에 차로 돌아갔다. 휠캡도 떨어져 나가고 와이퍼도 고장 나 있었다. 행크 랜치 시장 주변에는 범죄 현장을 보호하기 위해 테이프가 둘러쳐져 있었다. 경찰차 두 대가 서 있었다. 차 유리창에 위반딱지는 꽂혀 있지 않다. 아마 차에서 부품을 훔쳐간 놈들이 그것도 빼갔을 것이다.

그는 전속력으로 파티장을 향해 달려갔다. 엘리스 로우는 스위트룸에서 공화당의 거물급 인사들과 함께 있었다. 칵테일 가운을 입은 여자들, 검은 정장을 입은 남자들. 빅 브이는 카키색 무명바지와 개의 피가 튀어서 말라붙은 스포츠 셔츠를 입고 있었다.

잭은 웨이터를 불러 쟁반 위에 있는 마티니를 집어 들었다. 벽에 걸린 사진 하나가 그의 눈길을 끌었다.

정치로의 항진. '하버드 로 리뷰', 53년 선거 때의 사진—터무니없는 잘못을 저질렀을 때. 로우가 기자들에게 밤부엉이의 범인들이 탈주하기 전에 범행을 자백했다고 보도진에게 말하고 있는 사진이었다. 잭은 큰 소리로 웃다가 마티니를 내뿜었다. 올리브 때문에 거의 질식할 뻔했다. 그의 뒤에서 누군가 말을 붙였다. "전에 자네는 더 멋있게 입었었잖아."

잭이 고개를 돌렸다. "예전에는 나도 근사했죠."

"오늘 그 차림새에 대한 변명은 없나?"

"네, 오늘 두 사람을 죽였거든요."

"그렇군. 그 밖에는?"

"음, 녀석들의 등을 쏘고 나서 개를 죽이고 상관이 나타나기 전에 도망쳤죠. 그리고 속보가 있습니다. 전 여태껏 마시고 있었어요. 엘리스, 어쩐지 여기는 더운 것 같아요. 자, 본론으로 들어가죠. 제가 누구에게 압력을 가하면 좋겠어요?"

"잭, 목소리 낮춰."

"무슨 일이죠, 보스? 상원의원, 아니면 주의원인가요?"

"잭, 그런 얘기를 할 때가 아니야."

"괜찮아요. 솔직히 말해봐요. 60년 선거를 위한 사전작업을 하고 있는 거죠?"

로우가 목소리를 낮춰 말했다. "그래 상원이야. 부탁 좀 하려고 했어. 그런데 요즘 자네가 하는 짓을 보니 그것도 주저되는군. 자네가 정신을 차리면 다시 얘기하지."

스위트룸 전체에 울려 퍼질 정도로 이미 잭의 목소리는 꽤 커져 있었다. "전 지금 당신의 똘마니 짓을 하고 싶어 못 견디겠단 말입니다. 누구부터 흔들어놓을까요?"

"경사, 목소리를 낮춰."

잭의 목소리가 높아졌다. "개자식아, 이것저것 다 털어놓을까? 난 너 대신 빌 맥퍼슨을 교도소에 보냈어. 놈에게 약을 먹여 흑인 여자의 침대에 눕혀 주었지. 난 네가 다음번에 또 누굴 비틀어버리길 원하는지 알 권리가 있어."

로우가 쉰 목소리로 속삭였다. "빈센즈, 자넨 끝장이야."

잭은 로우의 얼굴에 마티니를 끼얹었다. "빌어먹을, 내가 정말 바라는 게 바로 그거야."

45

"…그리고 우리는 그저께 파커 국장이 말한 것 이상의 도덕적 모범이 되지 않으면 안돼. 우리는 지금 오래된 경찰 임무와 새로운 임무 사이의 경계선에 서 있어. 누군가에게 잘 보여서 승진한다든지 위협을 무기로 업무를 수행한다든지 하는 묵은 체질과 지금 새롭게 탄생하는 체질의 경계선 위에 서 있지. 엘리트 경찰팀은 엄격하고 강직한 정의의 이름 아래 자신의 권위를 공명정대하게 주장해나가야 하고 엘리트 경찰팀이 대원들에게 요구하는 높고 엄격한 도덕적 기준에 못 미칠 경우에는 자신을 엄하게 벌줄 수 있어야 해. 마지막으로 우리는 로스앤젤레스 경찰국에 대한 대중적 이미지를 보호해야 하는 입장이라는 걸 잊지 말게. 여러분의 동료에 대한 불평을 기록한 내부 문서를 읽고 그 사람을 도와줘야겠다는 기분이 들 때는 이러한 것을 명심해야 할 거야. 예전에 함께 일한 적이 있고 자신과 친한 자에 대한 조사를 명령받으면 지금 내가 말한 것을 생각하도록. 우리의 작업은 엄격한 것이기 때문에 어떤 희생을 강요받더라도 절대적 정의를 추구해야 한다는 사실도 잊어서는 안 돼."

에드는 잠시 말을 멈추고 부하들을 둘러보았다. 경사 스물두 명에 경위 두 명. "이제 우리는 너트와 볼트의 관계라 할 수 있어. 여러분, 나의 전임자 아래서 일했던 필립스 경위와 스틴슨 경위는 독립적으로 현장 조사를 했는데 오늘부터는 내가 직접 현장 조사를 지휘할 거야. 필립스 경위와 스틴슨 경위는 교대로 나의 부관으로 일해주길 바라네. 접수되는 불만 사항과 요청되는 정보들은 먼저 내 사무실을 거친 후 처리되어야 해. 내가 먼저 내용을 확인하고 나서 업무를 적절히 분담하겠네. 클레크너 경사와 피스크 경사는 개인적으로 나를 도와주길 바라네. 매일 아침 7시 30분에 나를 만나러 오도록. 스틴슨 경위와 필립스 경위, 진행 중인 조사에 대해 지휘 검토를 하겠으니 한 시간 뒤에 내 사무실로 와주게. 이만 해산."

모여 있던 대원들은 말없이 해산했다. 소집실은 텅 비었다. 에드는 자기가 했던 연설을 다시 떠올리고 중요한 부분을 되새겨 보았다. '절대적 정의'라는 문구가 이네즈 소토의 목소리와 부딪혔다.

그는 재떨이를 비우고 의자를 똑바로 맞추고 게시판을 정리했다. 또 연단 옆에 있는 깃발을 펴서 먼지가 묻어 있지 않은지 확인했다. 그리고 자기가 한 연설을 다시 생각해보았다. 아버지의 목소리가 겹쳐져서 떠올랐다. "엘리트 경찰팀이 대원들에게 요구하는 높고 엄격한 도덕적 기준에 못 미칠…." 이틀 전이었다면 그 연설은 진실이었다. 하지만 이네즈 소토의 말이 그것을 거짓으로 만들어버렸다.

금술을 두른 깃발. 도금된 기회주의. 그는 나약한 인간의 분노로 그들을 사살했다. 하지만 밤부엉이 사건의 살인범들은 그에게 분노가 의미하는 바를 가르쳐주었다. 대담하게 수행된 절대적 정의라는 것의 의미를. "당신은 L.A. 역사에서 최고의 영웅이야. 당신은 틀림없이 최고가 될 거야." 대중들이 그에게 던지는 찬사를 지탱하기 위해 그는 그 의미를 비틀렸다. 버드의 복수. 그는 너무나 미련해서 복수라는 말의 의미조차 이해하지 못한다. 그렇다면 나는? 여자의 말 몇 마디에 끙끙대며 걱정하다가 결국에는 그 여자를 다른 남자에게 빼앗기고 거짓으로 가득 찬 인생을 걸어가며 케케묵은 영광을 진짜로 만들기 위해 몸부림치며 앞으로 나아가는 수밖에 없다.

에드는 자신의 사무실로 들어갔다. 사무실은 깨끗하게 정리되어 있었다. 그는 자리에 앉아 책상 위에 놓인 민원수리 보고서를 들고 일하기 시작했다.

잭 빈센즈는 골치 아픈 문제에 휘말려 있다.

58년 1월 3일 : 감시특무반에서 잠복근무를 할 때, 빈센즈는 무장 강도 두 명을 사살했다. 범인들은 시장 남쪽에서 세 사람을 살해했다. 빈센즈는 세 번째 용의자를 추격했지만 놓치고 그가 경찰인지 몰랐던 순찰경찰 두 명에게 포위되었다. 순찰경찰들은 그를 강도단의 일원으로 착각해 잭을 향해 총을 쏘았다. 빈센즈는 총을 내던지고 순순히 몸수색을 받았다. 그러고 나서 한 경관에게 행패를 부리고 강력계 검시관이 도착하기 전에 범죄 현장을 떠났다. 세 번째 용의자는 여전히 행방이 묘연했다. 그다음 그는 동서 엘리스 로우 검사가 주재한 정치 파티에 갔다. 술에 취한 상태로 그곳에 간 그는 손님들이 보는 앞에서 엘리스에게 욕을 퍼붓고 그의 얼굴에 자신이 마시던 술을 끼얹었다.

에드는 빈센즈의 인사 파일을 훑어보았다. 58년 5월이면 연금을 받을 자격이 부여된다. 잘 가라, 쓰레기통 잭. 넌 이제 얼마 남지 않았다. 그의 마약단속반 시절의 보고서가 수북이 쌓여 있었다. 치밀하게 보이기 위해 과장시키지 않았나 생각될 정도로 상세히 쓰여 있었다. 하지만 에드는 행간에서 빈센즈가 경미한 마약사범들에게조차 가혹했다는 사실을 알아냈다. 특히 할리우드의 유명 인사들과 재즈 연주자들에게 그랬다. 이것은 그가 〈허시-허시〉와 결탁해서 부정 수뢰를 해왔다는 오랜 소문을 입증하는 것이었다. 그리고 빈센즈는 유혈의 성탄절 난동에 대한 부분적 책임을 지고 풍기사범단속반으로 전출됐다. 그곳에서의 보고서가 또 한 무더기였는데 주로 술에 관련된 위법 행위 적발에 대한 것으로 성의 없이 말만 늘려 주절주절 적어놓은 것뿐이었다. 풍기사범단속반 업무는 53년 봄까지 계속되었다. 러스 밀러드가 부서의 책임을 맡고 있던 당시, 한 포르노 사진집에 대한 조사가 밤부엉이 사건과 동시에 진행되었다. 그 시점에 매우 이례적인 행동이 관찰되었다. 당시 포르노 사진집을 추적하는 임무를 맡았던 빈센즈는 계속해서 어떠한 단서도 발견되지 않았다는 보고를 했고 같이 일한 형사들 역시 아무런 소득을 얻지 못했다고 적어놓았다. 그리고 두 번이나 조사를 중단시키자는 의견을 제시했다.

여느 때와는 전혀 다른 잭의 태도.

포르노 사진집의 조사는 밤부엉이 사건과 함께 일어난 것이다.

에드는 과거의 생각을 떠올렸다.

엥글클링 형제, 캐스카트, 코헨. 입증이 가능했을지도 모르는 밤부엉이 사건의 단서들이 포르노 사진집 조사와 함께 매장된 것이다. 흑인 세 명의 죽음으로 그 사건은 종결되었다.

에드는 파일을 다시 읽었다. 시시껄렁한 보고만 계속되었고 임무 수행 기간에 한 번도 보고서다운 보고서는 찾아볼 수 없었다. 빈센즈는 53년 7월에 마약단속반으로 복귀했다. 그는 이전 방식으로 돌아가 감시특무반의 임무가 끝날 때까지 그런 식으로 계속해왔다.

아무리 생각해봐도 해석이 되지 않는 행동이었다.

밤부엉이 사건과 동시에 진행되다니.

53년 봄, 또 다른 관련 사건이 발견되었다. 허진스가 살해된 것이다.

이 사건 역시 아직 해결되지 않았다. 에드는 인터콤을 쳤다.

"예, 경감님."

"수잔, 존 빈센즈 경사 외에 누가 53년 4월에 풍기사범단속반 제4반에서 일했는지 조사해줘. 알아내면 그 명단을 가져와."

30분 뒤에 명단이 도착했다. 당시 임무를 맡았던 사람들은 조지 핸더슨 경사와 은퇴한 토머스 키프카 그리고 지금 사기과에서 일하고 있는 루이스 스타시스 경사였다. 에드는 사기과 과장에게 전화를 했다. 10분 후 스타시스가 걸어들어왔다.

큰 키에 등이 구부정하고 건장한 사내였다. 그는 긴장한 듯했다. 영문도 모르고 내사과까지 호출되어 왔으니 무리도 아니었다. 에드는 의자를 가리켰다. 스타시스가 말했다. "경감님, 이게….."

"경사, 이건 자네와 관계된 문제가 아니야. 풍기사범단속반 시절에 자네와 함께 일한 동료 경관에 대한 일이네."

"경감님, 풍기사범단속반에서 일했던 건 벌써 몇 년 전의 일입니다."

"알아. 51년 말부터 53년 여름까지였지. 그리고 나서 내가 무임소 업무로 이동할 때쯤 자네도 부서를 옮겼지. 자네, 빈센즈와 얼마나 가깝게 일했지?"

스타시스가 미소를 지었다. 에드가 말했다. "왜 웃지?"

"예, 빈센즈가 강도 둘을 사살했다는 기사를 읽었습니다. 그리고 소문에는 그가 아무것도 보고하지 않고 현장을 떠났다고 합니다. 중대한 복무규정 위반이죠. 그런데 경감님이 관심을 가진 풍기사범단속반 시절의 동료가 바로 그 친구였다는 걸 알고 웃음이 나왔습니다."

"알겠네. 그런데 그와 가깝게 일했나?"

스타시스는 고개를 가로저었다. "잭은 철저히 혼자 일하는 타입이었어요. 좀 독특한 스타일이죠. 가끔 일반적인 업무를 같이 처리하긴 했지만 그게 전부였어요."

"자네 부서는 53년 봄 포르노 사진집에 대한 조사를 한 적이 있지. 기억나나?"

"예, 그건 완전히 시간 낭비였어요. 음란물만 보며 시간을 죽였지요."

"자네는 단서가 없다고 보고했던데."

"네, 빈센즈도 다른 친구들도 알아내지 못했어요. 러스가 밤부엉이 사건도 병행해서 수사하도록 했지만 포르노 사진집 사건은 결국 결말을 보지 못했죠."

"혹시 그 당시 빈센즈가 이상하게 행동하는 것을 발견하지 못했나?"

"글쎄요. 빈센즈는 한가한 시간에 사무실에 혼자 나타나곤 했어요. 그리고 러스와 사이도 그다지 좋지 않았습니다. 아까 말한 것처럼 그 친구는 늘 혼자 다녔습니다. 팀원들과도 어울리지 않았지요."

"인쇄소를 경영하던 남자 둘이 포르노 사진집에 대한 정보를 가지고 왔을 때 밀러드가 자네들에게 특별한 지시를 하지 않았는지 기억나나?"

스타시스는 고개를 끄덕였다. "네, 밤부엉이 사건과의 관련성을 조사해보라고 지시했는데 우린 결국 어디에서도 연결점을 찾을 수 없었어요. 우리는 러스에게 이런 종류의 포르노 사진집이 다른 사건과 관련되어 있을 가능성은 없다고 말했습니다."

예감이 통 떠오르지 않았다. "경사, 그때 경찰국은 밤부엉이 사건으로 한창 시끄러웠지. 거기에 빈센즈가 어떻게 반응했는지 기억나나? 조금이라도 평소와 다른 점이 눈에 띄지는 않았나?"

스타시스가 말했다. "경감님, 지금 하시는 얘기와 조금 다른 얘길 해도 됩니까?"

"좋아, 해봐."

"그때 전 빈센즈가 뇌물을 착복하는 비열한 경찰이라고 생각했어요. 게다가 포르노 사진집 수사 업무가 있었을 때, 그는 무엇 때문인지 신경 과민이었어요. 밤부엉이 사건에 관해 말하자면 그는 흥미가 없었다고 말해도 괜찮을 것 같습니다. 빈센즈는 그 흑인 놈들을 체포할 책임이 있었어요. 팀원들이 그들의 차량과 총을 발견했을 때 그도 거기에 있었는데 여전히 시큰둥한 반응이었어요."

또다시 사실은 발견하지 못하고 직감만 떠올랐다. "경사, 생각해봐. 밤부엉이 사건과 포르노 사진집 조사가 있을 때 그의 행동에 평소와 다른 점이 없었는지 잘 생각해봐."

스타시스가 어깨를 으쓱했다. "한 가지 있는 것 같기도 한데, 이게 경감님한테 소용이 있을지는…."

"어쨌든 말해봐."

"그때 빈센즈는 제 사무실 옆방을 쓰고 있었어요. 그래서 가끔 그가 얘기하는 소리를 들을 수 있었지요. 내 책상에서 그의 대화 일부를 들었는데 더들리 스미스와 하는 얘기였어요."

"그래서?"

"스미스가 빈센즈에게 버드 화이트를 미행하라고 했어요. 스미스의 말은 화이트가 매춘부 살인사건에 개인적으로 연루되어 있는 것 같은데 그에게서 돌출된 행동이 나오지 않기를 바란다는 것이었습니다."

피부가 무엇에 찔린 듯 따끔거렸다. "그 밖에 무슨 얘길 들었지?"

"빈센즈가 동의했습니다. 그 밖의 얘기는 뒤죽박죽이어서 알아들을 수 없었어요."

"그게 밤부엉이 사건 수사 때의 일인가?"

"네, 경감님. 정확히 그때의 일입니다."

"경사, 스캔들을 취재하고 있던 허진스가 그 당시 피살되었다는 걸 기억하나?"

"네, 미제로 끝났지요."

"혹시 빈센즈가 그 사건에 대해 얘기하는 걸 들은 적은 없나?"

"아뇨, 하지만 소문에는 빈센즈와 허진스가 친구 사이라고 하던데요."

에드는 미소를 지었다. "여러 가지로 고마웠네. 경사, 오늘 우리의 만남은 비공식적인 거야. 난 우리가 나눈 대화를 자네가 밖에서 반복하지 않았으면 좋겠네. 무슨 뜻인지 알지?"

스타시스가 자리에서 일어섰다. "알겠습니다. 하지만 빈센즈에게 미안한 생각이 드는군요. 들리는 바로는 이제 몇 달만 있으면 빈센즈는 근속 20년이 된다고 하던데요. 그런데 강도 둘을 쏘아 곤란한 입장에 빠졌으니 이제 바로 퇴직하겠지요."

에드가 말했다. "잘 가게, 경사."

오래된 무언가가 잘못되었다.

에드는 사무실 문을 열어 둔 채로 앉아 있었다. 금술 휘장이 달린 깃발이 바로 옆에 있다. 기회가 문을 두드렸다.

아마 빈센즈는 버드 화이트의 비리를 알고 있을지도 모른다.

쓰레기는 틀림없이 53년 봄을 겁에 질려 보냈을 것이다.

포르노 사진집 사건은 밤부엉이 사건과 틀림없이 관련이 있다.

이네즈 소토는 그가 무고한 시민 세 사람을 죽였다고 비난했다.

만일 내사과의 조사로 빈센즈의 움직임을 차단시켜버린다면?

에드는 인터콤을 쳤다. "수잔, 로우 지방검사를 연결해줘."

46

미키 코헨이 말했다. "사실은 걱정거리가 있어. 그 빌어먹을 밤부엉이 사건과 성서를 더럽히는 저 지저분한 사진집에 대한 일이야. 사실 성서 같은 것은 읽은 적도 없지만 그 사건은 5년 전에 나를 따분하게 만들었고 이제는 더더욱 거리가 먼 일이 되었지. 하지만 내게는 나름대로 걱정 거리가 있는 거야. 내 불쌍한 아기 일도 그중에 하나지."

엉덩이에 부상을 입은 불도그가 미키의 벽난로 옆에 웅크리고 있었다. 꼬리에는 부목을 하고 거친 숨을 몰아쉬고 있었다. 코헨이 말했다. "이놈은 미키 코헨 주니어야. 개의 세계에 그대로 놔두기에는 아까운 내 후계자지. 11월에 있었던 폭탄사건에서 간신히 살아남았어. 내가 아끼는 사이 드보어 정장은 거의 다 타버렸는데도 말이야. 하지만 이놈의 불쌍한 꼬리는 세균에 감염돼 식욕을 완전히 잃었어. 오래된 아픔을 다시 떠올리게 하는 경찰들은 건강에 좋지 않다는데."

"코헨 씨."

"난 적절한 예의를 갖추어 나를 부르는 사람을 좋아하지. 이름이 뭐라고 했소?"

"화이트 경사입니다."

"화이트 경사, 아무래도 내 인생의 슬픔은 끝이 없을 것 같아. 당신네들, 비유대교도의 구세주 예수가 등에 세상의 모든 무거운 짐을 지고 있는 것과 같은 형국이지. 교도소에서 저 지긋지긋한 불한당들이 나와 내 오른팔 데이비 골드먼을 습격했소. 데이비는 머리가 쪼개져 가석방이 되었지만 자기의 부끄러운 것을 내놓은 채 거리를 돌아다니게 되었소. 커다란 물건을 말이지. 그가 그렇게 자기 물건을 자랑하고 다녀도 비난받지 않으리라 생각되지만 비벌리힐스의 경찰들이 그다지 맘에 들어하지 않아 그는 지금 카마릴로의 정신병원에 90일 동안 입원하고 있지. 또한 유대인의 예수가 당한 슬픔이 아직도 충분치 않은 것처럼 교도소에 있는 동안 내 이익을 지켜주고 있던 동료들은 정체불명의 깡패들에게 살해되었소. 게다가 옛날에 내 밑에서 일하던 놈들이 이젠 더 이상 나와 함께 일하지 않으려고 하지. 나쁜 자식들, 카이키 티틀봄, 리 박스, 자니 스톰파나토…."

미키의 수다를 어떻게든 중단시켜야 했다. "자니 스톰프라면 알고 있습니다."

코헨은 천장을 쳐다보았다. "빌어먹을 자니 녀석, 베스트셀러 성서에 나오는 유다가 그의 미들 네임이지! 라나 터너는 막달라 마리아가 아니고 요부 이세벨이었고, 놈은 자기 물건을 점쟁이가 쓰는 최면봉처럼 그 여배우 앞에 뻗었지. 데이비 골드먼보다 큰 물건을 축 늘어뜨리고 있는 주제에 말이야. 그리고 내가 저질 공갈범으로부터 빼내줬는데도 또 한 번 내 밑에서 일하는 걸 거부하고 있다니. 아마도 카이키의 식당에서 기름 덩어리라도 먹은 걸 거야. 그리고 퍼킨스와 술을 마신 게 틀림없어. 확실한 소식통에 따르면 퍼킨스는 개하고 같이 하는 걸 좋아한다는 거야. 화이트라고 했소?"

"네, 코헨 씨."

"웬들 화이트? 버드 화이트란 말이야?"

"그렇습니다."

"뭐야, 그 얘기를 왜 이제 하는 거지?"

코헨 2세가 난로 속에다 오줌을 누었다. 버드가 말했다. "저에 대해서는 들으신 게 없는 줄 알았는데요."

"좋은 얘기건 나쁜 얘기건 다 듣고 있지. 소문이라는 게 있잖아. 당신은 더들리 스미스한테 사랑을 받고 있다며. 당신과 더들리 그리고 그의 인상이 험악한 부하 둘은 말하자면 범죄의 가뭄이 계속되고 있는 동안 L.A.의 민주주의를 지키고 있었지. 가르디나의 모텔에 자리 잡고 사람들의 신장에 블랙잭을 두들겨 넣고 있었잖아. 바바바붐. 만일 말이야, 옛 부하들이 기름 덩어리 먹는 걸 막을 수 있고 개와 붙어먹는 놈들과 거래하는 걸 그만두게 할 수 있다면 나로선 다시 한 번 사업을 시작할 수 있어. 그렇게 되면 난 당신에게 잘 해줘야 되겠지. 당신과 더들리는 그런대로 보상을 받을 거야. 그런데 밤부엉이 사건의 재탕은 무슨 의미가 있는 거야?"

조여드는 듯한 기분을 참고 버드가 말했다. "앵글클링 형제가 맥닐 교도소로 당신을 찾아갔고 그들이 캐스카트와의 거래에 대한 얘기를 했다는 것을 들었습니다. 그래서 당신과 데이비 골드먼은 그 일에 대해 얘기하지 않았습니까? 소문에 따르면 그렇습니다만."

미키가 말했다. "아냐. 그건 있을 수 없는 일이야. 데이비에게는 전혀 얘기하지 않았으니까. 물론 내가 감방에서 업무 회의를 여는 건 잘 알려져 있지. 하지만 그 얘기는 누구한테도 한 적 없어. 엑슬리라는 친구에게는 몇 년 전에 그 얘기를 화제로 삼은 적이 있다고 말해줬지. 이 미키가

428

나름대로 추리해보겠어. 생각해보면 그런 지저분한 사진집은 높은 이윤이 생기는 시장이 확보된 경우에 한해서는 죄 없는 시민을 죽여서라도 손에 넣을 가치가 있지. 하지만 밤부엉이 사건 같은 건 잊어버려. 영웅이 된 녀석이 죽여버린 흑인들이 장난삼아 했던 짓이 틀림없어."

버드가 말했다. "전 캐스카트가 밤부엉이에서 피살되지 않았다고 생각합니다. 누군가 캐스카트를 죽이고 그로 변장해서 밤부엉이에 갔다가 피살되었을 겁니다. 제 생각엔 모든 게 맥닐에서 시작된 것 같습니다."

코헨은 눈동자를 굴렸다. "내게 물어본다면 그런 일은 없었어. 아무튼 난 아무한테도 얘기하지 않았으니까. 게다가 피트와 백스가 소문을 퍼뜨리기 위해 교도소에 들렀다는 건 상상도 할 수 없어. 캐스카트라는 광대는 어디 살고 있었지?"

"실버레이크."

"그럼 실버레이크 힐스를 캐봐. 혹시 묵은 시신이 발견될지도 모르지."

그래, 샌버나디노. 집에 있던 수잔 레퍼츠의 어머니와 그 어머니가 증축한 방으로 끊임없이 던졌던 시선. "감사합니다. 코헨 씨."

"그 지긋지긋한 밤부엉이 사건은 잊어버려야 될 거야."

코헨 2세가 버드의 가랑이 사이를 노려보고 있었다.

샌버나디노의 힐다 레퍼츠. 지난번 힐다는 버드를 바로 문 앞에서 쫓아버렸다. 이번에 그는 수잔의 남자 친구를 찾고 있다. 수잔 낸시 레퍼츠가 캐스카트를 닮은 남자와 함께 있는 장면이 목격된 바 있다. 이번에는 밀어붙이자. 필요하면 협박을 해서라도.

차로 두 시간. 샌버나디노에 고속도로가 머지않아 개통될 것이다. 그렇게 되면 그곳까지 반시간이면 갈 수 있다. 생각은 엑슬리 1세에서 2세로 옮겨갔다. 그 겁쟁이는 자기와 이네즈의 일을 알고 있었다. 지난번에 만났을 때 얼굴에 분명히 그렇게 쓰여 있었다. 둘 다 때가 오기를 기다리고 있을 뿐이다. 하지만 만일 그가 자신의 지위를 이용해 뭔가를 하려고 시도하면 이쪽도 지금보다 한층 더 압력을 강화할 것이다. 머리를 써서 겁을 좀 주면 엑슬리도 어떻게 해볼 수 없을 것이다.

힐다 레퍼츠는 널빤지로 지은 오두막집 옆에 콘크리트 블록으로 증축된 별채가 있는 초라한 집에 살고 있었다. 버드는 다가가 우편함을 확인했다. 겁주는 데 쓸 만한 것들이 있었다. 록히드 연금수표, 사회보장 수표, 지역 복지국 수표가 들어 있는 봉투. 그는 초인종을 눌렀다.

문이 조금 열렸다. 힐다 레퍼츠가 문고리 너머로 내다봤다. "전에도 말했지만 다시 한 번 말하겠어. 난 당신이 팔러 온 것을 살 생각이 없어. 그러니 내 불쌍한 딸이 편하게 쉴 수 있도록 해줘."

버드는 수표가 들어 있는 봉투를 흔들어 보였다. "복지국은 당신이 협력할 때까지 이 수표를 주지 않아도 좋다고 얘기했어요. 얘기하지 않으면 수표도 없어지는 겁니다."

힐다는 높은 소리로 울먹이며 말했다. "알았어요. 난 그 돈이 필요해요." 버드는 문고리를 치켜 올리고 안으로 들어갔다. 힐다가 뒤로 물러섰다.

수잔 낸시가 사면의 벽에서 웃고 있었다. 나이트클럽의 플로어에서 교태를 부리고 있는 사진들이었다. 버드가 말했다. "그러니까 협력하는 거예요. 지난번 물어본 것을 기억하고 있겠죠? L.A.로 떠나기 전에 수잔에게는 이곳 샌버나디노에 남자 친구가 있었어요. 요전에 말할 때 당신은 겁을 먹고 있었는데 지금도 두려워하고 있군요. 자, 말해봐요. 제대로 말만 해주면 5분 있다가 떠날게요. 이제 곧 아무도 당신을 방해하지 않을 겁니다."

힐다의 눈동자가 바삐 움직였다. 수표와 증축된 방 쪽을 왔다 갔다 했다. "아무도 없죠?"

버드는 록히드 수표를 건넸다. "아무도 없어요. 자, 말씀하시죠. 얘기해주면 나머지 두 개도 돌려주죠."

힐다는 문 옆에 있는 사진 속의 딸을 향해 말했다. "수잔, 너는 칵테일 라운지에서 저 남자와 만났다고 얘기했지. 그리고 난 변변치 못한 남자 같다고 했어. 그는 좋은 사람이고 사회에 빚진 것을 갚고 있다고 했지만 그의 이름을 가르쳐주려고는 하지 않았어. 어느 날 난 우연히 너희가 얘기하는 걸 보았어. 넌 그를 돈이라든가 딘이라든가 덕이라고 부르고 있었지. 그럼 그 사내는 '아냐, 난 듀크야. 이젠 그 이름에 익숙해지란 말이야' 하고 말하곤 했지. 그런데 어느 날 내가 외출했을 때, 옆집 사는 젠센 부인이 집에서 너와 그 남자가 함께 있는 걸 보았어. 젠센 부인은 너희가 다투는 소리를 들은 것 같다고 했어."

얘기가 들어맞는다. '사회에 진 빚'이라는 말은 '전과자'라는 의미다. "그 남자의 이름을 알아냈나요?"

"아뇨. 알 수 없었어요."

"수잔은 엥글클링이라는 이름의 형제를 알고 있었나요? 그들은 이곳 샌버나디노에 살고 있었는데…"

힐다는 곁눈으로 사진을 보았다. "오, 수지. 아니에요. 그런 이름은 몰라요."

"수잔의 남자 친구는 듀크 캐스카트라는 이름을 말한 적이 있나요? 아니면 포르노 사진집 사업에 대해 말한 적이라도?"

"설마, 캐스카트라는 사람은 수지와 동일한 장소에서 피살된 남자의 이름이에요. 그리고 수지는 그런 지저분한 일에 연루될 못된 애가 아니에요."

버드는 복지국의 수표를 주었다. "침착해요. 그 싸움에 관해 얘기 좀 해보세요."

힐다의 눈에 눈물이 흐르기 시작했다. "다음 날 집에 돌아와 보니 새로 만든 방바닥에 마른 피가 묻어 있는 것 같았어요. 그 방은 남편의 생명보험금을 받아 지은 거예요. 수잔과 그 남자는 좀 있다가 돌아왔지만 왠지 초조해하는 것 같았어요. 그는 집 아래로 기어다녔고, 그 후 로스앤젤레스 어딘가로 전화를 했어요. 그리고 얼마 후 수잔 낸시와 그는 나가버렸어요. 그 일주일 후에 딸은 살해된 거예요⋯. 그리고 전 이 모든 의심스러운 행동이 그 살인사건과 관계있다고 생각했고 어떤 음모나 복수가 아닌가 생각했지만 며칠 후 이제 영웅이 된 그 인상 좋은 사람이 신원 조사를 하러 왔을 때 난 그 사실을 말하지 않았어요."

소름이 돋았다. 수지 레퍼츠의 남자 친구, 즉 캐스카트로 분장했던 남자. '싸움소리'는 남자 친구가 캐스카트를 죽였을 때 났던 소음이었을 거다. 아마도 그 사내는 자신이 엥글클링 형제와 거래하기 위해 샌버나디노에서 캐스카트를 죽였을 것이다. 그리고 수지는 밤부엉이로 가서 남자 친구의 캐스카트 연기를 지켜봤다. 이건 범인들이 진짜 캐스카트를 직접 만난 적이 한 번도 없다는 걸 의미하는 것이다.

집 아래쪽으로 남자 친구가 기어다녔다?

버드는 전화기를 들고, L.A. 번호를 돌려 퍼시픽 코스트 벨의 교환원에게 경찰 정보안내과로 연결해달라고 했다. 안내원이 나왔다. "네, 어디십니까?"

"로스앤젤레스 경찰국의 화이트 경사입니다. 지금 샌버나디노 RA-04617에서 걸고 있습니다. 이 번호로 로스앤젤레스에 건 적이 있는 모든 전화를 알고 싶습니다. 시기는 1953년 3월 20일부터 4월 12일 사이입니다. 가능합니까?"

안내원이 말했다. "알겠습니다." 2분 남짓 지난 후 안내원이 다시 나왔다. "세 통화가 있었습니다. 4월 2일과 8일입니다. 둘 다 같은 번호로 HO-21118입니다. 공중전화예요. 선셋 대로와 라스팔마스 거리 모퉁이에 있는 공중전화입니다."

버드는 전화를 끊었다. 밤부엉이로부터 800미터 떨어진 곳의 공중전화. 그들의 거래나 회합은 그렇게 극도로 조심스럽게 이루어진 것이다.

힐다는 화장지를 주무르고 있었다. 버드는 탁자 위에 회중전등이 있는 것을 보았다. 그는 그것을 들고 밖으로 달려 나갔다.

증축한 방으로 향했다. 건물 바닥 밑의, 기어다닐 수밖에 없는 비좁은 공간이었다. 몸을 구부리고 누운 채 안으로 기어들어갔다.

흙, 나무 받침목 앞쪽에 마대 자루가 있었다. 방부제 냄새 그리고 뭔가 썩는 냄새가 났다. 자루까지 팔꿈치로 기어서 갔다. 냄새가 더 지독해졌다. 자루를 찌르자 쥐 소굴이 먼지를 내며 무너졌다.

가장자리가 온통 쥐로 뒤덮여 있었다. 쥐들이 회중전등의 빛을 가로막았다.

버드는 자루를 찢었다. 회중전등을 비춰보니 쥐와 연골이 붙어 있는 두개골이 보였다. 양손으로 부대를 더 크게 찢으니 얼굴에 쥐와 방부제가 범벅이 되어 있었다. 두개골에는 큰 구멍이 나 있었다. 총구멍이었다. 한쪽 손이 소매로부터 삐져나와 있었다. 플란넬 셔츠에 'D.C.'라는 자수가 박혀 있었다.

버드는 마루 밑에서 기어 나와 신선한 공기를 크게 들이마셨다. 힐다 레퍼츠가 서 있었다. 힐다의 눈이 말하고 있었다. "오, 하나님, 설마."

맑은 공기. 햇빛이 눈부셨다. 밝은 햇빛을 받으며 엑슬리를 다치게 할 아이디어를 떠올렸다.

스캔들 잡지에 팔아넘기면? 공산주의와 흑인 편을 들고 경찰을 미워하는 잡지인 〈위스퍼〉에 있는 사람 하나가 그에게 빚진 게 있었다.

힐다는 자신의 바지에 똥이라도 쌀 것처럼 두려워하고 있었다. "설마… 거기에… 뭐가 있던가요?"

"쥐가 좀 있었을 뿐입니다. 사진을 몇 장 가지고 돌아올 테니 좀 봐주십시오."

"마지막 수표도 받을 수 있을까요?"

봉투는 쥐똥으로 더럽혀져 있었다. "여기 있습니다. 에드 엑슬리 경감이 드리는 선물입니다."

47

멋진 심문실이었다. 바닥에 볼트로 조여 놓은 의자도 없었고 오줌 냄새도 나지 않았다. 잭은 에드 엑슬리를 바라보았다. "내가 엉망이 되어 있다는 걸 알고는 있었지만, 설마 주요 인물 취급을 받는다고는 생각해 보지 않았어."

엑슬리 : "자네는 자신이 왜 정직 처분을 받지 않았는지 의아해하겠지?"

잭은 기지개를 켰다. 그의 제복은 닳아빠져 있었다. 1945년 이후 제복 같은 건 입어본 일이 없었다. 엑슬리의 얼굴은 기분이 나빠 보였다. 빼빼 마르고 머리는 회색이고 무테안경 너머로 쳐다보는 눈은 잔인한 빛을 띠고 있었다. "이상하더군. 엘리스가 나에 대한 민원처리를 재고한 거겠지, 뭐. 좋지 못한 평판이 나오는 걸 겁내거나 아니면 다른 무엇 때문에."

엑슬리는 고개를 가로저었다. "로우는 자신의 경력과 결혼 생활에 있어서 자네를 거추장스럽게 여기고 있어. 게다가 범죄현장을 그냥 떠난 점이나 경찰을 폭행한 행위는 정직이나 면직감이 되기에 충분하지."

"뭐? 그럼 왜 정직이 안 되었지?"

"내가 로우와 파커 국장을 설득했기 때문이지. 다른 질문은?"

"그렇군. 그럼 녹음기와 속기사는 어디 있지?"

"그런 건 필요 없어."

잭은 의자를 잡아당겼다. "경감, 원하는 게 뭐야?"

"그 말을 그대로 자네에게 돌려주지. 지금까지의 실적을 화장실의 하수처럼 흘려보내고 싶어? 아니면 수개월 동안 잘 처신해서 근속 20년을 무사히 맞고 싶어?"

침착해. 카렌이 그렇게 말했을 때의 얼굴이 생각났다. "좋아. 한번 해보지. 도대체 원하는 게 뭐야?"

엑슬리가 가까이 다가왔다. "53년 봄, 자네의 친구이자 동업자인 시드 허진스가 살해되었는데 러스 밀러드 밑에서 사건을 담당한 형사 두사람은 자네가 허진스를 쓰레기라고 말한 것과 그의 시신이 발견된 아침, 어느 누구의 눈에도 확실히 감지될 만큼 당신이 동요하고 있었다고 밝혔어. 당시 더들리 스미스는 버드 화이트의 뒤를 밟으라고 자네한테 지시했고 자네는 동의했지. 그리고 밤부엉이 사건의 수사가 활발히 진행되고 있을 때 자네는 풍기사범단속반에서 포르노 사진집 수사를 하며 단서가 없다는 보고서를 계속 제출했어. 모든 보고서를 부풀려 쓰는게 여러 해에 걸쳐 자네가 행하던 수법이었는데 말이야. 이 시기에 두 사내, 즉 피트와 백스 엥글클링 형제가 포르노 사건과 밤부엉이 사건의 관련성을 입증하는 증거를 가지고 왔었어. 러스 밀러드는 수사 진전 상황을 자네한테 질문했는데 자네는 단서가 없다고 계속 보고했지. 그리고 자넨 포르노 사진집 수사가 진행되는 동안에도 반복해서 수사는 종결 돼야 한다고 주장했어. 아까 말한 두 형사, 피스크와 클레크너 경사는 허진스 살인사건의 수사를 적당히 해두라고 당신이 엘리스 로우를 부추긴 것을 들었다더군. 그리고 또 풍기사범단속반 동료 한 사람은 포르노 사진집을 수사하는 동안 자네가 전에 없이 신경과민이었다는 걸 생각해냈지. 자네가 꽤 오랫동안 형사반을 비웠다는 사실도. 지금까지의 얘기가 도대체 어떻게 된 건지 설명해봐."

열 개의 혐의가 유죄로 확정된 듯했다. 잭은 어이없는 표정으로 눈을 껌벅였다. 그는 몸이 굳어 오는 것을 느꼈다. "도대체… 어디서 그런…."

"그런 건 중요치 않아. 난 자네의 해명을 듣고 싶단 말이야."

잭은 숨을 잠시 들이마셨다. "좋아. 난 버드 화이트의 뒤를 밟았어. 떠들리는 화이트가 창녀 살인사건에 깊이 빠지는 걸 걱정했거든. 화이트는 젊은 여자의 살인사건이라면 분노하는 경향이 있었으니까. 그래서 놈을 미행했지만 결국 특이한 것은 발견할 수 없었어. 자네와 화이트는 서로를 증오하고 있지. 그건 누구나 알고 있어. 자신이 스텐슬랜드에게 했던 일에 대해 언젠가는 화이트가 복수할 거라고 당신이 생각하기 때문이지. 로우나 파커에게도 은근히 압력을 넣어 어떻게든 화이트에게 죄를 뒤집어씌우려고 그러는 거야? 자네가 원하는 게 그런 거야?"

"20퍼센트 정도는 옳다고 할 수 있지. 화이트에 대해 알고 있는 걸 얘기해주겠나?"

"이를테면?"

"여자관계는 어떻지?"

"화이트는 여자를 좋아해. 하지만 그건 그다지 새로운 사실이 아냐."

"경사 승진시험에 통과하고 화이트에 대한 내사과의 조사가 시작되었어. 보고서에 따르면 그는 린 브래큰이라는 여자를 만나고 있어. 화이트는 그 여자를 53년부터 알고 있었나?"

잭은 어깨를 으쓱했다. "모르겠어. 그런 이름은 들어본 적 없는데."

"빈센즈, 얼굴에 거짓말이라고 쓰여 있는걸. 하지만 브래큰이라는 여자의 일은 덮어두지. 그 일과는 아무래도 상관없으니까. 그것보다 화이트는 자네가 미행하는 동안 이네즈 소토와 만나고 있었나?"

잭은 하마터면 웃음을 터뜨릴 뻔했다. "아냐. 내가 놈을 미행하고 있을 때는 만나지 않았어. 당신이 흥분하는 게 그것 때문이야? 화이트와 당신의…."

엑슬리는 한 손을 들어 잭의 말을 막았다. "난 자네가 허진스를 죽였는지 물어보는 것도 아니고 그 당시 봄에 있었던 일을 설명해달라는 것도 아니야. 그럴 생각은 원래 없었고 앞으로도 없을 거야. 난 어떤 일에 대한 자네 의견을 듣고 싶을 뿐이야. 자네는 포르노 사진집 사건에도 빠져 있었고 밤부엉이 사건에도 관련돼 있었어. 자네는 죽은 세 흑인이 그 사건을 일으켰다고 생각해?"

잭은 엑슬리의 쏘아붙이는 듯한 눈을 피하려고 물러섰다. "그 사건은 아무래도 이해가 되지 않은 데가 있었어. 처음부터 난 그렇게 생각했지. 당신이 사살한 세 명이 아니었다면 아마 다른 흑인의 소행이겠지. 십중 팔구 놈들은 코츠의 차가 어디에 있는지 알고 일부러 엽총을 그곳에 둔 거야. 아마 포르노 사진집 사건과 관련이 있을지도 몰라. 신경이 쓰이나 보지? 하지만 그 흑인들은 자네 여자를 강간했어. 그러니 자네가 한 일은 옳았어. 그런데 지금 뭘 쫓고 있는 거야?"

엑슬리는 미소를 지었다. 잭은 생각했다. 벼랑 밖으로 한쪽 발을 내놓고 다른 다리로 뜀을 뛰고 있는 사내. "경감, 뭘 쫓고 있는 건지…."

"아니, 내가 무엇에 흥미를 가지든 자네가 관여할 바가 아니야. 나도 생각한 바가 있어. 허진스는 어쨌든 그 포르노 사진집과 관련이 있어. 그리고 그는 자네에 대한 파일을 가지고 있었지. 그래서 자네가 그토록 난리를 쳤던 거고."

마음을 놓을 수 없다. "그래, 확실히 난 예전에 진흙탕에 빠져 있었어.

그래서… 제기랄, 때때로 난… 때때로 난 어떻게 돼도 상관없다는 생각이 들어."

엑슬리는 자리에서 일어섰다. "자네에 대한 징계는 이미 처리됐어. 징계위원회도 열리지 않을 거고 고발되지도 않을 거야. 자네는 5월에 자발적으로 퇴직하는 걸로 파커 국장과 얘기가 돼있어. 자네는 틀림없이 동의할 거라고 내가 말했지. 연금도 전액 지급돼야 한다고 국장을 설득했어. 국장은 내가 왜 그런 것까지 부탁하느냐고 물어보지 않았어. 자네도 묻지 않았으면 좋겠어."

잭이 자리에서 일어섰다. "그럼 어떤 흥정을 원하지?"

"만일 밤부엉이 사건이 다시 문제가 되면 자네와 자네가 아는 모든 정보는 내 것이 되는 거야."

잭이 한 손을 내밀며 말했다. "이거 놀랍군. 자넨 정말이지 냉혈한이 되었어."

캘 린 더

1958년 2월~3월

<〈위스퍼〉, 1958년 2월호

밤부엉이 사건
피살자는 오인된 인물? 번져가는 미스터리

밤부엉이 대소동을 기억하는가? 1953년 4월 14일, 총기를 든 3인조가 화창한 로스앤젤레스의 할리우드 대로와 인접한 밤부엉이 커피숍에 난입해 종업원 셋과 손님 셋을 살해한 뒤, 약 300달러를 훔쳐 달아난 사건 말이다. 300달러를 6으로 나누면 50달러. 한 사람의 생명이 50달러였던 셈이다.

로스앤젤레스 경찰은 굉장한 열의로 사건 조사에 착수해 흑인 젊은이 세 명을 살인 혐의로 체포한 뒤, 멕시코계 처녀를 납치, 강간한 혐의로 기소했다. L.A. 경찰은 이 세 명의 흑인, 즉 레이먼드 '슈가 레이' 코츠, 타이론 존스, 러로이 폰테인이 밤부엉이 사건의 진범인지 확신하지는 못했지만 이들이 21세의 여대생 이네즈 소토를 강간했다고 확신했다. 밤부엉이 사건 수사는 언론의 열띤 보도가 잇따르고 L.A.의 '세기의 범죄'를 해결하라는 세간의 압력이 경찰국에 가해지는 가운데 계속 진행되었다.

2주일 내내 허탕만 친 L.A. 경찰국은 마침내 사우스 로스앤젤레스의 폐주차장에 있던 레이 코츠의 차량에서 살인 흉기를 발견했다. 그런 일이 있은 직후, 코츠, 존스, 폰테인은 '정의의 전당' 구치소를 탈출했다….

여기에 신예 수사관 한 사람이 등장한다. L.A. 경찰국의 에드먼드 J. 엑슬리 경사, 2차 대전의 영웅, UCLA 졸업, 1951년의 경찰 만행사건인 '유혈의 성탄절' 사건 때 동료 경관을 밀고한 장본인, 레이먼드 디털링의 초대형 테마공원 드림—어—드림랜드와 사우스 캘리포니아의 장대한 고속도로 시스템을 만든 건설 업계 재벌 프레스톤 엑슬리의 아들. 그런데 여기에서부터 문제는 매우 복잡해진 다….

문제 : 에드 엑슬리 경사는 강간 피해자 이네즈 소토와 사랑에 빠진다.

문제 : 에드 엑슬리는 레이먼드 고츠, 디이론 존스, 러로이 폰테인을 빌건한 뒤 엽총 — 시적 정의 — 으로 그들을 사살한다.

문제 : 에드 엑슬리 경사는 일주일 뒤에 경감으로 (두 단계나 건너뛰어!) 승진한 다. L.A. 경찰국이 자신들의 (과대 포장된?) 명예를 영속화하기 위해 시급히 처리 해야 했던 사건을 그가 '칼에 의한 정의'로 해결한 데 대한 엄청난 보상이었다.

문제 : 에드 엑슬리 경감(사망한 모친으로부터 거액의 개인 신탁재산을 상속받은 부잣집 도련님)은 이네즈 소토와 더욱 친밀해졌고 자신의 아파트에서 한 블록 떨어 진 아파트 한 채를 구입해서 이네즈에게 선사한다.

문제 : 우리 〈위스퍼〉는 레이먼드 코츠, 러로이 폰테인, 타이론 존스 그리고 그들을 은신시켜 준 사내 롤런드 나바레트는 영웅 에드 엑슬리에게 피격당할 당시 비무장 상태였다는 사실을 믿을 만한 소식통으로부터 입수했다. …그리고 밤부엉이 사건이 있은 지 5년이 지난 오늘, 문제는 다시 복잡해지고 있는데….

그런데 우리 〈위스퍼〉는 근엄한 언론들에 '싸구려 스캔들 저널리즘'으로 불리 는 불쌍한 신세가 되고 말았다. 우리는 힘센 〈허시—허시〉가 아니며 뉴욕에 기반 을 두고 주로 동부 해안지방의 사건을 다루는 잡지다. 하지만 우리에게도 L. A.의 정보원들이 있으며 그들 중에는 익명으로 남기를 바라는 십자군적인 사립 탐정도 있다. 이 탐정은 지난 수년 동안 밤부엉이 사건에 푹 빠져 사건의 전말 을 철저히 조사했고 마침내 매우 충격적인 결과를 발견했다. 우리 사이에서 '사 립탐정 X'로 불리는 그는 〈위스퍼〉의 통신원에게 다음과 같은 사실을 폭로했다.

사실 : 밤부엉이 수사가 진행되는 중에 두 형제, 즉 인쇄소를 경영하는 피트— 백스 엥글클링 형제가 경찰에 출두해 밤부엉이 사건의 희생자 델버트 '듀크' 캐

스카트가 포르노 사진집 인쇄 계획을 갖고 자신들에게 접근했다고 증언했으며 따라서 밤부엉이 대량 살인은 지하 포르노 업계의 음모의 결과라는 자신들의 추리까지 제시했다. 하지만 L.A. 경찰국은 이 형제의 추리를 일소에 부치고 세 흑인의 혐의를 입증하는 일에만 서둘렀다. 이제 엥글클링 형제는 지구상에서 모습을 감추고 만 것처럼 보인다….

사실 : 힐다 레퍼츠 여사 — 샌버나디노에서 태어나고 자란 밤부엉이의 희생자, 수잔 낸시 레퍼츠의 모친 — 는 사건 직전, 수잔에겐 캐스카트와 꼭 닮은 이름 없는 수수께끼의 남자 친구가 있었으며 그가 수잔에게 "아냐, 난 듀크야. 이젠 그 이름에 익숙해져."라고 말하는 것까지 들었다고 사립탐정 X에게 말했다! 레퍼츠 여사는 사립탐정 X가 보여준 개인 소장 전과자 사진들 가운데 그 사내를 가려내지는 못했다. 그 뒤 X는 탁월하고 흥미진진한 가설을 전개했다.

X가설 : 그 수수께끼의 남자 친구는 포르노 사업을 가로채기 위해 캐스카트를 살해하고 캐스카트 행세를 했으며 대량 살인을 저지른 세 사내와 거래하기 위해 밤부엉이 커피숍으로 갔다. 수잔 낸시는 남자 친구가 거래하는 모습을 지켜보려고 그의 자리와 가까운 곳에 앉아 있었다. 사립탐정 X는 다음과 같은 반박할 수 없는 증거를 제시했다.

레퍼츠 여사는 남자 친구가 캐스카트와 똑같이 생겼다고 말했다.

캐스카트로 밝혀진 사체는 사실 신원을 확인하기에는 너무 부패한 상태였다. 검시관의 최종 신원 확인은 의치의 '일부'를 캐스카트의 옥중 치과 진료 기록과 대조한 결과에 근거한 것이었다. 하지만 교도소 기록에는 캐스카트의 키가 172센티미터로 나와 있으나 사체의 키는 175센티미터였다. 움직일 수 없는 이 모든 증거에 의해 밤부엉이 커피숍에서 피살된 자는 캐스카트가 아니라 그의 행세를 한 사내였다고 결론내릴 수 있다….

우리의 자극적인 추리는 흥미로운 사실을 밝혀내겠지만 방아쇠를 당겨 놓고 기뻐하는 L.A. 경찰국을 격분케 할 것이다. 그리고 아마 밤부엉이 사건의 살인범으로 잘못 기소된 세 흑인의 무혐의를 입증할 것이다. 우리 〈위스퍼〉는 로스 앤젤레스 지방검사에게 밤부엉이 희생자의 사체 발굴을 촉구한다. 또한 우리는 시민 네 명을 살해한 냉혈한 에드 엑슬리를 격렬히 비난한다. 또한 우리는 L.A. 경찰국에 분명히 청원한다. 정의의 이름으로 행해진 당신들의 악행을 속죄하라! 밤부엉이 시건의 수사를 재개하라!

발췌 : 〈샌프란시스코 크로니클〉, 2월 27일

경찰, 게이츠빌 살인에 당혹

1958년 2월 27일, 캘리포니아 주, 게이츠빌. 샌프란시스코 북쪽 96킬로미터 지점의 작은 마을 게이츠빌에 기묘한 이중 살인사건이 발생해 주민들을 공포로 몰아넣었으며 경찰도 당혹감을 감추지 못하고 있다.

이틀 전, 각각 41세, 37세인 피트, 백스 엥글클링 형제의 사체가, 그들이 식자 공으로 일하는 인쇄소와 이웃한 그들의 아파트에서 발견되었다. 마린 카운티의 보안관, 유진 해처 반장의 말을 빌리자면 이 형제는 "범죄 조직과 연계된 위험한 인물들"이다. 해처 반장은 〈크로니클〉의 조지 우즈 기자에게 신중한 태도로 다음과 같이 말했다.

"엥글클링 형제는 둘 다 마약 소지 전과가 있습니다. 최근 몇 년 동안은 별 문제 없이 지냈지만 여전히 위험인물들입니다. 예를 들면, 그들은 가명으로 인쇄소에서 일해왔습니다. 아직 사건의 단서는 못 찾아냈지만 우리는 누군가가 이들로부터 정보를 캐내기 위해 고문을 하다가 살해했을 가능성이 높다고 보고 있습니다."

엥글클링 형제는 게이츠빌의 이스트 버듀고 로드에 있는 래피드 밥 인쇄소에서 근무했으며 인쇄소 바로 옆 아파트에 살고 있었다. 인쇄소 사장인 53세의 로버트 던퀴스트는 그들의 이름을 피트와 백스 기라드로 알고 있었으며 그들의 사체를 화요일 아침에 발견했다. "피트와 백스는 1년 동안 우리 인쇄소에서 일했는데 늘 시계처럼 정확히 출근했습니다. 그런데 지난 화요일 아침에는 출근이 늦어 무슨 일이 생겼다는 걸 알았습니다. 게다가 인쇄소도 수색당한 상태였습니다. 범인들을 찾아내는 일에 제 힘을 보태고 싶습니다."

지문 조회로 본명이 밝혀진 엥글클링 형제는 총격으로 사망했다. 해처 반장은 범인이 소음제거기가 부착된 38구경 리볼버 권총을 사용했다고 밝혔다. "우리 탄도감식반은 현장의 탄알에서 쇳밥을 발견했습니다. 이것이 범인이 소음제거기를 사용했다는 사실과, 왜 이웃들이 총성을 듣지 못했는가를 설명해줍니다."

해처 반장은 수사의 수준을 밝히지는 않았지만 통상의 수사 방법이 모두 사용되고 있다고 언급했다. 그는 피살자가 피격 전에 고문당했다고 말했지만 범행 현장에 대한 묘사는 하지 않았다. 해처 반장의 설명이다. "더 이상의 사실은 공개하고 싶지 않습니다. 이런 범죄의 경우, 때때로 언론을 타려는 정신병자들이 범인이 아닌데도 범죄를 자백하곤 합니다. 범행에 대한 세밀한 사실들의 비공개는 무고한 사람을 범인으로 만들지 않기 위한 부득이한 조치입니다."

엥글클링 형제에게는 생존 중인 친척이 없으며 그들의 사체는 게이츠빌 검시관 사무실에 보관되어 있다. 해처 반장은 이 살인사건에 대한 정보를 가진 모든 사람에게 마린 카운티의 보안관 사무소로 연락해주기를 요청했다.

발췌 : 〈샌프란시스코 이그재미너〉, 3월 1일

피살자들은 로스앤젤레스의 유명 범죄와 관련

2월 25일, 캘리포니아 주 게이츠빌에서 살해된 엥글클링 형제는 53년 4월 로스앤젤레스에서 발생한 유명한 밤부엉이 살인사건의 주요 증인이었다고 마린 카운티 보안관 유진 해처 경위가 오늘 밝혔다.

"저희는 익명의 제보자로부터 어제 이 같은 정보를 입수했습니다." 해처 경위는 〈이그재미너〉와의 인터뷰에서 이렇게 밝혔다. "제보자는 제보 후에 곧바로 전화를 끊었습니다. L.A.의 지방검사 측에 이 정보의 사실 여부를 확인한 결과 사실로 확인됐습니다. 전 밤부엉이 사건이 우리 사건과 관계가 있다고 보지는 않습니다. 하지만 좀 더 구체적인 사항을 알기 위해 L.A. 경찰국에도 전화로 물어보았습니다. 그런데 퇴짜를 놓더군요. 그러니 저도 그들에게 잘 해줄 이유가 없죠."

발췌 : 〈L.A. 데일리 뉴스〉, 3월 6일

밤부엉이 사건 부활 – '무고한 희생' 충격적 사실 드러나

추악한 일이다. 하지만 로스앤젤레스의 유일한 폭로지이며 스스로도 '추문 폭로자'임을 자부하는 사우스랜드의 유일한 신문 〈데일리 뉴스〉는 이 추악한 얘기를 피해 가지 않는다. 이 기사는 법과 질서, 정의를 지키는 완벽한 모범으로 칭해져온 한 남자의 영웅적 이미지를 훼손할 것이다. 하지만 영웅들이 감추고 있는 결점이 있다면 그것을 파헤쳐 공개하는 게 우리 〈데일리 뉴스〉의 의무라고 믿는다. 여기서 다뤄질 문제들은 워낙 엄청나 그것을 야기했던 범죄만큼이나 주목할 가치가 있다. 따라서 우리는 숨김없이 강렬한 비난의 목소리를 담아 문제들을 다룰 것이다. 밤부엉이 사건—1953년 4월, 할리우드의 한 커피숍에서 여섯 명이 강탈당한 뒤, 엽총으로 무참히 살해된—은 정의의 이름에 거대한 상처를 입힌 채 그릇된 결론을 맺고 수사가 종결되었다. 우리는 이 사건의 수사 재개와 정의의 실현을 원한다.

레이먼드 코츠, 러로이 폰테인, 타이론 존스. 여러분은 이 이름들을 기억하시는지? 이들은 흑인 젊은이들이며 범죄자들이고 분명히 성폭력범이었다. 동시에 이들은 L.A. 경찰국에 의해 누명을 뒤집어썼다. 밤부엉이 사건 직후에 체포된 이들은 끔찍한 알리바이를 내놓았다. 그들은 밤부엉이 참사가 발생한 시간에 이네즈 소토라는 젊은 여인을 납치해 윤간했다는 것이다. 그들은 사우스 로스앤젤레스의 버려진 건물에서 소토 양을 범한 뒤, 그 여자를 차에 태우고 돌아다니다 친구들에게 성적 학대용으로 '팔아넘겼다'고 자백했다. 그들은 소토 양을 실베스터 피치라는 남자에게 넘겼고 그는 이 아가씨의 탈출을 도와준 한 용감한 L.A. 경찰국 경관에 의해 사살됐다.

소토 양은 경찰 수사에 협조하기를 거부했다. 당시 경찰 수사는 코츠, 존스, 폰테인이 밤부엉이 사건 발생 당시 그들과 소토 양이 있었던 장소가 어딘지에 초점이 맞춰졌다. 그들 외에 다른 강간범(피치를 빼고는 누구도 신원이 확인되지 않은 상태)들도 있었을까? 사우스 로스앤젤레스에서 할리우드로 차를 몰고 와 밤부엉이에서 살인을 저지르고 돌아가 소토 양을 강간할 만한 시간이 그들에게 있었을까? 그 여자는 능욕당하는 동안 줄곧 의식이 있었을까?

지금까지도 이에 대한 대답은 나오지 않았다.

경찰 수사는 두 방향으로 진행되었다. 하나는 존스, 코츠, 폰테인이 밤부엉이 사건의 살인범임을 확증하는 증거 확보. 다른 하나는 통상적인 경찰 수사를 통해 그들의 살인 아닌 납치와 강간 혐의를 입증하는 일반 증거 확보. 소토 양은 여전히 협조를 거부했다. 하지만 코츠, 존스, 폰테인이 구치소를 탈출했다가 앞서 말한 영웅 L.A. 경찰국 소속 에드 엑슬리 경사에 의해 사살되었을 때, 이 두 갈래 수사는 무의미해지고 말았다. 대졸자이고 2차 대전 영웅이며 저명한 프레스톤 엑슬리의 아들인 에드 엑슬리는 밤부엉이 사건을 자신의 무자비한 개인적 야심의 발판으로 삼았다. 그는 서른한 살에 경감으로 승진했고 머지않아 경정이 될 것이다. 서른여섯의 L.A. 경찰국 사상 최연소 경정. 그는 세간에 건설왕인 자기 아버지만큼이나 자주 공화당 영입 대상자로 거론되고 있다. 몇 가지 소문이 그의 주위를 끈질기게 나돌고 있다. 그에게 사살된 세 용의자는 비무장 상태였다는 것. 그들이 탈옥하기 전에 밤부엉이 사건을 자백했다는 것은 지방검사 엘리스 로우가 꾸며낸 말이라는 것 등이다. 널리 알려져 있지 않은 소문은 에드 엑슬리가 이네즈 소토와 사랑에 빠져 이네즈의 수사 협조 거부를 묵인했고 나중엔 이네즈에게 집을 선사했으며 5년 동안 매우 친밀한 관계를 이어오고 있다는 것이다.

그런데 오늘, 최근의 두 사태가 밤부엉이 사건을 열어젖힌 것이다.

1953년, 형제인 두 사내가 밤부엉이 사건의 중요한 목격자로서 경찰에 출두했다. 이들 피트와 백스 엥글클링 형제는 커피숍 대량 살인의 이면에 불법 포르노 사진집 판매 계획이 있으며 피살자 가운데 하나인 전과자 델버트 '듀크' 캐스카트가 이 계획을 꾸미고 있었다고 주장했다. 하지만 L.A. 경찰국은 이 정보를 무시하는 쪽을 선택했다. 그리고 5년이 지난 뒤 피트와 백스 엥글클링 형제는 게이츠빌이라는 작은 마을에서 무참히 살해됐다. 지난 2월 25일 발생한 이 살인 사건은 하나의 단서도 포착되지 않은 채, 미해결 상태로 남아 있다. 하지만 오랫동안 대답이 없던 질문에 대한 대답이 막 나오려던 참이었다.

샌퀜틴 교도소의 오티스 존 쇼텔이라는 흑인 수감자는 엥글클링 형제의 피살 사실과, 그들과 밤부엉이 사건과의 모종의 관련성을 전해주는 신문기사를 읽었다. 이 기사는 오티스 존 쇼텔을 생각에 빠지게 했다. 그는 할 말이 있으니 들어달라고 부소장에게 요청한 뒤 충격적인 고백을 했다.

오티스 존 쇼텔은 자동차 절도범으로 수감되었으며 당국에 협조한 대가로 감형을 기대하는 상태였다. 그는 코츠, 폰테인, 존스가 이네즈를 '팔아넘길' 때의 상대가 바로 자기였다고 고백했다. 그는 오전 2시 30분부터 5시까지, 다시 말해 밤부엉이 사건이 벌어지던 바로 그 시간 동안, 이네즈 및 세 젊은이와 함께 있었다. 그는 강간죄가 추가될까 봐 두려워 당시 세 명의 무혐의를 증언할 수 없었다고 부소장에게 말했다. 쇼텔은 또한 코츠가 다량의 마약을 차에 감춰 두고 있었기 때문에 차량이 있는 장소를 경찰에 말하지 않았다고 진술했다. 쇼텔은 자신이 이렇게 고백하는 것은 최근에 펜테코스트 파로 개종했기 때문이라고 덧붙였지만 교도소 당국은 그의 진술에 회의적이었다. 쇼텔은 자기 고백의 신빙성을 감방 내에서 테스트해달라고 요청해 모두 네 번의 거짓말 탐지기 조사를 받았다. 그는 네 번의 테스트를 모두 통과했다. 쇼텔의 변호사인 모리스 왁스먼은 거짓말 탐지 보고서의 공증된 사본을 〈데일리 뉴스〉와 L.A. 경찰국에 보냈다. 그 사본을 받고 우리는 이제 이 기사를 내보냈다. L.A. 경찰국은 어떻게 할 것인가?

우리는 엽총 정의의 비정의를 규탄한다. 우리는 총잡이 엑슬리가 방아쇠를 당긴 동기를 규탄한다. 우리는 로스앤젤레스 경찰국에 밤부엉이 사건 수사를 재개할 것을 공개적으로 요구한다.

발췌 : 〈L.A. 타임스〉, 3월 11일
밤부엉이 수사에 비난 쏟아져

서로 관련 없는 사건들과 〈L.A. 데일리 뉴스〉의 기사가 불러일으킨 불길이 L.A. 경찰국에 53년 밤부엉이 사건 수사 재개의 압력으로 작용하고 있다.

L.A. 경찰국 파커 국장은 이 논란을 "젖은 퓨즈에 이어진 화약통"이라고 부르며 이렇게 말했다. "모두 허튼 소리입니다. 타락한 범죄자의 증언과 서로 무관한 두 살인사건 때문에 5년 전에 성공적으로 종결된 사건을 재수사할 필요는 없습니다. 전 1953년 에드 엑슬리 경감의 행동을 지지했고 지금도 여전히 지지하고 있습니다."

파커 국장이 말한 것은 밤부엉이 수사의 주요참고인이던 피트와 백스터 엥글클링 형제가 지난 2월 25일 살해된 사건과 밤부엉이 사건이 벌어지는 동안 이 사건의 살인범으로 기소된 인물들과 함께 있었다고 주장한 샌퀜틴 교도소 수감자 오티스 존 쇼텔의 최근 증언이다. 쇼텔의 변호사는 감방 내에서 쇼텔이 받았던 거짓말 탐지기 테스트를 언급하며 다음과 같이 말했다. "거짓말 탐지기는 거짓말을 하지 않죠. 쇼텔은 5년 전 무고한 사람들의 무혐의를 증언하지 않은 것에 대해 큰 죄의식을 가지고 있으며 이제 정의의 실현을 바라고 있는 독실한 신자입니다. 그는 거짓말 탐지기에 의해 확증된 알리바이를 세 명의 무고한 희생자에게 바쳤으며 이제 진범이 처벌되기를 바라고 있습니다. 전 L.A. 경찰국이 자신들의 의무를 다하고 수사를 재개하는 것에 동의할 때까지 끊임없이 이 문제를 공론화할 겁니다."

〈L.A. 데일리 뉴스〉의 L.A. 지역 담당 편집장 리처드 턴스텔도 그의 생각에 동조하며 이렇게 말했다. "우리는 매우 중대한 어떤 것에 막 이빨을 박아 넣은 셈입니다. 우린 그것을 놓아줄 수가 없습니다."

각 신문의 전단 제목

〈L.A. 데일리 뉴스〉, 3월 14일
규탄 – L.A. 경찰국 밤부엉이 사건 은폐

〈L.A. 데일리 뉴스〉, 3월 15일
총잡이 엑슬리에게 띄우는 공개 서한

〈L.A. 타임스〉, 3월 16일
수형자의 변호사, 주 검찰총장에게
밤부엉이 수사 재개를 요청

〈L.A. 헤럴드 익스프레스〉, 3월 17일

파커, '밤부엉이는 이미 해결된 사건'이라고 밝혀

〈L.A. 데일리 뉴스〉, 3월 19일

시민들, 정의를 요구하며 경찰국 주차장에서 피켓 시위

〈L.A. 헤럴드 익스프레스〉, 3월 20일

파커/로우, 곤경에 빠져

나이트 주지사, 밤부엉이 사건은 '화약고'라고 밝혀

〈L.A. 미러 뉴스〉, 3월 20일

죽음의 열매 – 엑슬리와 소토의 사랑의 둥지, 사진 독점 공개

〈L.A. 이그재미너〉, 3월 20일

경찰에 전화 쇄도, 밤부엉이에 대한 시민의 요구

〈L.A. 타임스〉, 3월 20일

파커, 엑슬리 옹호하며 입장 고수

"밤부엉이 수사 재개는 없다"

〈L.A. 데일리 뉴스〉, 3월 20일

정의가 승리해야 한다!

경찰의 해명을 요구한다!

밤부엉이 수사를 즉각 재개하라!

제 4 부

목적지 : 시체 안치소

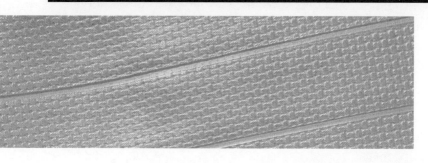

48

전화벨이 울렸다. 매스컴일 확률은 20대 1이었다. 에드는 수화기를 집어 들었다. "여보세요?"

"나 빌 파커일세."

"네, 국장님. 〈타임스〉에 그렇게 답변해주신 것 감사드립니다."

"사실을 말한 거야. 우린 이런 것에 끄떡도 안 할 거야. 곧 잠잠해지겠지. 이네즈의 반응은 어때? 언론에서 그렇게 떠드는 것에 대해 말이야."

"아버지는 이네즈가 라구나에 있는 레이 디털링 집에 머물 거라고 하시더군요. 우린 몇 달 전 헤어졌어요. 문제가 좀 있었거든요."

"유감이군. 하지만 이네즈는 강한 여자야. 그동안 겪은 일에 비하면 이건 아무것도 아닐 거야."

에드는 눈을 비비며 말했다. "이 일이 그냥 지나갈지 잘 모르겠어요."

"분명히 그냥 지나갈 거야. 게이츠빌 경찰들은 앵글클링 살인 건에는 협조하지 않을 테고, 샌퀜틴 교도소의 그 흑인은 목격자로서의 가치가 전혀 없거든. 거짓말 탐지기상으로는 문제가 없어 보이지만 그 친구 변호사는 폼만 잔뜩 잡는 사기꾼인 데다 자기 고객을 끄집어내는 데만 관심이 있는….”

“그보다 제가 죽인 그 친구들이 밤부엉이 건에는 관여된 것 같지 않은데….”

“말 끊지 말게. 그리고 난 자네가 이 사건의 수사 재개가 어느 정도는 옳은 일이라고 생각할 만큼 그렇게 지독하게 순진하다고 믿고 싶지 않네. 하여튼 난 이 사건이 무마되기를 기다리고 있고 새크라멘토의 주 검찰총장도 같은 생각이야. 악랄한 언론 보도나 정의에 호소하기 따위는 막 들끓다가 곧 잊히니까.”

“만일 그렇게 안 된다면?”

파커는 길게 숨을 내쉬었다. “만일 검찰총장이 주 차원에서 특별 조사 명령을 내린다면 난 그에 대한 L.A. 경찰국 차원의 금지 명령을 내리고 우리가 먼저 조사를 벌여 그 친구를 꼼짝 못하게 만들 거야. 그쪽은 엘리스 로우가 철석같이 믿어줄 거거든. 하지만 아무 일 없이 지나갈 거야.”

에드가 말했다. “제가 그걸 원하는지조차 모르겠군요.”

49

조직범죄반 업무 : 빅토리 모텔, 6호실. 버드, 마이크 브루닝, 의자에 묶여 있는 샌프란시스코 사내는 조 시파키스, 체포 3회의 고리대금업자, 유니언 스테이션의 열차에서 연행. 브루닝이 호스를 사용하고 있고 버드는 심문을 지켜보고 있다.

화장대 위의 1천400달러는 경찰에 기부한 돈. 이 도시를 떠나라는 설득이 한창 진행 중이다. 치과식 심문도 곧 시작된다. 버드는 시계를 보았다. 4시 20분. 더들리는 늦다. 시파키스가 비명을 질렀다.

버드는 욕실로 들어갔다. 외설적인 낙서로 가득한 사면의 벽 : 섹스의 시, 일지들이 어지럽게 쓰여 있다. 53년 항목—그는 밤부엉이 사건을 머리에 떠올렸다. 무섭다. 세상을 떠들썩하게 만든 밤부엉이 사건 뉴스. 더들리는 그에게 할 말이 있다고 했다. 그는 세면대의 수도꼭지를 틀었다. 물소리가 비명 소리를 가렸다. 그는 '자신'의 밤부엉이의 현을 울려 보았다. 그 소리는 물소리에 가려지지 않았다.

어느 누구도 그가 〈위스퍼〉에 정보를 흘렸다는 걸 모른다. 그가 그러한 정보를 어디선가 들었다는 걸 그 높은 계급장 단 경관이 혹시 알고 있다 해도. 캐스카트의 사체가 아직 그 집 밑에 있다는 것 역시 아무도 모른다. 게이츠빌의 보안관에게 엥글클링과 밤부엉이 사건의 관계를 알려준 사람이 자기라는 사실 역시도. 행운이다. 그 형제는 죽고 그 흑인은 샌퀜틴 교도소에 있다. 아마 그 알리바이는 사실일 것이다. 53년에 그가 은폐한 증거에 대해서는 안심해도 좋았다. 자신이 뭔가를 감추고 있다는 걸 더들리가 눈치채고 있다 해도 그건 케이시 피살사건에 대한 거라고 생각할 거다. 더들리는 밤부엉이 사건의 수사 담당자였다. 그는 이런 구설이 빨리 잊히기를 바랄 것이다. 이게 재론되면 그는 얼간이 조연쯤으로 비쳐질 것이다. 얼간이 주연 에드 엑슬리의 하수인 정도로 말이다. 파커는 수사 재개를 막으려 하고 있다. 수사가 재개될 확률은 5대 1, 엑슬리의 수상한 냄새가 세상에 퍼질 확률도 5대 1쯤 될 거다.

시파키스가 비명을 질렀다. 문이 흔들렸다.

버드는 세면대에 머리를 담갔다. 거울 옆의 낙서 : 맥 그룬위츠는 물건이 좋다 - AX-74022. 여자들의 이름도 많이 적혀 있다. 지난주 L.A.보안관 사무소는 한 창녀를 시신 부대에 넣었다. 버드의 목록에 이름이 하나 추가되었다. 리넷 엘런 켄드릭, 21세, 사망일 58년 3월 17일. 구타당했고 잘려나갔고 세 구멍으로 강간당했다. 시골 경찰들이었다면 그에게 조금도 협조해주지 않았을 것이다.

시파키스가 웅얼거리며 말하기 시작했다. 욕실은 너무 더워 오래 있을 수가 없었다.

버드는 욕실을 나왔다. 시파키스가 발작하듯 떠들어댔다. "… 난 아는 게 있어. 들은 것도 있고. 예를 들면 말이야, 미키가 나와서 예약 시즌이 개막된 거야. 그 친구가 안에 있을 때는 모든 게 이상하게 축 처졌어. 하지만 그 저격조에게 미키의 지부를 운영하는 친구들이 당했어. 그러니까 이 무지막지한 친구들, 세 총잡이가 빵빵빵 갈겼어. 이 친구들은 미키 부하를 죽인 다음에 그의 고리대금업을 깨려고 한 거야. 모두가 더들리 스미스를 조정자라고 존경했는데, 그런데 그 사람 요즘은 아무것도 안 해. 당신, 매춘업소를 한번 틀고 싶지 않나? 그런 거 아냐? 어때? 그런 정 보는 말이야…"

브루닝은 따분해하는 것 같았다. 버드는 정원으로 나왔다. 잡초가 우 거져 있고 철조망 울타리가 쳐져 있었다. 열네 개의 빈 방은 L.A. 경찰국 이 싸게 사들인 곳이다.

"어이."

더들리가 따라 나왔다. 버드는 담뱃불을 붙이고 걸었다.

"미안하네. 좀 늦었어."

"괜찮습니다. 진지하게 얘기할 문제가 있다고 했죠?"

"그래, 심각한 문제야. 할리우드 경찰서는 마음에 들어?"

"강력계가 더 좋습니다."

"그렇지. 난 자네가 언젠가는 돌아올 거라고 기대했어. 엑슬리가 신문 쟁이들한테 놀림감이 되는 거 볼 만하지 않나?"

담배 때문에 기침이 올라왔다. "물론입니다. 이 사건이 수사 재개에 들어가서 그 친구 망가지는 꼴을 못 보고 있는 게 유감이죠. 하지만 당신 한테까지 그 불똥이 튀는 걸 보고 싶어서 그런 건 아닙니다."

더들리가 소리 내어 웃었다. "자네다운 갈등이군. 그리고 나 역시 동 요를 느끼고 있어. 특히 새크라멘토의 정보원 하나가, 검찰총장이 곧 사 건 수사 재개 발표를 할 거라는 정보를 준 뒤로 특히 그래. 일이 급박해 질까 봐 엘리스 로우가 중지명령서를 준비해놨어. 그러니 밤부엉이 건 은 다시 우리한테 뜨거운 감자가 될 거라고 생각해두는 게 편할 거야. 이 봐, 이건 정치 싸움이야. 그 빨갱이 민주당 놈들이 검둥이들을 잘못 기소했다고 꼬투리를 잡고 있어. 놈들은 예비선거 전에 그걸 언론에 터뜨릴 거라고. 공화당원 검찰총장은 슬슬 피하며 카운터펀치를 날리고 있지. 자네 혹시 밤부엉이 사건에 관해 내게 밝히지 않은 정보는 없나?"

버드는 머뭇거리지 않고 대답했다. "없습니다."

"좋아. 그건 그렇고, 자네 오늘 밤 빅토리 모텔에서 할 일이 하나 있어. 덩치가 엄청나게 크고 근육질인 친구가 좀 따끔한 맛을 필요로 하고 있지. 그런데 솔직히 말해 마이크와 딕은 있어 봤자 그 친구한테 그다지 강한 인상을 못 주거든. 세상은 좁아. 그 친구는 53년에 캐스카트를 알고 지냈던 것 같아. 아마 그 친구는 자네에게 제인웨이 건에 대한 정보를 줄 수 있을 거야. 케이시 일에 대해선 여전히 관심이 많잖나?"

버드는 마른 침을 삼켰다.

"방금 내가 말한 건 잊어버려. 그런 집착은 창녀 같은 거야. 창녀는 뜯어고쳐 봤자 창녀야. 오늘 밤 10시야. 잘 해주게. 곧 자네한테 과외 업무 하나를 줄 거야. 자네의 오래된 지독한 취미 좀 달래줄 건수 말이야."

버드는 눈을 깜박였다.

더들리는 미소를 지어 보이고는 6호실로 걸어갔다.

창녀는 린을 말하는 건지도 모른다. 제인웨이도 마찬가지란 건가?

조 시파키스의 비명이 벽을 뚫고 흘러나왔다. 정원의 가장자리까지.

50

갤로데가 뉴스를 전했다. 검찰총장 측의 수사 재개 발표 준비가 끝났다는 것이다. 주정부 예산으로 운영될 주정부 차원의 조사다. 엘리스 로우는 그들의 수사를 가로챌 준비를 끝냈다. 밤부엉이 사건은 L.A. 경찰국으로 다시 돌아온 것이다. 모든 게 다가오고 있었다.

라 브레아 애버뉴의 한 커피숍에 있는 에드. 잭 빈센즈를 기다리며 탁자에서 서류를 살펴보고 있다. 밤부엉이 사건, 그중에서도 허진스에 대한 항목.

체크 표시 : 샌퀜틴의 그 사내는 진실을 말하는 걸까? 아마 그럴 것이다. 동기가 무엇이든 간에.

체크 표시 : 엥글클링 형제 피살 건은 밤부엉이 사건과 관련이 있는 걸까? 마린의 보안관이 그들에 대한 정보를 내놓을 때까지는 뭐라고 말할 수 없다.

체크 표시 : 밤부엉이 커피숍 옆에 있던 자주색 차량. 예감 : 그 차는 사건과 무관했고 진범들은 언론 보도를 쫓아 레이 코츠의 차를 L.A. 경찰

국보다 먼저 발견했으며 그 차에 엽총을 묻어놓았다. 그렇다면 놀랍게도 그리피스 공원에서 발견된 탄피들도 그들이 묻어 둔 것이다. 정의의 전당 구치소의 35년부터 55년 사이의 기록들은 파기되었다. 범인들이 구치소 커넥션을 통해 그 정보를 수집했다면, 자주색 차량과 파묻은 엽총에 대한 모든 가능성을 철저히 조사시켜야겠군.

체크 표시 : 희생자 말콤 런스포드, 전직 L.A. 경찰국 경관/술꾼 경비원. 그는 밤부엉이 사건을 초래한 어떤 범죄 음모에 관련되어 있을까? 대답 : 부정적—그는 밤부엉이의 오래된 공인 심야 단골이었다.

에드는 커피를 한 모금 들이키면서 권력의 문제를 생각했다. 남용된 권력 : 내사과는 경찰국으로부터 하나의 독립된 기관이다. 에드는 피스크와 클레크너에게 수사 재개에 대비한 작업을 시켰다—L.A. 경찰국의 수사 재개, 혹은 그 자신의 수사 재개에 대비한. 빈센즈는 버드 화이트를 미행했다는 걸 인정했지만 화이트가 53년 봄에 자신의 여자 친구, 린 브래큰을 간혹 만났다는 사실에 대해선 거짓말을 했다. 에드는 린 브래큰을 느슨하게 감시토록 했다. 피스크가 곧 린에 대한 보고서를 제출했다.

소문에 린은 창녀였다. 린은 산타모니카에 있는 옷가게를 공동 소유하고 있었다. 린의 파트너는 56세의 피어스 모어하우스 파쳇. 클레크너가 재정보고서를 입수했다. 파쳇은 사업가 친구들한테 창녀를 대주는 것으로 알려진 돈 많은 투자가로 드러났다. 의외의 재산가.

파쳇은 할리우드에 아파트 빌딩을 하나 소유하고 있다. 이상한 총격 사건이 거기에서 일어났다. 밤부엉이 사건이 진행되는 동안에. 에드는 그에 대한 수사를 직접 맡았었다. 용의자는 잡히지 않았고 지하에는 총격으로 벌집이 된 가학피학성 성교 도구가 발견되었다. 관리인은 빌딩 주인을 모른다고 했다. 그는 우편으로 봉급을 받으면서 한 유령 회사가 그에게 임금을 지불하는 것으로 짐작했다고 한다. 그는 아파트 임차인의 성은 모르고 이름만 기억한다고 했다. '라마', '체구가 큰 금발 남자'. 관리인은 라마가 총을 쏘았을 거라고 말했다. 할리우드 경찰서의 추가 보고서에는 라마가 이 사건 이후 종적을 감췄다고 적혀 있다. 사건 종결.

쓰레기통 잭은 늦었다. 다음은 허진스에 대한 메모.

엄청난 도살, 결정적 용의자 없음, 허진스는 두루 미움을 받음. 흐리멍덩한 수사. 〈허시-허시〉가 펠츠의 10대 소녀 탐닉증을 폭로하는 기사를 내보내 맥스 펠츠와 그의 〈명예의 배지〉 멤버들에게만 짧은 기간에 이목이 쏠렸다. 펠츠는 거짓말 탐지기 조사를 통과했다. 다른 '멤버'들도 알리바이를 제출했다. 이러는 동안 수사는 흐지부지됐어. 행간을 읽으면, 파커는 희생자가 인간쓰레기라고 생각하고 수사를 짧게 마무리한 것이다.

잭은 아직 미도착. 에드는 알리바이 서류를 훑어봤다.

맥스 펠츠의 미성년자 강간죄 여부—혐의는 짙어 보이지만 기소된 적은 없다. 여비서 페니 풀와이더는 자기 남편과 집에 있었음. 빌리 디털링에게도 알리바이 있음 : 티미 밸번이라는 알리바이. 무대 디자이너 데이비드 머텐스—간질과 기타 질환이 있는 병자—의 알리바이는 그의 재택 간호인 제리 마살라스가 입증. 스타인 브렛 체이스는 파티에 참석. 동료 스타 밀러 스탠턴도 동일. 수확이 없다. 하지만 허진스의 죽음은 빈센즈의 53년 봄이라는 연극에서 중요한 역할을 맡고 있음에 틀림없다.

쓰레기통이 걸어와 자리에 앉았다. 그가 불쑥 내뱉었다. "조언이 필요한가?"

"내일 파커와 만나기로 했어. 틀림없이 수사 재개 발표를 할 거야."

빈센즈는 소리 내어 웃었다. "그럼 그렇게 인상 쓰지 마. 자네가 그걸 그렇게 원한다면 최소한 즐겁게 일해야지."

에드는 탄피통 여섯 개를 탁자 위에 놓았다. "세 개는 자네 마지막 사격 연습 때 내가 회수한 거고 나머지 세 개는 할리우드 경찰서의 증거물 보관함에서 빼온 거야. 탄도와 탄흔 모두 완벽하게 일치하지. 잭, 53년 봄에 있었던 체라모야의 총격사건 기억하나?"

쓰레기는 탁자를 움켜쥐었다. "계속해."

"피어스 파쳇은 체라모야의 빌딩을 소유하고 있어. 그리고 그 소유권을 철저히 숨겨 왔어. 가학피학성 성교 도구가 빌딩 구내에서 발견되었고 파쳇은 버드 화이트의 애인 린 브래큰의 지인이지. 넌 린을 모른다고 했지만 말이야. 넌 당시에 풍기사범단속반에서 포르노 사진집을 수사했었어. 포르노 사진집과 그 가학피학성 성교 도구들은 같은 분야에 속하지. 우리가 지난번에 얘기했을 때, 허진스가 자네한테 불리한 자료를 갖고 있다는 걸 자네도 인정했어. 그래서 자네가 거기 있는 거라고 인정했고. 자, 여기서 내 생각은 크게 비약할 거야. 틀리다면 지적해봐. 브래큰과 파쳇은 허진스와 한패였어."

빈센즈는 손을 밑으로 넣었다. 탁자가 흔들렸다. "더럽게 잘났군. 그래서 어쨌다는 거야?"

"버드 화이트도 허진스와 아는 사이였나?"

"아니야, 그렇지는…."

"화이트와 파쳇과 브래큰에 대해 어떤 약점을 잡고 있지?"

"난 몰라. 엑슬리, 이봐…."

"똑바로 말해. 대답해봐. 허진스가 갖고 있던 자네에 대한 파일은 입수했나?"

쓰레기통이 땀을 흘린다. "그래, 입수했어."

"누구한테서?"

"브래큰이라는 여자야."

"어떻게 빼냈지?"

"진술서로 위협했지. 그 여자와 파쳇에 대한 진술서를 만들었어. 그들에 관해 내가 수집한 정보를 모은 거지. 사본을 만들어 안전한 상자에 감춰뒀어."

"그렇다면 자넨…."

"그래, 그들은 여전히 내 손 안에 있지. 그리고 그들 또한 나에 대한 파일 사본을 갖고 있고."

논리적인 추리. "파쳇은 자네가 추적하던 포르노 사진집을 밀매하고 있었나?"

"그래, 엑슬리, 이봐…."

"아직 남았어, 빈센즈. 아직 포르노 사진집 갖고 있나?"

"진술서도 사진집도 있어. 자네가 필요하다면 나의 증거 은폐 사실을 묵과해주게. 그리고 밤부엉이의 재수사도 반씩 부담하지."

"3분의 1이야. 화이트 없인 사건내용을 제대로 채울 수가 없거든."

51

빅토리 모텔 6호실. 더들리와 심문용 의자에 묶여 있는 근육질의 사내. 〈플레이보이〉를 탐독하는 도트 로스스타인. 버드는 그 여자가 누드 사진을 보고 있는 모습을 지켜보았다. 휴그즈 항공사의 점프 슈트를 입고 있는 덩치 큰 레즈비언 경찰.

더들리는 전과기록 하나를 훑어보며 말했다. "라마 힌턴, 31세, 상해 전과 1회, 전직 전화 회사 직원, 잭 '집행자' 웨일런의 불법 마권 판매망 주선 혐의, 1953년 가석방 뒤 도주. 이봐, 자네는 범죄 조직의 일원이며 정상적 시민이 되기 위한 재교육이 필요한 인물이라고 해두는 게 편할 것 같군."

힌턴은 입맛을 다셨다. 더들리가 미소를 지었다. "넌 조용히 견뎠어. 그걸로 넌 신용을 얻었지. 인권이 어떠니 저떠니 방정을 떨지 않았거든. 사실 너에겐 아무 권리가 없으니 네가 영리한 셈이지. 이봐, 내 업무는 L.A.의 조직범죄를 막고 억제하는 거야. 그런데 물리적 힘이란 종종 가장 좋은 교정 수단이 되더군. 친구, 몇 가지 물을 테니 대답해. 대답이 만족스러우면 웬들 화이트 경감은 차에 계속 머물러 있을 거야. 자, 왜 53년 4월 가석방됐을 때 규정을 어기고 도주했지?"

힌턴은 더듬거렸다. 버드는 손등을 휘둘렀다. 눈은 보고 싶지 않은 듯 벽을 향하며. 왼쪽, 오른쪽, 왼쪽, 오른쪽. 도트는 그만하라는 신호를 보냈다.

중단. 더들리가 말했다. "화이트 경사가 어떤 능력이 있는지 자네에게 보여주기 위한 작은 충고야. 자, 이제부터 너의 말더듬을 참아주겠어. 내 질문 기억하나? 왜 1953년 가석방 때 도주했지?"

더듬-더듬-더듬. 힌턴은 질끈 눈을 감았다.

"이봐, 기다리고 있잖아."

힌턴이 입을 열었다. "도-도-도망쳤어요."

"그래, 좋아. 무엇 때문에?"

"그-그냥, 여-여자, 무-문제였어요."

"그걸 믿으라는 거야?"

"저-정말입니다."

더들리는 고개를 끄덕였다. 버드는 손등을 휘둘렀다. 손을 한껏 끌어당겨 있는 힘을 다하는 것처럼. 도트가 말했다. "이 친구는 슬픈 일이 많았던 모양이야. 자, 편히 있으라고. 53년 4월, 왜 다운타운을 떠났지?"

버드는 옆방의 브루닝과 칼리슬의 소리를 들었다. 53년 4월이라는 숫자가 그의 머리를 때렸다. 밤부엉이 사건이 터졌던 때다.

"이봐, 난 자네의 기억력을 과대평가했어. 내가 도와주지. 피어스 파쳇. 그자와는 당시에 아는 사이였지?"

버드는 오한을 느꼈다. 증거 은폐. 파쳇이 이 땅에 존재한다는 걸 몰라야 했다….

힌턴은 부르르 몸을 떨더니 요동을 쳤다.

"좋아, 우리가 신경을 건드린 모양이군."

도트는 한숨을 내쉬었다. "대단한 근육질이군요. 내가 저런 몸집을 가졌다면."

더들리가 큰 소리로 웃었다.

오한을 참아라. 그는 수사를 재개하고 있다. 힌턴이 협력할지도 모른다. 나의 증거 은폐 사실을 그가 알았다면 난 여기 있을 수도 없겠지.

도트는 힌턴을 후려쳤다. 팔과 무릎을. 사내는 참아낸다. 비명도 애원도 없이.

더들리가 소리 내어 웃었다. "이봐, 자넨 곧 불편한 대우를 받을 거야. 이제 다음 사항들에 대해 말해줘. 부탁이야. 파쳇, 캐스카트 그리고 포르노 사진집. 간단히 끝내잔 말이야. 그렇지 않으면 화이트 경사가 자네의 한계를 테스트하려고 들 거야."

또박또박한 말투로 힌턴이 말했다. "엿 먹어라. 이 아일랜드 자식아."

어이없는 웃음. "야, 이 친구, 잭 베니(미국 코미디언)를 여러 겹 쌓아놓은 놈이군. 웬들, 이 조직범죄 관련자한테 이런 어이없는 코미디에 대한 자네의 견해를 보여주게."

버드는 도트의 곤봉을 쥐었다. "뭘 원하죠, 보스?"

"완전하고 유순한 협조야."

"밤부엉이 건입니까? 캐스카트 말이군요."

"난 모든 문제에 대한 전적이고 유순한 협조를 원해. 이의 있나?"

도트가 말했다. "화이트, 시작해요. 야, 저런 몸집 한번 가져봤으면."

버드가 다가섰다. "나 혼자서 한번 해보죠. 몇 분만 시간을 주십시오."

"옛날 방법을 쓰려고? 야, 자네 이 방면에서 그런 열정 보여준 지 오래됐잖아."

버드는 목소리를 낮췄다. "내 손에 죽을지도 모른다고 생각하게 해야죠. 그리고 작살을 내버리죠. 반장과 도트는 밖에서 기다려요."

더들리는 고개를 끄덕이고는 도트를 데리고 나갔다. 버드는 라디오를 켰다 : 광고. 예클 중고점의 중고차 가격.

힌턴이 몸을 움직이자 그를 묶고 있던 체인이 소리를 냈다. "엿 먹어, 너도, 그 아일랜드 놈, 그 레즈비언 같은 년도."

버드는 의자를 끌어왔다. "난 이런 거 싫어해. 고분고분하게 대답해주면 금방 풀어주지. 알았어? 가석방 위반도 문제 삼지 않을 거고 말이야."

"엿 먹어."

"힌턴, 너 피어스 파쳇 알잖아. 캐스카트도 알고 말이야. 부수적인 것 몇 가지만 말해줄 수 있잖아. 그럼 내가…."

"네 엄마하고나 해먹어라."

버드는 방을 가로질러 힌턴과 그의 의자를 내동댕이쳤다. 의자는 옆으로 쓰러졌다. 벽에는 구멍이 생겼고 책장이 넘어졌다. 라디오는 부서져 잡음을 토해냈다.

버드는 한 손으로 의자를 일으켜 세웠다. 힌턴은 바지에 오줌을 쌌다. 버드는 아일랜드 사투리 투의 이상한 목소리로 지껄였다. "이봐, 사소한 거 몇 개만 말하란 말이야. 캐스카트와 질레트라는 놈, 그 둘이 이 여자 케이시 제인웨이를 부려먹었어. 그 여잔 살해됐지. 그 때문에 기분이 안 좋아. 너는 그 친구들에 관해 알고 있잖아."

눈과 눈이 마주쳤다. 힌턴의 눈이 커졌다. 더듬거리지 말고, 이 짐승 같은 놈을 화나게 하지 마라. "예, 난 파쳇 씨의 운전사 일을 했을 뿐이에요. 나와 체스터 요킨이라는 친구가 말입니다. 우리가 한 일이란 이것… 이 불법적인 물건을… 운반한 것뿐입니다. 그리고 캐스카트라는 사람은 모릅니다. 질레트는 내가 듣기로 호모입니다. 내가 아는 건 그 사람이 스페이드 쿨리의 파티에 창녀를 대줬다는 것밖에 없어요. 스페이드에 대

468

한 정보도 필요하죠? 그는 아편을 합니다. 완전히 맛이 간 약물 중독자입니다. 지금은 엘 랜초에서 연주를 하고 있으니까, 그놈을 잡으세요. 하지만 창녀 살인범에 대해서는 전혀 모릅니다. 케이시 제인웨이라는 여자도 몰라요."

버드는 의자를 흔들었다. 힌턴은 계속 말했다. "파쳇 씨는요, 창녀 장사를 했어요. 비까번쩍한 옷들을 입고 모두 영화배우처럼 꾸몄지요. 그 사람이 좋아하는 린이라는 계집이 있었는데 생긴 게…."

버드는 그의 얼굴을 향해 곧장 다가갔다. 그는 얼굴이 붉어졌다. 그때 큰 덩치의 사내들이 들이닥치더니, 팔을 휘감아 그를 번쩍 들어올렸다. 천장이 다가오는가 싶더니 부서진 벽토 더미가 검게 변해갔다.

어둠을 통해 흘러나오는 질문과 대답, 몽롱한 의식을 통해 흘러나오는 비명과 신음. 얼굴들이 어른거리는 벽. 포르노 사진집, 캐스카트, 피어스 파쳇—엄청난 표류물들을 통과할 수가 없다. '린 브래큰'이란 이름을 듣고서 긴장하지만 그 이름에서는 아무것도 머리에 떠오르지 않는다. 더욱 짙어져 가는 어둠. 미키 코헨, 53년, 넌 왜 달아났나? 버드는 그 이름 때문에 정신이 번쩍 들었다. 그를 주춤하게 만드는 비명 소리. 그의 주변에 흩어져 있는 린의 스냅 사진들.

금발의 린과 창녀 하나. 린이 이네즈와 함께 그의 몸 위에 올라타고 있다. "이네즈에게 잘 해줘. 대신 나중에 나한테 자세히 설명해줘." 린의 매몰참 때문에 그가 읽기를 주저하는 동안, 린은 일기장을 빼곡히 메워놓았다. 린은 그보다 두 발짝 앞서 생각하며 그의 삶 주위를 들락거렸고 그 또한 린의 삶의 안팎을 표류했다. 몽롱한 흥분, 질문과 대답, 검은 침묵. 부서진 벽토더미가 밝아왔다.

빅토리 모텔 7호실. 조직범죄반 형사들을 위한 간이침대. 6호실로 통하는 문은 열려 있다.

버드는 간이침대를 접고 일어났다. 머리가 지끈거렸고 턱이 아팠다. 그는 베개를 쥐어뜯으며 잠을 잤던 것이다. 6호실로 들어갔다. 난장판이었다. 심문용 의자, 벽의 핏자국. 힌턴, 도트, 더들리와 그의 부하들 모두 없었다. 오전 1시 10분. 질문과 대답은 떠오르지 않는다.

그는 멍한 상태에서 집으로 차를 몰았다. 뭔가를 생각해내기에는 머릿속이 너무 뒤죽박죽이었다. 하품을 하며 문을 열었다. 천장의 불이 켜졌다. 누군가 혹은 뭔가가 그를 붙잡았다.

손목에 수갑이 채워졌다. 에드 엑슬리, 잭 빈센즈. 그의 정면에 서 있다. 옆에서 내사과 놈들인 피스크와 클레크너가 그의 팔을 비틀었다.

엑슬리가 그를 후려쳤다. 피스크는 그의 목을 잡고 손가락으로 경동맥을 눌렀다.

눈앞에 보이는 서류철. 엑슬리가 말했다. "내사과는 자네가 경사로 진급했을 때, 자네에 대한 조사를 벌였어. 린 브래큰과의 관계도 이미 알고 있어. 빈센즈가 53년에 자네를 미행했지. 그때 자넨 꼬리가 잡힌 거야. 브래큰과 파쳇도 이 기록에 올라 있어. 자넨 제인웨이 살해 건으로 파쳇을 협박했지. 자넨 병균처럼 밤부엉이 사건 곳곳에 퍼져 있었어. 우린 자네가 알고 있는 정보가 필요해. 자네가 협조하지 않으면 난 즉각 자네의 증거 은폐에 대한 감사를 시작할 거야. 내사과는 밤부엉이 수사의 속죄양이 필요해. 내가 그걸 뒤집어쓰기에는 경찰국에서의 내 비중이 너무 크거든. 자네가 협조하지 않는다면 난 자네를 파멸시키기 위해 내가 가진 모든 영향력을 동원할 거야."

목을 누르고 있던 손이 느슨해졌다. 버드는 손을 밀쳐내려고 했다. 클레크너와 피스크가 다시 힘을 가했다. "너, 이 자식, 죽여버리겠어."

엑슬리가 웃었다. "그럴 수 없을걸. 자네가 협조한다면 증거 은닉 사실을 눈감아줄 수 있어. 얼마간의 대가도 있을 거야. 자네가 그렇게 관심이 많은 창녀 피살 건에 관련된 사람도 포함해서 말이야."

다시 몽롱해졌다. "린?"

"린은 우리의 첫 번째 조사대상이야. 마취제를 쓸 거야. 별 문제 없으면 그 여잔 나갈 수 있을 거야."

그는 〈위스퍼〉에 대해 모른다. 샌버나디노에 있는 그 시신에 대해서도 모른다. "물론 일이 끝나면 자네도 나도 이 문제에서 벗어나게 될 거야."

52

불면. 빈센즈의 진술서 때문이다. 모닝콜도 필요 없었다. 오전 6시 라디오 뉴스 기자가 수선을 떨고 있다. 억측 재개, 아버지와의 비교. 고속도로 시스템이 조만간 완성되고 밤부엉이의 영웅은 오늘의 악당으로 바뀌었습니다. 시경 주차장에서는 피켓 시위가 있었다고 한다. 정의를 요구하는 공산당 동조자들.

이른 아침. 그의 생애에서 가장 중요한 회의가 곧 있다.

파커의 회의실은 준비가 완료됐다. 자리마다 놓인 메모장. 에드는 글을 적었다. '파쳇', '브래큰', "파쳇과 허진스와의 '거래'- 갈취?" 그리고 밑줄을 쳤다. "포르노 사진집의 사진들은 허진스의 잘려진 시신 모습과 흡사하다. 빈센즈에게 사진집을 형사반에 제출토록 하라." 화이트의 기여 : "파쳇은 53년 당시 포르노 사진집을 판매하고 있었다.", "파쳇, 엥글클링 형제와 그의 아버지는 화학적 지식이 있음", "캐스카트의 집은 수색 당했고, 샌버나디노의 직업별 전화번호부에서 인쇄소 페이지가 접혀져 있었다." 화이트는 아직 뭔가를 감추고 있다. 틀림없이.

진술서에서 밑줄 친 부분 : "파쳇은 (플뢰르 드 리를 통해) 53년 당시 풍기사범단속반이 추적하던 포르노 사진집의 (조심스런) 배급에 관여. 캐스카트는 배급 계획 작성. 이 사업은 허진스의 사체 훼손과 관련."

결론 :

최소한 5년 전의 일련의 범죄 공모가 4회 이상, 아마도 10여 회의 대형 범죄 결과로 드러남.

다른 사람들도 들어와 자리를 채웠다. 파커, 더들리 스미스, 엘리스 로우, 그들은 말없이 인사를 주고받으며 자리에 앉았다.

파커가 입을 열었다. "우린 수사를 재개할 겁니다. 검찰총장 측에서는 이 일을 가로채고 싶어 합니다. 하지만 엘리스는 그것에 대해 강력한 항의서를 제출했습니다. 그 때문에 우린 2주일의 시간을 벌었습니다. 이 사건을 마무리해 실추된 명예를 회복하는 데 2주일의 시간이 있다는 얘깁니다. 2주일이 지나면 새크라멘토 검사들이 쳐들어와 우리를 웃음거리로 만들어놓을 겁니다. 합법적으로 그리고 대배심의 손에 의해, 2주일 만에 나는 이 사건이 마무리되기를 바랍니다. 알겠습니까?"

모두 고개를 끄덕였다. 로우가 말했다. "난 개인적으로 어려운 처지에 있습니다. 코츠와 존스 그리고 폰테인이 내게 자백을 한 이후로 말입니다. 돌이켜보면 그들은 어리석고 순진하며 심리적으로 유약해 회유에 잘 넘어가는 인간들이라는 생각이 듭니다. 그래서…."

스미스가 말을 끊었다. "엘리스, 그건 중요치 않아요. 우린 단지 엉뚱한 흑인들을 골랐을 뿐입니다. 그리피스 공원에서 총을 휘두른 자들이 아닌 놈들을 말입니다. 진짜 악당들은 흑인 동네의 영리한 실력자들입니다. 그들은 코츠가 차량을 감춘 곳을 알아내고 무기를 갖다 놓은 겁니다. 흑인 동네를 잘 아는 친구들이어서 우리보다 먼저 알아낸 겁니다. 밤부엉이 사건 당시의 자주색 차량은 우연의 일치였을 뿐인데 살인자들이 그 점을 이용했어요. 내 생각엔, 본래 그리피스 공원에 있던 차량은 도난당한 것이거나 아니면 주 밖의 차량일 겁니다. 어쨌든 그 차는 아닙니다. 우린 먼저 남쪽 지역을 다시 훑는 일부터 시작해야 돼죠."

에드가 미소를 지었다. 스미스의 생각은 에드의 계획 속에 들어 있었다. "마땅히 동의합니다. 내사과 부하에게 오래된 등록 차량 목록을 조사하도록 지시했습니다. 하지만 우리가 너무 서두르고 있는 건 아닌가요? 지휘 계통을 세우는 게 우선 아닙니까?"

로우가 기침을 했다. "에드, 난 동기가 무엇이건 간에 자네가 그 악당들을 쏜 걸 숭고한 행위라고 믿네. 하지만 자네가 지휘권을 갖게 되면 언론과 대중이 더 난리를 피울 거야. 이 조사에서는 자네가 보조역을 맡는 게 좋을 것 같아."

부자연스러운 분개. "6시 뉴스에서 제가 악당으로 보도되는 것에 싫증이 났고 신문의 제 성생활 기사도 신물이 납니다. 전 이곳에서 최고의 수사관이라고…."

파커가 말을 끊었다. "자네는 우리에 가진 최고의 수사관이야. 그리고 자네가 점수를 깎여서는 안 된다는 것도 이해해. 하지만 엘리스가 맞아. 너무 개인적인 입장만 생각해선 안 돼. 난 더들리에게 지휘를 맡겼어. 더들리는 강력계와 여타의 반에서 사람들을 충원해 지휘하게 될 거야."

"저는요? 제가 사건에 관여해도 되겠습니까?"

파커는 고개를 끄덕였다. "이성적 범위 내라면 뭐든 허용해주지."

단호한 어투. "전 독립된 내사과에서 저 자신이 문제가 없다는 것을 증명할 기회가 필요합니다. 자체 감사로 얻은 증거를 계속 조사해보고 싶습니다. 내사과에서 두 명을 선발하고 현장 요원 중에서 두 명을 직접 뽑고 싶습니다."

"난 좋아. 더들리, 자네는?"

"좋습니다. 그게 공정하겠죠. 현장 요원으로 누굴 마음에 두고 있지?"

"잭 빈센즈와 버드 화이트."

스미스는 넋이 나간 표정을 지었다. 파커가 말했다. "좀 별난 친구들이지만 사건부터가 이상하니까. 여러분, 12일 남았습니다. 1분도 아까워요."

53

잭은 소파에서 잠을 깨어 카렌에게 편지를 썼다.

카렌,

별일 없지만 엘리스와는 문제가 많았어. 그런데 이 빌어먹을 소파는 두 달 동안 삐걱거렸어. 경찰서에서 나를 봐준다면 당신도 그럴 수 있겠지. 난 6주 동안 술을 멀리 했는데 옷장에 걸린 달력을 체크해보면 당신도 알 거야. 당신은 우리가 잘될 거라고 생각하지 않는다는 걸 알아. 하지만 내게 기회를 줘. 내가 잘 해볼게. 당신 법과대학원 다니고 싶어 하지, 그건 좋아. 하지만 당신 틀림없이 실망할 거야. 5월에 그만둘 건데 아마 좋은 학교 근처 시골 마을에서 경찰서장 자리는 얻을 수 있어. 잘 해볼게. 하지만 이번의 금욕 상태 때문에 미칠 지경이니 여유를 좀 줘. 사실 지금은 미칠 틈도 없어. 난 중요한 일 때문에 사복 근무 중이거든. 일주일 이상 늦게까지 일하게 될 거야. 하지만 전화는 할 테니 연락 줘.

J.

그는 옷을 입고 전화를 기다렸다. 커피를 마시러 부엌으로 들어가니 카렌의 쪽지가 있었다.

J….

최근엔 내가 나쁜 년이었어. 미안해. 우린 함께 해결할 일이 있어. 집에 도착해보니 당신은 잠들어 있었어. 당신을 침대로 초대할걸 그랬나 봐.

XXXXX - K

추신 : 사무실 여직원이 당신이 흥미로워 할 것 같은 이 잡지를 보여줬어. 잡지에 나온 엑슬리란 사람 당신도 알 거야. 최근 신문에 나온 것과 틀림없이 관계있을 거야.

탁자 위에 놓인 〈위스퍼〉―'활자화할 만한 모든 추문'을 싣는다는 잡지. 잭은 미소를 지으며 밤부엉이 건이 실린 페이지를 펼쳤다.

흥분한 어조의 기사―'십자군 사립탐정', '캐스카트 행세를 한 인물', 선정성 잡지의 억측. 에드 엑슬리는 뜨거운 석탄만 긁어모았던 셈이고 그의 증오심이 문제를 일으킨 원인이라는 것이다. '사립탐정' 버드 화이트가 엑슬리에게 칼을 들이대고 있는 것이다. 이 잡지는 1월에 판매 중인 2월호. 앵글클링 형제가 살해되기 전 그리고 샌퀜틴의 흑인이 그 알리바이를 내놓기 전에 나온 것이다. 이 잡지는 동부에서만 판매되고 있기 때문에 L.A.에서는 살 수가 없다. 엑슬리와 그의 일당은 아직 이 잡지를 보지 못했을 것이다. 엑슬리라면 듣기는 했을지 모른다.

전화벨이 울렸다. 잭은 수화기를 집어 들었다. "엑슬리?"

"그래, 자네 정식으로 수사대에 합류됐어. 화이트가 린 브래큰에게 얘

기를 했어. 린은 펜토탈 주사를 맞는 데 동의했고. 자네가 여자를 데리고
왔으면 좋겠어. 여자는 한 시간 안에 형사반 건너편 레스토랑에서 기다
리고 있을 거야. 린을 내사과로 데려와. 변호사가 있으면 떼놓고 오고.”

“이봐, 자네가 봐야 될 게 좀 있어.”

“다른 소리 말고 여잘 데려오기나 해.”

파일 소각 이후 5년 만에 등장한 여인—린 브래큰은 알 윙 찻집에서
차를 마시고 있었다. 잭은 창문으로 린을 지켜보았다. 여전히 뛰어난 외
모. 지금은 갈색 머리이지만 사람의 눈을 끄는 서른다섯쯤의 미인. 린도
그를 보았다. 잭은 심장이 뛰었다. 문득 떠오르는 자신의 파일.

린이 걸어 나왔다. 잭이 말했다. “이 일이 벌어지는 걸 원치 않았소.”

“당신이 그렇게 만든 거예요. 내가 당신에 대해 뭔가 알고 있다는 게
두렵지 않나요?”

뭔가 뒤틀려 있다. 불과 5분이 지났을 뿐인데 린은 지나치게 침착하
다. “어떤 무서운 경감이 내 뒤를 봐주고 있어. 만약 그게 드러나면, 그가
틀림없이 막아줄 거요.”

“자신 없는 장담 말아요. 버드는 내가 이러지 않으면 자기가 다친다고
했어요. 그래서 이러고 있는 것뿐이에요.”

“버드가 다른 말 한 건 없나요?”

“당신의 무서운 보스에 대한 안 좋은 얘기도 해주더군요. 이제 갈까
요? 빨리 끝내고 싶어요.”

그들은 거리를 가로질러 형사반 뒤편 계단으로 올라갔다. 피스크가
내사과 밖에서 그들을 맞아 엑슬리의 사무실로 안내했다. 무서운 실내.
무서운 반장 에드. 레이 핑커, 그의 책상 위에 놓인 약, 주사기 따위의 의
료기들. 거짓말 탐지기—약으로 진실을 끄집어내지 못할 경우에 대비

한 기구.

핑커가 주사기에 약을 채웠다. 엑슬리는 린에게 의자를 가리키며 말했다. "앉으시죠, 미스 브래큰."

린은 자리에 앉았다. 핑커가 린의 왼팔을 소독한 뒤 지혈대를 묶었다. 엑슬리, 항상 사무적인 태도이다. "난 버드 화이트가 당신한테 무슨 말을 했는지 모르지만 이건 어디까지나 상호 연계된 범죄 공모와 관련된 조사요. 만일 당신이 우리에게 유익한 정보를 제공하면 우린 당신에게 부여될 범죄 혐의를 면제해줄 용의가 있소."

린이 주먹을 쥐었다. "난 거짓말을 잘 하는 편이 아니에요. 제발 빨리 끝낼 수 없을까요?"

핑커가 린의 팔을 잡고 주사를 놓았다. 엑슬리는 녹음기의 스위치를 눌렀다. 린의 눈동자가 꿈꾸는 것처럼 풀렸다. 펜토탈의 약효 때문은 아니었다. 엑슬리는 핸드마이크를 향해 말했다. "목격자 린 브래큰, 1958년 3월 22일. 미스 브래큰, 100부터 거꾸로 숫자를 세어 봐요."

발음이 분명하지 않은 목소리. "100, 99, 98, 97, 96…."

핑커가 린의 눈을 살펴본 뒤 고개를 끄덕였다. 잭이 의자를 붙잡았다. 여전히 너무나 냉정하다. 그는 그걸 알 수 있었다.

엑슬리가 기침을 했다. "58년 3월 22일, 증인과 함께 이 자리에 있는 사람은 나, 듀에인 피스크, 존 빈센즈 경사 그리고 법의학자 레이 핑커. 듀에인, 속기로 기록해."

피스크가 노트를 쥐었다. 엑슬리가 말했다. "브래큰 양, 몇 살이죠?"

약간 불분명한 발음. "서른넷이에요."

"직업은요?"

"사업가."

"산타모니카에 있는 베로니카 의상실을 소유하고 있습니까?"

"그래요."

"왜 '베로니카'라는 이름을 택했죠?"

"저만의 조크예요."

"설명 부탁합니다."

"이전의 인생에서 따온 이름이죠."

"좀 더 자세히 말씀해주시겠습니까?"

꿈꾸는 듯한 미소. "난 베로니카 레이크처럼 꾸미고 다닌 창녀였어요."

"누가 당신에게 그렇게 하도록 시켰습니까?"

"피어스 파쳇이에요."

"알겠습니다. 피어스 파쳇이 1953년 봄에 시드 허진스라는 남자를 죽였습니까?"

"아니에요. 제 말은, 모르겠어요. 그 사람이 누구죠?"

"시드 허진스가 누군지 모릅니까?"

"알아요. 스캔들 전문 기자."

"파쳇과 허진스는 아는 사이였습니까?"

"아니에요. 아는 사이였으면 제게 말했겠죠. 그렇게 유명한 사람을."

거짓말— 린에게는 약이 듣지 않았다. 자신이 거짓말을 한다는 걸 에드가 알아챘다는 걸 린도 알아야 했다.

엑슬리 : "브래큰 양, 1953년 봄에 케이시 제인웨이라는 여자를 죽인 자를 알고 있습니까?"

"몰라요."

"라마 힌턴이라는 자를 압니까?"

"네."

"설명해주시죠."

"피어스 밑에서 일했어요."

"무슨 일입니까?"

"운전을 했어요."

"그게 언제죠?"

"몇 년 전입니다."

"힌턴이 어디에 있는지 압니까?"

"아뇨."

"자세히 말씀해주세요."

"아니에요. 그는 어딘가로 가버렸는데 장소는 몰라요."

"힌턴은 1953년 봄에 잭 빈센즈 경사를 살해하려고 했나요?"

"아뇨."

린은 또 부정했다.

"그럼 누가 죽이려고 했습니까?"

"몰라요."

"파쳇 밑에서 운전사로 일했거나 일하는 사람 중에 또 아는 사람 있습니까?"

"체스터 요킨."

"설명해주시죠."

"쳇, 체스터 요킨, 그 사람은 롱비치 어딘가에 살고 있어요."

"피어스 파쳇은 여자들에게 매춘을 교사하고 있습니까?"

"네."

"1953년 봄 밤부엉이 커피숍에서 여섯 명을 살해한 자가 누구죠?"

"몰라요."

"파쳇은 플뢰르 드 리라는 서비스를 통해 각종 불법 물품을 판매하고 있습니까?"

"몰라요."

엄청난 거짓말. 얼굴에 그렇게 쓰여 있었다. 맥박이 빨라지고 있었다.

엑슬리 : "테리 럭스 박사는 파쳇의 창녀들이 영화배우와 닮아 보이도록 하는 수술을 하고 있습니까?"

맥박이 다시 느려지고 있었다. "네."

"파쳇은 사실상 고급 창녀의 오랜 알선책입니까?"

"네."

"파쳇은 1953년 봄에 정교하게 제작된 포르노 사진집을 비싼 값에 판매한 적이 있습니까?"

"몰라요."

하얀 손마디. 잭은 노트를 집어서 적었다. "파쳇은 화학 전문가. L.B.는 거짓말 중. 펜토탈 해독제를 미리 복용한 듯. 혈액 샘플 채취 요망."

"브래큰 양, 그러면…."

잭은 노트를 건넸다. 엑슬리는 노트를 훑어보고 그것을 핑커에게 건넸다. 핑커는 주사기를 준비했다.

"브래큰 양, 파쳇은 허진스에게서 훔친 비밀문서를 갖고 있습니까?"

"모르…."

핑커는 린의 팔을 붙잡고 바늘을 꽂았다. 린은 자리에서 벌떡 일어서려고 했다. 엑슬리는 린을 붙잡았다. 핑커는 주삿바늘을 뺐다. 엑슬리는 린을 책상 쪽으로 밀어붙여 움직이지 못하게 했다. 린은 몸부림을 치며 발길질을 했다. 피스크가 린을 뒤에서 묶었다. 린이 침을 뱉었다. 침은 엑슬리의 얼굴을 향했다. 피스크는 린을 붙들어 복도로 데리고 나갔다.

엑슬리는 얼굴을 닦았다. 붉게 얼룩진 얼굴을. "나도 확신할 순 없었어. 그 여잔 몹시 당황하는 것 같았어."

잭은 그에게 〈위스퍼〉를 건넸다. "난 그 여자가 당신보다 한수 위라는 것을 알고 있었어. 경감, 이걸 봐야 할 거야."

무서운 얼굴. 붉게 물든 낯빛, 그 눈. 엑슬리는 기사를 읽고 반쯤 찢어버렸다. "화이트 짓이야. 자네는 샌버나디노로 가서 수잔 레퍼츠의 엄마와 얘기를 해. 난 그 창녀를 꺾어놓을 테니."

큰 소란 속의 샌버나디노. 슬라이드 쇼를 하며 창녀의 팔을 꺾고 있는 엑슬리. '힐다 레퍼츠'. 전화 수첩엔 그 여자의 집이 이렇게 설명되어 있었다. "하얀 지붕 널, 콘크리트 블록으로 증축."

나이 든 여인이 잔디에 물을 주고 있다. 잭은 차를 세우고 찢어진 〈위스퍼〉를 테이프로 붙였다. 그 여인은 그를 보고 움찔하더니 문을 향해 달려갔다.

잭은 여인을 쫓아갔다. 그 여인은 비명을 질렀다. "제발 수지를 조용히 내버려둬요."

잭은 〈위스퍼〉를 여인의 얼굴 앞에 디밀었다. "L.A. 경찰과 얘기를 나눴죠? 마흔쯤 되는 덩치 큰 친구 말입니다. 당신 딸에게 밤부엉이 사건 직전에 캐스카트처럼 생긴 남자 친구가 있다고 당신이 말했죠? 그 친구가 당신 딸한테 '날 듀크라고 불러줘'라고 말했죠. 그 경찰은 당신한테 사진 하나를 보여 줬고 당신은 그 친구인지 아닌지 알 수 없었죠. 내 말 맞죠? 이걸 읽고 말해봐요."

여인은 햇살 아래 눈을 가늘게 뜨고 기사를 빠르게 읽었다. "그 사람은 자기가 경찰이라고 했어요. 사립탐정이 아니고요. 그 사람이 보여준 사진들도 경찰이 찍은 사진 같았어요. 수지의 애인인지 아닌지 알아보지 못한 건 내 잘못이 아니었어요. 그리고 난 수지가 죽었을 때 처녀였다는 사실을 확실히 말해두고 싶어요."

"부인, 수지는 틀림없이…."

"또 하나 말해두고 싶은 건 그 경찰인지 뭔지가 우리 집에 새로 지은 곳을 조사했지만 잘못된 걸 하나도 찾지 못했다는 거예요. 젊은 양반, 당신은 경찰이죠?"

잭은 머리를 절레절레 흔들었다. 이건 엉망이다. "보세요. 지금 무슨말을 하는 겁니까?"

"사립탐정 경찰인지 뭔지가 두어 달 전에 우리 집 밑으로 기어들어가 확인을 했어요. 말만 들어도 신물이 나는 밤부엉이 사건 직전에, 수지의 친구가 마루 밑에 기어들어갔다고 그 사람한테 내가 말했더니 말이에요. 아이고, 수지도 다른 희생자도 편히 잠들어야 할 텐데. 그 사람이 찾은 건 쥐새끼들밖에 없었어요. 범죄의 흔적은 없었단 말예요. 그래 저곳에서요."

그래 저곳.

노파는 지면 바로 아래의 좁은 통로를 가리켰다. 그래 저곳.

그건 있을 수 없는 일이다. 버드 화이트의 두뇌로는 그렇게 강력한 카드를 쥐고 있을 수가 없다.

잭은 손전등을 아래로 비췄다. 힐다 레퍼츠가 지켜보고 서 있었다. 그래 저곳에서. 먼지, 부패, 방충제의 악취. 먼지, 쥐들 위로 내리쬐는 빛. 쥐의 눈이 빛난다. 마대 자루, 방충제, 굳어버린 물렁뼈들. 두 눈 사이에 구멍이 뚫린 해골.

54

에드는 양면 거울을 통해 린 브래큰을 지켜보았다.

클레크너가 린을 심문하고 있었다. 나이스 가이로 분장한 악당—바로 그 자신. 린은 펜토탈 주사를 다시 맞았다. 레이 핑커가 린의 피를 테스트하고 있었다. 세 시간 동안 심문실에 갇혀 있었지만 린은 끄떡없었다. 여전히 태연하게 거짓말을 하고 있었다.

에드가 스피커의 볼륨을 높였다. 클레크너: "당신을 믿지 못하겠다는 말이 아니오. 내 경찰 경험으로 판단해볼 때 포주들은 여자를 싫어하는 자들이오. 그런 자가 자선사업가라는 말은 받아들이기 힘들다는 거요."

"그 사람이 어떤 일을 겪었는지 봐야 해요. 그 사람의 어린 딸이 어떻게 죽었는지 같은 것 말이에요. 그 사람을 못 믿는다 해도 당신네 경찰들도 인과관계는 이해할 것 아니에요."

"좋아요. 그의 체험을 가지고 말해봅시다. 당신은 파쳇이 30년 전에 L.A.에서 활동하던 금융업자라고 말했어요. 그는 거래를 잘 성사시킨다고도 말했어요. 그럼 그 거래에 대해 말해봐요."

린은 한숨을 쉬었다. 순전한 제스처다. "영화 제작 거래나 부동산 계약 거래 같은 거죠. 관람석에 앉아 있는 당신들 같은 영화 팬을 위해 한 일이 하나 있어요. 피어스는 내게 자기가 레이먼드 디털링의 초기 단편 영화에 돈을 댔다고 말했어요."

그들은 서로 긴밀한 관계를 유지하고 있다. 버드 화이트의 애인인 여자의 포주는 프레스톤 엑슬리의 친한 친구를 알고 지냈다. 클레크너가 테이프를 바꿔 끼웠다. 에드는 창녀를 관찰했다.

아름답다. 완벽한 미인은 아니어도 아름답다. 코는 지나치게 오뚝하다. 이마엔 약간의 주름이 보인다. 큰 어깨, 큰 손. 하지만 아름다운 모양새 때문에 크다기보다는 매력적으로 보인다. 한 남자가 바른 것을 말할 때면 춤을 췄던 푸른 눈. 그 여자는 버드 화이트가 소박한 인품의 소유자라고 생각하는 것 같았다. 또한 그가 자신이 소유하지 않은 재능으로 자기에게 깊은 인상을 주려 하지 않는다는 점에서 그를 존경했다. 여자는 의상에 신경을 썼다. 깊은 인상을 남기고 싶은 사람에게 옷은 효과적으로 자신의 인상을 심어준다는 것을 알고 있었기 때문이다. 그 여자는 대부분의 남자들이 약하다고 생각했고 자신이 어떤 곤경에서도 빠져나갈 두뇌를 갖고 있다고 믿었다. 이런 추측들이 하나의 예감을 끌어냈다. 여자의 두뇌와 대항약이 합쳐지면 당당하고 세련되게 펜토탈을 이겨낼 수 있는 증인이 된다는 것이다.

"경감, 전화 왔어요. 빈센즈인데요."

피스크는 코드가 뻗을 수 있는 데까지 전화를 끌어왔다. 에드는 수화기를 들었다. "빈센즈?"

"잘 들어. 그 스캔들 기사는 정확했어. 그런데 더 중요한 정보가 있어."

"화이트에 대한 건가?"

"그래, 화이트가 바로 그 가짜 사립탐정이었어. 화이트는 두 달 전쯤에 레퍼츠 부인에게서 정보를 얻어낸 거야. 캐스카트처럼 생겼다는 딸의 남자 친구와 또 다른 한 친구 얘기도 그 부인이 화이트에게 해준 얘기야."

"뭐라고?"

"그냥 들어. 밤부엉이 사건 몇 주 전에 한 이웃사람이 수지가 남자 친구와 단둘이 집에 있는 걸 봤는데 나중에 또 다른 남자와 그들이 말다툼하는 걸 들었다는 거야. 수지의 남자친구가 그날 늦게 집 밑으로 기어들어가는 것도 목격됐어. 그리고 화이트가 부인을 취재할 때, 퍼시픽 코스트 벨에 전화를 걸어 53년 3월 중순부터 4월 중순까지 그 집에서 L.A.로 건 시외전화 기록을 체크했어. 나도 똑같이 체크를 해봤더니 세 번의 시외전화 기록이 나오더군. 모두 밤부엉이 부근의 할리우드 지역 공중전화야. 자, 이건 엄청난 정보…."

"빌어먹을."

"더 있어. 화이트는 집 밑으로 기어들어가 본 뒤, 부인에게 아무것도 없다고 말했어. 내가 들어가 봤더니 시신이 있더군. 냄새를 죽이려고 방부제를 쳐서 랩으로 싸놓았고 머리에는 총알구멍이 있는 시신 말이야. 레이먼 박사를 샌버나디노에 데려왔어. 그는 캐스카트의 옥중 치과 기록과 검시관의 기록을 가져왔어. 완벽하게 일치해. 최초의 신원 확인은 엉터리였어. 그 기사에 나온 것처럼 의치의 일부가 떨어져 나간 상태였거든. 제기랄, 화이트가 이 모든 일을 알아낸 다음 시신을 그대로 방치했다니, 믿을 수가 없어. 경감, 듣고 있어?"

에드는 피스크에게 소리쳤다. "버드 화이트 어디 있어?"

피스크는 겁먹은 모습이었다. "더들리 스미스와 함께 북쪽 지역으로 갔다고 들었는데요. 마린 지역 보안관이 엥글클링 형제 살인사건에 대해 정보를 주기로 했거든요."

에드는 다시 쓰레기통에게 말했다. "그 부인이 얼굴 사진 몇 장을 봤다고 그 기사에 나왔지?"

"그래, 화이트가 '주정부 기록국'이라고 쓰인 사진 몇 장을 다시 들고
왔어. 주정부는 기록을 비교적 간단하게 대출해줬잖아. 내 추측에 화이
트는 그 부인을 이리로 데려오는 걸 원치 않았던 거야. 우리 기록을 보여
주고 싶지 않았던 거지. 어쨌든 그 부인은 딸의 남자친구를 그 사진 중에
서는 확인하지 못했어. 만일 남자 친구가 밤부엉이 피살자 중 하나라면
신원을 곧 확인할 수 있을 거야. 노트 레이먼은 53년에 교도소에서 만든
그 친구의 의치 조각만 확보했거든. 부인을 데려가 기록을 보여줄까?"

"그렇게 해."

피스크는 수화기를 들었다. 레이 핑커가 혈액검사 결과를 들고 걸어
왔다. "경감, 프레스틸 피오자인입니다. 이건 난폭한 정신병 환자를 진정
시키는 데 실험적으로 사용되는 희귀한 항정신성 약입니다. 상당한 전
문가가 이 여자한테 주입한 것 같아요. 전문가만이 피오자인이 펜토탈
의 약효를 중화시킨다는 걸 알거든요. 그런데 보스, 좀 앉아 있어야겠어
요. 당장 심장발작이라도 일으킬 안색입니다."

화학 전문가 파쳇. 엥글클링 형제의 아버지. 그는 항정신성 복합제재
를 개발한 화학자. 버드 화이트의 창녀가 유리창 너머로 보인다. 여전히
혼자다. 녹음기는 아직도 작동 중이다.

에드는 심문실로 들어갔다. 린이 말했다. "또 당신이에요?"

"그래요."

"구속할 건가요, 아니면 풀어줄 건가요?"

"앞으로 68시간 동안은 어느 쪽도 아닙니다."

"헌법에 보장된 내 권리를 짓밟는 것 아니에요?"

"헌법에 보장된 권리라도 이번에는 유보해야겠소."

"이번에는?"

"시치미 떼지 말아요. 파쳇이 판매한 포르노 책자엔 그의 파트너였던 살인사건 희생자 시드 허진스의 시신과 정확히 일치하는 사진이 실려 있었어요. 이번은 그런 사건이란 말이오. 다시 말하면 밤부엉이 희생자로 추정되는 사람 가운데 하나가 그 포르노 사진집 판매 공모에 가담한 거요. 당신 친구 버드 화이트는 누가 진짜 희생자인지 밝혀줄 중요한 증거를 은폐하고 있소. 어쨌든 화이트는 당신에게 수사에 협조하라고 했고, 당신은 펜토탈의 대항약을 복용하고 여기에 왔소. 어느 쪽이든 당신에게 불리하단 말이오. 하지만 지금이라도 협조하면 당신 자신과 화이트까지 무사할 수 있소."

"버드는 자기 일은 알아서 처리할 수 있어요. 당신 얼굴은 무시무시해요. 온통 시뻘겋군요."

에드는 자리에 앉아 녹음기를 껐다. "당신은 약물을 복용한 느낌조차 없는 모양이군."

"마티니 넉 잔 정도 마신 기분이에요. 마티니 넉 잔이면 충분히 몽롱해지거든요."

"파쳇이 시간을 벌려고 변호사도 없이 당신을 여기로 보낸 게 분명하군. 그자는 당신이 밤부엉이 사건 수사 재개의 일환으로 소환됐다는 걸 알고 있었소. 자기가 중요한 목격자란 사실도 알고 있고. 난 개인적으로 그자를 살인자로 보지 않아요. 난 파쳇의 갖가지 사업에 대해 많이 알고 있는데 당신이 협조하면 그도 무사할 수 있을 거요."

린의 입가에 미소가 피어올랐다. "버드 말로는 당신이 매우 똑똑하다더군요."

"다른 말은?"

"당신이 약하다는 것, 자기 아버지와 경쟁하는 분노한 남자라는 것."

그냥 넘어가자. "그렇다면 내 똑똑함을 한번 시험해봅시다. 파쳇은 화학자요. 그건 쉽게 알 수 있는 거지만 난 그가 틀림없이 프란츠 엥글클링 밑에서 공부했다고 생각해요. 파쳇이 펜토탈을 중화하려고 당신에게 주사한 항정신성제 같은 종류의 약을 개발한 약리학자가 바로 프란츠요. 엥글클링에겐 두 아들이 있었는데, 둘 다 지난달 북 캘리포니아에서 살해됐소. 그 두 사람은 밤부엉이 사건의 초창기 조사 때 모습을 드러냈는데 '고급 창녀'를 많이 데리고 있는 '미치광이 아저씨'에 대해 진술했소. 바로 파쳇 말인데 그는 밤부엉이 희생 추정자 가운데 하나인 예비 음란 사진집 상인 캐스카트와 관계를 맺고 있었소. 파쳇은 분명히 이 모든 일에 관계했는데 원치 않는 문제가 생겨 그걸 피하는 데 당신이 도움을 준 거요."

린은 담배에 불을 붙였다. "정말 똑똑하시군요."

"그렇소. 게다가 난 5년 동안 증거를 축적해놓은 뛰어난 수사관이오. 난 당신이 문서를 소각했다는 사실, 또 파쳇과 허진스가 공갈 협박을 계획했다는 사실도 알고 있소. 빈센즈가 당신과 거래하기 위해 쓴 진술서도 읽었고. 플뢰르 드 리를 포함해 파쳇의 모든 사업 분야도 제대로 알고 있소."

"그렇다면 당신은 파쳇이 빈센즈에게 치명적인 타격을 가할 정보를 갖고 있다고 생각하는군요."

"그렇소. 하지만 지방검사와 내가 로스앤젤레스 경찰국의 명예를 지키기 위해 정보 유출을 막을 거요."

낭패한 표정. 린은 담배를 떨어뜨리고 라이터를 더듬거렸다. 에드가 말했다. "당신과 파쳇은 이길 수 없소. 난 12월 동안 이 모든 일을 처리해야 하오. 만일 실패한다면 당신들의 다른 범죄 혐의를 찾을 거요. 내겐 파쳇을 교수대에 매달 건수가 열 가지도 넘게 있소. 이 사건을 해결 못하면 내 위신을 세울 일이라면 뭐든 할 거요."

린은 에드를 쳐다보았다. 에드가 눈길을 받았다. "파첻이 당신을 만들었어. 그렇죠? 당신은 애리조나의 비스비에서 온 창녀였소. 파챗은 당신에게 옷 입는 법, 말하는 법, 생각하는 법을 가르쳤고 그 성과는 매우 인상적이오. 하지만 난 12일 안에 내 인생을 진창에서 빼내야 하오. 그렇게 할 수 없으면 난 당신과 파챗을 잡아넣을 거요."

린은 녹음기를 틀었다. "파챗의 창녀 진술 기록. 난 당신이 두렵지 않아요. 그리고 어느 때보다 버드 화이트를 사랑해요. 버드가 증거를 감추고 있고 그래서 당신을 꼼짝 못하게 하고 있다는 사실이 기뻐요. 당신은 버드를 이해하기에는 너무 어리석어. 난 버드가 이네즈 소토와 자는 걸 질투했지만 비겁한 남자를 버렸다는 점에서 그 가엾은 여자에게 존경심까지 생겨요."

에드는 '삭제', '정지', '재생' 버튼을 차례로 눌렀다. "심문에 67시간 소요될 예정. 나의 다음 심문은 관대하지 않을 것이다."

클레크너가 문을 열고 들어와 문서철을 건넸다. "경감, 빈센즈가 레퍼츠 부인을 데려왔습니다. 둘이서 얼굴 사진을 체크하고 있어요. 빈센즈가 경감한테 필요할 거라며 이걸 주던데요."

에드는 밖으로 나왔다. 두터운 문서철. 광택지를 사용한 외설 사진집. 맨 위에 놓인 사진집. 예쁜 아이들, 노골적인 행위, 화려한 의상. 몇몇 사진은 찢어진 얼굴 부위를 테이프로 붙여 놓았다. 진술서에 따르면 잭은 모델들의 신분 확인을 위해 얼굴을 찢었다고 했다. 추하면서도 예술적인 사진—쓰레기통이 말한 그대로다.

맨 밑에 놓인 사진집—평범한 검은색 표지. 잭이 쓰레기통에서 찾아낸 것이다. 처음 것은 잉크를 사용한 사진. 절단된 수족에서 붉은 게 흘러나오고 있다. 모델들은 구멍과 구멍으로 이어져 있다. 살인 현장을 찍은 것 같은 사진도 있다—수족이 흩어진 소년의 사진은 허진스 살인 현

장의 스틸과 흡사하다. 놀라움 속에 떠오른 하나의 생각─이 외설 사진
집의 모델이었던 자가 허진스를 살해했다.

마지막 사진집을 펼친 에드는 그 자리에 얼어붙었다. 팔이 흩어진 미
소년의 누드─상반신에서 흘러나온 잉크/피. 낯익다. 상당히 낯익다.
허진스의 사체 사진 때문은 아니다. 에드는 페이지를 넘겨 접힌 페이지
를 펼쳤다. 남자애, 여자애, 떨어져 나간 손발이 널려 있고 잉크가 이곳
저곳을 적시고 있다.

이제 그는 알았다!

그는 복도로 뛰쳐나와 강력계로 달려갔다. 거기서 1934년의 '애서턴,
로렌, 187 P.C.(대량 살인)'를 찾았다. 세 권의 두꺼운 문서철과 사진
들─프랑켄슈타인 박사가 직접 찍은.

수족이 잘려나간 직후의 아이들.

상반신에서 떨어져 나온 채로 배열된 그들의 손과 다리.

시신 밑의 흰 파라핀 종이.

잘려진 손과 다리에는 피로 그려진 그림과 글씨. 흰색 위의 붉은색. 이
건 그 포르노 사진집의 잉크 사진들과 같은 방식의 디자인이다. 절단된
수족의 배열은 허진스 피살 현장 사진과 일치한다.

에드는 캐비닛을 급히 닫느라 손가락을 찧었다. 핸콕 공원에 코드
2(비상경계령으로 코드 3이 가장 높다).

프레스톤 엑슬리의 저택에서는 파티가 벌어지고 있었다. 주차 담당
이 차를 세우고 있고 음악은 저택 뒤편에서 흘러나오고 있다. 아마 장미
정원에서 파티를 벌이고 있을 것이다. 에드는 현관문으로 들어가다 잠
시 걸음을 멈췄다. 어머니의 서재가 없어졌다.

바뀌었다. 모형이 가늘고 긴 공간을 점령하고 있었다. 지점토로 만들

어진 도시 사이를 가로지르는 고속도로. 주변엔 방향표지판. 고속도로 시스템의 전체 화면 재현.

완벽하다. 에드는 추악한 사진들의 인상으로부터 잠시 벗어났다. 산 페드로 항구에 떠 있는 배, 산 가브리엘 산맥, 아스팔트 위의 미니어처 자동차. 완성을 목전에 둔 프레스톤 엑슬리의 위대한 승리.

에드는 차를 밀어보았다. 언덕배기에서 바다로. 아버지의 목소리가 들렸다. "난 네가 오늘은 사우스 센트럴에서 일하는 줄 알았는데."

에드가 돌아보았다. "네?"

프레스톤이 미소 지었다. "요즘, 언론에서 많이 얻어맞았으니 한창 벌충을 하고 있겠구나 생각했지."

억측이다. 애서턴의 사진이 다시 떠올랐다. "아버지, 죄송합니다만 무슨 말씀이신지 잘 모르겠군요."

프레스톤이 웃었다. "최근엔 서로 보질 못해서 애정 표현법을 잊은 것 같구나."

"아버지, 말씀드릴 게…."

"안됐지만 난 오늘 〈헤럴드〉에 실린 더들리 스미스의 성명에 관해 얘기하는 중이야. 재개된 수사가 사우스 지역 중심으로 이뤄지고 있고 너희가 또 다른 흑인 갱을 찾고 있다는 게 더들리의 말이야."

"아닙니다. 그건 사실과 달라요."

프레스톤은 아들의 어깨에 손을 얹었다. "에드먼드, 놀란 표정이구나. 넌 경찰 고위 간부처럼 보이지 않아. 그런데 넌 여기에 나의 설계 완성을 축하하러 오진 않았을 텐데."

손은 따뜻하게 느껴졌다. "아버지, 경찰국 사람들 외에 옛날 애서턴 사진을 본 사람이 누구죠?"

"뭐라고? 그 사건 파일에 들어 있는 사진을 말하는 거냐? 너와 토머스에게 몇 년 전에 보여준 그 사진 말이지?"

"그렇습니다."

"얘야, 무슨 말을 하는 거냐? 그 사진들은 L.A. 경찰국의 증거보관실에 봉함되어 있던 거야. 언론이나 일반에 공개된 적이 한 번도 없어. 그런데 네 말은⋯."

"아버지, 밤부엉이 사건은 다른 몇 가지 주요 범죄와 관련되어 있습니다. 흑인 갱들은 이 사건과 아무 관련이 없어요. 그중의 하나는⋯."

"그렇다면 그 증거에 대해 내가 가르쳐준 방식대로 설명해보거라. 난 이런 사건을⋯."

"아무도 이런 사건을 다뤄본 적 없어요. 전 아버지보다 더 뛰어난 수사관입니다. 그런데 저도 이런 사건은 처음입니다."

프레스톤은 아들의 어깨에서 양손을 내렸다. 에드는 어깨에 감각이 느껴지지 않았다. "유감이지만 그건 사실입니다. 전 5년 전에 밤부엉이 사건과 관련된 사지 절단사건을 조사한 적이 있어요. 희생자의 신체는 로렌 애서턴 사건의 희생자와 흡사한 방식으로 잘렸고 밤부엉이 사건의 열쇠가 되는 잉크칠 포르노 사진과 유사합니다. 이건 누군가가 애서턴 사건의 사진을 보고 범죄를 구상했거나 아버지가 34년에 엉뚱한 용의자를 체포했다는 얘기입니다."

노인은 눈 한 번 깜박이지 않고 서 있었다. "로렌 애서턴은 의심의 여지가 없는 유죄야. 자백도 했고 목격자가 확인도 했어. 너와 토머스가 그 사건의 사진을 보았지만 난 그 사진들이 다운타운의 강력계에서 유출됐을 거라고 생각하지는 않아. 네가 살인마 경찰이 있을 가능성을 염두에 두고 있지 않다면 나도 그건 터무니없다고 생각하지만 남은 유일한 길은 애서턴이 체포되기 전에 그 사진들을 사람들에게 보여줬을 가능성이야. 넌 이번 수사에서 용의자를 잘못 잡았어. 난 그런 실수를 한 적이 없어. 아버지 앞에서 목소리를 높이기 전에 생각부터 깊이 해라."

에드는 한 발짝 뒤로 물러섰다. 그의 다리가 모형을 밟아 고속도로의 일부가 부서졌다. "사과드립니다. 사실 전 아버지와 경쟁을 하는 게 아니라 조언을 구하는 겁니다. 그런데 혹시 애서턴 사건에 대해 말씀해주시지 않은 건 없습니까?"

"사과는 받아들이마. 가만있자, 그 사건에 관해 네게 말하지 않은 건 없어. 너와 아트와 나는 세미나 기간에 그 사건을 지속적으로 검토했잖아. 아마 그 사건에 관해서라면 너도 나만큼 알고 있을걸."

"혹시 애서턴의 알려진 동료들은 없었습니까?"

프레스톤은 고개를 가로저었다. "자신 있게 말하는데, 하나도 없구나. 그 친구는 정신병적 외톨이의 전형이지."

에드는 숨을 길게 내쉬었다. "레이 디털링을 만나고 싶습니다."

"왜? 그 친구 아들 노릇하던 사람 중 하나가 애서턴에게 살해됐다는 것 때문에?"

"아닙니다. 목격자 하나가 디털링을 밤부엉이 사건과 관련 있는 범죄자의 지인으로 지목했기 때문입니다."

"얼마나 오래전에 알았는데?"

"30년쯤 전에요."

"그 사람의 이름은?"

"피어스 파쳇입니다."

프레스톤은 어깨를 으쓱했다. "들어본 적 없는 이름이군. 난 네가 레이먼드를 성가시게 하지 않길 바란다. 절대 안 되지. 30년 전의 친분이 레이 디털링 같은 고매한 사람을 괴롭히는 이유가 될 수는 없지. 내가 레이먼드에게 그 친구에 대해 물어보고 알려주마. 그럼 충분하겠지?"

에드는 모형으로 눈을 돌렸다. 최면 상태. L.A.는 거대 도시로 성장했다. 엑슬리 건설은 그것을 끌어들였다. 아버지의 손길은 부드러워졌다. "애야, 넌 잘 해왔어. 나도 네 실력을 인정해. 이네즈 건과 네가 죽인 남자 건에서 넌 멋지게 해냈어. 난 네가 든든하게 해나가고 있다고 생각한다. 그렇지만 지금은 말이야. 이걸 생각해봐라. 밤부엉이 사건이 오늘의 너를 있게 했고 재개된 수사의 해결을 빨리 해내면 네 자리는 더욱 튼튼해지겠지. 아무리 의욕을 불러일으킨다 해도 사소한 살인사건 수사에 매달려 있다 보면 원래의 목적에서 벗어나기 십상이고 그러다 보면 너의 경력이 망가질 수도 있다. 꼭 기억하거라."

에드는 아버지의 손을 꼭 쥐었다. "절대적 정의, 기억하고 계십니까?"

55

범죄 현장 두 곳은 모두 봉쇄됐다. 인쇄소 그리고 그 옆집. 해처라는 이름의 뚱뚱한 마린의 보안관. 쉴 새 없이 지껄이는 감식반.

범죄 현장 1 : 래피드 밥의 인쇄소 뒤편의 방. 버드는 더들리의 태도를 다시 떠올리며 계속 그를 지켜보았다. "우린 자네가 그를 죽일 거라고 생각했어. 그래서 자네를 말린 거야. 우리가 심하게 했다면 미안해. 하지만 자넨 골칫덩어리였어. 힌턴은 악당들과 손을 잡고 있어. 때가 되면 모두 설명해주지."

그는 설명을 무리하게 요구하지는 않았다. 더들리는 그의 약점을 쥐고 있는지도 모른다.

구금 상태의 린.

마치 엑슬리가 뺨을 후려치는 것 같은 기분이 든다.

감식반은 넘어진 책장의 격자를 가리켰다. "…좋아요. 인쇄소 정면은 깨끗해요. 범인은 거기엔 손대지 않았어요. 여기 재떨이에서 담배꽁초 몇 개를 찾았어요. 상표가 두 가지입니다. 엥글클링 형제는 밤늦게까지 일하고 있었던 것 같아요. 범인은 현관문을 따고 살금살금 들어와 그들에게 총을 쏜 것으로 보입니다. 방문의 옆 기둥에 장갑 자국이 묻어 있는 걸 보면 틀림없어요. 범인은 이곳으로 들어와 내가 보여준 그 캐비닛을 열라고 형제한테 시켰어요. 그런데 자기가 원하는 게 없는 겁니다. 화가 치밀어 책장을 밀어 넘어뜨리고 네 번째 책장에 장갑 자국을 남겼는데 그걸 보면 오른손잡이에다 보통 키의 남자입니다. 형제는 떨어진 그 상자를 열었고 잉크로 얼룩진 지문이 이렇게 많은 걸 보면 이때쯤 피트와 백스는 다소 넋이 나가 있었던 것 같아요. 범인은 원하던 걸 못 찾았고 그래서 형제를 진입로 맞은편의 아파트로 끌고 간 거죠. 여러분, 저를 따라오세요."

밖으로 나와 길을 건넜다. 감식반은 손전등을 들고 왔다. 버드는 그 뒤에 바짝 붙어서 갔다.

자신만만한 린은 자신의 명민한 두뇌로 자백 약을 이겨낼 수 있을 거라고 확신하고 있다.

더들리는 아마 독자적으로 실마리를 풀어 나가고 있을 것이다. 하지만 여전히 흑인들 문제에 매달려 있다.

감식반이 말했다. "진입로의 흙에 주목하세요. 시신이 발견된 아침, 우리 기술자들이 세 가지 세트의 발자국을 발견하고 사진을 찍었는데 샘플을 채취하기에는 너무 얕게 파였어요. 두 세트가 한 세트 앞에서 걸어간 걸 보면 뒤에서 총을 겨눈 상태였다는 걸 알 수 있어요."

방갈로의 정원으로 나왔다. 더들리는 돌처럼 조용했다. 비행기에서도 그는 말을 거의 하지 않았다.

〈위스퍼〉의 기삿거리를 생각하는 걸까?

집 밑에 있던 시신을 이용해 엑슬리를 한 방 먹인다. 어떻게? 문에는 테이프가 붙어 있다. 해처가 그걸 떼어냈다. 감식반은 개인용 열쇠로 문을 열었다. 실내는 밝았다. 버드가 맨 먼저 들어갔다.

난장판. 하지만 현장 검증은 이미 마친 상태.

한쪽 벽에서부터 다른 쪽 벽까지 죽 깔려 있는 카펫 위에 흩뿌려진 피. 그것은 테이프로 표시되어 있다. 마루 위엔 유리관들이 떨어져 있다. 그것들은 원을 이루고 있는데 모두 투명한 증거품 보관 봉투에 들어 있다. 여기저기 흩어진 게 하나 눈에 띈다. 수십 장의 네거티브 사진들. 찢어지고 불에 그슬려 있다. 뒤집힌 의자, 뒤집힌 옷장, 속이 튀어나온 소파. 크게 뜬 눈에 뭔가가 잡힌다. '헤로인' 꼬리표가 붙은 글라신 봉지.

감식반이 떠들기 시작했다. "저 유리관에는 항정신성 약품으로 확인된 화학 물질이 들어 있어요. 네거티브 필름들은 피사체를 확인하기엔 너무 흐렸지만 우리는 대부분 포르노 사진이라는 것을 밝혀낼 수 있었어요. 필름들은 부엌의 냉장고에서 가져온 화학 물질 때문에 부식된 상태였습니다. 이 형제는 대량의 부식용액을 갖고 있었어요. 이런저런 사항을 종합해 다음의 가설을 세울 수 있어요. 피트와 백스터, 이 형제는 총에 맞기 전에 고문을 당했어요. 범인은 그들에게 필름을 하나하나 보여주며 뭔가를 물었고 그런 다음 불태웠죠. 그리고 사진들도 범인이 찾고 있는 사진을 찾고 있었던 게 아닐까요? 확언할 순 없지만 뭔가가 찍혀 있는 사진을 찾고 있었던 게 아닐까요? 소파 밑에서 확대경이 발견되었어요. 그래서 난 지금 말한 가설에 신빙성이 있다고 믿어요. 또한 소파에서 끄집어낸 '헤로인' 표시의 플라스틱 봉투를 주목하세요. 물론 내용물은 우리가 봉해놨어요. 전부 네 봉투인데 작은 은폐지 한 곳에서 발견됐어요. 살인범은 팔아먹을 수 있는 마약을 놔두고 가는 바람에 작은 돈벌이를 놓친 겁니다."

부엌으로 들어가 보니 더 난장판이었다. 열린 냉장고 안에 내용물이 흘러나오고 있는 유리관이 보였다. 화학 기호가 표시되어 있었다. 싱크대 옆에는 뭔가가 싸여 있었다. 인쇄용 프레스 플레이트처럼 생긴 것.

감식반은 난장판을 가리키며 말했다. "여러분, 또 하나의 가설이 있습니다. 저의 범죄 현장 보고서를 보면 여러분은 내가 실내에서 발견된 스물여섯 가지 이상의 서로 다른 화학 물질을 일일이 기록해두었다는 걸 알게 될 겁니다. 범인은 화학약품으로 형제를 고문했어요. 그는 어떤 약품이 살을 태울 수 있는지 알고 있었어요. 난 그의 고문법을 기회의 방법이라고 부르고 싶어요. 따라서 난 그가 공학이나 의학 또는 화학 분야의 지식을 갖춘 자라고 확신합니다. 자, 침실로 가시죠."

버드의 머릿속에 떠오른 이름. 이건 파쳇이다.

침실로 향하는 복도에 떨어진 핏방울들. 침실은 작았다. 가로세로 3.6미터의 피투성이가 된 방.

두 사체가 있던 곳의 윤곽선. 하나는 침대, 또 하나는 바닥. 양쪽 다 테이프로 표시되어 있고 피는 말라붙어 있다. 침대의 네 기둥에 감겨 있는 빨랫줄용 띠. 바닥에도 띠가 떨어져 있다. 침대시트, 바닥, 침대 옆의 나이트스탠드 위엔 테이프로 원이 표시되어 있다. 역시 원으로 표시된 한쪽 벽의 총알구멍. 코르크 보드에는 네거티브 필름이 놓여 있고 불에 탄 네거티브 필름 몇 장이 더 흩어져 있다.

감식반이 말했다. "네거티브 필름들 위에는 장갑 자국과 엥글클링 형제의 지문들이 있었어요. 필름 하나하나를 다 검사한 뒤, 본래의 자리에 갖다 두었어요. 보드 위의 필름들은 침실에서 발견된 것들입니다. 여러분도 아시다시피 고문과 살인이 이루어진 바로 이 침실에서 말입니다. 침대 등등의 원들은 피살자들의 상반신, 팔, 다리의 조직이 있던 자리를 표시한 겁니다. 바닥을 자세히 보시면 카펫의 일부가 화학 약품에 타버린 것을 볼 수 있을 겁니다. 두 피살자는 소음제거기가 부착된 리볼버 38구경으로 두 발씩 맞았어요. 탄환에 나 있는 미세한 선으로 소음제거기 부착 사실을 알 수 있어요. 그래서 아무도 총성을 듣지 못한 거죠. 벽의 총알구멍은 이 사건의 아주 좋은 열쇠라 사건을 재구성하기가 쉽습니다. 백스 엥글클링은 결박을 풀고 총을 손에 넣은 뒤 범인에게 발사해 상해를 입혔어요. 그 후 범인은 총을 다시 쥐고 그에게 총격을 가했어요. 벽에서 뽑아 낸 탄피에는 백인의 살과 팔의 회색 털이 묻어 있었고 혈액형은 O플러스로 확인됐어요. 엥글클링 형제는 모두 AB형이니까 범인이 총알을 맞았다는 게 확실해요. 거실로 이어진 핏방울 자국과 그가 뭔가 찾기 위해 뽑아낸 네거티브 필름들은 범인이 중상을 입지 않았다는 걸 말해줍니다. 해처 반장의 반원들이 거리의 하수구에서 O플러스 혈액이 묻어 있는 수건을 발견했어요. 나의 마지막 가설은 이 살인자가 그 네거티브 필름들에 엄청나게 집착하고 있었다는 겁니다."

해처가 입을 열었다. "우린 아직 성과가 없어요. 24시간 동안 뒤지고 다녔는데 목격자도 없고 그 빌어먹을 형제는 도움을 받을 친구 하나 없습니다. 병원, 응급실, 기차역, 공항, 버스 터미널을 돌아다니며 부상자를 목격한 사람을 찾았지만 발견하지 못했어요. 그 형제가 수첩을 갖고 있었다 해도 범인이 가져갔을 거예요. 본 사람도 들은 사람도 없어요. 감식반 친구 말대로 범인은 네거티브 필름에 눈이 뒤집혀 있었어요. 그런데 그 필름들은 아마, 이건 정말 추측인데, 밤부엉이 사건의 희생자와 관계있을 거예요. 그들은 그 사건과 더러운 사진집이 관련되어 있다고 당시 주장했죠?"

더들리가 말했다. "그렇게 말했죠. 증거는 없었지만."

"그런데 L.A. 신문들은 당신이 그 사건 수사를 재개했다고 하던데."

"그렇소."

"경감, 전에 우리가 당신들한테 협조하지 않기로 결정한 건 미안하게 생각해요. 하지만 그걸 제쳐놓자고요. 밤부엉이 사건에 관해 우리가 쓸 만한 새로운 정보 좀 줄 거 없소?"

더들리는 미소를 지었다. "파커 국장이 당신들의 사건 파일을 언제든 열람할 수 있는 권한을 내게 주었소. 만일 우리가 수사 중인 살인사건과의 결정적 연계가 포착되면 국장은 엥글클링 형제의 53년 증언 사본을 즉시 송부할 거라고 했어요."

"포르노에 대한 증언 말인가요? 그럼 우리 사건이 그 포르노와 확실히 관련 있단 말이오?"

더들리는 담뱃불을 붙였다. "그렇소. 헤로인과의 관련만큼 깊지는 않지만."

해처가 씩씩거리며 말했다. "경감, 범인이 흰 가루에 눈이 먼 놈이었다면 소파에 숨겨진 마약을 훔쳐 갔을 거요."

"그랬겠지. 그게 아니라면 범인은 입에 게거품을 문 정신병자라 알 수 없는 이유로 그 네거티브 필름에 광적인 반응을 일으켰던 것이겠죠. 프랭크, 난 그 헤로인에 대한 게 흥미로운데 혹시 이 형제가 마약을 팔거나 제조한 흔적은?"

해처는 고개를 가로저었다. "없어요. 우리가 맡은 이 사건에 관한 한 난 그건 별로 관계없다고 생각해요. 그런데 당신들, 수사 재개하면서 포르노와 연관성은 따져보지 않을 건가요?"

"그렇소, 아직은 그럴 계획 없소. 어쨌든 당신네 사건 파일을 읽고 난 뒤에 다시 보자고."

해처는 곧 폭발할 기세였다. "경감, 당신은 우리가 확보한 증거를 얻으러 와놓고 그 보답으로 우리에게 제공할 건 아무것도 없다는 거요?"

"난 파커 국장의 명령으로 온 거요. 만일 당신이 상호협력을 보증하면 국장은 전면적 협력을 서약할거요."

"황송하군, 나리. 하지만 내 귀에는 그다지 좋게 들리지 않는군."

험악한 분위기. 더들리는 부드러운 미소를 지으면서도 물러설 기색이 아니었다. 버드는 길가로 나와 렌터카 옆에 섰다.

무섭다. 돌진을 명할 것 같은 GO 사인.

더들리도 걸어 나왔다. 해처와 감식반은 인쇄소를 걸어 잠갔다. 버드가 말했다. "경감, 최근엔 내가 당신을 전혀 쫓아갈 수가 없어요."

"그래? 언제부터?"

"어제, 힌턴 건이 있고부터요."

더들리가 소리 내어 웃었다. "어젯밤엔 자네야말로 옛날의 냉혈한으로 되돌아갔지. 정신이 번쩍 들 정도였어. 그래서 내가 자네에게 맡길 과외 업무를 자넨 문제없이 해낼 거라는 확신이 들었지."

"무슨 업무 말입니까?"

"때가 되면 알게 돼."

"힌턴은 어떻게 됐어요?"

"잘 응징한 뒤에 석방했어. 웬들 화이트가 일을 낼까 봐 겁도 나고."

"그런데 무슨 건에 대해 그 친구를 심문했습니까?"

"이봐, 자넨 자네의 정규 업무 외 비밀이 있어. 나 또한 그렇고. 곧 서로의 것을 알게 될 때가 오겠지."

GO 사인. "그런 뜻이 아닙니다. 난 우리가 수사의 어느 지점에 서 있는지 알고 싶을 따름입니다. 바로 지금."

"에드먼드 엑슬리. 그 친구가 우리의 목표야."

"뭐라고요?" 스스로도 놀랄 정도로 큰 목소리였다.

"에드먼드 제닝스 엑슬리. 그자는 유혈의 성탄절 사건 이후로 자네의 존재 이유였어. 자네가 내게 뭔가 감추고 있는 것도 그 친구 때문이지. 난 자넬 사랑해. 그래서 자네의 은폐도 존중해. 자, 이제 나의 애정에 보답하게. 그리고 앞으로 12일 동안 내가 모든 걸 알려주지 않아도 그걸 존중해줘. 그러고 나면 자넨 그의 파멸을 보게 될 거야."

"그렇다면 지금…." 어린아이 같은 목소리였다.

"자넨 그의 실력을 인정한 적이 한 번도 없었어. 그래서 내가 자네에게 말하려는 거야. 한 인간으로서 엑슬리는 쓰레기야. 하지만 수사관으로서는 나보다 뛰어나. 세상 사람들은 내가 경멸하는 인간에게 갈채를 보내. 자, 이제 내가 뭔가 감추는 걸 존중해줄 텐가? 내가 자네를 존중하는 것처럼."

GO 사인. "싫습니다. 제게 뭘 원하는지 말씀해주세요. 설명해달란 말입니다."

더듬리는 소리 내어 웃더니 입가에 웃음을 남긴 채 말했다. "지금은 아무것도 하지 말고 듣기만 해. 태드 그린은 곧 은퇴해서 늦봄쯤에 미국 국경경비대 책임자가 될 예정이더군. 새로운 형사반장은 엑슬리, 아니면 내가 될 거야. 엑슬리는 곧 경정이 될 텐데. 그 점에서 그가 유리해. 게다가 파커는 그 친구를 개인적으로 좋아하거든. 내게는 우리가 밤부엉이 사건을 서둘러 해결하기 위해 서로 증거를 감추고 있는 측면을 이용할 계획이 있어. 그래서 나를 새로운 선두주자로 부각시키고 그 과정에서 엑슬리를 망가뜨리는 거지. 자네, 앞으로 며칠간만 내 편이 되어 줘. 그럼 자네가 오래된 복수를 할 수 있도록 내가 보장하지."

공동의 적은 엑슬리다. 더들리 대 엑슬리.

백중의 승부.

GO 사인 : 엑슬리에게 노출된 그의 약점. 엑슬리의 약속 —큰 관심을 가진 창녀 피살사건에 대한 실마리. "보스, 거기엔 저를 위한 당근도 있는 겁니까?"

"어떤 남자의 몰락 말고?"

"그렇습니다."

"완전 폭로의 교환 조건을 말하는 건가? 아니면 같은 경기장에서 뛰기로 동의한 대가로 엑슬리가 제공하기로 한 것 이상의 것 말인가?"

맙소사. 이자는 도대체 얼마나 더 알고 있단 말인가? "그래요."

조소. "이 친구, 아주 어려운 거래를 밀어붙이는군. 하지만 좋아. 형사반 부속 특별수사반 반장 자리면 만족하겠나? 예를 들면 여기저기서 창녀들이 살해된 사건 수사 같은 것 말이야."

버드는 손을 내밀었다. "만족합니다."

더들리가 말했다. "엑슬리를 멀리 해. 그리고 빅토리의 우아하고 깨끗한 방에서 지내게. 하루나 이틀 뒤에 들르겠네."

"차를 이용하세요. 전 샌프란시스코에 볼일이 있으니까요."

버드는 택시비로 40달러를 주고 들뜬 상태로 골든게이트를 돌아봤다. 이중 거래 : 생존을 위한 악의 거래 그리고 승리를 위한 선의 거래─작은 거래에서 큰 거래로. 엑슬리는 사생활의 비밀과 불쌍한 쓰레기통 잭을 쥐고 있다. 더들리는 거의 점쟁이에 가까운 감각과 두뇌를 가지고 있다. 선회. 버드는 더들리에게 엑슬리를 추락시키겠다는 거짓말을 했다. 5년 뒤에 되돌아본다면 거짓말은 용서된다. 두 경찰, 하나의 목표. 멀리 샌프란시스코의 야경이 빛을 발한다. 더들리 스미스의 목소리. "에드먼드 제닝스 엑슬리." 그 이름을 말할 때의 그 떨림.

다리 위, 공중전화 앞에서 정지했다. 린에게 장거리 전화를 걸었다. 열 번의 벨소리. 무응답. 밤 9시 10분. 겁쟁이 린은 어두울 때까지는 귀가해 있어야 하는데. 중심가를 가로질러 와서 택시를 내렸다. 샌프란시스코 경찰서, 수사과 본부. 버드는 배지를 달고 걸어 들어갔다.

3층의 강력계 벽에 그려진 화살들이 그를 향해 있다. 삐걱거리는 계단, 움푹 들어간 곳의 커다란 방. 일시적으로 중단된 야근. 커피포트 옆의 두 경관. 두 사람이 버드에게 다가왔다. 젊은 친구가 버드의 배지를 가리키며 말했다. "L.A. 경찰이군. 용건이 뭐요?"

버드는 신분증을 내밀었다. "당신들에게 옛 토막 살인사건 파일이 있을 거요. L.A. 보안관 사무소의 내 친구가 다루었던 사건 같은 것 말이오. 그 친구가 그때 자료가 없으니 이곳의 파일을 체크해보라고 하더군요."

"글쎄요. 지금 반장이 없으니 내일 아침에 다시 오는 게 좋겠소."

나이 든 경관이 버드의 신분증을 확인했다. "당신, 창녀 살인사건으로 몇 번인가 전화한 그 친구 아냐? 반장이 말하더군. 당신이 하도 전화를 많이 해서 아주 골치가 아프다고. 이번엔 또 무슨 일이지. 또 다른 창녀 피살사건이라도 터졌나?"

"그렇소. 리넷 엘런 켄드릭. 지난주 L.A. 카운티에서 사체가 발견됐소. 자, 10분 동안 파일을 볼 수 있게 해주면 당신들 앞에서 사라지겠소."

젊은 경관. "어이, 뭘 그렇게 서둘러요? 반장은 당신에게 파일을 보여주고 싶어 했어요. 당신에게 초대장이라도 보내려고 했다니까요."

나이 든 경관. "우리 반장은 얼간이야. 희생자의 이름과 사망일은?"

"크리시 버지니아 렌프로, 56년 7월 16일."

"가만있자, 그럼 어떻게 해야 할지 말해주지. 저 모퉁이를 돌면 자료실이 나올 거요. 자료실에 들어가 1956년 미제 사건 캐비닛이 보이면 거기서 'R' 항목을 뒤져봐요. 자료는 절대 가지고 나오면 안 되고 이 젊은이한테 편두통이 오기 전에 빨리 사라져요. 알겠어요?"

"알겠소."

검시 사진들. 모든 구멍이 찢겨 있다. 얼굴의 클로즈업—얼굴이라기보다 과육에 가깝다. 광대뼈에 박혀 들어간 반지의 파편. 광각 촬영된 사진 : 집에서 발견됐을 때의 크리시 사체. 그 참혹한 집은 세인트 프랜시스 호텔 방향이었다.

성도착자 심문 기록으로 눈을 옮겼다. 이 지역의 성도착자들이 연행되어 심문을 받았지만 무혐의로 석방. 발로 섹스를 하는 변태, 가학증의 포주, 크리시의 포주—크리스티 피살 당시에는 샌프란시스코 교도소에 수감 중. 팬티 냄새 편집광, 상습 강간범, 크리스틴의 단골은 모두 알리바이 입증. 그가 읽었던 다른 사건 파일에서도 발견되는 이름의 전무.

수사 보고서 : 지역 건달들, 샌프란시스코 방문객들, 여섯 명의 전과자, 하나의 주목거리.

56년 7월 16일 : 세인트 프랜시스 호텔의 벨보이가 수사관에게 증언했다. 그는 호텔의 래리어트 룸에서 스페이드 쿨리의 심야 쇼를 보고 귀가하던 중 크리시 버지니아 렌프로가 비틀거리며—"아마 마약에 취한 상태였던 듯"—자기 아파트로 들어가는 것을 목격했다고 말했다.

주목거리 : 버드는 가만히 앉아 생각에 잠겼다.

리넷 엘런 켄드릭, 지난주 L.A. 카운티에서 사망한 이 여자에 주목해본다. 이 사건과 무관한 정보들에 주목해본다—라마 힌턴은 눈에 보이는 것은 모두 밀고한다. 그 외에는? 드와이트 질레트는 제인웨이의 예전 포주였다. 그는 스페이드 쿨리의 파티를 위해 창녀를 공급했다. 스페이드는 아편에 중독된 구제 불능의 마약 중독자였다. 스페이드는 L.A.에 살면서 선셋 스트립의 엘 랜초 클럽에서 연주를 했다. 클럽은 리넷 켄드릭의 집에서 1천600미터 거리.

최초의 장애. 스페이드는 전과가 없어 혈액형을 확인할 수 없다. 그는 비스카일러스 보안관의 자원수사대에 소속돼 있었다. 이건 자기 PR 같은 것이다. 전과가 있으면 자원수사대에 들어갈 수 없다.

계속 주목해본다. 검시관의 보고서를 읽어본다. '혈류의 내용물' 2페이지. 의외의 사실—"소화되지 않은 음식물, 정액, 전신을 마비시킬 만한 양의 아편. 아편에 대한 사항은 치아의 타르 잔류물에 의해 확인됨."

버드는 양팔을 치켜 올렸다. 마치 지붕을 뚫고 달을 끌어내리기라도 하려는 듯이. 그의 생각은 천장을 뚫고 올라갔다가 다시 내려왔다. 이건 혼자 할 수 있는 일이 아니다. 엑슬리를 피해 숨어 있었지만 더들리는 그가 하는 일에 신경조차 쓰지 않는다. 전화를 바라보다가 생각은 다시 천장으로 솟구쳤다. 그리고 한 사람의 파트너와 함께 내려왔다.

바로 엘리스 로우. 섹스 관련 살인사건이라면 그는 군침을 흘린다.

버드는 전화기를 집어 들었다.

56

힐다 레퍼츠는 얼굴 사진 하나를 가리켰다. "저기예요. 수잔 낸시의 남자예요. 이제 집으로 데려다 줄래요?"

빙고─땅딸막하고 완고해 보이는 타입. 캐스카트와 흡사한 외모. 딘 반 겔더, 21년 3월 4일생, 174센티미터, 80킬로그램, 푸른 눈, 갈색 머리. 무장 강도 전과 1범 ─ 42년 6월 ─ 10년에서 20년의 징역형, 폴 섬 교도소에서 52년 6월 석방, 가석방이 아닌 최소 형기 만료 석방. 이후 체포 경력 없음─버드 화이트의 가설에 부합─겔더는 밤부엉이에 있었다.

힐다가 말했다. "저 사람 맞아요. 딘. 낸시가 그 사람을 '딘'이라고 불렀어요. 그 남자는 자기를 '듀크'라고 불러 달랬어요."

잭이 말했다. "확실해요?"

"네, 그래요. 이 지긋지긋한 사진들을 여섯 시간이나 보고 말하는데 저한테 확실하냐고 묻는 거예요? 거짓말을 하려고 했다면 벌써 몇 시간 전에 아무 사진이나 집었을 거예요. 제발, 경관님. 당신은 우리 집 밑에서 시신을 찾아냈고 그다음에는 나를 여기로 끌고 와 이 사진들을 들이

밀었어요. 이제 집에 데려다 주지 않을래요?"

잭은 고개를 가로저었다. 일을 해야 해. 이자는 누구란 말인가? 겔더에서 밤부엉이의 캐스카트까지 걸쳐 있는 이자는 누구란 말인가? 원금과 상금을 전부 걸어야만 의미가 있다. 엥글클링 형제와 캐스카트 그리고 미키 코헨과의 다툼—53년 소동 때—까지. 잭은 수화기를 들고 '0'을 눌렀다.

"교환입니다."

"교환, 긴급 경찰 업무인데 워싱턴의 퓨짓 만에 있는 맥닐 연방 교도소의 관리자를 연결 좀 해줘요."

"알겠습니다. 성함을 말씀해주시죠."

"로스앤젤레스 경찰국의 빈센즈 경사요. 그쪽 사람들에게 내가 지금 살인사건을 조사 중이라고 해줘요."

"알겠습니다. 지금 워싱턴 주 회선이 너무…."

"제기랄. 여긴 MA 60042번이야. 급한 용무…."

"지금 바로 연결해보겠습니다."

잭은 전화를 끊었다. 벽시계가 40초를 지나갔다. 따르릉 따르릉.

"빈센즈입니다."

"맥닐 교도소의 카힐 부소장입니다. 살인사건으로 전화했다고요?"

힐다 레퍼츠는 입이 삐죽 튀어나와 있었다. 잭은 의자를 돌려 앉았다.

"그렇습니다. 한 가지만 대답해주시면 됩니다. 혹시 연필 있습니까?"

"물론이죠."

"좋아요. 제가 알고 싶은 건 딘 반 겔더라는 이름의 백인이 53년 2월부터 4월까지 기간에 맥닐 교도소 수감자를 면회한 적이 있느냐는 겁니다. 제게 필요한 건 면회 여부와 그가 면회한 수감자의 이름입니다."

한숨을 쉬는 소리가 들렸다. "좋아요. 기다려요. 약간 시간이 걸릴 겁니다."

잭은 1분, 2분 시간을 세기 시작했다. 카힐은 12분 만에 전화기로 돌아왔다. "있어요. 딘 반 겔더, 21년 3월 4일생. 이 친구가 수감자 데이비드 골드먼을 세 차례 면회했군요. 53년 3월 27일, 4월 1일 그리고 4월 3일, 골드먼은 탈세죄로 여기 들어왔어요. 들으셨겠지만…."

데이비드 골드먼—미키 코헨의 부하. 겔더의 마지막 면회—밤부엉이 사건 2주 전. 엥글클링 형제가 미키와 거래를 했던 것과 같은 시기다. 그 거래에서 그들은 포르노 사진집 계획을 제시했다. 교도소 부소장은 전화에 대고 계속해서 떠들어댔다. 잭은 전화를 끊었다. 밤부엉이 사건이 요동을 치기 시작했다.

57

에드는 린 브래큰을 차에 태워 집에 데려다 주었다. 린을 체포하기 전의 마지막 기회. 린은 처음엔 거부했지만 곧 따랐다. 린에겐 자백용 약, 해독제, 위협으로 얼룩진 하루였다. 린은 피로하고 지쳐 보였다. 영리하고 강하고 약물로 강화된 여자. 피어스 파쳇에 대한 부스러기 정보—그것조차도 린이 선택한—말고는 아무것도 말하지 않았다. 파쳇은 하얀 벽은 잘 씻기지 않는다는 것을 알고 있었다. 린은 자기의 창녀 시절 얘기만 했다. 파쳇은 부스러기 정보라도 기소의 빌미가 되지 않도록 변호사를 항상 대기시킨 게 분명하다. 수사가 재개된 첫날은 미친 듯한 하루였다. 더들리 스미스는 혈기왕성한 부하들이 흑인 동네를 들쑤시고 다니는 동안, 게이츠빌에 나가 있었다. 빈센즈는 레퍼츠 부인의 집에서 사체를 발견한 뒤, 그가 딘 반 겔더이며 밤부엉이 사건 전에 맥닐 교도소에 수감 중인 데이비드 골드먼을 면회한 것도 확인했다. 버드 화이트는 같은 경기장을 달린다고 생각하고 있었는데, 그가 〈위스퍼〉에 기사를 제공했다는 사실이 드러났다. 잠시나마 그를 신뢰했던 자기가 바보였다.

하지만 어떤 거라도 감당할 수 있다. 왜냐하면 자신은 혼란을 수습해온 프로 수사관이기 때문이다.

하지만 애서턴 사건과 그의 아버지 사건은 별개의 문제다. 뭔가 들뜬 기분 속에서 하나의 단순한 본능이 에드의 내부를 흐르고 있다. 밤부엉이 사건은 한 수사관의 개인적 열의를 넘어서는 하나의 생명체 같은 것이다. 증거를 찾기 위해 나가든 그렇지 않든, 수사 계획을 세울 능력이 있건 없건, 이 사건의 무서움을 알리려는 의지조차 넘어서는 생명체 같은 것이다.

에드는 브래큰과 파쳇에 대한 수사 계획을 세웠다.

린은 고리 모양의 담배연기를 창문 밖으로 내뿜었다. "두 블록 더 가서 좌회전해요. 거기서 세워주시면 돼요. 집은 그 모퉁이 근처니까요."

에드는 브레이크를 밟았다. "마지막 질문이 있어요. 형사반에서 당신은 파쳇과 허진스가 공갈 협박 음모를 세우고 있는 걸 알고 있었다고 말했죠."

"그런 말을 한 기억이 없어요."

"하지만 당신은 거기에 대해 아무런 반박도 하지 않았어요."

"난 피곤하고 지쳐 있었어요."

"아냐, 당신은 그걸 인정했어요. 묵시적으로라도. 그건 잭 빈센즈의 진술서에도 기록돼 있어요."

"그렇다면 빈센즈가 거짓을 기록한 거예요. 그 사람은 유명 인사였어요. 당신은 그 사람이 스스로를 과대평가하는 남자라고 생각하지 않았나요?"

돌파구가 열렸다. "맞아요."

"그 사람을 신뢰할 수 있다고 생각해요?"

거짓 유감 표명. "모르겠어요. 그는 제 약점이에요."

"그렇군요, 엑슬리 씨. 절 체포할 건가요?"

"그게 전혀 쓸모없다는 생각이 들기 시작했어요. 화이트가 당신에게 심문받으러 오라고 전하면서 뭐라던가요?"

"그냥 출두하란 말만 했어요. 당신은 그 사람에게 빈센즈의 진술서를 보여줬나요?"

사실이다. 하지만 그 여자를 기분 좋게 할 것. "아뇨."

"마음이 놓여요. 그 진술서는 거짓말투성이예요. 그런데 왜 보여주지 않았죠?"

"화이트는 지성이 결여된 수사관입니다. 그 친구가 많이 모를수록 내겐 더 좋지요. 이 사건 수사에서 내 라이벌 경관이 그의 뒤를 봐주고 있어요. 난 정보가 그 경관한테 넘어가는 걸 원치 않았어요."

"더들리 스미스를 말하는 건가요?"

"맞아요. 아는 사람입니까?"

"몰라요. 하지만 버드가 가끔 그 사람 얘기를 해요. 버드는 그 사람을 두려워하는 것 같아요. 그건 스미스가 대단한 사람이란 뜻이죠."

"더들리는 머리가 비상하지만 사악하기 짝이 없는 친구입니다. 난 그자보다는 양질이지. 그런데 가만, 시간이 늦었군요."

"한잔하실래요?"

"예? 당신은 오늘 내 얼굴에 침까지 뱉었잖아요."

"글쎄요. 상황에 따라 다르겠죠."

린이 미소를 떠올리자 에드도 따라서 미소를 지었다. "상황에 따라 다르다… 좋아요, 한잔하죠."

린은 차에서 내렸다. 에드는 린이 움직이는 모습을 지켜보았다. 하이힐이군. 이런 빌어먹을 날에. 하지만 오늘 린의 발은 땅에 거의 닿지 않았다. 에드는 린을 따라 아파트 건물로 들어갔다. 린은 문을 열고 불을 켰다.

에드는 아파트 안으로 들어섰다. 정교한 실내 장식과 다양한 직물 그리고 미술품. 린은 신을 벗어 던지고 브랜디를 따랐다. 에드는 소파에 앉았다. 벨벳 소파였다.

린이 그의 곁에 앉았다. 에드는 잔을 들어 한 모금을 들이켰다. 린은 손으로 잔을 데웠다. "당신을 왜 아파트 안으로 초대했는지 아세요?"

"당신은 골치 아픈 거래를 섣부르게 시도할 바보는 아니라고 알고 있어요. 내가 한번 맞혀 보죠. 당신은 내가 어떤 인간인지 궁금하게 생각하고 있죠."

"버드는 나를, 아니 그 누구를 사랑하는 정도 이상으로 당신을 미워해요. 이제 그 이유를 알 것 같아요."

"난 당신의 견해가 궁금해요."

"난 칭찬에 가까운 얘기를 한 거예요."

"그 얘기는 다른 기회에 다시 하죠. 어때요?"

"그럼 화제를 바꿀게요. 이네즈 소토는 어떻게 언론 플레이를 하고 있나요? 모든 신문에 그 여자 얘기가 빠짐없이 실렸더군요."

"그래 봤자 그 여자 얻는 것도 그다지 없소. 그 여자 얘기는 그다지 하고 싶지 않소."

"내가 당신에 대해 너무 많은 것을 알고 있다는 사실이 불편한 모양이군요. 당신은 나에 대해 그 정도의 정보를 갖고 있지 못하니까요."

반격을 해야겠다. "난 빈센즈의 진술서를 갖고 있어요."

"당신이 진실성이 의심스러운 것처럼 말한 그거 말이에요?"

체인지업을 던져야 한다. "당신은 파쳇이 레이먼드 디털링의 초기 단편영화에 제작비를 댔다고 말했죠. 좀 자세히 설명해줄 수 있어요?"

"왜요? 당신 아버지가 디털링과 친분이 있어서요? 유명 인사의 아들이라 안 좋은 점이 많죠?"

이건 보통이 아니다. 칼에 손을 벤 느낌. "영락없는 형사 심문 같군요."

린은 어깨를 으쓱했다. "피어스가 몇 년 전에 그 얘기를 했어요."

전화벨이 울렸다. 린은 받지 않았다. "당신은 잭 빈센즈에 대해 얘기하고 싶지 않군요."

"당신은 그러고 싶은 게 확실하군요."

"난 최근 뉴스에서 그에 대한 걸 별로 보지 못했어요."

"그건 자기가 가진 걸 모두 화장실에 흘려보냈기 때문입니다. 〈명예의 배지〉, 밀러 스탠턴과의 우정, 그 모든 걸 말이죠. 허진스의 피살도 그다지 도움이 안 됐어요. 왜냐하면 〈허시-허시〉는 너저분한 기사의 반을 빈센즈로부터 제공받았기 때문이죠."

린은 브랜디를 한 모금 들이켰다. "당신은 잭을 좋아하지 않는군요."

"맞아요. 하지만 그의 진술서 중엔 내가 절대적으로 신뢰하는 부분도 있어요. 파쳇은 허진스의 사적인 파일들의 사본을 갖고 있는데 그중엔 빈센즈 자신에 대한 파일 사본도 하나 들어 있어요. 그걸 알게 되면 당신한테도 도움이 될 겁니다."

이 여자가 미끼에 걸려들었다면 이제 입을 열 것이다.

"전 모르겠어요. 다음번에 당신과 얘기할 땐 꼭 변호사를 옆에 두겠어요. 그런데 그 파일 안에 뭐가 들어 있는지는 알 것 같아요."

첫 번째 말뚝이 박혔다. "그런데?"

"저기, 그게 47년이었던 것 같아요. 빈센즈가 해변 총격사건에 관여했던 게. 그 사람은 마약을 한 상태로 무고한 사람 둘을 쏘아 죽였어요. 부부였어요. 이건 근거 있는 얘기예요. 당시 앰뷸런스 대원의 증언과 잭의 상처를 치료한 의사의 소견서 따위가 근거죠. 당시 잭의 몸에서 마약이 검출된 것으로 나온 혈액 검사 결과 그리고 당시엔 나서지 않았던 목격자들의 증언도 있어요. 경감님, 이건 당신이 동료 경관을 보호하기 위해 은폐하려는 정보인가요?"

이건 말리부 랑데부다. 쓰레기통의 영광스런 업적. 전화벨이 다시 울렸다. 린은 역시 받지 않았다. 에드가 입을 열었다. "하느님 맙소사." 더이상 감출 필요가 없다.

"맞아, 당신 말대로요. 빈센즈에 대한 기록을 읽고서 난 이 친구가 마약중독자를 가혹하게 대하는 데는 어두운 개인적 이유가 있겠구나, 하고 생각했어요. 그래서 그 사건을 알았을 때도 그다지 놀라지 않았죠. 그런데 경감님이라고? 만일 피어스가 파일 사본을 갖고 있었다 해도 틀림없이 파기했을 거예요."

린이 한 말의 마지막 부분은 거짓말이다. 에드도 거짓말로 응수했다. "잭이 마약을 복용한다는 건 나도 알아요. 그건 우리 경찰서 안에서 몇 년 전부터 떠돌던 소문이에요. 난 당신이 그 파일들에 대해 거짓말을 하고 있다는 것도 알아요. 그리고 빈센즈가 자기의 파일을 되찾아 오기 위해 무슨 일이든 저지를 거라는 것도 말이에요. 당신과 파쳇은 잭을 과소평가하면 안 돼요."

"당신이 버드 화이트를 과소평가하는 것처럼?"

표적 같은 미소가 린의 얼굴에 떠올랐다. 에드는 린을 한 방 먹일지 말지 잠시 생각했다. 하지만 그가 어쩌기도 전에 린이 웃음을 터뜨렸다.

오히려 그는 린에게 기대어 키스했다. 린은 물러나 앉았더니 그에게 다시 키스했다. 두 사람은 옷을 벗어 던지며 마루를 뒹굴었다. 전화벨이 울렸다. 에드는 발로 코드를 뽑아버렸다. 린은 에드를 자신의 몸 안으로 끌어들였다. 그들은 함께 뒹굴고 움직이면서 가구를 부쉈다. 시작만큼 끝도 빨랐다. 에드는 린이 절정에 도달했다는 것을 느꼈다. 자신의 절정보다는 약간 빨랐다. 하지만 충분히 만족했다. 그리고 휴식. 그는 숨을 몰아쉬며 자신의 얘기를 했다. 마치 들고 다니기에는 너무나 무거운 물건인 것처럼.

악덕 경찰 잭 빈센즈. 마약 중독과에다 다루기에는 너무 다혈질적인 인간. 그는 파일을 되찾기 위해 무슨 일이든 할 것이다. 그리고 그는 그 파일을 되찾아야만 한다. 에드 엑슬리 경감은 잭이 알고 있는 것을 알아내기 위해 그를 이용해야 한다. 하지만 빈센즈는 마약에 취하고 술에 절어서 심리적 이상 상태가 더 심해져 간다.

58

버드는 새벽에 L.A.에 도착해 샌프란시스코발 심야버스에서 내렸다. 도시는 기묘하고 새로웠다. 마치 그의 삶의 다른 것들처럼.

버드는 택시를 탄 후 졸았다. 갑자기 엘리스 로우의 말이 생각나 잠이 깼다. "큰 사건이지만 연쇄 살인은 까다롭고 스페이드 쿨리는 유명 인사야. 지방검사실 팀에 맡길 테니 자네는 잠시 물러서 있어." 린이 생각났다. 전화를 걸었지만 신호음이 한참 울리다가 조용해졌다. 이상했지만 린다웠다. 린은 자고 싶을 때 잠을 잔다.

그는 자신의 인생을 믿을 수 없었다. 정말 놀라울 뿐이었다.

택시가 그를 내려주었다. 그의 문에 붙어 있는 메모를 발견했다. '듀에인 W. 피스크 경사'라고 적힌 메모지였다.

화이트 경사,

엑슬리 경감이 즉시 자네를 만나고자 함((위스퍼)가 밝힌 집 아래의 시신과 관련 해서). 로스앤젤레스에 돌아오는 즉시 내사과에 보고서를 제출할 것.

버드는 소리 내어 웃고 가방을 쌌다 : 옷, 숨겨둔 서류들—창녀 살인 사건, 밤부엉이 사건—더들리가 내놓으라고 할 것들이다. 그는 메모를 변기에 던지고 그 위에 소변을 보았다.

그는 가르디나로 차를 몰아 빅토리 모텔로 들어갔다. 깨끗한 시트와 전열기, 벽에 핏자국이 없는 방. 잠아 썩 꺼져라. 그는 커피를 마시며 일을 시작했다.

스페이드 쿨리에 대해 그가 아는 모든 것을 반 페이지 정도 썼다.

쿨리는 오클라호마 출신 바이올린 연주자 겸 가수로 깡말랐으며 40대 후반일 것이다. 그에게는 히트한 음반이 두 장 있으며 그의 TV 쇼는 인기를 끌고 있다. 그의 베이스 연주자인 버트 아서 퍼킨스, 일명 '듀스'는 개와 수간하여 복역한 적이 있고 폭력 조직에 아는 사람이 굉장히 많은 것으로 소문이 나 있었다.

조사에 관해서 :

라마 힌턴은 스페이드가 아편을 피운다고 말했다. 스페이드는 샌프란시스코의 래리어트 룸에서 연주했었다—크리시 렘프로가 죽은 곳의 맞은편이다. 크리시의 몸에는 O형의 정액이 남아 있었다. 스페이드는 지금 L.A.의 엘 랜초 클럽에서 연주하고 있다. 리넷 엘런 켄드릭의 아파트에서 가깝다. 라마 힌턴은 질레트가 쿨리의 파티에 여자들을 공급했다고 말했다.

상황 증거, 하지만 강력하다.

전화기는 벽에 달려 있었다. 버드는 수화기를 들고 카운티의 검시관 사무실에 전화를 걸었다.

"검시관 사무소의 젠슨입니다."

"화이트 경사인데 해리스 박사님을 부탁합니다. 바쁘시다는 걸 알지만 한 가지만 물어보면 됩니다."

"잠깐 기다리십시오." 찰칵, 찰칵, 찰칵. "경사, 이 시간에 웬일이오?"

"검시보고서에 관해 여쭤볼 게 있습니다."

"당신은 카운티 경관도 아닐 텐데."

"리넷 켄드릭의 위와 혈관에 뭐가 들어 있는지 알려주십시오. 부탁드립니다."

"그야 쉬운 일이지. 켄드릭은 지난주, 위 속의 내용물로는 최고였소. 준비됐소? 프랑크푸르터와 사우어크라우트(양배추 절임), 프렌치프라이, 코카콜라, 아편, 정액. 맙소사, 대단한 최후의 만찬이군."

버드는 전화를 끊었다. 엘리스 로우는 물러서 있으라고 했는데 제인 웨이는 가라고 했다.

그는 계획을 짜며 선셋 스트립으로 차를 몰았다.

먼저 엘 랜초 클럽, 닫혀 있었다. 스페이드 쿨리와 그의 카우보이 리듬 밴드가 매일 밤 출연한다는 광고가 아직 문에 붙어 있었다 : 스페이드, 퍼킨스, 가난뱅이 백인 같은 나머지 세 명. 아무도 손가락에 커다란 반지를 끼고 있지 않았다. 밑에 고무도장이 찍혀 있었다 : "로스앤젤레스, 노스 라 시에네가 653번지, 냇 펜즐러 어소시에이츠 제공."

거리를 가로질러 갔다. 핫도그 헛의 메뉴에 크라우트 도그와 프라이가 있었다. 크레센트 하이츠에서 선셋 스트립 아래로 갔다. 창녀들이 배회하는 것으로 알려진 곳. 멜로즈와 스위처에서 남쪽으로 1천600미터, 리넷 켄드릭의 아파트.

당시 상황을 쉽게 추정할 수 있었다.

스페이드는 목격자가 없는 늦은 밤 그 여자를 찍었다. 그는 음식과 마약으로 기분 좋은 하룻밤을 보내자고 제안하며 리넷의 집으로 갔다. 그들은 약에 취한 채 음식을 먹었다. 스페이드는 여자를 때려죽이고 나서 세 차례나 강간했다.

버드는 남쪽으로 꺾어 라 시에네가 653번지로 갔다. 아메리카 삼나무로 된 건물. 우편함에 '냇 펜즐러 어소시에이츠'라 적혀 있었다. 슬쩍 밀자 문이 열렸다. 안에는 젊은 여자가 커피를 준비하고 있었다.

버드는 걸어 들어갔다. 여자가 말했다. "어떻게 오셨죠?"

"사장님 계십니까?"

"펜즐러 씨는 통화 중이신데요. 뭘 도와 드릴까요?"

연결된 문이 있었다. 'N.P.'라는 놋쇠 명패가 붙어 있었다. 버드는 문을 밀어서 열었다. 나이 먹은 사내가 소리를 질렀다. "이봐! 난 지금 통화 중이란 말이야! 당신 누구야, 수금원? 이봐 게일! 이 무례한 사람에게 잡지나 하나 줘!"

버드는 배지를 꺼내어 보여주었다. 사내가 전화를 끊고 책상 뒤에서 나왔다. 버드가 말했다. "냇 펜즐러 씨?"

"냇스키라고 불러주시오. 대리해줄 사람을 찾는 거요? 난 당신의 깡패 같은 짓도 받아줄 수 있소. 당신은 최신 유행하는 네안데르탈인의 모습을 하고 있군."

계속 밀고 나가자. "스페이드 쿨리의 에이전트입니까?"

"그렇소. 스페이드의 밴드에 끼고 싶어서? 스페이드는 돈을 잘 벌지. 하지만 내 흑인 청소부 여자가 그 친구보다 노래를 더 잘해. 당신을 엘 랜초의 경비원으로 쓸 수 있을지도 모르겠군. 거긴 모두 단정한 사람들이야. 자네같이 덩치 큰 사람은 쥐어짜고 열에 찌고 드라이클리닝을 해야 할걸."

"얘기 끝났소, 영감?"

펜즐러의 얼굴이 붉어졌다. "'냇스키 씨'라고 불러, 원시인."

버드는 문을 닫았다. "내가 보고 싶은 건 쿨리가 51년부터 쓴 장부기록이오. 보여주겠소? 싫소?"

펜즐러는 일어나 파일 캐비닛을 막아섰다. "쇼는 끝났어, 고질라. 난 절대로 고객 정보를 누설하지 않아. 소환장 따위로 협박해도 안 돼. 그러니 어서 꺼져버려. 점심 때 한번 오든가. 그래봐야 달라질 건 없겠지만."

버드는 벽의 전화선을 뽑아버렸다. 펜즐러는 제일 위쪽 서랍을 열었다. "난폭한 짓은 하지 마. 원시인! 내가 하는 일은 체면이 가장 중요하단 말이야!"

버드는 손가락으로 폴더를 넘기며 '쿨리, 도넬 클라이드'를 뽑아 책상 위에 내던졌다. 사진 한 장이 압지대에 떨어졌다. 열 손가락에 네 개의 반지를 낀 스페이드, 분홍색, 흰색 그리고 파란색 서류가 나왔다. 해마다의 장부 기록 묶음.

펜즐러는 투덜거리며 서 있었다. 버드는 날짜를 대조했다.

제인 밀드레드 햄셔, 51년 3월 8일, 샌디에이고—스페이드는 그곳의 엘 코르테즈 스카이 룸에 있었다. 53년 4월, 케이시 제인웨이, 비도 리토스에서 카우보이 리듬 밴드로 출연—남부 L.A., 샤론, 샐리, 크리시 버지니아, 마리아 그리고 리넷까지 : 베이커스필드, 니들즈, 애리조나, 샌프란시스코, 시애틀, 그리고 나서 L.A.로. 각 개인의 이동할 때의 급료 명세서들 : 퍼킨스는 주로 베이스를 연주했고 드럼과 색소폰 주자는 들락날락했고 창녀들이 죽은 날 연주하던 도시에서 스페이드 쿨리는 언제나 리더였다.

파란색 서류가 축축해졌다. 땀이었다. "밴드는 어디에 머무르고 있습니까?"

펜즐러 : "빌트모어 호텔. 당신, 절대 냇스키한테 들었다고 하지 마쇼."

"좋소. 왜냐하면 이건 1급 살인이고 난 여기에 온 적이 없소."

"스핑크스처럼 입 다물고 있겠소. 맹세하지. 맙소사, 스페이드와 못된 패거리들. 제기랄, 그가 작년에 얼마나 벌었는지 아시오?"

그는 근처에서 엘리스 로우에게 전화했다. 로우는 화가 나서 길길이 날뛰었다. "자넨 물러서 있으라고 했잖아! 난 '교양 있는' 세 사람을 이미 투입했으니 자네가 알아낸 것을 그들에게 전해주겠네. 이제 자네는 여기서 손 떼고 밤부엉이 사건으로 돌아가. 알겠나?"

알아들었다 : 제인웨이는 여전히 '가라'고 했다.

빌트모어 호텔.

그는 감정을 억누르고 천천히 차를 몰아 뒷문 쪽에 주차한 뒤 종업원에게 쿨리의 파티장이 어디인지 점잖게 물었다. 종업원이 말했다. "9층 엘 프레지던트 스위트룸입니다." 버드는 조용히 "고맙소."라고 말했다. 모든 것이 느린 동작으로 진행되어 그는 자신이 잠시 헤엄을 치는 것 같다는 생각이 들었다.

계단은 마치 상류로 거슬러 오르며 헤엄치는 것 같았다. 어린 케이시는 그를 죽이라고 했다. 스위트 룸—두 개의 문, 세공된 독수리들, 미국 국기들. 그는 손잡이를 가볍게 돌려 문을 열었다.

옷차림은 그럴듯하나 백인 쓰레기라고 해도 될 작자들, 세 명의 시골 뜨기 백인이 바닥에 널브러져 있었다. 빈 술병들, 가득 찬 재떨이, 스페이드는 없었다.

연결된 문들—오른쪽 문에서 소리가 들렸다. 버드는 문을 발로 걷어찼다.

듀스 퍼킨스가 침대에서 만화를 보고 있었다. 버드는 총을 뽑아 들었다. "쿨리는 어디 있지?"

퍼킨스는 이쑤시개를 물었다. "취하면 나도 어디 가는지 몰라. 그 친구 보려면 오늘 밤 엘 랜초로 오시오. 볼 기회가 있을 거요."

"엿 먹어. 그가 밴드 리더잖아."

"보통 그랬지. 하지만 그는 요즘 이상해졌고 난 그 자리를 메워야 했지. 난 그 친구만큼 노래도 잘하고 얼굴은 좀 더 낫지. 그래서 아무도 신경 쓰지 않아요. 자, 이제 나 혼자 만화 좀 볼 수 있게 떠나주겠소?"

"그 친구는 어디에서 술을 마시지?"

"그 총 좀 치워요, 젊은 양반. 아이들 양육비를 지불하지 않았다고 그렇게 수선떨 필요는 없잖소. 스페이드가 조만간 돈을 줄 거요."

"그런 게 아니오. 이건 1급 살인이야. 그는 아편을 좋아한다던데."

퍼킨스는 기침을 하며 이쑤시개를 뱉었다. "누가 그랬소?"

"창녀들. 스페이드는 어린 여자애들을 좋아하나?"

"그는 어린 창녀들을 죽이는 걸 좋아하지 않을 거요. 단지 당신이나 나처럼 소시지를 집어넣고 놀 뿐이지."

"그 친구 어디 있소?"

"이봐, 난 밀고꾼이 아니야."

버드는 권총을 쥔 손을 백핸드로 휘둘렀다. 퍼킨스는 비명을 지르며 부러진 이를 뱉었다. TV 소리가 커졌다. 어린이들이 켈로그 콘플레이크를 보고 함성을 지르는 중이었다. 버드는 TV를 쏘았다.

듀스가 불었다. "차이나타운의 아편굴을 뒤져봐요. 그리고 빌어먹을, 제발 날 좀 놓아주쇼!"

케이시는 그를 죽이라고 했다. 버드는 몇 년 만에 처음으로 자기 어머니를 생각했다.

59

　의사가 말했다. "난 당신 상관 엑슬리 경감에게 얘기했습니다. 그에게 골드먼 씨와 대화하는 것은 헛수고라고 말입니다. 골드먼 씨는 지금 제정신이 아닙니다. 하지만 당신이 그를 데려오길 강요한다면 내가 한 번 더 데려오겠습니다."

　잭은 주위를 둘러보았다. 카마릴로 병원은 소름이 끼쳤다. 정신병자들, 그들의 낙서들. "그렇게 해주시겠습니까? 경감은 그의 진술을 원합니다."

　"글쎄, 운이 좋아야 할 겁니다. 작년 7월, 골드먼 씨와 그의 동료 미키 코헨은 맥닐 섬 교도소에서 칼과 파이프로 공격을 당했습니다. 습격한 자들은 못 알아냈고, 코헨은 비교적 경상이었지만 골드먼 씨는 뇌에 심각한 손상을 입었습니다. 두 사람 모두 작년 말에 석방되었는데 그때부터 골드먼 씨는 괴상한 행동을 하기 시작했지요. 12월 말에는 비벌리힐스의 사람들 앞에서 방뇨를 하는 바람에 체포되었는데 판사는 90일간의 보호관찰 판결을 내렸죠. 우리는 성탄절 때 그를 받아들였는데 90일은 더 치료받아야 할 것 같습니다. 솔직히 말하면 우리는 그에게 아무것도 해줄 수가 없어요. 단 하나 이상한 일은 코헨 씨가 찾아와 골드먼 씨를 자기 부담으로 하겠다며 사설 치료 시설로 옮길 것을 제의했습니다. 골드먼 씨는 그 제안을 거절했는데 그에 대해 겁먹은 듯이 행동했습니다. 이상하지 않아요?"

"그렇지 않을 수도 있죠. 그는 어디에 있습니까?"

"문 저편에 있습니다. 부드럽게 대해주시기 바랍니다. 과거에는 갱이었지만 지금은 그저 가엾은 인간일 뿐이랍니다."

잭은 문을 열었다. 보호 패드가 붙은 작은 방이었다. 데이비 골드먼은 긴 패드가 붙은 벤치에 앉아 있었다. 그는 수염이 덥수룩했다. 그에게서 소독약 냄새가 났다. 데이비는 입을 헤벌리고 〈내셔널 지오그래픽〉을 보고 있었다.

잭은 그의 곁에 다가가 앉았다. 골드먼이 옆으로 움직였다. 잭이 말했다. "여긴 지독하군. 미키가 당신을 돌보도록 하는 게 좋을 뻔했어."

골드먼은 코를 후비고는 그걸 먹었다.

"데이비, 미키와 사이가 틀어졌나?"

골드먼이 잡지를 내밀었다. 벌거벗은 흑인이 창을 휘두르고 있었다.

"귀엽군. 백인들이 나오면 나도 정기구독을 하지. 데이비, 날 기억해? 잭 빈센즈? 난 L.A. 경찰국 마약단속반에서 일해. 우리는 선셋 스트립에서 자주 만났잖아."

골드먼은 자신의 아랫도리를 긁었다. 그는 얼빠진 표정으로 웃었다.

"연극하는 거야? 이봐, 데이비. 자네와 믹은 예전으로 돌아와야 해. 그가 당신에 대해 신경 쓴다는 걸 알 텐데."

골드먼은 보이지 않는 벌레를 짓눌렀다. "이젠 아니야."

죽은 사람의 목소리, 누구도 그렇게 연기를 할 수 없었다. "자, 데이비.

딘 반 겔더에게 도대체 무슨 일이 일어났지? 자넨 기억하지, 그는 맥닐 교도소로 자네를 자주 찾아왔잖아."

골드먼은 코를 후비더니 그걸 발로 비볐다. 잭이 말했다. "딘 반 겔더. 그는 53년에 맥닐 교도소로 자네를 찾아왔어. 그때쯤 피트와 백스 엥글 클링 두 사람도 미키를 찾아왔지. 지금 자네는 미키를 두려워하고 반 겔 더는 듀크 캐스카트라는 사내를 죽였는데 그 친구도 그 유명한 밤부엉 이 대량 살인극 때 죽었어. 자네 머리엔 할 말이 전혀 남아 있지 않나?"

아무 반짝임도 없음.

"이봐, 데이비. 나한테 얘기해. 슬프지 않을 거야. 이 잭 아저씨에게 말 하게."

"네덜란드인! 네덜란드 놈! 미키는 날 괴롭혔지만 그걸 몰라. 허브 라 크몬스, 메이어, 허브 라크몬스, 메이어 해리스 코헨, 그대, 나의 죄를 사 하라."

그는 입만 살아서 말하고 있었다. 그의 나머지 부분은 죽은 것 같았다. 잭은 이 상황을 어떻게 이해해야 할지 곤혹스러웠다. 네덜란드인 반 겔 더, 이디시 말에서 라틴어, 뭔가 배반 같았다. "좋아, 계속해. 잭 신부님께 고해하면 내가 모두 자-알 해줄게."

골드먼은 코를 후볐다. 잭은 그를 밀어붙였다. "이봐!"

"네덜란드인이 망쳤어!"

??? 캐스카트와 교도소에서 한 계약 얘기인가? "뭘 망쳤어, 이봐!"

골드먼은 단조로운 목소리로 말했다. "조직원들이 세 번의 방아쇠에 당했지. 빵빵빵. 경기 후퇴는 신나는 춤이 아니네. 미키는 그가 고기를 잡을 거라고 생각하지만 아이리시 고양이가 물고기를 잡고 미키는 국 물도 없는 뼈다귀만 챙기네. 그는 죽은 고기, 야옹 괴물의 먹이가 되네. 허브 라크몬스 메이어, 난 그를 믿네. 그들은 안 믿네. 모든 게 얼음 위에 있네. 너를 사할 수 있는 건 우리가 아니야…"

??? "도대체 어떤 녀석들을 말하는 거야?"

골드먼은 귀에 익은 곡을 낮은 음정으로 흥얼거렸다. 잭이 아는 멜로디였다. "A 트레인을 타라(Take the a train)."

"데이비, 말해봐."

데이비가 노래를 불렀다. "덜커덩, 덜컹 덜컹 덜컹 덜컹 덜컹 덜컹 덜컹 귀여운 기차, 칙칙폭폭 칙칙폭폭, 귀여운 기차."

??? 아주 나쁘다. 그의 머릿속이 패드를 댄 벽 같다. "데이비, 말해봐."

괴상한 말들 : "붕 붕 붕 벌레들의 얘기가 들려. 베티, 베니 벌레는 들어라, 바니 벌레. 나의 친구 허브 라크몬스 메이어."

??? 아마도 무슨 의미가 있는 것 같다.

엥글클링 형제는 감방에서 코헨을 만났을 때 캐스카트의 도색물 계획을 얘기했다. 미키는 누구에게도 말하지 않겠다고 맹세했다. 골드먼은 그 일을 알아채고 나서 거래를 박살내기로 결심하고 겔더를 보내 캐스카트를 처치했다. 아니면 그 거래를 샀거나. 어떻게??? 그가 코헨의 감방에 벌레(도청기)를 달아 놓았을까?

"데이비, 그 도청기에 대해 말해봐."

골드먼은 '인 더 무드'를 흥얼거리기 시작했다.

의사가 문을 열었다. "그만 됐습니다, 경관. 당신은 그 사람을 충분히 괴롭혔습니다."

엑슬리는 전화로 허락했다. 예전에 미키 코헨이 있던 감방에 도청기가 설치되었던 증거를 조사하기 위해 맥닐 교도소로 가는 일을. 벤투라 카운티 공항은 수 킬로미터 떨어져 있다. 그는 퓨젓 만 위를 날아간 후 교도소까지 택시로 간다. 갤로데가 이미 교도소 담당자와 얘기를 해놓

앉을 터였다. 맥닐 교도소 행정관들은 코헨이 하고 싶은 대로 놔두었는데 아마도 뇌물을 받았기 때문에 압력을 가하지 않고는 협력을 얻기 어려울 것 같았다. 엑슬리는 도청기에 기대를 걸었다. 그는 버드 화이트가 없어져서 화를 냈다. 피스크와 클레크너가 그를 찾으러 나갔는데 버드 그 자식은 아마 〈위스퍼〉 기사와 샌버나디노의 시신 때문에 도망쳤을 것이다. 피스크는 그에게 시신 발견에 대한 메모를 남겨두었다. 파커는 더들리 스미스가 엥글클링 사건 파일에 대해 조사 중이어서 곧 보고서를 받을 수 있을 거라고 말했다. 린 브래큰은 여전히 뭔가 감추고 있었다. 잭이 말했다. "뭘 해야 하지?" 엑슬리가 대답했다. "밤에 다이닝 카에서 만나. 거기서 상의하지."

위세가 당당한 에드 경감이 불길하게 말을 끝맺었다.

잭은 벤투라로 차를 몰아 비행기를 탔다. 엑슬리가 사전에 전화로 그의 티켓을 예약해두었다. 스튜어디스가 신문들을 가지고 왔다. 그는 〈타임스〉와 〈데일리 뉴스〉를 집어 들고 밤부엉이 기사를 읽었다.

더들리의 부하들은 흑인 동네를 들쑤셔 놓았고 흑인 전과자들을 잡아넣고 그리피스 공원에서 엽총을 쏜 조무래기들을 찾고 있었다. 허튼수작: 레이 코츠의 차에 그리피스 공원의 탄피와 일치하는 엽총을 갖다 놓은 누군가가 보도진에 정보를 흘린 모양이었다. 프로급만이 그런 짓을 할 머리와 배짱을 가지고 있을 터였다. 마이크 브루닝과 딕 칼리슬은 77번가 서에서 지휘본부를 맡고 있었다. 사건 해결을 위해 기존 수사진에다가 강력계에서 20명이 지원되었다. 머리가 돈 흑인이 범인일 가능성은 전혀 없었다. 1953년의 시작을 다시 보는 것 같았다. 〈데일리 뉴스〉에는 사진이 실렸다. 센트럴 애버뉴에 플래카드를 들고 시위하는 흑인 군중, 엑슬리가 이네즈에게 사준 집. 멋진 사진이 〈타임스〉에 실렸다. 라구나에 있는 레이 디털링의 집 앞에서 이네즈가 카메라 플래시를 피해 눈을 가리는 장면.

잭은 계속 읽었다.

주 검찰총장 사무실에서 성명을 발표했다. 엘리스 로우가 제지 명령을 내려 주정부의 개입을 막았지만 그들은 여전히 사건에 관심을 보였고 명령 해제가 내리기만 하면 개입할 방침이라는 것이다. 적절한 기한 내에 로스앤젤레스 경찰국이 밤부엉이 사건을 로스앤젤레스 카운티 대배심이 만족할 만한 선에서 해결할 때까지. 로스앤젤레스 경찰국도 보도 자료를 배포했다—1953년 윤간당한 이네즈 소토가 에드 엑슬리 경감의 도움을 받아 어떻게 새로운 삶을 되찾았는지 상세하게 설명된 감동적인 이야기. 엑슬리의 아버지도 신문에서 다루어졌다. 〈데일리 뉴스〉는 남부 캘리포니아 고속도로 시스템이 완성되었다는 기사와 함께 최근 퍼진 소문에 대해서도 보도했다—빅 프레스턴이 곧 주지사 경선에 입후보하리라는 것을 알렸다. 고속도로 완공의 떠들썩한 분위기를 더욱 확실히 다지기 위해 막판에 출마 선언을 한다는 것인데 이게 얼마나 효과를 거둘지는 알 수 없다고 보도했다. 그의 아들에 대한 나쁜 기사가 선거에 어떤 영향을 미칠까?

잭은 그 자신의 기회를 재보았다. 카렌은 그가 노력하는 모습을 보았기 때문에 두 사람 사이는 예전으로 돌아왔다. 그걸 유지하는 가장 좋은 방법은 그가 20년 근속을 마친 후 연금을 받아 L.A.를 떠나는 것이다. 앞으로 두 달은 총알들을 재빠르게 피해 다녀야 할 것이다. 수사가 재개된다는 것 그리고 파쳇과 브래큰이 자신에 대해 알고 있는 것들. 가능성을 계산할 수 없다. 겁먹고 지친 경주자인 그로서는. 그리고 나이 들었다는 느낌이 들기 시작했다. 엑슬리는 생각을 즉시 실행으로 옮겼다. 늦은 밤의 식사 만남은 그답지 않았다. 브래큰과 파쳇은 그를 제물로 삼을지 모른다. 파커는 경찰국을 보호하기 위해 받아들일 것이다. 하지만 카렌이 알게 되면 결혼 생활은 끝장날 것이다. 카렌은 자신이 술고래이자 협잡 꾼과 결혼했다는 걸 알면 견디지 못할 것이다. '살인자'라는 말은 두 사람이 피할 수 없는 한 발의 총알이었다.

세 시간 동안 하늘에 있었다. 세 시간 동안 갇힌 채 생각했다. 비행기가 퓨짓 만 공항에 착륙했다. 잭은 택시를 잡아타고 맥닐 교도소로 갔다.

추악하다 : 회색 바위섬의 회색 기둥, 회색 벽, 회색 안개, 회색 물가의 철조망들. 잭은 경비실 앞에서 내렸다. 경비가 그의 신원을 확인한 뒤 고개를 끄덕였다. 철문이 돌 속으로 미끄러졌다.

잭은 걸어 들어갔다. 작지만 단단해 보이는 사나이가 입구에서 그를 맞이했다. "빈센즈 경사십니까? 전 교도소 사무실의 고다드 요원입니다."

기분 좋은 악수 : "엑슬리가 이 일에 대해 얘기했습니까?"

"밥 갤로데한테 들었습니다. 당신이 밤부엉이 사건과 그와 관련된 음모를 수사 중이고 코헨의 감방에 도청기가 설치되었을 거라고 생각한다고요. 전 그게 무리한 추측이 아니라고 생각하기 때문에 그 가설을 뒷받침할 만한 증거를 찾고 있습니다."

"왜죠?"

그들은 바람을 맞으며 걸었다. 고다드가 설명했다. "코헨은 여기서 특별대우를 받았고 골드먼도 마찬가지였습니다. 상당한 특권을 누렸죠. 면회도 제한이 없고 그들이 가지고 들어온 것들도 그다지 조사받지 않았습니다. 그러니 충분히 도청기를 설치할 수 있었겠죠. 골드먼이 미키를 속였다고 생각합니까?"

"그런 것 같습니다."

"뭐, 그랬을 겁니다. 그들의 감방은 두 개의 감방을 사이에 두고 분리되어 있었습니다. 미키의 요구로 같은 층에 있게 되었는데 중간의 감방들은 배관이 망가져 죄수를 수용할 수 없었어요. 곧 보시겠지만 전 그 줄의 감방을 다 비우고 폐쇄했어요."

체크 포인트, 건물—6층짜리 구조물이 좁은 통로로 연결되어 있었다. 계단을 올라가 복도로 들어섰다. 여덟 개의 빈 감방. 고다드가 말했다. "특실입니다. 사람도 적고 조용하게 카드놀이를 할 수 있는 훌륭한 오락실이죠. 정보 제공자에 따르면 코헨이 여기 수용될 사람들을 골랐다고 하더군요. 교도소에서 그럴 수 있다는 게 상상이나 갑니까?"

잭이 말했다. "맙소사, 정말 훌륭하십니다. 빨리도 알아냈군요."

"글쎄요. 엑슬리와 갤로데가 압력을 넣었지만 준비할 시간이 없었어요. 제가 가져온 물건들을 체크해보세요."

오락실의 탁자 위 : 쇠지레, 끌, 나무망치, 끝에 갈고리가 달린 가늘고 긴 막대. 모포 위 : 녹음기, 전선 묶음. 고다드가 말했다. "먼저 2층을 샅샅이 뒤집시다. 발견할 가능성은 희박하지만 테이프를 찾을 경우에 대비해 녹음기를 가지고 왔습니다."

"발견할 수 있을 겁니다. 골드먼과 코헨은 작년 가을 가석방되었지만 그전인 7월에 습격당해 데이비의 머리가 이상해졌어요. 내 생각에는 만약 그가 녹음기를 설치했더라도 기계를 다시 치우기에는 뇌수종이 심했을 겁니다."

"가능성이 충분하군요. 자, 이제 뒤져봅시다."

그들은 수색을 했다.

고다드는 코헨의 감방에서 골드먼의 감방까지 똑바로 이어진 난방용 송수관이 두 감방 사이의 천장을 통과하는지 확인한 후 나무망치와 끌을 가지고 검사하기 시작했다. 잭은 미키의 감방 벽에 붙은 격자 모양 판을 떼어내고 조사했으나 갈고리 달린 막대가 부딪치는 소리만 났다. 얇은 벽 사이는 텅 비어 있었고 전선도 없었다. 실망스러웠다. 그곳은 당연히 마이크로폰을 설치할 만한 장소였다. 송수관에서 열기가 큰 소리로 분출했다. 잭은 마음을 바꿨다. 워싱턴은 추우니 지금 시간이면 난방을할 것이고 대화 소리는 사라질 것이다. 그는 다른 쪽 벽과 천장의 도관을조사했다. 없었다. 그리고 통풍구도 조사했다. 격자판 옆에는 불규칙적으로 점처럼 박혀 있는 구멍이 있었다. 그가 벽이 반쯤 벌어질 때까지 나무망치로 치자 전선에 매달린 채 녹이 슨 마이크로폰이 튀어나왔다. 5초가 지난 후 고다드가 그걸 잡고 섰다. 플라스틱으로 싼 테이프 녹음기와함께. "감방 가운데의 통풍구 구멍에 숨겨 놓았더군요. 자, 들어볼까요?"

그들은 오락실의 불을 켰다. 고다드는 기계에 전원을 넣고 테이프를바꾼 다음 단추를 눌렀다―녹음된 테이프.

잡음, 깽깽거리는 소리. "여기, 여기, 이리로."―미키 코헨의 목소리.고다드가 말했다. "그의 감방에서 개를 길렀군요. 미국에서나 할 수 있는일이죠?"

코헨 : "소시지 핥는 것 집어치워, 귀여운 녀석." 깽깽거리는 소리가 잠깐 이어지고 긴 침묵, 스위치 끄는 소리. 고다드가 말했다. "시간을 재봤습니다. 음성에 반응하는 마이크군요. 5분이 지나면 자동으로 꺼집니다."

잭은 손에 묻은 벽토 가루를 털어냈다. "골드먼은 어떻게 테이프를 갈아 끼웠을까요?"

"갈고리 같은 걸 가지고 있었을 겁니다. 아까 당신에게 주었던 막대기같은 것이겠지요. 열 통풍구 격자가 느슨해져 있는 걸 보면 누군가 이곳을 조사했다는 걸 알 수 있습니다. 제기랄, 이게 얼마 동안이나 여기 있었겠습니까? 골드먼은 누군가의 도움을 받았겠죠. 이건 혼자 할 수 있는일이 아닙니다. 들어봐요, 지금 스위치 소리가 났죠?"

또 다른 스위치 소리, 누군지 알 수 없는 목소리 : "얼마나? 난 간수들에게 걸었어." 코헨 : "바실리오에게 1천, 그 이탈리아 놈은 집요한 놈이야. 그리고 진료소에 가 데이비를 만나. 하나님, 그 망할 놈들이 그를 식물인간으로 만들어버렸어. 맹세하건대 난 그놈들이 야채 퓌레 속에 들어가는 걸 볼 때까지 살아 있을 거야." 겹치는 목소리, 중얼거림, 미키의 속삭임, 개가 깽깽거리는 소리.

시간대를 확인하자 : 골드먼과 코헨은 이미 공격당했다. 미키는 작년 9월 벌어진 슈거레이 로빈슨 대 카멘 바실리오 시합에 돈을 걸었다. 아마 이 무렵에는 완전히 회복된 것 같다. 그는 확률이 떨어지기 전에 도박을 포기했다.

스위치가 꺼지고 켜졌다. 46분 동안 미키와 최소한 두 명이 카드놀이를 하고 중얼거리면서 화장실에서 물 내리는 소리. 녹음된 테이프가 거의 끝나갔다. 스위치가 꺼지고 켜지고 빌어먹을 개가 끙끙거렸다.

미키 : "6년하고도 열 달 동안 여기에 있었는데 떠나기 직전에 데이비의 가공할 두뇌를 잃었어. 이런 개 같은 기분으로 집에 가야 하다니. 미키 주니어, 물건 핥는 것 그만둬, 이 멍청아."

누군지 알 수 없는 목소리 : "그놈한테 암캐를 데려다 주면 그러지 않겠지."

코헨 : "자기 물건을 핥는 그놈은 마치 그걸로 바이올린을 연주하는 하이페츠 같다고 할 수 있지. 게다가 그 물건은 그 크다는 스톰파나토만큼 되잖아. 최근 헤다 호퍼의 칼럼을 봤더니 자니가 라나 터너에게 빠져 있다더군. 그놈이 빠질 정도라면 그년 물건은 친칠라 같을 거야."

누군지 알 수 없는 목소리의 사나이가 웃었다. 코헨 : "됐어, 이 아첨꾼아. 잭 베니 볼 때나 웃어. 내가 지금 필요한 건 자니야. 그런데 어디에 있는지 모르겠어. 영화배우들하고 놀아난다는 것밖에 몰라. 우리 똘마니들이 자꾸 죽어 나가는데 누가 자니 귀라도 끌고 와야 돼. 그런데 그 물건 큰 녀석은 여자들한테 빠져 어디에 있는지도 모르다니! 똘마니들을 죽인 호모 같은 놈들은 없애버려야 돼! 데이비를 다치게 한 개똥같은 놈들은 지구에서 살게 하면 안 돼!"

미키는 콜록콜록 기침을 했다.

누군지 알 수 없는 목소리 : "리 박스와 에이브 티틀봄은 어때요? 그들도 해낼 수 있을 텐데."

코헨 : "그런 생각을 하다니 자네도 멍청이군. 그래서 자넨 크리비지 카드 놀이를 잘 하겠지. 아냐, 에이브는 몸으로 때우는 일을 하기에는 너무 연약해. 그가 먹는 음식에는 기름기가 너무 많아. 그런 기름덩어리가 동맥을 막아 몸이 상하지. 그리고 리 박스는 시신을 좋아해서 분별을 잃을 정도야. 라나, 그 여자는 아마 캐시미어 같은 물건을 가졌을 거야."

테이프가 멈췄다. 고다드가 말했다. "미키의 말하는 스타일이 확실합니다. 하지만 이게 밤부엉이 사건과 무슨 관련이 있는 거죠?"

"관계가 '없는' 것처럼 들리던가요?"

60

이제 그의 사무실 한쪽 벽에는 그래프가 붙어 있었다. 밤부엉이 사건과 관련된 인물들의 관계를 수직선, 수평선으로 연결한 커다란 카드보드 시트가 정보 섹션을 막고 있었다. 빈센즈의 진술서에서 발췌한 것도 있었다. 에드는 노트의 여백에다 적었다. 그의 아버지는 전화로 여전히 그를 압박했다. "에드먼드, 난 주지사 선거에 나간다. 최근에 나도는 너에 대한 좋지 못한 소문은 나를 불리하게 하겠지만 그건 접어두자. 난 애서턴 사건이 네가 해결해야 할 많은 사건들과 묶여 되살아나는 것을 바라지 않고 레이 디털링을 괴롭히는 것도 원치 않아. 난 네가 내 노선에 따라 지휘하기 바란다. 우리 둘은 함께 일할 수 있을 거다."

그는 동의했다. 하지만 그건 괴로운 일이었다. 마치 어린아이가 된 것 같았다. 린 브래큰과 잤을 때, 자신이 남창이 된 듯 느꼈던 것처럼. 디털링의 이름이 그래프 위에 여러 차례 떠올랐다.

에드는 선을 이었다.

허진스는 빈센즈가 53년에 발견한 빨간 잉크의 포르노 사진집과 연결됐다. 이 도색물은 파쳇과 연결됐다. 이어진 선 : 크리스틴 버저론, 크리스틴의 아들 대릴과 바비 인지, 밤부엉이 사건과 거의 동시에 사라진 도색물 모델들. 피스크와 클레크너는 그들에 대해 새로운 것을 찾기 시작했다. 다른 모델들을 확인하는 시도—한 번 더. 도색물/허진스와 애서턴 사건을 잇는 선은 제쳐놓았다. 전직 경정 프레스턴 엑슬리는 필요성이 있을 때 신중하게 심문할 것이었다.

이론적인 선—파쳇에서 캐스카트까지. 린 브래큰은 부인했으나 그건 거짓말이다. 빈센즈의 진술서에 따르면 파쳇은 캐스카트가 계획한 도색물 배급을 추진했다고 한다. 하지만 누가 만들었나? 허진스에서 파쳇과 브래큰 : 그 지저분한 장사꾼들은 빈센즈가 플뢰르 드 리에 관해 조사하는 것을 겁냈다. 린은 잭에게 파쳇과 허진스가 함께 장사했다고 했지만 지금은 부정한다. 또 다른 거짓말. 그는 거짓말을 표시할 다른 그래프가 필요했다. 하지만 그의 사무실은 너무 좁았다.

다른 선들 :

데이비 골드먼에서 딘 반 겔더에서 듀크 캐스카트와 수잔 낸시 레퍼츠—빈센즈가 맥닐 섬에서 돌아와 보고서를 제출할 때까지는 이해할 수 없었다. 그리고 버드 화이트, 분명히 은신했는데 그가 자기 자신을 억제할 수 있을지 의문이었다. 직업상의 연결—파쳇, 엥글클링 형제와 그들의 아버지는 화학 관련 배경을 가지고 있다. 헤로인을 상용한다고 알려진 파쳇은 술과 마약으로 가득 찬 요양소의 소유인 의사 테리 럭스와 플라스틱 성형수술로 연결되어 있다. 더들리 스미스가 파커에게 제출한 보고서에는 피트와 백스 엥글클링이 부식성 화학 약품 고문으로 인해 죽은 것으로 되어 있으나 자세한 것은 없었다. 결론 : 모든 연결된 선을 해독하는 실마리는 파쳇이 가지고 있다—그의 창녀들, 그의 도색물 모델들, 파쳇은 피가 튀는 포르노물을 만들고 허진스를 죽였으며, 최종적으로는 1934년으로 거슬러 올라가 그의 아버지의 영예스런 사건에까지 연결된다.

무시할 선들이 너무 많았다.

파쳇은 초기 디털링 영화에 자금을 댔다. 디털링의 아들 빌리와 그의 친구 티미 밸번은 플뢰르 드 리를 이용했다 : 밸번은 바비 인지와 아는 사이였다. 빌리는 〈명예의 배지〉 프로그램에서 일하며 허진스 살해사건 수사에 처음으로 초점을 맞추었다. 〈명예의 배지〉에서 공연한 밀러 스탠턴은 위월리 웨너홈이 살해되었을 때―로렌 애서턴에 의해?―디털링의 아역배우였다. 사선들―애서턴에서 도색물에서 허진스. 가족의 신뢰를 이유로 잘라버리기에는 너무나 편리한 우연의 일치―애서턴 사건에서 17년 후 프레스톤 엑슬리는 드림-어-드림랜드를 건설했다.

주지사 엑슬리. 형사반장 엑슬리.

에드는 린을 생각하며 린의 살 냄새를 떠올리다가 몸서리를 쳤다. 생각은 금세 이네즈로 건너갔다―이용할 만한 새로운 선.

그는 라구나 비치로 차를 몰았다.

보도진이 들끓고 있었다. 그들은 차에 있거나 레이 디털링의 잔디밭에서 카드놀이를 하고 있었다. 에드는 블록에 차를 세운 뒤 걸어 나와서는 이내 달려갔다.

보도진이 그를 보고 뒤쫓았다. 그는 집에 도착하자마자 쾅쾅 문을 두들겼다. 문이 열렸다. 바로 앞에 이네즈가 있었다.

이네즈는 문을 쾅 닫고는 다시 잠갔다. 에드는 거실로 걸어갔다. 드림-어-드림랜드가 그를 둘러싼 채 미소를 짓고 있었다.

번지르르한 물건, 도자기 조상들 : 무치, 대니, 스쿠터. 벽에 걸린 사진들 : 디털링과 장애아들. 플라스틱에 든 결재된 수표들―어린이 질병과 싸우기 위한 여섯 장.

"봤죠, 내겐 사람들이 있어요."

에드는 돌아서서 이네즈의 얼굴을 보았다. "들여보내줘서 고맙소."

"저 사람들이 나보다 당신을 심하게 대할 것 같더라고요. 당신한테 빚을 졌다는 생각이 들었죠."

이네즈는 창백해 보였다. "고맙소. 당신도 알다시피 그건 예전에 지나간 일인데."

"그럴지도 모르죠. 엉망이네요, 엑슬리."

"사람들이 그렇게 말하더군."

"그건 사실일 거예요. 이봐요, 잠깐 여기 머무르겠다면 좋아요. 하지만 버드나 다른 여러 것들에 관해서는 얘기를 꺼내지 말아줘요."

"그럴 생각 없어. 하지만 우리가 잡담을 한 적은 없잖아."

이네즈가 걸어왔다. 에드는 이네즈를 끌어안았다. 이네즈는 그의 팔을 잡고 몸을 가까이 가져갔다. 에드는 애써 미소를 지으려고 했다. "회색 머리칼이 있네. 당신도 내 나이가 되면 나처럼 회색 머리가 되겠군. 어떤 얘기를 할까?"

"사소한 것들. 난 더 잘할 수 있어요. 프레스톤은 악명 높은 아들이 망치지 않는 한 주지사에 출마하겠지요. 난 그의 선거운동 코디네이터로 나설 생각이에요."

"주지사 아버지라. 내가 그 기회를 망칠 거라고 말했던가?"

"아니요. 그는 당신에 대해 아무 험담도 하지 않았어요. 당신도 그를 괴롭히지 않도록 해주세요."

기자들이 바깥에 있었다. 에드는 그들이 웃는 소리를 들었다. "아버지를 괴롭게 하지는 않을 거요. 당신이 도와준다면 막을 수 있어."

"어떻게요?"

"호의. 당신과 나 사이의 호의, 다른 사람들은 모르는."

"뭐라고요? 자세히 설명해주세요."

"이건 굉장히 복잡하고 또 레이 디털링과도 관련되어 있어. 당신 '피어스 파쳇'이라는 이름 들어본 적 있어?"

이네즈는 고개를 가로저었다. "아뇨, 그게 누구죠?"

"일종의 투자가지. 그게 내가 당신에게 말할 수 있는 전부야. 난 당신이 드림-어-드림랜드에 들어가 디털링과 그의 재정 관계를 조사해줬으면 좋겠어. 20년대 후반까지, 아무도 모르게. 해줄 수 있겠어?"

"엑슬리, 이거 마치 경찰 업무 같은데요. 이 일이 당신 아버지와 어떤 관계가 있죠?"

혐오감이 생겼다 : 자신을 이렇게 만들어준 사람을 의심하다니. "아버지는 아마 약간의 세금 문제가 있을 거야. 난 당신이 디털링의 재정 기록을 조사해줬으면 해. 아버지를 위해서."

"나쁜 문제인가요?"

"그래."

"50년대부터? 드림-어-드림랜드의 계획이 시작되었을 때부터요?"

"아니, 1932년부터. 당신은 디털링 프로덕션에서 장부를 본 적이 있을 테니, 분명히 할 수 있으리라 믿어."

"내가 이해할 만한 설명은 없어요?"

다시 혐오감. "선거일이지. 이봐, 이네즈, 당신이 아버지를 사랑하는 만큼 나도 사랑해."

"알았어요. 당신의 아버지를 위해서."

"다른 이유는 없어?"

"좋아요. 당신이 내게 해준 것과, 당신이 내게 만들어준 동료들을 위해서. 지독하게 들렸다면 미안해요."

무치 마우스 시계가 10시를 알렸다. 에드가 말했다. "이젠 가야겠어. L.A.에서 회의가 있거든."

"뒷문으로 나가세요. 내겐 여전히 잠상인들 소리가 들리는 걸요."

혐오감이 다시 찾아왔다.

표준적 혐의 제거 절차라고 불리는 것 :

만약 그의 아버지가 애서턴 사건 수사 당시 레이 디털링과 아는 사이였다면 그는 사건을 노출시키지 않을 만한 이유를 가졌을 것이다. 그는 아마도 끔찍한 살인사건 수사 때문에 계속 어울리던 사람과 사업 계획을 꾸미는 것에 적잖이 당황했을 것이다. 프레스톤 엑슬리는 경찰이 영향력 있는 민간인과 우정을 갖게 되는 것은 절대적 정의의 공정한 수행에 해로운 거라고 믿었고 자신이 스스로의 규범에 어긋난다고 느꼈을 때 이 사실이 알려지길 바라지 않은 것은 충분히 이해할 수 있는 일이다.

사랑과 존경의 마음에 금이 갔다.

에드는 다이닝 카에 일찍 도착했다. 손님이 기다린다고 지배인이 말했다. 그는 자신이 즐겨 앉는 자리로 갔다. 눈에 잘 띄지 않는 바의 구석. 빈센즈는 그곳에 앉아 테이프를 듣고 있었다.

에드가 앉았다. "그게 도청기에서 나온 테이프인가?"

빈센즈는 테이프를 밀었다. "그래, 미키 코헨이 밤부엉이 사건과 관계없는 얘기만 떠들어대는 걸로 가득 차 있지. 아주 안 좋아. 하지만 데이비가 미키를 배신했다는 걸 알 수 있을 거고, 아마도 그는 엥글클링 형제가 믹에게 캐스카트의 거래 건을 제안하는 걸 들었을 거야. 그는 그게 마음에 들었던 모양이야. 그래서 겔더를 듀크에게 보냈을 거야. 내가 알아낸 건 거기까지야."

에드는 그걸 쏘아보았다. "수고했어, 잭. 진심이야."

"고맙네. 그런데 퍼스트 네임으로 불리니까 조금 내키지는 않는데."

에드는 메뉴를 집어 들고 자신의 호주머니에서 꺼낸 것을 그 밑에 숨겼다. "한밤중이라 나도 덜 민감해졌지."

"자네 뭔가 하고 있지. 브래큰한테서 뭘 얻어냈지?"

"거짓말 말고는 없어. 경사, 자네가 맞았어. 맥닐 교도소는 당분간 끝이야."

"그래서?"

"난 내일 파쳇을 칠 거야. 더들리와 그의 부하들을 내사과에 접근하지 못하게 한 다음 테리 럭스, 체스터 요킨 그리고 피스크와 클레크너가 찾을 수 있는 파쳇의 부하들을 모두 연행할 거야."

"좋아. 그럼 브래큰과 파쳇은 무슨 혐의로?"

에드는 린의 알몸이 떠올랐다. "브래큰은 자네의 진술서를 사들이려고 했지. 그 여자는 말리부에서 일어났던 자네의 탈선행위를 밀고했어. 그래서 나도 그 여자에게 돌려준 게 있지."

쓰레기통 잭은 불끈 쥔 두 주먹으로 자신의 머리를 쳤다. 에드가 말했다. "난 린에게 자네가 파일을 돌려받기 위해 뭐든지 할 거라고 말했어. 자네가 여전히 마약을 즐기는 데다 마권업자에게도 빚을 지고 있다고 말해줬어. 자넨 심사위원회에 갈 가능성이 높고 파쳇의 사업을 박살내려고 한다는 말까지 했지."

빈센즈는 고개를 들었다. 창백하고 주먹에서 살점이 떨어져나간 것 같았다. "그래서 파일에 있던 것을 말해줬군."

에드는 메뉴판을 집어 들었다. 그 아래 : 헤로인, 벤제드린, 잭나이프, 9밀리 자동권총. "자네는 파쳇을 흔들어야 해. 그는 헤로인을 쓰기 때문에 자네는 그에게 제안할 수 있어. 만약 자네가 약으로 기운을 차리고 싶다면 그렇게 해. 그에게서 자네 파일을 돌려받고 피가 튀는 포르노물과 허진스 살인에 대한 것도 찾아야 해. 내가 각본을 짜고 있으니, 내일 밤엔 받을 수 있을 거야. 자네는 파쳇을 겁주고 우리가 원하는 거라면 뭐든지 챙겨. 난 자네가 할 수 있을 거라고 믿으니까 내가 협박하는 거라고 생각하지 마."

빈센즈는 미소를 지었다. 그는 거의 평정을 되찾았다. 예전의 빅 브이로. "잘 안 될 경우에는 어쩌지?"

"그땐 처치해버려."

61

아편 연기가 그의 머리를 아프게 했다. 중국인들의 대꾸가 두통을 더 심하게 했다. "스페이드는 여기 없어. 내 가게는 경찰의 허가를 받았고 난 돈을 냈소. 돈을 냈단 말이오!" 에이스 콴 아저씨는 앨러미다의 아편 굴 중 하나인 뚱보 듀이 신에게 가보라고 했다. 스페이드는 이미 떠나고 없었다. 엉클 민, 엉클 친, 엉클 찬에게도 가봤으나 "돈 냈소! 돈 냈다고!" 라는 소리만 들었다. 몇 시간 동안 차이나타운을 돌았지만 사람들의 발 길에 차이기만 할 뿐 소득이 없었다. 엉클 대니 타오는 엽총을 꺼내 들었 다. 버드는 그를 밀어붙이며 협박했지만 아무것도 불지 않았다. 스페이 드는 거기 있었으나 이미 떠난 후였다. 아편 냄새를 더 맡았다가는 쓰러 져 죽거나 마구 총질이라도 해댈 것 같았다. 펀치 라인 : 그는 쿨리라는 이름으로 차이나타운을 휘젓고 다닌다.

차이나타운은 쥐 죽은 듯이 고요했다.

버드는 지방검사실에 전화해 당직자에게 자신이 퍼킨스/쿨리에 관 해 조사한 사실을 알렸다. 당직자는 하품을 하며 듣더니 지겨운 듯 전화를 끊었다. 선셋 스트립으로 향했다. 카우보이 리듬 밴드가 무대에 있었으나 스페이드는 없었고 이틀간 그의 모습을 본 사람은 아무도 없었다. 힐빌리 클럽, 시골 바, 야간 업소—도넬 클라이드 쿨리는 어느 곳에서도 볼 수 없었다. 오전 1시, 이런 시간에는 린에게 말고는 갈 곳이 없다—"어디 있었어요?" 하는 질책과 따뜻한 침대.

비가 오고 있었다. 억수같이. 버드는 졸음을 물리치려고 차의 미등을 세고 있었다—붉은 점들, 최면에 걸린 것 같았다. 그는 노팅엄 드라이브를 나섰다. 현기증이 나고 사지가 마비되는 것 같았다.

린은 베란다에 앉아 비를 바라보고 있었다. 버드는 달려갔다. 린이 양팔을 내밀었다. 그는 미끄러지듯 린을 끌어안고 섰다.

린은 뒷걸음질을 쳤다. 버드가 말했다. "걱정했어. 어젯밤 계속 전화했었는데, 미쳐버리기 전에."

"미친다고요?"

"아침에. 지금 얘기하기에는 너무 길어. 어떻게…."

린은 그의 입술에 손가락을 댔다. "난 당신이 알고 있는 피어스에 대한 것을 그들에게 말했어요. 그리고 빗속에 있자니 몽롱해졌고 그들에게 더 말할까 생각도 했어요."

"뭘 더?"

"난 피어스와 끝났다고 생각했어요. 아침에, 허니. 우리 둘 다 아침 식사 때 얘기해요."

버드는 베란다의 난간에 몸을 기댔다. 거리에 번개가 쳤다. 그 순간 린의 얼굴에 눈물 자국이 보였다. "무슨 일이야? 엑슬리야? 그 친구가 행패를 부렸나?"

"엑슬리예요. 하지만 당신이 생각하는 건 아니에요. 난 당신이 왜 그렇게 그를 싫어하는지 알아요."

"무슨 뜻이야?"

"그건 그가 당신이 갖고 있는 모든 좋은 점과 정반대이기 때문이에요. 그는 저를 더 닮았어요."

"무슨 말인지 모르겠군."

"글쎄요. 그는 굉장히 계산적이라 믿을 만했어요. 난 당신이 미워했기 때문에 그를 미워했는데 그는 피어스가 어떤 사람인지 저한테 일깨워 줬어요. 그 사람은 저한테 말하지 않아도 될 것까지 얘기했고 전 제 자신의 반응에 놀랐어요."

또다시 번개가 쳤다. 린은 상당히 슬퍼보였다. 버드가 말했다. "이를테면?"

"이를테면 잭 빈센즈가 미쳤다든가 피어스에 대해 어떤 식으로든 보복을 하겠다든가 하는 거죠. 하지만 전 그다지 걱정하지 않아요."

"어떻게 엑슬리하고 그렇게 친해졌지?"

린이 소리 내어 웃었다. "인 비노 베리타스(In vino veritas : 진실은 와인 안에 있다). 당신도 알다시피 당신은 서른아홉이고 전 당신이 지친 모습으로 나타날 때까지 기다렸어요."

"난 오늘 밤 지쳤어."

"제 말은 그런 뜻이 아니에요."

버드는 베란다의 등을 켰다. "당신과 엑슬리 사이에 무슨 일 있었어?"

"우린 그냥 얘기만 했어요."

화장한 얼굴에 눈물 자국이 났다. 린이 아름다워 보이지 않은 건 그때가 처음이었다. "그럼 나한테 말해봐."

"아침에요."

"안 돼. 지금 해."

"저도 당신만큼이나 피곤해요."

린은 희미하게 미소를 지었다. "당신, 그 녀석과 잤군."

린은 시선을 돌렸다. 버드는 린을 때렸다. 한 번, 두 번, 세 번. 린은 그의 주먹을 피하지 않고 서 있었다. 버드는 자신이 린을 무너뜨릴 수 없다는 것을 깨닫고 동작을 멈췄다.

62

내 사과는 사람들로 만원이었다.

플뢰르 드 리의 배달원 체스터 요킨은 1호실에, 2호실과 3호실에는 각각 아바 가드너와 리타 헤이워스를 꼭 닮은 파쳇의 창녀 폴라 브라운과 로레인 말바시가 있었다. 같은 포르노 사진에서 포즈를 취한 라마 힌턴, 바비 인지, 크리스틴 버저론과 그 아들이 있는 장소는 확인되지 않았다. 피스크와 클레크너가 그들의 얼굴 사진을 들고 돌아다녔지만 아직 발견하지 못했다. 4호실에는 샤론 코스텐자가 있었다. 그 여자의 본명은 메리 앨리스 머츠였다. 빈센즈의 진술서에서 얻은 수확인 이 여인은 전에 보석금을 치르고 바비 인지를 교도소에서 빼내줬고 크리스틴 버저론의 보증서를 써준 일이 있다. 5호실에는 의사 테리 럭스와 그의 변호사인 거물 제리 가이슬러가 있었다.

밖에서는 레이 핑커가 마약 해독제를 들고 기다리고 있다. 하지만 지금까지의 상황으로 봐서 마약을 하는 사람은 없는 것 같다.

경관 두 사람이 형사반 앞에 버티고 서서 내사과 이외의 관계자들은 얼씬도 못하게 하는 와중에 엄격한 심문이 진행되었다.

클레크너와 피스크가 각각 머츠와 가짜 아바 가드너를 족치고 있었다. 진술서 사본, 포르노 사진집 사진, 사건 개요서를 무기로. 요킨, 럭스, 가짜 리타는 그 사이 계속 대기시켰다.

에드는 자신의 사무실에 있었다. 빈센즈에게 건넬 시나리오 초안의 3장을 쓰고 있었다. 그런데 하나의 생각이 정리되지 않고 머릿속에서 맴돌았다. 린 브래큰이 파쳇에게 모든 걸 보고했다면 놈은 경찰이 데려가기 전에 부하들을 감추었을 것이다. 인지나 버저론이나 버저론의 아들이 밤부엉이 사건 전에 없어진 것처럼. 린이 모든 것을 보고하지 않은 이유는 두 가지로 생각해볼 수 있었다. 린은 무엇인가 꾸미고 있을 것이다. 또는 두 사람의 갑작스런 발정 때문에 혼란스러워 결론내기를 주춤거리고 있는 것이다. 하지만 전자의 가능성이 더 높다. 린은 천성이 쩔쩔매는 게 뭔지 모르는 여자니까.

린과 즐겼을 때의 여운이 아직도 남아 있다.

에드는 종이 위에 몇 개의 선을 그었다. 이네즈는 파쳇과 그의 아버지가 디털링과 맺고 있는 관계를 조사하고 있다. 그 일을 생각하면 맥이 빠진다. 내사과의 형사 둘은 아직 화이트를 찾고 있다. 그놈을 잡아서 두들겨 패주고 싶다. 빌리 디털링과 티미 밸번은 직접 심문할 작정이다. 그들은 유명인이고 자신들의 조직이 있으니 요령껏 해야겠지. 허진스 살인사건과 허진스-파쳇 간의 '거래'를 줄로 연결시킨다. 빈센즈의 진술서에 따르면 허진스의 〈명예의 배지〉에 대한 파일이 그의 죽음과 동시에 사라졌다. 이상하다. 허진스는 그 프로에 대해 상당히 집착하고 있었다. 하지만 〈명예의 배지〉 관계자들은 허진스 살인사건에 알리바이가 있다. 사건의 파일을 다시 읽어볼 필요가 있었다.

미궁에 빠져들었을 때, 갈취사건이 떠올랐다.

에드는 주변 문제에 선을 뻗어나갔다. 더들리 스미스는 점점 기세가 등등해져 흑인을 체포하려 하고 있다. 소문에 줄을 그었다. 태드 그린이 5월에 미합중국 국경경비대를 인계받을 것 같다. 그렇게 되면 파커가 새로운 형사반장을 선택할 텐데 그때는 전적으로 밤부엉이 사건에서의 활동을 참고할 것이다. 자신 아니면 스미스일 것이다. 하지만 더들리는 다시 화이트를 시켜 이쪽 일을 방해하려고 할지도 모른다. 에드는 모든 줄에 가위표를 하고 자신의 사건을 봉인했다.

클레크너가 들어왔다. "경감님, 머츠라는 여자가 협조를 하지 않고 있습니다. 샤론 코스텐자라는 가명으로 살고 있다는 것과 파챗의 부하가 다른 사건으로 체포되면 보석금을 준비한다는 게 머츠가 말한 전부입니다. 우리가 알고 있는 것처럼 파챗을 위해 일하다가 체포된 놈은 지금까지 하나도 없는데요. 머츠는 사진 속의 인물들을 전혀 모른다고 말하고 있습니다. 말씀하신 대로 그 갈취 건에 대해서도 다그쳐 보았지만 딴청을 부리고 있습니다. 밤부엉이 사건에 대해서는 아무 반응도 없는데 거짓말하는 것 같지는 않습니다."

"돌려보내. 될 수 있으면 파챗한테 가서 놈을 당황하게 했으면 좋겠는데. 듀에인과 아바 가드너한테서는 알아낸 게 있나?"

클레크너는 종이 한 장을 건넸다. "많아요. 중요한 사실들입니다. 그리고 심문 장면도 녹화해놨습니다."

"좋아. 내가 심문할 때를 대비해 요킨의 기분을 풀어줘. 맥주라도 좀 마시게 하면서 다독여줘."

클레크너는 미소를 지으며 걸어 나갔다. 에드는 피스크의 메모를 읽었다.

증인 폴라 브라운. 58년 3월 25일

1. 증인은 P.P.(파쳇)가 고용하는 창녀와 남창의 많은 고객명을 털어놓았다(상세한
   것은 별지 및 테이프 참조).

2. 포르노 사진집 사진 속의 인물 신원 확인은 실패(사실임이 거의 확실).

3. 갈취 건에 대한 증언.

   a. P.P.는 창녀 및 남창들에게 보너스를 주고 고객의 비밀을 캐냈다.

   b. P.P.는 매춘부들이 30세가 되면 일을 못하게 했다(예외는 일절 없는 것 같음).

   c. 방문 매춘을 할 때 P.P.는 창녀에게 문이나 창을 열어놓게 하여 카메라를
      가진 누군가를 통해 협박용 사진을 찍게 했다. 창녀는 부자 손님들의 집
      열쇠도 복사해두었다.

   d. P.P.는 유명한 성형외과 전문의(틀림없이 T.럭스)에게 창녀 및 남창들을 영
      화배우와 비슷하게 성형 수술하게 해서 많은 돈을 벌고 있었다.

   e. 남창들은 기혼의 동성애자 손님으로부터 돈을 갈취하여 P.P.와 나누었다.

   f. 밤부엉이 사건에 대한 질문에는 진저리를 쳤다(그 사건에 관한 한 켕기는 일
      이 없다는 것은 확실).

수치를 모르는 타락행위.

에드는 심문실에 가서 이중 거울을 통해 한 사람 한 사람씩 들여다보
았다. 피스크와 가짜 아바가 얘기를 나누고 있다. 클레크너와 요킨은 맥
주를 마시고 있다. 테리 럭스는 잡지를 뒤지고 있고 제리 가이슬러는 격
분해 있다. 로레인 말바시는 줄담배를 피우고 있다. 수치를 모르고 해괴
한 짓을 해버렸다. 리타 헤이워스의 얼굴을 한 여자는 머리 모양까지 완
전히 영화 〈길다〉를 흉내 내고 있었다.

에드는 문을 열었다. 리타 역의 로레인이 일어섰으나 자리에 다시 앉
아 담배에 불을 붙였다. 에드는 피스크의 메모를 건넸다.

"이것 좀 읽어보겠어, 말바시 양?"

립스틱을 바른 입술을 깨물며 메모를 읽었다. "그래서요?"

"거기에 적혀 있는 게 사실이야?"

"전 변호사를 부를 권리가 있어요."

"72시간 안에는 불가능하지."

"그렇게 오랜 시간 저를 붙잡아둘 수는 절대로 없을걸요?"

'절대로'—거슬리는 뉴욕 억양이었다. "이 방에서는 안 되지. 하지만 여기는 여성 전용 유치장도 있어."

로레인은 피를 빨듯이 손톱을 깨물었다. "절대로 그럴 수 없을걸요."

"할 수 있고말고. 샤론 코스텐자는 구류 중이라 아가씨의 보석금을 낼 수 없어. 피어스 파쳇은 지금 감시당하고 있고 아가씨의 친구 아바는 거기 적혀 있는 사실을 자백했어. 아바가 먼저 얘기했으니까 당신은 나머지 빈칸만 채워주면 돼."

로레인은 조용히 흐느끼며 말했다. "전 못해요."

"어째서?"

"피어스는 저한테 무척 잘 해줬어요."

에드는 로레인의 말을 잘랐다. "피어스는 이제 끝장이야. 린 브래큰이 공범 증언을 했으니까. 린은 지금 보호구금 상태야. 린에게 물어봐도 되는 일이지만 아가씨한테 물어보는 편이 조금 빠르지 않을까 해서."

"말할 수 없다니까요."

"할 수 있어. 해야만 돼."

"안 돼요. 전 못해요."

"얘기하는 게 신상에 좋을걸. 폴라 브라운의 증언만으로도 아가씨는 열한 개의 중죄 공범이 돼. 유치장의 레즈비언들이 무섭지 않아?"

대답이 없었다.

"그들도 무섭지만 여간수 쪽은 더 끔찍하지. 경찰봉을 가진 억센 여자들 말이야. 그 여자들이 곤봉을 가지고 어떤 짓을….'

"알았어요, 알았다니까요. 얘기할게요."

에드는 수첩을 꺼내 들고 '연표'라고 썼다. 로레인이 말했다. "피어스 잘못은 아니에요. 그 남자가 피어스에게 시킨 거예요."

"그 남자라니?"

"몰라요. 정말이에요. 정말 몰라요."

그는 '연표' 밑에 줄을 그었다. "당신은 언제부터 파쳇 밑에서 일하기 시작했지?"

"스물한 살 때부터요."

"그게 몇 년도지?"

"1951년."

"그리고 피어스가 테리 럭스에게 수술을 시켰나?"

"그래요. 나를 더 예쁘게 만들기 위해서요."

"침착해. 지금 말한 남자 얘기인데….'

"그 남자가 누군지는 정말 몰라요. 알 수 없는 걸 말할 수는 없잖아요."

"침착해. 그럼 폴라 브라운의 증언을 인정하고 그 증언에 적혀 있는 갈취를 당신도 모르는 '그 남자'가 파쳇에게 억지로 시켰다는 거지. 틀림없지?"

로레인은 피우던 담배를 끄고 새 담배에 불을 붙였다. "그래요. 갈취란 공갈 협박을 말하는 거예요. 맞아요."

"그게 언제 일이야, 로레인? '그 남자'가 파쳇을 찾아온 게 언제인지 기억해?"

로레인은 손가락을 펴서 세었다. "5년 전 5월이었어요."

그는 연표 밑에 진하게 줄을 그었다. "그럼 1953년 5월?"

"네. 그달에 아버지가 돌아가셨으니까. 피어스는 우리를 불러 놓고 어떻게 해서든 손님들의 비밀을 찾아내라고 말했어요. 피어스는 하고 싶어 하지 않았어요. 하지만 그 남자가 그 일을 시켰어요. 피어스가 그 사람의 이름을 말하지 않았기 때문에 아마 다른 애들도 모를 거예요."

'연표'. 밤부엉이 사건 한 달 후. "잘 생각해봐, 로레인. 밤부엉이 사건, 기억하나?"

"예? 아, 그 몇 사람인가 피살되었다는… 그 사건 말하는 거죠?"

"됐어. 신경 쓰지 마. 파쳇이 당신들을 불러 모았을 때 다른 얘기한 것은 없고?"

"아무것도요."

"파쳇과 갈취에 관해 뭐 다른 거 기억나는 것은 없나? 이봐, 난 당신이 갈취에 가담했느냐고 물어보는 것도 아니고 범행을 자백하라는 것도 아니야."

"잠깐만요, 그때보다 3개월쯤 전에 베로니카—린 말이에요—와 피어스가 얘기하는 걸 들었어요. 피어스는 피살된 스캔들 지의 기자와 자기가 짜고 갈취 같은 것을 하고 있다고 말했어요. 피어스가 손님의 비밀… 페티시라던가, 그런 것을 말해주고 그 기자가 〈허시-허시〉에 낸다고 손님을 협박한다고요. 돈을 내지 않으면 〈허시-허시〉에 폭로한다고 하며 손님을 위협했다는 거죠."

확실한 갈취 수법. 직관 : 린의 태도는 전적으로 연기는 아니었다. 린은 파쳇에게 심문에 대한 준비를 하라고 말하지 않았던 것이다. 린이 말했다면 파쳇은 자기 패거리들이 경찰서로 오게 내버려두지 않았을 것이다. "로레인, 클레크너 경사가 몇 장의 포르노 사진을 보여줬지?"

고개를 끄덕였다. "그 사람에게도 말했고 당신에게 말하지만 그런 사람들은 하나도 몰라요. 사진을 보았을 때는 소름이 끼쳤어요."

에드는 방을 나갔다. 듀에인 피스크가 복도에 서 있었다. "과연 대단하군요. 경감님이 로레인으로부터 '그 남자'에 대해 물어보고 있을 때, 난 돌아가서 아바를 상대했습니다. 아바도 그 사실을 인정했는데 누군지는 모르고 있었습니다."

에드는 고개를 끄덕였다. "가서 리타와 요킨은 구금되어 있다고 전하고 아바를 석방해. 아바를 파쳇에게 돌려보내고 싶어. 클레크너와 요킨은 지금 어떻게 돼가고 있지?"

피스크가 고개를 가로저었다. "그 녀석은 골치 아픈 놈입니다. '하나라도 말하나 봐라'면서 돈에게 도전적인 태도를 취하고 있습니다. 이 중요한 시기에 화이트는 도대체 어디에 있을까요?"

"재미있군. 하지만 그대로 두면 안 되지. 지금 바로 럭스와 가이슬러에게 점심 먹자고 하면서 데리고 나가. 럭스는 자진 출두한 거니까 정중하게 대하도록. 가이슬러에게는 대량 살인사건의 공모에 대한 수사라고 말해줘. 협력 정도에 따라서 완전한 면책을 받을 수 있고 법정에서 증언을 시키지 않는다고 서명한 증서를 제공한다고 말해. 증서는 이미 작성되어 있고 확인하고 싶으면 엘리스 로우에게 전화하라고 해."

피스크는 대답하고 5호실로 향했다. 에드는 1호실을 들여다보았다. 체스터 요킨은 이중 거울을 눈치채고 있었다. 이쪽에 대고 얼굴을 찡그리거나 가운뎃손가락을 세우거나 하고 있었다. 바짝 마른 몸에 포마드를 잔뜩 바른 올백 스타일의 앞머리가 흐트러져 눈 위에 걸쳐 있었다. 양팔에는 묵은 주사 자국처럼 보이는 흉터가 있었다.

에드가 문을 열었다. 요킨이 말했다. "어이, 당신을 알아. 신문에서 본 적이 있거든."

확실히 주사 자국이었다. 흉터 위에 찔린 조직이 남아 있다. "난, 뉴스에도 가끔 등장하니까."

불쾌한 소리로 킬킬거렸다. "한 가지 기억하고 있지. 당신이 뱉어낸 대사를. '난 용의자를 쏘거나 때리지 않습니다. 그런 짓을 하면 경찰도 범죄자와 같은 수준으로 전락하니까요'라고 말했었잖아. 내 대사를 읊어줄까? 난 절대로 밀고는 하지 않습니다. 경찰이라는 작자들은 모두 사람들의 위장에 있는 것까지 다 끄집어내어 말하게 만드는 개자식들이니까."

"말 다했나?"—버드 화이트식 방법.

"아니, 네 애비는 쥐새끼와 붙어먹고 있어."

무서웠다. 하지만 몸이 저절로 움직였다. 상대의 목덜미에 팔꿈치를 먹였다. 요킨은 목이 메어 헐떡거렸다. 에드는 뒤돌아 수갑을 채우고 그를 바닥에 내던져버렸다.

무서웠다. 하지만 손은 떨리지 않았다. 어때요, 아버지. 전혀 겁 안나.

요킨은 방구석으로 뒷걸음질을 쳤다.

무서웠다. 또 악당 버드와 같은 짓을 한다. 의자를 집어 던지자 용의자 머리 바로 뒷벽에 부딪혔다. 요킨은 딱정벌레같이 기면서 벽에서 벗어나려 했다. 에드는 그를 구석으로 걷어차 버렸다. 침착하자. 목소리가 갈라지지 않도록 해야 한다. 안경 속의 눈을 부릅뜨며 말했다. "전부 다 실토해. 포르노 사진집과 네가 플뢰르 드 리를 통해 벌인 갈취에 대해서 말이야. 하나도 빠짐없이. 원래 너는 양팔에 그런 자국이나 새기고 다니는 놈이야. 그런데 왜 파쳇처럼 영리한 놈이 너 같은 쓰레기를 신뢰했을까? 한 가지 알아둘 게 있어. 파쳇은 이미 끝장났어. 그러니까 너와 흥정할 수 있는 사람은 이제 나밖에 없어. 내 말 알아들어?"

요킨은 '알았어요, 알았어요'라고 말하듯 고개를 아래위로 흔들었다. "테스트 파일럿이었어요. 난 그놈 때문에 날았던 거야. 테스트 파일럿이었다니까!"

에드는 수갑을 풀어주었다. "다시 말해봐."

요킨은 손목을 쓰다듬었다. "모르모트라고."

"뭐?"

"내 몸에 헤로인 실험을 한 거요. 여기저기, 한 번에 조금씩."

"처음부터 얘기해봐. 천천히."

요킨은 기침을 했다. "몇 년 전 피어스는 코헨과 잭 드래그나와의 흥정에서 도둑맞은 헤로인을 손에 넣었어요. 그걸 훔쳤던 버즈 믹스란 놈은 피트와 백스 엥글클링 형제에게 헤로인을 조금 맡겨두었어요. 샘플로 말예요. 그 형제는 그걸 자기 아버지한테 주었는데 그 사람은 대단한 화학자였다더군요. 그 사람은 대학에서 피어스를 가르쳤는데 헤로인을 자신의 몸에 주사하다가 죽었답니다. 심장마빈가 뭔가로 그대로 죽어버렸대요. 그 사이 다른 놈이, 이름을 모르니까 그건 물어보지 마세요. 어쨌든 그놈이 믹스를 죽였는지 어쨌는지 하여간 처리했대요. 그러고는 나머지 헤로인을 빼앗았대요. 8킬로그램이 넘었을까, 어쨌든 피어스가 오랫동안 헤로인의 혼합물을 개발하고 있었는데 그는 가장 싸고 안전하면서도 최고로 품질 좋은 것을 만들려고 했어요. 난 다만… 시험용 주사를 맞았을 뿐이에요."

놀랄 만한 선이 연결되었다. "너는 5년 전 플뢰르 드 리의 배달원을 했었어. 그렇지?"

"맞아요. 그래요. 확실해요."

"너와 라마 힌턴."

"라마는 최근 몇 년 동안 만나지 못했어요. 라마가 한 짓을 왜 내게 뒤집어씌우려고 해요? 이러지 말아요."

에드는 또 다른 의자를 잡아 흔들었다. "그런 짓은 하고 싶지 않아. 그러니까 대답해. 그리고 대답이 마음에 들면 너에게 한 가지 빚을 지게 되는 거야. 이것은 테스트고 너는 테스트 파일럿이야. 그러니까 잘 날아봐. 53년에 할리우드의 마약을 숨긴 장소 밖에서 잭 빈센즈에게 발포한 게 누구지?"

요킨은 새파랗게 질렸다. "나예요. 피어스가 시킨 거예요. 거기서 하는 게 아니었는데. 내가 실수했어요. 피어스는 내게 불같이 화를 냈어요."

파쳇은 이제 끝장이다. 경찰 살해를 계획했다니. "그래서 파쳇은 너를 어떻게 했어?"

"끔찍한 테스트를 했어요. 형편없는 물건은 처리해버려야 한다고 지독한 혼합물을 주사했어요. 그는 내게 터무니없는 비행을 시킨 거예요."

"그래서 넌 놈을 미워하는 거야?"

"그래요, 피어스는 보통 사람이 아니에요. 그를 미워하지만 그에게 반해 있기도 해요."

에드는 의자를 밀어냈다. "밤부엉이 살인사건을 기억하고 있나?"

"아, 몇 년 전에 일어났던 일이죠. 그건 무엇 때문에…."

"아니야, 좋아. 하지만 이번에 물어보는 것은 중요한 일이야. 정보를 주면 기소 면제 증서를 써주고 파쳇이 잡힐 때까지 보호구금해주겠어. 포르노 사진집 문제야, 체스터. 5년 전 플뢰르 드 리가 취급하던 지저분한 책 기억하나?"

요킨은 머리를 아래위로 흔들었다.

"사진에 사용된 피 색깔의 잉크를 기억해?"

요킨은 미소를 지었다. 자진해서 밀고하고 싶어 하는 것 같았다. "그 일이라면 잘 알고 있죠. 피어스는 정말 잡히는 거지요?"

시나리오가 작성된 지 열 시간이 지난 후. "아마 오늘 밤에."

"그럼 그 지독한 테스트 비행의 복수를 해주세요."

"체스터, 천천히 말해봐."

요킨은 일어나 저린 발을 풀었다. "피어스가 했던 개 같은 짓 알고 있어요? 놈은 내가 주사를 맞고 날고 있는 동안 옆에서 나불나불 전부 떠들어대는 거예요. 내가 아무것도 기억 못할 줄 알고 조심성 없이 말예요."

에드는 수첩을 꺼내들었다. "순서대로 얘기해봐."

요킨은 목을 쓸며 기침을 했다. "좋아요. 피어스는 은퇴한 창녀들과도 한동안 연결돼 있었어요. 우리가 그 여자들의 사진첩을 만들고 있을 때였죠. 그때 이름은 모르겠는데 어떤 남자가 여자애들과 손님을 설득해서 사진 모델을 시켰어요. 그 사람은 그것으로 책을 만들어 넓은 지역에 뿌리고 그걸 팔아 돈을 벌자고 파쳇에게 흥정을 제안했어요. 물론 피어스에게는 배당을 주겠다고 말했지요. 피어스는 그 아이디어를 맘에 들어 했지만 여자와 손님들을 노출시키고 싶어 하지 않았어요. 그래서 그 남자로부터 책을 일부 사서 플뢰르 드 리를 통해 유통한 거예요. 그의 말로는 한정판매라고 했어요. 그렇게 하면 물건이 불특정 다수에게 흘러들어갈 일은 없을 테니까…."

묻혀 있던 선들이 연결되어 간다. 한정판매는 한정되지 않았다. 풍기사범단속반에서 흘러나온 책들을 회수했다―빈센즈가 맡았던 수사. "계속해봐, 체스터."

"그 포르노 사진집을 만든 놈은 아마 피어스로부터 엥글클링 형제 얘기를 들은 것 같아요. 그 친구들이 인쇄소를 가지고 있다는 것과 언제나 돈에 욕심을 내고 있다는 것 말이에요. 그래서 놈은 섭외할 사람을 찾아냈어요. 그리고 그가 엥글클링 형제에게 접근해서 대량으로 책을 만들어 팔아먹자는 얘기를 했어요."

섭외 담당 : 캐스카트다. 코헨으로부터 엥글클링 형제로, 그들에게서 파쳇으로 연결되는 지그재그 선은 되돌아왔다. 맥닐 섬의 미키 그리고 골드먼과 켈더로. 헤로인으로부터 포르노 사진집으로 연결되는 선.

"체스터, 어떻게 해서 그런 것까지 알게 됐지?"

요킨이 소리 내어 웃었다. "난 정맥 주사로 녹아 있었고, 피어스는 안전한 헤로인을 코로 빨아들였어요. 놈은 개를 타이르듯 나한테 말을 걸었어요."

"그래서 파쳇의 포르노 사진집 건은 끝난 거군. 그의 관심은 오로지 헤로인 파는 데만 쏠렸을 테니까."

"아니에요. 몇 년 전에 8킬로그램의 헤로인을 피어스에게 가져온 남자 얘기를 했던가요? 놈이 포르노 사진집에 환장해서 남미에 있는 돈 많은 변태성욕자들과 중개인의 목록을 손에 넣은 거예요. 그놈과 피어스는 잠시 처음 사진들을 사용했는데 그 후 새로운 것을 비밀장소에서 만들었어요. 어딘지는 모르겠지만 창고에 포르노 사진집을 쌓아놓고 팔아 치울 때를 기다리고 있었어요. 피어스는 경찰의 단속이 느슨해질 때를 기다리고 있었던 것 같아요."

새로운 줄은 연결되지 않는다. 정해진 문구, 목적은 돈. 하지만 이 경우엔 이치가 맞지 않는다. 포르노는 위험한 장사다. 거기에 비해 정제된 9킬로그램의 헤로인은 보증된 수백만 달러나 마찬가지다. 요킨이 말했다. "당신이 초조해질 만한 얘기가 또 하나 있어요. 피어스는 집 옆에 함정을 장치해놓은 금고를 가지고 있어요. 현금이나 마약, 뭐든지 거기에 감추어 두고 있어요."

에드는 계속 생각해보았다. 목적은 돈?

요킨. "어이, 말 좀 해봐요. 놈의 새로운 잠적 장소를 알고 싶죠? 롱비치의 린덴가 8819번지예요. 엑슬리, 말 좀 해봐요."

"감방으로 스테이크를 보내주지. 상이야."

새로운 선들. 에드는 피스크와 클레크너의 개요서를 끌어당겨 거기에 요킨과 말바시의 진술서를 덧붙였다. 헤로인과 포르노는 연결되었다. 포르노 사진집을 만든 '그 남자'야말로 허진스를 죽인 범인이다. 섭외원은 듀크 캐스카트이고 그는 딘 반 겔더에게 피살되었다. 데이비 골드먼은 캐스카트를 살해하라고 명령한 걸까? 아니면 다만 접촉하라고 명령한 걸까? 골드먼은 미키 코헨의 독방에 장치한 도청기로 포르노 사진집의 얘기를 들었다. 어디에나 고개를 내미는 코헨. 도둑맞은 그의 헤로인은 결국 엥글클링 형제와 8킬로그램의 헤로인을 파쳇에게 가지고 와서 정제시키려 한 '그 남자'의 손에 넘어갔다. 포르노 또한 좋아하는 '그 남자'는 파쳇을 설득하여 1953년의 원본을 모델로 새로운 사진집을 만들게 했다. 직관 : 코헨은 8년 전에는 터무니없는 호인이었다. 교도소 안에서나 밖에 나와서나. 중심인물은 이 복잡기괴한 사건에 직접 손을 대고 있지는 않다. 결론 : 밤부엉이 살인사건은 적어도 준전문가가 한 일로 파쳇의 헤로인과 포르노 밀매에 끼어들려고 한 시도였다. 따라서 그 사건의 초점은 포르노 사진집 장사에 직접 나서려고 한 캐스카트이다. 그는 자기 존재의 중요성을 엉뚱한 사람들에게 잘못 전달한 게 아닐까? 밤부엉이 사건에서 총을 난사한 패거리는 겔더가 캐스카트로 위장한 짓이었다는 걸 알고 있었을까, 모르고 있었을까? 조직범죄 음모에 이어지는 선 : 적어도 준전문가가 한 일로 하급 행동대의 짓은 아닐 것이다. 하지만 프란츠 엥글클링과 그의 두 아들은 이미 죽고 데이비 골드먼은 폐인이 되었다. 미키 코헨은 자기 주위에서 일어나고 있는 일들에 쩔쩔매고 있다. 의문의 선 : 누가 피트와 백스 엥글클링 형제를 죽였을까? 무서운 선 : 로렌 애서턴, 1934년. 어떻게 그 사건이 연결될 수 있을까?

피스크가 문을 두드렸다. "경감님, 럭스 박사와 가이슬러를 데려왔습니다."

"그래서?"

"가이슬러가 준비된 진술서를 주었습니다."

"읽어봐."

피스크는 종이를 꺼냈다. "피어스 모어하우스 파쳇과 나, 테렌스 럭스 의학박사 사이의 관계에 대해 아래와 같이 공중진술서를 제출한다. 파쳇과의 관계는 직업적인 것이었다. 난 그의 지인인 여러 남녀에게 광범위한 성형외과 수술을 했다. 유명배우의 얼굴을 정확하게 흉내 내는 수술이었다. 파쳇이 그 젊은 남녀들을 매춘 목적으로 고용하고 있다는 근거 없는 소문이 있으나 난 그 소문이 진실이라고 볼 만한 결정적인 증거를 가지고 있지 않다. 그것을 여기에 정식으로 선서하는 바이다.' 대강 이 정도입니다."

에드가 말했다. "그 정도 가지고 사실을 흐려놓을 수 있을까. 듀에인, 요킨과 리타 헤이워스로부터 진술서를 받고 유치장에 처넣어 둬. 범죄방조와 교사죄야. 체포일은 비워둬도 좋다. 각각 한 번씩 전화를 걸 수 있게 해줘. 그리고 롱비치로 가서 린덴가 8819번지를 덮쳐. 플뢰르 드 리의 마약 창고야. 파쳇이 벌써 깨끗이 치워 놓았을 테지만 아무튼 그렇게 해. 만일 치워 놓지 않았으면 때려 부숴서라도 문을 열어놔."

피스크는 침을 삼켰다. "저 경감님, 때려 부수라고요? 그리고 체포일자를 빈칸으로 하고요?"

"때려 부수라고. 조서를 받아. 그리고 명령에 대해 질문하지 마."

피스크가 말했다. "아, 예. 알겠습니다." 에드는 문을 닫고 인터콤으로 클레크너에게 전했다. "돈, 럭스 박사와 가이슬러 씨를 데려와."

"알겠습니다." 인터콤으로 소리가 크게 울렸다. 그는 곧 작은 소리로 속삭였다. "둘 다 화가 나 있습니다, 경감님. 알려드리는 게 좋을 것 같아서요."

에드는 문을 열었다. 발소리도 요란하게 가이슬러와 럭스가 걸어온다. 악수도 없이 가이슬러가 말했다. "솔직히 말해서 저 정도의 점심으로는 내가 럭스 박사에게 청구해야 할 시간급의 발끝에도 미치지 못합니다. 박사는 자진 출두라고 하는데 이렇게 기다리게 하다니 너무 무책임한 것 아닙니까?"

에드는 미소를 지었다. "미안합니다. 제출하신 정식 진술서는 받아보았습니다. 난 럭스 박사를 심문하려는 게 아닙니다. 단지 부탁할 일이 있어서요. 물론 보답은 확실히 하겠습니다. 그리고 시간급의 청구서는 제게 보내주세요. 그 정도는 지급할 수 있습니다."

"당신 아버지라면 그럴 여유가 있겠지요. 계속하세요. 아직까지는 당신 얘기에 흥미가 있습니다."

에드는 럭스에게 말을 걸었다. "박사님, 우리는 공통의 지인을 가지고 있군요. 그리고 난 당신이 합법적인 모르핀을 팔고 있다는 것도 알고 있습니다. 협력해주시면 우호적으로 사건을 진행시킬 수 있다고 맹세할 수 있습니다."

럭스는 외과용 메스로 손톱을 다듬고 있었다. "〈데일리 뉴스〉에 따르면 당신은 이제 하향길로 접어들었다던데."

"잘못 알고 있는 겁니다. 이건 파쳇과 헤로인에 대한 일입니다. 소문이라도 괜찮아요. 정보원까지 캐묻지는 않겠습니다."

가이슬러와 럭스는 방 밖으로 나가 뭔가를 속삭였다. 럭스가 말을 중단하고 들어와 말했다. "피어스는 로스앤젤레스의 헤로인 사업을 지배하려고 하는 질 나쁜 패거리들과 관계되어 있다는 얘기를 들은 적이 있습니다. 피어스는 대단한 화학자로 특별한 조제약품을 개발해왔습니다. 호르몬, 항정신성 질환 약 등을 조합해서 말이죠. 그가 만든 약은 보통의 헤로인과는 비교도 되지 않는 것 같습니다. 더욱이 그 약은 양산체제로 들어가 팔려나갈 때를 기다리고 있을 뿐이라고 합니다. 내 병원에도 그것을 만드는 장치가 있어요. 제리, 아까 경감이 말한 대로 청구서는 경감에게 보내줘."

준전문가. 전문가─새로운 연결선에는 어디에나 '헤로인'이라는 글자가 적혀 있는 것처럼 보였다. 에드는 갤로데에게 전화해 비서에게 말을 전해달라고 했다. "혹시 밤부엉이 사건이 해결될지도 몰라, 전화해줘." 책상 위에 사진이 걸려 있다. 애로우헤드에서의 이네즈와 그의 아버지. 그는 린 브래큰에게 전화했다.

"여보세요."

"린, 엑슬리야."

"어머, 안녕하세요?"

"파쳇에게 가지 않았군."

"제가 갈 거라고 생각했어요? 보내려고 한 거예요?"

에드는 사진을 덮었다. "일주일 정도 L.A.를 떠나 있었으면 좋겠어. 레이크 애로우헤드에 집을 가지고 있어. 거기에 있으면 괜찮을 거야. 오늘 오후에 떠나."

"피어스는…."

"나중에 얘기할게."

"당신도 오나요?"

에드는 빈센즈에게 줄 시나리오를 보았다. "한 가지 일을 마치면 곧바로 갈 거야. 화이트와 만났나?"

"여기 왔었는데 다시 나갔어요. 지금은 어디 있는지 몰라요. 그는 괜찮아요?"

"응. 아니, 제기랄, 몰라. 호숫가에 있는 페르난도에서 만나지. 집은 바로 그 근처에 있어. 6시 어때?"

"좋아요."

"당신은 꼭 이해하리라 생각하고 있었어."

"벌써 나 자신에게 많은 것을 이해시켰어요. 도시를 떠나면 더 쉬워지 겠죠."

"왜 그래, 린?"

"파티는 끝났어요. 당신은 계속 입을 다물고 있는 게 용감한 행동이라 고 생각해요?"

63

버드는 빅토리 모텔에서 눈을 떴다. 창밖은 해질녘이었다. 반나절의 밤과 반나절의 낮을 잔 셈이다. 눈을 비볐다. 스페이드 쿨리의 모습이 다시 떠올랐다. 담배연기 냄새가 나고 문 옆에 앉아 있는 더들리의 모습이 눈에 들어왔다.

"악몽을 꾸었나, 버드? 몸을 뒤척이는 것 같더군."

악몽이었다. 매스컴 공세에 괴로워하던 이네즈. 그것은 내 탓이었다. 엑슬리에게 쐐기를 박으려고 한 짓이었다.

"자네를 보고 있자니 내 딸들이 생각났어. 자네도 알다시피 그들 못지않게 난 자네를 아끼고 있어."

침대 시트가 땀으로 흠뻑 젖어 있었다. "일은 어떻게 돼가요? 다음은 뭐예요?"

"우선 내 얘기 좀 들어봐. 난 오랫동안 가공할 만한 범죄를 부지런히 봉쇄하고 있었어. 그러니까 나랑 동료 몇은 언젠가 그 보상을 분배받을 수 있을 거야. 너도 충분한 상을 타겠지. 하여튼 그 보상을 위한 수단이 손에 들어오게 돼. 지저분한 깜둥이들을 얌전하게 할 수단이 생기면 세상이 어떻게 될까 상상해보라고. 이 건에는 전에 자네가 가끔씩 조여 주던 그 이탈리아인도 관련이 있어. 너 같으면 놈이 맘대로 설치는 걸 억누를 수 있을 거야."

버드는 기지개를 켜고 손가락 관절들을 꺾었다. "전 수사 재개를 말하는 겁니다. 분명히 얘기해주세요."

"분명히 말하자면 문제는 에드먼드 엑슬리야. 놈은 린에게 불리한 사실들을 증명하려 들고 있어. 버드, 너에게 입힌 묵은 상처에 다시 소금을 뿌릴 심산이야."

몸 안의 혈관들이 떨려 왔다. "우리 사이를 알고 있었군요. 당신이 알고 있으리라고는 생각 못했어요."

"내가 모르는 건 거의 없어. 그리고 자네를 위해 못해줄 것도 없어. 겁쟁이 엑슬리는 자네가 사랑한 두 여자에게 손을 댔어. 놈에게 따끔한 맛을 보여줄 좋은 방법을 생각해봐."

64

둘은 침대로 직행했다. 그렇게 하지 않으면 얘기를 해야 한다고 에드는 생각했다. 린도 같은 생각인 듯했다. 호반에 있는 집 안은 곰팡이 냄새가 나고 침대는 지난번 이네즈와 잠을 잤을 때 그대로 헝클어져 있었다. 공기도 탁했다. 에드는 불을 켜놓은 채로 두었다. 눈에 보이는 게 많을수록 생각하는 것은 적어진다. 덕분에 행위에 몰두할 수 있었다. 에드는 린의 여드름 숫자를 세며 절정에 달하는 순간을 연장시켰다. 둘은 천천히 움직여 전번에 소파에서 굴러 떨어졌던 실수를 되풀이하지 않으려고 했다. 린의 몸에는 멍든 자국이 있었다. 버드 화이트가 그랬다는 것을 알고 있었다. 둘은 줄타기와 같은 위험한 짓을 하고 있었으므로 서로를 온순하게 대했다. 긴 포옹은 서로가 거짓말을 한 데 대한 보상처럼 느껴졌다. 하지만 한 번 입을 열면 그들의 얘기는 끝날 줄 몰랐을 것이다. 그렇다면 어느 쪽이 먼저 버드 화이트의 이름을 입에 올릴까, 에드는 궁금했다.

먼저 입에 올린 것은 린이었다. 파쳇에게 거짓말을 하려고 했던 것은 버드 때문이었다고 말했다. 경찰의 수사 같은 것은 농담이었다. 그들은 지푸라기라도 잡으려고 했다. 버드는 피어스의 얌전한 행동밖에 모르지만 만일 피어스가 반격을 하면 버드는 틀림없이 곤경에 빠질 거라고 린은 생각했다. 피어스는 어떤 인간이든 가격표가 붙어 있다고 생각하기 때문에 버드와의 우정도 돈으로 사려고 들지 모른다. 하지만 그는 웬들이 돈으로 살 수 없는 인간이라는 것을 모른다. 버드의 일을 생각하며 린은 여러 생각을 떠올렸다. 생각하면 할수록 마음이 상했다. 전직 창녀가 한 경감에게 키스하도록 한 것은 이제 다 끝난 파티에 덧붙여진 경품추첨 같은 것이었다. 지금의 내가 있게 된 건 피어스 덕분이지만 그는 추락할 데까지 추락했다. 만일 피어스가 없어지면 그 사람 때문에 없어진 나의 선량한 부분이 되돌아올지도 모른다. 에드는 린의 말에 움찔했다. 린의 솔직함에 보답할 만한 얘기를 그는 할 수 없었다. 지금쯤 잭 빈센즈가 그곳에 달려갔겠지. 그는 린이 파쳇을 낭패감에 빠지도록 하기를 기대했었다. 그의 부하가 엄중한 심문을 받은 끝에 체포되고 소방용 도끼를 가진 피스크가 그의 창고를 부수고 있다면 더더욱 그럴 것이다.

에드의 침묵을 린은 말로 메워나갔다. 일기를 보여주며 잠시 동안의 연인들에 대한 얘기를 했다. 때로는 우습게, 때로는 슬프게. 막상 필요할 때는 소용없어진 불쌍한 손님들의 얘기나 드라이브인 식당에서 일하면서 매춘을 하는 창녀들 얘기에 에드는 무심코 웃을 뻔했다. 린은 이네즈와 버드 화이트의 관계를 알고 있었다. 둘은 때때로 만나 사랑을 나누었으나 이네즈의 분노가 버드의 분노보다 강해 그를 탈진시켰기 때문에 거의 소원해졌다고 했다. 때때로 하룻밤 같이 있는 것이 그에게는 전부였다. 린의 말투에서 질투 같은 건 느껴지지 않았다. 에드만 질투심에 불타 언성 높여 여러 가지를 물어볼 뻔했다. 헤로인과 갈취, 그 수치를 모르는 행위들에 대해 당신은 어디까지 알고 있지? 린이 준 선물이 에드의 질문을 막았다. 그의 가슴 위에 놓인 부드러운 손. 린의 솔직함이 옮겨 왔을까? 에드는 그저 무슨 말을 하기 위해 질문을 할 수도 거짓말을 할 수도 없게 됐다.

　그의 얘기는 우선 가족에 대한 것에서 시작됐다. 과거로부터 현재까지 있었던 여러 일. 약골 에디, 여러 사람의 기대를 한 몸에 받았던 형 토머스. 형이 총알 여섯 발을 맞았을 때, 자신은 춤을 추고 있었다는 것을. 대대로 내려오는 런던 경시청 수사관 가문에서 자란 경찰이라는 것을. 이네즈의 얘기. 자신의 심약함 때문에 네 사람을 죽인 얘기. 엘리스 로우와 파커 국장이 만병통치약으로 생각하는 그럴듯한 희생양을 찾으려고 더들리 스미스가 점점 기가 살아 날뛰고 있다는 것. 남아도는 영광에 둘러싸인 위대한 프레스톤 엑슬리에게 돌연 떠오른 의혹. 핏빛 잉크로 장식된 포르노 사진집이 스캔들 전문기자의 죽음이나 24년 전 산산조각 난 아이들 그리고 자기 아버지 및 레이먼드 디털링과 어떻게 관련되어 있는가. 둑이 터진 듯 얘기를 계속하다가 마지막에 할 얘기가 없어지자 린이 키스로 그의 입을 막았다. 에드는 린의 멍을 어루만지며 잠에 빠져들었다.

65

악덕 경관 빅 브이. 엑슬리는 그에게 좋은 역할을 배당했다. 빈센즈는 단속이 행해지는 시간에 맞춰 파쳇에게 전화를 걸었다. 파쳇이 말했다. "알았소, 얘기를 듣지. 오늘 밤 11시에 혼자 오시오."

그는 방탄조끼에 테이프를 붙이고 마이크를 몸에 숨겼다.

헤로인 한 봉지, 날이 튀어나오는 칼 그리고 9밀리미터 자동권총을 챙겼다. 엑슬리가 준 벤제드린은 화장실 변기에 흘려보냈다. 이것 이상 슬픔을 자아내는 것은 없다.

잭은 파쳇의 집으로 다가가 초인종을 눌렀다. 그는 무대에 오르기 직전의 공포심에 계속 사로잡혀 있었다.

파쳇이 문을 열었다. 엑슬리가 말한 대로 마약 때문에 눈동자가 수축되어 있었고 코도 엉망이 되어 있었다.

잭은 조소를 띠며 시나리오대로 말했다. "야, 피어스…."

파쳇이 문을 닫았다. 잭은 헤로인 봉지를 피어스의 얼굴을 향해 집어 던졌다. 봉지는 얼굴에 명중을 하고 나서 바닥으로 떨어졌다.

즉흥 연기를 할 때다. "그저 인사 방식일 뿐이오. 어쨌든 당신이 요킨을 가지고 시험한 물건과 같은 것은 아니오. 내 동서 지방검사를 알고 있소? 나와 흥정하면 그에게 보너스를 받을 수 있지."

파쳇은 냉정한 목소리로 말했다. "그런 거 어디서 손에 넣었소?" 그는 코에 그것을 얻어맞고도 전혀 두려워하는 것 같지 않았다.

잭은 나이프를 꺼내 칼날로 자신의 목을 살짝 그었다. 피가 흐르는 것 같아 손가락으로 닦아냈다. 아카데미상을 받을 정도로 능숙한 사이코 연기였다. "어떤 흑인들한테서 빼앗은 거야. 당신은 모든 걸 알고 있지? 〈허시-허시〉는 나에 대한 얘기를 자주 썼으니까. 당신과 허진스는 옛날부터 서로 뒤엉켜 있었으니까 모를 리가 없겠지."

그는 전혀 두려워하는 것 같지 않았다. "5년 전 당신 때문에 난 곤경에 빠졌어. 당신에 대한 파일 사본을 아직도 가지고 있어. 하지만 당신 자신이 흥정을 깨뜨린 것 같군. 상사에게 당신의 진술서를 보여주고 왔다는 것쯤은 눈치채고 있소."

나이프로 하는 재주. 칼끝을 손바닥에 대고 가볍게 찔렀다가 뺀다. 또 피가 흐른다.

엑슬리의 위협적인 대사를 전했다. "정보에 있어서는 우리 쪽이 당신보다 한 수 위야. 당신이 코헨과 드래그나 사이와의 흥정에서 도둑맞은 헤로인을 손에 넣었다는 것쯤은 알고 있어. 그것을 어떻게 이용했든 간에 말이야. 53년에 밀매한 포르노 사진집에 대해서도 알고 있고 매춘부를 이용해 공갈친 일도 알고 있어. 내가 바라는 건 파일과 간단한 정보뿐이오. 그것만 준다면 엑슬리 경감의 수사내용을 전부 물거품으로 만들 수 있소."

"어떤 정보?"

각본대로 정확하게. "난 허진스와 흥정했어. 내 파일을 파기하고 현금

1만 달러를 내놓으면 로스앤젤레스 경찰국 간부에게 받고 있는 뇌물에 대한 정보를 그에게 주기로 했소. 그리고 시드가 당신과 짜고 갈취하는 일을 시작했다는 것도 알고 있었어. 그 시절에 난 플뢰르 드 리 사건으로부터 손을 빼고 있었지만 말이오. 그건 당신도 알고 있겠지. 그런데 돈과 파일을 받기 전에 시드가 살해됐어. 범인이 돈과 파일을 가져간 것 같아. 난 그 돈이 필요해. 연금을 받기 전에 경찰에서 쫓겨날 것 같아서 말이야. 그리고 내 돈을 빼앗아 간 자식을 죽였으면 좋겠어. 53년 포르노 사진집을 만든 건 당신이 아냐. 그걸 만든 놈이야말로 시드를 죽이고 내 돈을 빼앗아 간 놈일 거야. 이름을 가르쳐 줘. 그럼 난 당신 편이 될 테니."

파쳇이 미소를 짓자 잭도 따라서 미소를 지었다. 사살하기 전의 마지막 한판 승부. "피어스, 밤부엉이 사건은 당신의 포르노 사진집과 헤로인과 뒤죽박죽이 되어 있어. 교수형 당하고 싶소?"

파쳇은 갑자기 총을 빼들고 잭을 향해 세 발을 쏘았다. 무소음총. 탄알은 감추어 두었던 테이프리코더를 부숴버리고 방탄조끼에 맞아 튀어나갔다. 그리고 또 세 발. 두 발은 조끼에 맞고 한 발은 빗나갔다.

잭은 탁자에 부딪혔으나 일어나 총을 빼들고 겨냥했다. 총의 슬라이드가 움직이지 않았다. 파쳇이 다가왔다. 그의 바로 앞에서 방아쇠를 당겼다. 두 번의 불발. 눈앞의 파쳇. 나이프를 빼들고 마구 찔러댔다. 비명소리. 나이프가 잭의 손에 잡혔다.

잭의 나이프가 탁자 위에 있던 파쳇의 왼손을 관통했다. 다시 비명 소리. 주사기를 쥔 파쳇의 오른손이 원을 그린다. 바늘 끝이 어딘가에 꽂혔다고 생각되는 순간 의식이 몽롱해졌다. 그때 총소리가 울렸다. "안 돼, 에이브. 그만, 리! 그만둬." 불이 번쩍 나고 연기가 났다. 슬픔이 아스라이 멀어지고 있다. 이런 상태라면 다시 주삿바늘을 사랑할 수 있을 테고 칼에 손이 꽂힌 우스꽝스런 사내와도 다시 만날 수 있겠지.

66

그의 머릿속 시계는 제멋대로 움직이고 있었고 그의 손목시계는 완전히 작동을 멈추었다. 버드에게는 오늘이 수요일인지 목요일인지조차도 확실치 않았다. 그의 밤부엉이 '노출'은 하룻밤을 꼬박 소모했다. 더들리가 그를 너무 앞지르고 있어 노트에 기록도 하지 않았다. 더들리는 밤 12시에 그의 곁을 떠났는데 대담한 말들을 늘어놓으면서도 완력을 자랑하는 경관과 밤새 지낼 시간은 없었다. 더들리의 사냥감은 엑슬리였다. 밤부엉이를 해결함으로써 에드의 경력을 망쳐놓는 것이었다. 그래서 버드 화이트에게 다음과 같은 주문을 한 것이다. "그에게 뜨거운 맛을 보여줄 방법을 생각해보라." 살인이 그가 생각할 수 있는 최대한이었다. 그건 린을 손댄 것에 대한 보상도 된다. 로스앤젤레스 경찰국 경감을 죽인다는 생각이 그의 시계에서 스프링을 잘라버렸다. 한 번 더 스프링을 감으면 그는 그걸 할 수 있을 것이다. 이른 새벽에는 제인웨이가 그의 머리에 떠올랐다. 죽기 전의 모습 말이다. 제인웨이는 이른 새벽에 만나야 할 상대를 그에게 준비해주었다. 자기를 죽인 사내를 말이다.

그래서 스페이드 쿨리가 그를 일어서게 했다.

버드는 빌트모어 호텔에 가서 카우보이 리듬밴드의 멤버들과 얘기했다. 스페이드는 여전히 모습을 보이지 않았고 퍼킨스는 혼자서 도취의 세계에 빠져 있었다. 지방검사실의 당직 근무자는 이해할 수 없다는 듯이 말했다. 그들이 도대체 이 사건과 관계가 있기나 한 건가? 차이나타운을 한 바퀴 돈 다음 아파트로 돌아왔다. 두 명의 내사과 사람들이 그의 집 앞에 차를 세워놓고 있었다. 그는 햄버거 판매대에 가서 뱃속에 햄버거를 밀어 넣었다. 곧 새벽이 되었고 그는 산처럼 쌓아놓은 〈헤럴드〉에서 오늘이 금요일이라는 걸 알았다. 밤부엉이가 헤드라인을 장식하고 있었다. 흑인들이 경찰의 폭력행위에 대해 항의하고 파커 국장은 정의 실현을 약속했다.

그는 잠시 피곤을 느꼈으나 다시 자신을 다잡았다. 라디오로 시계를 맞추려 했으나 시계 바늘이 움직이지 않았다. 그는 100달러짜리 그루언 시계를 창밖으로 던졌다. 피곤한 상태에서 그는 케이시를 보았다. 정신을 차리면 엑슬리와 린이 보였다. 그는 자동차를 체크하기 위해 노팅엄 드라이브로 차를 몰았다.

화이트 패커드가 없었다. 린은 늘 같은 장소에 차를 주차해놓는다.

버드는 건물 주위를 돌아보았다. 엑슬리의 파란 플리머스도 보이지 않았다. 이웃집 여자가 우유를 가지러 밖으로 나왔다. 이웃집 여자가 말했다. "안녕하세요. 브래큰 양의 친구죠?"

이것저것 냄새 맡기를 좋아하는 나이 많은 여자. 린은 그 여자가 침실을 엿본다고 말한 적이 있다. "그렇소."

"보다시피 린은 여기 없어요."

"그렇군요. 린이 어디 있는지 모르시죠?"

"글쎄…."

"글쎄라뇨. 린이 다른 남자랑 있는 걸 보았나요? 키 크고 안경 쓴 친구인데…."

"아뇨, 그런 적은 없어요. 그렇게 사나운 말투를 쓰지 말아요, 젊은 양반. 글쎄, 어떻게."

버드는 여자에게 배지를 보여주었다. "글쎄라뇨, 부인. 말씀하시죠."

"말투가 그렇지 않았다면 당신에게 브래큰 양이 어디 갔는지 말해주려 했죠. 지난밤에 린이 관리인에게 말하는 걸 들었거든요. 린이 방향을 묻고 있었어요."

"어디로 가는 방향이었죠?"

"레이크 애로우헤드예요. 당신이 그런 말투를 쓰지 않았다면 벌써 알려줬을 텐데…."

엑슬리의 집이다. 이네즈한테 들은 적이 있다. 미국 국기, 주기, 로스앤젤레스 경찰국기가 걸려 있다는 곳이다. 버드는 애로우헤드를 향해 달려가 호숫가 주변에서 그 집을 발견했다. 기가 바람에 날리고 있었는데 파란색 플리머스는 없었다. 린의 패커드가 진입로에 세워져 있었다.

현관 앞까지 몰고 간 다음 계단 위로 올라갔다. 버드는 창유리를 부수고 손을 집어넣어 문을 열었다. 아무 반응이 없었다. 시골의 사냥용 오두막 같은 거실은 텅 비어 있었다.

그는 침실로 갔다. 불쾌한 땀 냄새, 침대 위의 립스틱 자국. 그가 베개를 걷어차자 베갯속이 튀어나왔고 다시 매트리스를 집어 던졌더니 밑에 가죽 바인더가 있었다. 틀림없이 린의 '주홍 글씨'일 것이다. 린은 자신의 일기에 대해 오래전부터 말해왔다.

버드는 그것을 잡고 찢어버리려 했다. 과거에 자신의 전화번호부를 자주 그렇게 했듯이. 일기의 냄새가 그걸 멈추게 했다. 안을 보지 않는다면 그는 겁쟁이인 것이다.

뒤적거리다가 마지막 페이지로 갔다. 린의 필적, 검은색 잉크로 쓰인 굵은 글자, 그가 사준 금딱지 붙은 펜.

1958년 3월 26일

또 에드 엑슬리에 대한 것들. 그는 방금 돌아왔지만 어젯밤에 내게 해준 얘기들 때문에 괴로워하는 것 같았다. 새벽녘 미명에서의 그는 참으로 약한 존재로 보였는데 안경도 쓰지 않은 채 비틀거리며 욕실로 향했다. 난 이렇듯 본질적으로 겁 많고 완고한 인간을 상대하지 않으면 안 되는 점에서 피어스에게 동정을 느꼈다. 엑슬리는 사랑을 할 때는 마치 나의 웬들 같다. 그것이 결코 끝나지 않기를 바라는데 끝나버리면 다시 자기 자신으로 돌아가야 하기 때문이다. 그는 나만큼이나 상처 많은 인간으로 아주 영리하고 신중하고 게다가 조심스럽다. 그가 항상 머리를 회전시키고 있다는 것은 금방 알 수 있는데 그러므로 그와 얘기할 때는 어두운 곳에서 해야 한다. 그래야 표정을 보며 이것저것 고민할 필요가 없으니까. 그는 너무나 영리하고 실용적이어서 웬들은 그에 비하면 어린애 같고 그만큼 덜 영웅적으로 보인다. 그리고 그의 딜레마를 생각하면 내가 피어스의 우정과 비호를 배신한 것은 그다지 대단한 일은 아닌 것처럼 보인다. 이 사람은 참으로 오랫동안 아버지의 눈길을 받고 있어서 모든 행동이 그의 영향 아래 놓여 있지만 그럼에도 불구하고 자기 나름의 방식을 찾으려 하는 것은 상당히 놀랄 만한 일이다. 엑슬리가 아직 깊이 있게 추적한 것은 아니지만 그는 피어스가 5년 전에 팔았던 화려한 포르노 사진집에 실린 게 허진스의 난자당한 시신 그리고 살인범 로렌 애서턴의 피해자의 시신 처리와 일치한다는 확신을 가지고 있다. 애서턴은 30년대에 프레스톤 엑슬리에게 체포된 사내다. 프레스톤은 곧 주지사 출마를 선언할 텐데 에드는 자기 아버지가 애서턴 사건을 잘못 해결한 게 아닌가 생각하고 있고 사건 당시에 그의 아버지가 레이먼드 디털링과 비즈니스 관계를 맺은 건 아닌가 생각하고 있다(애서턴의 희생자 중 한 사람은 디털링의 아역스타였다). 중요한 점 또 하나 : 머리 좋은 실용주의자 에드는 자신의 아버지를 도덕적 전범이자 효율성의 견본으로 생각하고 있기 때문에 인간 행동의 범위 내에서 용인될 수 있는 결점 및 사업에서의 사욕 추구를 받아들이는 데 공포를 느끼고 있다. 그는 '밤부엉이 관련사건'을 해결함으로써 프레스턴 엑슬리도 잘못을 범할 수 있다는 것을 세상에 알리는 꼴이 되지 않을까 그리고 아버지가 주지사가 될 기회를 날려버리지 않을까 두려웠다. 하지만 그가 더 두려워하는 것은 아버지를 인간으로서 받아들이는 것인데 본인 자신이 그렇게 받아들이지 않으므로 이건 더욱 어려운 일이 될 것이다. 하지만 그는 그럼에도 사건 해결에 매진할 것이다. 마음속으로 그는 결심을 굳힌 것 같다. 나의 웬들이라면, 이런 상황에 처했다면, 이것이 그의 좋은 점이기도 한데, 먼저 관계자들을 모두 쏘아 죽인 다음 시신을 처리해줄 머리 좋은 사람을 찾을 것이다. 그가 자주 얘기하는 그 세련된 아일랜드인인 더들리 스미스 같은 사람을. 이것과 관련된 것들에 대해 할 얘기는 아직 있다. 산책을 하고 아침을 먹고 석 잔의 진한 커피를 마신 다음 계속할 것이다.

그는 이번에는 찢어버렸다. 등 쪽에서부터 가죽과 종이가 찢어졌다. 전화를 걸었다. 내사과 직통으로. 신호음이 울리고 "내사과, 클레크너입니다." 하는 소리가 들려왔다.

"화이트일세. 엑슬리 바꾸게."

"화이트, 당신은 지금⋯." 새로운 목소리가 들려왔다. "엑슬리일세. 화이트, 자네 어디 있나?"

"애로우헤드. 방금 린의 일기를 다 읽었네. 자네 아버지, 애서턴, 디털링에 대한 얘기를 모두 알게 되었지. 그 망할 얘기 말이야. 난 현재 용의자를 뒤쫓고 있는데 잡으면 6시 뉴스에 자네 아버지가 등장하겠지."

"자네와 거래하고 싶네. 듣기만 하게."

"그런 일은 없을 거야."

로스앤젤레스로 돌아와 스페이드가 자주 들르던 곳을 다시 훑었다. 차이나타운, 선셋 스트립, 빌트모어 호텔 등. 시간 감각이 엉망이 되고 나서 벌써 세 번째 이곳을 도는 것이다. 중국인들이 마치 카우보이 리듬 밴드의 멤버들처럼 보이고 엘 랜초 클럽에 있는 친구들이 마치 중국인들처럼 찢어진 눈을 하고 있었다. 세 번째 질문에도 듣는 대답은 여전히 같았다. 단지 그의 에이전트에 대해 작은 정보를 얻은 것을 제외하면.

버드는 냇 펜즐러 어소시에이츠로 차를 몰았다. 안쪽으로 들어가는 문이 열려 있었다. 냇스키는 샌드위치를 먹고 있었다. 그는 버드를 보더니 한입 물고 나서 "에이, 제기랄." 하고 말했다.

"스페이드가 공연을 펑크 내고 있더군. 당신한테 큰 손실을 입힌 것 같은데."

펜즐러는 한쪽 손을 책상 뒤로 넘겼다. "내 고객들이 얼마나 많은 비판을 나한테 안겨주는지 당신이 모를 거야, 이 원시인 양반."

"별로 중요한 일이 아닌 것처럼 말하는군."

"나쁜 일에는 이미 익숙해져 있지."

"그가 어디 있는지 알고 있소?"

펜즐러는 손을 들어올렸다. "명왕성에라도 가 있지 않을까? 그가 좋아하는 잭 대니얼스를 안고 말이야."

"당신 손으로 뭘 하는 거요?"

"불알을 만지고 있지. 일하고 싶은 생각 없소? 일주일에 500달러 받는 일인데, 물론 10퍼센트는 에이전트에게 줘야 하지만 말이야."

"그는 어디 있소?"

"내가 전혀 모르는 곳에 있겠지. 다음 주에 연락해주고 혹시 조금이라도 머리가 돌아오면 편지해주시오."

"그런 식으로 다 해결될 거란 말이지, 허."

"이봐, 원시인. 만약 내가 알고 있다면 당신 같은 난폭한 사람한테 그걸 숨길 리가 있나?"

버드는 그를 걸어차 의자에서 떨어뜨렸다. 펜즐러는 바닥에 나동그라졌고 의자는 돌다가 멈추어 섰다. 버드는 책상 밑으로 가서 끈으로 묶은 포장을 꺼냈다. 한쪽 발로 펜즐러를 밟고 한 손으로 끈을 풀었다. 세탁이 된 검은 카우보이 셔츠였다.

펜즐러가 일어섰다. "링컨 하이츠. 새미 링의 지하실이야. 물론 이 말은 나한테 들었다고 하지 마시오."

링의 가게 : 차이나타운에서 북쪽으로 브로드웨이 쪽에 있다. 뒤에 주차장이 있고 이곳에서 부엌으로 들어갈 수 있다. 외부에서는 지하실로 내려가는 입구가 없다. 지하실의 통풍구에서 연기가 뿜어져 나왔다. 가게 주변을 돌아보았는데 통풍구에서 소리가 들려오는 것 같았다. 부엌에는 지하실로 통하는 곳이 반드시 있을 것이다.

그는 주차장에서 가로 5센티미터, 세로 10센티미터 정도 되는 각목을 주워 들고 뒷문으로 들어갔다. 두 명이 고기를 튀기고 있었는데 노인하나가 오리 가죽을 벗기고 있었다. 들어 올리는 문의 틈새가 보인다 : 오븐 옆에서 목재대로 치켜들면 간단하다.

그들은 버드를 보더니 젊은 친구가 뭐라고 말했다. 노인이 조용히 하라는 손짓을 했다. 버드는 배지를 보였다. 노인이 손가락을 비볐다. "돈다 냈어! 다 냈다고! 가란 말이야!"

"스페이드 쿨리를 만나러 왔소, 노인장. 지하로 가서 그에게 냇스키가 세탁물을 가져왔다고 해주시오. 지금 말이오."

"스페이드, 돈 냈어! 당신 여기서 떠나! 나 돈 다 냈어!"

아이들이 주위를 둘러쌌다. 노인은 고기를 썰 때 사용하는 칼을 휘둘렀다.

"당장 나가요! 나가! 난 돈 냈어!"

버드는 바닥의 틈새 쪽으로 다가갔다. 노인은 꿈쩍하지 않았다.

버드는 들고 있던 각목을 휘둘렀다. 노인의 허리에 맞았다. 노인은 스토브 쪽으로 쓰러지며 버너에 부딪혀 머리에 불이 붙었다. 아이들이 덤벼들었지만 버드의 몽둥이에 다리를 얻어맞았다. 그들은 바닥에 쓰러져 뒤엉켰다. 버드는 그들의 늑골에 일격을 가했다. 노인은 싱크대에 머리를 담그고 검게 그을린 얼굴을 적시고 있었다.

무릎에 또다시 일격. 노인은 그래도 손에 들고 있는 칼을 놓지 않고 있었다. 버드는 그의 손을 눌러 손가락뼈를 부러뜨렸다. 노인이 소리를 질렀다. 버드는 노인을 오븐 옆으로 끌고 가 틈새를 걷어찼다. 문을 들어 올린 다음 노인을 끌고 지하로 내려갔다.

연기 : 아편, 증기. 버드는 노인을 걷어차 조용하게 했다. 연기 저편으로 매트리스 위의 마약 중독자들이 있었다.

버드는 그들을 밀어젖히며 안으로 들어갔다. 모두 중국인들이다. 뭐라고 중얼거리며 그를 때리려 하다가 다시 꿈의 세계로 돌아갔다. 아편 연기가 그의 얼굴에, 코에 밀려왔다. 숨을 깊게 들이쉬자 그의 폐까지 밀려왔다. 봉화 같은 연기 : 안쪽에 사우나실이 있었다.

그는 문을 걷어찼다. 연기 속으로 벌거벗은 스페이드 쿨리와 역시 벌거벗은 세 명의 여자가 보였다. 낄낄 웃으며 팔과 다리가 교차한 상태였다. 미끄러운 타일 벤치 위에서의 난교 파티. 여자들과 완전히 몸이 뒤엉킨 상태라 스페이드만을 향해 쏜다는 건 불가능했다.

버드는 벽의 스위치를 눌렀다. 증기가 빠지고 연기도 사라졌다. 스페이드가 쳐다보았다. 버드는 총을 꺼냈다.

그를 죽여라.

먼저 움직인 것은 쿨리였다. 그는 두 여자를 단단히 붙잡고 방패로 삼았다. 버드는 앞으로 나아가며 여자들의 손과 발을 당겨 쿨리의 얼굴이 드러나게 했다. 여자들은 미끄러지며 비틀거리다가 문밖으로 나갔다. 스페이드가 말했다. "맙소사, 이게 다 뭐야."

몸속에 들어간 연기가 버드의 머릿속에서 그 자신의 꿈의 나라를 세우고 있었다. 최후의 의식, 그 순간을 길게 하려 한다. "케이시 제인웨이, 제인 밀드레드 햄셔, 리넷 엘런 켄드릭, 샤론…."

쿨리가 외쳤다. "제기랄 그건 내가 아니야. 퍼킨스란 말이야."

최후의 순간이 뒤틀려버렸다. 버드는 총의 방아쇠가 반쯤 당겨져 있는 것을 보았다. 여러 색깔이 그의 주위에서 돌았다. 쿨리는 기관총을 쏘듯 말했다. "듀스가 마지막 여자, 그 켄드릭인가 하는 여자랑 있는 걸 보았어. 난 그가 작부들을 괴롭히는 걸 좋아한다는 걸 알고 있었어. 그래서 그 여자가 죽었다고 텔레비전에 나왔을 때 듀스에게 물어보았지. 그랬더니 나를 죽이겠다고 위협하더군. 그래서 여기 와 있는 거야. 당신, 날 믿어야 해."

색깔의 플래시 : 듀스 퍼킨스, 사악한 인간. 한 가지 색이 번쩍였다—터키석 같은 푸른색, 스페이드의 손. "그 반지들, 어떻게 손에 넣은 거야?"

쿨리는 무릎에 타월을 올려놓았다. "듀스, 그가 이걸 만들지. 그는 순회공연 때 반지 만들기 상자를 가져오거든. 그는 오래전부터 이상한 농담을 하곤 했어. 어떻게 이런 것들이 그의 은밀한 일을 위해 그의 손을 보호해주는지를 말이야. 이제는 그가 무슨 의미로 그런 말을 했는지 알겠어."

"아편은? 그것도 손에 넣을 수 있었나?"

"그 망할 자식이 내 것을 훔쳤어. 당신, 내 말을 믿어야 해."

여기서부터 중요하다. "내가 조사한 바에 따르면 당신은 살인이 있던 날 항상 그곳에 있었어. 당신만 말이야. 공연기록을 보면 당신과 같이 다니는 놈들은 항상 바뀌더군. 그럼 이걸…."

"듀스 그 친구는 49년부터 내 로드 매니저를 해왔어. 그래서 항상 나랑 다녔지. 내 말을 믿어요."

"그는 어디 있나?"

"나도 몰라요."

"여자 친구, 친구 혹은 다른 변태들. 빨리 불어."

"내가 아는 바로는 그 자식에게 친구라고는 그 이탈리아 놈 자니 스톰파나토 정도밖에 없어. 믿어주…."

"당신을 믿지. 만약 그에게 알려 도망가게 한다면 내가 당신을 죽여버릴 거라는 것도 믿으라고."

"오, 하느님. 믿고말고요."

버드는 연기 속으로 걸어갔다. 중국인들은 여전히 마약에 빠져 있었고 노인은 겨우 숨을 내쉬고 있었다.

퍼킨스에 대한 기록정보과의 체크:

캘리포니아에서는 전과기록이 없고 앨라배마에서 가석방된 이후에도 아무런 위반 사항이 없다. 그는 44년에서 46년까지 수간죄로 교도소 생활을 했다. 임시 고용 뮤지션으로 주소는 부정. 확인된 지인은 리 박스와 에이브 티틀봄과 마찬가지로 모두 범죄조직 멤버들이다. 버드는 전화를 끊은 다음 잭 빈센즈한테서 들은 얘기를 기억했다. 잭이〈명예의 배지〉 파티에서 듀스를 적발한 적이 있다는데 그 자리에 티틀봄과 박스도 있었다는 거다.

섭게 생각할 수 있는 것 : 자니는 버드의 정보원 역할을 한 적이 있는데 자니는 그를 미워했고 두려워했다.

버드는 교통국에 전화해서 스톰프의 전화번호를 알아냈다. 벨이 열 번이나 울렸지만 받지 않았다. 빌트모어 호텔의 카우보이 리듬밴드와 엘 랜초 클럽도 전화를 받지 않았다. 다음에는 카이키 티틀봄의 델리에 전화를 했다. 카이키와 자니는 친한 사이이다. 피코 대로를 달리면서 아편 찌꺼기를 날려 보냈다. 날카로운 감각이 되돌아왔다. 퍼킨스를 잡은 다음 그를 죽인다. 그리고 그다음은 엑슬리다.

버드는 차를 주차시킨 다음 창문으로 안을 들여다보았다. 나른한 오후였다. 자니 스톰프와 카이키 티틀봄이 역시 탁자에 있었다.

그는 들어갔다. 그들은 그를 알아보고는 뭐라고 속닥거리는 것 같았다. 그들을 보는 것은 오랜만이다. 에이브는 더 뚱뚱해졌고 스톰프는 여전히 멋을 부리고 있었다.

카이키가 손짓을 했다. 버드는 의자를 들고 그쪽으로 가져갔다. 스톰프가 말했다. "웬들 화이트. 어떻게 지내시오, 파에자노(파트너)."

"애를 먹고 있지. 라나 터너와는 어떤가?"

"나도 애먹는 건 마찬가지요. 누가 말하던가요?"

"미키 코헨."

티틀봄이 껄껄 웃었다. "그 여자는 3번가 터널 같은 구멍을 가지고 있을 거야. 자니는 오늘 밤 그 여자와 함께 아카풀코로 떠나요. 난 그냥 거리의 여인과 밤을 지새우지만 말이오. 화이트, 무슨 일로 행차하신 거요. 딕 스텐스가 여기서 일하던 때 이후로 처음 보는 것 같소."

"난 듀스 퍼킨스를 찾고 있어."

자니가 탁자를 두들겼다. "그럼 스페이드 쿨리한테 말해보시오."

"스페이드는 그가 어디에 있는지 모르더군."

"그럼 왜 내게 묻죠? 미키가 듀스와 내가 친하다고 하던가요?"

형식적인 질문을 하지 않는다. '왜 그를 찾는 거요' 하는 식의. 그리고 말이 많은 카이키도 너무 조용하다. "스페이드는 자네와 그가 잘 안다고 하더군."

"아는 사이인 건 확실하죠. 아주 오래전부터 아는 사이니까 말이오. 파에자노. 하지만 그를 안본 지 여러 해 되었소."

체인지업을 던져본다. "넌 내 파에자노가 아니야, 이 망할 자식아."

자니는 미소를 지었다. 옛날의 정보원 게임을 다시 하는 줄 알고 아마 안도한 건지도 모른다. 카이키에게 눈을 준다. 이 뚱뚱한 친구는 다소 겁먹은 얼굴이다. "에이브, 자네 퍼킨스하고 친하지?"

"아니요. 듀스는 나에겐 너무 미친 것 같은 친구였죠. 그는 제대로 인사도 하지 않는 녀석이오."

거짓말. 퍼킨스의 전과기록과는 다르다. "아마 내가 좀 혼동했는지도 모르겠군. 난 자네들이 리 박스와 친하다는 걸 알고 있고 그와 듀스가 가깝다는 말을 들었거든."

카이키가 껄껄 웃었다. 지나치게 꾸민 듯하다. "무슨 얘기요. 자니, 웬들 씨가 너무 심하게 혼동하는 것 같은데."

스톰프가 말했다. "물과 기름이죠, 그들 둘은. 가깝다고요? 웃기는 얘기네요."

별다른 이유도 없이 박스의 편을 든다. "자네들이야말로 웃기지 마. 무슨 일이 있었는지 묻지도 않는 게 이상해."

카이키는 접시를 옆으로 밀었다. "우리가 그다지 신경 쓰지 않는 게 그렇게 이상한 거요?"

"자네들은 억지 얘기를 꾸며서 소문내는 걸 좋아하지 않나?"

"그럼 억지 얘기를 해보죠."

소문 : 카이키는 어떤 사내가 자기를 유대 놈이라 불렀다고 사내를 두들겨 패서 죽인 적이 있다고 한다. "그래 억지 얘기를 하지. 오늘 날씨가 좋은데 그다지 할 일이 없으니 머리에 기름 바른 이탈리아 놈과 뚱보 유대 놈하고 얘기나 하는 수밖에."

에이브는 크게 웃더니 그의 팔을 가볍게 쳤다. "정말 웃기시는군. 그런데 왜 듀스를 찾는 거요?"

버드는 에이브의 팔을 세게 친 다음—"자네가 상관할 일이 아니야, 유대인 친구."—이번에는 자니에게 체인지업을 던졌다. "미키가 출감했는데 자네는 뭘 하나?"

톡, 톡, 톡. 자니가 반지를 그의 슐리츠 병에 대고 두들긴다. "당신이 관심을 가질 만한 것은 없어요. 내 속으로 완전히 봉쇄해놓고 있으니까 걱정할 것 없어요. 당신은 뭘 하고 있는 거요?"

"밤부엉이 사건을 재수사하고 있지."

자니는 너무 세게 두들겼다. 그의 병이 거의 떨어질 것 같았다. 카이키의 얼굴이 하얘졌다. "설마 듀스 퍼킨스가 했다고 생각하는 것은…."

스톰파나토 : "이봐, 에이브. 듀스가 밤부엉이를 했다니, 이건 너무 심한 얘기 아냐."

버드는 "소변 좀 봐야겠어." 하고는 화장실로 향했다. 그는 문을 닫고 열까지 센 다음 살짝 문을 열었다. 두 놈은 뭔가 열심히 얘기하고 있었다. 에이브는 냅킨으로 얼굴을 닦고 있었다. 떨어진 조각들이 서로 맞을 때까지 기다리자.

듀스와 밤부엉이.

잭 브이는 박스, 스톰프, 카이키 그리고 퍼킨스를 어느 파티에서 본 것이다. 아마도 밤부엉이 사건 1년 전쯤 될 것이다.

조직범죄반 때의 일이다. 조 시파키스의 밀고였다. 총을 가진 3인조 갱이 코헨의 조직원들과 혼자서 활동하는 갱들을 차례로 죽였다. 빅토리 모텔이라는 말이 떠오른다.

버드는 조각들을 잡았다가 놓치고 그러다가 다시 잡았다.

"봉쇄한다."

더들리가 좋아하는 거창한 단어, 봉쇄.

그가 모텔에서 한 말 : "봉쇄한다", "보상의 분배", "예전에 자네가 조여주던 그 이탈리아인." 자니 스톰프는 버드를 미워하면서도 과거에 그의 정보원 역할을 했다. 더들리는 '완벽한 폭로'에 심혈을 기울이고 있다. 라마 힌턴의 고문─밤부엉이 정보를 끌어내기 위한 수고이다. 도트 로스스타인도 거기 있었다. 그 여자는 카이키 티틀봄의 조카다.

버드는 얼굴을 씻고 조용히 돌아왔다. 스톰프가 말했다. "그래, 시원한가요?"

"그래, 자네 말이 맞아. 난 옛날 일로 듀스를 찾는 거야. 하지만 밤부엉이에 대해서는 감이 오는 게 있어."

냉정한 자니 : "아, 그래요?"

역시 조용한 카이키 : "새로운 흑인 용의자라도 있나요? 내가 아는 건 신문에서 읽은 것뿐이라."

버드 : "어쩌면 그럴지도 모르지. 만약 흑인들이 아니라면 밤부엉이 옆에 있었다는 자주색 차는 위장공작일 거야. 잘 있게, 친구들. 만약 듀스를 보거든 서로 전화해달라고 전해줘."

냉정한 자니는 여전히 병을 두들기고 있었다.

조용한 카이키는 기침을 하며 땀을 흘리고 있었다.

조용한 버드, 하지만 그렇게 조용한 것은 아니다. 밖에 나와 차를 타자

마자 코너를 돌아 공중전화로 갔다. 퍼시픽 코스트 벨의 경찰 회선에 전화를 걸어 한참 동안 기다렸다.

"예, 무슨 일이죠?"

"로스앤젤레스 경찰국의 화이트 경사요. 추적조사를 부탁합니다."

"언제부턴가요, 경사님?"

"지금부터요. 이건 살인사건 수사요. 어느 레스토랑의 개인전화와 공중전화에서 거는 전화를 추적해주시오. 지금 당장."

"잠시만 기다려주십시오."

전화를 다른 곳으로 옮기는 신호음이 들리더니 다른 여자의 목소리가 들려왔다. "경사님, 뭘 원하시는 건가요?"

더 이상 조용하지 않은 버드. "피코 대로와 베테랑 애버뉴 사이에 있는 에이브 노셔리. 앞으로 15분 동안 밖으로 거는 전화를 모두 체크해주시오. 나를 실망시키지 말아요."

"동시추적은 힘든데요, 경사님."

"제기랄, 누구에게 전화하는지만 알려줘요."

"살인사건 수사라니까 해보도록 하죠. 그쪽 번호는 몇 번이죠?"

버드는 번호를 읽어주었다. "GR 48112."

헛기침을 했다. "그럼 15분 뒤에 연락하겠습니다. 다음번에는 좀 여유 있게 부탁해주십시오."

버드는 전화를 끊었다. 더들리, 더들리, 더들리, 더들리. 벨소리로 그의 상상이 끊어졌다. 그는 전화기를 들다가 하마터면 떨어뜨릴 뻔했으나 다시 들었다. "여보세요."

"두 통화입니다. 하나는 DU 32758 미스 도트 로스스타인이란 사람의 번호이고, 두 번째는 AX 46811로 더들리 스미스의 집입니다."

버드는 수화기를 떨어뜨렸다. 교환수가 하는 말이 다시는 보지 못할

어딘가 안전한 곳에서 들려온다. 린도 못 볼지 모르고 경찰 배지가 있어
도 안전하다고 할 순 없다.

경감 더들리 리암 스미스가 밤부엉이 사건에 관여하고 있다.

67

잭 빈센즈는 고백을 했다.

그는 세인트 아나톨 고아원에서 한 여자애를 임신시킨 것과 해럴드 스코긴스 부부를 죽인 사실을 고백했다. 그는 섹시한 흑인 여자애를 이용해 빌 맥퍼슨을 함정에 빠뜨린 것, 찰리 파커에게 부당하게 마약 소지 혐의를 뒤집어씌운 것, 〈허시-허시〉를 위해 마약 중독자들을 습격한 사실 등을 고백했다. 잭은 침대에서 일어나려 했고 두 손을 들어 예수 수난의 십자가 모양을 만들려고 했다. 그는 자비를 바란다는 말을 했고 미키에 대해서도 뭐라고 했다. 그는 마약 중독자들을 두들겨 팬 것 그리고 엘리스 로우의 충복 역할을 한 사실을 고백했다. 그는 아내에게 더러운 사진집에 실린 여자들을 닮은 창녀들과 성교한 사실을 용서해달라고 애걸했다. 그는 자신이 마약을 좋아했으며 예수를 사랑할 수 없는 인간이었다고 고백했다.

카렌 빈센즈는 울면서 옆에 서 있었다. 남편의 얘기는 도저히 듣고 있을 수 없는 것이었지만 듣지 않을 수도 없었다. 에드가 카렌을 병실에서 데리고 나가려고 했지만 카렌은 응하지 않았다. 에드는 애로우헤드 근처에서 경찰서로 전화를 했다. 피스크가 소식을 전했다 : 어젯밤 파쳇이 총에 맞아 죽었으며 그의 저택이 불에 몽땅 타버렸다고. 소방수들이 뒷마당에서 빈센즈를 발견했다. 연기로 반쯤 질식한 상태이고 방탄조끼가 엉망이 된 상태로 말이다. 그는 센트럴 리시빙 병원으로 옮겨져 의사로부터 혈액 검사를 받았다. 결과는 쓰레기통 잭이 테스트 비행을 하고 있었다는 것, 즉 헤로인과 항정신성 약의 혼합물이 그의 체내에서 발견되었다. 그는 살아날 게고 곧 건강을 회복할 것이다. 과잉복용한 마약이 몸에서 빠져나가기만 한다면.

간호사가 빈센즈의 얼굴에 약을 발랐다. 카렌은 너덜너덜해진 클리넥스를 손에 든 채 안절부절못하고 있었다. 에드는 피스크의 메모를 체크했다. '이네즈 소토의 전화. R.D.의 재정 상태에 대한 정보는 없음. R.D.는 의심스러워하지 않았을까? 이네즈는 아주 이해하기 힘든 말을 했음. - D.W.'

에드는 메모를 구겨서 집어던졌다. 빈센즈는 뭔가 비밀스러운 일을 하고 있었다. 그가 린과 함께 있을 때 말이다. 누군가 파쳇을 죽이고 이들 둘을 불타게 내버려두었다. 엑슬리 가의 부자도 불에 타버릴지 모른다. 횃불을 들고 있는 것은 버드 화이트다.

그는 카렌을 쳐다볼 수 없었다.

"경감님, 이리 와보시죠."

피스크가 복도에 서 있었다. 에드는 그쪽으로 가서 문에서 떨어진 곳으로 갔다. "무슨 일인가?"

"노트 레이먼이 검시를 마쳤습니다. 파쳇의 사망원인은 두 개의 다른 라이플에서 발사된 30-30의 산탄입니다. 레이 핑커가 탄도 검사를 한 바로는 리버사이드 카운티의 옛날 보고서에 나오는 탄도와 일치한다는

군요. 55년 5월의 미해결 사건으로 단서가 없었습니다. 술집 밖에서 두 남자가 사살된 사건인데 갱 관련 사건으로 보입니다."

모든 것은 헤로인으로 귀착되고 있다. "그게 자네가 알아낸 전분가?"

"아닙니다. 버드 화이트가 차이나타운의 마약굴 하나를 박살내고 세 명의 중국인을 반쯤 죽여 놓았다고 합니다. 그는 처음에는 이것저것 질문하다가 배지를 보여준 다음 갑자기 미친 듯이 날뛰었다고 합니다. 피해자 중 한 사람이 그의 사진을 확인했습니다. 태드 그린이 이 일 때문에 내사과에 전화를 했습니다. 제가 전화를 받았죠. 잡아올까요, 경감님? 그걸 원하지 않았던가요. 그린 국장도 경감님이 해결할 거라 하던데."

에드는 하마터면 웃을 뻔했다. "아니야, 그럴 필요 없네."

"경감님?"

"그럴 필요 없다니까. 자네와 클레크너는 이걸 해주게. 밀러 스탠턴, 맥스 펠츠, 티미 밸번 그리고 빌리 디털링에게 연락하게. 질문할 게 있으니 오늘 밤 8시에 내 사무실로 오라고 얘기해주게. 내가 직접 조사한다고 말해주고 외부에 알려지고 싶지 않으면 변호사를 데려오지 말라고 하게. 그리고 옛날 로렌 애서턴 사건의 파일을 가져다주게. 잘 봉해서 말이야, 경사. 자네도 그 내용을 보아서는 안 되네."

"경감님…."

에드는 돌아섰다. 카렌은 문가에 서 있는데 이미 눈물도 말라버린 것 같았다. "잭이 그런 일들을 했다고 생각하세요?"

"예, 그렇게 생각합니다."

"내가 안다는 걸 그가 눈치채서는 안 돼요. 그에게 절대 말하지 않겠다고 약속해주세요."

에드는 고개를 끄덕이며 방 안을 들여다보았다. 빅 브이는 영적 교접을 애걸하고 있었다.

68

    교통국 자료실. 상자들이 거의 어깨 높이까지 쌓여 있다. 확인 조사—자니와 카이키가 마지막에 한 말들. 뒤지다가 내던지고 그러다가 다시 되돌아서 찾기도 한다. 그는 너무 흥분해 있어서 등록증을 넘기며 동시에 다른 생각을 할 수 있을 정도였다.

    스톰프, 티틀봄 그리고 리 박스를 밤부엉이의 실행자들로 만든다. 이들을 새로 등장하는 갱들 및 코헨의 조직원들을 죽인 자들로 만든다. 듀스 퍼킨스도 이들과 한 편이다. 다른 놈들은 그가 창녀들을 두들겨 패서 죽였다는 것은 모를 것이다. 아니면 그들은 이걸 아마추어적인 짓이라 생각해 절대 용인하지 않을 것이다. 아마 더들리가 리더일 것이다. 그는 리더 이외의 어느 것도 하지 않을 사람이다. 그동안 그가 해달라고 한 일은 모두 그를 멤버로 끌어들이려는 것이었다. 힌턴을 체포한 것은 더들리가 파쳇의 미처리 사항을 동결하기 위한 것이었다. 그렇다면 파쳇과 더들리가 서로 아는 사이이고 힌턴은 이미 죽었으며 그리고 브루닝과 칼리슬이 이들과 한패임을 입증하지 않으면 안 된다. '봉쇄하다, 봉쇄되다, 보상의 분배.' 더들리는 로스앤젤레스의 조직 범죄계를 지배하려고 했고 그리고 밤부엉이를 흑인 깡패들에게 뒤집어씌우려고 했다.

버드는 상자들을 뒤졌다. 차량 등록, 53년 4월 초순. 애들도 알 수 있는 것 : 밤부엉이 옆에 있었다는 차량은 위장이라는 것이다. 코츠의 차 속에서 발견된 엽총과 그리피스 공원에서의 탄피도 모두 허위 조작일 것이다. 살인자들은 이 사건을 추적하다가 운 좋게 머큐리를 발견하고 희생양이 되어줄 흑인들도 발견한 것이다. 아니다. 로스앤젤레스 경찰 국에 있는 자들이 음모를 꾸몄다. 그들은 범죄보고서를 읽다가 훔친 차를 타고 다니며 엽총을 쏘아대는 검둥이들이 있다는 걸 알았다. 녀석들에게 죄를 뒤집어씌우자. 그리고 검둥이들을 체포할 경관들이 그들을 죽일 거라 생각했다. 그럼 당연히 사건은 종결된다.

그래서 그들은 범죄보고서에 묘사된 것과 일치하는 차를 구했을 것이다. 그들은 그 차가 밤부엉이 근처에서 발견되도록 꾸몄다. 그들이 차를 훔치지는 않았을 것이다. 경관이라면 심야에 체포될 위험을 범하지는 않는다. 그렇다고 자주색 차량을 사지도 않았을 것이다. 그들은 다른 색 차량을 사서 자주색으로 칠했을 것이다.

버드는 서류더미 속에서 그가 원하는 것을 계속 찾아나갔다. 파일에 규칙성은 없고 머큐리, 쉐보레, 캐딜락, L.A., 새크라멘토, 샌프란시스코. 차를 등록한 자는 아마 본명을 사용하지 않았을 것이다. 등록자의 인종, 생년월일, 신체적 특징 등이 구입증명서 사본에 부착되어 있는 카드에 기재되어 있다. 그는 경찰아카데미에서 배운 대로 원하는 게 아닌 것부터 순서대로 제외하는 방식으로 체크해나간다. 48년형에서 50년형의 머큐리, 사우스 캘리포니아의 구입자, 더들리, 스톰프, 박스, 티틀봄, 퍼킨스, 칼리슬, 브루닝과 신체적 특징이 들어맞는 사람을 찾으면 된다. 몇 시간이나 자료를 뒤져 옆에 쌓인 서류가 점점 두꺼워졌다. 그러다가 아주 그럴듯한 서류가 등장했다.

48년형의 프라이머 그레이색의 머큐리 쿠페, 53년 4월 10일 구입, 등록자 : 마거릿 루이스 마치, 백인 여성, 생년월일 1918년 7월 23일, 머리색/눈동자 색 : 갈색/갈색, 174.8센티미터, 97킬로그램, 주소 : 동노르만디 1804, 로스앤젤레스 전화번호 : NO 32758.

그럴듯한 정도가 아니라 확실한 발견이다. 뚱보 도트 로스스타인의 신상과 거의 일치하는 게 아닌가. 옥스퍼드는 남북으로 난 거리이지 동서로 난 거리가 아니다. 에이브 노셔리에서 도트에게 건 전화(DU 32758), 그 멍청한 여자는 다른 거래에서 자기 번호를 그대로 사용한 것이다.

그리고 아마 자주색 페인트를 샀을 것이다.

버드는 너무 기뻐 소리를 지르고 허공에 주먹을 날렸다. 하루에 두 건을 해결해버린 것이다. 누군가 믿어줄 사람이 있을지도 모르겠지만. 모든 것이 확실해졌지만 어느 누구도 확실히 죽일 수는 없는 상황이다. 더들리에 대해서는 상황 증거뿐이다. 확실한 증거는 없다. 더들리 같은 높은 지위에 있는 자를 쉽게 무너뜨릴 수는 없다. 그렇게 하고 싶어 하는 사람도 없다. 엑슬리를 빼고 말이다.

69

　자신이 자란 집 앞에서의 잠복근무. 그는 집으로 들어가 아버지를 심문할 수도 없었다. 그렇다고 아버지의 도움을 청할 수도 없었다. 그는 아버지에게 자신이 어느 여자에게 비밀을 말해버렸다는 것을 말할 수도 없었다. 그래서 적들에게 아버지를 장사 지낼 수단을 주고 말았다는 것을. 그는 애서턴 파일을 가져왔다. 그는 물론 내용을 잘 알고 있었지만 포르노 사진집을 만들고 허진스를 죽인 자는 애서턴 살인사건과도 밀접한 관계가 있고 어쩌면 동일범일지도 모른다. 프레스톤은 물론 자존심 때문에 이러한 생각에 반박하겠지만. 그는 들어갈 수 없었다. 생각을 멈출 수도 없었다. 그 대신 자신의 성장기의 기억들을 되새김질했다.

　아버지는 어머니를 위해 이 집을 샀다. 하지만 사실은 자신의 자존심을 만족시키기 위한 것이었다. 엑슬리 가가 드디어 중류 계급을 화려하게 벗어났다는 것. 그들은 성탄절에도 절대 마당의 잔디에 불을 밝힌 적이 없었다. 프레스톤은 그런 것은 하층 계급 사람들이 하는 짓이라고 했다. 토머스가 발코니에서 떨어진 적이 있었다. 그럼에도 절대 울지 않을 정도로 품격을 유지해야만 했다. 그의 아버지는 그를 위해 '(전쟁에서) 귀환 파티'를 해주었다. 시장, 시의회 의원 그리고 경찰국 사람들 등 오직 그의 경력에 도움이 될 만한 사람들만 초대를 받았다.

아트 드 스페인이 그의 차로 걸어가고 있었다. 어디가 안 좋은지 한쪽 팔에 붕대를 하고 있었다. 에드는 그가 차를 몰고 나가는 것을 보고 있었다. 아버지의 오른팔이자 자신의 네덜란드 출신 아저씨나 다름없는 사람. 기억 : 아트는 그가 형사로는 그다지 어울리지 않는 타입이라고 했다. 집은 크고 차갑게 보였다. 에드는 다시 병원으로 차를 몰고 갔다.

쓰레기통 잭이 일어나 피스크가 그로부터 진술서를 받고 있었다. 에드는 문가에서 그 모습을 지켜보았다.

"…그리고 난 엑슬리의 대본대로 움직였지. 내가 정확히 뭐라고 했는지는 기억나지 않지만 파쳇은 총을 꺼내 나를 쏘았어. 엑슬리가 내게 준 총은 불량품이라 작동하지 않았고 파쳇은 내게 주사기를 찔렀지. 그때 난 총소리를 들었고 '안 돼, 에이브. 안 돼, 리! 안 돼'라는 비명 소리를 들었어. 이게 내가 아는 전부야."

복도에서 커다란 목소리 : "에이브 티틀봄, 자니 스톰파나토, 리 박스. 이들이 밤부엉이 사건을 저질렀어. 듀스 퍼킨스도 아들과 일당이라고 할 수 있지. 그 외에 누가 있는지 얘길 하면 자네들은 놀라서 아마 똥을 쌀걸."

에드는 그의 땀과 숨 냄새를 맡았다. 화이트는 그를 안으로 밀어 넣었다. 세지만 거칠지는 않게. "우리 사이의 일은 잠시 제쳐놓자고. 내가 한 말 들었겠지?"

그가 든 이름들 : 갱 조직의 행동대원들, 헤로인과의 관련으로서는 나쁘지 않다. 화이트는 보통 이상의 열기를 뿜어내고 있었다. 머리를 풀어

혜친 광신도 같았다. 피스크가 말했다. "경감님, 제가…."

에드가 어깨를 움직였다. 화이트도 그의 어깨에 얹었던 손을 내렸다. "딱 2분이오, 경감."

겁나는 일이다. 경감 노릇을 한다는 것은. "듀에인, 가서 커피나 한잔 마시게. 화이트, 중국인 문제로 자네를 들쑤시기 전에 내 관심을 확실히 끌 만한 얘기를 해보게."

피스크가 밖으로 나갔다. 에드가 말했다. "잭, 자네는 여기 있게. 화이트, 자 말해보게."

화이트는 문을 닫았다. 차림새가 엉망이다 : 더럽혀진 옷, 잉크 투성이의 손. "무선으로 자네 얘길 들어 다행이야, 쓰레기통. 자네가 여기 있는지 몰랐다면 아마 나 혼자서 그 일을 했을지도 모르지."

빈센즈는 침대 위에서 다소 불안정한 표정이었다. "무슨 일 말인가? 에이브, 리. 자네는 티틀봄과 박스가 파쳇을 죽였다는 건가. 확실히 말해보게."

에드 : "자네도 범죄학 입문 강좌에서 배웠겠지. 사건발생 기록을 쓴다는 생각으로 말해보게."

화이트는 미소를 지었다. 가미가제 특공대를 떠올리게 만드는 미소. "난 오랫동안 창부 연쇄 살인사건을 추적해왔어. 처음에 케이시 제인웨이란 여자아이 때문에 추적하게 되었지. 그 여자는 53년에 살해되었는데 대략 밤부엉이 사건이 일어난 무렵이야. 제인웨이는 캐스카트의 여자 친구였어."

에드는 고개를 끄덕였다. "그 얘기는 나도 알고 있어. 내사과에서 자네가 경사 시험에 합격했을 때 사생활 조사를 한 적이 있지."

"아, 그런 일이 있었나. 하지만 내가 수년 전에 사건의 돌파구를 찾았다는 건 아마 모를 테지. 추적 결과 난 스페이드 쿨리가 범인이라고 생각했어. 창녀들의 사망일에 그의 밴드가 항상 주변에 있었거든. 하지만 난 잘못 짚었어. 누가 진짜 범인인지 쿨리가 불었거든. 버트 아서 퍼킨스."

빈센즈가 큰 소리로 말했다. "나도 듀스라면 범인일 수 있다고 생각해. 그 자식은 뿌리까지 썩은 놈이거든."

화이트가 말했다. "자네라면 알지도 모르겠군. 쿨리는 듀스가 자니 스톰파나토와 친하다고 말했어. 그리고 52년경에 자네는 그가 자니 스톰프, 카이키 티틀봄, 리 박스랑 같이 있을 때 혼을 내준 적이 있다고 내게 말했지. 쿨리는 자니와 듀스가 아주 친하다고 말했거든. 그래서 자니를 찾으러 나섰지."

에드가 말했다. "좋아, 그래서 스톰파나토에게 갔단 말이지."

화이트는 담배에 불을 붙였다. "아니야, 그전에 말해둘 게 있어. 더들리 스미스는 지난 수년 동안 조직범죄반의 거친 일을 주로 내게 맡겼지. 그가 어떻게 말하는지 아나? '봉쇄' 그게 그가 좋아하는 말 가운데 하나지. 범죄를 봉쇄한다, 이걸 봉쇄한다, 저걸 봉쇄한다는 식으로 말이야. 그리고 그는 오랫동안 내게 외부의 일을 이것저것 맡기곤 했는데 요전 날 밤에 내게 '멋대로 행동하는 이탈리아인'이 있는데 그가 나를 두려워하기 때문에 내가 맡는 게 좋을 거라고 말했지. 자니 스톰프는 나를 두려워하지. 내 정보원 노릇을 할 때 내가 가끔 패준 적이 있거든. 그런데 자네들은 더들리가 갱 세계의 중재인 노릇을 했다는 걸 아나? 며칠 전에 그와 칼리슬, 브루닝은 빅토리 모텔에서 라마 힌턴이란 친구를 괴롭혔어. 겉으로는 조직범죄반의 일인 것처럼 했지만 말이야. 더들리는 밤부엉이에 관해서만 물었어. 도색사진집과 파쳇에 대한 것만 말이야."

에드는 눈을 크게 떴다. 이렇게 전개될 줄은 전혀 몰랐다는 듯이. "그래서 퍼킨스를 찾으려고 스톰파나토에게 갔겠군."

"그렇지. 난 카이키의 델리에 갔는데 자니가 카이키랑 같이 있더군.

자니에게 듀스에 대해 물었더니 상당히 떠는 것 같더군. 카이키는 더 불안해 보였는데 그 두 사람 모두 거짓말을 해대며 듀스는 그냥 아는 정도에 지나지 않는다고 하더군. 그들은 듀스가 리 박스와 친하지 않다고 했지. 난 그 반대로 알고 있는데 말이야. 자니는 심지어 '봉쇄'라는 표현까지 쓰더군. 그한테 어울리는 단어가 전혀 아니야. 이 친구들을 떨게 한 다음 난 밤부엉이를 재수사한다고 말해줬지. 놈들은 거의 똥을 쌀 지경이더군. 겉으로는 듀스가 밤부엉이의 용의자라니 우습다고 하면서도 말이야. 난 그곳을 나와 바로 퍼시픽 코스트 벨에 전화를 걸어 델리에서 밖으로 거는 전화를 모두 추적해달라고 했지. 두 통의 전화를 밖으로 했어. 하나는 더들리의 친구이자 카이키의 사촌인 도트 로스스타인 그리고 다른 하나는 더들리의 집 전화였어."

빈센즈가 말했다. "하느님 맙소사." 에드는 반사적으로 손을 총으로 가져갔다. 아니다. 화이트는 경관이다. "확실한 증거를 제시해주게."

화이트는 담배연기를 창밖으로 내뿜었다. "범죄학 입문 강좌대로 말하지. 검둥이들은 그 짓을 하지 않았어. 더들리와 그의 일당이 밤부엉이 근처에 차를 세워놓은 거야. 난 교통국에 가서 53년 4월의 등록기록을 발견했는데 이번에는 백인이야. 도트 로스스타인이 48년형 머큐리, 프라이머 그레이색을 4월 10일에 샀더군. 가짜 이름과 가짜 주소를 썼지만 그 바보가 전화번호는 자기 번호를 그대로 썼어."

빈센즈는 거의 전쟁신경증에 걸린 사람처럼 보였다. 에드는 더들리라는 이름을 외치지 않으려고 무진장 애를 썼다. "밤부엉이 직전에 난 할리우드 서에서 늦게까지 일한 적이 있지. 스페이드 쿨리가 아래층에서 퇴직자 송별 파티를 했을 때 말이야. 그때 퍼킨스가 복도를 배회하는 걸 보았어. 이런 가설은 어떨까? 맬 런스포드는 로스앤젤레스 경찰국의 순찰경관이었지. 그를 밤부엉이의 잊힌 희생자로 생각하고 그리고 그가 경찰국에 있을 때 거의 할리우드 서에서 근무했다는 것을 생각해보라고. 어쩌면 저격자 중 한 사람이 그에게 원한을 품고 있었던 건 아닐까. 그날 밤 서에 있었던 퍼킨스가 어쩌면 그 기록을 제거하려 했던 건 아닐까. 음모자들은 런스포드가 밤부엉이의 단골이라는 걸 알고 캐스카트, 혹은 가짜 캐스카트를 죽이면서 그도 죽일 수 있을 거라고 생각한 건 아닐까?"

화이트가 대답했다. "더들리가 내게 런스포드의 배경 조사를 시킨 적이 있어. 아마 내가 아무것도 발견하지 못하리라는 걸 알고 말이야. 그때 런스포드의 옛날 직무 질문카드를 찾으려 했는데 결국 못 찾았지. 가능성 있는 가설이야."

더들리는 이미 외침소리 이상이 되었다. 에드는 계속 억눌렀다. 빈센즈 : "피스크가 내게 파챗에 대해 얘기해주더군. 그가 어떻게 코헨-드래그나 회의에서 새어나온 헤로인을 갖게 됐는지 그리고 그와 더들리라고 여겨지는 이 신원불명의 남자가 어떻게 이 헤로인을 팔려고 했는지를 말이야. 그런데 더들리가 그 거두 회담의 보디가드 역할을 했다는 걸 난 알고 있어. 몇 년 전에 이런 소문이 나돈 적이 있지. 보스들의 회담에서 헤로인을 훔친 버즈 믹스를 잡으려는 경찰팀을 더들리가 지휘했다는 소문 말이야. 피스크는 새어나온 헤로인의 대부분을 파챗이 손에 넣었다고 하더군. 일부는 엥글클링 형제와 그의 아버지로부터 그리고 일부는 이 신원불명의 남자로부터 말이야. 그래, 내 생각에는 말이야. 런스포드도 당시 경찰팀 일원이 아니었을까. 그리고 더들리가 마약을 손에 넣은 것도 그때가 아니었을까?"

화이트는 고개를 가로저었다. 그로서는 새로운 정보다. "자네 얘기가 많이 도움이 되는 것 같네. 단서들이 관련되는 것 같아. 더들리는 그의 봉쇄전략에 대해 얘기하며 검둥이들을 점잖게 있도록 해야 한다는 말을 하기도 했지. 지금 생각해보니 헤로인을 가리키는 것 같아."

에드가 말했다. "그럼 이 정도로 마무리하자고. 잭, 자네는 골드먼과 겔더 쪽을 확실히 체크해주게. 우리가 새로 얻은 단서와 잘 묶어보자고."

쓰레기통은 일어서서 침대 옆 철제 레일에 몸을 기댔다. "좋아, 데이비가 더들리, 스톰파나토, 카이키, 박스 그리고 도트와 한 편이라고 생각해보지. 어떻게 이들이 듀스 같은 미치광이를 신용하게 되었는지는 모르지만 말이야. 어쨌든 그들은 모두 미키에 대항해서 음모를 꾸민 거야. 화이트, 자넨 모르겠지만 골드먼은 맥닐 섬 교도소에서 미키의 방에 도청장치를 설치했어. 내 짐작으로는 더들리와 그의 친구들이 처음부터 데이비와 한편이었다고 생각되지만 어쨌든 데이비는 엥글클링 형제가 캐스카트의 도색물 판매 건으로 미키에게 접근한 것을 안 거야."

에드가 손을 들었다. "체스터 요킨은 파쳇에서 헤로인을 가져온 사람은 더들리였다고 가정하세. 도색물을 좋아하고 '남미에 접촉선이 있고 변태들의 주소록을 가지고 있다'고 했다는군. 난 도색물로 얼마나 돈을 벌 수 있을지 의심해왔는데 더들리가 가진 커넥션이라면 가능성 있는 장사가 되는 거지."

빈센즈가 말했다. "계속 말하겠네. 더들리는 전쟁 후에 파라과이의 전략사무국(OSS)에 있었고 39년경에는 풍기사범단속반을 지휘해왔기 때문에 그에게 커넥션이 있다는 건 충분히 이해할 수 있어. 그건 그렇고 일단 골드먼은 스미스와 스톰파나토에게 가서 도색물 판매계획을 말한 거야. 모두들, 특히 더들리가 이 생각을 좋아했겠지. 그래서 그는 이 계획을 자신들이 해야 한다고 생각한 거야. 그래서 독단인지 아니면 배반인지 모르겠지만 데이비는 자주 면회를 오는 딘 반 겔더를 캐스카트와 얘기해보라고 보낸 거야. 그런데 겔더는 듀크의 매춘업과 도색물 장사를 자기가 해야 한다고 생각한 거지. 놈은 데이비와는 아는 사이지만 교도소 바깥에 있는 다른 사람들은 그를 모르거든. 더구나 그는 자신이 캐스카트와 닮았다고 생각한 거야. 그래서 캐스카트 역할을 할 수 있다고 생각했지. 나중에 캐스카트가 되었다는 것을 데이비에게 들키더라도 그땐 이미 다른 사람들과 친해져서 그가 어떻게 하진 않을 거라고 생각한 거지. 그래서 겔더는 엥글클링 형제와 친해지려고 샌버나디노로 갔어. 수잔 레퍼츠와도 친한 사이가 되고 결국 듀크를 죽여버렸지. 그는 외부 사람들 가운데 적어도 한 명은 알고 있어서 레퍼츠 집에서 로스앤젤레스의 어느 공중전화에 전화를 걸어 만나 달라고 부탁한 거야. 하지만 너무 준비 없이 끼어든 일이라 겁도 나고 해서 공공장소에서 만나자고 한 거지. 또 슈가 근처에 있으니까 안전할 거라고 생각한 거지. 밖에 있는 자들 가운데 한 사람은 런스포드가 밤부엉이의 단골인 걸 염두에 두고 거기서 만나자고 했을 거야. 더들리 혹은 일당 가운데 한 사람이 밤부엉이 직전에 파쳇에게 접근해 느슨해진 것들을 다시 매라고 했을 거야. 파쳇은 무슨 일이 일어날지는 모르고 있었지. 하지만 그는 크리스틴 버저론과 그 아들 그리고 바비 인지가 어딘가로 사라지는 일을 겪었지. 마침 내가 풍기사범단속반에서 도색물 수사를 시작할 때였어."

에어컨이 들어오는 방이었지만 에드에겐 말 한마디 한마디가 방의 온도를 올리는 것 같았다. "일어난 순서대로 정리를 해보자고. 우선 캐스카트가 된 겔더가 교도소 외부사람과 접촉한 직후부터 말이야. 이제 우리는 더들리가 포르노를 좋아하고 그가 코헨-드래그나 회담에서 흘러나온 8킬로그램의 헤로인을 가지고 있다는 걸 알고 있어. 이런 가설은 어떨까. 그는 캐스카트의 아파트에 침입해 파쳇과 연결되는 뭔가를 발견한 거야. 그가 화학을 공부한 적이 있고 닥터 엥글클링과 연관 있다는 걸 알 수 있는 뭔가를 말이야. 그는 파쳇에게 가서 그와 거래를 하기로 한 거야. 합성 헤로인을 개발하고 도색물을 파는 거래를. 그는 파쳇이 자

604

신과 비슷한 생각을 갖고 있는 것에 놀라고 이미 엥글클링 박사로부터 어느 정도의 헤로인을 받아놓은 것에 놀랐을 거야. 그렇게 되자 캐스카트 따위는 없어지는 게 좋았고 무슨 이유인지 모르지만 런스포드도 없어지길 원한 거야. 그리고 파쳇에게도 겁을 주기를 원했지. 그는 경찰관이니까 검둥이들이 그리피스 공원에서 엽총을 쐈다는 보고서를 보았겠지. 그래서 밤부엉이에서의 만남을 준비해놓은 거야. 런스포드도 거기에 있을 거라고 생각한 거지. 나머지는 잭이 말한 게 맞아. 다소 애매하긴 하지만 그는 파쳇에게 느슨해진 것을 다시 매라고 했겠지. 하지만 계획이 진행되자 더들리가 생각했던 것보다 어려운 상황이 닥쳤어. 검둥이들은 체포 도중에 살해되지 않았고 게다가 놈들이 자백하지도 않았거든. 그는 화이트에게 캐스카트의 배경조사를 하라고 시켰어. 물론 그는 퍼킨스가 제인웨이란 여자애를 죽였으리라고는 생각하지 못했겠지. 하지만 그는 화이트가 제인웨이 때문에 중요한 핵심에는 다가가지 못할 거라 생각하고 시킨 거야. 가능하면 캐스카트와 밤부엉이의 접점에 가지 못하도록 말이야."

두 사람의 눈이 화이트에게 쏠렸다. 광신자가 말했다. "그래, 더들리는 나에게 캐스카트의 뒷조사를 하라고 했어. 결국 막다른 길에 이르리라는 걸 알고서 말이야. 하지만 난 듀크의 아파트에서 누군가 지문을 채취했다는 것과 누군가 듀크의 옷을 입으려 했다는 걸 알아냈지. 더들리 일당은 방을 잘 정돈하긴 했지만 전화번호부는 손을 안 댔어. 그래서 난 샌버나디노의 인쇄소를 찾아보았다는 걸 알 수 있었지. 그리고 이게 내 가설일세. 내가 캐스카트를 조사하고 있을 때 제인웨이를 밸리에서 벗어난 곳에 있는 모텔에서 만난 적이 있어. 이틀 후 제인웨이는 강간당하고 살해되었어. 내가 모텔을 떠날 때 누군가 미행하는 것 같은 생각이 들었어. 곧 잊어버리긴 했지만 말이야. 미행하고 있던 것은 아마 듀스 퍼킨스였을 거야. 더들리는 수사가 어디까지 진행되어 있는가를 알기 위해 캐스카트의 지인들에게 미행을 붙였던 거야. 그럼 그가 어떻게 내가 비밀로 하고 있었던 것을 그렇게 잘 알고 있었는지 설명이 되지. 듀스, 상습 강간범에다 미치광이인 이놈은 케이시를 보고 달려든 거야. 아마 더들리는 그가 케이시를 죽였다는 걸 알았을 수도 아니면 몰랐을 수도 있어. 어쨌든 그 대가는 치르게 해줄 거야."

빈센즈는 담배에 불을 붙이고는 기침을 했다. "우리에게 증거는 아직 없지만 이미 내게 나온 것과 연결될 만한 거리가 있지. 첫째, 레이먼 의사는 파쳇의 몸에서 30-30의 산탄 다섯 발을 뽑아냈는데 그는 이것이 리버사이드 카운티에서 일어난 갱 관련 미제 사건의 그것과 일치한다는 거야. 데이비 골드먼이 카마릴로 병원에서 이상한 얘기를 했을 때 그는 세 번 방아쇠를 당겼다는 얘기를 한 적이 있어. 그는 그 얘기 말고도 많이 얘기했지만 나로서는 아무것도 잡아낼 수 없었지. 전혀 앞뒤가 맞지 않는 얘기였으니까. 엑슬리, 내가 맥닐 섬에서 발견한 테이프를 들어보았나?"

에드는 고개를 끄덕였다. "그래, 들었지. 특별한 것은 없었어. 갱들끼리의 사살에 대해 약간의 언급이 있었던 것 외에는."

화이트 : "미해결의 갱 사살사건은 한 무더기 있지. 조직범죄반에서 용의자를 추궁해도 나오는 것은 비껴가는 얘기만 나왔으니까. 항상 3인조였는데 코헨의 조직원들이거나 아니면 새로 등장하는 갱들이 주로 당했어. 쉽게 벌 수 있는 돈이지. 스톰파나토, 박스 그리고 티틀봄은 미키의 가석방에 맞추어서 미리 준비를 해놓은 거야. 그들은 자기들만의 봉쇄작전을 펴서 분위기를 계속 얼어붙게 하려고 한 거지. 그리고 미키가 나오면 흐름을 보아 그를 이용하든지 아니면 죽일 것인지를 정하려 했겠지. 나로선 놈들이 그를 죽이려고 맘먹었다는 쪽에 걸겠어. 교도소

에 있는 코헨과 골드먼을 습격한 것도 놈들이야. 골드먼에게는 배반을 역시 배반으로 갚은 셈이 됐지. 미키의 집에 폭탄을 장치한 것도 놈들이야. 결국 미키는 살아남았지만. 하지만 머지않아 놈들은 미키를 죽일 거야. 그리고 갱 세계를 봉쇄하겠지. 더들리는 조직범죄반의 두목이고 그는 파커의, 권한이양이라고나 할까, 언질을 받고 있으니까. 거리를 얼씬거리는 깡패들을 도시 밖으로 쫓아내는 권한 말이야. 자네들 이걸 믿을 수 있나?"

쓰레기통은 웃었다. "굉장하네, 화이트, 굉장해. 그리고 모든 사살사건은 더들리로 하여금 파쳇의 헤로인을 팔기 쉽도록 해줬겠지. 게다가 수사 재개의 명령을 받아 새로운 범인을 만들 기회를 잡았으니까 헤로인을 움직일 준비를 한 거지. 그리고 도색사진집을 감추어놓고 있었는데 파쳇에게는 수사의 진전을 가르쳐주지 않았던 거야. 그를 죽일 계획을 미리 세워 놓았으니까. 그는 린 브래큰에게는 손을 대지 않았어. 왜냐하면 무슨 일이 생기면 파쳇은 자신이 갖고 있는 최악의 약을 써서 린을 어둠 속에 살도록 할 거라고 생각했기 때문이야. 린이 경찰에 호출되어 심문받는 것을 내버려둔 것도 린의 얘기가 오히려 엑슬리의 수사를 막다른 곳으로 가도록 할 거라고 생각했기 때문이지."

린 브래큰.

에드는 몸을 움찔했다가 문 쪽을 향했다. "그리고 우리는 아직 누가 이 도색사진집을 만들었고 누가 허진스를 죽였는지 모르고 있어. 그리고 엥글클링 형제 살인사건도 말이야. 프로의 짓 같아 보이지는 않지만. 화이트, 자네는 더들리와 함께 게이츠빌에 갔었잖아. 그리고 그는 아주 평범한 보고서를…."

"그건 정신이상자의 소행 같네. 주위에 헤로인이 마구 떨어져 있는데도 범인은 그대로 두었어. 그는 엥글클링 형제를 화학약품을 사용해 고문하고 산성용제로 도색사진의 네거티브 필름을 태워버렸지. 감식반 사람들은 살인자가 사진 속에 나오는 사람들의 신원을 확인하려고 했던 것 같다고 하더군. 화학약품을 썼다는 게 파쳇을 생각나게 했는데, 파쳇이라면 사진에 나오는 모델들의 신원을 이미 알 수 있을 거라는 생각이 들더군. 그곳에 있던 헤로인이 우리가 그동안 말한 헤로인과 연결되는 것인지는 모르겠지만 그 형제가 오랫동안 마약 판매상을 했다는 건 틀림없어. 화학자와 마약 판매상이 연결되는데 만약 파쳇이 약을 원했다면 그는 충분히 훔칠 수 있었을 거야. 내 생각에 그 형제는 누군가 다른 사람에 의해 살해된 것 같아. 이 사건의 중심부에서 벗어나 있는 어떤 사람에 의해."

쓰레기통은 한숨을 내쉬었다. "어쨌든 증거가 없어. 파쳇과 엥글클링 형제는 모두 죽었어. 더들리가 라마 힌턴을 죽였을 거야. 플뢰르 드 리에서는 아무것도 나오지 않았고 화이트가 스톰파나토와 티틀봄을 겁주었기 때문에 지금쯤 더들리도 경계태세에 들어가 있을 거야. 그도 자신의 느슨한 곳을 다시 졸라매겠지. 지금 우리가 해결한 건 거의 없어."

에드는 끈질기게 생각했다. "체스터 요킨은 파쳇이 집 밖에 함정장치가 된 금고를 갖고 있다고 말했어. 지금 그 건물은 웨스트 L.A.의 담당자들이 경비를 하고 있어. 하루나 이틀 뒤면 경비를 해제할 거야. 아마 그 금고 안에는 더들리를 꼼짝 못하게 할 뭔가가 있을지 몰라."

화이트가 말했다. "당장 하면 안 될까? 증거도 없고 스톰파나토는 오늘 라나 터너와 함께 아카풀코로 떠난다는데. 지금밖에 시간이 없어."

에드는 문을 열었다. 피스크가 밖에서 커피를 마시고 있었다. "듀에인, 다시 한 번 밸번, 스탠턴, 디털링, 펠츠에게 연락을 해주게. 약속을 다운타운의 스태틀러 호텔, 8시로 바꿔주게. 호텔에 연락해서 세 개의 스위트룸을 예약해놓게. 그리고 갤로데에게 전화해서 나한테 전화해달라고 전해주게. 아주 급하다고 말해."

피스크는 전화를 걸러 갔다. 빈센즈가 말했다. "허진스 쪽부터 두들길 생각이군."

에드는 화이트로부터 눈을 돌렸다. "생각해보게. 더들리는 경찰관이야. 우리에겐 증거가 필요해. 어쩌면 오늘 그걸 얻을 수 있을지도 몰라."

"내가 스탠턴을 맡지. 전에 친한 사이였으니까."

위험할 수도 있다. 디털링의 아역스타 그리고 프레스톤 엑슬리와의 연결이 드러날 수도 있다. "아니야… 자네 그런 몸으로 할 수 있겠나?"

"이건 내 사건이기도 해, 경감. 이 정도까지 왔잖아. 그리고 자네를 위해 파쳇을 만났다가 거의 죽을 뻔했잖아."

위험부담을 따져 보자. "좋아, 자네가 스탠턴을 맡게."

쓰레기통은 얼굴을 문질렀다. 창백한 데다 수염투성이다. "내가… 카렌이 여기 있었을 때 의식이 없었어… 혹시 내가…."

"자네가 숨기는 것 중에 카렌이 아는 건 거의 없을 거야. 이제 집에 가게. 난 화이트와 할 얘기가 있어."

빈센즈는 걸어 나갔다. 하루 사이에 10년은 늙어버린 것 같다. 화이트가 말했다. "허진스 쪽은 될 대로 되라지. 지금은 더들리에게 전력을 기울여야 해."

"아니야. 우선 시간을 벌어야 해."

"자네 아버지를 보호하겠다는 건가? 맙소사, 난 여자 일로 원한을 품거나 하지는 않아."

"조금만 생각해보게. 더들리가 어떤 사람이고 그를 잡아넣는다는 게 얼마나 엄청난 일인가를 말이야. 그리고 나와 거래를 하세."

"절대 그런 일은 하지 않을 거라고 말했을 텐데."

"이거라면 자네도 응할 텐데. 자네가 아버지와 애서턴 사건에 대해 입을 다물어준다면 더들리와 퍼킨스를 자네에게 주지."

화이트가 웃었다. "그들을 체포하는 것 말인가? 어차피 그들은 내가 잡아야 해."

"아닐세. 자네가 그들을 죽이도록 해주지."

70

엑슬리의 행동방식은 사람들을 불안하게 한다: 구타는 금지, 빌리와 티미는 보통 불량배들과 다르니까 폭력을 쓰는 건 좋지 않다. 호텔에서 좋은 경관/나쁜 경관 흉내를 내는 것도 불안한 점이 있다. 그냥 빅토리 모텔에서 더들리를 괴롭히는 게 나을 것 같다. 갤로데는 맥스 펠츠를 맡았다. 쓰레기통 잭은 밀러 스탠턴을 심문하고 있다. 갤로데는 엑슬리로부터 설명을 들었다. 애서턴 건에 대한 것을 빼고는 모두 말이다. 그는 더들리 스미스를 기소할 수 있을 거라고 생각했지만 엑슬리는 그에게 더들리와 퍼킨스가 대가를 지불하게 될 거라는 것, 즉 죽을 수도 있다는 말은 하지 않았다. 망할 놈의 엑슬리는 내게서 떨어지지 않는다. 마치 서로를 신뢰하는 파트너이기라도 한 것처럼 그는 사건 해결의 수순을 함께 밟으려 한다. 사건을 모두 연결해보니 이건 정말 엄청난 것이었고 엑슬리는 대단한 머리를 가진 친구임에 틀림없다. 하지만 중요한 한 가지를 놓치고 있다면 그는 바보 소리를 들을 수도 있을 것이다. 더들리와 듀스 다음에는 프레스톤 엑슬리가 다음 표적이 된다는 것. 쉬운 것: 그렇지 않았다면 딕 스텐스가 그렇게 당하지는 않았을 것이다.

버드는 뚫어져라 쳐다보았다. 욕실의 문틈을.

호모들은 사이좋게 앉아 있었다. 좋은 경관이 마주 보고 대화하듯이 질문하고 있다. 예. 우리는 플뢰르 드 리에서 약을 샀습니다. 예, 우리는 파쳇을 사교적으로 알고 있었습니다. 예, 피어스는 헤로인을 했고요, 그가 포르노 책을 팔고 있다는 소문을 들은 적이 있습니다. 하지만 우리는 그런 것에 빠진 적이 없습니다. 간단한 짐작 : 이 호모들은 파쳇 살인 건으로 자신들이 심문받고 있다고 생각하고 있다. 엑슬리 경감은 결코 사람들을 괴롭히지는 않을 것이다. 그의 아버지가 주지사에 출마하며 레이 디털링은 자금 면에서 그에게 강력한 지원을 해주고 있기 때문이다.

엑슬리, 큰 목소리. "여러분, 사실 파쳇 살해에 연결되는 것으로 보이는 옛날 살인사건이 있습니다."

버드가 들어왔다. 엑슬리가 말했다. "이분은 화이트 경사입니다. 여러분에게 몇 가지 질문할 게 있다네요. 잘 대답해주면 사건 해결에 도움이 될 겁니다."

티미 밸번은 한숨을 쉬었다. "놀랄 일은 아니군요. 밀러 스탠턴과 맥스 펠츠가 아래층 복도에 있고 우리가 경찰에게 심문당하는 것은 그 악명 높은 허진스가 살해당한 이후 처음이에요. 그래서 난 놀라지 않아요."

버드는 의자를 당겼다. "당신은 왜 그가 악명 높다고 하는 거지. 당신이 그를 죽였나?"

"이봐요, 경사님. 내가 살인자 타입으로 보여요?"

"응, 그렇소. 쥐 흉내 내고 밥벌이를 하는 친구라면 뭔들 못하겠어?"

"경사님, 너무 심하시네요."

"게다가 당신은 허진스 건 때는 우리의 소환을 받지도 않았어. 빌리가 당신한테 얘기해주던가? 베갯머리에서 말이야?"

디털링이 엑슬리에게. "경감, 난 이 사람 말투가 마음에 들지 않군요."

엑슬리가 말했다. "경사, 심한 말은 삼가게."

버드가 웃었다. "이거야말로 똥 묻은 개가 겨 묻은 개 나무라는 꼴이군. 제기랄. 당신네들은 허진스 건 때 서로 알리바이를 만들어주는군. 내겐 그게 의심스러워 보여. 호모들은 같은 침대에서 5분도 있질 못한다고 하는데 자네들은 5년을 함께했다는 말이지."

밸번 : "당신은 짐승이에요."

버드는 파일에서 서류를 한 장 빼냈다. "허진스 건 때의 알리바이야. 당신과 빌리는 침대에 함께 있었다고 되어 있고 맥스 펠츠는 10대 여자애랑 자고 있었다고 되어 있어. 밀러 스탠턴은 당신네들 호모 동료인 브렛 체이스가 참석한 파티에 있었다고 되어 있고. 이걸로 〈명예의 배지〉의 올 아메리칸 스태프가 다 모인 거지. 세트 담당인 데이비드 머텐스는 그의 남자 간호부 집에 있었고. 어쩌면 그 역시 호모인지도 모르지. 내가 원하는 건…."

엑슬리가 예정대로 큐를 넣는다. "경사, 표현 조심하고 요점을 말해."

밸번은 안절부절못하고 있었고 빌리는 지루한 척했다. 하지만 버드의 마지막 말이 그에게 자극을 준 듯하다. 그의 눈이 좋은 경관에서 나쁜 경관으로 옮겨갔다. "요점은 허진스가 〈명예의 배지〉에 대해 바보 같은 짓을 해서 살해당했다는 거지요. 5년 후에 파쳇도 살해되었는데 그와 허진스는 파트너였어요. 여기 있는 이 호모들은 〈명예의 배지〉에 연결되어 있는데 둘 다 파쳇의 장사에 대해 자세한 것은 모른다고 시치미를 떼고 있어요. 경감, 만약 이들이 걷고 말할 수 있다면 이들은 오리지 쥐가 아니에요. 꽥꽥거리는 오리 말이오."

밸번이 말했다. "꽥꽥, 이 바보야. 경감님, 이 사람한테 지금 누굴 상대하고 있는지를 주지시켜주세요."

엑슬리, 엄격한 표정. "경사, 이분들은 용의자가 아니네. 자발적으로 탐문 수사에 응한 분들이야."

"제기랄, 경감. 어느 쪽이든 나한테는 똑같소."

엑슬리는 짜증나는 듯이 말했다. "여러분, 이 일을 완전히 마무리하려면 경사한테 얘기해주십시오. 혹시 당신들 가운데 누군가 허진스를 개인적으로 알고 있소?"

두 사람 모두 고개를 가로저었다. 버드가 다시 등장했다. 엑슬리의 시. "쥐처럼 찍찍거리는 게 있다면 그건 틀림없이 호모 쥐지. 경감, 생각해봐. 이 친구들은 플뢰르 드 리에서 마약을 샀을 뿐 아니라 파쳇이 헤로인을 하고 포르노 사진집을 판다는 걸 알고 있어. 뿐만 아니라 파쳇의 장사 내막도 알고 있어. 그런데도 파쳇과 허진스가 파트너라는 걸 모른다고 얘기하고 있어. 차라리 파쳇이 개발한 약을 주사해서 정말로 알고 있는 게 뭔가를 보면 좋지 않을까?"

엑슬리는 두 손을 들어보였다. 무력함을 가장한다. "그럼 몇 가지만 더 물어보겠습니다. 다시 말하지만 당신들이 위법 행위를 인정해도 여기서는 눈감아줄 겁니다. 그리고 이곳에서의 얘기가 밖으로 나가는 일은 없을 겁니다. 이해하겠소, 경사?"

더할 나위 없이 훌륭하다 : 그들로 하여금 누가 그 피비린내 나는 포르노물을 만들었는지를 말할 기분이 들게 한다. 쓰레기통은 53년에 그가 사진집을 보여주었을 때, 티미가 떨었다고 말했다. 엑슬리의 담대함은 칭찬받을 만하다. 포르노물에 가까이 갈수록 그들은 그의 아버지와 애서턴에 다가가기 때문이다. "좋소, 경감."

티미와 빌리는 서로를 쳐다보았다 : 마치 하층계급 사람들에게 징벌에 처해지게 된 상류층 인사들 같다. 엑슬리가 넘겨받았다. "경사, 이제부터 내가 질문하겠소."

"좋아요, 경감. 당신들 솔직히 말해. 거짓말하면 바로 알 수 있으니까."

엑슬리는 한숨을 내쉬었다. "두세 개만 물어보겠소. 먼저 파쳇이 사업상 알고 있는 사람들에게 창녀들을 알선해주고 있었다는 것을 아시오?"

두 사람 모두 고개를 끄덕였다. 버드가 말했다. "그는 남자아이들도 알선해줬지. 자네들은 외부의 다른 남자들을 산 적 있나?"

엑슬리 : "더 이상 말하지 말고 가만히 있게, 경사."

티미는 몸을 빌리 쪽으로 기울였다. "그 질문에 대답한다는 건 스스로 격을 떨어뜨리는 일이에요."

버드는 눈짓을 했다. "그럴듯한 말을 하는군. 내가 무슨 일에 휘말려 교도소에 가게 된다면 자네랑 같은 방을 썼으면 좋겠네."

빌리는 바닥에 침을 뱉는 시늉을 했다. 엑슬리는 눈을 굴렸다. '신이여, 우리를 이 야만에서 벗어나게 해주십시오!' 하는 듯한 몸짓. "계속합시다. 당신들은 파쳇이 그의 창녀들을 영화배우와 닮게 만드는 성형수술을 했다는 걸 알고 있었소?"

티미는 "예."라고 했고, 빌리도 "예."라고 했다. 엑슬리는 그게 아주 일상적인 일인 것처럼 웃음을 머금었다. "그 창녀들은, 남녀를 포함해서, 파쳇의 지시로 다른 범죄행위에도 관련되어 있다는 것을 알고 있었나요?"

얘기를 '갈취' 쪽으로 가져간다. 파쳇과 허진스의 공동사업 말이다. 엑슬리는 그에게 그 얘기를 해주었다. 리타 헤이워스를 빼닮은 로레인은 '그 사내'가 파쳇으로 하여금 그의 고객을 쥐어짜도록 했다고 말했다. 피어스가 허진스와 사업을 시작할 무렵에, 다시 말하면 바로 밤부엉이 살인 직후에. 머릿 속에 떠오르는 것 같다. 다시 더들리와 연결되는 뭔가가. "경감에게 대답해, 이 자식들아."

빌리가 말했다. "에드, 제발 그를 가만히 있게 해주세요. 이건 정말 너무하는 것 아닌가요."

버드가 웃었다. "에드라구? 아이쿠, 내가 깜빡했군, 보스. 자네 아버지가 우리 경감 아버지하고 친구지."

정말로 화가 난 듯 엑슬리의 얼굴이 붉어지고 손은 떨리고 있다. "화이트, 입 좀 닥치고 있게."

호모들은 이게 맘이 드는 모양이다. 재미있다는 듯이 킥킥 웃고 있다. 엑슬리가 말했다. "여러분, 질문에 대답해주시오."

티미는 어깨를 으쓱했다. "보다 구체적으로 말해주시오. '다른 범죄행위'라는 게 뭘 말하는 거지요?"

"구체적으로 말하면 협박이오."

붙어 있던 두 개의 다리가 다시 떨어졌다. 버드는 그 의미를 알 수 있었다. 엑슬리가 넥타이를 만졌다—확실히 밀어붙이라는 의미.

머리를 굴려본다 : 자니 스톰프를 '그 사내'로 가정. 자니 스톰프는 공갈 전문가이다. 확실한 증거는 없지만. 범죄학 입문 강의—로레인 말바시는 1953년 5월에 공갈이 시작되었다고 말했다—그때 이미 더들리 일당은 파쳇과 팀을 이루었던 것이다. "그래, 협박 말이야. 기혼자, 변태 그리고 호모가 그 피해를 입기 쉽지. 직업상의 위험 같은 거라 할 수 있지. 상대방으로부터 위협당한 적 없나?"

빌리는 눈동자를 굴렸다. "우리는 프로들을 산 적이 그다지 없습니다. 남자든 여자든 간에요."

버드는 의자를 끌어당겼다. "그래, 여기 있는 자네 애인은 바비 인지라는 유명한 남창의 친구였지. 오리는 꽥꽥 울지, 그러니 오리처럼 꽥꽥 울어보는 게 어때. 그래서 자네한테 돈을 빼앗으려 한 놈이 누구인가 불란 말이야."

엑슬리, 엄격한 표정. "여러분, 파쳇 밑에서 일하던 창녀 가운데 이름을 아는 사람이 있습니까?"

빌리는 흥분했다. "이 사람은 마치 돌격대원 같군. 그의 질문에 대답할 필요는 없을 것 같아."

"뭐라고 자식아. 넌 하수구를 기어다니며 쥐새끼라도 만나는 게 좋겠어. 대릴 버저론이라고 귀여운 어린아이 얘기를 들어본 적 있나. 여자에 대한 욕구를 느끼다가 그걸 엄마한테 충족 받은 적은 있나. 대릴은 그랬지. 쓰레기통 잭 빈센즈는 그들이 롤러스케이트를 신은 채 그 짓을 하는 사진이 실린 책을 발견했어. 넌 캔디바를 타고 하수구에서 흘러 다니는 호모 개자식이야. 그러니…."

밸번 : "에드, 제발 좀 그치게 해줘요."

엑슬리 : "경사, 그만하면 됐네."

버드는 현기증을 느꼈다. 마치 머릿속에 누군가 있어 그에게 준비된 대사를 말하게 하는 것 같았다. "엉뚱한 소리 마. 이 자식들은 파쳇의 계획 모든 면에 관련되어 있어. 한 놈은 텔레비전 스타이고 한 놈은 유명한 아버지를 가지고 있지. 돈 많은 호모들이니 협박의 대상이 되기에 딱 알맞은 놈들이야. 설마 그게 잘하는 짓이라고 주장하지는 않겠지."

엑슬리가 옷의 칼라에 손을 댔다. 조용히 하라는 신호. "화이트 경사의 말에도 일리가 있소. 물론 그걸 표현하는 방식에는 문제가 있습니다만. 여러분, 이건 단지 기록 이외의 목적은 없습니다. 두 분 가운데 파쳇과 그의 창녀들이 포함된 공갈 계획에 대해 알고 있는 게 있습니까?"

티미 밸번은 "아니요."라고 말했다.

디털링도 "아니요."라고 했다.

버드는 몸의 자세를 고쳤다.

엑슬리는 앞으로 몸을 기울였다. "두 분 가운데 한 분이라도 공갈 협박을 당한 적이 있습니까?"

둘 다 노. 두 호모는 냉방이 된 방 안에서도 땀을 흘리고 있다. 버드가 속삭였다. "자니 스톰파나토."

호모들의 몸이 얼어붙었다. 버드가 말했다. "〈명예의 배지〉의 더러운 내부 사정. 그가 원한 건 그거지?"

밸번은 뭔가 말하려고 했다. 빌리가 말렸다. 엑슬리 : 천천히 하라는 표시.

머릿속의 사람이 아니라고 하고 있다. "그가 혹시 자네 아버지의 약점을 쥐고 있는 게 아니었나? 그 유명하신 레이먼드 디털링 말이야."

엑슬리는 그만하라는 신호를 보냈다. 머릿속의 사나이가 얼굴을 드러냈다. 가스를 흡입하고 있는 딕 스텐스. "약점 말이야. 위 윌리 웨너홈, 로렌 애서턴과 어린이 살해. 자네 아버지 말이야."

빌리는 떨며 엑슬리를 가리켰다. "그의 아버지야!"

네 개의 시선이 교차한다. 밸번이 흐느끼는 바람에 중간에 끊어진다. 빌리는 그를 일으켜 세운 다음 끌어안았다. 엑슬리가 말했다. "자, 나가시오, 당장. 이제 가도 좋소."

그는 화났다거나 겁이 났다기보다는 오히려 슬퍼 보였다.

빌리는 티미를 데리고 나갔다. 버드는 창가로 갔다. 엑슬리는 걸으면서 핸드마이크에다 대고 말했다. "듀에인, 밸번과 디털링이 나갔네. 자네와 돈은 그들을 미행하도록."

버드는 그를 관찰했다. 키는 전보다 큰 것 같은데 훨씬 마른 것처럼 보였다. 그는 자기도 모르게 말했다. "그렇게까지 할 필요는 없었는데."

엑슬리는 창밖을 내다보았다. "곧 모든 게 끝날 거야. 모든 게."

버드는 아래를 보았다. 피스크와 클레크너가 문가에 서 있다. 두 호모가 인도를 뛰어가고 있었다. 내사과 사람들이 그들을 뒤쫓았다. 버스가 그들을 가로막았다. 버스가 지나가자 빌리와 티미의 모습이 보이지 않는다. 피스크와 클레크너가 거리 한복판에서 망연한 표정을 짓고 있다.

엑슬리는 웃기 시작했다.

뭔가가 버드를 웃게 했다.

71

그들은 옛날을 회고했다. 스탠턴은 룸서비스로 시킨 술을 마셨다. 잭은 문제점을 정리했다. 파쳇과 허진스, 포르노물, 헤로인 그리고 밤부엉이. 그는 밀러가 뭔가를 알고 있다는 것을 알고 있었다. 그가 그걸 말하고 싶어 한다는 것도.

옛날 얘기들 : 그가 밀러에게 어떻게 경찰 역을 하도록 가르쳐줬는가 하는 것, 그에게 여자를 사주러 센트럴 애버뉴로 데려갔다가 재즈 연주자인 아트 페퍼를 체포하게 되었던 일 등. 갤로데가 그의 머리를 들이밀고는 맥스 펠츠는 결백하다고 말했다. 그를 심문해봐야 시간 낭비일 거라는 것. 밀러는 울적해졌다. 58년이 이 프로의 마지막이 될 것이다. 그들이 앞으로 서로 보지 못하게 되는 건 안타까운 일이다. 하지만 빅 브이는 최근 이상한 행동을 해서 업계에서 그다지 좋은 소리를 듣지 못하고 있다. 화이트와 엑슬리가 옆방에서 다투고 있다. 잭이 말문을 열었다.

"밀러, 나한테 꼭 하고 싶은 얘기가 있나?"

"나도 모르겠네, 잭. 이건 옛날 얘기가 될 수밖에 없지."

"이 난리는 옛날로 거슬러 가는 것이지. 자네 파쳇을 알지?"

"어떻게 그걸 알았나?"

"오랫동안 닦은 감이지. 그리고 경감의 파일에 따르면 파쳇은 디털링의 옛날 영화에 돈을 대고 있었어."

스탠턴은 그의 잔을 보았다. 비어 있었다. "좋아, 파쳇은 아주 예전부터 알고 있네. 아주 긴 얘기가 될 텐데. 이것이 자네가 관심을 가지고 있는 것과 어떤 관계가 있는지 나로선 모르겠네."

잭은 옆문에서 카펫을 문지르는 소리를 들었다. "내가 파쳇이란 말을 꺼낸 뒤로 자네가 내게 얘기하고 싶어 미칠 지경이라는 정도는 알지."

"제기랄, 자네 옆에서는 도저히 경찰 행세를 할 엄두가 나지 않는군. 출연하는 프로가 끝나가는 뚱뚱한 배우에 지나지 않는다는 생각만 들어."

잭은 시선을 돌렸다. 그의 말을 흘려버리려는 듯이. 스탠턴이 말했다. "자네도 알겠지만 당시 난 디털링의 시리즈물에 아역배우로 등장했었지. 윌리 웨너홈 그러니까 위 윌리는 당시 대스타였어. 난 스튜디오 부설 학교에서 파쳇을 자주 보았는데 그가 디털링의 비즈니스 파트너라는 정도는 알고 있었지. 왜냐하면 우리 선생이 그에게 푹 빠져 아이들에게 그가 어떤 사람인지를 말해줬거든."

"그리고?"

"그리고 위 윌리는 학교에서 유괴되었다가 프랑켄슈타인 박사에게 산산조각이 났지. 자네도 그 사건은 알겠지, 워낙 유명했으니까. 경찰은 로렌 애서턴이란 친구를 지목했어. 그가 윌리와 다른 어린이들을 죽였다고 했지. 잭, 여기서부터 중요한 부분이네."

"빨리 말해보게."

아주 빠르게. "디털링과 파쳇이 내게 왔지. 그들은 내게 진정제를 먹인 다음, 내가 이 나이 많은 아이와 함께 경찰서에 가야 한다고 했어. 난 그때 열세 살이었고 그 아이는 아마 열일곱 정도 된 것 같았어. 파췟과 디털링이 내가 어떻게 얘기해야 하는지 코치를 했어. 그다음에 경찰서에 간 거야. 우리는 프레스톤 엑슬리에게 말했지. 그는 당시 형사였어. 그에게 우리는 파췟과 디털링이 말하라고 한 것을 말했지. 애서턴이 스튜디오 부설 학교 근처를 배회하는 것을 본 적이 있다고 말이야. 우리는 잡혀 있는 애서턴을 확인했고 엑슬리는 우릴 믿었어."

배우의 잠깐 동안의 침묵. 잭이 말했다. "제기랄, 그래서 어떻게 됐다는 거야?"

보다 느리게. "난 그 아이를 그 일 이후 한 번도 보지 못했어. 이름도 물론 기억나지 않아. 애서턴은 기소되어 처형되었지. 난 그의 재판에서는 증언하지 않았어. 아마 39년이었을 거야. 난 디털링의 배우군단 중 하나였는데 순진한 소년 역으로 유명했지. 디털링은 아역배우들을 아로요 세코 고속도로의 개통식에 보냈어. 일종의 홍보 활동이었지. 프레스톤은 거물 건설업자가 되어 리본을 끊었지. 난 디털링, 파췟 그리고 테리 럭스가 얘기하는 것을 들었어."

온몸의 피부가 긴장한 듯 따끔따끔하다. "밀러, 빨리."

"잭, 난 그 사람들이 말한 걸 결코 잊을 수 없네. 파췟이 럭스에게 말했지. '난 그가 누구도 해치지 않게 만들 약을 가지고 있소. 당신은 그에게 성형수술을 해주시오.' 럭스가 말했지. '그에게 보호자를 붙여주겠소'라고. 디털링, 그의 목소리의 울림은 정말 평생 못 잊을 거야. '난 프레스톤 엑슬리에게 로렌 애서턴이란 받아들일 만한 희생양을 주었어. 그는 나에게 너무 신세를 졌기 때문에 내게 해를 입힐 순 없을 거야.'"

잭은 자신의 몸을 만졌다. 혹시 숨을 멈춘 것은 아닌가 하는 생각에서. 그의 뒤에서 숨소리가 들렸다. 힘겨운 듯한. 문가에 있는 엑슬리와 화이트를 보았다. 그들의 시선도 얼어붙은 것 같았다.

72

이제 모든 잉크의 선이 교차했다. 빨간 잉크로 칠해진 절단된 몸뚱어리들. 피를 뿌리는 잉크통. 만화 캐릭터들이 영화관 간판을 장식하고 있다. 레이먼드 디털링, 프레스톤 엑슬리 그리고 스타급 범죄자들 총출연. 잉크색 : 빨간색, 뇌물성 현금을 가리키는 녹색 그리고 상복을 의미하는 검은색─죽은 조연급 배우들. 화이트와 빈센즈도 알게 되었다. 그들은 아마 갤로데에게 말할 것이다─그걸 알았기 때문에 그들을 호텔에서 쫓아냈던 것인데, 그는 아버지에게 경고할 수도 안할 수도 있다. 어쨌든 결과는 마찬가지다. 그는 이대로 계속 진행해나갈 수도 있고 아니면 그대로 앉아서 텔레비전을 통해 그의 삶이 박살나는 걸 볼 수도 있다.

오랜 시간이 흘렀다. 전화기에 손을 뻗을 수가 없었다. 그는 텔레비전을 켜고 그의 아버지가 고속도로 개통식에 나온 것을 보았다. 아버지가 상투적인 인사말을 하는 동안 그는 총구를 입에 넣었다. 방아쇠를 반쯤 당겼다. 화면이 광고로 넘어갔다. 그는 탄창에서 탄알을 네 발 빼낸 다음 실린더를 돌리고 이번에는 총구를 머리에 댔다. 그리고 방아쇠를 두 번

당겼다. 빈 약실이었다. 그는 자신이 무엇을 했는지 알 수 없었다. 그는 창문 밖으로 총을 집어던졌다. 어느 주정뱅이가 인도에서 그걸 주워 공중에 대고 쏘았다. 그는 웃다가 흐느꼈다. 그러다가 주먹으로 가구를 치기 시작했다.

아무것도 하지 않은 채 계속 시간이 흘러갔다.

전화벨이 울렸다. 손으로 더듬어 수화기를 잡았다. "여… 여보세요."

"경감, 거기 있었소. 빈센즈요."

"여기 있네. 무슨 일인가?"

"형사반에 화이트랑 함께 있소. 방금 통보가 들어왔어. 노스 뉴햄프셔 2206, 빌리 디털링의 집. 빌리와 또 한 사람의 신원불명 남자가 죽었어. 피스크가 벌써 그쪽으로 갔어. 경감, 지금 듣고 있는 거요?"

아니야, 아니야, 아니야. 듣고 있어. "내가 가지… 곧 도착할 거야."

"그렇게 해. 아 그리고 화이트와 나는 갤로데에게 스탠턴이 말한 것은 얘기하지 않았어. 당신이 먼저 알아야 할 거라고 생각했지."

"고맙네, 경사."

"당신이 감사해야 할 사람은 화이트야. 진짜 걱정해야 할 사람도 그고."

피스크가 그를 맞이했다. 헤드라이트로 비쳐진 사이비 튜더 양식의 집이다. 잔디 위에는 흑백색의 경찰차와 감식반의 차량이 있었다.

에드는 뛰어올라갔다. 피스크가 짧게 말했다. "근처에 사는 여자가 비명을 듣고 30분쯤 기다린 후에 전화했습니다. 그 여자는 한 남자가 뛰어나와 디털링의 차를 타고 나가는 것을 봤다는군요. 그는 이 블록 끝에 있는 나무에 충돌한 다음 차를 버리고 도주한 것 같습니다. 진술서를 받아놓았습니다. 백인 남성, 40대 초반, 보통 체격이라고 합니다. 경감님, 어디 불편한 데라도 있습니까?"

안에서 플래시가 터졌다. 에드가 말했다. "이곳을 봉쇄하게. 강력계도, 근처 경찰서 사람도 들어오지 못하도록 해. 물론 기자도 안 돼. 그리고 디털링의 아버지에게도 알리지 말도록. 클레크너에게 아무도 차에 접근하지 못하도록 하고 티미 밸번을 데려와. 지금 당장 그를 찾아."

"경감님, 그들은 우리의 미행을 따돌렸습니다. 그래서 마치 우리 실수라는 생각이 드는군요."

"그건 신경 쓰지 말고 내가 말한 것이나 해."

피스크는 차로 달려갔다. 에드는 안으로 들어가 둘러보았다.

빌리 디털링은 피로 물든 채 하얀 소파 위에 있다. 목에 칼이 하나, 배에 칼이 두 개 꽂혀 있다. 그의 머리가죽이 바닥에 떨어져 있는데 아이스 픽으로 카펫 위에 고정되어 있다. 수십 센티미터 떨어진 곳에는 40대로 보이는 백인 남성이 있다―창자가 튀어나와 있고 두 뺨에 칼이 꽂혀 있고 두 눈은 포크로 찔린 상태다. 캡슐 약이 바닥의 피 속에 젖어 있다.

예술적인 취향이라고는 어디에도 찾아볼 수 없다―이 친구는 이제 그걸 넘어선 지점에 도달한 것이다.

에드는 부엌으로 갔다. 39년에 파쳇이 럭스에게 한 말 : "난 그가 누구도 해치지 않게 만들 약을 가지고 있소. 당신은 그를 성형수술해주시오." 바닥에 식기 상자가 떨어져 포크와 스푼이 굴러다니고 있다. 39년에 레이 디털링이 한 말 : "그가 받아들일 만한 희생양." 안팎으로 피에 젖은 발자국 - 범인이 이리저리 다니며 현장을 어지럽힌 것이다. 럭스 : "그에게 보호자를 붙여 주겠어." 싱크대에는 머리가죽의 일부가 있었다. "프레스톤 엑슬리, 이제 그는 거물 건설업자가 되었어." 벽에는 피로 물든 손자국이 있다. 범죄학 교과서에 정신이상 범죄자의 발작적 행동 사례로 오를 만하다.

에드는 손자국을 살펴보았다. 확실히 지문을 알아볼 수 있을 것 같다.

정신이상자의 무의식적인 행동 : 그는 서명을 남긴다는 생각으로 이곳에 손을 댄 것이다.

거실로 돌아왔다. 대여섯 명의 감식반 사람들 틈에 쓰레기통 잭이 있었다. 플래시가 계속 터지고 버드 화이트는 없었다.

쓰레기통이 말했다. "다른 친구는 제리 마살라스야. 그는 남자 간호사로 말하자면 〈명예의 배지〉 멤버 중 한 사람의 보호자격 인물이지. 세트 디자이너인 데이비드 머텐스 말이야. 굉장히 조용한 친구인데 간질인가 뭔가 하는 병이 있지."

"성병수술 흔적은?"

"피부 이식 흔적이 목과 등에 여러 군데 있어. 언젠가 상의를 벗은 모습을 본 적이 있거든."

감식반 사람들이 몰려들었다. 에드는 빈센즈를 현관으로 데려나갔다. 차가운 공기, 눈부실 정도로 밝은 헤드라이트. 쓰레기통이 말했다. "머텐스는 밀러가 말한 그 나이 많은 아이와 연령상 일치해. 럭스가 수술해줬기 때문에 밀러는 세트에서 그를 알아보지 못했을 가능성이 커. 등의 상처로 보아 여러 번 수술 받았을 가능성이 있어. 그런데 당신 얼굴이 정말 엉망이군. 그래 가지고 버틸 수 있겠어?"

"나도 모르겠네. 더들리에 대해 뭘 할 수 있는지 알 수 있을 때까지 하루가 더 필요해."

"그리고 화이트가 당신의 의사에 반하는 행동을 할지 안 할지를 볼 때까지겠지. 그는 갤로데에게 얘기할 수 있었는데도 하지 않았어."

"화이트는 이 사건에서 어느 누구 못지않게 미친 행동을 하고 있어."

쓰레기통이 껄껄 웃었다. "그렇지. 마치 당신처럼 말이야. 보스, 당신과 갤로데가 이 사건이 정당한 절차대로 해결되길 원한다면 그를 감금하는 게 좋을 거야. 그는 더들리와 듀스를 죽이려고 나갔는데 그 성격으로 보아 그는 분명 하고 말 거야."

에드가 하하 웃었다. "그렇게 할 수 있다고 내가 그에게 말했지."

"당신은 그가…"

그의 말을 자른다. "잭, 이걸 해주게. 머텐스의 집에 잠복해 있으면서 화이트를 찾도록 하게."

"그는 퍼킨스를 쫓고 있는데 어떻게…"

"그냥 그를 찾도록 해. 찾든 못 찾든 상관없이 내일 9시에 미키 코헨의 집에서 만나세. 그에게서 더들리에 대한 얘기를 좀 들어보세."

빈센즈는 주위를 둘러보았다. "강력계에서는 아무도 오지 않았군."

"자네하고 피스크가 통보를 받았으니까 강력계에선 알 턱이 없어. 24시간 정도는 내사과만 아는 것으로 할 수 있네. 언론에서 알 때까지는 완전히 우리 일인 셈이야."

"머텐스를 지명수배하지는 않을 건가?"

"내사과 인원의 절반을 동원할 걸세. 그는 침을 질질 흘리는 정신이상자야. 금방 잡을 수 있을 거야."

"만약 내가 그를 잡으면. 당신은 그가 옛날 얘기하는 걸 원치 않을 텐데. 특히 당신 아버지에 대한 부분은 더욱 말이야."

"그를 산 채로 잡게. 그와 얘기하고 싶어."

빈센즈가 말했다. "미친 걸로 따지면 화이트도 자넬 당할 수 없겠군."

에드는 현장을 봉쇄했다.

그는 파커 국장에게 전화해 내사과 관련의 이중 살인이 벌어졌는데 희생자의 신원을 비밀로 하고 싶다고 말했다. 그리고 내사과 사람 중 다섯 명을 깨워 데이비드 머텐스에 대한 정보를 주고 그를 찾게 했다. 그는 신고한 이웃 아줌마에게 진정제를 먹고 자도록 하면서 '빌리 디털링'이란 이름을 기자들에게 말하지 말라고 당부했다. 기자들이 도착했다. 그는 피해자의 신원을 아직 모른다고 둘러대 그들을 돌려보냈다. 그는 보도블록 끝으로 가서 차를 조사했다. 앞바퀴가 인도 위에 올라오고 펜더가 나무에 들이받은 패커드 캐리비언. 운전석, 좌석 앞부분, 시프트 레버에 피가 묻어 있다. 차량의 앞 유리창 바깥쪽에 완벽한 손자국이 남아 있다. 클레크너가 번호판을 떼어냈다. 에드는 그에게 차를 안으로 옮겨 숨긴 다음에 수색대원들에게 점검을 받도록 했다. 그리고 공중전화로 램파트 서의 당직자와 경찰 시체 안치소의 당직의사에게 양해를 구했다. 파커가 이 살인사건에 대해 24시간 동안 비밀로 해두길 원한다는 거짓말. 언론에 알려서도 안 되고 검시보고서를 유포해서도 안 된다는 것. 오전 3시 40분, 강력계의 높은 양반은 현장에 전혀 보이지 않는다. 파커는 그에게 백지 위임장을 준 것이다.

봉쇄 완료.

에드는 다시 집으로 들어갔다. 조용하다. 기자도 없고 구경꾼도 없다. 테이프만 쳐져 있다. 이미 시신도 옮겨 놓았다. 감식반 사람들만 증거 수집을 하느라 바쁘다. 부엌문 앞에 피스크가 서 있다. 그는 다소 흥분한 듯하다. "경감님, 밸번을 잡았습니다. 이네즈 소토와 함께 있더군요. 감이 잡혀서 라구나에 가봤죠. 소토 양이 그를 안다고 얘기한 적이 있습니다."

"밸번이 뭐라던가?"

"아무것도 말하지 않았습니다. 경감님과 얘기하고 싶다는데요. 사건을 얘기했습니다. 오는 도중에 계속 울기만 하더군요. 그는 진술서를 쓰기로 결심했다고 말했습니다."

이네즈가 밖으로 나왔다. 비탄에 잠긴 모습, 손톱을 하도 물어뜯어 피가 묻어 있다. "당신 탓이에요. 빌리가 이렇게 된 것도 말이에요."

"무슨 말인지 모르겠지만 어쨌든 나도 유감으로 생각하고 있어."

"당신은 내게 레이먼드를 정탐하라고 하고 이걸 한 거 아니에요?"

에드는 이네즈 쪽으로 발을 옮겼다. 이네즈는 그의 뺨을 때리고 주먹으로 쳤다. "제발 우릴 그냥 내버려둬요!"

피스크는 이네즈를 붙잡은 다음 밖으로 데려나갔다. 아주 점잖게. 부드러운 손길을 주고 낮은 목소리로 뭐라 말하며. 에드는 복도를 걸어가며 방을 들여다보았다.

밸번이 서재에서 벽에 붙은 사진들을 떼어내고 있었다. 밝은 눈으로 그걸 들여다보며 목소리 또한 아주 밝았다. "뭔가를 하고 있으면 편하게 있을 수 있지요."

여러 사람이 함께 찍은 사진이 한 장 떨어졌다. "난 진술서가 필요해."

"그래요, 그렇게 하지요."

"머텐스는 허진스, 빌리, 마살라스 그리고 예전에 위 윌리와 다른 아이들도 죽였어. 난 그 이유를 알아야 해. 티미, 날 보게."

티미는 액자에 든 사진을 손에 들었다. "1949년 이후로 우리는 쭉 함께 있었죠. 약간 골치 아픈 일들도 있었지만 함께 있으면서 서로 사랑했어요. 살인자를 잡아야 한다고 폼 잡으며 얘기하지는 말아요, 에드. 나로선 견디기 힘들어요. 당신이 알고 싶은 걸 말해줄 테니 저급한 행동은 하지 마세요."

"티미…"

밸번은 액자를 벽으로 집어던졌다. "데이비드 머텐스, 빌어먹을 자식!"

유리가 깨졌다. 사진은 앞부분을 위로 한 채 바닥에 떨어졌다. 레이먼드 디털링이 잉크통을 들고 있는 사진이다. "포르노에서부터 시작하세. 잭 빈센즈는 5년 전에 그것에 대해 자네와 얘기했지. 그는 자네가 무엇인가 숨기는 것 같다고 하더군."

"이건 고문적인 취조인가요?"

"그렇게 만들지 말게."

티미는 쌓인 액자를 다시 정돈했다. "제리 마살라스가 데이비드에게 그걸 만들게 했어요… 그 이상한 물건들을. 제리는 아주 나쁜 사람이었어요. 그는 오랫동안 데이비드의 보호자 역할을 했죠. 그는 약을 조제해서 그를 정상으로… 유지해주었죠. 그는 이따금 약의 양을 늘리든지 아니면 줄이든지 해서 데이비드로 하여금 상업미술을 하게 했어요. 그래서 돈을 챙긴 거예요. 레이먼드는 마살라스에게 돈을 주고 데이비드를 돌봐주게 했어요. 그는 데이비드에게 〈명예의 배지〉 일을 주선해주고 빌리가 그를 돌볼 수 있도록 했던 거죠. 빌리는 그 프로그램 시작부터 계속 카메라팀을 이끌어 왔으니까요."

에드가 말했다. "너무 앞서가지는 말게. 마살라스와 머텐스는 어디서 출연자들을 확보했지?"

티미는 그의 사진들을 안았다. "플뢰르 드 리죠. 마살라스는 오랫동안 그곳에서 서비스를 받았거든요. 마살라스는 돈이 생기면 여자를 샀어요. 그래서 피어스가 데리고 있던 여자애들을 많이 알고 있었고 그들이 얘기해준 성적으로 아주 모험적인 사람들에 대해서도 잘 알고 있었어요. 그는 플뢰르 드 리 손님 중의 많은 사람이 특별한 도색물에 대해 흥미를 갖고 있다는 걸 알고는 피어스의 여자들에게 그들의 섹스 파티를 훔쳐볼 수 있게 해달라고 한 거죠. 제리가 사진을 찍고 데이비드도 찍었어요. 제리는 데이비드의 약 복용량을 늘려 그로 하여금 사진들을 찢어 붙이도록 했죠. 빨간 잉크는 데이비드의 아이디어였어요. 제리는 스튜디오의 미술 디렉터들을 고용해 사진을 책으로 만든 다음 그걸 피어스에게 가져간 거예요. 이제 이해하시겠어요? 난 당신이 얼마나 알고 있는지 모르니까요."

에드는 수첩을 꺼냈다. "밀러 스탠턴이 배경에 있는 사항들을 얘기해

쳤지. 파쳇과 디털링은 애서턴 살인사건 때 이미 파트너였어. 그리고 내가 머텐스가 범인일 거라고 생각한다는 건 자네도 알겠지. 그냥 계속해. 뭔가 설명이 필요한 부분이 있으면 내가 말할 테니."

티미가 말했다. "그래요, 그럼 계속하죠. 미리 말해두지만 잉크가 번진 사진은 애서턴 사건 희생자들의 상처와 비슷한 데가 있었죠. 피어스가 처음 그 책을 보았을 땐 그걸 알지 못했어요. 아마 경찰들만 증거 사진을 보았기 때문일 거예요. 그는 또 데이비드 머텐스가 웨너홈 살인자의 새로운 아이덴티티라는 걸 몰랐어요. 그래서 마살라스가 계획을 세워 그에게 돈을 대달라고 갔을 때 그는 그것이 그의 여자들과 고객들이 참여한 그냥 도색물이라고 생각했죠. 그는 마살라스의 제안을 거부하고 그 책들의 일부를 플뢰르 드 리를 통해 팔 생각으로 사기만 했죠. 그 뒤 마살라스는 그걸 캐스카트에게 가져갔고 그는 또 엥글클링 형제에게 가져간 거예요. 에드, 피스크란 사람은 이 모든 게 밤부엉이 사건과 관련이 있는 것처럼 얘기하는데 나로선…."

"나중에 얘기해주지. 자네는 지금 53년 초에 대해 얘기하고 있고 난 거기까지만 따라간 거야. 순서대로 계속 얘기해주게."

티미는 그의 사진을 내려놓았다. "그러고 나서 파쳇이 허진스에게 갔어요. 그와 허진스는 아마 어떤 공갈 협박 건을 같이 추진한 것 같은데 자세한 건 몰라요. 피어스는 허진스에게 마살리스와 그의 도색물에 대해 말했죠. 그는 마살라스를 뒷조사해서 그가 〈명예의 배지〉에서 일하고 있다는 걸 알았죠. 그는 예전부터 〈허시-허시〉에 그 프로에 대한 폭로기사를 쓰길 원했으니까 흥미를 갖게 되었죠. 피어스는 허진스에게 그가 플뢰르 드 리에 가지고 있던 포르노 책 가운데 몇 권을 줬고 허진스는 마살라스에게 접근했어요. 그는 그 프로의 스타들에 대한 정보를 요구했고 협조하지 않으면 도색물 제작 및 배포를 폭로하겠다고 위협했죠. 제리는 그에게 맥스 펠츠에 대한 평범한 거리들을 주었고 그것은 곧 기사화되었죠. 그리고 허진스가 살해되었고 물론 진상은 제리가 데이비드를 부추겨 한 짓이죠. 그는 약의 양을 줄여서 그를 미치광이로 만든 거예요. 데이비드는 옛날로 돌아간 거죠… 아이들을 죽이던 때로 말이죠. 마살라스는 허진스가 자신을 계속 협박하지 않을까 겁먹고 그렇게 한 것이죠. 그는 데이비드와 함께 허진스의 집에 가서 〈명예의 배지〉 파일 그리고 허진스가 그와 데이비드에 대해 작성한 미완성 파일도 훔쳤죠. 그는 피어스가 허진스와 함께 공갈 협박을 위해 사용하려던 파일 사본을 갖고 있다는 것 아니면 적어도 허진스가 오리지널을 보관해놓은 은행이 어디인가를 그가 알고 있다는 것을 몰랐어요."

세 가지 중요한 의문이 떠오른다. 우선 확증을 잡는 게 중요하다. "티미, 5년 전 빈센즈가 자네에게 물어보았을 때, 자네는 의심스럽게 행동했네. 그때 이미 자넨 머텐스가 도색물을 만들었다는 걸 알고 있었나?"

"그래요, 하지만 그땐 데이비드가 어떤 사람인지 몰랐어요. 내가 아는 거라곤 빌리가 그를 주목하고 있다는 것뿐이었어요. 그래서 잭에게 입을 다문 거죠."

의문 제1번. "자네는 어떻게 이 모든 것을 알고 있나? 내게 말해준 것들 전부를 말이야."

티미의 눈은 윤기를 되찾았다. "오늘 밤 알게 되었죠. 호텔에서 나온 다음 빌리는 그 무식한 경찰관이 스톰파나토에 대해 말한 것을 확인하려고 했어요. 빌리는 오랫동안 얘기의 대부분을 알고는 있었지만 나머지 것도 다 알기를 원한 거죠. 그래서 라구나에 있는 레이먼드의 집으로 간 거예요. 레이먼드는 피어스에 대한 최근의 일도 알고 있었어요. 그는 빌리에게 모든 얘기를 다 해준 거죠. 난 그냥 듣기만 했어요."

"이네즈도 거기 있었겠군."

"그래요. 이네즈도 얘길 다 들었죠. 이네즈가 당신을 욕하더군요. 판도라의 상자를 열어버렸다면서요."

이네즈는 알고 있다. 그의 아버지도 알지 모른다. 완전한 노출, 사실상 공표된 거나 다름없다. "그래서 파쳇은 그동안 머텐스를 얌전하게 해주는 약을 쭉 공급해왔던 거군."

"그래요. 그는 생리적인 질병을 앓고 있으니까요. 그는 주기적으로 뇌에 염증을 일으키는데 그때가 제일 위험한 때죠."

"그래서 디털링은 그에게 〈명예의 배지〉에서 일할 수 있도록 해줬군. 빌리가 그를 돌볼 수 있게 말이야."

"그렇죠. 허진스 살해 건 이후에 레이먼드는 절단된 부분에 대해 읽고는 그것이 마치 옛날 어린이 살인사건과 비슷하다는 걸 알았죠. 그는 그가 허진스와 친하다는 걸 알고 있는 파쳇에게 연락했어요. 레이먼드는 데이비드의 정체를 피어스에게 알려줬고 물론 그는 경악했죠. 레이먼드는 데이비드를 제리에게서 떼어내길 두려워하고 있었어요. 그는 데이비드에게 계속 약을 먹여주는 대가로 상당한 돈을 이미 주었거든요."

의문 제2번. "자넨 내가 이 질문을 할 거라고 기다리고 있었겠지, 티미. 왜 레이 디털링은 데이비드를 위해 이 엄청난 수고를 치르고 있지?"

티미는 사진을 돌려 그에게 보였다—빌리와 흑투성이의 남자. "데이비드는 레이먼드의 사생아죠. 그는 빌리의 배다른 형제인데 여기 그를 보세요. 테리 럭스가 하도 여러 번 수술을 해서 아주 추해졌죠. 나의 사랑스런 빌리 옆에 있으니 거의 얼굴을 보기도 힘들 정도죠."

다시 비탄에 잠긴다. 에드는 그가 슬픔에 빠지기 전에 끼어들었다. "오늘 밤 무슨 일이 있었지?"

"오늘 밤 레이먼드는 허진스에 이르기까지 모든 것을 빌리에게 얘기해줬어요. 빌리로서는 대부분 처음 듣는 얘기들이었죠. 빌리는 내가 이네즈와 함께 라구나에 머물도록 했어요. 그는 나에게 마살라스의 집에서 데이비드를 데려와 그의 몸에서 약기운을 빼버리겠다고 했어요. 그는 정말 그렇게 하려고 했고 아마 마살라스가 그에 저항했을 거예요. 바닥에 약들이 흩어져 있는 것 보았죠… 그리고 하느님, 데이비드는 완전히 미쳐버렸던 거예요. 그는 누가 좋은 사람이고 누가 나쁜 사람인지 전혀 구분할 수 없게 되어 그냥…."

의문 제3번. "호텔에서 자네는 스톰파나토의 이름을 듣고 아주 격렬하게 반응했네. 왜지?"

"스톰파나토는 피어스의 손님들을 오래전부터 협박해왔어요. 그는 내가 다른 남자와 있는 걸 발견하고는 나를 위협해 머텐스에 대한 얘기를 들었죠. 대단한 건 아니고 그냥 레이먼드가 데이비드의 생활비를 대고 있다는 정도죠. 그건… 내가 많은 것을 알기 전이니까요. 스톰파나토는 레이먼드로부터 돈을 빼앗아내려고 자료를 수집하고 있었어요. 그는 그 자료를 가지고 빌리를 위협했죠. 하지만 그가 데이비드의 정체를 알고 있었던 것은 아니에요. 빌리는 아버지를 설득해서 그를 죽여버리려고 했어요."

창을 통해 아침햇살이 들어왔다. 티미가 눈물을 흘리고 있는 모습이 보였다. 그는 빌리와 데이비드가 함께 찍은 사진을 손에 들고 있었는데 한쪽 손으로는 데이비드의 얼굴을 가리고 있었다.

73

내사과 사람이 와서 그를 깨운 것은 7시였다. 잭이 잠들어 있는 게 화가 난 모양인지 그는 총을 꺼내 문가에 털썩 주저앉았다. 집은 여전히 변화가 없었다. 피에 굶주린 데이비드 머텐스는 나타나지 않았다. 내사과 친구가 머텐스는 아직 잡히지 않았다고 했다. 엑슬리 경감의 명령: 그와 버드 화이트를 9시에 미키 코헨의 집에서 만날 것. 잭은 공중전화로 가서 자신의 직감을 확인했다.

형사반으로 전화. 더들리 스미스는 '긴급한 가정 사정으로 휴가', 브루닝과 칼리슬은 '주 경계 밖에서 근무 중'이다. 밤부엉이 사건의 담당자는 임시로 77번가 서의 어느 경위가 담당하고 있다. 여성 교도소에 전화: 보안관보 도트 로스스타인도 긴급한 가정 사정으로 휴가. 예감: 가설에 지나지 않지만 더들리 일당의 느슨해진 끈이 이제 잘리게 된 것이다.

잭은 꿈을 털어내며 집을 향해 차를 몰았다. 뇌수종에 걸린 데이비 골드먼의 헛소리. '네덜란드인'을 딘 반 겔더로, '아이리시 고양이'를 더들리 스미스로 생각할 수 있다. '조직원들이 세 번의 방아쇠에 당했지, 빵

빵빵'은 총격 살인을 말하는데 아마 스톰파나토, 박스, 티틀봄이 옛날 동료들을 제거한 것을 말하는 것임에 틀림없다. '칙칙폭폭 칙칙폭폭 귀여운 기차?' 확실히 미친 것임에 틀림없다. 아마 파쳇의 약이 뭔가 부두교 마술처럼 효과를 내고 있는 게 아닐까?

카렌의 차는 없었다. 잭은 집 안으로 들어갔다가 커피 탁자 위에 뭔가 있는 것을 보았다.

비행기 티켓과 메모지였다.

J. –

하와이예요. 날짜를 잘 보세요. 5월 15일. 당신이 공식적으로 연금수혜자가 되는 날이에요. 10일 정도 함께 시간을 보내며 서로를 이해하도록 하죠. 오늘 저녁 식사 어때요? 페리노에 예약했는데 일이 있으면 연락줘요. 취소해야 되니까.

xxxxx K.

추신 : 당신이 신경 쓸 것 같아 말할게요. 당신은 병원에 있을 때 잠꼬대를 했어요. 잭, 난 내가 아는 것 중에 최악의 것을 알고 있어요. 하지만 신경 쓰지 않을래요. 그것에 대해 서로 얘기할 필요도 없을 거예요. 엑슬리 경감도 들었는데 신경 쓰는 것 같지는 않더군요(그는 당신이 말한 것처럼 그렇게 나쁜 사람은 아닌 것 같았어요).

키스를 담아
K.

엑슬리는 녹음기를 들고 인도 위에 서 있다. 버드 화이트는 현관에 있다. 내사과에서 그를 발견한 모양이다. 잭이 와서 이제 3인조가 되었다.

화이트가 다가왔다. 엑슬리가 말했다. "방금 갤로데와 얘기했네. 확실한 증거 없이는 로우한테 갈 수 없을 거라는군. 머텐스와 퍼킨스는 아직 잡지 못한 데다 스톰파나토도 라나 터너와 함께 멕시코에 있네. 만약 미키가 우리한테 좋은 것을 주지 못한다면 난 파커 국장에게 직접 갈 생각이네. 더들리에 대한 모든 사실을 밝힐 생각이야."

문가에서 나는 소리 : "당신네들 들어올 거요, 말 거요? 나한테 비탄을 주고 싶으면 실내에서 비탄을 주란 말이야."

미키 코헨은 로브 의상에다 유대식 비니 모자를 쓰고 있다. "신의 뜻에 의해 드디어 최후의 비탄이 찾아오는군. 들어오는 거지?"

그들은 걸어 올라갔다. 코헨은 문을 닫은 다음에 작은 황금색 관을 가리켰다. "나의 충직한 개 상속자였던 미키 코헨 주니어야. 나의 비탄을 잠시라도 잊게 해주게. 이교도 경찰 양반. 장례식은 오늘 마운트 사이나이 병원에서 할 거야. 랍비에게 돈을 주고 내 귀여운 자식을 인간처럼 장례 지내게 해달라고 했지. 영안실에 있는 바보 자식들은 무슨 난쟁이인가 하고 생각하고 있지. 자, 내게 말해봐."

엑슬리가 말했다. "당신에게 누가 당신 조직원들을 죽였는지 말해주러 왔소."

"'내 조직원들'이라니? 당신네들이 이런 쪽으로 몰고 간다면 나는 불리한 진술을 하지 않아도 되는 수정헌법 5조를 들고 나오는 수밖에 없겠군. 그리고 당신이 들고 있는 그 녹음기 같은 건 뭐하러 가지고 온 거요?"

"자니 스톰파나토, 리 박스 그리고 에이브 티틀봄이 그들이오. 그들은 함께 팀을 만들어 50년에 당신이 잭 드래그나와 거래하다 잃어버린 헤로인을 손에 넣었지. 그들은 당신의 조직원들을 죽였을 뿐 아니라 당신과 데이비 골드먼을 맥닐 섬에서 죽이려 했소. 그들은 당신 집에 폭탄을 장치했지만 당신을 죽이는 데는 실패했지. 하지만 곧 다시 시도할 거요."

코헨은 큰 소리로 웃었다. "그렇다면 이 친구들은 내 인생에서 아무것도 배우지 못한 모양이네. 그리고 아마 다시 내 밑에서 일하려 들지도 않겠군. 하지만 그들은 나 믹스터를 엿 먹이고 성공할 정도의 머리를 가지지 못한 놈들이야."

화이트 : "데이비 골드먼도 그들과 함께 일하고 있었소. 그들이 당신네 둘을 맥닐 섬에서 죽이려 할 때 그들은 골드먼을 배신한 거지."

미키 코헨은 갑자기 흥분했다. "아니야! 태양이 멈추는 일이 있어도 데이비가 내게 그런 일을 할 리 없어. 절대로! 당신네들은 마치 공산주의자만큼 끔찍한 얘기를 하는군."

잭이 말했다. "우린 증거가 있어요. 데이비는 당신 감방에 도청기를 설치했어요. 그 도청기 때문에 엥글클링 형제의 얘기와 다른 얘기들이 밖으로 새어나간 거요."

"거짓말! 데이비를 다른 놈들과 함께 엮어 나를 엿 먹이려고 그러는 모양인데, 어림없는 소리."

엑슬리가 녹음기에 손을 댔다. 테이프가 돌아가기 시작했다. "자기 물건을 핥는 그놈은 마치 그걸로 바이올린을 연주하는 하이페츠 같다고 할 수 있지. 게다가 그 물건은 그 크다는…."

코헨은 격분했다. "아니야! 아니야! 나를 그렇게 할 수 있는 놈은 이 지구상에 없어."

엑슬리는 버튼을 눌렀다. 스타트―"그놈이 빠질 정도라면 그년 물건은 친칠라 같을 거야."―스톱, 스타트―카드 게임의 소리, 화장실의 물 내리는 소리. 미키는 관을 걷어찼다. "그래, 그래. 당신네들 말이 옳다고 하지."

잭 : "이제 데이비가 왜 요양소에 들어가는 걸 싫어했는지 알겠군요."

코헨은 비니 모자로 얼굴을 닦았다. "히틀러도 이런 짓은 못할 거야. 어떤 놈이 그렇게 교활하면서 동시에 그렇게 잔인할 수가 있지."

화이트가 말했다. "더들리 스미스라면 가능하죠."

"오, 맙소사. 그만큼은 믿을 수 있다고 생각했는데 아니야… 당신네들이 지금 농담하는 거라고 내 죽은 아이 앞에서 말해주게."

"L.A. 경찰국 경감이 농담을 한다고요? 이건 현실이에요, 믹."

"아니야, 난 믿을 수 없어. 증거를 보여줘, 그래야 믿지."

엑슬리가 말했다. "미키, 당신이 우리한테 증거를 주시오."

코헨은 관 위에 앉았다. "누가 나와 데이비를 교도소에서 죽이려 했는지 알 것 같아. 콜먼 스타인, 조지 막달레노, 샐 본벤터야. 이들은 지금 다른 교도소에서 샌퀜틴으로 이감 중이지. 그들이 도착하면 당신네들은 누가 나와 데이비를 죽이라고 명령했는지 알 수 있을 거야. 난 놈들을 제거하려 했지만 별 성과를 거두지 못했어. 정말 한심한 놈들이야, 이 교도소의 살인 청부업자란 놈들은."

엑슬리는 녹음기를 다시 정리했다. "고맙소. 버스가 도착하면 우리가 달려갈 거요."

코헨은 신음 소리를 냈다. 화이트가 말했다. "클레크너가 내게 메모를 남겼군. 카이키와 박스가 오늘 오전 중에 그 델리에서 만나기로 한 모양이네. 우리가 잡아야겠지."

엑슬리가 말했다. "물론 그래야지."

74

에이브 노셔리 : 탁자가 꽉 차 있고 카이키는 계산대에 앉아 있다. 화이트는 창에 얼굴을 대고 안을 들여다보았다. "리 박스는 오른쪽 탁자에 앉아 있네." 에드는 자신의 권총 가죽 케이스에 손을 대보았다. 비어 있었다. 자살 흉내를 내다가 어딘가에 놓고 온 것이다. 쓰레기통 잭이 문을 열었다.

차임벨 소리. 카이키가 이쪽을 보더니 계산대 밑으로 손을 가져갔다. 에드는 박스가 열이 올라 바지 쪽으로 손을 내리는 것을 보았다. 허리께에서 검은 금속이 빛을 낸다.

사람들은 식사를 하며 얘기를 나누고 있었다. 여종업원들이 계속 움직이며 일하고 있다. 쓰레기통 잭은 계산대 쪽으로 다가갔다. 화이트는 박스를 관찰하고 있다. 금속이 빛을 발했다 : 탁자 밑에서 올라올 것이다.

에드가 화이트를 바닥으로 밀어뜨렸다.

카이키와 빈센즈가 총을 쏘았다.

교차 사격. 여섯 발. 유리창이 박살났고 카이키는 통조림 선반을 엉망으로 만들어버렸다. 비명 소리, 놀라 달아나는 사람들, 무차별 사격. 박스는 문을 향해 마구 쏘아댔다. 한 노인이 피를 토하며 쓰러졌다. 화이트는 일어서서 움직이는 표적을 향해 총을 쏘았다. 박스는 요리실 쪽으로 달아나고 있었다. 화이트의 허리에 스페어 총이 있었다. 에드가 그걸 뽑아 들었다.

박스에게 두 방. 에드가 쏘았다. 박스는 어깨를 붙잡으며 휙 돌아섰다. 화이트가 쏜 것은 빗나갔다. 박스는 쓰러졌다가 엉금엉금 기어 다시 일어섰다. 여종업원의 머리에 총을 가져다댔다.

화이트가 그에게 다가갔다. 빈센즈는 왼쪽으로 돌았다. 에드는 오른쪽에서 접근했다. 박스는 그대로 여자의 머리를 날려버렸다.

화이트가 발포했다. 빈센즈도, 에드도 쏘았다. 맞히지는 못했다. 여자의 시신이 그들의 총알을 받아 냈다. 박스는 뒤로 물러섰다. 화이트가 쫓아갔다. 박스는 자신의 얼굴에 묻은 뇌수를 닦아내고 있었다. 화이트는 그의 총을 완전히 비워버렸다. 모두 머리에 대고 쏘았다.

비명 소리, 문으로 몰려드는 손님들. 창의 유리 파편을 털어내며 밖으로 나가려는 남자. 에드는 계산대로 달려가 고개를 숙였다.

카이키는 바닥에 누운 채 가슴에 피를 철철 흘리고 있었다. 에드는 그의 얼굴에 몸을 기울였다. "더들리에 대해서 말해. 밤부엉이와의 관계도."

사이렌 소리가 크게 들린다. 에드는 귀를 손으로 감싼 다음 몸을 기울였다.

"자네들 정말 굉장하군. 정말이야."

몸을 더 가까이 기울인다. "밤부엉이에서 총을 쏜 게 누구지?"

피가 계속 올라온다. "나, 리, 자니 스톰프. 듀스는 운전을 했지."

"에이브, 더들리에 대해 말해주게."

"대단해, 자네들."

사이렌은 점점 커졌다. 외침소리, 발소리 등. "밤부엉이 말이야. 왜 그렇게 했지?"

카이키가 기침을 하자 피가 나왔다. "마약. 도색사진집. 캐스카트는 제거해야만 했어. 런스포드는 버즈 믹스를 처치하고 마약을 손에 넣은 경찰팀에 있었는데 밤부엉이에 자주 드나들었지. 직무 질문 기록에 스톰파나토에 대한 게 올라 있었기 때문에 듀스가 훔쳤지. 보스는 파켓을 위협하라고 하더군. 듀크와 맬을 제거하면 일석이조지. 맬은 보스가 무엇을 했는지 알기 때문에 돈을 요구했어."

"더들리에 대해 말해. 더들리가 자네들과 한 팀이었다는 걸 말이야."

빈센즈는 상체를 기울여 옆에 앉았다. 레스토랑은 문자 그대로 한바탕 난리를 치른 것 같다. 수많은 목소리들이 교차한다. 계산대에 피가 묻어 있다. 에드는 데이비드 머텐스를 생각했다. 번득이는 직감—디털링의 스튜디오 학교—빌리의 집에서 1천600미터 정도 떨어져 있다. "에이브, 그는 자네를 해칠 수 없어."

카이키는 숨이 막히는 듯했다.

"에이브…."

"그렇게 해서는 안 되지."

의식을 잃었다. 쓰레기통은 그의 가슴을 쥐고 흔들었다. "이 자식아, 뭔가 줘야 할 거 아냐!"

카이키는 뭐라고 중얼거리더니 목에 걸린 별 모양의 금목걸이를 당겼다. "유대교 선행을 베푸네. 자니는 교도소에 있는 친구들을 밖으로 빼내려고 해. Q 트레인이야. 도트가 총을 가지고 있어."

빈센즈가 갑자기 미친 듯한 표정을 지었다. "이건 기차야, 버스가 아니고 말이야. 이건 탈주사건이야. 데이비 골드먼은 그걸 알고 중얼거린 거야. 엑슬리, Q 트레인이야, 큐트 트레인이 아니고 말이야. 코헨이 말한 교도소에서 명령을 받았다는 놈들이 그 차에 타고 있는 거야."

에드는 곧 그 의미를 알아챘다. "자네가 전화하게."

쓰레기통은 뛰어나갔다. 에드는 선 채로 아수라장을 보고 있었다. 경찰들, 깨어진 유리창 잔해들, 창으로 들어온 구급차가 시신을 싣고 있다. 버드는 큰 소리로 명령을 내리고 있고 피에 젖은 옷을 입은 어린 여자애가 구석에서 도넛을 먹고 있었다.

쓰레기통이 돌아왔다. 아까보다 더 흥분해 있다. "기차는 10분 전에 로스앤젤레스를 떠났대. 한 차량에 죄수들 서른두 명이 타고 있는데 차 내의 전화가 불통이라는군. 난 클레크너에게 전화해서 도트 로스스타인을 찾아달라고 했어. 이건 함정이야, 경감. 클레크너는 화이트에게 메모를 한 적이 없대. 더들리가 한 짓이라고 볼 수밖에 없어."

에드는 눈을 감았다.

"엑슬리…"

"좋아, 자네하고 화이트는 기차를 추적해. 난 보안관 사무실과 고속도로 순찰대에 연락해서 작전을 세울 테니까."

화이트가 걸어와서 에드에게 눈짓을 했다. 그는 "아까 밀어붙여줘서 고마워."라고 말하고는 발로 카이키의 얼굴을 밟았다. 그가 숨을 거둘 때까지.

75

모터사이클 에스코트가 그들을 맞이한 다음 포모나 프리웨이 쪽으로
인도했다. 도로의 절반이 높은 곳에 위치해 있어 캘리포니아 센트럴 트
랙을 잘 볼 수 있다. 기차는 북쪽을 향해 달리고 있다. 화물 운반차로 세
번째 차량이 죄수 호송차이다. 격자로 된 창문, 강철로 보강된 문. 폰타
나 거리를 지나면 언덕으로 올라가게 된다. 무장한 소대가 보인다.

아홉 대의 패트롤 카, 방독면을 쓰고 폭동진압용 라이플을 든 16인의
경관. 언덕 위에는 저격병들, 두 명의 기관총 사수 그리고 세 명의 최루
탄 발사병이 있었다. 선로의 커브가 끝나는 지점에는 트랙 위로 거대한
나무기둥을 세워 놓았다.

보안관보가 두 사람에게 엽총과 방독면을 전달했다. "당신들 동료인
클래크너란 사람이 지령실에 전화를 했어요. 로스스타인이란 여자가 아
파트에서 시신으로 발견되었다는군요. 스스로 목을 맸거나 아니면 누군
가 목을 졸랐거나 둘 중의 하나라더군요. 어쨌든 로스스타인이 죄수들
에게 총을 주었다고 보아도 문제가 없을 겁니다. 저 기차에는 호송관 네

명과 승무원 여섯 명이 타고 있어요. 우리는 연기를 피워 기차를 세운 다음 암구호를 물어볼 겁니다. 어느 교도소에나 암구호가 있거든요. 암구호가 맞으면 차량에서 내리도록 경고를 하고 기다릴 겁니다. 틀리거나 대답이 없으면 바로 공격하는 수밖에 없죠."

기적이 울렸다. 누군가 외쳤다. "드디어 왔다!"

저격수들이 몸을 숙였다. 최루탄 발사병들도 몸을 숙였다. 기관총 사수들은 소나무 숲 뒤에서 달리고 있다. 버드는 선로에 가까운 나무에 몸을 숨겼다. 잭은 그의 옆에 있었다.

기차가 커브를 돌았다. 브레이크를 밟자 트랙에서 불꽃이 튀었다. 기관차가 멈추어 섰다. 장애물 바로 앞에서.

메가폰 소리 : "보안관 사무실이다! 암구호를 대라!"

침묵. 10초가 지났다. 버드는 기관차 창문을 보았다. 파란 데님을 입은 사람이 지나갔다.

"보안관 사무실이다! 암구호를 대라!"

침묵. 그러다가 휘파람 소리.

최루탄 발사병이 창문을 향해 쏘았다. 최루탄은 유리창을 깨고 바 사이를 빠져 안으로 들어갔다. 기관총 사수들이 일제히 3호차 문을 쏘았다. 잠시 후 문이 떨어져나갔다.

연기, 비명.

누군가 외쳤다. "지금이다!"

문밖으로 연기가 흘러나온다. 카키색 옷을 입은 사람들이 뛰쳐나왔다. 저격수가 그 가운데 한 사람을 겨냥해 쏘았다. 누군가 외쳤다. "아니, 그 사람들은 우리 편이야!"

경찰들이 차로 몰려들었다. 방독면을 쓰고 엽총을 든 채. 잭이 버드를 잡았다. "이 차가 아니야!"

버드는 뛰어서 4번차 플랫폼으로 갔다. 문을 열었다. 호송관이 죽은 채로 누워 있고 죄수들이 혼비백산해서 달아났다.

그는 총을 쏘았다. 세 명을 쓰러뜨렸지만 한 명은 권총으로 응사했다. 버드는 펌프를 당긴 다음 방아쇠를 당겼지만 빗나갔다. 그의 옆에 있는 나무 상자가 부서졌다. 잭은 플랫폼으로 뛰어올라갔다. 죄수가 그를 향해 권총을 쏘았다. 잭은 얼굴에 총을 맞고 몸을 돌려 선로에 떨어졌다.

죄수는 도망갔다. 버드는 펌프를 당긴 다음 탄알이 없어질 때까지 쏘았다. 그는 엽총을 버린 다음 38구경을 꺼냈다. 하나, 둘, 셋, 넷, 다섯, 여섯 발. 그의 등에 대고 쏘았다. 죽은 다음에도 계속 쏘아댔다. 차 밖의 엄청난 소음. 선로 위 '쓰레기통' 잭의 시신 주위로 죄수들이 몰렸다. 그들 뒤에 있는 보안관보는 가까운 거리에서 총을 쏘았다. 산탄 그리고 피. 공기는 검은색과 빨간색으로 변했다.

최루탄이 터졌다. 버드는 숨을 멈춘 채 5번차로 올라갔다. 총의 불꽃 : 데님 차림의 백인들이 역시 데님 차림의 흑인들을 쏘고 있었고 카키색 옷을 입은 호송관들이 모두를 향해 쏘고 있었다. 그는 기차에서 뛰어내린 다음 나무 쪽으로 뛰어갔다.

선로 위에 쌓인 시신들.

마구잡이 사격에 희생당한 죄수들.

버드는 소나무 숲을 지나 자기 차에 올라탄 다음 액셀을 밟아 차축을 지치며 선로를 넘어섰다. 계곡으로 들어가며 차는 점점 힘이 약해지더니 타이어가 자갈 위에 멈춰 서버렸다. 어떤 차 옆에 키 큰 사나이가 서 있었다. 버드는 그가 누구인지 곧바로 알아보고 총을 겨냥했다.

그는 뛰어갔다. 차가 계곡의 측면에 부딪혀 버드는 급브레이크를 밟았다. 그리고 차에서 비틀거리며 나왔다. 체력이 떨어진 데다 좌석 앞부분에 부딪혀 피투성이가 되었다. 듀스 퍼킨스가 총을 들고 다가왔다.

한 발은 발에 그리고 또 한 발은 옆구리에 맞았다. 두 발은 빗나갔지만 다시 한 발이 어깨에 맞았다. 마지막 한 발은 빗나갔다. 퍼킨스는 총을 버리고 칼을 꺼냈다. 버드는 그의 손가락에 있는 반지를 보았다.

듀스가 칼로 찔렀다. 버드는 가슴이 찢어지는 듯했다. 주먹을 쥐려고 했지만 쥐여지지 않았다. 듀스는 얼굴을 살짝 숙이며 비웃듯 웃었다. 버드는 그의 허벅지 사이를 걷어찬 다음 코를 물어뜯었다. 퍼킨스는 비명을 질렀다. 버드는 그의 팔을 물며 자신의 체중으로 그를 밀어뜨렸다.

둘 다 쓰러져 뒤엉켰다. 퍼킨스는 동물 같은 소리를 질렀다. 버드가 격렬하게 머리를 흔들자 그의 팔이 곧 떨어질 정도가 되었다.

듀스는 칼을 떨어뜨렸다. 버드는 그걸 주웠다. 여자들을 죽인 반지를 보자 갑자기 눈앞에 아무것도 보이지 않는 것 같았다. 그는 칼을 다시 떨어뜨린 다음, 자신의 다친 두 손으로 그가 죽을 때까지 두들겨 팼다.

76

　폐허로 변한 파쳇의 땅. 2천400여 평의 연기와 잔해. 잔디밭 위에는 판자 지붕이 흩어져 있고 수영장에는 불타버린 야자나무가 있다. 집 자체도 쓰레기 더미로 변했다. 무너진 회벽들, 습기 먹은 재들. 이 넓은 곳에서 숨겨진 금고를 찾아야 한다.

　에드는 쓰레기들을 발로 걷어차며 앞으로 나아갔다. 데이비드 머텐스가 떠오른다. 그는 여기 있어야 한다, 그건 너무도 명백하다.

　1층이 건물의 토대 위에 무너져 있다. 재목들을 제거해야 할 것이다. 재목들의 산, 젖은 헝겊들이 한 무더기를 이루고 있다. 금속 같아 보이는 것의 흔적은 없다. 열 명이 동원되어 일주일 동안 일해야 할 것이다. 장치를 푸는 데 기술자도 필요할 것이다. 에드는 돌아서 뒷마당으로 갔다.

　뒷현관. 불타버린 가구들이 뒹굴고 있다. 단단한 시멘트. 균열, 구멍 등 금고를 숨겨 놓았다고 생각되는 것은 없다. 풀하우스도 자갈 더미였다.

　목재의 높이가 90센티미터는 되는 것 같았다. 머텐스가 여기 있다면 해야 할 일이 너무 많을 것 같다. 수영장 주위를 한 바퀴 돌았다. 타버린

의자들, 다이빙대. 수류탄 핀 하나가 물에 떠 있다.

에드는 물에 떠 있는 야자나무를 발로 찼다. 잎에는 야자나무 조각이 붙어 있다. 가지에는 수류탄 파편이 붙어 있다. 고개를 숙여 자세히 살폈다 : 물 위에 캡슐 약이 떠 있고 뇌관처럼 생긴 사각형의 검은 형체가 보였다. 수영장의 얕은 곳으로 내려가는 석고 계단이 폭파되어 있다. 금속 격자가 나타나며 많은 약들이 나온다. 잔디밭을 조사한다. 다른 곳보다 많이 탄 부분이 수영장에서 집으로 이어지고 있다.

금고의 입구다. 수류탄과 다이너마이트가 그걸 지키고 있다. 불꽃은 종점을 향해 뻗어나가고 있고 금고의 장치도 무력화한 것임에 틀림없다. 아마 그럴 것이다.

에드는 물로 뛰어들어 석고를 벗겼다. 약과 거품이 수면 위로 올라왔다. 두 손으로 계단을 벗긴다. 석고, 물, 거품, 흔들리는 철문. 분출하듯 튀어나오는 약들, 비닐에 싸인 폴더, 비닐에 싸인 현금과 흰 가루. 계속 올라온다, 끝없이. 하지만 깊고 깊은 구멍만 남는다. 젖은 몸으로 자신의 차로 간다. 태양이 내려쬔다. 물건들을 전부 싣고 나니 몸이 거의 말랐다. 그가 거기에 있을 경우를 생각해서 마지막 점검 : 약만 바닥에서 주워 올렸다.

차의 히터가 그의 몸을 데워주었다. 그는 디털링의 학교로 차를 몰아 학교의 펜스를 갈랐다.

조용하다. 토요일이라 수업이 없다. 전형적인 학교 운동장―농구 골대, 소프트볼 다이아몬드 등. 어디에나 무치 마우스의 마크가 있다―백보드에서 베이스에 이르기까지.

에드는 남쪽 펜스를 향해 걸어갔다. 디털링의 집까지 최단 거리이다. 펜스의 망을 잡자 연골 같은 감촉을 느낄 수 있다. 누군가 이걸 잡고 있었던 것이다. 아스팔트 위에는 검은 점들이 있다. 피다! 이걸로 쉽게 행적을 찾을 수 있을 것이다.

운동장 건너편에 보일러실로 내려가는 계단이 있다. 문손잡이에 피, 안에 불이 켜져 있다. 그는 버드 화이트의 스페어 총을 꺼내 들고 안으로 들어갔다.

데이비드 머텐스는 구석에서 떨고 있었다. 더운 방이다. 피범벅이 된 옷을 입은 채 그는 땀을 흘리고 있었다. 그는 이빨을 드러내고 이어 입을 비틀어 금속성 소리를 냈다. 에드는 그에게 약을 던졌다.

그는 약을 집더니 입에 처넣었다. 에드는 그의 입에 총을 겨누었지만 방아쇠를 당기지는 못했다. 머텐스가 그를 쳐다보았다. 시간이 흐를수록 묘한 일이 일어났다. 둘이 서로를 빤히 쳐다보며 정지해버린 듯했다. 머텐스는 잠이 들었다. 입술이 뒤틀려 잇몸을 드러낸 상태로. 에드는 그의 얼굴을 보며 분노를 느끼려고 애썼지만 그를 죽일 수 없었다.

시간이 다시 돌아왔다 : 다른 방향으로. 재판, 정신 감정, 이 괴물을 풀어준 것에 대한 비판을 받는 프레스톤 엑슬리. 시간이 방아쇠를 당기라고 요구했다. 하지만 그는 여전히 할 수 없었다.

에드는 그를 일으켜 세운 다음 차로 데려갔다.

퍼시픽 새니테리엄은 말리부 캐니언에 있다. 에드는 정문 수위에게 럭스 박사를 불러달라고 했다. 엑슬리 경감이 신세진 것을 갚으러 왔다고 전해달라며.

수위는 주차 장소를 가르쳐주었다. 에드는 차를 세우고 머텐스의 셔츠를 찢었다. 야만적이다. 이 사나이는 거대한 상처 덩어리이다.

럭스가 왔다. 에드는 가루가 든 봉투 두 개와 1천 달러 지폐가 든 봉투 두 개를 꺼냈다. 그는 그것을 차 보닛 위에 둔 다음 뒤쪽 창문을 내렸다.

럭스가 걸어오더니 뒷좌석을 체크했다. "이 수술은 기억하고 있지. 저 친구는 더글러스 디털링이야."

"그 말밖에 할 말이 없는 거요?"

럭스는 가루를 손으로 만졌다. "죽은 파쳇에 대해 말인가? 화내지 말아요, 경감. 당신이 컵 스카우트를 졸업했다는 건 알고 있으니까. 원하는 게 뭐요?"

"이 친구를 죽을 때까지 열쇠를 채운 방에 감금하는 거요."

"좋소. 이건 동정에서 나온 것인가 아니면 미래의 주지사의 명성을 보호하기 위해서인가?"

"모르겠소."

"엑슬리답지 않은 대답이군. 이곳의 경치를 감상하시오, 경감. 직원들한테 이걸 정리하라고 할 테니까."

에드는 테라스로 가서 대양을 쳐다보았다. 태양, 물결들. 아마 상어들이 먹이를 찾아 헤매는지도 모른다. 그의 뒤에서 라디오 소리가 들렸다. "…그럼 호송 열차 탈주 미수사건에 대해 자세한 것을 알려드리겠습니다. 고속도로 순찰대 대변인이 기자들에게 전한 바에 따르면 사망자는 죄수 중 스물여덟 명, 호송관 및 승무원을 합쳐 일곱 명에 이른다고 합니다. 보안관보 네 명이 부상을 입었으며 로스앤젤레스 시경의 유명한 경관이며 〈명예의 배지〉 프로의 기술자문이었던 존 빈센즈 경사는 사살되었습니다. 빈센즈 경사의 파트너인 로스앤젤레스 경찰국 경사 웬들 화이트는 폰타나 종합병원에서 치료를 받고 있습니다만 중태입니다. 화이트 경사는 탈주자의 도망을 사주한 남자를 추격, 살해했습니다. 그는 버트 아서 '듀스' 퍼킨스로 암흑가와 관련이 있는 나이트클럽 연주자로 판명되었습니다. 의료진은 이 용감한 경관의 생명을 구해내기 위해 노력하고 있습니다만 목숨을 되찾는 것은 어렵지 않을까 보입니다. 캘리포니아 도속도로 순찰대의 조지 라클리스 경감은 이 비극을 가리켜…."

갑자기 눈물이 쏟아져 바닷가 풍경이 흐려졌다. 화이트는 그에게 눈 짓하며 말했었다. "밀어붙여줘서 고마워." 에드는 돌아보았다. 괴물, 약, 돈… 그 모든 게 다 사라졌다.

77

수영장에 은닉된 것들 : 헤로인 9킬로그램, 87만 1천400달러, 시드 허진스의 지저분한 파일 복사본. 포함된 것들 : 협박용 사진, 파쳇의 범죄 기획 기록들. '더들리 스미스'의 이름은 나오지 않았다. 또한 자니 스톰파나토, 버트 아서 퍼킨스, 에이브 티틀봄, 리 박스, 도트 로스스타인, 마이크 브루닝 경사, 딕 칼리슬 경관의 이름도 없었다. 콜먼 스타인, 셸 본벤터, 조지 막달레노—그들은 탈주사건 때 죽었다. 데이비 골드먼은 카마릴로 주립병원에서 다시 심문을 받았다. 그는 앞뒤가 맞는 얘기조차 전혀 할 수 없었다. 로스앤젤레스 카운티 검시관 사무실은 도트 로스스타인이 자살한 것으로 단정했다. 데이비드 머텐스는 퍼시픽 새니태리엄에 감금되어 있다. 에이브의 식당에서 아무런 이유 없이 살해된 세 사람의 친척들은 로스앤젤레스 경찰국을 상대로 안전을 고려하지 않은 무모한 행위에 대해 소송을 제기했다. 탈주사건은 '블루데님 대량 살인'이란 제목을 달고 전국적으로 뉴스에 보도되었다. 살아남은 죄수들은 보안관 사무실의 형사들에게 무기를 가진 죄수들이 말다툼 끝에 총들을 빼앗겼다고 증언했다. 곧 열차의 모든 죄수들이 풀려나게 되었다는 것이다. 인종 간의 갈등이 폭발해, 수사진이 도착하기도 전에 이미 탈주 계획은 실패하고 말았다.

잭 빈센즈에게는 사후에 로스앤젤레스 경찰국의 무훈 메달이 수여되었다. 로스앤젤레스 경찰의 어느 누구도 그의 장례식에 초대되지 않았다. 미망인은 에드 엑슬리 경감의 참석을 거부했다.

버드 화이트는 죽음을 거부했다. 그는 폰타나 종합병원에서 집중적인 치료를 받았다. 그는 심한 육체적 충격과 신경에 외상을 입고 체내의 혈액을 반 이상이나 잃었는데도 살아남았다. 그는 말은 할 수 없었지만 고개를 끄덕이며 질문에 대답을 할 수는 있었다. 파커 국장은 그에게 무훈 메달을 수여했다. 화이트는 삼각건에서 팔을 빼내 그의 얼굴에 메달을 던져버렸다.

열흘이 지났다.

산 페드로의 창고가 불에 타버렸다. 타다 만 포르노 책들의 찌꺼기가 발견되었다. 수사관들은 '전문적인 방화범'의 짓이라고 단정했으며 실마리가 없다고 보고했다. 건물은 파켓의 소유였다. 체스터 요킨과 로레인 말바시를 다시 심문했다. 그들은 쓸 만한 정보를 제공하지는 못했지만 곧 석방되었다.

에드 엑슬리는 헤로인을 불태우고 파일과 돈은 남겨두었다. 그의 마지막 밤부엉이 사건 보고서에는 더들리 스미스와 데이비드 머텐스에 대한 사실—그가 시드 허진스, 빌리 디털링과 제리 마살라스의 살인 용의자이며 1934년 위월리 웨너홈과 다섯 아이의 살인범이라는 것에 대한 언급이 전혀 없었다. 프레스톤 엑슬리의 이름 역시 어디에서도 언급되지 않았다.

파커 국장은 기자회견을 가졌다. 그는 밤부엉이 사건이 해결되었다고 발표했다. 이번엔 확실하다는 말과 함께. 범인은 버트 아서 '듀스' 퍼킨스, 리 박스, 아브라함 '카이키' 티틀봄. 범행 동기는 델버트 '듀크' 캐스카트로 가장하고 있던 전과자 딘 반 겔더를 죽이기 위해서였다. 그 총격사건은 최근 살해된 피어스 모어하우스 파쳇의 사악한 왕국을 빼앗으려는 기도의 일환으로 간주되었다. 주 검찰총장 사무실은 114페이지에 달하는 에드 엑슬리 경감의 사건 요약과 보고서를 검토한 후 만족감을 표시했다. 에드 엑슬리는 다시 밤부엉이 사건 해결의 공적을 인정받았다. 그는 TV로 중계된 행사에서 경정으로 승진했다.

다음 날 프레스톤 엑슬리는 주지사 선거에서 공화당의 지명을 원한다는 성명을 발표했다. 그는 서둘러 실시된 여론조사에서 선두에 올랐다.

스톰파나토는 아카풀코에서 돌아와 비벌리힐스에 있는 라나 터너의 집으로 이사했다. 그는 그곳에 머무르며 바깥으로 나가는 모험을 하지 않았고 듀에인 피스크 경사와 돈 클레크너에 의해 계속 감시되었다. 파커 국장과 에드 엑슬리는 그를 밤부엉이 사건의 '부록'이라고 불렀다. 그살아 있는 범인은 한때 죽은 살인범들 때문에 누그러졌던 시민들에게 언제 다시 분노를 불러일으킬지 모른다. 스톰파나토가 비벌리힐스를 떠나 로스앤젤레스 시내로 돌아오면 그는 체포되게 되어 있다. 파커 국장은 이번에야말로 신문 1면을 장식하는 화려한 체포를 원했다. 그는 그런 기회를 갈망하여 오랜 기간 기다릴 용의가 충분히 있었다.

밤부엉이 사건, 빌리 디털링과 제리 마살라스 살인사건은 뉴스에 보도되었다. 그 사건들은 연결된 것으로 추정되지는 않았다. 티미 밸번은 코멘트를 거부했다. 레이먼드 디털링은 아들을 잃은 슬픔의 표현을 보도진에 발표했다. 그는 애도의 의미로 한 달 동안 드림-어-드림랜드의 문을 닫았다. 그는 친구이자 보좌관 이네즈 소토의 시중을 받으며 라구나 비치의 집에 은거했다.

마이크 브루닝 경사와 딕 칼리슬 경관은 여전히 긴급한 개인용무로 휴가 중이었다.

더들리 스미스 경감은 수사 재개 후의 기자회견과 로스앤젤레스 경찰국/지방검사실 회의에서 전면 무대의 중앙에 있었다. 그는 태드 그린이 주최한 에드 엑슬리의 경정 진급 축하 깜짝 파티의 사회를 맡았다. 그는 스톰파나토가 아직 잡히지 않은 상태로 24시간 감시당해 암살이 불가능하다는 것을 알고도 전혀 당황하는 모습을 보이지 않았다. 스톰파나토가 빠른 시일 내에 체포되리라는 것에 대해서도 크게 신경 쓰는 것 같지 않았다.

프레스톤 엑슬리, 레이먼드 디털링과 이네즈 소토는 에드 엑슬리가 승진했고 그에 대한 나쁜 기사가 반전되었음에도 그에게 축하의 말을 전하지 않았다.

에드는 그들이 아는 것을 알고 있었다. 그는 더들리도 알고 있으리라고 생각했다. 빈센즈는 죽었고 화이트는 살기 위해 싸우고 있었다. 오직 그와 갤로데만 알고 있었다. 갤로데는 그의 아버지와 애서턴 사건과의 관계에 대해서는 아는 게 없었다.

에드는 당장 더들리를 죽이고 싶었다.

갤로데는 "대신 자살하는 게 나을 거야. 자네가 그에 대해 할 수 있는 일은 없으니까 말이야." 하고 말했다.

그들은 때가 오기를 기다리기로 결정했다.

버드 화이트는 그 기다림을 견딜 수 없는 것으로 만들었다.

그의 팔에는 튜브가 꽂혀 있고 손가락에는 부목이 대어져 있었으며 가슴은 300바늘이나 꿰맸다. 총알이 뼈를 박살냈고 혈관을 찢어놓았다. 그의 머리에는 금속판이 들어 있었다. 린 브래큰이 그를 보살폈다. 린은 에드와 시선을 맞출 수 없었다. 화이트는 말을 할 수 없었다. 앞으로 말을 할 수 있을지도 의심스러웠다. 그의 눈은 웅변하고 있었다 : 더들리. 당신의 아버지. 이것에 대해 어떻게 할 생각인가? 그는 승리의 V자를 만들려고 했다. 세 번째 방문했을 때, 에드는 결국 그 의미를 알아챘다 : 빅토리 모텔, 조직범죄반 사령실.

그는 그곳으로 갔다. 그리고 창녀 살인사건 수사에 관해 자세하게 적은 화이트의 노트를 찾아냈다. 별에 도달해서 그 대부분을 땅바닥에 끌어내리려 한, 많은 제약을 가진 사나이의 노트였다. 찬란할 정도로 일관되어 있는 그 분노는 때로는 제약을 넘어서기도 했다. 절대적 정의―이름도 없고 지위와 영광도 없다. 엥글클링 형제의 이름 위에 있는 한 줄의 선은 그들의 살인자가 여전히 자유롭게 돌아다닌다는 것을 말해주고 있었다. 빅토리 모텔 11호실. 웬들 '버드' 화이트의 참모습을 처음 보는 것 같았다.

에드는 그가 왜 이곳으로 보냈는지 알았다. 그리고 뒤를 이었다.

전화 회사를 체크하고 한 차례 심문했다. 모두 마쳤다. 확증, 그 위에 묘비명을 세웠다 : 절대적 정의. TV 뉴스에서는 레이 디털링이 매일 드림-어-드림랜드를 산책한다고 보도했다. 사람 없는 환상의 왕국에서 자신의 슬픔을 치료하고 있다고. 그는 버드 화이트의 정의실현을 위해서 하루 종일 진술해야 한다.

1958년 성 금요일(부활절 전의 금요일―옮긴이). 오전 뉴스는 프레스톤 엑슬리가 성 제임스 에피스코팔 교회에 들어서는 것을 보여주었다. 에드는 시청으로 차를 몰아 엘리스 로우의 사무실로 걸어 들어갔다.

아직 이른 시간. 사무원도 없었다. 로우는 책상에서 신문을 보고 있었다.

에드는 문을 톡톡 두드렸다.

로우가 힐끗 쳐다봤다. "에드 경정, 앉게나."

"서 있겠습니다."

"그래? 이건 업무상인가?"

"그렇다고 할 수 있습니다. 지난달 버드 화이트는 샌프란시스코에서 당신에게 전화를 걸어 스페이드 쿨리가 강간 살인범이라고 보고했습니다. 당신은 지방검사실 수사팀을 투입하겠다고 해놓고는 투입하지 않았습니다. 쿨리는 당신에게 부정한 정치 자금 1만 5천 달러 이상을 기부했습니다. 당신은 뉴포트의 자택에서 빌트모어 호텔로 전화해 쿨리의 밴드 멤버와 얘기했습니다. 그에게 말하길 스페이드와 나머지 녀석들에게 미친 경찰이 곧 갈 것이고 문제가 일어날 테니 주의하라고 했습니다. 화이트는 퍼킨스가 진범인 줄 모른 채 취조했습니다. 퍼킨스는 화이트를 스페이드에게 보냈는데 화이트가 스페이드를 죽이면 자신은 빠져나올 수 있을 거라고 생각했을 겁니다. 퍼킨스는 당신의 경고를 받고 은신했습니다. 놈은 악착같이 버틴 끝에 결국 화이트를 거의 식물인간으로 만들어버렸습니다."

로우는 평온한 모습이었다. "자네는 아무것도 증명할 수 없네. 그리고 언제부터 그렇게 화이트에게 관심을 갖게 되었나?"

에드는 책상 위에 서류철 하나를 놓았다. "시드 허진스가 당신에 대한 파일을 하나 가지고 있었습니다. 기부금의 강요, 돈을 받고 기각한 중범죄 기소들. 허진스는 맥퍼슨을 함정에 빠뜨린 사건에 대해서도 문서로 남겨 놓았습니다. 그리고 파쳇은 당신이 남창의 성기를 빨고 있는 사진을 가지고 있었습니다. 사직하지 않으면 공표하겠습니다."

로우는 얼굴이 백짓장이 되었다. "난 자네도 끌어넣을 걸세."

"그렇게 하시죠. 기꺼이 함께하겠습니다."

그는 고속도로에서 바라보았다 : 나란히 선 '로켓랜드'와 '폴의 세계'―산에서 튀어나오려는 우주선, 텅 비어 있는 커다란 주차장. 그는 거리를 지나 개찰구로 가 자신의 경찰 배지를 보여주었다. 사나이는 고개를 끄덕이고는 울타리를 열었다.

그랜드 프롬나드에는 두 사람이 산책하고 있었다. 에드는 차를 주차시킨 뒤 그들을 따라 걸어갔다. 드림-어-드림랜드는 바늘 떨어지는 소리도 들릴 만큼 고요했다.

이네즈가 그를 보았다. 디털링의 팔을 잡은 채 돌아섰다. 그들은 속삭였다. 이네즈는 들어갔다.

디털링이 돌아섰다. "경정."

"디털링 씨."

"레이라고 부르게. 오랫동안 말하고 싶었던 게 있네."

"제가 무슨 일로 왔는지 아십니까?"

"물론. 자네 아버지는 동의하지 않고 계획을 밀고 나갔지만, 난 자넬 잘 알고 있네. 그리고 이렇게 얘기할 기회가 주어진 것에 감사하고 있다네."

그들이 걷는 동안 '폴의 세계'가 나왔다―모래처럼 보이는 가짜 눈. 디털링이 말했다. "자네 아버지, 피어스 그리고 난 몽상가였지. 피어스의 꿈은 뒤틀린 것이었지만 내 꿈은 다정하고 건전한 것이었네. 자네 아버지의 꿈은 냉혹했지. 자네도 그렇지 않나 싶군. 자네가 나를 심판하기 전에 알아야 할 게 있어."

에드는 난간에 기대어 섰다. 디털링은 산을 향해 얘기했다.

1920년.

그의 첫 번째 아내 마거릿은 교통사고로 죽었다. 마거릿은 그의 아들 폴을 낳았다. 1924년, 그의 두 번째 아내 재니스는 아들 빌리를 낳았다. 마거릿과 결혼 생활을 하던 중 그는 페이 보차드라는 정신장애자 여인과 관계를 가졌다. 페이는 1917년 그의 아들 더글러스를 낳았다. 그는 페이에게 돈을 주어 아이의 존재를 숨기도록 했다. 젊은 영화감독으로 떠오르고 있던 그는 귀찮은 문제에서 자유로워지기 위해 기꺼이 돈을 지불했다. 오직 그와 페이만이 더글러스의 태생에 대한 진실을 알았다. 더글러스는 레이 디털링을 절친한 친구로만 알고 있었다.

더글러스는 어머니의 손에서 성장했다. 디털링은 자주 방문하며 이중생활을 했다 : 아내 마거릿이 죽은 후 아들 폴과 빌리는 그의 아내 재니스―나중에 그와 이혼한 애처로운 여인―가 키웠다.

페이 보차드는 아편을 복용했다. 페이는 더글러스에게 포르노 만화 영화를 보여줬는데 그것은 레이먼드가 돈 때문에 만든 것으로 파쳇이 계획한 것 중의 일부였다. 사업 자금은 합법적인 거래로 이루어진 것이었다. 영화는 에로틱하고 소름끼쳤다. 날아다니는 괴물들이 등장해 여자를 강간하고 살해하는 것이었다. 구상은 파쳇이 한 것이었다. 그는 마약에 의한 환각을 종이에 옮긴 다음 레이 디털링에게 넘겨 그리게 했다. 더글러스는 날아다니는 것과 그 성적인 가능성에 대한 망상에 빠졌다.

디털링은 아들 더글러스를 사랑했다. 그의 갑작스런 분노나 발작에 따른 괴상한 행동에도 불구하고 그는 아들 폴을 경멸했다. 그는 좀스럽고 포악하고 멍청했다. 더글러스와 폴은 생김새가 많이 닮았다.

레이 디털링은 더욱 유명해졌다. 더글러스 보차드는 더욱 과격해졌다. 더글러스는 페이와 함께 살면서 아버지가 만든 악몽 같은 만화를 보았다―새들이 학교 운동장에서 아이들을 쪼아댔다―파쳇의 환각들이 필름을 가득 채웠다. 그는 10대에 도둑질하고 동물들을 학대하고 빈민가에서 벌어지는 스트립쇼를 보며 성장했다. 그는 로렌 애서턴을 그곳에서 만났다. 사악한 인간이 공범자를 찾아낸 것이다.

애서턴의 망상은 사람의 사지를 절단하는 것이었다. 더글러스의 망상은 날아다니는 것이었다. 둘 다 포르노 사진에 흥미를 느끼고 있었으며 아이들에게서 성적인 흥분을 느꼈다. 그들은 자신들만의 설계에 맞춰 아이들을 만들어낸다는 생각을 하게 되었다.

그들은 살인을 시작했고 합성한 아이들을 만들었으며 그들의 작업 진행을 사진에 담았다. 더글러스는 새들을 죽여 그들이 제작할 창조물의 날개를 준비했다. 그들은 아름다운 얼굴이 필요했다. 더글러스는 웨너홈의 얼굴을 제안했다. 그건 친절한 '레이 아저씨'도 기꺼이 고개를 끄덕일 것이었다. 레이의 초기 작품은 그를 대단히 흥분시켰다. 그들은 위 윌리를 유괴해 도살하듯 죽였다.

신문은 위 윌리 살해자를 '프랑켄슈타인 박사'라고 불렀다. 범인은 단독범일 거라고 추정했다. 프레스톤 엑슬리 경정이 수사를 지휘했다. 그는 가석방된 아동학대범 로렌 애서턴에 대해 알아냈다. 그는 애서턴을 체포했으며 그의 도살장 같은 창고와 그가 모아 놓은 사진들을 발견했다. 애서턴은 범행을 자백했고 모두 자기 혼자서 저지른 일이라고 했으며 더글러스를 연루시키지 않았다. 그는 죽음의 왕으로서 죽기를 원했다. 신문들은 엑슬리 경정을 칭송했고 그의 요청을 여러 차례 실었다 : 애서턴에 대한 정보를 가진 시민들이 증인으로 호출되었다.

레이 디털링은 더글러스를 찾아갔다. 더글러스의 방에 혼자 있을 때, 그는 트렁크에 가득 찬 도살당한 새들과 드라이아이스로 포장된 어린이의 손가락을 발견했다. 그는 금방 사건의 전말을 깨달았다.

그리고 책임감을 느꼈다. 그가 쉽게 돈을 벌기 위해 만든 외설물이 괴물을 만들어낸 것이다. 그는 더글러스를 추궁해 위 윌리가 유괴되었을 때 학교 근처에서 다른 사람들에 목격되었을 수도 있음을 알아냈다.

보호 대책들 :

정신과 의사를 매수해 더글러스를 조용히 진단했다 : 정신병적 인격.

그의 복합적 정신장애는 뇌의 화학적 불안정에 기인한 것이었다. 치료 : 적당한 약을 평생 투여하면 온순해질 것이다. 레이 디털링은 파쳇과 친구 사이였다. 파쳇은 화학자로 그런 약을 취미삼아 다루고 있었다. 피어스에게는 더글러스 몸의 안쪽 보호를 맡겼다. 피어스의 친구 테리 럭스에게는 몸의 바깥쪽을 맡겼다.

럭스는 더글러스의 얼굴을 완전히 새롭게 고쳤다. 애서턴의 변호사는 재판에서 꼼짝 못했다. 프레스톤 엑슬리는 여전히 목격자를 찾고 있었다. 수색은 널리 광고가 되었다. 레이 디털링은 불안감을 억눌렀다. 그리고 대담한 계획을 구상했다.

그는 더글러스와 어린 밀러 스탠턴에게 약을 투여했다. 그는 그들에게 로렌 애서턴이 '혼자서' 위 윌리 웨너홈을 유괴하는 것을 보았다고 증언하도록 가르쳤다. 그들은 지금까지 출두하는 데 겁을 먹고 있었다. 프랑켄슈타인 박사가 그들을 죽일까 봐 두려웠기 때문이다. 남자애들은 프레스톤 엑슬리에게 그들이 배운 대로 말했다. 그는 그들을 믿었다. 그들은 괴물을 확인했다. 애서턴은 성형수술로 변한 친구 더글러스를 알아보지 못했다.

2년이 지났다. 로렌 애서턴은 재판을 받고 유죄판결을 받은 뒤 처형되었다. 테리 럭스는 더글러스를 다시 수술했다. 목격자였던 남자애의 모습을 없애버렸다. 더글러스는 파쳇의 진정제를 맞으며, 개인병원의 병실에서 지내고 있었다. 남자 간호사의 보호를 받으며 레이 디털링은 더욱더 성공했다. 그때 프레스톤 엑슬리가 그의 문을 두드렸다.

그가 전한 소식 : 어떤 어린 여자애—지금은 나이가 들었지만—가 출두했다. 디털링의 아들 폴이 로렌 애서턴과 함께 있는 것을 보았다는 것이다. 위 윌리가 유괴되던 날 학교에서.

디털링은 그가 폴이 아니라 더글러스였다는 것을 알고 있었다. 그는 폴과 매우 닮았던 것이다. 디털링은 엑슬리에게 수사중단의 대가로 거액의 돈을 제시했다. 엑슬리는 돈을 받았다. 그리고 다시 돌려주려했다. 그는 말했다. "정의. 난 그 아이를 체포해야만 합니다."

디털링은 자신의 제국이 무너지는 것을 보았다. 그는 포악하고 무신경한 폴이 무죄가 되는 것도 보았다. 그는 더글러스가 어떻게든지 체포되는 것을 보았다. 그의 예술이 낳은 슬픔 때문에 파괴되는 모습이. 그는 엑슬리에게 돈을 받아줄 것을 고집했다. 엑슬리는 거부하지 않았다. 그는 다른 방법이 없는지 엑슬리에게 물었다.

엑슬리는 그에게 폴이 죄를 범했는지 물었다.

레이먼드 디털링의 대답. "그렇소."

프레스톤 엑슬리의 말. "처형해야 합니다."

레이먼드 디털링은 동의했다.

그는 폴을 시에라 네바다로 캠프를 보냈다. 프레스톤 엑슬리는 기다리고 있었다. 그는 남자애의 음식에 약을 넣었다. 엑슬리는 그가 자고 있을 때 총으로 쏜 다음 매장했다. 사람들은 폴이 눈사태로 실종된 것으로 여겼다. 사람들은 거짓말을 믿었다. 디털링은 자기로선 이 남자를 싫어할 수밖에 없다고 생각했다. 하지만 그의 얼굴에 나타난 정의의 대가는 그 또한 희생자임을 말해주었다. 그들은 이제 서로 묶인 사이였다. 프레스톤 엑슬리는 경찰 업무를 사직하고 디털링과 함께 건축업에 투자했다. 토머스 엑슬리가 살해되었을 때, 그가 가장 먼저 연락한 사람은 레이 디털링이었다. 두 사람의 관계는 아들의 죽음이라는 무게로 세워진 것이었다.

디털링이 얘기를 마쳤다. "이게 나의 감상적인 해피엔딩의 얘기일세."

산, 로켓들, 강들―모두가 미소를 짓고 있는 것처럼 보인다. "아버지는 더글러스에 대해서는 전혀 몰랐나요? 그는 정말로 폴에게 죄가 있다고 생각한 건가요?"

"그렇다네. 날 용서해주겠나? 자네 아버지의 이름으로 말일세."

에드는 기장을 꺼냈다. 금으로 만든 떡갈나무 잎이다. 프레스턴 엑슬리의 경정 기장이다. 아버지에게 받은 것으로 그것을 처음 받은 것은 형 토머스였다. "아뇨, 그럴 수는 없습니다. 카운티 대배심에 아들의 살인죄로 당신의 기소를 요구하는 보고서를 제출할 겁니다."

"내 신변을 정리하는 데 일주일의 여유를 줄 수 있겠나? 나처럼 이미 널리 알려진 사람이 어디 도망갈 데가 있겠나."

에드는 "그렇게 하죠." 하고는 자신의 차로 갔다.

고속도로 모형은 이미 사라졌다. 선거 포스터가 그 자리를 대신하고 있었다. 아트 드 스페인은 선거 홍보물을 봉투에서 꺼냈다. 팔의 붕대가 사라졌다. 교과서에 실릴 만한 총상의 흔적. "어이, 에디."

"아버지는 어디 계시죠?"

"곧 돌아올 걸세. 그리고 경정 승진을 축하하네. 진작 전화를 했어야 했는데 요즘 워낙 일이 바빠서 말이야."

"아버지도 전화를 하지 않았어요. 모든 일이 순조로운 것처럼 꾸미는 것은 그만두세요."

"에디…."

아트의 왼쪽 엉덩이가 불룩하다. 그는 여전히 총을 가지고 다닌다. "방금 전에 레이 디털링과 얘기하고 오는 길이에요."

"자네가 설마 그런 일을 할 줄은 몰랐어."

"총을 주세요, 아트."

드 스페인은 손잡이 쪽을 앞으로 해서 총을 넘겼다. 소음제거기가 붙은 스미스 앤드 웨슨 38구경이다.

"왜?"

"에디…."

에드는 탄창을 벗겨 탄환을 빼냈다. "디털링이 내게 모든 얘기를 다 해줬어요. 그리고 당신은 그 당시 아버지의 행동대원 노릇을 했더군요."

그는 상당히 자부심에 찬 표정을 지었다. "자네도 내 생활방식은 잘 알지 않나. 그건 프레스톤을 위해 한 일이었지. 난 항상 그의 성실한 부관이었으니까."

"그리고 당신은 폴 디털링에 대해 알고 있었죠."

드 스페인은 총을 되돌려 받았다. "그렇다네. 난 그가 진짜 살인자가 아니라는 걸 알고 있었네. 48년경에 어떤 정보를 얻었지. 그 정보에 따르면 웨너홈이 유괴되었을 때 폴은 다른 장소에 있었어. 레이가 폴이 정말로 범인이라 생각해서 넘겼는지 아닌지는 모르지만 나로선 프레스톤에게 그가 결백한 소년을 죽였다는 것을 알려 그를 고통에 빠뜨릴 수는 없었네. 난 그와 레이와의 우정을 깨뜨릴 수도 없었네. 그렇게 되면 그가 엄청난 고통에 빠지리라는 걸 알고 있었기 때문이네. 애서턴 사건이 경찰인 내게 얼마나 중요한 것인가는 자네도 잘 알겠지. 난 누가 그 아이들을 죽였는지 꼭 알고 싶었네."

"결국 당신은 알아내지 못했죠."

드 스페인은 고개를 가로저었다. "그렇다네. 결국 그랬지."

에드가 말했다. "엥글클링 형제에 대해 말해보시죠."

아트는 포스터를 집어 올렸다. 건설 중인 건물을 배경으로 한 프레스톤. "난 형사반을 방문했네. 그게 1953년의 일이야. 풍기사범단속반의 게시판에서 그 사진을 보았어. 잘생긴 아이들이 마치 난교 파티에서처럼 서로 엉켜 있었지. 그 구도를 보고 로렌 애서턴이 찍은 사진을 떠올렸

665

네. 그 사진은 나와 프레스톤 그리고 두세 명의 경관들 외에는 본 사람이 없는 것이지. 그래서 사진의 출처를 파악하려고 했는데 결국 아무것도 얻지 못했어. 그리고 얼마 되지 않아 엥글클링 형제가 밤부엉이 수사와 관련해 도색물에 관해 진술했다는 얘기를 들었지. 자네들은 그 선으로 수사를 하는 것 같지는 않았네. 단서가 될 수 있을 거라고 나는 생각했지만 그들을 찾을 순 없었네. 그리고 지난해 말 샌프란시스코 근처의 인쇄소에서 그들이 일하고 있다는 얘기를 들었네. 난 그들과 얘기를 하러 갔지. 내가 원한 건 누가 그 도색사진집을 만들었는지 알아내는 것이었네."

화이트가 남긴 노트에 따르면 엄청난 고문이 행해진 것 같다고 했다.

"그들과 얘기했다고요? 난 거기서 무슨 일이 벌어졌는지 잘 알고 있어요."

아트의 말투에서 엄청난 자부심이 번져 나왔다. "그들은 내가 위협하러 왔다고 생각한 모양이야. 그래서 점점 분위기가 험악해졌지. 그들은 옛날 도색사진의 네거티브를 가지고 있었는데 난 출연자들의 신원을 알아내려했지. 그들은 또 헤로인과 향정신성 약을 가지고 있었어. 그들은 세상에 불을 지를 헤로인 혼합물을 팔려는 돈 많은 아저씨를 안다고 하더군. 자기들이라면 더 잘할 수 있을 거라고 하면서 말이야. 그들은 나를 조롱하며 '아저씨'라고 부르더군. 그들은 누가 도색물을 만들었는지 확실히 아는 것 같았네. 나도 잘 모르겠어…. 난 그래서 화가 났지. 그땐 놈들이 정말 아이들을 죽인 범인들이라고 생각했어. 그리고 놈들이 프레스톤을 해칠지도 모른다고 생각했지. 에디, 그들은 나를 조롱했다네. 그들은 마약 밀매꾼에 틀림없는 놈들이란 말일세, 프레스톤에 비하면 아무것도 아닌 놈들이지. 그래서 이 늙은이가 그 두 놈을 이 세상에서 제거해버린 거야."

얘기하며 아트는 포스터를 조각조각 찢어버렸다. "아무 이유 없이 두 사람을 죽였군요."

에드는 그를 옆으로 밀치고 집의 내부를 돌아보았다. 어머니의 태피스트리를 보자 린이 떠올랐다. 그가 옛날에 쓰던 방은 버드와 잭을 떠올리게 했다. 집 전체가 더러운 어떤 것처럼 느껴졌다. 나쁜 돈으로 사고 유지되어온 집. 그는 아래층으로 내려가 문가에 서 있는 아버지를 보았다.

"에드먼드?"

"폴 디털링을 살인한 죄로 당신을 체포합니다. 며칠 후에 연행할 겁니다."

그의 아버지는 꿈쩍도 하지 않았다. "폴 디털링은 정신병적인 살인자로 내가 준 벌에 값하는 짓을 했다."

"그는 결백했어요. 당신이 한 짓은 1급 살인에 해당합니다."

아버지의 표정에는 후회의 빛이 조금도 없었다. 자신이 공정하다는데 대해 털끝만큼의 의심도 없는 완고함 그 자체였다. "에드먼드, 넌 지금 크게 동요하고 있구나."

에드는 그의 옆을 지나쳤다. 작별의 말 : "당신이 나를 이렇게 나쁜 존재로 만든 겁니다."

다운타운으로 나와서 다이닝 카로 간다. 선량한 사람들이 모여 있는 밝기 그지없는 장소. 갤로데가 바에 앉아 마티니를 마시고 있었다. "더들리에 대한 나쁜 소식이 있네. 자넨 그다지 듣고 싶지 않겠지만 말이야."

"내가 오늘 들은 얘기들보다 더 나쁜 얘기일 수는 없을걸세."

"아, 그래. 더들리는 혐의를 벗어버렸어. 방금 전에 라나 터너의 딸이 스톰파나토를 칼로 찔러 죽이고 말았거든. 즉사했어. 피스크가 건너편에서 잠복하고 있었는데 시신 운반차가 오고 비벌리힐스 경찰 친구들이 와서 자네를 데리고 갔다는군. 더들리를 목격한 자도 없고 더들리의 소행을 보여주는 증거도 없네. 굉장하지 않나?"

에드는 마티니 잔을 든 다음 단번에 들이켰다. "망할 놈의 더들리 같으니라고. 난 파쳇이 남긴 돈을 가지고 있네. 반드시 그 아일랜드 놈을 박살내겠어. 그것이 내가 해야 할 마지막 일일지라도 말이야. 제기랄."

갤로데가 웃었다. "한마디 해도 좋겠나, 경정?"

"물론."

"자네, 점점 버드 화이트를 닮아가는군."

캘 린 더

1958년 4월

발췌 : 〈L.A. 타임스〉, 4월 12일

대배심 밤부엉이 증거 재심리 : 사건 종결 선언

사건이 일어난 5년 후에 로스앤젤레스 시와 카운티는 '남부의 세기의 범죄'로 악명 높았던 밤부엉이 살인사건에 대해 공식적으로 종결을 선언했다.

1953년 4월 16일에 할리우드 대로에 있는 밤부엉이 커피숍에 총을 든 세 명의 남자가 난입해 종업원 세 명과 손님 세 명을 쏘아 죽였다. 동기는 강도라고 생각되었고 혐의는 곧 세 명의 흑인 젊은이에게 떨어져 이들이 체포되었다. 이 세 사람, 레이먼드 코츠, 타이론 존스, 러로이 폰테인은 유치장에서 탈주했다가 경찰에 살해되었다. 세 사람이 탈주 직전에 지방검사 엘리스 로우에게 범행을 자백했다고 전해져 이 사건은 사실상 종결된 것으로 간주되었다.

4년 10개월 후 샌퀜틴 교도소에 수감되어 있는 오티스 존 쇼텔이 정보를 제공해 이들이 밤부엉이 사건과 아무 관계가 없다는 게 확실해졌다. 쇼텔은 커피숍 살인사건이 벌어진 바로 그 시간에 코츠, 존스, 폰테인과 함께 젊은 여성을 강간하는 현장에 있었다고 증언했다. 쇼텔의 증언이 거짓말 탐지기에 의해 입증됨에 따라 시민들 사이에 사건을 다시 수사하라는 여론이 높아졌다.

여론은 올해 2월 25일 일어난 피트와 백스 엥글클링 형제 살인사건으로 더욱 높아졌다. 그들은 마약 거래의 전과기록이 있는 사람들로 1953년 밤부엉이 사건 수사의 중요한 증인이었다. 당시 그들은 이 살인사건이 포르노물을 포함하는 어떤 음모에서 시작된 거라고 주장했다. 엥글클링 형제 살인사건은 아직 미해결 상태이다. 마린 카운티 보안관 사무실의 유진 해처 경위는 "전혀 단서가 없지만 우리는 해결을 위해 전력을 기울이고 있다."고 말했다.

밤부엉이 사건 수사가 재개되자 그것에 관련된 포르노 밀매의 건도 드러나게 되었다. 3월 27일 부유한 투자가 피어스 모어하우스 파쳇이 브렛우드에 있는 자택에서 사살되었고 이틀 후에는 범인으로 지목되던 아브라함 티틀봄(49)과 리 피터 박스(44)가 경찰에 사살되었다. 그리고 그날 오후 악명 높은 '블루데님 대량 살인사건'이 발생했다. 죽은 범죄자들 중에는 암흑가와 관련이 있는 것으로 보이는 나이트클럽 연예인 버트 아서 '듀스' 퍼킨스가 있다. 티틀봄, 박스, 퍼킨스는 밤부엉이 사건의 진범으로 지목받고 있었다. 로스앤젤레스 경찰국 더들리 스미스 경감은 다음과 같이 말했다.

"밤부엉이 살인사건은 인간의 영혼에 해악을 끼칠 목적으로 만들어지는 포르노의 배급에서 시작된 것이다. 티틀봄, 박스, 퍼킨스는 밤부엉이의 단골이자 독자적인 포르노 업자인 델버트 '듀크' 캐스카트를 죽이려 했다. 그들은 이 과정에서 파쳇의 포르노 영업을 빼앗으려 했다. 하지만 죽은 것은 캐스카트의 이름을 빌리고 있던 딘 반 겔더라는 친구였다. 그는 캐스카트 행세를 하며 그곳에 있었던 것이다. 밤부엉이 살인사건은 운명의 잔혹한 변덕을 보여주는 사례로 오랫동안 기억될 것이다. 난 어쨌든 이 사건이 드디어 해결된 것을 기쁘게 생각한다."

당시 경감이었고 밤부엉이 사건 해결의 공적을 인정받아 현재 경정이 된 에드먼드 엑슬리도 드디어 사건이 해결을 보게 되었다고 말했다. 네 번째 공범자가 체포 직전에 죽어버렸다는 소문에 대해 그는 "웃기는 얘기"라고 일소에 부쳤다. "카운티 대배심에 사건의 상세한 보고서를 제출했으며 내 자신이 증언을 했다. 그들은 나의 조사 결과를 인정했다. 모든 게 끝난 것이다."

하지만 희생이 컸던 것은 사실이다. 곧 은퇴해 미합중국 국경경비대의 지휘를 맡게 될 로스앤젤레스 경찰국 형사반장 태드 그린은 다음과 같이 말했다.

"수사에 소요된 방대한 비용과 인력 면에서 밤부엉이 사건은 전무후무한 것이었다. 이것은 일생일대의 사건이자 그 해결의 대가 또한 엄청난 것이었다."

발췌 : 〈L.A. 미러 뉴스〉, 4월 15일

로우, 충격적인 사임 발표 : 법조계에 소문 난무

사우스 캘리포니아의 법조계에 소문이 난무하고 있다. 왜 로스앤젤레스 지방 검사 엘리스 로우는 검사직을 사임하고 그의 빛나는 정치 경력을 중단하고 말 았는가? 로우(49)는 매주 열리는 정례 기자회견 자리에서 신경피로를 이유로 사직을 표명했다. 이 돌연한 사임에 대해 그의 보좌관들은 전혀 예상치 못했던 일이라는 반응을 보였다. 로스앤젤레스 지방검사실은 여전히 경악 상태에서 벗어나지 못하고 있다. 엘리스 로우는 일에 만족할 뿐 아니라 건강 상태도 양호했던 것으로 보인다.

형사사건 담당 주임검사 로버트 갤로데는 기자에게 말했다.

"나도 엄청나게 놀랐다. 나라면 그렇게 사람들을 놀라게 하지는 않을 것이다. 엘리스의 진짜 동기는 무엇일까? 나도 모르겠다. 그에게 물어보는 수밖에. 시의회가 임시로 지방검사를 임명할 텐데 내가 되었으면 하고 바라고 있다."

충격의 물결이 서서히 사그라지자 이제는 상찬의 말들이 쏟아지고 있다. 로스앤젤레스 시경국장 윌리엄 파커는 로우를 "엄격하고 공정한 마음을 가진 범죄자들의 적"이라고 평했고 파커의 보좌격인 더들리 스미스 경감은 "우리는 그를 그리워할 것이다. 그는 위대한 정의의 친구였다."고 말했다. 나이트 지사와 노리스 폴슨 시장은 로우에게 사임을 재고해달라는 전문을 보냈다. 로우 본인에게 코멘트를 구했지만 연락이 되지 않았다.

발췌 : 〈L.A. 헤럴드 익스프레스〉, 4월 19일

드림-어-드림랜드에서 자살 : 계속되는 비통, 당혹감

그들의 시신은 드림-어-드림랜드에서 발견되었다. 이곳은 그 위대한 창립자의 아들의 죽음을 추모하는 뜻에서 잠시 폐장되어 있었다. 시신의 신원은 전직 로스앤젤레스 경찰이었고 현재는 건설회사 사장이자 신참 정치가인 프레스톤 엑슬리(64)와 세계에서 제일 유명한 놀이공원의 홍보 담당이며 그 악명 높은 밤부엉이 사건의 주요 증인이었던 이네즈 소토(28). 그리고 현대 애니메이션의 대부이자 애니메이션을 예술 형식으로 빚어낸 천재로서 비극적으로 잃어버린 아들을 위해 드림-어-드림랜드를 만든 사나이 레이먼드 디털링(66). 이들의 죽음은 세계를 놀라게 했고 특히 로스앤젤레스 시민들을 비탄과 곤혹에서 벗어나지 못하게 하고 있다.

이들의 시신은 지난주 드림-어-드림랜드의 그랜드 프롬나드에서 함께 발견되었다. 유서는 없었지만 카운티 검시관 프레드릭 뉴바는 살인의 가능성을 배제하고 자살로 단정지었다. 사인은 희귀한 항정신성 약을 과다 복용한 것으로 판명되었다. 애도의 뜻이 각 매체의 주요 뉴스를 장식했다. 아이젠하워 대통령, 나이트 주지사, 윌리엄 놀랜드 상원의원 등은 이 세 사람의 유족에게 애도문을 보냈다. 엑슬리와 디털링은 막대한 유산을 남겼다. 빌딩 왕 엑슬리는 자신의 건설왕국을 오랫동안 그의 오른팔 역할을 해온 아서 드 스페인에게 남겼으며 아들인 로스앤젤레스 경찰관 에드먼드에게는 1천700만 달러의 재산을 남겼다. 디털링은 그의 막대한 보유주식을 법정신탁에 맡겼는데 은행 예금 및 드림-어-드림랜드의 이익을 어린이를 위한 자선사업에 분배해달라는 지시를 남겼다. 법률적인 문제가 처리되었음에도 불구하고 사람들의 충격과 슬픔은 쉽게 아물지 않는다. 자살의 동기가 무엇인가를 놓고 억측의 소리도 높아지고 있다.

소토 양은 프레스톤 엑슬리의 아들 에드먼드와 연인 관계였고 최근에 밤부엉이 사건이 다시 관심의 표적이 되며 그로 인해 상당히 고통을 겪었던 것으로 보인다. 레이먼드 디털링도 최근 아들 윌리엄이 살해되자 심각한 정신적 고통을 겪은 것으로 보인다. 하지만 프레스톤 엑슬리는 최근 사우스 캘리포니아 고속도로 시스템을 드디어 완공시켰고 또 주지사 출마 의사를 표명했었다. 그는 죽기 직전에 행해진 여론조사에서 공화당의 지명이 확실시되고 선거에서도 승리할 가능성이 높은 것으로 나타났다. 이런 사람이 논리적으로 보아 자신의 목숨을 버릴 이유가 없는 것은 확실하다. 그와 가장 가까운 두 사람인 아서 드 스페인과 아들 에드먼드는 코멘트를 거부하고 있다.

애도의 편지와 꽃이 드림-어-드림랜드와 프레스톤 엑슬리의 핸콕 공원 저택에 밀려들고 있다. 캘리포니아 주 전체가 반기를 게양하고 있다. 할리우드는 영화 제작의 거장을 잃은 슬픔에서 벗어나지 못하고 있다. 하지만 여전히 수백만 명이 '왜'라는 의문을 품고 있다.

프레스톤 엑슬리와 레이 디털링은 문자 그대로 거인이라 할 만한 사람들이었다. 이네즈 소토는 두 사람의 신뢰를 받는 보좌 겸 친구로서 용감하지만 불운한 여성이었다. 세 사람 모두 죽기 직전에 유언장에 추가조항을 덧붙였는데 세 사람이 함께 바다에 매장되길 원한다는 것이다. 어제 세 사람은 장례 행사도 참배객도 없이 조용히 묻혔다. 이 모든 것은 드림-어-드림랜드의 경비 담당자에 의해 진행되었는데 그는 시신들이 잠든 장소를 밝히지 않았다. 여전히 수백만 명이 '왜'라는 말을 되뇌고 있다. 노리스 폴슨 시장도 그 이유는 모른다. 하지만 그는 적절한 애도의 말을 전했다. "간단히 말하자면 이 두 사람은 어떤 비전, 매혹의 도시이자 질 높은 생활이라는 로스앤젤레스의 완성을 상징한다고 할 수 있습니다. 레이먼드 디털링과 프레스톤 엑슬리는 이 도시를 만들어낸 장대하고 멋진 꿈의 화신이었다고 할 수 있죠."

78

파란색 제복 차림의 에드.

파커는 미소를 지으며 그의 어깨에 금으로 된 별을 달아주었다. "부국장 에드먼드 엑슬리. 로스앤젤레스 경찰국 형사반장에 임명한다." 박수소리, 터지는 플래시 불빛. 에드는 파커와 악수를 하며 군중을 살펴보았다. 정치가들, 태드 그린, 더들리 스미스. 뒤쪽에 린의 모습이 보인다.

갈채가 이어지며 그와 악수하려는 사람들이 몰려든다. 폴슨 시장, 갤로데, 더들리.

"에드, 정말 훌륭해. 자네 밑에서 일하는 걸 즐거운 마음으로 기대하겠네."

"고맙소, 경감. 앞으로도 둘이서 잘해나갈 수 있을 거라 확신합니다."

더들리는 윙크를 했다.

시의회 의원들이 몰려든다. 파커는 음료수가 있는 탁자로 사람들을 안내한다. 린은 문가에 머물러 있다.

에드는 그쪽으로 건너갔다. 린이 말했다. "정말 내가 생각해도 믿을 수 없군요. 1천700만 달러를 가지고 있는 거물을 포기하고 가진 거라곤 연금밖에 없는 지체부자유자를 택하다니. 애리조나 그리고 사랑 때문에요. 그곳의 공기는 연금생활자에게 맞을 거예요. 그리고 내가 잘 아는 곳이니까."

한 달 동안에 린은 성숙해진 것 같다. 아름다운 여자에서 기품 있는 여자로. "언제 떠날 거요?"

"지금 바로요, 내 마음이 변하기 전에요."

"손가방 좀 열어봐요."

"뭐라고요?"

"내 말대로 해요."

린은 손가방을 열었다. 에드는 그곳에 비닐봉지를 떨어뜨렸다. "빨리 쓰도록 해요. 그다지 깨끗한 돈이 아니니까."

"얼마나 되죠?"

"애리조나를 사고도 남을 거요. 화이트는 어디 있죠?"

"차에 있어요."

"거기까지 갑시다."

두 사람은 파티장소를 빠져나와 옆 계단으로 내려왔다. 린의 패커드는 당직 근무자의 주차공간을 차지하고 있었다. 앞 유리창에 주차위반 딱지가 붙어 있었다. 에드는 그걸 찢어버리고 뒷좌석을 보았다.

버드 화이트. 양다리는 부목으로 고정되어 있고 박박 깎은 머리에는 꿰맨 자국이 여럿 남아 있다. 손에는 부목이 없다. 상당히 기운을 되찾은 것 같아 보였다. 입 안에 와이어를 대고 있어 다소 얼빠진 것처럼 보인다. 린은 30여 센티미터 떨어진 곳에 서 있다. 화이트는 웃으려 했지만 찡그린 얼굴이 되고 만다. 에드가 말했다. "맹세코 더들리를 잡고 말겠어. 반드시 해낼 거야."

화이트는 그의 손을 잡은 다음 아프다고 생각될 때까지 눌렀다. 에드가 말했다. "밀어붙여줘서 고마워."

미소, 웃음소리―버드는 와이어로 소리를 냈다. 에드는 그의 얼굴에 손을 댔다. "자네야말로 나를 구해줬어."

2층에서는 파티장다운 떠들썩한 소리가 들려왔다. 더들리 스미스의 웃음소리가 들린다. 린이 말했다. "이제 가야 해요."

"내가 당신을 차지할 승산이 있었을까?"

"어떤 사람은 세상을 다 차지하고 또 어떤 사람은 전직 창녀와 함께 애리조나로 떠나기도 하죠. 당신은 분명히 전자에 속하죠. 하지만 당신을 부러워하지는 않아요. 당신의 양심에는 피가 묻어 있으니까."

에드는 린의 뺨에 키스했다. 린은 차에 올라탄 뒤 창문을 올렸다. 버드는 양손을 창유리에 붙였다.

에드도 그쪽에다 자기 손을 대었다. 손바닥의 크기가 버드의 절반에 지나지 않는다. 차가 움직였다. 손바닥을 마주한 채 에드도 달려갔다. 도로에 들어서자 굿바이를 뜻하는 경적소리가 울렸다.

황금으로 된 별. 남은 건 죽은 자들뿐이다.

〈끝〉